시스터 캐리

이 도서의 국립중앙도서관 출판예정도서목록(CIP)은 서지정보유통지원시스템 홈페이지(http://seoji.nl.go.kr)와
국가자료공동목록시스템(http://www.nl.go.kr/kolisnet)에서 이용하실 수 있습니다.
(CIP제어번호: CIP2016001109)

세계문학전집
1 3 6

Theodore Dreiser : Sister Carrie

시스터 캐리

시어도어 드라이저 장편소설

송은주 옮김

문학동네

일러두기

1. 번역 대본으로는 *Sister Carrie* (Theodore Dreiser, Signet Classics, 2009)를 사용했다.
2. 주석은 모두 옮긴이주이다.
3. 본문 중 고딕체는 원서에서 이탤릭체로 강조한 부분이다.

변함없는 이상과
진실과 미에 대한 고요한 헌신으로
이 책의 기법을 밝혀주고
목적을 강화시키는 데 기여한
나의 친구 아서 헨리에게

차례

1
끌어당기는 자력
세파에 흔들리는 소녀

캐럴라인 미버가 시카고행 오후 기차에 올랐을 때 지닌 것이라고는 작은 트렁크와 어깨에 멘 싸구려 가짜 악어가죽 가방, 점심거리를 넣은 작은 종이 상자, 노란 가죽 손지갑뿐이었다. 손지갑 안에는 기차표와 밴뷰런 스트리트에 사는 언니의 주소가 적힌 쪽지와 사 달러가 들어 있었다. 때는 1889년 8월이었다. 그녀는 무지와 젊음의 환상으로 가득찬, 수줍으면서도 밝은 열여덟 살 처녀였다. 그녀의 마음속에 조금이라도 고향을 떠나는 아쉬움이 들었다 할지라도 그것이 이제는 포기해야 하는 이점들 때문은 분명 아니었다. 어머니가 작별의 입맞춤을 해줄 때는 눈물이 비 오듯 쏟아졌고, 기차가 덜컹거리며 아버지가 일하는 제분소 옆을 지날 때는 목이 메었으며, 마을을 에워싼 정든 푸른 숲이 뒤로 지나쳐갈 때는 서글픈 한숨이 새어나왔다. 그녀를 소녀 시절과 고향과 이어주던 끈은 이제 돌이킬 수 없이 끊어져버렸다.

물론 다음 역은 항상 있으니 마음만 먹으면 내려서 되돌아갈 수도 있다. 매일 다니는 이런 기차들 덕에 대도시는 더 가까워졌다. 일단 시카고에 도착해도 컬럼비아시티는 그리 먼 곳이 아니었다. 불과 몇 시간, 몇백 마일 거리가 아닌가? 그녀는 언니의 주소가 적힌 쪽지를 들여다보며 생각했다. 뒤로 획획 지나쳐가는 초록의 풍경을 응시하고 있노라니 어느새 창밖 풍경은 머릿속에서 사라지고 시카고는 과연 어떤 곳일까 하는 막연한 추측이 머릿속을 가득 채웠다.

열여덟에 고향을 떠난 처녀는 둘 중 하나가 되기 마련이다. 도움의 손길을 만나 잘되거나, 아니면 미덕에 대한 대도시의 기준을 금세 받아들여 타락하거나. 그런 환경에서 균형을 잡고 중도를 걸을 가망은 전혀 없다. 도시는 나름의 교활한 간계들을 갖추고 있어서, 아주 약하고 인간적인 모습으로 유혹하는 사람과 다를 바 없다. 그곳에는 최고의 교양을 갖춘 사람에게서 볼 수 있는, 온 마음을 담은 표현으로 유혹하는 커다란 힘이 있다. 은성한 불빛은 종종 구애하는 매혹적인 눈빛만큼이나 효과적으로 사람의 마음을 움직인다. 아직 때묻지 않고 촌티를 벗지 못한 상태라면 이 초인적인 힘에 반은 홀려 넘어간다. 요란한 소음, 약동하는 삶의 외침, 벌집처럼 다닥다닥 붙은 주택들이 뜻 모를 말로 놀란 마음에 호소한다. 신중한 해석을 귀띔해줄 조언자가 곁에 없다면 무방비 상태의 귀에 이런 것들이 어떤 거짓을 불어넣겠는가! 그것들의 정체가 무엇인지 미처 알아차리기도 전에 도시의 아름다움은 마치 음악처럼 단순한 인간의 인식을 느슨하게 풀었다가 약하게 만들어 마침내 빗나가게 하는 경우가 너무나도 많다.

캐럴라인은, 가족들이 반쯤은 애칭으로 '시스터 캐리'라고도 불렀는데, 관찰력과 분석력이 그리 뛰어나지 못했다. 이기심은 꽤 있었지만 강하다고 할 만큼은 아니었다. 그럼에도 불구하고 그것은 그녀의 두드러지는 특징이었다. 젊음의 공상으로 들떠 있었으며, 아직은 형성기라서 좀 밋밋하지만 예쁘장한 외모에 다 자라면 제법 태가 날 몸매였고, 눈빛은 타고난 어떤 총명함으로 반짝였다. 그녀는 이민 온 지 두 세대가 지난 미국 중산계급의 표본이었다. 책은 그녀에게는 관심 밖이었고, 지식은 봉인된 책이나 마찬가지였다. 여자로서의 매력도 아직은 투박했다. 머리를 치켜드는 동작에서는 우아함을 찾아보기 힘들었고, 손을 어디다 둬야 하는지도 몰랐다. 발은 자그마했지만 매력이 없었다. 그러나 그녀는 자신의 매력에 관심이 있었고 삶의 강렬한 쾌락에 빨리 눈을 떴으며, 물질적인 것들을 얻고자 하는 야심이 있었다. 그녀는 제대로 무장하지도 못한 주제에 도시를 굴복시켜 제 것으로 만들고 자신의 발밑에 공손히 무릎 꿇고 머리를 조아리게 하겠다는, 그런 모호하고 아득한 최고의 권력을 꿈꾸며 이 신비스러운 도시를 정찰하러 나선 애송이 기사였다.

"저곳이." 그녀의 귓전에 누군가의 목소리가 들려왔다. "위스콘신에서 가장 예쁜 휴양지들 가운데 한 곳이지요."

"그런가요?" 그녀는 수줍게 대꾸했다.

열차는 워키쇼를 막 빠져나가고 있었다. 그녀는 좀 전부터 뒤에 있는 남자를 의식하고 있었다. 자신의 풍성한 머리를 쳐다보는 시선이 느껴졌다. 그는 가만있지 못하고 계속 꿈지럭거렸는데, 그녀는 타고난 직감으로 자신에 대한 그의 관심이 점점 커지는 걸 느꼈다. 캐리는 처녀다운 수줍음도 있고 이런 경우 관습상 취해야 할 태도도 알고 있었으므로 이처럼 격의 없는 접근은 미연에 방지하고 거부해야 한다고 생각했지만, 과거의 경험과 성공에서 나온 남자의 대담성과 마력이 더 크게 발휘되었다. 그녀가 대답을 해버린 것이다.

남자는 몸을 앞으로 쑥 내밀어 캐리의 좌석 등받이에 팔꿈치를 대고 호감 가는 태도로 입심 좋게 대화를 이어갔다.

"그렇답니다. 시카고 사람들에게는 아주 좋은 휴양지예요. 호텔들이 근사하지요. 이 지역은 초행이신가봅니다?"

"아, 네. 저는 컬럼비아시티에 산답니다. 여기는 처음이에요."

"그러니까 이번이 시카고 첫 방문이란 말씀이군요."

그녀는 안 보는 척하면서도 곁눈질로 계속 상대의 특징을 살폈다. 발그스름한 볼, 엷은 콧수염, 회색 중절모. 자기보호의 본능과 교태가 머릿속에서 어지럽게 뒤섞인 채 그녀는 이제 몸을 돌려 그를 똑바로 바라보았다.

"그렇게 말하지는 않았어요." 그녀가 말했다.

"아, 그러신 줄 알았습니다." 그는 자기가 실수했다는 투로 아주 싹싹하게 대답했다.

그는 제조업체를 돌아다니며 일하는 전형적인 영업사원이었다. 당시의 속어로 '드러머'라 불리기 시작하던 계층이다. 1880년대 미국인들 사이에서 널리 회자되던 좀더 최신 용어이자 젊은 여성들의 감탄을 끌어낼 수 있도록 계산된 옷차림이나 태도를 지닌 사람을 한마디로 잘 드러낸 표현인 '바람둥이'에 딱 들어맞는 인물이었다. 그는 갈색 모직으로 만든 줄무늬 양복을 입고 있었는데, 당시로서는 새로운 복장이었지만 이후 신사복으로 차차 자리를 잡았다. 조끼 밑으로 분홍색 줄무늬가 들어간 빳빳한 흰색 셔츠가 보였다. 외투 소매 밖으로 드러난 같은 무늬의 리넨 커프스는 '묘안석'으로 통하는 평범한 노란 마노瑪瑙가 박힌 큼지막한 금색 단추로 채워져 있었다. 손에는 반지를 여러 개 꼈는데, 그중 하나는 튼튼하고 묵직한 인장반지였다. 조끼에는 단정한 금시곗줄을 찼고, 거기에 엘크스 클럽*의 비밀 휘장이 매달려 있었다. 양복은 전체적으로 좀 꽉 끼는 듯했다. 두꺼운 밑창을 대고 반짝반짝 광을 낸 짙은 갈색 구두와 회색 중절모로 차림새를 마무리했다. 그는 지적이면서도 매력적이었고, 그가 남들에게 내세우고 싶어할 만한 점들을, 처음 봤음에도 불구하고 캐리는 하나도 놓치지 않았다.

이러한 부류의 인물을 영영 지나쳐버리지 않도록, 그의 성공적인 태도와 수법 중에서 제일 눈에 띄는 특징들을 몇 가지만 나열해보겠다. 없어서는 안 될 첫번째는 물론 좋은 옷이다. 좋은 옷이 없으면 그는 아무것도 아니었다. 여자에 대한 격렬한 욕구에서 비롯되는 강한 육체적 본능이 그다음이다. 그는 세상의 어떤 문제나 힘에 관해 깊이 생각하지 않았고, 탐욕보다는 변덕스러운 쾌락을 향한 한없는 애착에 따라 움직이는 성격이었다. 그의 수법은 항상 단순했다. 그 수법의 주된 요소는 물론 여성에 대한 강렬한 욕망과 찬미에서 나온 대담성이었다. 젊은 여성을 두 번만 만나도 그녀의 스카프를 바로잡아주고 이름을 부를 정도로 친근하게 굴었다. 멋진 백화점에서도 그는 거침이 없었다. 심부름하는 소년이 거스름돈을 가지고 돌아오기를 기다리다가도 젊은

---

* 1868년에 창립된 미국의 자선·우애 단체.

여성과 눈이 마주치면, 그녀의 이름과 제일 좋아하는 꽃, 편지를 보낼 주소를 알아내고, 우정 비슷한 미묘한 관계를 이어나가다가 더이상 발전할 가망이 없다는 것이 확실해지면 포기해버린다. 비용이 좀 들어서 부담이 되긴 하지만 그는 허영심 많은 여자들하고도 잘 어울렸다. 예를 들어 특등 객차에 들어가면 제일 괜찮아 보이는 여자 옆자리를 골라 곧 그녀에게 창문 가리개를 내리길 원하는지 물어보는 식이었다. 기차가 역구내를 빠져나가기도 전에 짐꾼을 불러 그녀에게 발판을 가져다주게 했고, 대화를 이어나가다가 잠시 쉴 때는 그녀에게 읽을거리를 찾아주었다. 그때부터는 살짝 에둘러 칭찬도 건네고, 개인적인 이야기도 늘어놓고, 과장된 말과 봉사로 그녀의 이해를 얻고 더 나아가 때로는 호감까지도 얻어냈다.

여자라면 누구나 언젠가는 옷의 철학을 놓고 완벽한 책 한 권을 써낼 수 있을 것이다. 아무리 나이가 어린 여자라도 옷에 관해서라면 온전한 자기만의 견해를 갖고 있다. 남자들의 옷 문제에 있어서 여자에게는 눈길을 줄 가치가 있는 남자와 그렇지 못한 남자를 나누는, 말로는 설명할 수 없는 희미한 선이 있다. 일단 이 선 아래로 떨어진 남자들은 여자에게 눈길 한번 못 받는 처지가 된다. 남자들의 옷에는 여자로 하여금 자기 옷도 새삼 돌아보게 만드는 또다른 선도 있다. 지금 캐리 가까이에 있는 남자는 그녀에게 바로 이 선을 드러내고 있었다. 그녀는 자기가 그에 비해 기운다는 점을 의식했다. 자신이 입은, 검은 면으로 테두리를 두른 수수한 푸른색 드레스가 갑자기 초라해 보였다. 신발이 낡은 것도 눈에 들어왔다.

그가 말을 계속했다. "저기, 그 마을에 아는 사람들이 꽤 많이 있답니다. 옷가게를 하는 모겐로스 씨와 포목점의 깁슨 씨 같은 분들이오."

"오, 정말이세요?" 그녀는 그 상점들의 쇼윈도를 들여다보며 애타게 갖고 싶어하던 기억이 떠올라 그의 말에 끼어들었다.

마침내 그녀의 관심을 끌 만한 실마리를 잡자 그는 솜씨 좋게 대화를 이어갔다. 얼마 안 있어 그는 캐리의 옆자리로 옮겨 앉아 옷 판매며 자기의 여행담, 시카고와 그 도시에서 즐길거리들을 그녀에게 이야기해주었다.

"거기 가시면 이런 것을 실컷 즐기시게 될 겁니다. 그곳에 친척이 있으신가요?"

"언니한테 가는 길이에요." 그녀는 설명했다.

"링컨 공원은 꼭 가보셔야 합니다. 미시간 불러바드도요. 거기 가면 근사한 건물들이 즐비하답니다. 제2의 뉴욕이에요. 극장이며, 인파며, 멋진 집들이며 볼거리가 얼마나 많은지, 아, 마음에 드실 겁니다."

그가 묘사하는 것들을 상상해보면서 그녀는 마음이 약간 아려왔다. 그렇게나 웅장한 곳에 비해 자신은 얼마나 미미한 존재인지 어렴풋이 의식했다. 즐기러 가는 길이 아닌 줄은 알고 있음에도 그가 설명하는 물질적인 풍요로움에 조금은 가슴이 설렜다. 이렇게 좋은 옷을 입은 사람이 관심을 보여주는 것도 만족스러웠다. 그녀가 어느 인기 여배우를 닮았다는 그의 말에는 미소를 억누를 수 없었다. 그녀는 어리석지 않았지만 이런 관심을 무심하게 넘기기는 어려웠다.

"시카고에는 얼마나 계실 예정입니까?" 그는 이제 편안한 이야기로 방향을 틀었다.

"저도 잘 모르겠어요." 캐리는 애매하게 말끝을 흐렸다. 마음속에 일자리를 잡지 못할 수도 있다는 생각이 퍼뜩 떠올랐다.

"그래도 몇 주는 계시겠지요." 그가 캐리의 눈을 뚫어져라 들여다보면서 말했다.

그 눈빛은 단순한 몇 마디 말보다 훨씬 더 많은 것을 담고 있었다. 그는 그녀에게 매력과 아름다움이 부족한 대신 형언할 수 없는 무언가가 있음을 알아차렸다. 캐리는 그가 자신에게 한 가지 관점에서만 관심을 갖고 있음을 깨달았다. 여자들이 내심 즐기면서도 한편으로는 두려워하는 관심이었다. 여자들이 진실한 감정을 감추기 위해 써먹는 수많은 사소한 가식들을 아직 배우지 못한 탓에, 그녀의 태도에는 꾸밈이 없었다. 어떤 행동들은 대담하기까지 했다. 현명한 동행이 있었더라면 그녀에게 그렇게 남자의 눈을 뚫어져라 쳐다보면 안 된다고 일러주었을 것이다.

"그건 왜 물어보시나요?" 캐리가 물었다.

"저도 몇 주 시카고에 있을 예정이거든요. 재고 조사도 하고 새로 나온 견본도 챙겨야 해서요. 괜찮으시다면 제가 구경을 좀 시켜드릴 수 있습니다만."

"그러실 수 있을지 저도 잘 모르겠네요. 제 말은 제가 그럴 수 있을지 모르겠다는 얘기예요. 언니 집에서 지낼 계획인데……"

"언니분께서 뭐라 하지 않으신다면 약속을 정합시다." 그는 마치 모든 것이 다 정해졌다는 듯 연필과 작은 수첩을 꺼냈다. "거기 주소가 어떻게 됩니까?"

그녀는 주소 쪽지가 들어 있는 손지갑을 더듬어 찾았다.

그는 뒷주머니로 손을 뻗어 두툼한 지갑을 꺼냈다. 지갑 속에는 종잇조각과 교통비 전표와 돈뭉치가 가득했다. 캐리는 깊은 인상을 받았다. 그녀에게 관심을 보인 사람들 중에서 이런 지갑을 들고 다니는 이는 아무도 없었다. 정말로 여행 경험이 많고 세상사에 밝은 사람을 이렇게 가까이 접해보기는 난생처음이었다. 지갑과 반짝반짝 광이 나는 구두, 맵시 좋은 새 정장, 무엇보다도 그가 매사를 처리하는 태도가 그를 둘러싼 부유한 세계를 어렴풋이 떠올리게 했다. 그 때문에 그가 하는 일이라면 무엇이든 호감이 갔다.

그는 깔끔한 명함을 한 장 꺼냈다. 바틀릿 캐리요 컴퍼니라고 새겨진 명함 왼편 구석에 찰스 H. 드루에라는 이름이 있었다.

"이게 제 이름입니다." 그는 그녀의 손에 명함을 건네고 자기 이름을 가리켰다. "드루-에라고 발음하지요. 친가 쪽이 프랑스계라서요."

그가 지갑을 도로 넣을 동안 캐리는 명함을 들여다보았다. 그때 그가 외투 주머니의 서류 뭉치 하나에서 편지 한 장을 꺼냈다. "여기가 제 목적지랍니다." 그는 편지지에 있는 그림을 가리키며 말을 이었다. "스테이트 스트리트와 레이크 스트리트가 만나는 모퉁이에 있습니다." 그의 목소리에서 자부심이 배어났다. 그는 이런 장소를 들먹일 때 자부심을 느꼈고 그녀도 그렇게 느끼도록 만들었다.

"주소가 어떻게 됩니까?" 그는 받아적으려고 연필을 바로 잡고는 다시 물었다.

"캐리 미버. 웨스트밴뷰런 스트리트 354번지, S. C. 핸슨 씨 댁이에요." 그녀는 천천히 불러주었다.

그는 정성스레 받아적고는 다시 지갑을 꺼냈다. "월요일 밤에 댁에 계시면 제가 뵈러 가도 될까요?"

"아마 괜찮을 거예요." 캐리가 대답했다.

사실 말은 우리가 의미하는 수많은 것의 모호한 그림자에 지나지 않는다. 말이란 들을 수 없는 엄청난 감정과 의도를 한데 이어 묶는, 거의 알아듣기 힘든 연결고리다. 이 두 사람은 짤막한 대화 몇 마디를 주고받고 지갑을 꺼내고 명함을 보았지만, 자신들의 진짜 감정이 얼마나 표현하기 어려운 것인지 둘 다 알아차리지 못했다. 둘 중 누구도 상대방 마음의 움직임을 확실히 읽을 수 있을 만큼 현명하지 못했다. 그는 자기의 유혹이 잘 먹혀들어가고 있는지 판단할 수가 없었다. 캐리는 그가 자기 주소를 받아갈 때까지 자신이 흔들리고 있음을 깨닫지 못했다. 그제야 그녀는 뭔가를 내줘버린 기분이 들었다. 그가 승리를 얻은 것이다. 벌써 그들은 웬만큼 가까운 사이가 된 기분이었다. 그는 편하게 이야기했다. 그녀의 태도에서는 긴장이 풀어졌다.

시카고가 가까워지고 있었다. 여기저기 표지판이 많았다. 기차는 그 옆을 빠른 속도로 지나쳤다. 드넓게 펼쳐진 평원 너머로 대도시를 향해 줄지어 뻗어 있는 전신주들이 보였다. 멀리 교외 마을을 알리는 높은 굴뚝들이 하늘 높이 솟아올랐다.

들판에는 곧 다가올 집들의 외로운 전초기지처럼, 울타리나 나무도 없이 우뚝 선 이층짜리 목조 가옥들이 자주 나타났다.

어린아이나 상상력이 풍부한 천재 혹은 여행 경험이 전무한 사람에게 대도시에 난생처음으로 접근하는 것은 굉장한 사건이다. 특히 그때가 삶이 하나의 영역 혹은 상태에서 다른 영역이나 상태로 옮겨가는 시간, 세상의 빛과 그늘 사이에 존재하는 신비스러운 시간인 저녁이라면 더욱 그렇다. 아, 밤의 약속. 지친 자를 위해 그 무엇이라도 마련해놓았을 것이다! 이곳에서는 그 어떤 희망의 오래된 환영이라도 영원히 되풀이될 것이다! 일꾼의 영혼이 혼잣말로 속삭인다. "곧 자유로워지리라. 나가서 환락의 주인이 되리라. 거리, 등불, 만찬이 차려진 불 켜진 방은 나를 위한 것이다. 극장, 홀, 파티, 휴식과 노래, 이 모든 것이 밤이면 나의 것이 된다." 인간들은 아직 직장에 매여 있지만 전율은 밖으로 흐른다. 공기 속을 흐른다. 표현하거나 설명할 수는 없지만 아무리 둔한 자라도 뭔가를 느낀다. 고역의 짐에서 해방되는 순간이다.

시스터 캐리는 창밖을 내다보았다. 그녀의 말동무도 그녀가 느끼는 경이감에 물들었다. 그러한 경이감은 쉽게 전염되는 것이라서 그 역시 도시에 새삼 흥미를 느끼고 멋진 장관들을 가리켰다.

드루에가 말했다. "여기는 시카고 북서부랍니다. 저게 시카고 강이고요." 그는 검은 기둥이 서 있는 강둑을 향해, 머나먼 강에서부터 흘러온 거대한 범선들로 붐비는 탁하고 조그만 강을 가리켰다. 뿌우 하는 기적 소리, 땡땡 울리는 종소리, 철로가 덜거덕거리는 소리와 함께 강은 뒤로 사라졌다. 그가 말을 이었다. "시카고는 거대한 도시가 되어가고 있어요. 굉장하지요. 구경거리가 진짜 많답니다."

캐리의 귀에는 이런 말이 제대로 들어오지 않았다. 그녀는 공포에 가까운 감정을 느꼈다. 집을 멀리 떠나 홀로 거대한 삶의 바다에 뛰어들려는 참이라는 사실이 분명해지기 시작했다. 약간 숨이 막혀오는 듯한 기분이었다. 심장이 너무 빨리 뛰어서 좀 괴롭기까지 했다. 그녀는 눈을 반쯤 감고 이건 아무것도 아니라고, 컬럼비아시티는 불과 지척에 있다고 애써 마음을 다졌다.

"시카고! 시카고!" 제동수가 문을 탕 하고 열어젖히며 외쳤다. 그들은 땡땡거리는 종소리와 덜컹대는 소음으로 활기가 넘치는, 많은 인파로 붐비는 역구내로 들어서고 있었다. 그녀는 초라한 여행가방을 챙겨 들고 지갑을 손에 꽉 움켜쥐었다. 드루에는 일어서서 다리를 차며 바지를 펴고 깨끗한 노란색 여행가방을 들었다.

"언니 가족들이 마중을 나오셨겠지요? 제가 가방을 들어다드리지요." 그가 말했다.

"아, 아니에요. 괜찮아요. 언니를 만날 때는 같이 계시지 않는 편이 더 나을 것 같아요."

"알겠습니다. 그래도 근처에 있겠습니다. 혹시라도 언니분께서 안 나오셨으면 목적지까지 안전하게 모셔다드리지요." 그는 더할 나위 없이 싹싹하게 말했다.

"정말 친절하시네요." 캐리는 낯선 상황에서 이렇게 배려를 받게 되어 다행이라고 느끼며 대답했다.

"시카고!" 제동수가 길게 늘여 빼며 외쳤다. 기차는 벌써 불을 밝히기 시작한 역사驛舍의 넓은 그늘로 들어섰다. 연결된 객차와 함께 기차는 굼벵이처럼 느릿느릿 움직였다. 기차 안의 승객들이 모두 일어나 문 쪽으로 몰려들었다.

"자, 다 왔군요." 드루에가 문 쪽으로 앞장서서 길을 텄다. "안녕히 가십시오. 월요일에 뵙겠습니다."

"안녕히 가세요." 그녀도 그가 내민 손을 잡으며 인사했다.

"기억하십시오, 언니분을 찾으실 때까지 제가 지켜보고 있겠습니다."

캐리는 그의 눈을 쳐다보며 미소 지었다.

그들은 줄지어 나왔고, 그는 그녀를 모르는 척했다. 야윈 얼굴에 다소 평범한 여인이 승강장에서 캐리를 알아보고 서둘러 다가왔다.

"애, 캐리!" 그녀는 캐리를 부르고는 형식적으로 환영의 포옹을 했다.

캐리는 달콤했던 분위기가 한순간에 바뀐 것을 깨달았다. 시끄러운 고함소리가 난무하는 어지럽고 낯선 광경 속에서 차가운 현실이 자신의 손을 잡는 것이 느껴졌다. 불빛과 환락의 세계는 없었다. 즐길거리도 없었다. 언니는 세파와 고생에 찌든 티가 역력했다.

"그래, 고향 식구들은 모두 안녕하시고? 아버지 어머니는 잘 지내시니?" 언니가 물었다.

캐리는 대답을 해주면서도 눈을 다른 곳으로 돌렸다. 대합실과 거리로 이어지는 문 쪽, 통로 저편에 드루에가 서 있었다. 그는 뒤를 돌아보고 있었다. 캐리가 무사히 언니를 만나 자기를 보는 것을 확인하고는 살짝 웃어주고 돌아서서 자리를 떴다. 그 미소를 본 사람은 캐리뿐이었다. 그가 떠나자 캐리는 뭔가를 잃어버린 기분이 들었다. 그가 보이지 않게 되자 그의 부재가 가슴 깊이 느껴졌다. 언니와 함께인데도 혼자가 된 듯, 이 파도치는 무정한 바다에 홀로 남겨진 듯한 기분이었다.

2
가난이 위협하는 것
화강암과 황동

미니의 아파트는 '플랫'이라고 불리던, 한 층에 한 가구가 사는 건물로 웨스트밴뷰런 스트리트에 있었는데, 그곳은 노동자와 점원, 그리고 한 해 5만 명꼴로 계속해서 쏟아져들어오는 이주민 가족들이 사는 동네였다. 미니네 집은 삼층이었고 앞쪽 창으로는 거리가 내려다보였다. 밤이면 식료품점의 불빛이 빛나는 곳에서 아이들이 뛰놀았다. 캐리에게는 땡땡거리며 들려왔다가 멀어져가는 철도마차의 작은 종소리가 신기하고도 유쾌하게 느껴졌다. 미니가 거실로 데리고 들어갔을 때, 캐리는 불을 밝힌 거리를 내다보며 사방팔방 끝 모르고 뻗어나간 광대한 도시의 소음과 움직임, 웅성거림에 신기해했다.

상봉이 끝나자 언니는 동생에게 아기를 건네주고 저녁 준비를 시작했다. 형부는 몇 가지 물어보더니 자리에 앉아 석간신문을 읽었다. 그는 과묵한 남자로 스웨덴인 아버지를 둔 미국 태생이었고, 지금은 축산물 집하장에서 냉동차 청소부로 일한다. 처제가 있든 없든 그에게는 관심 밖의 일이었다. 처제의 등장은 그에게 어떤 식으로도 영향을 주지 않았다. 그가 자신의 의견을 드러낸 말은 시카고에서 일자리를 얻을 기회에 관한 것뿐이었다.

"여긴 큰 도시야. 며칠만 있으면 어디에서든 일자리를 얻을 수 있을 거야. 다들 그러니까."

캐리가 일자리를 얻어서 숙식비를 낸다는 것이 이미 무언중에 합의되어 있었다. 그는 깔끔하고 알뜰한 사람이라 웨스트사이드에 부지를 두 군데 사놓고 이미 몇 달째 할부금도 냈다. 언젠가는 그 땅에 집을 짓는 것이 그의 꿈이었다.

언니가 식사를 준비하는 동안 캐리는 아파트를 찬찬히 살펴보았다. 캐리에게는 약간의 관찰력과 여자라면 누구나 풍부하게 갖고 있는 직감이 있었다.

궁핍하고 팍팍한 생활의 고단함이 느껴졌다. 벽지는 색깔이 맞지 않았다. 바닥에는 매트가, 복도에는 얇은 넝마 같은 카펫이 깔려 있었다. 가구도 할부 판매점에서 대충 급하게 짜맞춘 초라한 것임을 한눈에 알수 있었다.

캐리는 아기를 안고 언니와 함께 부엌에 앉아 있었다. 아기가 울기 시작하자 그녀는 걸어다니며 노래를 불러주었다. 결국 핸슨이 신문을 읽다 말고 와서 아기를 데려갔다. 그의 성격 중 좋은 면이 여기서 드러났다. 그는 참을성이 많았다. 누가 보아도 제 자식을 끔찍이 여긴다는 것을 알 수 있었다.

"자, 자." 그는 아기를 어르며 걸었다. "그래, 그래." 그의 말투에 스웨덴식 억양이 뚜렷이 묻어났다.

"먼저 도시 구경을 좀 하고 싶겠지? 일요일에 나가서 링컨 공원에 가보자꾸나." 저녁식사를 하면서 미니가 말했다.

캐리는 핸슨이 입을 꾹 다물고 있다는 걸 눈치챘다. 그는 다른 생각을 하고 있는 것 같았다.

"음, 내일 좀 돌아다녀볼까 해. 금요일하고 토요일이 있으니까, 별문제 없겠지. 회사가 많은 데는 어느 쪽이야?"

미니가 설명을 시작했지만 남편이 말을 받아 나섰다.

"저쪽이야." 그는 동쪽을 가리키며 말했다. "동쪽이지." 그러더니 시카고의 지리에 대해 말했는데, 그때까지 그가 한 말 중 가장 길었다. "프랭클린 스트리트와 강 건너편에 줄지어 있는 큰 제조업체들을 찾아가보는 게 좋을 거야." 그는 이렇게 마무리를 지었다. "처녀들이 거기서 많이 일하고 있지. 집에 오기도 편하고. 그리 멀지 않아."

캐리는 고개를 끄덕이고 나서 언니에게 이웃에 대해 물어보았다. 언니는 핸슨이 아기를 돌보는 동안 목소리를 낮추어 아는 대로 이야기해주었다. 마침내 핸슨이 벌떡 일어나 아기를 아내에게 넘겨주었다.

"아침 일찍 일어나야 하니 이만 자러 가야겠어." 그는 복도 끝의 작고 어두운 침실로 사라졌다.

미니가 설명했다. "그이는 저 아래 집하장에서 일한단다. 그래서 새벽 다섯시 반이면 일어나야 해."

"그럼 언니는 몇시에 일어나서 아침을 차려?" 캐리가 물었다.

"다섯시 이십 분 전쯤."

자매는 함께 하루일을 마무리했다. 미니가 아기 옷을 벗기고 침대에 누일 동안 캐리는 설거지를 했다. 숙련된 태도로 바지런하게 움직이는 미니의 모습에서 캐리는 언니의 몸에 고된 일과가 배어 있음을 알 수 있었다.

그녀는 드루에와의 관계는 포기해야 한다는 걸 서서히 깨달았다. 그가 여기에 온다니 말도 안 될 일이다. 핸슨의 태도에서, 미니의 억눌린 모습에서, 집안의 전체 분위기에서 그저 꾸준히 일하는 것 말고는 뭐든지 다 반대하는 기미가 느껴졌다. 핸슨이 매일 저녁마다 거실에 앉아서 신문을 읽는다면, 그가 아홉시에 잠자리에 들고 미니도 곧 뒤따라 잠자리에 든다면, 그들이 그녀에게 기대하는 바가 무엇이겠는가? 캐리는 사람 사귈 생각을 하기 전에 먼저 일자리를 구하고 밥값을 해야 한다는 사실을 깨달았다. 드루에게 잠시나마 관심을 가졌던 것도 이제는 엄청난 일로 여겨졌다.

그녀는 혼잣말을 했다. "그래, 그 사람은 여기 올 수 없어."

캐리는 언니에게 식당의 벽난로 선반 위에 있는 잉크와 종이를 써도 될지 물어본 다음 언니가 열시에 자러 들어가자 드루에의 명함을 꺼내 놓고 그에게 편지를 썼다.

'저를 만나러 여기로 오시라고 할 수가 없군요. 다시 연락드릴 때까지 기다려주셔야겠습니다. 언니 집이 너무 좁아서요.'

그녀는 편지에 또 무슨 말을 적을지 고민했다. 기차에서의 일을 언급하고 싶었지만 부끄러워서 차마 그러지는 못했다. 그녀는 그가 베풀어준 친절에 대충 감사의 뜻을 전하는 것으로 편지를 마무리지은 다음 자기 이름을 어떤 식으로 서명할지 갈팡질팡했는데, 결국 '올림'

이라고 끝맺었다가 평범하게 '드림'으로 바꾸었다. 그녀는 편지를 봉하고 주소를 쓴 다음 벽감에 침대가 놓인 거실로 들어갔다. 열린 창문 앞에 작은 흔들의자를 끌어다놓고 앉아서, 불가사의한 침묵에 잠긴 밤거리를 내다보았다. 마침내 혼자만의 공상에도 지쳐, 정신이 멍해지기 시작하자 그녀는 자야겠다는 생각에 잠옷으로 갈아입고 잠자리에 들었다.

다음날 아침 여덟시에 일어나보니 핸슨은 벌써 나가고 없었다. 언니는 거실 겸 식당에서 바느질을 하느라 분주했다. 캐리는 옷을 입고 손수 간단한 아침을 차려 먹은 다음 어느 쪽으로 가보면 좋을지 언니와 상의했다. 못 본 사이에 미니는 꽤 많이 변해 있었다. 다부지기는 하지만 야윈 스물일곱의 여자가 되었고, 인생관도 남편의 영향을 많이 받아서 즐거움이나 의무에 대해서는 세상물정 모르던 젊은 시절보다도 더 생각이 꽉 막혀 있었다. 그녀가 캐리를 부른 이유도, 동생을 보고 싶어서가 아니라 동생이 고향생활에 불만을 느끼고 있으니 여기 와서 일자리를 얻으면 식비라도 낼 수 있지 않을까 해서였다. 동생을 만나 기쁘기야 했지만 일자리 문제에 대해서는 남편과 의견이 같았다. 돈만 준다면 어떤 일자리든 감지덕지였다. 주급 오 달러 정도로 시작하면 괜찮을 것이다. 여점원도 신참에게는 좋은 일자리다. 큰 상점에 취직하면 그럭저럭 잘해나갈 수 있을 것이고, 그러다보면 또 무슨 수가 생길 것이다. 둘 다 그게 무엇일지 정확히는 몰랐다. 승진은 생각해보지 않았다. 딱히 결혼을 기대하는 것도 아니었다. 어쨌거나 확실히는 몰라도 이러구러 세월이 가다보면 좋은 날도 올 것이고 캐리도 도시에 와서 고생한 보람을 찾을 것이다. 이렇게 희망에 찬 분위기에서 캐리는 그날 아침 일자리를 찾으러 나섰다.

캐리를 따라 구직 순례에 나서기 전에 그녀의 미래가 펼쳐지게 될 세계를 살펴보기로 하자. 1889년 시카고는 무서운 기세로 성장하고 있었기 때문에 젊은 처녀들이라도 이렇게 모험에 가까운 순례를 해볼 만했다. 돈을 벌 기회가 계속 늘어나면서 도시의 명성은 널리 퍼졌다. 도시는 거대한 자석처럼 사방팔방에서 희망을 품은 이들과 희망을 버린 이들, 다시 말해서 아직 부를 쌓지 못한 사람들과 다른 곳에서 사업과 재산을 다 잃고 망한 사람들을 끌어들였다. 실제 인구는 50만이었지만 인구 100만의 대도시처럼 야심 차고 대담하게 움직이는 도시였다. 시카고의 도로와 주택은 벌써 75제곱마일에 걸쳐 퍼져나갔다. 도시 인구는 이미 자리가 잡힌 상업보다는 다른 이들을 맞이할 준비를 하는 산업 쪽에서 더 늘어났다. 새로운 건설물들을 세우느라 바쁜 망치 소리가 도처에서 울려퍼졌다. 대공업들이 들어서고 있었다. 거대한 철도회사들이 운송과 선적을 위해 광대한 지역을 차지했다. 급속한 성장을 예상하고 탁 트인 시골 멀리까지 전차선들이 뻗어나갔다. 도시 구석구석, 집 한 채만 서 있는 지역이라도 도로와 하수도가 만들어졌다. 비바람에 노출된 지역도 있었지만, 그런 곳도 깜박이는 가스등이 길게 줄지어 서서 밤새 바람에 흔들리며 불을 밝혔다. 좁은 보도가 띄엄띄엄 서 있는 여기 집 한 채, 저기 가게 하나를 지나며 길게 뻗어나가다가 마침내 탁 트인 초원에서 끝났다.

중심부에는 큰 도매상과 상점가가 있었는데, 정보가 부족한 구직자들은 대개 그 지역을 돌아다녔다. 다른 도시들과는 달리, 당시 시카고는 조금이라도 이름이 있으면 어떤 회사건 단독 건물을 차지하고 있었다. 땅이 넓기에 가능한 일이었다. 그래서 도매상 건물들은 대부분 외관부터가 눈길을 끌었다. 일층에 사무실이 있어서 거리에서 훤히 다 들여다보였다. 커다란 유리창은 이제는 아주 흔해졌지만 당시에는 급속도로 퍼져나가던 중이었는데, 이 유리창 덕에 일층 사무실들이 품위 있고 고급스러워 보였다. 무심히 오가는 이들도 반짝반짝 광나는 사무실 집기들과 간유리, 열심히 일하는 점원들, '최고급' 정장과 말끔한 셔츠를 입고 느긋하게 어슬렁거리거나 무리지어 앉아 있는 고상한 회사원들을 볼 수 있었다. 네모진 돌로 만든 현관에 내걸린 광나는 황동이나 니켈 간판들이 점잖게 회사의 이름과 사업의 성격을 알렸다. 대도시 중심가 전체가 풍기는 고급스럽고 위압적인 분위기에 평범한 구직자들은 기가 질리고 당황했으며, 성공과 가난 사이의 격차가 얼마나 넓고도 깊은지 절감하곤 했다.

이렇게 중요한 상업지역으로 겁먹은 캐리가 들어간 것이다. 밴뷰런 스트리트를 따라 동쪽으로 걸어가니 동네는 점점 황량해졌고, 판잣집과 저탄장이 밀집한 지역을 지나 그녀는 마침내 강가에 도착했다. 일자리를 찾아야 한다는 절박함에 이끌려 용감하게 전진하면서도, 눈앞에 펼쳐진 광경에 대한 호기심과 이해할 수 없는 힘과 권력의 무수한 증거 속에서 엄습하는 무력감에 자꾸만 걸음이 느려졌다. 이 거대한 건물들, 이것들은 다 뭘까? 이 낯선 에너지와 시선을 온통 사로잡는 것들, 이것들은 다 무슨 목적으로 존재하는 것일까? 개인적인 용도로 쓸 대리석을 작은 조각으로 깎아주는 컬럼비아시티의 작은 채석장이 갖는 의미라면 이해할 수 있겠지만, 철로의 지선과 평판차들로 붐비고 강 쪽 부두에서 어마어마한 기중기들이 머리 위로 강철과 목재를 운반하는 거대한 석재회사 작업장의 풍경은 그녀의 작은 세계에서 그 모든 의미를 잃고 말았다.

드넓은 철도역 구내, 강에서 본 빽빽이 늘어선 배들, 강가를 따라 늘어선 길 저편의 거대한 공장들도 그랬다. 열린 창문으로 앞치마를 두르고 바삐 오가며 일하는 남녀들이 보였다. 광대한 거리는 그녀에게 벽처럼 늘어선 수수께끼였다. 널찍한 사무실은 딴 세상의 중요한 인물들과 관련된 낯선 미궁 같았다. 돈을 세고, 옷을 근사하게 차려입고, 마차를 타고 다니는 것으로 그들과 연관된 사람들에 대해 생각해볼 수 있을 따름이었다. 그들이 무엇을 취급하는지, 어떻게 일하는지, 그 모든 것들이 무슨 목적을 향하는지 그녀에게는 그저 막연할 뿐이었다. 모든 것이 굉장하고, 너무 크고, 너무 먼 세계의 것만 같아서 마음속 깊은 곳까지 움츠러들었다. 이렇게 엄청나게 중요한 곳들 중 어디라도 들어가서 일거리를, 자기가 할 수 있는 거라면 아무 일이라도 달라고 부탁할 생각을 하니 그녀의 가슴에 희미하게 동요가 일었다.

3
운명에게 묻다
주급 사 달러 오십 센트

캐리는 일단 강을 건너 도매상 구역으로 들어가서 한번 두드려봄직한 문을 찾아 흘깃거렸다. 넓은 유리창과 위풍당당한 간판을 살피다보니 문득 남들의 시선이 느껴졌고 일자리를 찾아다니는 자신의 처지도 새삼 의식되었다. 난생처음 해보는 일인지라 용기가 나지 않았다. 일자리를 찾느라 기웃거리고 다니면서 느끼는 설명하기 힘든 수치심을 피하기 위해, 그녀는 심부름이라도 가는 척 무심한 태도를 가장하고 발걸음을 재촉했다. 이런 식으로 그녀는 여러 제조업체와 도매상을 눈길 한번 주지 않고 지나쳤다. 몇 블록을 걷다가 마침내 이렇게는 안 되겠다는 생각이 들어 다시 살펴보기 시작했지만 여전히 걸음을 늦추지는 않았다. 조금 가다보니 커다란 문이 왠지 그녀의 관심을 끌었다. 작은 황동 간판이 붙어 있었는데, 꽤나 복닥복닥할 법한 육칠층짜리 건물의 입구 같았다. '어쩌면 사람이 필요할지도 몰라.' 그녀는 이렇게 생각하고 안으로 들어가보려고 길을 건넜다. 목표한 곳 근처까지 오니 창 너머로 회색 체크무늬 정장 차림의 젊은 남자가 보였다. 회사와 관련이 있는 사람인지는 알 수 없었지만 그가 마침 이쪽을 쳐다보고 있었기 때문에, 마음이 약해지며 겁이 난 캐리는 부끄러워서 차마 안으로 들어가지 못하고 황급히 발길을 돌렸다. 길 저편에서 '스톰 앤드 킹'이라는 간판이 붙은 거대한 육층짜리 건물을 본 캐리에게 희망이 솟아올랐다. 그곳은 직물 도매상으로 여자들을 고용했다. 위층에서 걸어다니는 여자들이 간간이 눈에 띄었다. 캐리는 어찌되었건 한번 들어가보자고 마음먹었다. 길 건너 입구를 향해 똑바로 걸어갔다. 그러는 중 두 남자가 밖으로 나오다가 문가에 멈춰 섰다. 파란 옷을 입은 전보 배달원이 그녀를 급히 지나쳐 몇 걸음 앞의 입구 안으로 사라졌다. 캐리가 서서 망설이는 동안에도 보도를 가득 메우고 바쁜 걸음을 재촉하는 인파 속에서 행인 여러 명이 그녀 곁을 지나쳐갔다. 어찌할 바를 모르고 주위를 둘러보던 캐리는 자기를 쳐다보는 시선들이 느껴져서 그만 물러나고 말았다. 그녀로서는 도저히 넘기 힘든 벽이었다. 사람들을 헤치고 갈 수가 없었다.

너무나 혹독한 실패가 캐리의 용기를 꺾었다. 기계적으로 발걸음을 옮기면서 한 발짝씩 앞으로 나아갈 때마다 그곳에서 빠져나온 것이 그저 기쁘기만 했다. 몇 블록을 계속 지나쳤다. 여기저기 교차로에 있는 가로등에서 매디슨, 먼로, 라살, 클라크, 디어본, 스테이트 같은 이름들을 읽어나가며 계속 가다보니 넓찍한 판석에 발이 지쳐갔다. 거리가 밝고 깨끗해서 그나마 기분이 좋았다. 아침해가 점점 열기를 더해가면서 거리의 그늘진 쪽이 시원해져 쾌적했다. 머리 위의 푸른 하늘을 올려다보니 그 청명함에 새삼스레 마음이 끌렸다.

슬슬 자신의 비겁함에 마음이 괴로워지기 시작했다. 캐리는 발길을 돌려 다시 스톰 앤드 킹을 찾아가보기로 마음먹었다. 가는 길에 커다란 신발 도매회사가 있었는데, 널찍한 유리창 너머로 안이 보이지 않게 간유리로 둘러싸인 관리부가 보였다. 그 칸막이 안쪽 말고 거리로 난 입구 바로 안쪽에 머리가 희끗희끗한 신사 한 사람이 작은 테이블에 커다란 장부를 펴놓고 앉아 있었다. 캐리는 몇 번이나 주저하며 이 건물 앞을 왔다갔다하는데도 자기를 보는 눈이 없다는 것을 알고는 철망으로 된 문을 머뭇거리며 밀고 들어가 공손하게 기다렸다.

"오. 젊은 아가씨로군. 무슨 일이시오?" 노신사가 그녀를 보고 친절하게 말을 건넸다.

"저기, 저, 그러니까, 혹시 사람이 필요하진 않으신가요?" 그녀가 더듬더듬 말을 꺼냈다.

"지금 당장은 필요 없는데. 지금은 그렇소. 다음주에 한번 들러보구려. 가끔 사람이 필요할 때가 있으니까." 신사가 미소를 띠고 대답했다.

캐리는 조용히 대답을 듣고 어색하게 돌아나왔다. 친절한 응대를 받은 데 좀 놀랐다. 이보다 힘들 줄 알았다. 뭔지는 몰라도 쌀쌀맞고 매몰찬 말을 들을 거라 예상했었다. 망신을 당하고 자신의 비참한 처지를 새삼 절감하지 않아도 되었다는 사실이 놀라웠다.

캐리는 좀 용기가 나서 다른 큰 건물로 들어가보았다. 의류회사였는데 더 많은 사람들이 눈에 띄었다. 사십대 이상으로 보이는 잘 차려입은 남자들이 황동 난간에 둘러싸여 있었다.

사환이 그녀에게 다가와 물었다.

"누구를 찾으시나요?"

"지배인을 뵙고 싶은데요."

그가 뛰어가더니 얘기중인 세 남자 중 한 명에게 말을 전했다. 그중 한 명이 캐리에게 다가왔다.

"뭐죠?" 그가 차갑게 쏘아붙였다. 그 한마디에 용기가 다 사라져버렸다.

"혹시 사람이 필요하지 않으신가요?" 캐리가 더듬거리며 말을 꺼냈다.

"필요 없는데." 그는 퉁명스럽게 내뱉고는 몸을 돌렸다.

캐리는 바보처럼 사환이 공손하게 열어준 문으로 나와 인파 속으로 얼른 몸을 숨겼다. 좀 전의 좋았던 기분은 가혹한 타격을 받았다.

캐리는 한동안 정처 없이 걸으며 여기저기 쏘다녔다. 멋진 회사들이 줄줄이 나타났지만 질문 하나 던질 용기가 도저히 나지 않았다. 정오가 되자 배가 고파왔다. 비싸 보이지 않는 식당을 찾아 들어갔지만 가격을 보니 캐리의 주머니 사정으로는 어림도 없었다. 캐리가 가진 돈으로는 수프 한 그릇이 고작이었다. 수프를 후딱 먹어치우고 다시 길을 나섰다. 그래도 먹고 나니 다소 기운이 돌아왔고 일자리를 찾으러 나설 용기도 좀 생겼다.

마땅한 곳을 물색하며 몇 블록을 걷다보니 다시 스톰 앤드 킹 앞이었다. 이번에는 안으로 들어가보았다. 신사 몇몇이 바로 가까이에서 뭔가를 상의하고 있었는데 그녀에게는 눈길을 주지 않았다. 캐리는 바닥만 뚫어져라 쳐다보며 그저 서 있었다. 더이상 견디기 어려운 지경이 됐을 때 옆에 줄지어 놓인 많은 책상 중 하나에 앉아 있던 남자가 그녀를 손짓해 불렀다.

"누구를 찾아오셨습니까?" 남자가 물었다.

"아, 어떤 분이라도 괜찮아요. 제가 할 일이 좀 있을까 해서요." 캐리가 대답했다.

"오, 그럼 맥매너스 씨랑 얘기하셔야겠군요." 남자가 대답했다. "앉으십시오." 그가 벽 옆에 세워둔 의자를 가리켰다. 그는 느긋하게 뭔가 쓰던 것을 계속 썼다. 좀 기다리자 키가 작고 단단해 보이는 남자가 건물 안으로 들어왔다.

책상에 앉은 남자가 그를 불렀다. "맥매너스 씨, 이 아가씨가 좀 보자고 하는데요."

키 작은 남자가 캐리 쪽으로 몸을 돌렸다. 캐리는 일어나서 앞으로 걸어갔다.

"무슨 일이죠, 아가씨?" 남자가 의아하다는 듯 그녀를 뜯어보며 물었다.

"제가 일할 자리가 있는지 좀 알고 싶어서요."

"어떤 일?"

"특별히 찾는 일은 없어요." 캐리가 머뭇머뭇 대답했다.

"직물 도매일을 해본 적이 있소?" 남자가 물었다.

"아뇨, 없는데요."

"그럼 속기나 타자는 할 줄 아쇼?"

"아뇨."

"그럼 여기에는 자리가 없습니다. 우리는 경력자만 뽑아요."

캐리는 문 쪽으로 물러섰는데, 그녀의 애처로운 얼굴에 서린 뭔가가 그의 마음을 움직였다.

"전에 무슨 일이든 해본 경험이 있소?"

"아뇨, 없어요."

"흠, 그럼 이런 도매상에서는 일자리를 구하기가 어려울 거요. 백화점은 가보았소?"

그녀는 가보지 않았다고 대답했다.

"나 같으면 백화점을 알아보겠소. 거기서는 젊은 아가씨들을 점원으로 뽑기도 하니까." 그가 꽤 부드러운 눈길로 캐리를 바라보면서 말했다.

"감사합니다." 캐리는 이런 작으나마 친절한 관심에 마음이 풀렸다.

"그래요, 백화점에 가봐요." 그는 문으로 향하는 그녀의 등에 대고 말했다.

당시 백화점은 이제 막 성공하기 시작한 사업이었고 그 수도 많지 않았다. 1884년께 미국 최초로 세워진 백화점 세 곳이 시카고에 있었다. 캐리도 〈데일리 뉴스〉의 광고를 통해 그 이름들은 익히 알고 있었다. 그녀는 이제 그곳들을 찾아가려는 참이었다. 맥매너스 씨의 말이 바닥으로 떨어졌던 용기를 그럭저럭 북돋워주어서 캐리는 이 새로운 시도로 뭔가 성과가 있을 거라는 희망을 품어보았다. 한동안은 우연히 건물이 눈에 띄지 않을까 하고 이리저리 헤매다녔다. 힘들지만 꼭 해야 할 심부름이라고 생각하니 현실은 그러지 않아도 뭔가 찾아다니는 모양새는 비슷해서, 이러한 자기기만으로나마 마음이 좀 편해졌다. 결국 경찰관에게 길을 물었는데, 그는 "두 블록 위"로 가면 페어 백화점이 나올 거라고 가르쳐주었다.

백화점이 영원히 사라지는 날이 온다 해도 이 광대한 소매점 복합체의 본질은 미국 상업사에서 흥미로운 한 장을 차지하게 될 것이다. 평범한 사업의 원칙에서 이렇게 눈부신 성공이 꽃핀 예는 일찍이 없었다. 백화점이란 가장 효율적인 소매 조직이라고 할 수 있는데, 수백 개의 상점들을 하나로 합친 다음 가장 인상적이고 경제적인 방식으로 배치했다. 백화점은 수많은 점원과 고객으로 붐비는 멋지고 잘나가는 곳이었다. 캐리는 장신구, 의류, 문구류, 귀금속 등을 눈에 잘 띄게 전시해놓은 북적이는 통로를 걸어가며 깊은 인상을 받았다. 판매대 하나하나가 반짝이며 관심을 끌고 마음을 홀렸다. 장신구며 귀중품 하나하나가 다 그녀에게 자기를 봐달라고 말을 걸어왔지만 발길을 멈출 수는 없었다. 써보고 싶지 않은 것, 갖고 싶지 않은 것이 하나도 없었다. 앙증맞은 슬리퍼와 스타킹, 섬세하게 프릴을 붙인 스커트와 페티코트, 레이스, 리본, 머리빗, 지갑, 모든 것이 그녀의 욕망을 자극했으나 그녀는 그중 어느 것도 자기가 가진 돈으로는 살 수 없다는 사실을 통감했다. 캐리는 한낱 구직자였고, 일자리 없이 내쳐진 처지였다. 평범한 직원이라도 그녀를 한 번만 흘끗 보면 가난하고 일자리가 필요하다는 것을 알아챌 것이다.
　캐리를 차갑고 계산적이며 범속한 세상에 내팽개쳐진, 초조해하고 예민하고 신경질적인 여자라고 말할 수는 없다. 결코 그런 여자는 아니었다. 하지만 여자들은 몸을 꾸미는 데 유독 민감한 법이다.
　캐리는 여자들을 위한 온갖 새롭고 멋진 옷에 온통 마음을 뺏기기도 했지만, 백화점 물건들에 푹 빠져서 그녀의 존재는 안중에도 없이 팔꿈치로 밀치고 무시하며 지나가는 멋진 숙녀들 때문에 가슴이 아팠다.

캐리는 자기보다 복 많은 도시 여자들을 별로 본 적이 없었다. 자신의 초라한 모습과 비교되는 점원들의 외모와 성격에 대해서도 아는 바가 없었다. 그들은 대개 예쁘장했고, 그중 정말로 근사한 미인들은 톡 쏘는 매력을 더하는 고고하고 무심한 분위기마저 풍겼다. 그들의 옷차림은 단정했고 잘 차려입은 이들도 많았다. 캐리는 그들과 눈이 마주칠 때마다 그들이 자신의 지위며 옷의 단점은 물론이고, 필경 자신의 태도에서 배어나는 분위기를 날카롭게 분석하여 그녀가 누구이고 어떤 존재인지를 확실하게 간파하고 있음을 알아차렸다. 캐리의 가슴속에서 질투의 불꽃이 타올랐다. 이 도시가 부와 패션, 안락함, 여자들을 위한 온갖 장식품을 얼마나 많이 가졌는지를 어렴풋이 깨달았고, 옷과 아름다운 것들이 진심으로 갖고 싶어졌다.

캐리는 물어물어 이층에 있는 관리사무실을 찾아갔다. 가보니 캐리 같은 지원자들이 몇 명 먼저 와 있었다. 그들 상당수는 도시 경험에서 나온 자신감과 독립적인 분위기를 풍겼다. 여자들은 캐리를 괴로울 정도로 뜯어보았다. 사오십 분쯤 기다리니 캐리의 차례가 왔다.

날카롭고 성미가 급해 보이는 유대인이 창문 옆 덮개가 달린 책상 앞에 앉아 있었다. "다른 백화점에서 일해본 적이 있나요?"

"아뇨, 없는데요." 캐리가 대답했다.

"아, 경험이 없으시군요." 그가 매서운 눈매로 캐리를 쏘아보며 말했다.

"예, 없습니다."

"흠, 우리는 경력이 있는 아가씨를 찾고 있습니다. 당신은 안 되겠군요."

캐리는 인터뷰가 끝난 건지 긴가민가하여 잠시 선 채로 기다렸다.

"뭘 기다리고 있어요! 바빠 죽겠는데." 그가 소리쳤다.

캐리는 재빨리 문 쪽으로 걸어갔다.

"잠깐만요." 남자가 그녀의 등뒤에 대고 외쳤다. "이름과 주소를 남기고 가세요. 가끔 사람이 필요할 때도 있으니까."

무사히 거리로 나오자 쏟아지는 눈물을 억누르기가 힘들었다. 좀 전에 겪은 거절 때문이라기보다는 온종일 겪은 수모 탓이었다. 지치고 신경이 곤두섰다. 다른 백화점에 찾아가볼 생각도 버리고 인파 속에 뒤섞인 캐리는 그제야 한숨 돌리며 정처 없이 발길을 옮겼다.

무심히 발길 닿는 대로 가다가 강에서 그리 멀지 않은 잭슨 스트리트에 이르렀고, 이 인상적인 대로의 남쪽으로 계속 걷는데 문에 붙은 포장지 한 장이 눈길을 끌었다. 거기에는 잉크로 '포장하고 박음질할 젊은 여성 구함'이라고 씌어 있었다. 캐리는 잠시 망설이다 안으로 들어갔다.

남자아이용 모자 제조업체인 슈피겔하임은 건물 일층에 가로 50피트, 세로 80피트 정도의 넓이를 차지하고 있었다. 조명은 좀 어두침침했고 제일 어두운 구석에는 백열등 불빛 아래 기계와 작업대들이 빽빽이 놓여 있었다. 그 작업대에서 많은 여자들과 몇몇 남자들이 일을 하고 있었다. 여자들은 기름과 먼지로 얼룩진 얼굴에, 얇은 면 원피스를 헐렁하게 걸치고 낡은 신발을 꿰신어 단정치 못한 몰골을 하고 있었다. 상당수는 소매를 걷어올려 팔뚝을 훤히 드러내놓았고, 어떤 이들은 더위 탓에 앞섶도 풀어헤치고 있었다. 그들은 직장여성 중에서도 최하급 부류로, 조심성이 없고 칠칠치 못하며 햇빛을 못 봐서 안색이

창백했다. 수줍음은 없었고 호기심은 왕성했으며, 거칠 것이 없고 입
도 걸었다.

캐리는 주변을 둘러보고 굉장히 심란해졌고, 죽어도 이런 곳에서는
일하고 싶지 않다는 생각을 했다. 기분 나쁘게 곁눈질하는 시선 외에
는 아무도 그녀에게 관심을 보이지 않았다. 캐리는 방안 사람들 모두
가 그녀의 존재를 알아챌 때까지 기다렸다. 잠시 후, 몇 마디 말이 오
가더니 셔츠 바람에 앞치마를 두르고 소맷자락을 어깨까지 걷어올린
작업반장이 다가왔다.

"나를 보러 왔소?" 그가 물었다.

"혹시 사람이 필요하지 않으신가요?" 이제는 단도직입적으로 말하
는 편이 낫다는 것을 알게 된 캐리가 물었다.

"모자 박음질할 줄 아쇼?"

"아뇨, 몰라요."

"이런 일을 해본 경험은 있소?"

그녀는 없다고 대답했다.

"흠." 반장은 생각에 잠겨 귀를 긁적이며 이렇게 말했다. "박음질할
사람이 필요한데 경력자면 좋겠소. 일을 가르칠 시간은 없거든." 그는
말을 멈추고 창밖으로 시선을 돌렸다. "하지만 마무리 작업을 시킬 수
는 있겠군." 그는 신중하게 말을 맺었다.

"주급은 얼마나 주시나요?" 남자의 태도에 부드러운 구석이 있고
솔직담백하게 말하는 데 용기를 얻은 캐리가 대담하게 물었다.

"삼 달러 오십 센트." 남자의 대답이었다.

'아.' 캐리는 터져나오려던 말을 참고 자기 생각을 드러내지 않은 채

속으로 삭였다.

"지금 딱히 사람이 필요하진 않수다." 그가 마치 짐꾸러미를 보듯 캐리를 돌아보며 애매한 태도로 말을 이었다. "그래도 월요일 아침에 나와보쇼. 일을 줄 테니."

"감사합니다." 캐리가 힘없이 인사를 했다.

"올 때 앞치마 가지고 와요." 그가 덧붙였다.

그는 캐리를 엘리베이터 옆에 남겨두고 가버렸다. 이름조차 묻지 않았다.

작업장의 모습과 주급 액수가 캐리의 환상을 깨뜨렸지만 굴욕스러운 경험을 실컷 겪고 난 뒤라 무슨 일이건 일을 구했다는 사실이 그저 흐뭇했다. 거창한 일을 바라지는 않았지만 그래도 그런 곳에서 일하고 싶지는 않았다. 캐리는 그보다는 낫게 살아왔다. 세상 경험이 없고 시골에서 자유롭게 바깥 생활을 해온 탓에 그렇게 갇혀 지내야 한다는 데 천성적으로 반감을 느꼈다. 먼지투성이인 곳에서 지내본 적도 없었다. 언니의 아파트도 깨끗했다. 공장은 음침하고 초라했으며 일하는 여자들은 조신하지 못하고 거칠었다. 틀림없이 성질도 못되고 고약할 것이다. 하지만 어쨌거나 캐리에게 주어진 일자리였다. 하루에 일자리를 하나씩만 찾을 수 있다면 시카고도 그리 나쁘지는 않을 것이다. 나중에는 더 나은 곳을 찾을 수 있으리라.

그러나 그후의 경험은 그리 호락호락하지 않았다. 보기 좋거나 눈길을 끄는 곳에서는 전부 더할 나위 없이 정중하지만 차가운 태도로 단번에 그녀를 내쳤다. 경력자만 구하는 곳도 많았다. 가장 가슴 아픈 거절은 한 외투공장에서였다. 캐리는 사층까지 올라가 물어보았다.

"됐소. 됐다고. 사람 필요 없소. 여기 얼씬도 마요." 희미하게 불을 켜놓은 작업장을 감독하는 거칠고 몸집이 둔해 보이는 작업반장이 말했다.

오후가 저물어가면서 희망도 용기도 기운도 사라졌다. 캐리는 놀랄 만큼 끈기가 있었다. 열심히 노력했으니 이보다는 나은 보답을 받아야 마땅했다. 그녀의 지쳐버린 감각에는 사방의 멋진 건물들이 무심한 가운데 더 크고, 더 딱딱하고, 더 냉담해 보였다. 모두가 캐리에게 문을 닫아건 것 같았고 뭔가를 해볼 엄두를 내기에는 투쟁이 너무 치열한 것 같았다. 사람들은 길게 줄을 지어 바삐 움직였다. 캐리는 노력과 관심의 거대한 흐름을 느꼈다. 자신도 그 흐름 속의 작은 존재라는 사실은 전혀 깨닫지 못한 채 무력함만 느꼈다. 캐리는 어디 문 두드려볼 만한 데가 없을까 헛되이 찾아보았지만 어디에도 들어갈 용기가 나지 않았다. 어차피 결과는 마찬가지일 것이다. 굴욕을 참고 애원해봤지만 퉁명스러운 거절만 되돌아왔다. 몸도 마음도 녹초가 된 캐리는 언니의 아파트가 있는 서쪽으로 발길을 돌리고, 일자리를 찾아 헤매는 사람이 해질 무렵이면 으레 그러듯 피로와 실망을 안고 후퇴를 시작했다. 5번 애비뉴를 지나서 맨뷰런 스트리트를 향해 남쪽으로 걸어가다가 차를 타려고 커다란 구두 도매상 문 앞을 지나는데 유리창 너머로 작은 책상 앞에 앉은 중년 신사가 눈에 들어왔다. 확실한 패배감에서 종종 생겨나는 자포자기의 충동, 혼란스럽고 근거 없는 생각이 마지막으로 한 번 더 그녀를 사로잡았다. 캐리는 신중하게 문으로 걸어들어가 그 신사에게로 다가갔다. 신사는 약간 관심을 보이며 그녀의 지친 얼굴을 주시했다.

"무슨 일입니까?" 그가 물었다.

"혹시 제가 할 만한 일이 있을까요?"

"글쎄, 저는 잘 모르겠군요." 신사가 친절하게 대답했다. "어떤 일자리를 원하십니까? 타자수인가요?"

"아뇨." 캐리가 대답했다.

"흠, 우리는 경리랑 타자수만 채용하는데요. 저쪽으로 돌아가서 위층에 한번 물어보세요. 며칠 전에 위층에서 사람을 구한다고 하던데. 브라운 씨한테 가봐요."

캐리는 서둘러 옆문으로 가서 엘리베이터를 타고 사층으로 올라갔다.

"브라운 씨 좀 불러주렴, 윌리." 엘리베이터 운전원이 옆의 사환에게 말했다.

윌리가 나가더니 이내 돌아와서 캐리에게 앉아서 잠시 기다리라는 브라운 씨의 말을 전했다.

그곳은 창고의 일부였는데, 그 장소의 일반적인 특징을 알려주는 것이 아무것도 없어서 캐리는 어떤 성격의 일인지 전혀 감을 잡을 수 없었다.

"그러니까 일자리를 찾는다 이거지요." 브라운 씨는 그녀가 찾아온 까닭을 묻고 이렇게 말했다. "구두공장에서 일해본 경험이 있소?"

"아뇨, 없어요." 캐리가 대답했다.

"이름이?" 그가 묻기에 이름을 알려주었다. "음, 당신이 할 만한 일거리가 있을지 모르겠군요. 주급 사 달러 오십 센트 괜찮겠소?"

캐리는 실패로 녹초가 된 상태라도 그리 많은 액수라는 생각은 들지 않았다. 육 달러 이상은 받을 줄 알았다. 하지만 그녀는 순순히 받아들였고 그는 캐리의 이름과 주소를 적었다.

마지막으로 그가 말했다. "자, 월요일 아침 여덟시까지 여기로 나오시오. 당신이 할 일을 찾아볼 테니."

그의 말에 캐리는 마침내 일자리를 찾았다는 생각에 여러 가지 가능성이 보여 기운이 되살아났다. 순간 온몸의 피가 따뜻하게 퍼져나갔다. 긴장이 풀어졌다. 북적이는 거리로 나와보니 분위기도 새로워진 것 같았다. 오가는 인파의 발걸음이 가벼웠다. 사람들의 얼굴은 미소로 환했다. 대화 몇 토막과 웃음소리가 그녀에게까지 퍼져왔다. 분위기가 밝았다. 사람들이 하루일을 끝내고 건물 밖으로 쏟아져나오고 있었다. 다들 기분이 좋아 보였고, 캐리도 언니의 집과 자신을 기다리고 있을 식사를 생각하니 걸음이 빨라졌다. 피곤하기는 해도 더이상 지친 발걸음은 아니었다. 언니가 뭐라고 할까! 아, 시카고에서 보낼 긴 겨울, 불빛들, 인파, 즐길거리들! 어쨌거나 여기는 멋지고 신나는 대도시이다. 새 회사는 좋은 곳이다. 창문도 큼직한 판유리로 되어 있다. 그곳에서 아마 잘해나갈 수 있을 것이다. 문득 드루에가 생각났다. 그가 해준 말들도 떠올랐다. 캐리는 이제 인생이 더 나아졌다고, 더 활기차고 신이 난다고 느꼈다. 기분이 한껏 고조되어 온몸이 흥분으로 뜨거워지는 것을 느끼며 차에 올랐다. 이제 시카고에서 살게 된 거라는 속삭임이 마음속에서 끊임없이 들려왔다. 지금까지 경험해보지 못한 즐거운 시간이 기다리고 있을 것이다. 행복해질 것이다.

4
환상의 대가
현실이 냉소로 답하다

캐리는 한껏 기대에 부풀어 이틀을 보냈다.

캐리의 공상은 부잣집 딸로나 태어났어야 어울렸을 온갖 호사와 오락으로 분별없이 빠져들었다. 그녀는 변변찮은 주급 사 달러 오십 센트를 어디다 쓸지 순식간에 다 정하고는 마음속으로 주저 없이 돈을 물쓰듯 써버렸다. 요 며칠 저녁 잠자리에 들기 전 흔들의자에 앉아 불 밝힌 거리를 내다보는 동안 아직 손에 들어오지도 않은 그 돈은 여자들이 간절히 원하는 모든 즐거움과 장신구로 싹 다 사라졌다. '신나게 즐겨야지.' 캐리는 생각했다.

언니 미니는 동생이 이처럼 돈 쓸 궁리에 혼자 신이 나 있는 줄은 전혀 몰랐다. 미니는 부엌을 닦는 일과 일요일 저녁으로 팔십 센트를 어떻게 쓸지 계산하는 데만 정신이 팔려 있었다. 캐리가 처음 거둔 성공에 상기된 채 집으로 돌아와 지친 것도 잊고 그 성과를 얻기까지의 흥미로운 사건들을 늘어놓자, 언니는 그저 흐뭇하게 미소 지으며 차비로 얼마를 써야 하느냐고 물었다. 캐리는 차비 생각은 미처 해보지도 못했을뿐더러 잔뜩 달아오른 흥분 상태라 별로 영향을 받지도 않았다. 계산을 하면서도, 돈을 얼마 제하더라도 눈에 띄게 줄지는 않을 것 같은 막연한 기분이어서 그저 행복하기만 했다.

일곱시에 귀가한 핸슨은 다소 퉁명스러워 보였다. 저녁식사 전에는 보통 그랬다. 무슨 말을 해서가 아니라 엄숙한 표정과 말없이 어슬렁거리는 태도에서 그런 느낌이 묻어났다. 그는 노란 모직 슬리퍼를 즐겨 신어서 집에 오면 딱딱한 구두는 벗고 바로 그 슬리퍼로 갈아신었다. 그러고는 세숫비누로 얼굴이 불그스름하게 빛날 때까지 세수를 했는데, 이것이 그의 유일한 저녁식사 준비였다. 그런 다음 석간신문을 집어들고 말없이 읽었다.

젊은 남자치고는 다소 병적인 성격이었고 그것이 캐리에게도 영향을 주었다. 이런 경우 흔히 그렇듯이 집안 전체의 분위기에도 영향을 미쳐서, 그의 아내 역시 뚱한 대답이 돌아올까 두려워 주눅들고 눈치를 보는 경향이 있었다. 캐리가 알린 소식 덕분에 그나마 그의 분위기가 좀 밝아졌다.

"시간을 허비하지 않았네?" 그가 슬쩍 미소를 지으며 말했다.

"네." 캐리가 뿌듯한 기분으로 대답했다.

그는 한두 가지 더 묻고는 아기와 놀아주려고 돌아섰고, 식사를 하며 미니가 다시 그 이야기를 끄집어낼 때까지 그 화제는 접어두었다.

하지만 캐리는 아파트에 퍼져 있는 평소의 분위기로 돌아갈 마음이 없었다.

"아주 큰 회사 같더라고요. 유리창이 굉장히 크고 직원들도 많아요. 제가 만난 사람이 그러는데 사람을 아주 많이 쓴대요."

"잘 찾기만 하면 일자리 얻기가 그리 어렵지는 않지." 핸슨이 말했다.

미니도 캐리의 들뜬 기분과 남편이 대화에 참여하는 분위기에 마음이 따뜻해져서 캐리에게 유명한 볼거리들을 알려주기 시작했다. 공짜로 즐길 수 있는 곳들이었다.

"미시간 애비뉴에 가보렴. 멋진 건물들이 많아. 정말 아름다운 거리야."

"H. R. 제이콥스는 어디 있어?" 캐리가 당시 멜로드라마를 상연하는 극장들 중 한 곳을 언급하며 끼어들었다.

"아, 여기서 별로 안 멀어. 바로 위쪽 할스테드 스트리트에 있어." 미니가 대답했다.

"나 거기에 꼭 가보고 싶어. 오늘 내가 할스테드 스트리트를 건넌 게 맞지?"

자연스럽게 나와야 할 대답이 잠깐 멈칫했다. 생각이란 기묘하게도 다른 사람들에게 퍼져나가는 경향이 있다. 극장에 가자는 제안에, 입밖으로 내진 않았지만 돈 드는 일이라면 탐탁지 않아 하는 기미가 핸슨의 마음속에 떠오른 다음 미니의 마음속으로 퍼지고, 식탁 분위기에도 영향을 미쳤다. 미니는 "그래"라고 대답했지만, 캐리는 극장에 가는 것을 그다지 달가워하지 않는 분위기를 감지할 수 있었다. 그 이야기는 핸슨이 식사를 마치고 신문을 들고 거실로 사라질 때까지 다시 나오지 않았다.

둘만 남자, 자매는 조금 더 자유롭게 이야기를 나누기 시작했다. 캐리는 설거지를 하면서 간간이 콧노래도 흥얼거렸다.

잠시 후 캐리가 말했다. "우리 오늘밤 극장 가면 어때? 그리 멀지 않다면 할스테드 스트리트까지 걸어가보고 싶어."

"어, 스벤이 오늘밤에 가려고 할지 모르겠네. 일찍 일어나야 하거든." 미니가 대답했다.

"괜찮다고 할걸. 형부도 좋아할 거야." 캐리가 말했다.

"아냐, 그이는 외출을 잘 안 해."

"흠, 난 가고 싶은데. 그럼 우리끼리라도 가자." 캐리가 제안했다.

미니는 잠시 생각에 잠겼다. 갈 수 있을지 없을지, 갈지 말지를 놓고 고민한 것이 아니었다. 그 점에 있어서는 이미 부정적인 쪽으로 결론을 내렸다. 동생의 생각을 어떻게 다른 화제로 돌릴까 하는 게 문제였다.

"다음에 가자꾸나." 결국 미니는 화제를 돌릴 마땅한 구실을 찾지 못하고 이렇게 말했다.

캐리는 반대하는 이유를 즉시 눈치챘다.

"나 돈 좀 있어. 언니도 같이 가."

미니는 고개를 저었다.

"형부도 같이 가도 되는데."

"아니." 미니가 부드럽게 대답하며 접시를 달가닥거려 이야기 소리를 묻어버렸다. "형부는 안 갈 거야."

미니가 캐리를 못 본 지도 꽤 여러 해가 지났고, 그사이 캐리의 성격은 좀 변했다. 천성적으로 자신을 발전시키려는 노력에는 뭐든지 소심했는데, 힘도 밑천도 없을 때는 더욱 그랬다. 하지만 쾌락을 좇는 강한 열망만은 그녀의 본성에서 변치 않는 부분이었다. 다른 모든 것에는 입을 다물더라도 즐길거리에 대해서만은 말하고 싶어했다.

"형부한테 물어봐." 캐리가 부드럽게 애원했다.

미니는 캐리의 숙식비로 늘어날 수입을 생각하고 있었다. 그 돈으로 집세를 내면 남편과 돈 얘기를 하는 것도 조금은 쉬워질 것이다. 그러나 캐리가 시작부터 놀러 다닐 생각이나 한다면 문제였다. 놀 생각을 버리고 묵묵히 부지런히 살며 열심히 일할 필요를 깨닫지 못한다면, 캐리가 이 도시에 온들 그들에게 무슨 도움이 되겠는가? 이런 생각이 냉정하고 모진 성격에서 나온 것이라고는 할 수 없었다. 근면해야 할 자신의 처지에 불평 없이 적응한 사람에게서 자연스럽게 우러나오는 태도였다.

결국 미니는 어쩔 수 없이 핸슨에게 물어보았다. 그러고 싶은 마음은 조금도 없었지만 건성으로 말이나 한번 꺼내본 것이었다.

"캐리가 우리더러 극장엘 가자네요." 그녀는 남편 쪽을 보며 말했다. 핸슨은 신문에서 고개를 들고 덤덤한 얼굴로 아내와 마주보았다. 말하지 않아도 그들의 표정에서 속마음이 다 드러났다. '예상하지 못했던 일인데.'

그가 대꾸했다. "난 가고 싶지 않아. 뭘 보고 싶다는 거지?"

"H. R. 제이콥스요."

그는 다시 신문으로 눈을 돌리고 고개를 가로저었다.

언니 부부가 자신의 제안을 어떻게 생각하는지 알게 되자, 캐리는 그들의 생활방식을 훨씬 더 정확히 파악할 수 있었다. 그것은 딱히 대놓고 반대하지는 않으면서도 캐리를 압박하는 방식이었다.

"내려가서 계단에 좀 앉아 있다 올게요." 잠시 후 그녀가 말했다.

미니는 반대하지 않았고, 캐리는 모자를 쓰고 아래로 내려갔다.

"캐리는 어디 갔나?" 핸슨이 문 닫히는 소리를 듣고 식당으로 돌아와 물었다.

"계단에 좀 앉아 있다 오겠대요. 잠깐 바깥 구경 좀 하고 싶은가봐요."

"벌써 극장에 돈 쓸 생각이나 하면 되겠어?" 그가 말했다.

"그냥 호기심 때문에 그러는 거겠죠. 모든 것이 다 새롭잖아요."

"글쎄." 핸슨은 이마를 살짝 찌푸리고 아기에게 갔다.

그는 젊은 처녀가 쉽게 빠질 수 있는 허영과 낭비에 대해 생각하면서 아직 가진 것도 없는 캐리가 어떻게 그런 쪽에 마음을 빼앗길 수가 있을까 의아하게 여겼다.

토요일에 캐리는 혼자 외출했다. 먼저 관심을 끌었던 강 쪽으로 갔다가, 예쁜 집과 멋진 잔디밭이 죽 늘어서 있어 가로수길이 되는, 잭슨 스트리트로 돌아왔다. 아마 그 거리에 재산이 10만 달러를 넘는 부자는 없겠지만, 그녀는 부유한 분위기에 깊은 인상을 받았다. 벌써 아파트는 좁고 지겨운 곳이며 재미와 즐거움은 다른 곳에 있다고 느끼기 시작했기 때문에 밖으로 나온 것이 기뻤다. 생각은 이제 좀더 자유로워져서 드루에한테까지 미치게 되었다. 확실치는 않지만 월요일 밤쯤에 그가 찾아올지도 모를 일이었다. 그가 올지도 모른다고 생각하니 좀 심란해지면서도 한편으로 그가 오길 바라는 마음이었다.

월요일 아침 캐리는 일찍 일어나 출근 준비를 했다. 파란 물방울무늬의 낡은 면 블라우스와 색이 좀 바랜 연갈색 서지 스커트를 입고 컬럼비아시티에서 여름 내내 쓰고 다녔던 작은 밀짚모자를 썼다. 신발은 낡았고, 목에 매는 리본은 오래되기도 하고 많이 쓰기도 해서 편다고 폈지만 구김이 남아 있었다. 얼굴을 제외하면 딱히 두드러져 보이는 데가 없는 아주 평범한 직장여성의 차림새였다. 얼굴은 보통보다는 약간 더 나아서, 상냥하고 수줍으면서도 쾌활한 인상이었다.

캐리처럼 집에 있을 때는 일고여덟시가 되어야 일어나는 것이 보통이던 사람에게 꼭두새벽에 일어나기란 쉬운 일이 아니다. 잠이 덜 깬 캐리는 여섯시에 주방을 들여다보았다가 핸슨이 묵묵히 아침식사를 마치는 모습을 보고 그의 생활이 어떤 것인지 어렴풋이나마 느낄 수 있었다. 캐리가 옷을 다 입었을 때쯤 그는 나갔고, 그녀는 미니와 함께 아기를 데리고 아침을 먹었다. 아기는 이제 겨우 아기용 의자에 앉아 숟가락으로 접시를 두드릴 정도였다. 한 번도 해본 적 없는 낯선 일이 자신을 기다리고 있다는 사실에 캐리는 기분이 많이 가라앉았다. 온갖 눈부신 공상은 이제 재만 남았다. 그럼에도 불구하고 그 재 속에는 여전히 희망의 작은 잉걸불이 조금은 남아 있었다. 약해진 마음에 기가 죽은 캐리는 말없이 아침을 먹으면서 그 구두회사가 어떤 곳일지, 일은 어떨지, 고용주는 어떤 태도로 대해줄지 머릿속에 그려보았다. 그녀는 희미하게나마 자기가 대단한 주인들과 만나게 될 것이며 멋있게 차려입은 점잖은 남자들이 가끔씩 들여다보는 곳에서 일하게 되리라고 생각했다.

"잘 다녀오렴." 출근 채비를 하는 캐리에게 미니가 인사를 건넸다. 그들은 그날 아침만큼은 걸어서 출근하면서 매일 걸어갈 만한 거리인지 보는 편이 좋겠다는 데 의견을 같이했다. 교통비로 일주일에 육십 센트라면 캐리의 형편에서 마음놓고 쓸 수 있는 돈은 아니었다.

"오늘밤에 돌아와서 얘기해줄게." 캐리가 대답했다.

노동자들이 바삐 오가고, 철도마차들이 대형 도매점 점원들과 청소부들을 태우고 레일을 지나가고, 사람들이 집에서 나와 걸어가는 햇살 가득한 거리로 일단 나오니 캐리는 약간 자신감이 생겼다. 탁 트인 파란 하늘 아래 아침햇살을 받으며 신선하고 활기찬 공기를 들이마시면 절망의 구렁텅이에 빠진 사람이 아니고서야 두려움 따위는 발붙일 곳이 없는 법이다. 밤이나, 낮에도 어두운 실내에서는 두려움과 불안이 힘을 얻지만 햇살 아래서는 잠시나마 죽음의 공포마저 잊히기 마련이다.

캐리는 똑바로 걸어가 강을 건너 5번 애비뉴로 들어섰다. 이 지역의 큰길은 갈색 돌과 검붉은 벽돌로 장벽을 이룬 협곡 같았다. 크고 깨끗한 창문들이 반짝거렸다. 점점 더 많은 트럭이 덜커덩거리며 지나갔다. 남녀노소 제각기 갈 길을 가고 있었다. 캐리는 자기 또래의 처녀들과 마주쳤다. 그들은 마치 그녀의 기죽은 모습을 깔보는 듯한 눈초리로 쳐다보았다. 캐리는 갑자기 이 새로운 생활이 너무나 엄청나게 느껴졌다. 아는 것이 많지 않으면 그 속에서 절대 뭔가를 해낼 수 없을 것 같았다. 자신이 무능하다는 두려움이 슬금슬금 파고들었다. 일하는 법을 익힐 성싶지도 않고 제대로 빨리 해낼 수도 없을 것 같았다. 할 줄 아는 것이 없으니까 다른 곳에서도 죄다 퇴짜만 맞지 않았던가? 이곳에서도 욕이나 먹고 구박만 받다가 망신스럽게 해고당할 것 같았다.

캐리는 후들거리는 다리로 숨을 가볍게 헐떡이며 애덤스 스트리트와 5번 애비뉴가 만나는 곳에 있는 커다란 구두회사로 들어가 엘리베이터를 탔다. 사층에 내려보니 상자들만 천장에 닿도록 쌓여 있을 뿐 주위에는 아무도 없었다. 그녀는 잔뜩 겁에 질려 누군가 나타나기만 기다렸다.

곧 브라운 씨가 모습을 드러냈다. 그는 캐리를 알아보지 못하는 것 같았다.

"무슨 일이시오?" 그가 물었다.

캐리는 가슴이 쿵 내려앉았다.

"오늘 아침에 오면 일거리를 찾아주겠다고 하셔서……"

"아," 그가 캐리의 말을 잘랐다. "음…… 그렇군. 이름이 뭐요?"

"캐리 미버예요."

"좋아요. 따라오시오." 그가 말했다.

그의 뒤를 따라 새 구두 냄새가 풍기는 상자를 쌓아놓은 어두운 복도를 지나가니 진짜 공장으로 통하는 철문이 나왔다. 천장이 낮은 넓은 방에는 덜컹덜컹 요란한 소리를 내며 기계들이 돌아가고, 흰 셔츠 바람에 푸른 깅엄 앞치마를 두른 남자들이 기계 앞에서 일하고 있었다. 캐리는 브라운 씨의 뒤를 따라 덜컹거리는 기계들 사이를 지나가면서 기가 죽어 얼굴이 살짝 붉어졌고, 옆으로 눈을 돌리지도 못했다. 그들은 방 맨 끝까지 가서 엘리베이터를 타고 육층으로 올라갔다. 줄줄이 늘어선 기계와 긴 의자 들 틈에서 브라운 씨가 작업반장을 불렀다.

"여기 신참 왔어." 그는 캐리 쪽으로 몸을 돌렸다. "저이를 따라가봐요." 그런 다음 돌아가버렸다. 캐리는 새로운 상사를 따라 구석의 작은 책상으로 갔다. 거기가 일종의 사무실로 쓰이는 곳이었다.

"이런 일은 처음 해본단 말이지요?" 그는 다소 딱딱한 투로 질문을 던졌다.

"예, 처음이에요." 그녀가 대답했다.

그는 귀찮은 일을 하게 되어 좀 짜증이 난 듯했지만 그녀의 이름을 적은 다음, 덜커덩거리는 기계 앞에 걸상을 놓고 앉은 여자들 쪽으로 그녀를 데려갔다. 그는 기계로 구두 갑피에 구멍을 뚫고 있던 여자들 중 한 명의 어깨에 손을 올려놓았다.

"지금 하는 일을 이 처녀한테 가르쳐주시오. 다 끝나면 나한테 와요." 그가 말했다.

그 말을 들은 여자는 잽싸게 일어나서 캐리에게 자리를 내주었다.

"어렵지 않아요." 그녀가 허리를 구부리고 말했다. "여기를 이렇게 잡고, 죔쇠로 고정시키는 거예요. 그다음에 기계를 작동시켜요."

그녀는 말한 대로 남자 구두에서 오른편 반쪽 윗부분이 될 가죽조각을, 조절이 가능한 작은 죔쇠로 고정시키고 기계 옆의 작은 쇠막대를 밀었다. 그러자 기계는 날카롭게 딸칵 소리를 내면서 가죽조각에 구두끈을 꿸 수 있는 조그만 둥근 구멍을 냈다. 몇 번 시범을 보인 후 여자는 캐리 혼자서 해보게 했다. 제법 잘해내는 것을 확인하고 여자는 자리를 떴다.

캐리의 오른편에 앉은 여자가 가죽조각을 밀어주었고, 캐리는 왼편 여자에게 넘겨주었다. 평균속도를 따라가야 한다는 걸 캐리는 금세 알아챘다. 그러지 못하면 일감이 모두 자기에게 쌓여서 전체 작업이 지연될 것이었다. 두리번거릴 틈도 없이 긴장해서 허리를 구부리고 일에만 몰두했다. 캐리의 양옆에 앉은 여자들은 캐리가 힘겨워하는 것을 알아채고 작업속도를 늦추어 할 수 있는 데까지는 그녀를 도와주려 했다.

한참을 쉬지 않고 일하다보니 기계의 단조롭고 기계적인 움직임에 두려움과 공상으로 인한 긴장이 좀 풀어지는 듯 느껴졌다. 얼마쯤 지나자 그녀는 방이 그다지 밝지 않다는 것을 알아차렸다. 가죽 냄새가 코를 찔렀지만 그다지 거슬리지는 않았다. 자기를 도와주는 다른 직원의 시선을 느끼고 그녀는 속도를 맞추려고 애썼다.

한번은 가죽을 놓으면서 실수를 하는 바람에 죔쇠를 손으로 더듬어 찾고 있는데, 큼직한 손이 눈앞에 나타나 죔쇠를 고정해주었다. 작업 반장이었다. 캐리는 가슴이 쿵쿵 뛰어서 일을 계속하기가 힘들 지경이었다.

"기계를 작동시켜요. 기계를 돌리라고. 라인을 기다리게 하면 안 되지." 반장이 말했다.

이 말에 제정신으로 돌아온 캐리는 거의 숨도 쉬지 않고 미친듯이 일을 했다. 뒤에서 그림자가 떠난 뒤에야 비로소 그녀는 길게 한숨을 내쉬었다.

오전 시간이 지나면서 방은 점점 더 더워졌다. 신선한 바람을 쐬고 물도 좀 마시고 싶었지만 감히 자리를 뜰 엄두가 나지 않았다. 캐리가 앉은 걸상은 등받이나 발판이 없어서 등이 아팠다. 몸을 살짝 비틀기도 하고 이리저리 돌려보기도 했지만 곧 다시 불편해졌다. 그녀는 점점 지쳐갔다.

"잠깐 일어나봐요." 오른편에 앉은 여자가 인사도 없이 불쑥 말했다. "그 정도는 괜찮아요."

캐리는 고마운 마음으로 그녀를 쳐다보았다. "좀 그래야겠어요."

캐리는 자리에서 일어나 잠시 선 채로 일을 했지만 더 힘들기만 했다. 구부리고 있자니 목과 어깨가 아팠다.

공장 분위기는 좀 거친 듯한 인상이었다. 캐리는 감히 주위를 둘러

보지는 못했지만 덜컹대는 기계 소음을 뚫고 간간이 주고받는 말소리
는 들을 수 있었다. 곁눈질을 약간 해보기도 했다.

"어젯밤에 해리 봤어?" 캐리의 왼쪽에 앉은 여자가 다른 여자에게
물었다.

"아니."

"해리가 맨 타이를 봤어야 했는데. 맙소사, 하지만 진짜 눈에 확 띄
긴 하더라."

"쉬잇." 그녀가 자기 일감 위로 몸을 굽히며 주의를 주었다. 먼저 말
을 건 여자가 짐짓 표정을 굳히며 입을 다물었다. 반장이 직원들을 하
나하나 훑어보면서 천천히 지나갔다. *그가 지나가자마자 대화가 다시
이어졌다.*

"얘, 해리가 뭐랬는지 알아?" 왼편의 여자가 먼저 입을 뗐다.

"뭐랬는데?"

"어젯밤에 마틴스에서 우리가 에디 해리스랑 같이 있는 걸 봤대."

"말도 안 돼!" 둘은 같이 킬킬거렸다.

갈색 머리를 지저분하게 기른 청년이 왼쪽 옆구리에 가죽조각을 담
은 바구니를 끼고 발을 끌면서 기계들 사이를 지나갔다. 그는 캐리 근
처로 오더니 오른팔을 뻗어 한 여자의 팔을 꽉 움켜쥐었다.

여자가 화가 나서 소리를 질렀다. "아이, 놔줘. 이 얼간이야."

그는 그저 씩 웃기만 했다.

"웃기시네!" 그녀가 쳐다보자 그가 외쳤다. 정중한 맛이라고는 조금
도 없었다.

캐리는 이제 가만히 앉아 있기가 힘들 지경이었다. 다리가 아파서

좀 일어나서 쭉 뻗고 싶었다. 열두시는 영영 오지 않을 건가? 온종일 일한 듯한 기분이었다. 배는 하나도 고프지 않았지만 기운이 없었고, 구멍을 뚫는 펀치가 내려오는 곳만 뚫어져라 쳐다보았더니 눈도 피곤했다. 오른편 여자는 캐리가 꿈지럭거리는 것을 눈치채고 안쓰러워했다. 캐리는 지나치게 집중하고 있었다. 정신적으로나 육체적으로나 그렇게까지 긴장하고 집중할 일은 아니었으나 어쩔 수 없었다. 구두 윗부분 반쪽이 서서히 쌓여가고 있었다. 팔목이 아파오더니 손가락으로 통증이 번져나가 마지막에 가서는 근육이 쑤시다못해 감각이 없어졌다. 그 자세로 굳어져 점점 더 진절머리나는 이 기계적인 동작 하나만 영원히 반복하게 될 것 같았다. 마침내는 구역질이 날 지경이었다. 긴장이 풀릴 때가 오기는 하려나 하는데 엘리베이터 통로 아래에서 둔중한 종소리가 울리면서 작업이 끝났다. 종소리가 나기 무섭게 부스럭거리고 얘기하는 소리로 웅성거렸다. 여자들은 곧장 자리에서 일어나 옆방으로 재빨리 사라졌다. 문이 열린 오른편 방에서 남자들이 나와서 지나쳐갔다. 윙윙 돌아가던 바퀴 소리가 서서히 잦아들더니 나지막이 웅웅거리는 소리로 바뀌며 멈췄다. 정적이 깔리자 일상적인 목소리가 오히려 낯설었다.

캐리는 일어서서 도시락을 찾았다. 몸은 경직되고 좀 어지러웠으며 타는 듯이 목이 말랐다. 겉옷과 도시락을 보관할 수 있도록 나무 칸막이를 친 작은 공간으로 가다가 반장과 마주쳤다. 반장은 그녀를 빤히 바라보았다.

"흠, 일은 할 만한가?"

"그럭저럭요." 캐리는 아주 공손하게 대답했다.

"음." 마땅한 다른 말이 생각나지 않는지 그는 이렇게만 말하고는 가버렸다.

작업환경이 좀더 나았더라면 이 정도 일은 그렇게까지 나쁜 일은 아니었을 테지만, 직원들을 위하여 쾌적한 노동환경을 마련해야 한다는 새로운 사회주의가 아직 제조업체까지는 영향을 미치지 못했다.

기계기름 냄새와 새 가죽 냄새에 건물의 퀴퀴한 냄새까지 더해져서 추운 날씨에도 냄새가 고약했다. 매일 저녁 청소하는데도 바닥에는 쓰레기가 널려 있었다. 직원들을 위한 편의 시설은 눈 씻고 찾아봐도 없었다. 가급적 그런 편의는 주지 않고 일을 고되게 시켜야 이익이라는 생각들이었다. 오늘날 우리가 익히 알고 있는 발판이나 등받이가 달린 회전의자, 여직원용 식당, 공짜로 제공되는 깨끗한 앞치마나 컬링 아이론, 제대로 된 사물함 등은 생각할 수도 없었다. 화장실은 아주 더러운 정도까지는 아니어도 불쾌하고 지저분했고 전체적으로 분위기가 구지레했다.

캐리는 구석의 양동이에서 양철컵으로 하나 가득 물을 떠서 마신 다음 점심 먹을 자리를 찾아 주위를 두리번거렸다. 다른 여자들은 밖에 나간 남자들의 긴 작업대나 창가에 모여 앉았다. 여자들이 삼삼오오 앉아 있었지만, 비집고 들어갈 용기가 나지 않아서 캐리는 자기 기계 앞 걸상에 앉아 무릎 위에 도시락을 올려놓고 뚜껑을 열었다. 캐리는 거기 앉아 여자들이 수다떠는 소리, 자기를 두고 이러쿵저러쿵하는 소리에 귀를 기울였다. 대부분은 실없는 얘기들이고 저속한 말투성이였다. 방안의 남자들 몇이 멀찍이서 여자들에게 수작을 걸었다.

"어이, 키티." 한 남자가 창가 쪽 빈 공간에서 왈츠 스텝을 밟고 있는 여자에게 말을 걸었다. "나랑 춤추러 안 갈래?"

"이봐, 키티. 신나게 놀아보자고." 또 한 남자가 말했다.

"실컷 떠들어봐, 병신들." 여자는 이렇게만 대꾸했다.

캐리는 이 대화와 남녀 사이에 오가는 스스럼없는 다른 비슷한 농담들을 들으며 본능적으로 몸을 움츠렸다. 이런 데에 익숙하지 않아서 죄다 대하기 어렵고 저질스럽게만 느껴졌다. 젊은 남자들이 자기한테도 이런 식으로 말을 걸어올까봐 두려웠다. 드루에 이외의 남자들은 상스럽고 우스꽝스럽게 보였다. 그녀는 보통 여자들이 그러듯 옷으로 사람을 구분했다. 가치와 선량함, 탁월함은 정장에 부여했고, 좋지 못한, 주목할 가치조차 없는 자질들은 모두 작업복과 점퍼의 몫이었다.

삼십 분의 짧은 점심시간이 지나고 다시 기계가 돌아가기 시작하자 그녀는 기뻤다. 몸은 힘들지만 남의 눈에 띄지는 않을 테니까. 그러나 한 젊은 남자가 통로를 지나가다가 무심한 척 엄지손가락으로 캐리의 옆구리를 쿡 찌르고 지나가는 통에 이런 기대는 무너져버렸다. 캐리는 분개하며 휙 돌아보았지만 남자는 이미 지나간 뒤였다. 남자가 그녀를 향해 씩 웃었다. 캐리는 울음이 터질 것만 같았다.

옆에 앉은 여자가 이를 눈치챘다. "신경쓰지 마. 애송이니까."

캐리는 아무 말도 하지 않고 다시 일감 위로 몸을 굽혔다. 이런 생활을 견뎌낼 수 있을 것 같지 않았다. 그녀가 생각했던 것과는 전혀 딴판이었다. 긴긴 오후 내내 캐리는 밖의 도시와 그 도시의 위압적인 모습, 인파, 멋진 건물들을 생각했다. 컬럼비아시티와 고향생활의 장점이 자꾸만 생각났다. 세시 무렵에는 여섯시 같았고, 네시가 되었을 때는 시간 알리는 것을 깜빡하고 초과근무를 시키고 있는 것은 아닌가 싶었다. 반장은 끊임없이 어슬렁어슬렁 돌아다니며 그녀를 끔찍한 일에 묶어두는 무시무시한 거인 같았다. 주변에서 들려오는 대화를 들을수록 여기 사람들 중 누구하고도 사귀고 싶지 않다는 생각만 굳어졌다. 여섯시가 되기 무섭게 캐리는 잽싸게 일손을 놓았다. 같은 자세로 계속 앉아 있었던 탓에 팔은 아프고 사지가 뻣뻣하게 굳어 있었다.

모자를 가져와서 복도를 따라 나가는데 캐리의 외모에 끌린 한 젊은 기계공이 대담하게도 그녀에게 농을 걸었다.

"어이, 매기, 잠깐 기다리면 내가 데려다주지."

캐리를 똑바로 보면서 던진 말이었기 때문에 자기를 두고 한 말인 줄은 알았지만, 캐리는 뒤도 돌아보지 않았다.

붐비는 엘리베이터에서는 고된 일에 찌들어 먼지투성이가 된 또 다른 젊은이가 그녀에게 추파를 던졌다.

밖에 서서 누군가를 기다리던 한 젊은이는 캐리가 지나가자 씨익 웃었다.

"저랑 같은 방향 아닌가요?" 그가 익살맞게 말을 걸었다.

캐리는 울적한 기분으로 고개를 돌렸다. 모퉁이를 돌자 반짝이는 커다란 창 너머로 그녀가 일자리를 구하러 갔던 작은 책상이 보였다. 전과 다름없이 와글거리며 활력이 넘치는, 열기 가득한 사람들이 바삐 오가고 있었다. 캐리는 약간 마음이 놓였지만 그것은 막 빠져나온 순간뿐이었다. 그녀는 자기보다 잘 차려입고 지나가는 여자들의 모습에 기가 죽었다. 자기가 이런 대접을 받을 정도는 아니라는 생각에 마음 속에서 울분이 치밀어올랐다.

5
반짝거리는 밤의 꽃
이름의 용도

드루에는 그날 밤 찾아가지 않았다. 그는 편지를 받고 캐리에 대한 생각은 잠시 밀쳐두고 즐거운 시간을 보내며 돌아다녔다. 이렇게 특별한 저녁이면 클라크 스트리트와 먼로 스트리트가 만나는 곳 근처의 지하에 있는, 이 지역에서 유명한 레스토랑인 '렉터스'에 가서 식사를 했다. 그러고 나서는 위풍당당한 연방정부 청사 맞은편의 애덤스 스트리트에 있는 피츠제럴드 앤드 모이스라는 술집에 갔다. 그는 근사한 바에 앉아 스트레이트로 위스키 한 잔을 마시고 시가 두 개를 사서 한 개에 불을 붙였다. 그에게 이것은 상류사회의 생활방식, 상류사회의 생활 전체가 어떤 모습인지 보여주는 좋은 예였다.

드루에는 술을 과하게 마시지는 않았다. 그는 돈이 많은 남자가 아니었다. 자기 생각에 최고급인 것을 좇을 뿐이었고, 이렇게 하는 것이 그런 최고급에 속하는 거라고 생각했다. 렉터스는 대리석으로 된 벽과 마루가 번쩍이며 밝게 빛나고, 도자기와 은식기가 자태를 뽐낼 뿐 아니라, 무엇보다도 배우들과 전문직 종사자들이 모이는 곳으로 명성이 높았으므로, 그에게는 성공한 사람이 갈 만한 장소로 여겨졌다. 그는 좋은 옷과 맛있는 음식, 특히 성공한 사람들과 친구가 되어 친분 쌓는 것이 좋았다. 조지프 제퍼슨*이 바로 이곳에 자주 온다든가, 당시 유명 배우인 헨리 E. 딕시가 바로 두어 테이블 건너에 있다든가 하는 사실이 식사를 하는 그에게 짜릿한 만족감을 주었다. 렉터스에서 그는 언제나 그런 만족감을 얻을 수 있었는데, 그곳에서는 누구나 세상의 흔한 대화를 나누며 먹고 마시는 정치가, 브로커, 배우, 도시의 젊고 부유한 '술꾼들'을 마주칠 수 있었다.

"저기 있는 사람이 아무개야." 이곳에서는 신사들끼리, 특히 아직은 이곳에서 풍성한 저녁식사를 할 돈이 있을 만큼 눈부시게 높은 자리까지 오르지는 못했지만 그렇게 되고 싶어하는 사람들끼리 은밀히 주고받는 이런 말을 자주 들을 수 있었다.

"아닐걸." 대답은 늘 그런 식이었다.

"맞대도 그러네. 몰랐어? 저이가 그랜드 오페라 하우스의 지배인이라니까."

이런 얘기가 귀에 들려올 때마다, 드루에는 몸을 좀더 꼿꼿이 펴고 뿌듯한 안도감을 느끼며 식사를 했다. 허영심은 있는 대로 부풀고 야심은 한없이 자극을 받았다. 언젠가는 그 역시 푸른 지폐 뭉치를 보란

---

* 미국 배우. 12장에 나오는 〈립 밴 윙클〉의 각색과 주연으로 명성을 날렸다.

듯 흔들어댈 날이 올 것이다. 어쨌든 지금도 그들이 먹는 곳에서 식사를 할 수는 있다.

애덤스 스트리트의 피츠제럴드 앤드 모이스를 좋아하는 것도 그와 비슷한 이유에서였다. 그곳은 시카고의 기준으로 볼 때 정말로 화려한 살롱이었다. 렉터스처럼 그곳 또한 백열등이 밝게 빛나는 멋진 샹들리에로 장식되어 있었다. 바닥은 밝은색 타일로, 벽은 색이 깊고 진하며 윤이 나는 나무로 되어 있어 불빛을 반사하고 치장벽토에 색을 입혀 실내를 대단히 호화롭게 만들었다. 긴 바는 조명과 윤이 나는 목공예품, 색을 넣어 조각한 유리제품, 수많은 멋진 병들로 눈이 부셨다. 화려한 휘장, 최고급 와인, 최고의 집기들이 다 갖추어진, 미국 어디에서도 따를 곳이 없는 정말로 멋진 살롱이었다.

드루에는 렉터스에서 피츠제럴드 앤드 모이스의 지배인 G. W. 허스트우드를 만났다. 그는 지역에서 대단히 잘나가는 유명 인사로 꼽혔다. 마흔이 좀 안 된 나이인데다가 건장한 체격에 적극적인 태도, 믿음이 가는 분위기를 풍기고 있어서 과연 그럴 법해 보였다. 그 분위기는 어느 정도는 좋은 옷과 깨끗한 와이셔츠, 장신구 덕분이기도 했지만, 무엇보다도 자부심 넘치는 태도에서 나왔다. 드루에는 그를 처음 본 순간부터 알고 지낼 가치가 있는 사람이라고 생각했고, 그후로는 술이나 담배 생각이 날 때마다 그를 만날 겸 애덤스 스트리트까지 찾아가곤 했다.

허스트우드는 그 나름대로 흥미로운 인물이었다. 그는 여러 가지 사소한 일에도 상황 판단이 빠르고 영리해서 좋은 인상을 줄 수 있었다. 지배인으로서 그의 지위는 상당히 중요했다. 재정적인 권한은 없지만 관리인 비슷한 지위였다. 그는 인내와 근면으로 오랜 세월 노력해서 그저 그런 살롱의 바텐더에서 지금의 자리까지 올라왔다. 그는 윤기 나는 체리목과 창살로 꾸민 작은 사무실을 갖고 있었는데, 그곳에서 덮개 달린 책상에 앉아 주문한 소모품이나 부족분을 따져보는 비교적 간단한 회계업무를 보았다. 총 경영과 재정 업무는 소유주인 피츠제럴드 씨와 모이 씨가 맡았고, 들어온 돈을 챙기는 일은 회계 담당 직원이 맡았다.

그는 대개 수입 원단으로 맞춘 최고급 양복을 입고, 보석반지를 끼고, 넥타이에는 멋진 파란색 다이아몬드를 달고, 눈에 확 띄는 새로운 무늬의 조끼를 입고, 디자인이 화려한 금시곗줄과 최신 유행으로 각인한 최신 시계를 달고 느긋하게 가게 안을 돌아다녔다. 손님들의 이름을 다 알고 있어서 수많은 배우, 상업가, 정치가, 도시에서 행세깨나 한다는 인물들을 한 사람 한 사람 "오, 자네 왔나" 하고 맞이할 수 있었다. 그 덕에 성공한 것이기도 했다. 그에게는 격의 없는 태도와 우정을 재는 아주 세밀한 눈금이 있었는데, 그 눈금은 오랫동안 그곳을 자주 드나들어 그의 지위를 의식하게 된, 주급 십오 달러를 받는 점원과 사무원에게 던지는 "안녕하십니까?"에서부터, 그와 안면을 트고 친해지려는 유명 인사나 부자들에게 건네는 "여어, 자네 어떻게 지내나?" 하는 인사까지 올라갔다. 그러나 너무 부유하고 유명해서 혹은 너무 성공해서 그가 어떤 식으로건 친한 척 인사를 건넬 엄두도 못 내는 계층의 사람들도 있었다. 이런 사람들에게는 엄숙하고 기품 있는 태도로 경의를 표하여 자신의 태도와 의견은 유지하면서도 그들에게서 좋은 반응을 얻어내는 직업적 요령을 발휘했다. 마지막으로 부유하지도 가난하지도 않고 너무 크게 성공하지도 않은 좋은 벗들 몇이 있었다. 이런 사람들이 가장 오래, 가장 진지하게 대화를 나눌 수 있는 상대였다. 가끔가다 한 번씩은 경마장이나 극장, 운동경기를 보러 나가서 즐기는 것도 아주 좋아했다. 그에게는 말과 멋진 이륜마차가 있었고, 링컨 공원 인근의 노스사이드에 있는 깔끔한 집에서 처와 두 자녀와 함께 안락하게 살았다. 한마디로 그는 사치스러운 부자들 바로 아래 단계에 있는, 아주 그럴듯한 미국 상류층 사람이었다.

허스트우드는 드루에를 좋아했다. 드루에의 싹싹한 천성과 잘 차려입은 모습이 마음에 들었다. 그는 드루에가 아직 경력이 그리 많지 않은 영업사원에 불과하지만, 바틀릿 캐리요 컴퍼니가 크고 잘나가는 회사이며 드루에의 입지도 탄탄하다는 것을 알고 있었다. 허스트우드는 캐리요하고도 가끔씩 술잔을 기울이는 사이였고, 다른 여럿과 어울려 일상적인 주제로 대화를 나누기도 해서 잘 알고 있었다. 드루에는 자기 직업에 도움이 되는 유머감각이 있었으며, 상황에 따라 말도 제법 잘했다. 그는 허스트우드와 경마 이야기도 할 수 있었고 그가 겪은 재미있는 일이나 여자들과의 경험, 방문했던 도시들의 무역 상황에 대해서도 얘기해줄 수 있었으며, 거의 항상 변함없이 유쾌한 모습을 보여주었다. 오늘밤 드루에는 회사에 올린 보고가 평이 좋았고 새로 고른 견본이 만족스러웠을 뿐 아니라 육 주간의 다음 출장 일정이 잡혀서 유난히 기분이 좋았다.

"여어, 찰리. 어서 오게." 그날 저녁 여덟시에 드루에가 술집으로 들어서자 허스트우드가 인사를 건넸다. "잘 지냈나?" 술집 안은 손님들로 붐볐다.

드루에는 기분좋은 얼굴로 악수를 하고는 허스트우드와 함께 바 쪽으로 성큼성큼 걸어갔다.

"아, 그럼요."

"근 한 달 반이나 못 봤구먼. 언제 돌아왔나?"

드루에가 대답했다. "금요일에요. 좋은 여행이었어요."

"그거 다행이구먼." 허스트우드는 검은 눈에서 평소 그 속에 깃든 차가운 가식을 반쯤 덜어내고 따스한 눈빛으로 말했다. 눈처럼 하얀 재킷에 타이를 맨 바텐더가 바 뒤에서 그들 쪽으로 몸을 숙이자 그가 덧붙였다. "뭘로 들겠나?"

"올드 페퍼로 주세요." 드루에가 대답했다.

"나도 같은 것으로 주게." 허스트우드가 말했다.

"이번에는 얼마나 머물 셈인가?" 허스트우드가 물었다.

"수요일까지만이에요. 세인트폴로 가야 해서요."

"조지 에번스가 토요일에 들렀는데 지난주에 밀워키에서 자네를 봤다더군."

"네, 저도 조지를 봤어요. 멋진 분이지요. 그렇지 않아요? 거기서 같이 기분 좀 냈지요."

바텐더가 유리잔과 병을 그들 앞에 내놓았다. 그들은 대화를 나누며 술을 따랐다. 드루에는 술잔을 3분의 1쯤 적당히 채웠고, 허스트우드는 위스키는 살짝만 따르고 탄산수를 섞었다.

"캐리요는 어떻게 지내나? 여기 들른 지가 보름이 넘었는데." 허스트우드가 물었다.

"꼼짝 못하고 있다던데요. 통풍이라지 뭡니까!" 드루에가 말했다.

"그래도 한창때에는 돈깨나 벌었지?"

"그럼요. 엄청나게 벌었죠. 오래 살지 못할 거라더군요. 이제는 사무실에도 거의 못 나와요." 드루에가 말했다.

"아들 하나뿐이던가?"

"네, 그런데 아주 날건달이에요." 드루에가 웃었다.

"그래도 다른 직원들이 있으니 회사에 크게 타격을 입히지는 못할 거야."

"네, 그다지 해는 안 될 겁니다."

허스트우드는 외투 앞자락을 열어젖히고 양쪽 엄지손가락을 주머니에 찌른 자세로 서 있었다. 보석과 반지가 눈부시게 빛났다. 편안해 보이지만 세심하게 꾸민 모습이었다.

술을 즐기지 않고 진지한 태도를 타고난 사람에게는, 이렇게 생기 넘치고 떠들썩하고 번쩍이는 방은 자연과 삶에 대한 기이한 주석이나 이례적인 것으로 보일 게 틀림없다. 불빛에 이끌린 나방처럼 사람들이 끝없이 줄지어 들어왔다. 누구라도 들을 수 있는 곳에서 대화를 나누는 건 상식적으로 적당한 장소라 하기 어렵다. 모사꾼들이라면 계획을 짜기 위해 더 외진 방을 택할 것이고, 정치가들도 귀 밝은 자들이 들을 수도 있는 이런 곳에서 의례적인 일 외에 뭔가를 논의하려고 모일 리는 없다. 목을 축이려 들렀다고 둘러대기도 마땅치 않다. 이렇게 화려한 곳에 자주 들르는 자들은 대개 술에는 관심이 없기 때문이다. 그럼에도 불구하고 사람들이 이곳에 모여서 대화를 나누고 팔꿈치를 맞부딪치며 어울리는 데는 그럴 만한 까닭이 분명히 있다. 기이한 열정과 모호한 욕망이 이런 기묘한 사회 시설을 빚어낸 게 틀림없다. 그렇지 않고서는 이럴 수가 없다.

드루에 역시 자기보다 나은 자들 틈에서 빛을 내고 싶은 욕망만큼이나 쾌락을 좇는 성격도 있어서 그 유혹에 넘어갔다. 그가 이곳에서 만나는 많은 친구들 역시 아마도 의식적으로 계산하지는 않았겠지만, 어울리고 싶은 이들, 화려한 불빛, 분위기를 열망했기 때문에 이곳에 들렀을 것이다. 아무튼 사회적으로 더 잘나가는 사람이 된 듯한 기분을 느낄 수 있기 때문일 것이다. 여기서 사람들이 감각적인 만족을 좇을지라도 그것이 악한 것은 아니었다. 비싼 돈을 들여 장식한 방을 바라보는 데서 악이 나올 수는 없다. 이런 것이 가져오는 최악의 영향이라 해봤자 물욕으로 가득찬 마음에 나도 이처럼 화려하게 살아보고 싶다는 야심을 부추기는 정도일 것이다. 그것도 따져보면 방의 장식 탓으로 돌리기는 어렵고, 그보다는 애초에 인간이 그렇게 타고난 탓이라고 해야 할 것이다. 이곳의 광경이, 덜 비싼 옷을 입은 자들이 비싼 옷을 입은 자들을 모방하도록 부추길 수는 있겠지만, 그 책임은 어디까지나 그 영향을 받는 사람들의 마음속에 자리한 헛된 야심에 돌려야 할 것 같다. 철저하게 비난받는 유일한 요소인 술을 제외하면 남는 것은 아름다움과 열띤 분위기뿐인데, 그런 것을 반대할 사람은 없으리라. 유행하는 현대식 레스토랑들을 보며 즐거워하는 사람들의 시선이 이런 주장을 뒷받침한다.

그러나 불을 환히 밝힌 방, 멋지게 차려입은 탐욕스러운 무리들, 사소하고 자기중심적인 헛소리, 거기에서 드러나는 두서도 목적도 없는 마음의 움직임이 문제다. 그 난장판 밖, 영원하고 고요한 별빛 아래 있는 사람에게는 불빛과 쇼와 화려함에 탐닉하는 모습이 기이하고도 눈부신 광경으로 보일 것이 틀림없다. 별들과 스쳐가는 밤바람 속에서 램프 불빛은 얼마나 꽃처럼 화려하게 피어나는가. 그것은 기이한 빛을 반짝이고 향기를 풍기며 벌레들을 끌어들이는 밤의 꽃, 벌레가 들끓는 쾌락의 장미다.

"저기 들어오는 사람 보이나?" 허스트우드가 지금 막 들어온 신사, 높은 모자를 쓰고 프린스 앨버트 코트*를 입은, 발그스름한 양볼이 잘 먹어서 터질 듯 투실투실한 신사를 보며 말했다.

"아뇨. 어디요?" 드루에가 물었다.

"저기," 허스트우드가 눈짓으로 가리켰다. "실크해트 쓴 남자 말일세."

"오, 저 사람 말씀이군요. 누굽니까?" 드루에는 그쪽을 보지 않는 척하면서 물었다.

"심령술사 줄스 월리스라네."

드루에는 큰 흥미를 보이며 허스트우드가 보는 쪽으로 시선을 돌렸다.

"영혼을 보는 사람 같아 보이지는 않는데요?"

"흠, 나도 모르지. 돈은 좀 있다더군." 허스트우드가 대꾸했다. 반짝하는 빛이 그의 눈을 스치고 지나갔다.

"전 별로 그런 쪽은 관심이 없어서요. 관심 있으세요?" 드루에가 물었다.

"흠, 진짜인지 아닌지는 모르지. 거기에 뭔가 있을지도 모르고. 나야 뭐 상관도 없지만. 그건 그렇고 오늘밤에는 어디 갈 텐가?"

"'땅속의 구멍'에요." 드루에가 당시 인기 있던 소극 제목을 대며 말했다.

---

* 저고리 길이가 무릎까지 내려오는 프록코트의 다른 이름.

"그럼 이제 가봐야겠구먼. 벌써 여덟시 반이니." 허스트우드가 시계를 끄집어냈다.

북적이던 사람들이 벌써 꽤 줄었다. 극장으로 간 이들도 있고, 클럽으로 간 이들도 있고, 일부는 거기 온 부류의 남자들에게 최고의 쾌락이라 할 수 있는 여자들을 찾아갔다.

"네, 그래야겠군요." 드루에가 대답했다.

"쇼가 끝나면 들르게. 자네한테 보여주고 싶은 게 있으니." 허스트우드가 말했다.

"그러겠습니다." 드루에는 마냥 신이 나서 대답했다.

"오늘밤에는 딱히 다른 일은 없지?"

"없습니다."

"그럼 이따 오게나."

"금요일에 기차에서 우연히 예쁜 아가씨를 만났어요." 드루에가 자리를 뜨면서 말했다. "출장 가기 전에 꼭 한 번 만나러 가볼 생각입니다."

"오, 그런 아가씨는 신경쓰지 말게." 허스트우드가 말했다.

"아, 진짜로 근사한 아가씨였어요." 드루에는 은근한 태도로 친구에게 깊은 인상을 주려 애썼다.

"열두시네." 허스트우드가 말했다.

"좋습니다." 드루에는 대답하고 밖으로 나섰다.

그렇게 캐리의 이름이 가장 번잡스럽고 흥겨운 곳에서 오르내렸다. 그것도 그 어린 노동자가 자신의 답답한 처지에 한탄하고 있던 순간에. 그것은 앞으로 펼쳐질 그녀의 운명의 첫 장과 뗄 수 없는 사건이었다.

6
기계와 처녀
현대의 기사騎士

그날 저녁 캐리는 아파트 분위기가 새로운 국면에 들어섰음을 감지했다. 아파트는 변화가 없었지만 그녀의 기분이 바뀌었기 때문에 그곳의 성격을 더 제대로 알 수 있었다. 미니는 출근 전에 캐리의 기분이 좋아 보였던 터라 다녀온 소감도 좋으리라 기대했다. 핸슨도 캐리가 만족할 거라고 생각했다.

"그래, 오늘 어땠나?" 그는 작업복 차림으로 복도에서 들어오며 식당 문 안쪽의 캐리를 보았다.

"아, 너무 힘들어요. 마음에 들지 않아요." 캐리가 대답했다.

굳이 말하지 않아도 캐리의 분위기가 그녀의 피로와 실망감을 분명하게 보여주었다.

"어떤 일인데?" 그는 욕실로 들어가려고 방향을 돌리다 잠깐 멈춰 서서 물었다.

"기계 돌리는 일이에요." 캐리가 대답했다.

아파트 살림에 도움이 되는지 아닌지 말고는 그에게 캐리의 일은 그다지 관심거리가 못 되는 게 분명했다. 그는 캐리가 기뻐하기는커녕 운이 따라주지 않는다고 생각하는 것 같아 짜증이 났다.

미니도 캐리가 도착하기 전보다는 흥이 깨진 채 일을 했다. 캐리가 불만을 토로하고 나니 고기 굽느라 지글거리는 소리도 그다지 신나게 들리지 않았다. 즐거운 집이 있고, 동정하며 받아주고, 밝은 분위기의 저녁 식탁이 있고, 누군가 "오, 저런, 조금만 더 참아보렴. 나아질 거야"라고 말해주었다면 캐리에게 그나마 위안이 되었을 것이다. 그러나 다 부질없는 바람이었다. 캐리는 그들이 자신의 불평을 말도 안 되는 투정쯤으로 여기고 있으며, 입 꾹 다물고 일을 계속하기를 바란다는 것을 눈치챘다. 숙식비로 사 달러를 내야 한다는 것도 알고 있었다. 이런 사람들과 앞으로 함께 살아야 한다니 참을 수 없을 정도로 우울했다.

미니는 동생에게 벗이 되어줄 수가 없었다. 그녀는 너무 나이가 많았다. 미니의 사고방식은 고루했고 주어진 조건에 철저하게 자신을 맞추었다. 핸슨은 뭔가 즐거운 생각이 나거나 행복한 기분을 느껴도 감출 사람이었다. 무엇을 생각하고 느껴도 절대 몸으로 표현하지 않는 것 같았다. 그는 버려진 방처럼 고요했다. 반면 캐리는 젊음이 넘치고 상상력도 있었다. 사랑할 날들과 연애의 신비가 아직 그녀 앞에 놓여 있었다. 하고 싶은 것들, 입고 싶은 옷들, 가보고 싶은 곳들을 꿈꿀 수 있었다. 캐리의 마음은 온통 그런 쪽으로 쏠렸지만, 여기서 그녀의 감정을 불러일으키거나 반응해줄 사람을 찾아보았자 반대에만 부딪힐 것 같았다.

캐리는 하루 동안 있었던 일들을 생각하고 설명하느라 드루에가 올지도 모른다는 사실은 까맣게 잊고 있었다. 언니네 부부가 얼마나 마음이 닫혀 있는지를 알고 나니 그가 오지 말았으면도 싶었다. 드루에가 온다면 어떻게 해야 할지, 뭐라고 설명해야 할지 알 수 없었다. 저녁식사 후 그녀는 옷을 갈아입었다. 단정하게 옷을 차려입자 큰 눈에, 입매에는 슬픔이 어려 있어 사랑스럽고 어려 보였다. 얼굴에는 그녀가 느끼는 기대와 불만, 우울함이 뒤섞여 있었다. 캐리는 접시를 치운 뒤 잠시 미니와 이야기를 나눈 다음 계단 밑 문간에 내려가 있기로 마음먹었다. 드루에가 오면 거기서 만나면 될 것이다. 내려가려고 모자를 쓰는 캐리의 얼굴에 행복 비슷한 표정이 떠올랐다.

"직장이 별로 마음에 들지 않나봐요." 남편이 잠시 식당에 앉아 있으려고 신문을 들고 나타나자 미니가 말했다.

"그래도 당분간은 견뎌야지. 일층에 내려갔나?" 핸슨이 말했다.

"네."

"내가 당신이라면 계속 다녀보라고 말해주겠어. 다른 직장도 못 구하고 여기에서 몇 주를 허송세월하게 될지도 모르니까."

미니는 그러겠노라고 대답했고, 핸슨은 신문을 읽었다.

"나 같으면," 잠시 있다가 핸슨이 또 말했다. "캐리가 저 아래 문가에 서 있지 못하게 할 거야. 보기에 좋지 않아."

"얘기할게요." 미니가 대답했다.

거리의 풍경은 한참 동안이나 캐리의 마음을 사로잡았다. 차에 탄 사람들은 어디로 가고 있는 걸까, 저 사람들은 무엇을 즐길까, 아무리 생각해도 싫증이 나지 않았다. 캐리의 상상력은 아주 협소했기 때문에 항상 돈, 외모, 옷, 오락에 관련된 것에만 맴돌았다. 물론 가끔 머나먼 컬럼비아시티를 떠올리기도 했을 테고 오늘의 경험을 떠올리며 짜증스러워하기도 했을 테지만, 대체로 그녀를 둘러싼 작은 세계가 그녀의 관심사의 전부였다.

핸슨이 사는 곳은 삼층이었고 건물 일층에는 빵집이 있었다. 캐리가 거기 서 있는데 핸슨이 빵을 사러 내려왔다. 캐리는 핸슨이 바로 옆까지 왔을 때에야 그가 온 것을 알아차렸다.

"빵을 좀 사러 왔어." 그는 지나가면서 이 말만 던졌다.

생각에는 전염성이 있다는 것이 여기서도 드러난다. 핸슨은 진짜로 빵을 사러 왔지만, 캐리가 무엇을 하고 있는지 봐야겠다는 생각도 있었다. 그가 캐리 곁으로 다가오자마자 그녀는 이런 생각을 눈치챘다. 어떻게 해서 형부의 생각이 자기 머릿속에 들어왔는지는 그녀도 알 수 없었지만, 그럼에도 불구하고 캐리는 처음으로 형부에게 정말로 반감이 생겼다. 이제는 자기가 형부를 좋아하지 않는다는 걸 확실히 깨달았다. 그는 의심이 많은 사람이었다.

생각은 우리의 세계를 다 물들이는 법이다. 생각의 흐름이 끊긴 캐리는 핸슨이 올라가고 얼마 지나지 않아 그냥 올라갔다. 십오 분쯤 지나자 드루에가 오지 않으리라는 것이 확실해졌다. 마치 버림받은 듯한 기분이 들어, 자신이 그에게 탐탁지 않은 것 같아 약간 화가 났다. 위층으로 올라가니 사위가 쥐죽은듯 조용했다. 미니는 테이블 램프 불빛에 의지해 바느질을 하고 있었다. 핸슨은 벌써 잠자리에 들었다. 캐리는 지치고 실망스러워 잠자리에 들겠다고만 했다.

"그러렴, 그게 좋겠다. 일찍 일어나야 하잖니." 미니가 말했다.

아침이라고 나아질 것도 없었다. 캐리가 방에서 나올 때 핸슨은 막 문을 나서려는 참이었다. 미니는 아침식사 때 캐리와 이야기를 해보려고 했지만, 같이 이야기할 만한 관심사가 별로 없었다. 전날 아침처럼 캐리는 시내로 걸어서 갔다. 사 달러 오십 센트에서 숙식비를 내고 나면 교통비도 안 된다는 걸 이제 깨달았던 것이다. 비참한 상황 같았다. 그러나 늘 그렇듯 아침햇살이 하루의 첫 불안감을 쓸어내주었다.

캐리는 구두공장에서 어제만큼 지루하지는 않지만 딱히 새로울 것도 없는 긴 하루를 다시 시작했다. 현장감독이 돌아보다가 그녀의 기계 옆에 멈춰 섰다.

"어떻게 들어왔나?" 그가 물었다.

"브라운 씨가 저를 채용해주셨어요." 캐리가 대답했다.

"오, 그랬군! 일 제대로 해야 해."

여공들의 인상은 별로 좋지 않았다. 그들은 자기들의 처지에 만족하는 것 같았고, 어떤 의미에서는 '저속'했다. 캐리는 그들보다는 상상력이 풍부했다. 속어에도 익숙하지 않았다. 타고난 패션 감각도 더 나았다. 세파에 닳은 옆자리 여공 말을 듣는 것도 싫었다.

"난 이 일 그만둘 거야." 옆자리 여공이 다른 여자에게 말하는 소리가 들려왔다. "이런 봉급으로 밤늦게까지 일해야 하다니, 몸이 배겨나질 않아."

나이에 관계없이 동료를 함부로 대하고 거친 표현으로 농지거리를 주고받는 그들을 보고 캐리는 처음에 충격을 받았다. 그러다 자기도 같은 부류로 취급당하고 그런 식으로 불린다는 것을 알았다.

"안녕." 정오께 손목이 두툼한 밑창 담당 직공이 그녀에게 인사를 건넸다. "제법 예쁘장하네." 그는 흔히들 하는 대로 "아이, 꺼져버려!" 라는 답이 돌아오리라 예상했으나, 캐리가 말없이 피해버리자 무안해져서 어색한 미소를 지었다.

그날 밤 아파트에서 캐리는 이전보다 훨씬 더 외로웠다. 답답한 상황을 견디기가 점점 힘들어졌다. 언니네 부부한테는 친구도 없었다. 대문가에 서서 밖을 내다보다가 용기를 내어 약간 걸어나가보았다. 캐리의 가벼운 걸음걸이와 한가로운 태도는 흔하면서도 불쾌한 종류의 관심을 끌었다. 잘 차려입은 서른쯤 된 남자가 지나가다 그녀를 보고 발걸음을 늦추며 돌아서서 말을 붙여, 캐리는 살짝 뒤로 물러났다.

"저녁 산책 나오셨나보군요?"

캐리는 놀라서 그를 보다가 뒤로 물러서며 간신히 대답했다. "저, 누구시죠?"

"아, 그거야 아무러면 어떻습니까." 남자가 싹싹하게 대꾸했다.

캐리는 더이상 남자와 말을 섞지 않고 숨이 턱에 닿도록 급하게 집으로 돌아와버렸다. 남자의 표정에는 뭔가 그녀를 겁나게 하는 것이 있었다.

그 주는 거의 내내 비슷했다. 두어 날 밤은 너무 피곤해서 집까지 걸어올 수가 없어 차비를 썼다. 캐리는 그다지 튼튼한 편이 아니었고 온종일 앉아 있노라니 등이 아팠다. 핸슨보다 먼저 잠자리에 든 날도 있었다.

꽃이든 처녀든 옮겨심기가 항상 성공을 거두는 것은 아니다. 더 기름진 토양이 필요할 때도 있고 계속해서 자연스럽게 성장하려면 더 나은 분위기가 필요할 때도 있다. 캐리가 좀더 시간을 두고 천천히 환경에 적응했더라면, 좀더 융통성이 있었더라면 더 나았을 것이다. 그렇게 빨리 일자리를 잡지 않았더라면, 잘 몰랐던 도시에 대해 좀더 많이 알아보고 시작했더라면 더 잘했을 것이다.

처음으로 비가 온 날 아침, 우산이 없었다. 미니가 낡고 색 바랜 자기 우산을 빌려주었다. 캐리에게는 이런 우산으로 체면을 구기고 싶지 않다는 나름의 허영심이 있었다. 그녀는 큰 백화점으로 가서 그동안 모아둔 얼마 안 되는 돈을 헐어 일 달러 이십오 센트짜리 우산을 하나 샀다.

"이게 무슨 짓이니, 캐리야?" 미니가 우산을 보고 말했다.

"아, 하나 필요해서."

"이 얼빠진 애야."

대꾸는 못했지만 캐리는 그 말이 분했다. 그녀는 흔해빠진 여공이 되지는 않겠다고, 사람들도 자신을 그렇게 대해서는 안 된다고 생각했다.

일을 시작하고 처음 맞는 토요일 밤, 캐리는 숙식비로 사 달러를 냈다. 미니는 돈을 받는 게 양심에 찔렸지만 그 이하로 받기엔 남편에게 할말이 없었다. 생활비를 충당하여 만족스러운 미소라도 짓게 하려면 사 달러를 고수하는 수밖에 없었다. 핸슨은 주택담보대출 상환금을 늘릴 생각을 하고 있었다. 캐리로 말하자면 한 주에 오십 센트로 어떻게 옷도 사고 오락도 즐길지 알 수가 없었다. 머리를 싸매고 생각하다보니 울화가 치밀었다.

"산책 좀 하고 올게요." 저녁식사를 마친 후 캐리가 말했다.

"혼자 나가는 건 아니겠지?" 핸슨이 물었다.

"혼자예요." 캐리가 대꾸했다.

"그러지 마." 미니가 말렸다.

"뭐라도 좀 보고 싶어서 그래." 캐리의 어조에 그들은 그녀가 자기들과의 생활에 만족하지 못하고 있다는 것을 처음으로 깨달았다.

"왜 저런대?" 캐리가 모자를 가지러 거실로 들어가자 핸슨이 물었다.

"글쎄요." 미니가 대꾸했다.

"음, 혼자 외출할 생각은 안 하는 게 좋을 텐데."

어쨌거나 캐리는 그리 멀리 가지는 않았다. 그녀는 좀 걷다가 되돌아와서 문가에 서 있었다. 다음날 그들은 가필드 공원에 나갔지만 캐리는 그리 즐겁지 않았다. 안색이 그다지 좋지 않아 보였다. 그다음 날 공장에서 캐리는 여공들이 사소한 오락거리를 잔뜩 부풀려 자랑하는 얘기를 들었다. 그들은 만족스러워 보였다. 며칠 동안 비가 내려서 캐리는 차비를 써야 했다. 어느 날 저녁에는 밴뷰런 스트리트에서 차를 기다리다가 비 맞은 생쥐 꼴로 돌아왔다. 그날 밤 캐리는 거실에 홀로 앉아 젖은 보도 위에 불빛이 반사되어 반짝이는 거리를 내다보며 생각에 잠겼다. 울적한 기분에 젖을 만큼의 상상력은 있었다.

토요일에 또 사 달러를 내고 오십 센트를 챙기며 캐리는 암담한 심정이었다. 그녀는 공장에서 말을 트게 된 몇몇 여자들이 다들 자기보다 더 많은 돈을 쓰고 있다는 것을 알게 되었다. 그들을 여기저기 데리고 다니는 애인들도 있었는데, 캐리는 드루에와의 경험 탓에 그런 남자들이 대단찮게 느껴졌다. 공장에 있는 경박한 젊은 남자들도 너무 싫었다. 그들 중 세련된 맛이 있어 보이는 사람은 아무도 없었다. 캐리는 일하는 날의 모습만 봤던 것이다.

겨울을 예고하는 첫 칼바람이 도시를 휩쓰는 날이 왔다. 솜구름이 하늘을 빠르게 지나가고, 높은 굴뚝에서 피어오르는 가늘고 긴 연기들도 바람에 흔적을 남기며 쓸려갔다. 살을 파고드는 매서운 바람이 거리 구석구석까지 휘몰아쳤다. 캐리는 당장 겨울옷이 걱정이었다. 미니한테 그 문제를 이야기하려니 입이 떨어지지 않았지만 결국 용기를 냈다.

"옷을 어떡하면 좋을지 모르겠어. 모자도 하나 있어야겠고." 어느 날 저녁 둘이 함께 있을 때 캐리가 말을 꺼냈다.

미니의 표정이 어두워졌다.

"돈을 좀 떼어 모아서 하나 사면 어때?" 미니는 캐리한테서 돈을 받지 못하게 될 경우를 걱정하면서도 이렇게 제안했다.

"괜찮다면 한두 주만 좀 그렇게 해도 될까?" 캐리가 말했다.

"이 달러는 낼 수 있지?" 미니가 물었다.

캐리는 곤란한 상황을 벗어나게 된 것이 기뻐 선뜻 받아들였다. 어쨌든 빠져나갈 구멍이 생겨서 마음이 놓였다. 캐리는 신이 나서 즉시 이런저런 궁리를 하기 시작했다. 우선 모자가 필요했다. 미니가 핸슨에게 뭐라고 설명했는지 캐리는 알 길이 없었다. 핸슨은 아무 말도 없었지만 언짢은 분위기가 집안에 번졌다.

병만 나지 않았더라면 새로운 방도가 그럭저럭 먹혔을지도 몰랐다. 비가 내린 후 어느 오후 찬바람이 불었지만 캐리는 아직 재킷도 없었다. 여섯시에 따뜻한 공장을 나선 캐리는 찬바람에 덜덜 떨었다. 그날 아침에 재채기를 하면서 시내로 나갔더니 몸상태가 더 나빠진 것이다. 뼈마디가 다 쑤시고 머리가 어찔어찔했다. 저녁 무렵에는 너무 아파 집에 돌아와서도 입맛이 없었다. 미니는 동생의 상태가 좋지 않은 걸 보고 괜찮으냐고 물었다.

"모르겠어. 기분이 정말 안 좋아." 캐리가 대답했다.

캐리는 난롯가에 늘어져서 심한 한기로 괴로워하다가 침대에 드러누웠다. 다음날 아침에는 열이 펄펄 끓었다.

미니는 속이 상했지만 친절한 태도를 잃지 않았다. 핸슨은 캐리를 당분간 집에 돌려보내는 편이 좋겠다고 말했다. 사흘이 지나 병석에서 일어났을 때 일자리를 잃은 것은 당연한 일이었다. 겨울은 닥쳐오는데 캐리는 옷도 없고, 이제는 일자리도 잃었다.

"모르겠어. 월요일에 나가서 다른 일자리를 구할 수 있을지 알아봐야지." 캐리의 말이었다.

이번 노력은 지난번보다도 성과가 없었다. 캐리의 옷들은 가을 날씨에는 맞지 않았다. 마지막 가진 돈은 모자를 사느라 써버렸다. 캐리는 어깨가 축 처져서 사흘 동안을 헤매고 다녔다. 아파트의 분위기는 이제 참을 수 없을 지경이 되었다. 저녁마다 아파트로 돌아가는 게 죽기보다 싫었다. 핸슨의 태도에서는 찬바람이 쌩쌩 돌았다. 더는 버틸 수 없으리라는 것을 그녀는 알았다. 곧 두 손 들고 고향으로 돌아가야 할 것이다.

나흘째 되는 날도 캐리는 미니한테서 점심값으로 십 센트를 빌려 온종일 시내를 돌아다녔다. 제일 보수가 적은 일자리까지 지원해보았으나 소득이 없었다. 창문에 붙여놓은 공고를 보고 작은 식당의 웨이트리스 자리까지도 물어보았지만 경력자를 뽑는다는 말만 돌아왔다. 캐리는 기운이 쭉 빠져서 낯선 사람들 속에서 돌아다녔다. 그러던 중 갑자기 손 하나가 팔을 잡아당겨 그녀를 돌려세웠다.

"이런, 이런!" 웬 목소리가 들렸다. 그녀는 첫눈에 드루에를 알아보았다. 그의 볼은 발그레하다못해 환하게 광채를 쏟아냈다. 그는 햇살처럼 눈부셨고 유쾌함 그 자체였다. "아이고, 캐리 양 아닙니까? 어떻게 지냈어요?" 그가 말했다. "여전히 예쁘네요. 그동안 어디 있었어요?"

캐리는 거부할 수 없을 만큼 상냥한 그의 태도에 미소를 지었다.

"집에 있었어요." 캐리가 대답했다.

"길 건너편에서 당신을 봤답니다. 틀림없이 당신인 줄 알았지요. 집에 찾아가보려던 참이었어요. 하여간 잘 지내지요?"

"네, 잘 있어요." 캐리가 웃으며 대답했다.

드루에는 그녀를 훑어보고 말과는 다르다는 걸 간파했다.

"저, 얘기 좀 하고 싶어요. 지금 어디 꼭 가야 하는 건 아니죠?"

"지금 당장은 아니에요."

"그럼 저기 가서 뭐 좀 먹읍시다. 세상에! 다시 보게 되어서 기뻐요."

그녀는 환하게 빛나는 그의 모습에 마음이 놓이기도 하고 관심과 돌봄을 받고 있다는 느낌이 들어서, 약간 주저하는 빛을 보이면서도 기쁘게 승낙했다.

"자아." 그는 캐리의 팔을 잡아끌었다. 그 말에서 넘쳐흐르는 정다운 태도는 구겨졌던 그녀의 마음을 따뜻하게 해주었다.

그들은 먼로 스트리트를 지나 오래된 윈저 식당으로 갔다. 그곳은 최고의 요리와 좋은 서비스를 제공하는 크고 안락한 식당이었다. 드루에는 거리를 바삐 오가는 인파를 구경할 수 있는 창가 자리를 골랐다. 그는 시시각각으로 파노라마처럼 펼쳐지는 거리풍경을 사랑했다. 식사를 하면서 남들을 구경하는 것도, 남들이 자기 모습을 구경하는 것도 좋았다.

"자," 그는 캐리와 편안하게 자리를 잡고 앉아서 입을 열었다. "뭘로 하겠어요?"

캐리는 웨이터가 건네준 메뉴판을 무심히 훑었다. 너무 배가 고파 눈에 띄는 것마다 식욕이 동했지만, 비싼 가격에 눈이 확 뜨였다. '구운 영계 반 마리—칠십오 센트. 버섯을 곁들인 설로인 스테이크—일 달러 이십오 센트.' 캐리도 이런 음식들을 어렴풋이 들어본 적은 있었지만 막상 여기서 주문을 하려니까 이상했다.

"내가 주문할게요. 어이, 웨이터!" 드루에가 외쳤다.

가슴이 떡 벌어지고 얼굴이 동그란 흑인 웨이터가 다가와 귀를 기울였다.

드루에가 주문을 했다. "버섯을 곁들인 설로인 스테이크하고, 속을 채운 토마토로 주시오."

"알겠습다." 흑인이 고개를 끄덕이며 주문을 받았다.

"해시드 브라운 포테이토하고,"

"알겠습다."

"아스파라거스도."

"알겠습다."

"커피도 주시오."

드루에는 캐리 쪽으로 몸을 돌렸다. "아침 먹은 후로 아무것도 못 먹어서요. 지금 막 록아일랜드에서 오는 길이랍니다. 식사하러 가던 중에 당신을 마주친 거지요."

캐리는 그저 미소만 지었다.

그가 말을 이었다. "어떻게 지냈어요? 얘기 좀 해봐요. 언니는 어때요?"

"언니는 잘 있어요." 캐리가 마지막 질문에만 대답했다.

드루에는 그녀를 뚫어져라 쳐다보았다.

"흠, 혹시 아팠어요?"

캐리가 고개를 끄덕였다.

"저런, 저런. 그거 정말 너무 안된 일이네요. 얼굴이 그리 좋아 보이지 않는군요. 좀 창백해 보여요. 뭐하고 지냈어요?"

"일을 했어요." 캐리가 대답했다.

"설마! 어디에서요?"

그녀가 대답해주었다.

"로즈 모겐소 앤드 스콧이라…… 거기 알아요. 5번 애비뉴에 있지요? 거기 아주 수전노들인데. 어쩌다 그런 곳에 취직했어요?"

"달리 받아주는 데가 없어서요." 캐리는 솔직하게 대답했다.

"흠, 그건 정말 너무한데요. 그런 사람들하고 일하면 안 돼요. 상점 바로 뒤편에 공장이 있지요?"

"네."

"거긴 일할 만한 데가 아니에요. 하여간 그런 곳에서는 일할 마음이 나지 않을 거예요."

그는 쉬지 않고 빠른 속도로 수다를 떨어대면서 질문도 하고 자기 얘기도 하고, 여기가 얼마나 좋은 레스토랑인지 설명해주기도 했다. 드디어 웨이터가 주문한 맛있는 요리들을 담은 엄청나게 큰 쟁반을 들고 돌아왔다. 캐리의 시중을 들어주는 드루에는 정말 빛이 났다. 테이블의 흰색 냅킨과 은접시들 앞에서 나이프와 포크를 든 그는 대단히 돋보였다. 고기를 자를 때는 반지가 말을 하는 것 같았다. 그가 접시를 향해 팔을 뻗을 때마다, 빵을 쪼갤 때마다, 커피를 따를 때마다 새 양복이 바스락거렸다. 그는 접시 가득 음식을 담아 캐리에게 주었다. 그의 따뜻한 활기가 그녀의 몸까지 퍼져와서 캐리도 기분이 새로워졌다. 드루에는 말 그대로 멋진 남자였고, 캐리를 완전히 사로잡았다.

행운을 찾아 나선 이 어린 병사는 마음이 한층 편안해졌다. 자기가 있을 자리가 아닌 것 같은 기분이 들기는 했지만 멋진 식당이 그녀를 달래주었고 창밖의 잘 차려입은 사람들도 멋있었다. 아, 돈이 없다는 게 대체 뭔지! 이런 곳에서 식사를 할 수 있다는 건 얼마나 근사한가! 드루에는 정말 행운아다. 기차를 타고 다니고, 저렇게 좋은 옷을 차려입고, 저렇게 건강하고, 이렇게 좋은 곳에서 밥을 먹을 수 있다니. 그가 대단한 인물로 보였다. 캐리는 그가 자기에게 우정을 베풀고 관심을 보여주는 것이 의아했다.

"그러니까 병이 나서 일자리를 잃었단 말이지요? 그래, 앞으로 어떻게 하려고요?" 그가 물었다.

"찾아봐야지요." 이렇게 말하는 그녀의 눈에 이 멋진 레스토랑 밖으로 나가면 굶주린 개처럼 자기 뒤를 바짝 따라붙을 궁핍에 대한 생각이 스쳤다.

"저런, 쉽지 않을 텐데요. 일자리 알아보러 다닌 지 얼마나 되었어요?" 드루에가 말했다.

"나흘째예요."

"그거 봐요!" 그는 문제 있는 사람에게 얘기하듯 이렇게 외쳤다. "그런 일은 하면 안 돼요. 그런 여자들은," 모든 상점 직원과 여공 들을 다 포함해서 하는 말이었다. "아무것도 얻지 못해요. 아, 당신이 그렇게 살 수는 없단 말이에요. 그렇잖아요?"

그의 태도는 오빠 같았다. 그는 그런 노동에 대한 생각을 일축해버리고 다른 방향을 모색했다. 캐리는 정말 너무나 예뻤다. 수수한 차림새에도 그녀의 이목구비는 확실히 돋보였고, 눈은 크고 부드러웠다. 드루에는 그녀를 바라보았고, 그의 생각이 상대에게도 전해졌다. 그녀는 감탄에 찬 그의 시선을 느꼈다. 그의 관대함과 쾌활함이 그 감탄을 보장했다. 캐리는 그가 좋았다. 점점 더 그가 좋아질 것 같았다. 마음속에는 숨겨진 선율처럼 흐르는, 그보다 훨씬 더 풍부한 감정이 있었다. 그와 눈이 마주치는 짧은 순간마다 주고받는 감정의 전류가 완전히 통할 것 같았다.

"저랑 시내로 나가서 극장 안 갈래요?" 그가 의자를 더 바짝 당겨 앉으며 제안했다. 테이블은 그리 넓지 않았다.

"아, 그건 안 돼요."

"오늘밤 계획이라도 있는 거예요?"

"없어요." 그녀는 조금은 쓸쓸한 투로 대답했다.

"지금 있는 곳에서 나오는 게 싫은가요?"

"아, 잘 모르겠어요."

"일자리를 구하지 못하면 어떡할 건가요?"

"고향으로 돌아가야겠지요."

이 말을 하는 캐리의 목소리가 가볍게 떨렸다. 어쨌든 그가 미친 영향은 강력했다. 그들은 말없이도 서로를 이해하게 되었다. 드루에는 캐리의 상황을, 캐리는 그가 그것을 알아챘다는 사실을 알게 된 것이다.

"안 돼요. 그럴 수는 없어요!" 그때만큼은 진실한 동정심이 그의 마음을 가득 채웠다. "내가 도와줄게요. 내가 돈을 좀 줄게요."

"아, 안 돼요!" 캐리가 몸을 뒤로 젖히며 외쳤다.

"그럼 어떡할 건데요?" 그가 물었다.

캐리는 생각에 잠겨서 그저 고개만 가로저었다.

그는 더없이 다정한 눈길로 캐리를 바라보았다. 그의 조끼 주머니에 지폐가 좀 들어 있었다. 지폐는 부드러워 바스락거리는 소리조차 나지 않았다. 그는 손가락으로 지폐를 잡아 손에 구겨 쥐었다.

"자, 내가 도와줄게요. 옷부터 좀 사자고요."

그가 옷 문제를 들먹인 것은 처음이었다. 그제야 캐리는 자기 행색이 얼마나 초라해 보이는지 깨달았다. 그는 거칠게나마 핵심을 찌른 것이다. 캐리의 입술이 가늘게 떨렸다.

캐리는 앞의 테이블에 손을 올리고 있었다. 그들은 구석에 단둘이 있었다. 그의 크고 따뜻한 손이 그녀의 손을 감쌌다.

"아, 캐리, 혼자서 뭘 할 수 있을 것 같아요? 내가 도와줄게요."

그는 캐리의 손을 부드럽게 힘주어 잡았다. 캐리는 손을 빼려 했다. 그가 더 꽉 잡자 캐리도 더이상 뿌리치지 않았다. 그러더니 그는 지폐를 꺼내 그녀의 손에 쥐여주었다. 그녀가 거부하려 하자 그는 이렇게 속삭였다.

"빌려주는 거예요. 그럼 괜찮잖아요. 빌려주는 거라니까요."

그는 결국 캐리가 받아들이게 만들었다. 캐리는 이제 기묘한 애정의 끈으로 그에게 묶인 기분이 들었다. 그들은 밖으로 나왔다. 드루에는 그녀와 함께 이야기를 나누면서 포크 스트리트 쪽을 향해 남쪽으로 걸어갔다.

"그런 사람들과 함께 살기 싫지 않아요?" 대화중 그가 무심코 툭 던졌다. 캐리는 그 말을 들었지만 별로 신경쓰지 않고 넘겼다.

"내일 나랑 만나요. 낮 공연을 보러 가요. 그럴 거죠?"

캐리는 잠시 거절했지만 결국 승낙했다.

"아무것도 하지 마요. 좋은 신발이랑 재킷이나 사요."

캐리는 그와 헤어진 후 생길 수도 있는 곤란하고 복잡한 문제에 대해서는 거의 생각하지 않았다. 그와 함께 있을 때는 희망차고 다 잘될 거라는 그의 낙관적인 분위기에 같이 휩쓸렸다.

"그런 사람들 일로 마음쓰지 말아요. 내가 도와줄 테니." 그가 헤어지면서 한 말이었다.

캐리는 커다란 팔이 눈앞에 나타나 자기를 곤란에서 끌어내준 듯한 기분이었다. 그녀가 받은 돈은 부드럽고 매혹적인 십 달러짜리 초록색 지폐 두 장이었다.

7
물질의 매혹
아름다움은 그 자체로 말이 필요 없다

돈의 진정한 의미는 아직도 널리 밝혀진 바가 없다. 이 물건이 무엇보다도 우선 도덕적으로 정당한 몫을 상징하며 그렇게 받아들여져야만 한다는 것, 강탈한 특권이 아니라 정직하게 축적한 에너지만큼 지불되어야 한다는 것을 모두가 깨닫는다면 사회적, 종교적, 정치적 문제들 중 상당수는 영원히 사라질 것이다. 캐리로 말하자면, 돈의 도덕적 의미에 대해 그녀가 이해하는 바는 남들이 이해하는 수준, 딱 그 정도였다. '돈이란 모두가 갖고 있고 나도 가져야 하는 것'이라는 오래된 정의가 돈에 대한 그녀의 이해를 정확하게 표현해주는 말일 것이다. 이제 바로 그 돈, 부드러운 십 달러짜리 초록색 지폐 두 장이 그녀의 손에 있었다. 그리고 그 돈이 수중에 들어오자 그녀는 갑자기 부자가 된 기분이었다. 돈은 그 자체로 힘이었다. 마음 같아서는 돈뭉치만 있으면 무인도에 혼자 버려져도 괜찮을 것 같았다. 무인도에서 오래 굶주림에 시달려봐야 비로소 경우에 따라서는 돈이 아무런 값어치도 없을 수 있음을 깨달을 여자였다. 그때도 돈의 가치가 상대적일 수 있다는 생각은 못해볼 것이다. 기껏해야 그렇게 많은 힘을 가지고도 사용할 수 없다는 사실에 애석해하는 정도에 그칠 것이다.

이 가난한 처녀는 드루에와 헤어져 걸어오면서 아주 황홀한 기분이었다. 그런 돈을 받을 정도로 자신이 약하다는 데 수치심이 들기도 했지만, 워낙 절박한 상황이었기 때문에 그래도 기뻤다. 이제 멋진 새 재킷을 살 수 있다! 예쁜 단추가 달린 근사한 구두도 살 수 있다. 스타킹도, 스커트도 살 수 있다. 손에 들어오지도 않은 주급을 써버리던 때처럼 그녀는 이미 자신의 욕망 속에서 가진 돈으로 살 수 있는 것의 두 배는 써버렸다.

캐리는 드루에의 진정한 가치를 곰곰이 생각했다. 캐리에게, 그리고 실제로 온 세상 사람들이 보기에 그는 친절하고 멋진 남자였다. 그에게 악한 구석은 하나도 없었다. 그는 캐리의 곤궁함을 알아채고 선의에서 돈을 주었다. 가난한 젊은 남자에게라면 그런 돈을 주지는 않았을 테지만, 가난한 젊은 남자는 본질적으로 가난한 젊은 여자만큼 그에게 호소력을 가질 수 없다는 것을 잊어서는 안 된다. 여성성이 그의 감정을 움직였다. 그는 타고난 욕망의 화신이었다. 그러나 거지가 그의 눈길을 끌어 "제발, 선생님, 배가 고픕니다"라고 말했다 해도, 기꺼이 적당한 액수라고 생각하는 만큼 거지들에게 건네주고 그에 대해 더는 생각하지 않았을 것이다. 거기엔 어떤 성찰도, 철학도 없을 것이다. 그에게 그런 단어의 위엄에 걸맞은 정신 과정은 없었다. 그는 좋은 옷을 입고 건강한 신체를 지녔을 뿐, 램프로 날아드는 나방만큼이나 아무 생각 없이 명랑했다. 지위를 빼앗기고, 종종 인간을 농락하는 불가해한 힘에 타격을 받는다면 그는 캐리와 다를 바 없이 무력한 존재가 될 것이다. 캐리 못지않게 무력하고 무지하고 가련할 것이다.

그는 여자들을 쫓아다니기는 해도 해를 끼칠 뜻은 전혀 없었다. 자기가 여자들과 갖고자 하는 관계를 전혀 해로운 것으로 생각지 않았기 때문이다. 그는 여자들에게 다가가서 자기의 매력에 굴복하게 만드는 것을 아주 좋아했다. 냉혈한에 음침한 모사꾼 악한이라서가 아니라, 타고난 욕망에 이끌려 이를 주된 기쁨으로 삼았기 때문이다. 그는 허영심이 많고 뽐내기를 좋아했으며 머리 빈 여자들처럼 좋은 옷에 속아넘어갔다. 진짜 악한이라면 예쁘장한 여점원에게 아첨하는 방식으로도 손쉽게 그에게 사기를 칠 수 있을 것이다. 그가 영업사원으로 성공할 수 있었던 것은 사근사근한 태도와 회사의 탄탄한 입지 덕분이었다. 그는 사람들 사이를 떠다니는 열정의 덩어리에 다름아니었다. 지성이라 이름 붙일 만한 능력도, 고상하다고 할 만한 생각도 없었으며 감정도 오래가지 못했다. 사포*라면 그를 돼지라고 불렀을 것이다. 셰익스피어라면 '나의 명랑한 어린아이'라고 했을 것이다. 늙은 애주가 캐리요는 그를 영리하고 일 잘하는 직원으로 생각했다. 요컨대 드루에는 그의 머리로 생각할 수 있는 수준에서 좋은 사람이었다.

그가 솔직하고 칭찬할 만한 점이 있다는 가장 좋은 증거가, 캐리가 그 돈을 받았다는 사실이었다. 사악한 사람이 본심을 숨기고 우정을

---

* 기원전 600년경 그리스의 시인.

가장하여 돈을 주었더라면 캐리는 단돈 십오 센트도 받지 않았을 것이다. 많이 배우지 못했다 해서 아주 무력하지는 않다. 자연은 들판의 짐승에게조차 예고 없이 위험이 닥치면 달아나는 법을 가르쳐두었다. 조그맣고 어리석은 얼룩다람쥐의 머리에도 독에 대한 선천적인 두려움을 넣어주었다. '하느님은 당신의 모든 피조물을 지켜주신다'는 말은 짐승에게만 해당되는 것이 아니었다. 캐리는 현명하지는 못했다. 그러니까, 양처럼 지혜는 떨어지고 감정 면에서는 강했다. 천성이 이런 사람들에게 강하게 배어 있는 자기보호의 본능이 드루에의 접근으로 미약하나마 깨어났다.

캐리가 가고 나자 드루에는 그녀의 호감을 산 것이 뿌듯했다. 젊은 처녀들이 저렇게 정처 없이 돌아다녀야만 한다니 정말 너무 딱했다. 날씨는 추워지는데 옷도 없다. 너무나 안된 일이다. 그는 피츠제럴드 앤드 모이스로 가서 시가나 한 대 피우기로 했다. 캐리를 생각하니 발걸음이 가벼워졌다.

캐리는 숨길 수 없을 만큼 잔뜩 들떠서 집으로 돌아왔다. 돈이 생기고 보니 그로 인해 생기는 당혹스러운 점이 한두 가지가 아니었다. 캐리가 무일푼인 줄 미니가 뻔히 아는데 어떻게 옷을 산단 말인가? 캐리는 아파트에 들어가자마자 이 문제에 대해 마음을 정했다. 어찌할 방법이 없었다. 둘러댈 말을 생각해낼 수가 없었다.

"그래, 어떻게 됐니?" 미니가 하루일을 물었다.

캐리는 자기 기분과 반대로 말해서 남을 속일 줄을 몰랐다. 얼버무린다 해도 최소한 그녀의 기분은 드러날 것이다. 그래서 기분이 너무나 좋은데도 불평을 늘어놓는 대신 이렇게 말했다.

"한 군데에서 약속을 받았어."

"어디인데?"

"보스턴스토어 백화점."

"확실한 거야?" 미니가 물었다.

"글쎄, 내일 확인해봐야지." 캐리는 필요 이상으로 거짓말을 길게 끌기가 싫어서 이렇게 대꾸했다.

미니는 캐리가 기분이 좋은 상태임을 감지했다. 지금이 바로 캐리가 시카고에서 겪고 있는 모험 전체를 핸슨이 어떻게 보고 있는지 전해줄 때라고 느꼈다.

"네가 만약 일자리를 얻지 못하면……" 미니는 어떻게 말하면 좋을지 몰라 잠시 말을 끊었다.

"조만간 일자리를 구하지 못하면 고향으로 돌아갈 생각이야."

미니는 이때다 싶었다.

"네 형부는 겨울 동안만이라도 그렇게 하는 게 좋겠다더라."

그제야 캐리는 어떤 상황인지 깨달았다. 언니 부부는 직장도 없는 자신을 더이상 데리고 있기가 싫은 것이다. 언니를 탓하지는 않았다. 형부도 그리 탓하고 싶지 않았다. 거기 앉아 그 말을 곱씹고 있자니 드루에가 준 돈이 있어서 그나마 다행스러웠다.

잠시 후 캐리가 말을 꺼냈다. "알았어. 나도 그러려고 생각했어."

말은 하지 않았지만 캐리는 고향에 돌아간다는 생각만 해도 끔찍했다. 컬럼비아시티라니, 그녀에게 그곳이 대체 뭐란 말인가? 작고 지겨운 곳이라는 건 잘 알고 있었다. 여기 그녀에게 여전히 강한 자력을 행사하는 멋지고 신비스러운 도시가 있다. 그녀가 보아온 것은 이 도시가 품은 가능성뿐이었다. 이제 와서 이곳을 등지고 다시 고향에서 답답하고 케케묵은 삶을 살아야 한다니…… 생각만 해도 싫다고 소리라도 지르고 싶은 심정이었다.

캐리는 거실로 가서 생각에 잠겼다. 어떻게 하면 좋을까? 새 신발을 사도 여기서는 신을 수도 없다. 고향 가는 여비로 이십 달러 중 일부는 남겨둬야 할지도 모른다. 미니에게 그 돈까지 빌리고 싶지는 않았다. 하지만 그 돈이 어디에서 났는지는 어떻게 설명하면 좋을까? 잘 빠져나갈 수만 있다면 좋겠는데.

캐리는 뒤엉킨 문제를 놓고 생각하고 또 생각했다. 내일 아침 드루에는 그녀가 새 재킷을 입고 나올 거라 기대할 텐데 그럴 수가 없다. 언니 부부는 그녀가 고향으로 돌아가기를 바랄 것이고, 캐리도 여길 나가고는 싶지만 그렇다고 고향으로 돌아갈 마음은 없었다. 일하지 않고 돈을 얻었다는 사실을 그들이 어떻게 볼지 생각해보니 돈을 받은 것이 끔찍한 잘못 같았다. 수치심이 들기 시작했다. 모든 상황이 다 우울했다. 드루에와 함께 있을 때에는 모든 것이 아주 명쾌했다. 지금은 모든 것이 다 얼키설키 뒤엉키고 아무런 희망도 없어 보였다. 써먹지도 못할 도움 비슷한 것을 손에 쥐고 있으니 오히려 전보다 상황이 더 나빴다.

저녁식사 때에는 캐리의 기분이 너무 가라앉아버려서 미니는 동생이 오늘도 힘든 하루를 보낸 것이 틀림없다고 생각했다. 결국 캐리는 돈을 돌려주기로 마음먹었다. 애초에 받은 것이 잘못이었다. 아침에 나가서 일자리를 찾아볼 작정이었다. 약속한 대로 정오에 드루에를 만나서 이야기할 셈이었다. 이렇게 결정하고 나니 마음이 무겁게 가라앉으면서 다시 곤궁에 처한 과거의 캐리로 돌아갔다.

이상하게도 돈을 손에 쥐기만 하면 마음이 좀 놓였다. 그렇게 기운 빠지는 결론을 내린 후인데도, 그 문제에 대한 생각을 전부 접어두니 이십 달러는 멋지고 기쁨을 주는 것처럼 보였다. 아, 돈, 돈, 돈! 돈을 가졌다는 건 얼마나 멋진 일인가. 돈만 많으면 이 모든 골칫거리들이 깨끗이 날아갈 텐데.

아침에 일어난 캐리는 좀 일찍 나갈 채비를 했다. 일자리를 찾아보기로 굳게 결심했지만, 그렇게 그 돈 때문에 고민했으면서도 돈이 주머니에 있으니 구직 문제가 덜 힘겹게 느껴졌다. 캐리는 도매상이 몰려 있는 구역으로 걸어갔지만, 지나치며 한 군데씩 들어가볼까 생각하면 움츠러들었다. 겁쟁이라고 스스로를 책망했다. 하지만 그녀는 지금까지 정말 많은 곳의 문을 두드렸다. 시도해봤자 또 결과는 뻔할 것이다. 캐리는 걷고 또 걷다가 마침내 한 군데 들어가보았지만 결과는 마찬가지였다. 캐리는 자기에게 영 운이 따라주지 않는다고 느끼며 그곳을 나왔다. 다 소용없었다.

캐리는 별생각 없이 디어본 스트리트까지 왔다. 페어 백화점이 있어서 배달 마차들이 무수히 지나다녔고 쇼윈도가 길게 늘어서 있으며 쇼핑객들로 붐비는 곳이었다. 그렇게 지쳤는데도 그곳에 가니 금세 마음이 바뀌었다. 캐리가 새 물건을 사려고 했던 곳이 바로 여기였다. 캐리는 고민도 털어버릴 겸 들어가서 구경을 하기로 했다. 재킷을 볼 생각이었다.

욕망에 이끌리고 이를 실현할 수단도 있지만 양심에 걸려서 혹은 결정을 못 내려서 이도 저도 못 하는 어중간한 상태에 있을 때보다 더 즐거운 때는 없다. 캐리는 멋진 진열장들이 늘어선 백화점을 돌아다니면서 이런 기분에 젖어들었다. 예전에 바로 이곳에서 겪었던 경험 탓에 이곳이 한층 더 대단해 보였다. 전에는 발걸음을 재촉하며 지나쳤던 화려한 옷과 보석 하나하나 앞에서 발을 멈추었다. 여자의 마음이 그것들을 갖고 싶은 욕망으로 뜨겁게 달아올랐다. 이것을 걸치면 내 모습이 어떻게 보일까, 얼마나 매력적으로 만들어줄까! 캐리는 코르셋 매장에서 거기 진열된 온갖 색채와 레이스가 어우러진 앙증맞은 속옷들을 보면서 달콤한 공상에 빠졌다. 마음만 먹으면 이제 저것들 중 하나를 가질 수도 있었다. 캐리는 보석 매장에서도 한참 머물렀다. 귀고리, 팔찌, 핀, 목걸이를 구경했다. 저것들을 다 가질 수만 있다면 무엇을 내놓아도 아깝지 않을 것 같았다! 저런 것들 중 몇 개만 손에 넣어도 멋져 보일 것이다.

제일 마음이 끌리는 것은 재킷이었다. 백화점에 들어설 때 이미 올가을 대유행이던 커다란 자개단추가 달린 특이하고 작은 황갈색 재킷에 마음이 확 꽂혀 있었다. 하지만 그보다 나은 것은 없는지 찾아보는 것도 즐거웠다. 캐리는 이런 옷들이 진열된 유리장과 진열대를 돌아다니면서 역시 점찍어둔 것이 제일 낫다는 것을 확인했다. 고르기만 하면 바로 살 수 있다고 스스로를 설득하다가, 다시 실제 처지를 떠올리면서 줄곧 마음을 정하지 못하고 갈팡질팡했다. 결국 정오가 거의 다 되었는데도 캐리는 아무것도 하지 못했다. 이제 가서 돈을 돌려주어야 했다.

드루에는 길모퉁이에서 그녀를 기다리고 있었다.

"안녕, 재킷은 어디 있어요?" 그는 캐리를 훑어보면서 이렇게 물었다. "구두는요?"

캐리는 나름 머리를 굴려 자신의 결론으로 이끌고자 했지만, 이 말 한마디로 미리 계획해둔 상황이 전부 다 소용없게 되어버렸다.

"그 얘기를 하러 왔어요. 저는 이 돈을 받을 수 없어요."

"오, 그래요? 흠, 나랑 같이 갑시다. 패트리지로 가보자고요."

캐리는 그와 함께 걸었다. 의심하고 불가능하다고 생각했던 것들이 그녀의 마음속에서 전부 다 사라져버렸다. 그렇게 심각했던 일들, 그에게 분명히 해두려고 마음먹었던 얘기들은 꺼내지도 못했다.

"아직 점심 안 먹었죠? 당연히 안 먹었을 테지요. 여기 들어갑시다."

드루에는 스테이트 스트리트에서 길을 꺾어 먼로 스트리트에 있는 아주 잘 꾸며놓은 레스토랑 한 군데로 들어섰다.

"돈은 받을 수 없어요." 아늑한 구석에 자리잡고 드루에가 점심을 주문하고 나자 캐리가 이렇게 말했다. "거기서 그런 것들을 입을 수도 없고요. 어디에서 났는지 언니네는 모를 테니까요."

"어떡했으면 좋겠어요?" 그가 미소를 지었다. "구두하고 옷도 없이 어찌 지내려고?"

"고향으로 돌아가려고요."

"오, 이거 봐요. 그 문제로 너무 오래 생각했군요. 내가 하라는 대로 해요. 거기서는 옷을 못 입는다고 했잖아요. 그럼 가구 딸린 방을 하나 빌려서 일주일 동안 그 방에 두면 어때요?"

캐리는 고개를 가로저었다. 여자들이 그렇듯이 캐리도 누군가가 그녀의 의견을 반대하고 나서서 설득해주어야 했다. 남자는 할 수만 있다면 의심을 싹 다 쓸어내고 길을 깨끗이 닦아놓아야 했다.

"왜 고향으로 가겠다는 거예요?" 그가 물었다.

"여기서는 일자리를 구할 수가 없으니까요."

"언니네가 데리고 있어주지 않겠대요?" 그가 직감적으로 물었다.

"그럴 형편이 못 돼요."

"내 말대로 해요. 나랑 같이 있어요. 내가 보살펴줄게요."

캐리는 조용히 듣기만 했다. 지금 처지에 그 말은 어서 들어오라고 활짝 문을 열어주는 것처럼 들렸다. 드루에는 그녀의 기분을 잘 알아주고 기쁘게 해주는 것 같았다. 그는 말쑥하고, 잘생겼고, 옷도 잘 입었고, 동정심도 많았다. 그의 목소리는 친구의 목소리였다.

"컬럼비아시티에 돌아가서 뭘 할 수 있겠어요?" 그는 이런 말로 그녀가 뒤로하고 떠나온 지루한 세계를 상기시켰다. "거기 가봤자 아무것도 없다고요. 시카고는 달라요. 여기에서 좋은 방 하나 얻고 옷도 좀 사요. 그러면 뭔가 할 일도 생길 거예요."

캐리는 창밖의 분주한 거리를 내다보았다. 가난하지만 않다면 이곳은 감탄할 만한 훌륭한 도시였다. 밤갈색 말 한 쌍이 끄는 우아한 마차 한 대가 푹신하게 속을 채운 좌석에 젊은 여자를 태우고 지나갔다.

"돌아가면 뭘 할 건데요?" 드루에가 물었다. 그 질문에 다른 의도는 전혀 없었다. 캐리가 고향에 가봤자 가치 있는 것들은 하나도 얻지 못할 거라고 생각했다.

캐리는 꼼짝도 않고 앉아서 창밖만 내다보았다. 무엇을 할 수 있을까 생각하는 중이었다. 언니네 부부는 그녀가 이번주에 고향에 돌아가리라 예상하고 있을 것이다.

드루에는 그녀가 살 옷으로 화제를 돌렸다.

"좋은 재킷 하나 사라니까요. 꼭 사야 해요. 돈은 빌려줄게요. 걱정하지 말고 받아둬요. 혼자 좋은 방을 얻어도 돼요. 해치지 않을게요."

캐리는 마음의 동요를 느꼈지만 자기 생각을 입 밖으로 낼 수는 없었다. 옴짝달싹할 수 없는 자신의 처지를 그 어느 때보다도 절절히 느꼈다.

"일자리만 얻을 수 있다면요." 캐리가 말했다.

"아마 얻을 수 있을 거예요. 여기 머문다면요. 가버리면 못 얻죠. 언니네가 여기 남아 있게 해주지는 않을 거예요. 자, 내가 좋은 방 하나 얻어줄게요. 귀찮게 하지 않을게요. 걱정할 필요 없다니까요. 일단 있을 곳을 정하고 나면 일자리도 생길 거예요."

캐리의 예쁘장한 얼굴을 바라보니 기운이 나서 그는 더 열을 올렸다. 그의 눈에 캐리는 사랑스럽고 어린 처녀였다. 의심의 여지가 없는 사실이었다. 캐리의 행동에는 어떤 힘이 있는 것 같았다. 그녀는 흔해 빠진 공장 처녀들과는 달랐다. 둔하지 않았다.

사실 캐리는 드루에보다 더 상상력이 풍부했고 취향도 나았다. 우울해하고 고독해하는 것도 더 섬세한 정신을 지닌 탓이었다. 캐리의 옷차림은 초라했지만 깔끔했고, 고개를 든 자세도 그녀 자신은 의식하지 못했지만 사랑스러웠다.

"제가 일자리를 얻을 수 있을 거라고 보세요?" 캐리가 물었다.

"그럼요." 드루에는 손을 뻗어 그녀의 찻잔에 차를 따라주며 대답했다. "내가 도와줄게요."

그녀가 쳐다보자 그는 안심시키듯이 웃어 보였다.

"이제부터 우리가 할 일을 말해줄게요. 패트리지에 가서 당신 마음에 드는 걸 고르는 거예요. 그다음엔 당신이 지낼 방을 알아볼 거고요. 산 물건들은 거기에 놓아두면 돼요. 그러고서 오늘밤에 쇼를 보러 갑시다."

캐리는 고개를 가로저었다.

"그럼 아파트에 가서 있어도 돼요. 괜찮아요. 꼭 그 방에서 지낼 필요는 없어요. 그냥 잠깐 들러서 당신 물건만 놓아두면 되지요."

캐리는 식사를 다 마칠 때까지도 마음을 정하지 못했다.

"재킷 보러 갑시다." 드루에가 말했다.

그들은 함께 나갔다. 상점에 들어서자마자 캐리의 마음에 쏙 드는 반짝이고 하늘거리는 신상품들이 눈에 들어왔다. 푸짐한 식사를 하고 활기를 뿜어내는 드루에와 함께 있으니 그가 제안한 계획도 그럴듯해 보였다. 캐리는 둘러본 뒤 페어 백화점에서 보고 감탄했던 것과 같은 재킷을 골랐다. 손에 들고 보니 훨씬 더 근사해 보였다. 점원의 도움을 받아 옷을 입어보았는데, 맞춘 듯이 딱 맞았다. 한층 돋보이는 모습에 드루에의 얼굴이 밝아졌다. 정말로 예뻤다.

"바로 이거예요." 그가 감탄했다.

캐리는 거울 앞에서 몸을 돌려보았다. 제 모습에 어쩔 수 없이 기분이 좋아졌다. 양볼에 발그레하게 홍조가 피어났다.

"너무 잘 어울려요. 이걸로 사요." 드루에가 말했다.

"구 달러예요." 캐리가 말했다.

"괜찮아요. 사요."

그녀는 지갑을 열어 지폐 한 장을 꺼냈다. 점원은 새 옷을 입고 가겠느냐고 물어보고 나갔다. 잠시 후 점원이 다시 돌아왔고 구매가 끝났다.

그들은 패트리지에서 나와 구두가게로 갔고, 그곳에서 캐리는 구두를 신어보았다. 드루에가 곁에 서서 구두가 참 예쁘다며 "신고 가요" 하고 권했다. 그러나 캐리는 고개를 가로저었다. 캐리는 아파트로 돌아갈 생각을 하고 있었다. 그는 캐리에게 지갑과 장갑을 사주었고, 스타킹도 사도록 했다.

"내일 여기 다시 와서 스커트를 사기로 해요." 그가 말했다.

캐리는 무엇을 해도 불안감을 떨칠 수 없었다. 그가 하자는 대로 하며 깊이 끌려들어갈수록, 문제는 자기가 아직까지는 하지 않은 몇 가지 일에 달려 있다는 생각이 자꾸만 파고들었다. 아직 그 일들을 저지르지 않았으니 빠져나갈 구멍은 있었다.

드루에는 워배시 애비뉴에서 방을 구할 수 있는 곳을 알고 있었다. 그는 캐리에게 건물 외관을 보여주며 이렇게 말했다. "자, 이제 당신은 내 동생인 거예요." 그는 방을 고르고, 둘러보고, 평을 하고, 의견을 말하는 일을 손쉽게 해치우며 계약을 해버렸다. "동생 트렁크는 하루이틀 안에 올 거예요." 그가 이렇게 말하자 여주인은 아주 좋아했다.

단둘만 남았을 때에도 드루에는 태도를 전혀 바꾸지 않았다. 그는 길거리에 있는 것처럼 똑같이 심상하게 굴었다. 캐리는 자기 물건을 놓아두었다.

"자, 오늘밤에 이사를 하는 게 어때요?" 드루에가 말했다.

"아, 그건 안 돼요."

"어째서요?"

"그런 식으로 언니네를 떠나고 싶진 않아요."

그는 거리를 걸으면서 얘기를 계속했다. 따스한 오후였다. 햇살이 비치고 바람은 잦아들었다. 그는 캐리와 이야기를 나누면서 아파트의 분위기에 대해 자세히 알게 되었다.

"거기서 나와요. 언니 부부는 신경도 안 쓸 거예요. 잘 지낼 수 있게 도와줄게요."

그의 말에 귀기울이고 있노라니 캐리의 불안이 점점 가셨다. 그는 그녀를 데리고 여기저기 구경시켜주고, 일자리를 얻도록 도와줄 것이다. 그는 정말로 그렇게 할 생각이었다. 그가 출장을 갈 때쯤엔 그녀도 일을 하고 있을 것이다.

"자, 내가 말하는 대로 해요. 가서 필요한 것만 가지고 나와요."

캐리는 그 문제를 놓고 오래 고민했고, 마침내 그렇게 하기로 했다. 그가 피오리아 스트리트까지 나와서 그녀를 기다리기로 했다. 약속 시간은 여덟시 반으로 정했다. 캐리는 다섯시 반에 집에 도착했고, 여섯시가 되니 결심이 굳어졌다.

"그래, 일자리를 못 구했니?" 미니가 보스턴스토어에 다녀온 일을 물었다.

캐리는 곁눈질로 언니를 보았다. "응."

"올가을에는 아무래도 힘들겠다." 미니의 말이었다.

캐리는 아무 대꾸도 하지 않았다.

집에 돌아온 핸슨은 언제나처럼 속을 알 수 없는 태도를 취했다. 말 한마디 없이 씻고 나와 신문을 읽었다. 저녁식사를 하면서 캐리는 좀 초조했다. 자신이 세운 계획에서 오는 긴장도 상당했지만, 이곳에서 환영받지 못하는 존재라는 느낌도 강했다.

"아무데도 못 찾았나?" 핸슨이 물었다.

"네."

그는 다시 식사를 계속했다. 그는 처제를 데리고 있는 것은 부담이 된다고 생각했다. 캐리는 고향으로 돌아가야 할 것이다. 그걸로 끝이다. 일단 떠나보내면 봄에 다시 돌아와서도 안 된다.

캐리는 자기가 이제 하려는 짓이 두려웠지만 이런 상황도 곧 끝날 거라 생각하면 마음이 놓이기도 했다. 언니 부부는 신경쓰지 않을 것이다. 특히 형부는 그녀가 가버리면 기뻐할 것이다. 그녀가 어떻게 되건 상관하지 않을 것이다.

저녁식사 후 그녀는 언니 부부의 눈을 피해 욕실로 들어가 짤막한 쪽지를 썼다.

'언니, 안녕. 난 고향으로 돌아가지 않을 거야. 시카고에 잠시 더 머물면서 일자리를 찾아보려 해. 내 걱정은 마. 잘 지낼 테니.'

거실에서 핸슨이 신문을 읽고 있었다. 캐리는 평소처럼 언니를 도와 설거지를 하고 접시를 정돈했다. 그러고는 이렇게 말했다.

"잠깐 내려가서 바람 좀 쐬고 올게." 아무리 애써도 목소리가 떨리는 것은 어쩔 수가 없었다.

미니는 핸슨이 나무라던 말이 떠올랐다.

"형부가 그러는데 거기 그렇게 서 있으니까 보기 좋지 않대."

"형부가 그래? 이번만 나갔다 오고 다시는 안 나갈게."

캐리는 모자를 쓰고는 쪽지를 어디 놓아두면 좋을까 궁리하느라 작은 침실의 탁자 옆에서 잠시 서성거렸다. 결국 쪽지는 미니의 머리빗 아래 놓아두었다.

캐리는 현관문을 닫고 잠시 멈춰 서서 언니 부부가 뭐라고 할지 생각해보았다. 자기가 하려는 행동은 자기가 생각해도 영 이상했다. 캐리는 천천히 계단을 내려갔다. 불 켜진 층계를 돌아본 다음, 씩씩한 척 거리로 걸어갔다. 길모퉁이에 닿자 발걸음을 빨리했다.

캐리가 서둘러 나가자 핸슨이 아내 쪽으로 왔다.

"캐리는 또 대문으로 내려갔나?"

"네. 더는 안 나가겠대요."

그는 마루에서 놀고 있는 아기에게로 가서 손가락으로 놀아주기 시작했다.

길모퉁이에서 드루에가 들뜬 기분으로 기다리고 있었다.

"안녕, 캐리." 활기찬 모습의 캐리가 가까이 다가오자 그는 인사를 건넸다. "무사히 왔군요. 자, 차를 타러 갑시다."

8
겨울의 암시
호출을 받은 대사大使

온 우주를 휩쓸고 다니는 힘 속에서 무지한 인간은 바람에 날리는 나뭇잎 같은 존재일 뿐이다. 아직 우리의 문명은 본능에 따라서만 움직이지는 않기에 짐승이라 볼 수는 없으나, 이성을 따르는 것만도 아니라서 인간이라고 하기도 어려운 중간 단계에 머물러 있다. 호랑이에게 책임감이 있을 리 없다. 호랑이는 생명의 힘을 지니고 자연의 섭리에 따라 살아간다. 호랑이는 생명의 힘이 지켜주기에 아무 생각 없이도 보호를 받는다. 우리는 인간이 정글의 법칙에서 멀리 벗어나 있으며 타고난 본능은 무뎌져 자유의지에 가까워졌다고 생각하지만, 인간의 자유의지는 아직 본능을 대신하여 인간을 완벽하게 이끌어줄 수 있을 만큼 발전하지 못했다. 인간은 본능과 욕망에만 귀기울이기에는 너무 현명해졌으나 본능과 욕망을 압도하기에는 여전히 너무 나약하다.

짐승으로서 생명의 힘은 인간을 본능과 욕망의 편에 세운다. 그러나 인간으로서 우리는 아직 그 힘과 보조를 맞추는 법을 온전히 배우지 못했다. 인간은 본능에 따라 자연에 녹아들어 조화를 이루지도 못하고, 아직은 자유의지에 따라 현명하게 스스로를 자연과 조화시키지도 못한 채 어중간한 단계에서 흔들리고 있다. 인간은 바람 속의 나뭇잎처럼 한때는 자기 의지에 따라, 한때는 본능에 따라 행동하는 식으로 열정의 숨결에 따라 그때그때 움직인다. 자유의지에 따라 실수를 저질렀다가 본능으로 회복하기도 하고 본능으로 인해 쓰러졌다가 자유의지로 일어나기도 하는, 예측할 수 없을 만큼 변동이 심한 존재이다. 어쨌든 진화는 계속되며 이상은 결코 꺼지지 않는 불빛이라는 사실로 그나마 위안을 삼는다. 인간은 이처럼 영원히 선과 악 사이에서 헤매지는 않을 것이다. 자유의지와 본능 간의 다툼이 조정되고, 완전한 깨달음이 자유의지에 본능을 온전히 대체할 힘을 부여하게 되면 비로소 인간은 더이상 흔들리지 않을 것이다. 그때는 이성의 지침이 진실이라는 머나먼 극점을 확실하고 변함없이 가리킬 것이다.

캐리의 내면에서도 본능과 이성, 욕망과 이해가 서로 주도권을 잡으려 싸우고 있었다. 우리 속물들 중 그러지 않을 이들이 얼마나 있겠는가? 캐리는 욕망이 이끄는 대로 따랐다. 아직은 스스로 이끌기보다는 끌려가는 쪽이었다.

걱정과 불안으로 밤을 보낸 미니는 다음날 아침 그리움이나 슬픔, 애정이 담겨 있다고는 할 수 없는 쪽지를 발견하고 외쳤다. "아, 이거 어쩌죠?"

"뭔데?" 핸슨이 물었다.

"캐리가 어디론가 가버렸어요."

핸슨은 평소답지 않게 민첩하게 침대에서 펄쩍 뛰어나와 쪽지를 보았다. 그는 혀끝을 가볍게 쯧쯧 차는 정도로만 자기 생각을 드러냈다. 말을 몰 때 내는 소리와 비슷했다.

"그애가 어디로 갔을까요?" 미니는 제정신이 아닐 만큼 흥분해서 물었다.

"내가 어떻게 알겠어." 그의 눈이 냉소적으로 빛났다. "결국 사고를 치고 말았군."

미니가 어찌할 바를 모르고 도리질을 쳤다.

"아, 아, 얘는 자기가 무슨 짓을 하는지도 모르는 거예요."

"흠," 핸슨은 잠시 후 양손을 앞으로 쑥 내밀었다. "당신인들 어쩌겠어?"

미니의 여성적인 본성은 이보다는 고차원적이었다. 그녀는 이런 경우 일어날 수 있는 여러 가능성을 떠올렸다.

마침내 미니가 탄식했다. "아이고, 불쌍한 시스터 캐리!"

이런 대화가 새벽 다섯시에 오가고 있을 즈음, 행운을 찾아 떠난 어린 병사는 새로운 방에서 홀로 불편한 잠을 자고 있었다.

캐리가 맞이한 새로운 상황은 적어도 거기에서는 무언가 가능성을 찾아볼 수 있다는 점에서 특별했다. 캐리는 사치스러운 분위기 속에서 졸음에 겨워 늘어져 있고 싶어하는 관능주의자는 아니었다. 캐리는 자신의 대담성이 마음에 걸리는 한편 어려운 처지에서 벗어난 것이 기쁘기도 하고, 무슨 일을 하게 될지 드루에가 무엇을 해줄지 궁금하기도 해서 이리저리 뒤척였다. 당연히 드루에는 자기 나름대로 앞으로의 계획을 마련해두었다. 그는 마음먹은 대로 할 수밖에 없었다. 다른 식으로 행동해야 할 이유가 없었다. 그는 타고난 욕망에 이끌려 늘 그랬듯 여자를 쫓는 역할을 맡은 것이었다. 그가 캐리와 즐기려 하는 것은 아침밥을 푸짐하게 먹어야 하는 것과 같은 이치에서 나온 행동이었다. 그가 하려는 짓이 사악하고 죄스러운 것이라면 손톱만큼은 양심의 가책을 느낄 수도 있었다. 그러나 그 양심의 가책이 어떤 것이든 간에 아주 미미한 수준이리라는 것만큼은 확신해도 좋다.

다음날 그는 캐리를 찾아갔다. 캐리는 자기 방에서 그를 맞았다. 그는 언제나처럼 명랑하고 활기가 넘쳤다.

"오, 왜 그렇게 울적해 보여요? 아침 먹으러 가요. 오늘은 다른 옷도 좀 사고요."

캐리는 여러 가지 생각을 하면서 큰 눈으로 그를 쳐다보았다.

"뭐라도 일자리를 구할 수 있었으면 좋겠어요."

"잘될 거예요. 지금 걱정한들 뭐해요? 나갈 채비나 해요. 시내 구경을 합시다. 해치지 않을 테니 걱정 말아요."

"해치지 않을 줄 알아요." 캐리가 반신반의하며 말했다.

"새 구두 신었지요? 어디 쭉 내밀어봐요. 세상에나, 정말 근사해요. 재킷도 입어봐요."

캐리는 그 말대로 했다.

"와, 맞춘 것처럼 꼭 들어맞네요." 그는 허리가 잘 맞는지 만져보고, 몇 발짝 뒤로 물러서서 훑어보며 진심으로 만족스러워했다. "이제 새 스커트만 있으면 되겠네요. 아침 먹으러 가요."

캐리는 모자를 썼다.

"장갑은 어디 있어요?" 그가 물었다.

"여기 있어요." 캐리가 옷장 서랍에서 장갑을 꺼냈다.

"자, 갑시다."

그렇게 처음의 불안감은 사라져버렸다.

일은 그렇게 흘러갔다. 드루에는 캐리를 혼자 있게 놔두질 않았다. 가끔 캐리 혼자 돌아다니는 시간도 있었지만, 대개는 드루에와 함께 구경을 다녔다. 그는 카슨 피리 상점에서 캐리에게 멋진 스커트와 블라우스를 사주었다. 그의 돈으로 화장품도 몇 개 사서 이제 캐리는 완전히 딴 여자처럼 보였다. 거울을 보고 그녀는 자신이 오랫동안 믿어왔던 사실을 확인할 수 있었다. 그녀는 정말로 예뻤던 것이다! 모자가 얼마나 잘 어울리는지, 눈이 얼마나 예쁜지 몰랐다. 캐리는 조그만 빨간 입술을 이로 지그시 깨물고 처음으로 자신이 가진 힘을 짜릿하게 느꼈다. 드루에는 정말 좋은 사람이었다.

그들은 그날 저녁, 당시 최고의 인기를 누리던 오페라 〈미카도〉를 보러 갔다. 가기 전에 디어본 스트리트에 있는 윈저 식당으로 저녁을 먹으러 갔다. 캐리의 방에서 제법 떨어진 곳이었다. 찬바람이 불어왔다. 캐리는 창밖으로 서쪽 하늘을 내다보았다. 지는 해로 하늘은 발그스레 물들었지만 어둠과 맞닿은 윗부분은 파르스름했다. 머나먼 바다의 섬처럼 얇고 긴 분홍빛 구름이 허공에 걸려 있었다. 길 건너편 나무의 죽은 가지들이 그녀가 고향집 앞창에서 내다보던 12월의 익숙한 풍경을 떠올리게 했다.

캐리는 잠시 발을 멈추고 작은 손을 비벼댔다.

"왜 그래요?" 드루에가 물었다.

"아, 모르겠어요." 캐리가 입술을 파르르 떨면서 대답했다.

드루에는 뭔가 알아챈 듯 그녀의 어깨에 팔을 두르고 토닥여주었다.

"자, 괜찮아요." 그가 부드럽게 말했다.

그녀는 재킷을 걸쳤다.

"오늘밤에는 저 깃털목도리를 두르는 게 좋겠어요."

그들은 워배시 애비뉴를 따라 북쪽으로 걸어갔다가 애덤스 스트리트에 이르러 서쪽으로 꺾었다. 상점에는 벌써 불빛들이 휘황하게 빛나고 있었다. 머리 위로 아크등이 탁탁 소리를 냈고, 고층 건물들의 불 켜진 창들이 높은 곳에서 빛났다. 여섯시가 되자 사람들이 서로 부딪치고 떠밀리며 집 쪽으로 향했다. 그들은 가벼운 외투를 귀까지 바짝 끌어올리고 모자를 눌러썼다. 여점원들은 삼삼오오 짝을 지어 재잘대고 깔깔거리며 종종걸음 쳤다. 마음이 따뜻해지는 인간적인 광경이었다.

그때 갑자기 한 쌍의 눈이 캐리를 알아보았다. 초라한 차림새의 여자들 틈에서 누군가 캐리를 보고 있었다. 그들의 옷은 색이 바래고 축 늘어졌으며, 재킷은 낡아빠져서 전체적으로 허름해 보였다.

캐리는 그 시선과 여자를 알아보았다. 구두공장의 기계를 돌리던 여자들 중 하나였다. 여자는 긴가민가한 표정으로 캐리를 보다가는 고개를 돌렸다가 다시 쳐다보았다. 캐리는 거대한 파도가 그들 사이에 몰아치는 듯한 기분이 들었다. 예전의 옷과 예전의 기계가 되살아났다. 캐리는 정말로 흠칫했다. 드루에는 캐리가 지나가던 행인과 부딪치자 그제야 이상한 낌새를 눈치챘다.

"딴생각을 하고 있었나보군요." 그가 말했다.

그들은 저녁을 먹고 극장에 갔다. 캐리는 극장 구경에 무척이나 즐거워했다. 무대의 색채와 아름다움이 그녀의 눈을 사로잡았다. 캐리는 멋진 장소와 힘, 머나먼 나라들과 위대한 인물들에 대한 헛된 공상에 빠졌다. 공연이 끝나자 달가닥거리는 마차 소리와 멋진 숙녀들 무리가 그녀의 주의를 끌었다.

"잠깐만 기다려봐요." 신사숙녀들이 치맛자락을 바스락거리고, 레이스를 덮어쓴 머리를 까딱이고, 벌어진 입술 사이로 하얀 이를 내보이며 사교적인 인사를 주고받는 화려한 극장 로비에서 드루에가 그녀를 불러세웠다. "잠깐만요."

"67번, 67번." 마차를 불러주는 사람이 듣기 좋은 목소리로 외쳤다.

"정말 근사하지 않아요?" 캐리가 물었다.

"그러게요." 드루에가 대답했다. 드루에 역시 캐리 못지않게 옷을 잘 차려입은 사람들과 들뜬 분위기에 잔뜩 취해 있었다. 그는 캐리의 팔을 다정하게 꼭 잡았다. 캐리가 고개를 들자 미소 짓는 입술 사이로 이가 반짝이고 눈이 환히 빛났다. 밖으로 나오면서 드루에가 캐리에게 속삭였다. "당신 정말 너무 예뻐요!" 그들은 마차 불러주는 사람이 마차 문을 활짝 열고 두 귀부인을 태워주고 있는 쪽으로 갔다.

"나를 꽉 잡아요. 마차를 탈 테니." 드루에가 웃었다.

캐리는 머릿속이 온통 흥분으로 요동쳐서 그의 말이 귀에 들어오지 않았다.

그들은 공연을 본 후 가볍게 야식을 먹으러 식당에 들렀다. 시간이 늦었다는 생각이 잠깐 캐리의 머리를 스치고 지나갔지만 이제 그녀를 구속할 집안의 규범 따위는 없었다. 그녀가 어떤 습관이라도 들일 시간이 있었다면, 이런 경우에 그 습관이 힘을 발휘했을 것이다. 습관이란 참으로 이상한 것이다. 습관은 독실하지 않은 사람마저 신앙심에서 가 아니라 단지 몸에 밴 탓에 침대에서 나와 기도를 하게 만든다. 습관의 노예가 된 사람이 늘 하던 일을 등한시하게 되면 뭔가가 뒤통수를 자꾸 잡아당기는 것 같고, 꼭 해야 할 일을 안 한 듯 찜찜함이 남아 양심에 찔리는 느낌이 들고, 조그만 목소리가 똑바로 행동하라고 끈질기게 타이르는 기분이 들기 마련이다. 탈선이 도를 넘으면 습관의 힘은 더 강해져서, 이성이 부족한 희생자가 습관적으로 하던 행동을 다시 하도록 되돌려놓는다. "아이고, 이제야 내 할 일을 다했네." 실은 단지 오래된, 깨지지 않는 습관에 다시 한번 넘어간 것에 불과한데, 이런 생각을 하게 되는 것이다.

캐리에게는 엄격하게 지키는 어떤 훌륭한 가정교육의 방침 같은 것은 없었다. 그런 것이 있었더라면 양심의 가책 때문에 더 괴로웠을 것이다. 식사는 아주 다정한 분위기에서 진행되었다. 여러 가지 일이 있었던 데다 눈에 보이지 않게 드루에한테서 쏟아져나오는 열정, 음식, 사치스럽기 그지없는 분위기에 캐리는 긴장이 풀어져 편안한 마음으로 귀를 열었다. 캐리는 또다시 이 도시가 거는 최면의 희생자가 되었다.

마침내 드루에가 말했다. "자, 이제 그만 일어나볼까요."

접시를 앞에 놓고 꾸물거리면서 두 사람의 눈빛이 자꾸 얽혔다. 캐리는 그의 시선에 뒤따르는 힘의 진동을 느끼지 않을 수 없었다. 그는 말을 하면서 그녀에게 일어난 어떤 사실을 각인시켜주려는 듯 그녀의 손을 어루만졌다. 이제 가자고 하면서도 손을 만지고 있었다.

그들은 일어서서 거리로 나왔다. 시내는 휘파람을 불며 산책하는 사람들 몇 명, 야간 마차 몇 대, 아직도 환히 불을 밝힌 유흥지 몇 곳을 제외하고는 인적이 드물었다. 워배시 애비뉴로 나와 천천히 걷는 내내 드루에는 자기가 아는 지식을 다 동원하여 신나게 떠들었다. 캐리의 팔짱을 끼고, 말을 하면서는 그 팔을 지그시 눌렀다. 재치 있는 말을 하는 사이사이 눈을 내리깔았고, 그럴 때마다 그녀의 눈과 마주쳤다. 마침내 그들은 계단까지 왔다. 캐리가 첫번째 계단 위에 올라서자 드루에와 눈높이가 같아졌다. 그는 다정하게 캐리의 손을 잡았다. 그는 열띤 생각에 잠겨 주위를 두리번거리는 캐리에게서 눈을 떼지 못했다.

그 시각, 미니는 저녁 내내 심란해하다가 잠이 들었다. 그녀는 팔꿈치를 불편한 자세로 괴고 옆으로 누워 있었다. 근육이 눌려서 욱신거리고 쑤셨다. 잠에 취한 상태에서 어떤 장면 하나가 어렴풋이 떠올랐다. 미니는 캐리와 함께 어딘가 오래된 탄광 옆에 있었다. 높은 경사로와 밖으로 퍼낸 흙과 석탄 더미가 보였다. 깊은 구덩이가 있어서 둘은 그 속을 들여다보았다. 젖은 돌들이 이어지던 벽이 흐릿한 그림자 속으로 사라져 보이지 않게 되었다. 내려가는 데 쓰는 낡은 바구니가 해진 밧줄에 묶여 걸려 있었다.

"들어가보자." 캐리가 말했다.

"얘, 안 돼." 미니가 반대했다.

"그러지 말고 가보자."

캐리는 바구니를 끌어올리더니 아무리 말려도 듣지 않고 바구니를 타고 내려갔다.

"캐리, 캐리야, 돌아와." 미니가 외쳤다. 그러나 캐리는 계속 내려갔고, 그림자는 그녀를 완전히 삼켜버렸다.

미니는 팔을 휘저었다.

이번에는 신비스러운 풍경이 뒤섞이더니 처음 보는 물가가 나타났다. 자매는 널빤지인지 땅인지 뭔가 멀리까지 뻗은 것 위에 있었는데, 그 끝에 캐리가 있었다. 주변을 둘러보는데 바닥이 가라앉는 느낌이 들었다. 미니의 귀에 서서히 물이 밀려들어오는 소리가 들렸다.

"캐리야, 이리 와." 미니가 불렀지만 캐리는 더 멀리까지 나갔다. 점점 멀어져서는 이제 불러도 듣지 못할 것 같았다.

"캐리야, 캐리야." 그러나 미니의 목소리는 공허하게 퍼져나갔고 이상한 물이 모든 것을 흐릿하게 뒤덮었다. 미니는 뭔가 잃어버린 듯한 기분에 가슴이 저려왔다. 이렇게 말로 다 할 수 없는 슬픔은 난생처음이었다.

지친 머릿속을 여러 꿈들이 넘나들고 기이한 환영들이 스며들어와 이상한 장면들을 하나씩 차례대로 뒤바꾸었다. 마지막 꿈에서 미니는 엉엉 울었다. 캐리가 바위에 매달려 있다가 손가락 힘이 풀려 결국 떨어지고 만 것이다.

"여보! 왜 그래, 일어나봐." 핸슨이 미니의 어깨를 흔들어 깨웠다.

"왜…… 왜 그래요?" 미니가 잠에 취한 목소리로 물었다.

"일어나보라고. 잠꼬대를 하고 있잖아."

일주일쯤 지나 드루에가 말끔한 옷차림으로 피츠제럴드 앤드 모이스에 들어섰다.

"안녕, 찰리." 허스트우드가 사무실 문으로 내다보며 인사를 건넸다.

드루에는 씩씩하게 들어와 책상 앞에 앉은 허스트우드를 쳐다보았다.

"출장은 언제 또 가나?" 그가 물었다.

"곧 떠나요." 드루에가 대답했다.

"이번엔 자네를 자주 보지 못했구먼."

"네, 너무 바빴어요."

둘은 일반적인 주제로 잠시 대화를 나누었다.

"참," 드루에가 갑자기 생각났다는 듯이 말했다. "언제 저녁에 한번 놀러오시면 좋겠어요."

"어디로?"

"당연히 제 집이지요." 드루에가 미소를 지으며 대답했다.

허스트우드는 입가에 살짝 미소를 띤 채 영문을 모르겠다는 표정으로 드루에를 쳐다보았다. 그는 드루에의 얼굴을 이리저리 꼼꼼히 뜯어보더니 신사다운 태도로 점잖게 말했다. "알겠네. 가다마다."

"유커* 게임이나 한판 하자고요."

"좋은 와인 한 병 가져갈까?" 허스트우드가 물었다.

"좋지요. 제가 소개해드릴 사람이 있답니다."

* 카드놀이의 일종.

9
관습의 부싯깃 통
초록 눈동자*

링컨 공원 인근 노스사이드에 있는 허스트우드의 집은 당시 대유행이던 삼층짜리 벽돌건물로, 일층은 거리보다 약간 낮았다. 이층에서 밖으로 튀어나온 커다란 퇴창이 있었고, 집 앞에는 가로 25피트, 세로 10피트의 작은 잔디밭이 있었다. 이웃집들의 담장으로 둘러싸인 작은 뒷마당도 있었는데, 거기에 마구간을 두고 말과 이륜마차를 넣어두었다.

집에는 방이 열 개 있어서 허스트우드와 그의 아내 줄리아, 아들 조지와 딸 제시카가 썼다. 그 외에도 가정부들이 있었는데, 허스트우드 부인이 마음에 안 들어하는 경우가 많아서 종종 바뀌곤 했다.

---

* 질투에 찬 눈빛을 일컫는 말.

"여보, 어제 메리를 내보냈어요." 저녁 식탁에서 심심찮게 듣게 되는 말이었다.

"알겠소." 허스트우드는 이렇게 대꾸하면 끝이었다. 그는 악의에 찬 화제를 놓고 얘기하는 데 이미 오래전에 지쳐버렸다.

행복한 가정 분위기는 이 세상의 꽃이다. 그보다 더 부드럽고 섬세한 것은 없으며, 그 안에서 보살피고 키워야 할 본성들을 강하고 올바르게 만들기 위해 그보다 더 세심하게 신경써야 할 것은 세상에 없다. 이러한 행복한 경험을 해본 적이 없는 사람들은 아름다운 음악을 들으면 어째서 눈가에 눈물이 반짝이게 되는지 이해하지 못할 것이다. 한 나라 국민들의 마음을 묶어주고 황홀하게 하는 신비스러운 화음을 결코 알지 못할 것이다.

허스트우드의 가정은 이러한 분위기라고는 말하기 어려웠다. 가정이 가정답게 되는 데 없어서는 안 될 인내와 배려가 부족했다. 집안에는 식구들의 예술적 감각에 맞게 멋진 가구들이 배치되어 있었다. 보드라운 깔개며 화려한 천을 씌운 의자와 긴 의자, 그랜드피아노, 이름 모를 조각가가 만든 대리석 비너스상, 어디에서 구해왔는지 알 수 없지만, 보통 큰 가구점에서 파는 수많은 작은 청동상들이 그 밖의 다른 모든 것들과 함께 '완벽하게 꾸며진 집'을 이루고 있었다.

식당에는 번쩍이는 유리병과 다른 부엌살림들, 유리 장식품들이 흠잡을 데 없이 진열된 장식장이 서 있었다. 그것들은 허스트우드의 전문분야였다. 그는 일 때문에 오랫동안 그 분야를 공부해왔다. 하루가 멀다 하고 바뀌는 가정부들에게 그 일을 예술적으로 해내는 요령을 설명해주는 데서 적지 않은 만족을 느꼈다. 그는 결코 말수가 많은 사람이 아니었다. 오히려 자기 생활에서 가정경제에 관한 그의 태도에는 당시 흔히 쓰는 표현으로 신사답다고 하는, 점잖게 말을 삼가는 경향이 있었다. 그는 언쟁을 하지도 않았고, 하고 싶은 대로 다 터놓고 말하지도 않았다. 그의 태도에는 뭔가 독단적인 데가 있었다. 그는 자신이 바로잡을 수 없는 것은 무시해버렸다. 손댈 수 없는 일에는 가까이 가지 않으려 했다.

딸 제시카에게 흠뻑 빠져 있던 시절도 있었다. 그가 성공에 매달리던 젊은 시절이었다. 그러나 열일곱 살이 된 제시카는 아무리 애정이 넘치는 헌신적인 부모라도 예쁘게 봐주기 힘들 만큼 제 속마음을 감추고 독립하려 들었다. 제시카는 고등학생이었는데, 귀족적인 삶에 대한 인식이 확고했다. 그녀는 좋은 옷을 밝혔고, 끊임없이 옷을 사달라고 졸라댔다. 머릿속은 온통 사랑과 우아한 집안들에 대한 생각뿐이었다. 제시카가 고등학교에서 만난 친구들은 진짜 부잣집 딸들로, 그 아버지들은 탄탄한 사업체의 동업자이거나 소유주로 지역에서 명성을 날리고 있었다. 이런 아이들은 잘나가는 집안에 어울리는 분위기를 풍겼다. 제시카의 관심은 학교의 그런 아이들에게 쏠려 있었다.

허스트우드의 아들은 스무 살로, 부동산 회사에서 일하는 유능하고 전도유망한 청년이었다. 그는 집안 살림에는 한 푼도 보태지 않고 부동산에 투자하기 위해 돈을 모으는 모양이었다. 능력도 있고 허영심도 상당했으며 아직 자기 일에 해가 되지 않는 한에서는 무엇이건 쾌락을 즐기는 것도 아주 좋아했다. 그는 자기 계획과 꿈을 좇느라 들락날락하면서 어머니에게는 간간이 두어 마디 던질 뿐이었고, 아버지에게는 약간 설명을 하기도 했지만 그가 하는 대화는 대부분 일반적인 얘기에 그쳤다. 그는 자신의 욕망을 남에게 내보이지 않았다. 그가 보기에는 집안에서 딱히 관심을 보이는 식구도 없었다.

허스트우드 부인은 남보다 잘나 보이려고 부단히 노력하고, 자기보다 잘난 사람을 보면 배 아파하는 부류의 여자였다. 그 잘난 이들의 폐쇄적인 사회에 대해 알고 있었고, 그 일원이 아니기에 간절히 그 테두리 안에 들어가고 싶어했다. 그녀는 이것이 자기한테는 불가능한 꿈임을 이미 어느 정도는 깨닫고 있었다. 하지만 딸은 더 잘되리라는 희망을 품었다. 제시카를 통해 좀더 올라설 수 있을지도 몰랐다. 혹은 아들이 성공한다면 자랑스럽게 남들을 손가락질하는 특권을 누리게 될 수도 있을 것이다. 허스트우드도 충분히 잘해나가고 있지만, 남편이 부동산에 조금 모험적인 투자를 한 것이 잘되어야 하는데 걱정스러웠다. 아직까지 남편이 보유한 자산은 그리 많지 않았지만 수입은 만족할 만했고 피츠제럴드 앤드 모이스에서도 안정된 지위를 누리고 있었다. 피츠제럴드와 모이, 두 신사 모두 허스트우드와 만족스럽고 격의 없는 관계를 유지하고 있었다.

이런 인물들이 모여 만들어내는 분위기는 안 봐도 뻔할 것이다. 아무리 많은 대화가 오가도 결국 그 얘기가 그 얘기였다.

"내일 폭스 레이크에 갈 거예요." 금요일 저녁 식탁에서 조지가 선언조로 말했다.

"거기에는 무슨 일로 가려고?" 허스트우드 부인이 캐물었다.

"에디 파웨이가 새 증기선을 띄울 거래요. 저더러 와서 좀 봐달라고 하더군요."

"돈이 얼마나 들었다니?" 어머니가 물었다.

"아, 이천 달러 이상 들었대요. 아주 근사하대요."

"그애 아버지가 돈깨나 버는 모양이구나." 허스트우드가 끼어들었다.

"아마 그럴 거예요. 잭이 그러는데 베가큐라*를 이제 오스트레일리아까지 보낸대요. 지난주에는 케이프타운으로 한 상자 전부를 보냈고요."

허스트우드 부인이 말했다. "세상에나! 사 년 전만 해도 매디슨 스트리트 지하실에 살던 사람들이 말이다."

"잭 말로는 내년 봄에는 로비 스트리트에 육층짜리 건물을 세울 거래요."

"세상에나!" 제시카가 외쳤다.

이럴 때면 허스트우드는 빨리 자리를 뜨고 싶었다.

"시내에 좀 나가봐야 할 것 같은데." 그가 자리에서 일어서며 말했다.

"우리 월요일에 맥비커 극장에 가나요?" 허스트우드 부인이 앉은 채로 물었다.

"그래." 그가 무심하게 대답했다.

그가 모자와 외투를 가지러 위층으로 올라간 동안에도 가족들은 식사를 계속했다. 곧 문 닫히는 소리가 났다.

"아빠가 나가셨나봐." 제시카가 말했다.

제시카의 학교 소식은 조금 특별했다.

"강당 이층에서 공연을 할 거래요. 나도 나갈 거고요." 하루는 이런 소식을 전했다.

"너도 나간다고?" 어머니가 물었다.

---

* 당시 유행했던 특허 의약품의 하나.

"네, 그래서 새 드레스가 있어야 해요. 학교에서 제일 잘나가는 여자 애들이 나간단 말이에요. 파머가 포셔 역을 맡을 거예요."

"그애가?" 허스트우드 부인이 물었다.

"그런데 마사 그리스울드도 끼어 있더라고요. 그애는 자기가 연기를 할 줄 안다고 생각하나봐요."

"그애 집안은 별 볼 일 없지 않니? 빈털터리 신세일 텐데?"

"맞아요. 찢어지게 가난하다니까요." 제시카가 맞장구를 쳤다.

제시카는 자신의 미모에 반한 수많은 남학생들을 아주 세심하게 분류했다.

"엄마 생각은 어떠세요? 허버트 크레인이 나랑 친해지고 싶어하는 데." 어느 저녁에는 어머니에게 이런 말을 했다.

"그애는 누구니, 애야?" 허스트우드 부인이 물었다.

"아, 별 애 아니에요. 그냥 학생이에요. 가진 것도 없어요." 제시카는 예쁜 입술을 삐죽이며 말했다.

비누 제조업체 사장 블리퍼드의 아들이 그녀를 집까지 데려다준 날은 또 전혀 딴판이었다. 그날 허스트우드 부인은 삼층에서 흔들의자에 앉아 책을 읽고 있다가 때마침 우연히 밖을 내다보았다.

"너랑 같이 온 남자애는 누구니, 제시카?" 그녀는 제시카가 위층으로 올라오자 이렇게 물었다.

"블리퍼드예요, 엄마."

"그래?"

"네, 공원에 같이 산책하러 가자고 해서요." 제시카는 계단을 뛰어 올라오느라 살짝 상기된 얼굴로 설명했다.

"알겠다, 애야. 너무 오래 있지는 말렴."

둘이 거리로 나가는 모습을 허스트우드 부인은 창밖으로 유심히 지켜보았다. 그보다 더 흡족한 광경은 세상에 없었다.

이런 분위기에서 허스트우드는 그런 것들에 관해 깊이 생각하지 않고서 긴 세월을 지내왔다. 그는 이점이 한눈에 확연하게 드러나 보이는 경우가 아니라면 굳이 더 나은 것을 얻으려고 수고를 들이지는 않는 성격이었다. 그는 지금껏 식구들이 이기적인 무관심을 내보일 때는 간혹 속으로 짜증도 내고, 품위와 사회적 지위를 위해 만들어진 아름다운 장식을 과시할 때는 흡족해하면서 그럭저럭 지내왔다. 그가 관리하는 업소에서의 생활이 그의 삶이었고, 대부분의 시간을 그곳에서 보냈다. 저녁에 집에 돌아오면 집은 멋있어 보였다. 가끔 예외가 있었지만 저녁식사는 보통 하인들이 차려주는 정도의 먹을 만한 것들이었다. 아이들은 항상 좋아 보였고, 그는 아들딸이 하는 이야기에 관심을 둘 때도 있었다. 허영심 강한 허스트우드 부인은 늘 화려하게 차려입고 있었는데, 허스트우드로서는 수수한 것보다는 그 편이 훨씬 나았다. 그들 사이에 애정은 다 식어버렸지만, 그렇다고 딱히 큰 불만이 있지도 않았다. 아내가 어떤 주제에 대해 의견을 내놓아도 놀랍지 않았다. 그들은 다툼으로 번질 정도까지 길게 이야기를 나누지도 않았다. 흔히 하는 말로 아내는 자신의 생각을, 그는 자기의 생각을 말했다. 가끔가다 한 번씩 젊고 활기차고 유머감각까지 갖춘 여자를 만나면 아내의 결점이 더욱 두드러져 보이기도 했지만, 이런 만남으로 불만족이 일시적으로 커지더라도 자신의 사회적 지위와 행동방침을 떠올리고 마음을 되잡곤 했다. 고용주들과의 관계에 영향을 미칠 수도 있으므로 가정생활을 복잡하게 만들 수는 없었다. 고용주들은 추문을 원치 않았다. 허스트우드 정도의 지위에 있는 남자라면 품위 있는 태도와 깨끗한 경력, 존경받을 수 있는 가정을 유지해야 했다. 그러므로 그는 행동 하나하나에 신중을 기했으며 오후나 일요일의 공적인 자리에 모습을 드러낼 때면 아내를 대동했고 가끔은 아이들도 데리고 나갔다. 그는 인근 휴양지나 위스콘신 부근을 방문해 남들이 다 가는 장소들을 산책하고 틀에 박힌 일들을 하면서 보기에는 멋있어도 재미는 없는 며칠을 보내곤 했다. 그는 이렇게 할 필요가 있다는 것을 알고 있었다.

그가 아는 돈깨나 있는 중산층 사람들 중 누군가가 곤경에 처하면 그는 고개를 절레절레 흔들곤 했다. 그런 일은 얘기할 가치도 없었다. 가까이 지내는 친구들 사이에서 이런 이야기가 화제에 오르면 그는 어리석은 짓이라고 비난하곤 했다. "그런 짓을 한 거야 괜찮지. 안 하는 남자 있나. 하지만 조심했어야지. 주의를 하고 또 해야 한다고." 그는 잘못을 저질렀다가 들통난 사람에 대해서는 동정심을 보이지 않았다.

이런 이유로 그는 여전히 어느 정도는 시간을 할애하여 아내를 데리고 다녔지만, 아내가 있건 없건 다른 사람들이나 즐길거리가 없었다면 정말로 지겨운 시간이었을 것이다. 그는 가끔씩 상당한 호기심으로 아내를 자세히 관찰하기도 했다. 아내는 어떤 면에서는 여전히 매력적이었고 남자들의 시선을 끌었다. 붙임성이 있고 허영심이 강했으며 아첨에 약했다. 이러한 조합이 아내와 같은 위치에 있는 여자에게는 비극을 가져올 수도 있다는 것을 그는 너무나도 잘 알았다. 이런 마음이다 보니 여자들을 그리 믿지 못했다. 아내는 그와 같은 천성의 남자로부터 믿음과 감탄을 얻을 만한 미덕은 전혀 갖추지 못한 여자였다. 아내가 그를 열렬히 사랑하는 한 그는 그녀를 믿을 수 있겠지만, 애정이 더 이상 둘을 묶어주는 끈이 되지 못할 때는 무슨 일이 벌어질지 알 수 없었다.

지난 한두 해 동안 가족들이 지출한 돈이 만만치 않았다. 제시카는 좋은 옷을 사댔고, 허스트우드 부인 또한 딸에게 뒤질세라 옷을 자주 사들였다. 내내 아무 말 않던 허스트우드가 어느 날 한마디했다.

"이번달에 제시카가 새 옷을 사야 한대요." 어느 날 아침 허스트우드 부인이 말했다.

허스트우드는 그때 거울 앞에서 멋진 조끼를 입던 중이었다.

"바로 얼마 전에도 한 벌 샀던 것 같은데." 그가 대꾸했다.

"그건 야회복이고요." 아내는 그의 반응에는 아랑곳하지 않고 대답했다.

"요즘 옷에 돈을 너무 많이 쓰는 것 같아."

"그야 외출할 일이 더 많아졌으니까 그렇죠." 아내는 이렇게 대화를 마무리했지만, 남편의 어조에서 전에는 한 번도 느끼지 못했던 이상한 느낌을 받았다.

그는 여행을 많이 다니는 사람이 아니었지만 여행을 할 때는 늘 아내를 데리고 다녔다. 최근에 시의회 의원들이 시찰 삼아 열흘간 필라델피아를 방문한 일이 있었다. 허스트우드도 초대를 받았다.

"거기 가면 우리를 아는 사람이 아무도 없어." 역겨운 무식함과 음탕함을 얼굴에서 완전히 숨기지 못하는 한 신사가 말했다. 그는 항상 위압적일 만큼 큰 실크해트를 쓰고 다녔다. "신나게 재미 볼 수 있다고." 그가 왼쪽 눈을 윙크하듯이 찡긋했다. "자네도 같이 가자고, 조지."

다음날 허스트우드는 아내에게 자기 계획을 통고했다.

"며칠 어딜 좀 다녀올게, 여보."

"어디를요?" 그녀가 고개를 들고 물었다.

"필라델피아. 업무차 가는 거야."

그녀는 뭔가 다른 말이 더 나오기를 기대하며 그를 빤히 쳐다보았다.

"이번에는 당신 못 데리고 가."

"알았어요." 그녀는 이렇게 대답했지만, 그는 아내가 이상하게 여긴다는 것을 눈치챘다. 가기 전에 아내가 던진 몇 가지 질문에 그는 짜증이 났다. 아내가 불쾌할 정도로 달라붙는다는 느낌이 들었다.

그 여행에서 그는 원 없이 즐겼고 여행이 끝날 무렵에는 돌아가기가 아쉬웠다. 그는 아무렇지도 않게 거짓말로 둘러대는 타입은 아니었고 그런 일을 설명하는 것도 아주 싫어했다. 그는 여행에 대해 일반적인 말로 대충 얼버무리고 넘어갔지만 허스트우드 부인은 그 일을 곰곰이 오래 생각했다. 그녀는 그 일을 벌충하려는 듯 더 자주 외출했고, 옷을 더 잘 입었고, 극장에도 마음대로 다녔다.

이런 분위기를 제대로 된 가정이라 하기는 어려울 것이다. 습관의 힘, 인습적인 힘에 따라 굴러갈 뿐이었다. 시간이 흐르면서 점점 더 메말라갈 수밖에 없다. 그러다가 결국 순식간에 불이 붙어서 다 타버리는 부싯깃이 될 것이다.

10
겨울의 조언
운명의 대사가 방문하다

여자와 여자의 의무에 대한 세간의 태도에 비추어볼 때 캐리의 심리 상태는 고려해볼 만하다. 그녀가 저지른 행동을 평가하는 잣대는 자의적이다. 사회는 관습적인 잣대로 모든 것을 판단한다. 모든 남자들은 선량해야 하며 모든 여자들은 정숙해야 한다. 악인이여, 그대는 어찌하여 실패했단 말인가?

스펜서를 비롯한 현대 자연주의 철학자들의 자유주의적인 분석에도 불구하고 우리는 도덕에 대해서 유아적인 인식 수준에 머물러 있다. 단순히 진화의 법칙에 따라서 해결될 문제가 아니다. 지상의 물리적 이치보다 훨씬 더 깊은 문제이다. 우리가 지금까지 인식하고 있는 것보다 더 복잡하다. 먼저, 왜 가슴이 떨리는지 대답해보라. 어찌하여 어떤 애처로운 가락은 사라지지 않고 온 세상을 떠도는지 설명해보라.

햇빛과 비를 맞으며 발그스름한 빛을 키워가는 장미의 섬세한 연금술을 명확히 밝혀보라. 이러한 사실들의 본질 속에 도덕의 첫번째 원칙이 숨어 있다.

드루에는 이렇게 생각했다. '아, 나의 정복은 얼마나 달콤한가.'

캐리는 불안에 떨며 이렇게 탄식했다. '아, 내가 잃은 것은 과연 무엇일까?'

이 동서고금의 명제 앞에서 우리는 진지한 관심을 보이면서도 갈피를 잡지 못한 채 도덕의 진정한 이론, 즉 무엇이 옳은가에 대한 참된 답을 만들어내려 애쓴다.

사회의 어떤 계층의 관점에서 보자면 캐리는 안락하게 자리를 잡은 셈이었다. 굶주리고 모진 세파에 시달리는 이들의 눈으로 본다면 캐리는 안전한 항구에 닻을 내렸다. 드루에는 웨스트사이드의 유니언 공원에 면한 오그던 플레이스에 가구 딸린 방 세 개짜리 아파트를 빌렸다. 오그던 플레이스는 녹색 카펫을 깐 듯한 아담한 곳으로, 당시 시카고에서 이보다 더 아름다운 장소는 없었다. 생각에 잠겨 바라보기 좋은 멋진 경치도 있었다. 제일 좋은 방에서는 작은 호수가 딸린 공원의 누렇게 변한 잔디밭이 내다보였다. 겨울바람에 흔들리는 헐벗은 나무들 너머로 유니언 공원 회중교회의 첨탑이 우뚝 서 있고, 멀리 다른 탑도 여럿 보였다.

방마다 가구가 안락하게 잘 갖추어져 있었다. 바닥에는 탁한 빨간색과 레몬색이 섞인 화려한 고급 브뤼셀 카펫을 깔았는데, 커다란 화분에 화려한 꽃이 가득 꽂힌 문양이었다. 두 창문 사이에는 큰 거울이 걸려 있었다. 보드라운 녹색 플러시 천을 씌운 큰 소파가 한쪽 구석을 차지하고 있었고 흔들의자도 여러 개 놓여 있었다. 그림 몇 점과 깔개 여 럿, 자그마한 장식품 몇 개, 이런 것들이 실내를 채웠다.

거실과 떨어진 침실에는 드루에가 사준 캐리의 트렁크가 있고, 벽에 붙박이로 설치된 옷장 속에는 옷들이 죽 걸려 있었다. 캐리는 태어나 서 이렇게 많은 옷을 가져본 적이 없었다. 모두 캐리에게 아주 잘 어울 리는 디자인이었다. 세번째 방은 주방으로 쓸 수 있어서 드루에는 작 은 휴대용 가스레인지를 설치해 캐리가 가벼운 식사나 굴 요리, 그가 아주 좋아하는 치즈 토스트 등을 준비할 수 있게 했다. 그리고 마지막 으로 욕실이 있었다. 가스로 조명을 밝혔고, 당시 처음 사용되기 시작 한 쾌적한 난방시설이 갖추어져 있었다. 작은 쇠살대가 붙어 있고 뒤 에는 석면을 댄 난방장치로 난방을 하게 되어 있어서 전체적으로 아늑 했다. 캐리가 바지런하고 정리를 좋아하는 성격이어서 집은 더할 나위 없이 쾌적한 분위기를 유지했다.

그곳에서 캐리는 자신을 덮쳐오던 가장 불길한 어려움으로부터는 벗어나 편안히 정착했지만, 마음을 괴롭히는 여러 가지 새로운 어려움 을 짊어지게 되었다. 세상과의 관계가 완전히 바뀌어버려서 전혀 새로 운 사람이 되었다고 해도 좋을 정도였다. 거울을 들여다보면 전에 없 이 예쁜 모습의 캐리가 있었다. 그러나 자신과 세상의 가치관이라는 마음속 거울을 들여다보면 전보다 추해 보였다. 캐리는 이 두 이미지 사이에서 어느 쪽을 믿어야 할지 몰라 흔들렸다.

"우와, 자기는 정말 예뻐." 드루에는 곧잘 그녀에게 이런 감탄을 토 해내곤 했다.

캐리는 큰 눈에 기쁨을 담고 그를 쳐다보았다.

"자기도 알지?" 드루에가 이렇게 말했다.

"아, 몰라요." 캐리는 누군가가 그렇게 생각해준다는 사실이 기쁘면서도 이렇게 대꾸했다. 자신을 그렇게 생각할 만큼 스스로 허영심이 강하다고는 생각하기 싫었지만, 실은 그랬다.

그러나 캐리의 양심은 칭찬에만 관심을 쏟는 드루에와는 달랐다. 거기에서 캐리는 다른 목소리를 듣고 그 목소리와 다투기도 하고, 애원도 하고, 변명도 해보았다. 따지고 보면 그 목소리도 정당하고 현명한 조언자는 되지 못했다. 그저 세상과 그녀의 과거 환경, 습관, 관습을 혼란스럽게 대표하는 특별할 것도 없는 작은 양심이었다. 그 양심과 함께 들려오는 사람들의 목소리는 진정 신의 목소리였다.

"오, 저 실패자!" 그 목소리가 외쳤다.

"어째서요?" 그녀가 반문했다.

"네 주위 사람들을 둘러봐." 속삭이는 대답이 들려왔다. "선량한 이들을 보라고. 그들이 네가 한 짓을 얼마나 경멸할지. 선량한 처녀들을 봐. 네가 나약해졌다는 것을 알면 그들이 너 같은 사람을 얼마나 멀리할지. 너는 노력도 해보지 않고 실패한 거야."

캐리가 이런 목소리에 귀를 기울이는 순간은 공원을 내다보며 홀로 있을 때였다. 가끔 달리 방해하는 것이 없을 때, 삶의 즐거운 면이 그리 뚜렷이 보이지 않을 때, 드루에가 곁에 없을 때였다. 처음에는 분명하게 들려왔으나 충분히 마음을 흔들어놓지는 못했다. 언제나 대답할 말이 있었고, 12월의 날씨는 위협적이었다. 그녀는 혼자였다. 원하는 것은 많았다. 세차게 불어오는 바람이 두려웠다. 궁핍의 목소리가 그녀를 위해 대답을 내놓았다.

밝은 여름날이 지나면 도시는 긴 겨울 동안 감싸고 지낼 칙칙한 회색 옷으로 갈아입는다. 도시의 끝없는 건물들도 잿빛으로 보이고 하늘과 거리도 칙칙한 색을 띤다. 낙엽을 떨군 나무들과 바람에 날리는 먼지와 종잇조각들이 온 도시에 퍼진 우울한 색을 더해준다. 애수를 자아내는 길고 좁은 길들을 따라 휘몰아치는 싸늘한 바람에도 뭔가가 있는 것 같다. 꼭 시인이 아니라도, 예술가가 아니라도, 모든 세련미를 독차지하고 있다고 자처하는 우월한 정신의 소유자가 아니라도 개와 모든 인간이 이를 느낄 수 있다. 똑같이 표현할 힘이 없을 뿐, 시인만큼 느낄 수는 있다. 전선 위의 참새, 대문간의 고양이, 짐을 끄는 말도 살을 에는 긴 겨울의 숨결을 느낀다. 움직이건 움직이지 못하건 모든 생명의 가슴에 가닿는다. 환락이라는 인위적인 불꽃이, 이익을 좇는 사업의 분주한 활동이, 즐거움을 파는 오락거리가 없다면, 다양한 상인들이 건물 안팎에 늘 하던 대로 상품을 진열하지 않는다면, 우리 거리가 화려한 색채의 간판으로 수놓아지고 바삐 움직이는 구매자들로 붐비지 않는다면, 겨울의 싸늘한 손이 가슴을 얼마나 세게 누르고 있는지, 태양이 빛과 온기를 줄이는 동안 우리가 얼마나 의기소침해지는지 금세 깨닫게 된다. 흔히 생각하는 것보다 더 우리는 이런 것에 영향을 받는다. 우리는 열기에서 태어난 곤충이며, 열기 없이는 죽는다.

이런 잿빛 나날이 이어지면서 은밀한 목소리가 다시 들려왔지만, 그것은 점점 더 약해지고 약해졌다.

항상 이러한 정신적 갈등에 시달리지는 않았다. 캐리는 본래 우울한 성격이 전혀 아니었다. 확실한 진실에 굳게 매달릴 마음도 없었다. 생각하다가 풀 수 없는 미궁으로 빠져들어 벗어날 길을 찾을 수 없을 때는 아예 고개를 돌려버렸다.

드루에는 항상 자신 같은 부류의 사람들에게 본보기가 될 만한 식으로 행동했다. 그는 캐리를 여기저기 데리고 다녔고, 그녀에게 돈을 쓰고, 여행을 갈 때도 함께였다. 그녀가 혼자 있는 시간은 그가 짧은 출장을 다녀오는 이삼일 정도뿐이었고, 대개는 그와 함께 보냈다.

"저, 캐리, 내 친구인 허스트우드한테 언제 한번 저녁을 같이하자고 했어." 살림이 웬만큼 자리를 잡은 지 얼마 안 된 어느 날 아침, 그가 말을 꺼냈다.

"누군데요?" 캐리가 의아해하며 물었다.

"아, 아주 멋진 사람이야. 피츠제럴드 앤드 모이스의 지배인이지."

"그게 뭔데요?" 캐리가 물었다.

"시내에서 제일 좋은 술집이야. 아주 근사한 곳이지."

캐리는 잠깐 당황스러웠다. 드루에가 그에게 뭐라고 했을지, 자기가 어떤 태도를 취해야 할지 감이 오지 않았다.

"괜찮아. 그는 아무것도 몰라. 당신은 드루에 부인인 거야." 드루에가 그녀의 속마음을 눈치채고 이렇게 말했다.

그 말에서 캐리는 좀 사려 깊지 못하다는 인상을 받았다. 드루에게 예민한 감수성 따위는 전혀 없음을 알 수 있었다.

"왜 우리는 결혼하지 않는 거죠?" 캐리는 그가 열을 올리며 했던 약속들을 떠올리며 물었다.

"아, 곧 할 거야. 지금 하는 조그만 일만 마무리되면 곧."

그가 소유하고 있다는 부동산 얘기였다. 정리하는 데 신경을 좀 쓰다보니 개인적인 신상 문제까지 방해를 받고 있다고 했다.

"1월에 덴버 출장에서 돌아오는 대로 곧 하자고."

캐리는 이 말에 희망을 걸었다. 그것만이 양심의 위안이고 즐거운 탈출구였다. 그렇게만 되면 모든 일들이 다 바로잡힐 것이다. 그녀의 행동도 정당성을 얻을 것이다.

캐리는 드루에에게 진심으로 반하지는 않았다. 그녀는 드루에보다 영리했다. 캐리는 그가 어디가 부족한지 희미하게나마 알아보기 시작했다. 그렇지 않았더라면, 그녀가 나름대로 그를 판단하고 평가할 능력이 없었더라면 그녀의 상황은 지금보다 더 나빴을 것이다. 캐리는 그를 떠받들다시피 했을 것이다. 그의 애정을 얻지 못할까, 그의 관심을 잃을까, 버림받고 정처 없는 신세가 될까 두려워하며 비참하기 짝이 없는 처지가 되었을 것이다. 캐리는 처음에는 마음이 좀 약해지기도 하고 그를 완전히 얻지 못할까 약간 불안하기도 했지만, 나중에는 느긋한 마음으로 기다릴 수 있게 되었다. 그를 어떻게 생각하는지, 어떻게 하고 싶은지는 캐리 자신도 확실히 몰랐다.

허스트우드가 방문했을 때 그녀는 드루에보다 여러모로 더 똑똑한 남자를 만난 셈이었다. 그는 여자라면 누구나 감사히 여길 만큼 각별히 경의를 표했다. 그는 기가 죽지도, 그렇다고 지나치게 뻔뻔하게 굴지도 않았다. 그의 큰 매력은 정중함이었다. 그는 같은 남자들 사이에서도 그의 술집을 찾는 상업가와 전문직 종사자 같은 훌륭한 사람들의 마음을 얻는 법을 배웠기에, 마음이 끌리는 상대에게 호감을 주고 싶을 때 훨씬 더 뛰어난 요령을 쓸 수 있었다. 세련된 감정을 지닌 예쁜 여인에게서 그는 가장 큰 자극을 받았다. 그는 온화하고 차분하면서도 확신에 찬 태도를 보이면서 그저 상대 여인을 돕고 더 즐겁게 해주고 싶을 따름이라는 인상을 주었다.

드루에는 그 방면으로 나름 능력 발휘를 하면서 애쓴 보람을 느낄 때도 있었지만, 허스트우드가 지닌 품위에 이르기에는 너무 자기중심적이었다. 그는 너무 경박하고, 너무 혈기왕성하고, 너무 자신감이 넘쳤다. 사랑의 기교에 그다지 능숙하지 못한 여자들한테는 성공했지만 조금이라도 경험이 있고 타고난 세련미가 있는 여자들한테는 보기 좋게 참패했다. 캐리의 경우, 전자가 아니라 후자에 속했다. 말하자면 그에게 지금 상황은 호박이 넝쿨째 굴러들어온 격이었다. 몇 년이 지나 캐리가 조금 더 경험을 쌓고 잘나가게 되면 그는 캐리 곁에는 얼씬도 할 수 없을 것이다.

"드루에, 여기 피아노를 한 대 꼭 들여놓도록 하게." 문제의 저녁, 허스트우드는 캐리에게 미소를 지으며 이렇게 말했다. "그래야 부인께서 연주라도 하실 게 아닌가."

드루에는 그럴 생각은 미처 하지 못했었다.

"그렇게 해야겠네요." 그가 선뜻 대답했다.

"아, 전 피아노 칠 줄 모르는걸요." 캐리가 말했다.

"별로 어렵지 않답니다. 몇 주면 아주 잘 치실 수 있을 겁니다." 허스트우드가 대답했다.

그는 그날 저녁 최선을 다해 자리를 즐겁게 만들어주었다. 그의 옷차림은 유난히 새롭고 부유해 보였다. 양복 상의의 깃은 최고급 옷들이 그렇듯 적당히 빳빳하게 날이 서 있었다. 조끼는 화려한 스코틀랜드 격자무늬 천으로 만든 것으로, 둥근 자개단추가 두 줄로 달려 있고, 넥타이는 비단실이 섞여서 반짝거렸지만 야하거나 너무 튀지 않았

다. 그의 차림새는 드루에의 옷처럼 눈길을 확 끌지는 않았지만, 캐리
는 그 옷감이 고급임을 알아보았다. 허스트우드의 구두는 부드러운 검
정 송아지가죽으로 너무 번쩍거리지 않게 적당히 광이 났다. 드루에는
에나멜가죽 구두를 신었는데, 캐리는 부드러운 가죽 쪽이 더 마음에
들었다. 다른 것들도 모두 고급스러워 보였다. 그녀는 이런 것들을 거
의 무의식적으로 알아차렸다. 상황 속에서 자연스럽게 흘러나오는 것
들이었다. 그녀는 드루에의 겉모습에는 어느새 익숙해져 있었다.

"유커 게임 한판 할까요?" 가벼운 대화를 나눈 후 허스트우드가 제
안했다. 그는 캐리의 과거를 손톱만큼이라도 알고 있다고 암시할 만한
말은 어떤 것이든 재치 있게 피했다. 그는 자기 의견을 드러내기를 피
하고 개인적인 문제와는 전혀 관련이 없는 것들만 화제로 삼았다. 이
런 태도로 그는 캐리를 편안하게 해주었으며, 정중하면서도 사교적인
태도로 그녀를 즐겁게 해주었다. 그는 그녀가 하는 말이면 무엇에나
진지하게 관심을 보이는 태도를 취했다.

"저는 그 게임을 할 줄 몰라요." 캐리가 말했다.

"찰리, 자네 직무유기네." 그가 드루에를 다정하게 나무랐다. "하지
만 우리끼리니까 저희가 가르쳐드리지요."

허스트우드는 요령껏 드루에로 하여금 그의 선택에 자신이 감탄하
고 있는 것처럼 느끼게 했다. 그는 거기 있어서 무척 즐겁다는 듯 행동
했다. 드루에는 정말로 전에 없이 허스트우드와 가까운 사이가 된 듯
한 기분이 들었다. 그로 인해 드루에는 캐리도 더 높이 평가하게 되었
다. 허스트우드의 찬사를 받으니 캐리의 모습도 새롭게 보였다. 활기
찬 분위기가 넘쳤다.

"자, 어디 봅시다." 허스트우드가 매우 정중하게 캐리의 어깨 너머로 들여다보며 말했다. "어떤 카드가 있으십니까?" 그는 잠시 들여다보았다. "꽤 좋군요."

"운이 좋으십니다. 자, 이제 남편분을 확실히 누를 방법을 알려드리지요. 제 충고대로 하세요."

"아니, 둘이서 함께 계략을 짜면 제가 어떻게 이기겠습니까. 허스트우드 씨는 고수신데요." 드루에가 말했다.

"아니, 고수는 자네 부인인걸. 나한테 행운을 가져다주시는군. 부인이 이기지 못하실 이유가 뭐가 있겠나?"

캐리는 감사의 눈길로 허스트우드를 본 다음 드루에를 향해 미소를 지었다. 허스트우드는 단순한 친구처럼 행동했다. 그는 그저 즐거운 시간을 보내려고 거기에 온 것이다. 캐리가 하는 행동은 무엇이나 다 유쾌하다는 태도였고, 그 이상은 아니었다.

"자," 그는 자기 카드 중에서 좋은 패 한 장을 뽑지 않고 캐리에게 이길 기회를 주었다. "초보치고는 솜씨가 대단하십니다."

캐리는 패가 자기에게 유리해지자 신이 나서 웃었다. 허스트우드가 도와주니 무적이 된 기분이었다.

그는 캐리를 자주 보지 않았다. 그녀를 볼 때는 눈에 부드러운 빛을 가득 담았다. 상냥함과 친절함 외에는 그 어떤 것도 찾아볼 수 없었다. 그는 은밀하거나 교활한 빛은 거두고 사심 없는 눈빛을 보냈다. 캐리는 그와 함께 있는 지금 이 순간이 즐겁기만 했다. 허스트우드 역시 자기가 큰 몫을 하고 있다고 생각하는 것 같았다.

"뭔가 걸지 않고서 이런 게임을 하면 불공평하지." 그는 잠시 후 외투 주머니 속에 손을 넣으며 이렇게 말했다. "십 센트짜리 동전을 걸고 하세."

"좋아요." 드루에는 지폐를 더듬어 찾았다.

허스트우드가 더 빨랐다. 그의 손에 십 센트짜리 새 동전이 수북했다. "여기 있네." 그는 각자에게 동전을 한 무더기씩 나누어주었다.

"아이, 이러면 도박인데요. 도박은 나빠요." 캐리가 미소 지었다.

"아니야. 그저 재미로 하는 건데 뭘. 그 이상 하지만 않으면 천당 가는 데는 문제없다고." 드루에가 대꾸했다.

"돈이 어떻게 되는지 판가름나기 전까지는 그런 말씀 하시면 안 됩니다." 허스트우드가 캐리에게 다정하게 말했다.

드루에가 미소를 지었다.

"남편분이 돈을 따면 도박이 얼마나 나쁜 건지 말해줄 겁니다."

드루에는 큰 소리로 웃었다.

허스트우드의 목소리에는 환심을 사려는 투가 엿보였다. 그 말의 암시가 너무 뚜렷이 드러나서 캐리조차 그 유머를 감지했다.

"언제 떠나나?" 허스트우드가 드루에에게 물었다.

"수요일에요."

"부군께서 이렇게 돌아다녀서 좀 힘드시겠습니다." 허스트우드가 캐리에게 말했다.

"이번에는 같이 갈 거예요." 드루에가 말했다.

"떠나기 전에 두 분 다 저랑 같이 극장에 가십시다."

"그러지요. 어때, 캐리?" 드루에가 말했다.

"저도 좋아요."

허스트우드는 캐리가 돈을 따도록 최선을 다했다. 그는 캐리가 거둔 승리에 기뻐하고 캐리가 계속 이기도록 수를 쓴 끝에 마침내 동전을 그러모아 그녀의 손에 담아주었다. 그들은 조촐한 점심을 차렸고, 그는 와인을 따라주었다. 그런 다음 그는 적당한 때를 보아 자리에서 일어났다.

"자," 그는 처음에는 캐리의, 다음에는 드루에의 눈을 쳐다보며 이렇게 말했다. "일곱시 반까지 준비하고 계세요. 모시러 오겠습니다."

그들은 문가까지 그와 함께 나갔다. 그림자 속에서 그의 마차가 기분좋게 붉은 램프를 밝히며 기다리고 있었다.

"자," 그는 드루에에게 다정하게 말했다. "자네가 부인을 홀로 둘 때는 내가 구경을 시켜드리도록 해주게. 외로움을 좀 덜어드려야지."

"그러다마다요." 드루에는 관심을 보여주는 데 기뻐하며 대답했다.

"정말 친절하세요." 캐리가 말했다.

"무슨 말씀을요. 남편분께서도 저를 위해 그만큼은 해주기를 바랄 뿐이지요."

그는 미소를 짓고는 가볍게 떠나갔다. 캐리는 깊은 인상을 받았다. 이렇게 우아하고 품위 있는 사람을 만난 것은 난생처음이었다. 드루에 역시 그녀 못지않게 만족했다.

"정말 멋진 분이지." 그는 자기들의 아늑한 방으로 돌아가면서 캐리에게 말했다. "나한테는 좋은 친구이기도 하고."

"그런 것 같아요."

11
유행의 설득
감정은 스스로를 지킨다

캐리는 부富의 방식, 특히 부의 피상적인 면을 잘 아는 학생이었다. 어떤 물건을 보는 즉시 그것을 잘 쓰면 자기 모습이 어떻게 보일까 자문하곤 했다. 이런 것은 우아한 감정도 지혜도 아니다. 위대한 정신은 그런 일로 고민하지 않는 법이다. 반면 저급한 정신의 소유자들도 그리 마음을 쓰지 않는다. 그녀에게는 좋은 옷이야말로 막강한 설득력이 있었다. 옷들은 부드럽게, 은밀히 말을 걸었다. 그런 애원이 들려올 때면, 그녀 안의 욕망이 귀를 쫑긋 세웠다. 그러니까 무생물들의 그 목소리에 말이다! 누가 우리를 위해 그 돌맹이들의 언어를 번역해줄 것인가?

그녀는 패트리지에서 사온 레이스 칼라의 목소리를 들었다. "자기, 난 정말 자기한테 멋지게 어울린다고요. 나를 절대 놓치지 말아요."

부드러운 새 구두의 가죽은 이렇게 속삭였다. "아, 발이 어쩜 이렇게 작을까, 내가 감싸주기 딱 좋군요. 내 도움을 받지 못한다면 얼마나 딱한 일이겠어요."

이런 것들을 일단 자기 손에 넣거나 몸에 걸치면 그것들을 버릴 생각을 할지도 모른다. 물건들을 손에 넣은 방법이 너무나 마음에 걸려서 그 생각을 떨쳐버리고 싶기 때문이다. 그러나 그녀는 그 물건들을 포기하지는 못할 것이다. "낡은 옷을 입어라…… 저 해진 구두도." 그녀의 양심이 명령했지만 헛일이었다. 캐리는 굶주림의 공포를 이기고 돌아갈 수 있을지도 모른다. 양심이 가하는 압력 때문에 결국은 고된 노동과 고통스러운 답답한 일상도 받아들일 수 있을지 모른다. 하지만 외모가 망가지는 것은 어쩌나? 낡아빠진 옷을 입고 초라한 몰골로 돌아간다고? 그것만은 죽어도 안 된다!

드루에는 이 점에서 그녀의 의견을 부추기고 편을 들어주어 옷의 영향력에 저항할 힘을 약화시켰다. 상대가 제시한 의견이 우리가 원하는 바와 일치할 때는 쉽사리 그 의견에 넘어가기 마련이다. 드루에는 열과 성을 다하여 캐리에게 예쁘다는 찬사를 퍼부었다. 그는 캐리를 경탄의 눈으로 바라보았으며 캐리는 이를 있는 그대로 받아들였다. 이런 상황에서 캐리는 예쁜 여자들이 하는 대로 따라 할 필요가 없었다. 캐리는 누가 가르쳐주지 않아도 그런 지식을 빨리 받아들였다. 드루에는 길에서 차림새가 세련되거나 예쁜 여자들한테 눈을 떼지 못하고 그에 대해 논평을 하는 바람둥이 특유의 습관이 있었다. 그는 여자들처럼 옷을 몹시 좋아해서 지적인 면에서는 어떨지 몰라도 옷을 보는 눈은 꽤 높았다. 그는 여자들이 작은 발을 어떻게 놀리는지, 턱을 어떻게 움직이는지, 얼마나 우아하고 섬세하게 몸을 흔드는지를 보았다. 남들 눈을 의

식하며 매혹적으로 엉덩이를 살랑살랑 흔드는 여자들의 몸짓은 그에게
는 술고래가 희귀한 와인을 보는 것만큼이나 유혹적이었다. 그는 몸을
돌리고 여자들이 보이지 않게 될 때까지 눈으로 좇곤 했다. 그는 억누
를 수 없는 열정을 지닌 어린아이처럼 흥분했다. 그는 여자들이 사랑하
는 바로 그것, 그러니까 우아함을 사랑했다. 그는 여자들과 함께 그들
의 우아함의 제단 앞에 무릎을 꿇는 열정적인 추종자였다.

"지금 막 지나간 여자 봤어?" 처음으로 함께 산책을 나간 날 그는 캐
리에게 말했다. "걸음걸이가 정말 멋지지 않아?"

캐리는 그가 칭찬한 우아함을 유심히 관찰했다.

"네, 정말 그렇네요." 그녀는 명랑하게 대꾸했지만 자기에게는 그런
우아함이 부족하다고 슬쩍 에둘러 말한 것일지도 모른다는 생각이 들
었다. 그렇게 멋지다면 더 자세히 보아둘 필요가 있었다. 그녀는 본능
적으로 따라하고 싶은 욕구를 느꼈다. 못 할 것도 없었다.

캐리 같은 여자는 어떤 것이 재차 강조되고 감탄을 받으면 그 논리
를 잘 이해해두고 응용해서 따라 한다. 드루에는 그런 것이 눈치 없는
행동인지 깨달을 만큼 영리한 남자가 못 되었다. 캐리로 하여금 그녀
보다 나은 다른 누군가가 아니라 스스로와 경쟁하고 있다고 느끼게 하
는 편이 더 나았겠지만, 그로서는 그런 사실을 알 수가 없었다. 상대가
더 나이들고 더 현명한 여인이었다면 그렇게 하지 못했겠지만 그의 눈
에 캐리는 애송이였다. 드루에는 그녀보다 똑똑하지 못했으므로 당연
히 그녀의 감수성을 이해할 수 없었다. 그는 캐리를 교육하는 동시에
그녀에게 상처를 주고 있었는데, 제자이자 희생자에 대해 스스로 점점
더 감탄하게 되었다는 점에서 그건 좀 어리석은 짓이었다.

캐리는 싹싹한 태도로 가르침을 받아들였다. 그녀는 드루에가 좋아하는 것이 무엇인지 알았다. 어렴풋하게나마 그의 약점이 무엇인지도 알았다. 남자가 너무 노골적으로 감탄을 퍼부으면 그에 대한 여자의 평가는 낮아지기 마련이다. 여자가 아는 한 이 세상에서 최고의 찬사를 받을 대상은 단 하나, 바로 자기 자신뿐이다. 여러 여자의 마음을 얻고 싶다면 그는 그들 각자에게 있어서는 전부가 되어야 한다.

캐리의 아파트는 그녀에게 학교나 다름없었다.

같은 건물에 스탠더드 극장 지배인인 프랭크 A. 헤일 씨가 서른다섯 살 된 흑갈색 머리의 성격 좋아 보이는 아내와 살고 있었다. 그들은 오늘날 미국에서는 어디에서나 쉽게 마주칠 수 있는 사람들로, 하루 벌어 하루 살아가는 식이었지만 꽤 잘 지내고 있었다. 헤일 씨의 주급은 사십오 달러였다. 상당히 매력적인 그의 아내는 젊어 보였고, 집안을 돌보고 가족을 보살피는 식의 가정생활은 원치 않았다. 드루에와 캐리처럼 그들은 위층의 방 세 개를 썼다.

헤일 부인은 이사 온 지 얼마 안 되어 캐리와 친해져서 같이 다니게 되었다. 오랫동안 이것이 캐리의 유일한 교제였고, 지배인의 아내가 전해주는 소문이 세상을 보는 창이 되어주었다. 소극적인 사람의 사고 방식으로 걸러진 이런 시시한 이야기들, 부에 대한 찬양, 도덕에 대한 관습적인 표현은 캐리에게 혼란을 주었다.

한편 캐리 자신의 감정에는 잘못된 것을 바로잡는 힘이 있었다. 그녀는 끊임없이 더 나은 것에 끌리는 감정을 부정하지 않았다. 그런 갈망이 마음에 호소하며 꾸준히 그녀를 불러세웠다. 아파트 복도 맞은편에는 젊은 처녀와 어머니가 살았다. 그들은 인디애나 주 에번즈빌 출신으로 철도회사 회계원의 가족이었다. 딸은 음악 공부를 하기 위해, 어머니는 딸의 뒷바라지를 위해 이곳에 온 것이었다.

캐리는 그들과 사귀지는 못했지만 딸이 드나드는 모습은 보았다. 가끔 응접실에서 딸이 피아노를 치는 모습도 보았고 연주도 종종 들었다. 이 처녀는 신분에 비해 옷을 잘 입었다. 연주할 때면 하얀 손가락에 낀 두어 개의 보석반지가 빛나곤 했다.

캐리는 음악에 마음이 끌렸다. 피아노 건반을 누르면 대응하는 하프의 현이 떨리는 것처럼 그녀의 신경조직은 어떤 곡조에 반응했다. 그녀는 섬세한 감정을 타고나서, 어떤 동경을 일으키는 화음에는 마음속 깊은 곳에서 막연한 심상이 떠올랐다. 그것들은 캐리가 갖지 못한 것들에 대한 갈망을 일깨웠고, 그녀가 지닌 것들에 더 집착하게 만들었다. 그 처녀가 감성 넘치는 부드러운 분위기의 짧은 곡을 연주한 적이 있었다. 캐리는 그 응접실에서 들려오는 연주를 열린 문을 통해 들었다. 낮과 밤 사이의 시간, 한가한 사람들과 방랑자들에게는 세상이 동경의 색채를 띠곤 하는 그런 시간이었다. 마음은 머나먼 여행을 떠났다가 사위어 멀어져가는 기쁨들을 안고 돌아온다. 캐리는 창밖을 내다보며 앉아 있었다. 드루에는 오전 열시에 나갔다. 캐리는 산책을 하고 드루에가 두고 간 버사 M. 클레이*의 책을 읽으며 시간을 보냈지만 책은 그다지 마음에 들지 않았다. 저녁이 되어 옷을 갈아입었다. 다양한 변화와 생동감을 갈망하는 천성이 이런 환경에서 느낄 법한 동경과 울적함에 젖어 공원 건너편을 내다보았다. 자신의 새로운 처지를 곰곰

---

* 영국 대중소설 작가 샬럿 M. 브래임의 필명. 32장에 나오는 『도라 손』이 그의 대표작이다.

생각하던 중, 피아노 소리가 들려왔다. 그 소리는 그녀의 생각을 물들이며 뒤엉켰다. 캐리는 자신의 좁은 경험 안에서 가장 좋았던 기억과 가장 슬펐던 기억들을 떠올렸다. 잠시 그녀는 회한에 젖었다.

이런 기분에 빠져 있을 때 드루에가 완전히 다른 분위기를 몰고 들어왔다. 어스름이 깔렸지만 캐리는 불을 켤 생각도 안 하고 있었다. 난로의 불도 꺼져가고 있었다.

"어디 있어, 캐드?" 드루에는 자신이 그녀에게 붙여준 애칭을 불렀다.

"여기예요."

그녀의 목소리에는 어딘가 여리고 외로운 데가 있었지만 그는 알아차리지 못했다. 여자가 이런 상황에 있을 때 알아차리고 삶의 비극에 대해 위로해줄 만한 시적 감성이 그에게는 없었다. 대신 성냥을 켜서 가스등에 불을 붙였다.

"저런, 자기 울고 있었군." 그가 외쳤다.

그녀의 눈에는 아직도 물기가 촉촉했다.

"나 참, 그렇게 울고 있으면 어떡해."

그는 아마도 자기가 없어서 외로웠나보다 하고 자기 좋은 쪽으로 생각하며 그녀의 손을 잡았다.

그가 말했다. "자, 괜찮아. 저 음악에 맞춰 왈츠나 춰볼까."

이보다 더 분위기에 안 맞는 제안도 없을 것이다. 그가 자기 마음을 전혀 알아주지 못한다는 사실을 캐리는 분명하게 깨달았다. 캐리는 그의 결점을 딱 꼬집어 표현하거나 둘 사이의 차이를 정확히 밝힐 수 있을 만큼 생각이 정리되지는 않았지만 느낄 수는 있었다. 이것이 그의 첫번째 큰 실수였다.

그 처녀가 저녁에 자기 어머니와 함께 나갈 때 드루에가 그녀를 가리켜 우아하다고 칭찬한 탓에 캐리는 여자들이 돋보이고 싶을 때 어떤 식으로 유행을 따르는지 익힐 수 있었다. 캐리는 거울을 보며 철도회사 회계원의 딸이 했던 대로 고개를 살짝 들면서 입술을 오므려보았다. 그녀나 다른 여자를 보고 드루에가 말한 적은 없지만, 치맛자락을 살짝 치켜들고 가볍게 흔들어보기도 했다. 캐리는 선천적으로 흉내를 잘 냈다. 그녀는 허영기 있는 예쁜 여자들이 언제나 써먹는 소소한 교태들을 익혀가기 시작했다. 다시 말해 우아함에 대한 지식이 날로 늘어갔고, 그와 함께 외모도 달라져갔다. 캐리는 이제 상당히 세련되어졌다.

드루에도 이를 알아챘다. 캐리가 머리에 맨 새 리본을 보기도 하고, 어느 날 아침에는 머리를 다른 식으로 묶은 것도 보았다.

"그렇게 하니까 예쁜데, 캐드." 그가 칭찬해주었다.

"그래요?" 캐리는 귀엽게 대꾸했다. 캐리는 그날 다른 모양을 시도해보기도 했다.

회계원 딸의 품위 있는 행동거지를 따라 하면서 캐리의 몸놀림도 더 가벼워졌다. 같은 아파트에 그런 처녀가 있다는 것이 그녀에게 얼마나 큰 영향을 미쳤는지 말로 다 할 수가 없을 정도였다. 이 덕분에 허스트우드가 방문했을 때 만난 캐리는 드루에가 처음 그에게 말했던 캐리와는 전혀 다른 여자가 되어 있었다. 옷차림과 태도에서 큰 결점은 다 사라졌다. 그녀는 예쁘고 우아하면서 어쩔 줄 모르는 데에서 나온 수줍음 때문에 더 아름다웠으며, 큰 눈에 담긴 어린아이 같은 순진함이 남자들 사이에서 위엄을 부리고 관습에 젖은 이 점잖 빼는 인물의 마음도 사로잡을 정도였다. 자고로 케케묵은 것은 신선한 것에 매력을 느

144

끼는 법이다. 젊음의 매력인 꾸밈없이 활짝 핀 모습에 반응하는 감수성이 그에게 조금이라도 남아 있다면, 그러한 감수성에 다시 불이 켜진 것이다. 그는 캐리의 예쁜 얼굴을 바라보며 거기에서 발산되는 젊은 생명의 미묘한 파동을 느꼈다. 닳고 닳은 그조차 그 크고 맑은 눈 속에서 속임수 같은 것은 하나도 발견할 수 없었다. 약간의 허영심쯤은 보인다 해도, 그것마저 그에게 유쾌하게 느껴졌다.

"드루에가 어떻게 저런 여자를 얻었는지 모르겠군." 그는 마차를 타고 떠나며 중얼거렸다.

그는 첫눈에 그녀가 드루에보다 감정 면에서 우월하다고 인정했다.

마차는 양쪽 길에 줄지어 뒤로 멀어지는 가스등 사이를 타각타각 달렸다. 그는 장갑 낀 손을 맞잡고 불 켜진 방과 캐리의 얼굴만 떠올렸다. 그는 젊음의 아름다움이 주는 넘치는 기쁨을 음미했다.

'꽃다발을 가져다줘야겠어. 드루에가 뭐라고 하지는 않겠지.' 그는 생각했다.

허스트우드는 그녀가 매력적으로 다가왔다는 사실을 한순간도 스스로에게 숨기려 하지 않았다. 드루에가 먼저 그녀를 차지했다는 사실로 괴로워하지도 않았다. 그는 그저 거미줄처럼 어딘가에 가닿아도 상관없다는 마음으로 그 생각의 실타래를 띄워놓고 있을 따름이었다. 그는 이것이 어떤 결과를 가져올지 알기는커녕 짐작조차 못했다.

몇 주 후 드루에는 긴 출장을 떠나서 오마하에 잠깐 들렀다 시카고로 돌아오던 중 전에 알고 지냈던, 화려하게 차려입은 한 여인과 마주쳤다. 그는 오그던 플레이스로 서둘러 가서 캐리를 놀라게 해줄 셈이었지만, 그녀와의 대화에 푹 빠져서 곧 본래의 계획을 바꾸었다.

"저녁 먹으러 갑시다." 그는 이 행동이 어떤 곤란을 가져올지 생각 지도 않고 이렇게 제안했다.

"그러지요." 상대가 받아들였다.

그들은 스스럼없는 대화를 나누기에 좋은 식당을 찾아 들어갔다. 그 들이 만난 시각은 오후 다섯시, 식사를 마친 시각은 일곱시 반이었다.

드루에가 자신이 겪었던 일을 들려주고 막 미소 지으려 할 때 그는 허스트우드와 시선이 딱 마주쳤다. 허스트우드는 그곳에 친구들과 들 렀다가 드루에가 캐리 아닌 다른 여자와 있는 것을 보고 나름대로 결 론을 내렸다.

'저런 몹쓸 녀석이 있나.' 이렇게 생각하며 그는 자연스러운 동정심 을 느꼈다. '그런 어린 여자한테 저렇게 못된 짓을 하다니.'

드루에는 허스트우드와 눈이 마주쳤을 때 이런저런 사소한 생각을 하고 있었다. 불안감은 거의 느끼지 못했지만, 허스트우드가 신중하게 못 본 척한다는 것을 눈치챘다. 그제야 상대가 어떻게 생각할지 부담 이 되었다. 그는 캐리와 그들의 마지막 만남을 떠올렸다. 이런, 허스트 우드에게 이 사정을 설명해야 했다. 옛친구와 잠깐 우연히 만난 정도 야 찔릴 것이 없었다.

처음으로 그는 난처한 지경에 빠졌다. 해결하기 어려운, 도덕적으로 복잡한 문제였다. 허스트우드는 그를 바람둥이라고 웃어넘길 것이다. 그 역시 허스트우드와 함께 웃고 넘어갈 것이다. 캐리는 무슨 일이 있 었는지 절대 모를 것이고, 지금 그와 함께 식탁에 앉아 있는 여자도 사 정을 알 리가 없다. 그런데도 자기가 난처한 처지에 놓였다고 느낄 수 밖에 없었다. 잘한 짓이라 할 수는 없었지만 죄의식을 느끼지는 않았다. 그는 가라앉은 기분으로 저녁식사를 마치고 여자를 차에 태워 보냈다. 그러고는 집으로 돌아왔다.

허스트우드는 생각했다. '또 불이 붙었다는 얘기는 나한테 한 적이 없는데. 저 녀석은 내가 자기는 집에 있는 여자만 좋아하는 줄로 알 거라고 생각하겠군.'

'캐리를 집에서 소개까지 해주었으니 설마 내가 딴 여자를 집적대고 다닌다고 생각하지는 않겠지.' 드루에의 생각이었다.

"자네를 봤네." 드루에가 허스트우드의 화려한 술집에 발을 끊지 못하고 다시 찾아왔을 때, 그가 부드럽게 말을 붙였다. 그는 부모가 아이한테 하듯 암시적으로 집게손가락을 치켜들었다.

"옛날에 알던 사람인데 역에서 막 나오다가 우연히 마주쳤어요. 예전에는 꽤 미인이었는데." 드루에가 사정을 설명했다.

"아직도 전혀 매력이 없다고는 못 하겠지, 응?" 허스트우드가 농담처럼 받아쳤다.

"아, 무슨 말씀을요. 바로 뿌리치고 나올 수가 없었을 뿐이에요."

"이번에는 얼마나 있을 건가?"

"이삼일밖에 못 있어요."

"안사람을 데려와서 나랑 언제 저녁이나 같이함세. 집안에 가두어놓기만 해서야 되겠나. 조 제퍼슨 공연 특별석을 잡아놓겠네."

"가두어놓기는요. 하여간 꼭 데려오겠습니다." 드루에가 대답했다.

허스트우드는 기분이 확 좋아졌다. 그는 드루에가 캐리에 대해 어떤 감정을 갖고 있건 전혀 믿지 않았다. 그는 드루에를 질투했다. 명랑한 모습에 잘 차려입은 이 영업사원을 보고 있자니 한때는 좋아했던 드루에를 향한 경쟁심이 그의 눈 속에서 번득였다. 그는 재치와 매력 면에서 드루에를 평가해보았다. 어느 부분이 약한지를 찾아보기 시작했다. 드루에를 아무리 좋은 녀석으로 생각하고 있다 해도, 연적으로 보자면 경멸할 수밖에 없는 상대였다. 드루에 정도라면 얼마든지 속여넘길 수 있었다. 목요일에 있었던 그런 사소한 일만 캐리에게 슬쩍 비쳐도 문제는 깨끗이 해결될 것이다. 그는 웃고 이야기하는 와중에도 계속 이런 생각에 빠져 혼자 신이 나기까지 했지만 드루에는 아무것도 눈치채지 못했다. 드루에에게는 허스트우드 같은 사람의 분위기와 시선을 꿰뚫어볼 능력이 없었다. 드루에는 친구가 매처럼 날카로운 눈으로 자기를 샅샅이 뜯어보는 동안에도 그저 멍청히 서서 만면에 미소를 띤 채 넙죽 초대를 받아들였다.

정작 이처럼 기이하게 뒤엉킨 희극의 목표가 된 캐리에게 이 두 사람은 안중에도 없었다. 그녀는 새로운 상황을 생각하고 느끼느라 다른 데 정신을 팔 틈이 없었다. 따라서 어느 쪽에 대해서건 마음을 어지럽히는 고통으로 괴로워할 위험은 없었다.

어느 날 저녁 드루에는 그녀가 거울 앞에서 옷을 입는 모습을 보았다.

"캐드, 자기 점점 허영심이 늘어가는 것 같아." 그는 캐리를 끌어안으며 말했다.

"그럴 리가요." 캐리가 살포시 웃으며 대답했다.

"흠, 정말 끝내주게 예쁜걸." 그는 한 팔로 그녀를 감싸안으며 말을 이었다. "저 남색 드레스를 입으면 연극 구경 시켜줄게."

"아이, 오늘밤에는 헤일 부인이랑 박람회에 가기로 약속했단 말이에요." 캐리가 미안하다는 듯 말했다.

"그게 정말이야?" 그는 알 수 없다는 듯 어리둥절해했다. "나 같으면 그런 데는 가고 싶지 않을 텐데."

"아, 몰라요." 캐리는 당황했지만 그를 위해 약속을 취소하겠다고 하지는 않았다.

바로 그때 문 두드리는 소리가 나더니 아파트의 하녀가 편지 한 통을 건넸다.

"답장을 받아오라십니다." 하녀가 말했다.

"허스트우드가 보냈군." 드루에는 봉투의 발신인 이름을 보고 말하고는 편지를 뜯었다.

'오늘밤 나랑 함께 조 제퍼슨 공연을 보러 가세나. 지난번에 약속한 대로 이번엔 내가 한턱내겠네. 다른 약속이 있다면 모두 취소하게.' 편지의 내용 일부였다.

"음, 어떡하면 좋겠어?" 캐리의 마음이 수락하는 쪽으로 쏠리고 있다는 건 전혀 모르고 드루에가 물었다.

"당신 좋을 대로 하세요, 찰리." 그녀가 얌전하게 대꾸했다.

"가는 게 좋을 것 같아. 당신이 윗집이랑 한 약속을 취소할 수만 있다면 말이지."

"아, 그럴게요." 캐리는 생각해볼 것도 없이 대답했다.

캐리가 옷을 갈아입으러 가자 드루에는 편지지를 골랐다. 캐리는 왜 나중에 받은 초대에 마음이 더 끌리는지 자신도 영문을 알 수가 없었다.

"머리를 어제 했던 대로 할까요?" 캐리가 옷가지 몇 벌을 들고 나와서 물었다.

"그러지." 그가 유쾌하게 대답했다.

캐리는 그가 전혀 눈치채지 못한 데 마음이 놓였다. 허스트우드에게 마음이 끌려서 그 초대에 마음이 동한다고 인정하지는 않았다. 허스트우드와 드루에와 함께 있으면 다른 어떤 제안보다도 즐거운 시간을 보낼 수 있을 것 같았다. 그녀는 최대한 신경써서 몸단장을 하고 윗집에 사과를 전한 다음 집을 나섰다.

"오늘 저녁에는 우리 모두 정말 근사하군." 허스트우드는 그들이 극장 로비에 들어서자 이렇게 말했다.

캐리는 그의 감탄의 눈길에 가슴이 두근거렸다.

"자, 이쪽으로." 그가 극장 안으로 그들을 안내했다.

극장 안은 그야말로 화려하게 차려입은 이들로 가득했다. 말쑥한 차림새가 어떤 것인지 보여주고 있었다.

"제퍼슨 공연은 본 적 있으십니까?" 그가 좌석에서 캐리 쪽으로 몸을 기울이며 물었다.

"한 번도 못 봤어요."

"정말 유쾌하답니다." 그는 흔한 찬사의 말로 대화를 이어갔다. 그는 드루에더러 프로그램을 가져오라고 한 다음, 캐리에게 제퍼슨에 대해 들은 소문들을 들려주었다. 캐리는 말로 표현할 수 없을 만큼 즐거웠다. 그녀는 특별석의 분위기며 함께한 인물이 자아내는 고상한 분위기에 취했다. 둘의 시선이 몇 번이나 우연히 마주쳤고, 그녀가 한 번도 경험해본 적 없는 감정이 홍수처럼 그녀의 눈 속으로 쏟아져들어왔다. 그것이 무엇인지 당시에는 그녀도 설명할 수가 없었다. 바로 그다음에 이어지는 시선이나 손동작은 그저 친절한 배려만이 느껴질 뿐 무심한 듯 보였기 때문이다.

드루에도 함께 대화를 나누었지만 허스트우드에 비하면 아둔하다고 해도 좋을 정도였다. 허스트우드는 둘 모두를 즐겁게 해주었고, 이제 캐리는 한쪽이 확실히 더 우월하다는 사실을 깨달았다. 그녀는 본능적으로 허스트우드가 더 강하고 지위도 더 높으면서도 매우 담백하다고 느꼈다. 3막이 끝날 무렵에는 드루에가 사람이 착하기는 하지만 그 외에는 볼 것이 하나도 없다는 확신이 굳어졌다. 그는 강한 상대에 밀려 그녀의 평가에서 계속 아래로 내려가기만 했다.

"정말 즐거웠어요." 연극이 다 끝나고 밖으로 나와서 캐리가 인사를 했다.

"네, 정말이에요." 드루에가 덧붙였다. 그는 그동안 전투가 벌어졌으며, 자신의 방어가 약해졌다는 사실은 꿈에도 알아채지 못했다. 그는 제 잘난 맛에 취해 가장 아름다운 땅을 빼앗기고 있는 줄도 모르는 중국의 황제와도 같았다.

"무슨 말씀. 여러분이 아니었으면 저야말로 따분한 저녁을 보냈겠지요. 안녕히 가십시오." 허스트우드가 대꾸했다.

그가 캐리의 작은 손을 잡자 감정의 전류가 상대에게로 타고 넘어 갔다.

"너무 피곤해요." 마차 안에서 드루에가 무슨 말인가 하려고 하자 캐리는 몸을 뒤로 기대며 말했다.

"아, 그럼 내가 담배 피울 동안 좀 쉬어." 그는 몸을 일으켜 승부가 어찌되는지도 모르고 바보같이 마차 앞쪽으로 걸어갔다.

12
저택의 등불
대사의 애원

허스트우드 부인은 남편의 성향을 빤히 아는 터라 의심할 수도 있었 겠지만, 그의 도덕적 탈선을 전혀 알아채지 못했다. 그녀는 성질을 건 드리면 어떤 행동을 취할지 전혀 알 수 없는 그런 여자였다. 허스트우 드도 아내가 어떤 상황에서 무슨 짓을 할지 짐작도 하지 못했다. 그는 아내가 완전히 흥분한 모습을 한 번도 본 적이 없었다. 그녀는 벌컥 화 를 내는 여자가 아니었다. 인간이라면 누구나 과오를 저지를 수 있다 는 것을 아는 만큼 사람을 잘 믿지도 않았다. 또한 철저히 계산적이어 서 헛되이 소란을 피워 자기가 얻을 수 있는 이익을 위태롭게 할 사람 도 아니었다. 분노를 한 번에 몰아서 터뜨리는 일은 결코 없을 것이다. 자신의 힘이 복수하고픈 욕망만큼 커질 때까지 기다리고 곱씹으며 세 부 사항을 조사하고 쌓아갈 것이다. 동시에 크든 작든 주저하지 않고 해를 가하여 복수의 대상에게 상처를 입히면서도 상대는 어디에서 공격당한 것인지조차 모르게 할 것이다. 그녀는 차갑고 자기밖에 모르는 여자였다. 자기 마음속에 있는 많은 생각을 번득이는 눈빛으로조차 드러내지 않았다.

허스트우드는 아내의 이런 성격을 정확히는 알지 못해도 어느 정도는 감지하고 있었다. 그는 아내와 평화롭게, 꽤 만족하며 살아왔다. 아내를 전혀 두려워하지 않았고, 그럴 이유도 없었다. 아내는 여전히 그를 약간이나마 자랑스럽게 여겼고, 사회적으로 온전한 모양새를 갖추고 싶은 마음에 이러한 자부심은 더 커지기도 했다. 그녀는 남편의 재산 대부분이 자기 명의로 되어 있다는 데 은밀한 만족감을 느꼈다. 허스트우드가 지금보다 가정에 더 관심을 갖고 있을 때 취해둔 예방 조치였다. 아내는 가정생활에서 뭔가 문제가 생길지도 모른다는 낌새는 전혀 알아차리지 못했지만, 앞을 스쳐가는 그림자를 느낄 때면 종종 그렇게 해두기를 잘했다는 생각이 들었다. 그녀는 상당히 유리한 점이 많은, 다루기 힘든 위치에 있었다. 허스트우드는 아내가 일단 불만을 품으면 어떻게 될지 알 수 없다고 생각하여 신중하게 처신했다.

허스트우드가 캐리, 드루에와 함께 맥비커 극장 특별석에 있던 날 밤, 우연히 그의 아들 조지도 시카고 직물 도매점의 세번째 동업자 H. B. 카마이클의 딸과 함께 일층 여섯번째 줄에 있었다. 허스트우드는 평소 버릇대로 몸을 뒤로 쭉 젖히고 앉아 있어서 아들을 보지 못했다. 몸을 앞으로 숙여야 문제의 여섯번째 줄 앞쪽에 앉은 이들의 눈에 살짝 띌 정도였다. 어느 극장에 가나 항상 그런 식으로 앉는 것이 그의 버릇이었다. 눈에 띄어서 그다지 좋을 것이 없는 장소에서는 되도록 남들 눈을 피하려 했다.

자신의 행동이 오해를 사거나 이상하게 소문이 날까봐, 그는 움직이지도 않고 주위를 신중하게 둘러보며 조금이라도 남들 눈에 띄면 어떤 대가를 치르게 될지 따져보곤 했다.

다음날 아침 식탁에서 아들이 말했다.

"어젯밤에 아버지를 봤어요."

"맥비커 극장에 갔니?" 허스트우드는 조금도 품위를 잃지 않고 말을 받았다.

"예."

"누구와 갔냐?"

"카마이클 양하고요."

허스트우드 부인은 남편에게 미심쩍은 눈길을 던졌지만 그의 표정에서 극장에 간 것 말고 뭔가 다른 기미는 포착하기 어려웠다.

"연극은 어땠어요?" 부인이 물었다.

"아주 좋았어. 늘 똑같은 〈립 밴 윙클〉이긴 했지만."

"누구랑 갔는데요?" 아내가 무심한 척 질문을 던졌다.

"찰리 드루에 부부랑 갔지. 모이 씨의 친구들인데 근처에 머물고 있어."

남편 직업의 특수한 성격상 이 정도야 밝혀져도 보통 그리 문제될 게 없었다. 아내는 남편의 지위를 고려해서 자기를 동반하지 않고 사교활동을 하는 것도 당연하게 받아들였다. 그러나 최근 저녁에 함께 외출하자고 했을 때 그는 여러 차례 업무를 핑계로 거절했었다. 바로 그날 아침 역시 그랬는데 저녁에 극장을 갔던 것이다.

"바쁜 일이 있는 줄 알았는데요." 아내는 아주 조심스럽게 말했다.

"그랬지. 하지만 어쩔 수가 없었어. 그 덕에 나중에 두시까지 일을 해야 했지."

이것으로 대화는 일단락되었지만 뭔가 만족스럽지 못한 앙금이 남았다. 아내의 요구가 이보다 더 불만스럽게 압박해온 적은 없었다. 허스트우드는 지난 몇 년간 가정에 헌신하던 자세를 조금씩 바꿔왔는데, 아내와 함께하는 시간이 지겨워진 것이다. 이제 새로운 빛이 지평선 위를 비추니 이 오래된 빛은 서쪽으로 희미해졌다. 그는 고개를 완전히 돌려버린 데 만족했고, 돌아보라는 그 어떤 부름도 성가시기만 했다.

반면 아내 쪽에서는 마음이 있건 없건 부부 사이가 조금이라도 결함이 있어 보이는 것은 참을 생각이 조금도 없었다.

"오늘 오후에는 시내에 나가요. 킨슬리스 레스토랑에 가서 필립스 부부를 만나면 좋겠어요. 트레몬트 호텔에 묵고 있다니 우리가 구경 좀 시켜줘야지요." 며칠 후 아내가 말했다.

필립스 부부는 허영심만 가득하고 무식해서 재미없는 인간들이었지만 수요일에 있었던 일 탓에 싫다고 할 수가 없었다. 그는 알겠다고 했지만 좀 무뚝뚝하게 대답했다. 집을 나서려는데 화가 치밀었다.

'이런 짓은 그만두어야겠어. 할 일이 있는데 손님들이랑 노닥거릴 틈이 어딨나.' 그는 속으로 생각했다.

그러고는 얼마 안 되어 허스트우드 부인이 또 비슷한 얘기를 꺼냈다. 이번에는 낮 공연이었다.

"여보, 시간이 안 되겠소. 너무 바빠서." 그가 대답했다.

"그러면서 다른 사람들한테는 잘도 시간을 내주시는군요." 아내가 성이 나서 쏘아붙였다.

"그런 게 아니라니까. 업무상 약속은 어쩔 수가 없잖소. 그래서 그런 거야."

"흥, 알겠어요." 아내는 입을 꼭 다물었다. 서로 간에 적대감은 깊어져갔다.

반면 드루에의 어린 여자친구에 대한 그의 관심은 이와 비례하여 커져갔다. 상황이 주는 압박과 새 친구의 지도 아래 이 젊은 아가씨는 몰라보게 바뀌었다. 그녀에게는 해방을 갈구하는 투사 같은 면이 있었다. 더 화려한 삶이 뿜어내는 빛을 잊어본 적이 없었다. 욕망에 눈뜬 만큼 지식 면에서 성장을 보이지는 못했다. 부와 지위에 관한 헤일 부인의 장광설을 들으며 그녀는 부의 정도를 구분하는 법을 배웠다.

헤일 부인은 날씨 좋은 오후에 드라이브를 하면서 자기 형편으로는 살 수 없는 저택과 잔디밭을 구경하며 대리만족을 즐겼다. 노스사이드에는 지금은 노스쇼어 드라이브로 알려진 길을 따라 우아한 저택들이 많이 들어서 있었다. 돌과 화강암으로 된 지금의 호숫가 벽은 그때에는 없었지만, 길은 잘 닦여 있었고 그 사이의 잔디밭도 보기 좋았다. 새로 지어진 집들은 위풍당당했다. 겨울이 끝나고 날씨 좋은 초봄이 돌아오자 헤일 부인은 오후에 사륜 경마차를 구해서 캐리를 찾아왔다. 그들은 먼저 링컨 공원을 돌고 에번스턴 쪽까지 나갔다가 네시에 마차를 돌려 다섯시경 쇼어 드라이브의 북쪽 끝에 도착했다. 일 년 중 이맘때는 아직 하루해가 짧을 때여서 저녁 그림자가 뉘엿뉘엿 거대한 도시를 뒤덮기 시작했다. 가로등이 뿌리기 시작한 그윽한 빛은 물기가 어려 거의 투명해 보였다. 영혼은 물론이고 육신에도 끝없이 섬세한 느낌을 전해주는 부드러움이 대기 중에 떠돌았다. 캐리는 참 멋진 날씨라고 생각했다. 마음속에 어렴풋이 떠오르는 여러 생각들로 캐리의 마음이 부풀어올랐다. 매끈한 보도를 따라 마차를 달리면 가끔씩 다른 마차가 지나갔다. 어느 집 앞에서 하인이 마차에서 내려 문을 열어주자 오후를 즐기고 여유롭게 돌아오는 듯한 신사가 내렸다. 이제 푸르러지기 시작하는 드넓은 잔디밭 건너편으로 희미하게 빛나는 조명에 화려하게 꾸민 실내가 들여다보였다. 눈에 띈 것은 의자 하나, 테이블 하나, 구석의 장식 정도였지만, 그것만으로도 충분히 그녀의 마음을 사로잡았다. 아름다운 궁정이며 호화로운 방에 대한 어린 시절의 공상이 다시 떠올랐다. 멋지게 디자인한 스테인드글라스를 끼운 나무문 위로 둥근 크리스털 조명이 비추는, 이렇게 화려하게 조각된 출입구 너머에는 근심도, 채워지지 않는 욕망도 없을 거라고 상상했다. 바로 거기에 행복이 있다고 굳게 믿어 의심치 않았다. 저쪽 넓은 길을 걸어가서 그녀의 눈에 보석처럼 아름답게만 보이는 저 화려한 출입구를 넘어 우아하고 사치스럽게 마음껏 소유하고 권세를 누릴 수 있다면…… 아! 슬픔은 눈 깜짝할 사이에 사라져버릴 것이다. 마음의 고통도 순식간에 사라질 것이다. 캐리는 눈을 떼지 못한 채 궁금해하고, 기뻐하고, 열망했다. 그러는 동안에도 마음을 싱숭생숭하게 만드는 매혹적인 목소리가 내내 그녀의 귓가에서 속삭였다.

"저런 집에서 살 수만 있다면 얼마나 좋을까." 헤일 부인이 한탄조로 말했다.

"하지만 세상에 완벽하게 행복한 사람은 없다잖아요." 캐리가 말했다.

그녀는 여우가 신 포도를 보고 하는 소리 같은 위선적인 철학을 많이 들어보았다.

"그래도 다들 저런 저택에서 한번 불행하게 살아보려고 안간힘을 씁니다." 헤일 부인이 대꾸했다.

집으로 돌아오니 새삼 자기 방이 시시해 보였다. 캐리는 집이 그럭저럭 세간을 잘 갖추어놓은 작은 방 세 개짜리 셋집에 불과하다는 것을 알아차리지 못할 만큼 둔한 여자가 아니었다. 전에 가졌던 것과 지금 가진 것을 비교해보는 것이 아니라, 그녀는 지금 막 보고 온 것과 비교했다. 대궐 같은 문의 광채가 아직도 눈에 선하고 쿠션을 댄 마차의 바퀴 소리가 아직도 귓가에 생생했다. 드루에가 대체 뭐란 말인가? 그녀는 또 뭔가? 캐리는 창가의 흔들의자에 앉아 몸을 앞뒤로 흔들며 가로등이 켜진 공원 너머 워런 애비뉴와 애슐랜드 애비뉴의 불 켜진 집들 쪽을 바라보며 생각에 잠겼다. 감정이 너무 북받쳐서 식사를 하러 내려갈 마음도 나지 않았고, 자기 생각에 너무 푹 빠져서 의자를 흔들며 노래를 부르는 것 외에는 아무것도 할 수가 없었다. 어떤 오래된 가락이 떠올라서 무거운 가슴을 안고 그 노래를 흥얼거렸다. 캐리는 간절히 무언가를 원하고 원하고 또 원했다. 컬럼비아시티의 옛집이 떠올랐다가, 쇼어 드라이브의 저택이, 어떤 귀부인의 멋진 드레스가, 또 어떤 우아한 장면이 떠올랐다. 가슴이 에이는 슬픔을 느꼈고, 그게 무엇인지도 잘 모르면서 바라고 꿈꾸었다. 마침내 버려진 듯 고독한 심정이 마음을 가득 채웠고, 입술이 바르르 떨렸다. 그녀는 창가의 그림자 속에 앉아 콧노래를 계속 흥얼거렸다. 그 속에는 자기도 깨닫지 못했지만 전에 느껴보지 못한 행복감이 있었다.

캐리가 그런 기분에 젖어 있을 때, 아파트의 하녀가 허스트우드 씨가 드루에 부부를 만나러 응접실에 와 있다고 알려왔다.

'찰리가 출장 간 줄 모르시나보네.' 캐리는 생각했다.

캐리는 겨울 동안 그를 자주 보지 못했지만 그가 남긴 강한 인상 때문에 항상 마음속에 잊지 않고 있었다. 캐리는 자기 모습이 어떻게 보일까 무척 당황했지만, 곧 거울을 보고는 만족하여 아래로 내려갔다.

허스트우드는 여느 때와 다름없이 완벽한 차림새였다. 드루에가 출장을 간 줄은 몰랐던 모양이나, 그는 개의치 않고 캐리가 관심을 가질 만한 일반적인 화제들을 이야기했다. 편안하게 대화를 이끌어가는 그의 솜씨는 놀랄 만했다. 그는 자기가 실전 경험 면에서 우위에 있으며, 상대의 공감을 얻을 수 있다는 것을 알고 있었다. 그는 캐리가 즐거이 자기 얘기에 귀를 기울이고 있다는 것을 알고, 힘들이지 않고 이런저런 이야기들로 그녀의 정신을 쏙 빼놓았다. 의자를 당기고 마치 비밀 이야기라도 하는 것처럼 목소리를 낮추었다. 그는 즐길거리와 남자들에 대한 이야기로만 화제를 한정했다. 그는 여러 곳을 다녀보았고, 별별 것을 다 보았다. 그의 이야기는 캐리에게 그녀 역시 그런 것들을 보고 싶다는 욕망을 불러일으켰고, 그의 존재를 계속해서 의식하게 만들었다. 캐리는 한순간도 그의 개성과 존재를 의식에서 지워낼 수가 없었다. 그는 뭔가를 강조할 때는 미소를 지으며 천천히 눈을 들곤 했는데, 그 눈의 자력이 캐리를 꼼짝 못하게 만들었다. 그는 자연스러운 우아함으로 그녀의 동의를 끌어냈다. 강조하기 위해 그녀의 손을 살짝 건드려도 그녀는 미소만 지었다. 그에게서는 캐리의 존재를 휘감는 기운이 뿜어져나오는 듯했다. 그는 한순간도 둔해 보이지 않았고 그녀까지 영리하게 만들어주는 것 같았다. 그녀는 그의 영향을 받아 자기의 가장 좋은 면까지 다 환히 드러날 만큼 밝게 빛났다. 캐리는 다른 누구보다도 그와 함께 있을 때 더 영리한 사람이 된 것 같았다. 적어도 그는 그녀에게서 칭찬해줄 부분을 많이 찾아내는 것 같았다. 생색을 내는 느낌은 조금도 없었다. 드루에는 그런 티를 심하게 냈다.

드루에가 있을 때와 없을 때, 두 번의 만남에 너무나 은밀하고도 미묘한 무언가가 있었기 때문에 캐리는 그게 무엇인지 콕 집어서 말하기가 어려웠다. 그녀는 수다쟁이가 아니었다. 자기 생각을 물 흐르듯 질서정연하게 정리할 줄도 몰랐다. 그녀에게는 항상 깊고 강한 감정이 문제였다. 매번 의미 있는 문장으로 설명을 할 수가 없었다. 시선과 감정에 관해서라면, 어떤 여자가 그런 것을 티 내겠는가? 드루에와 그녀 사이에는 이런 일이 한 번도 없었다. 사실 그럴 수가 없었다. 그녀는 근심에 사로잡혀 있다가 적절한 순간에 나타난 드루에의 열정적인 힘에 안도감을 느끼고 그에게 굴복한 것이었다. 하지만 지금은 드루에는 죽어도 이해하지 못할 은밀한 감정의 흐름에 마음이 흔들리고 있었다. 허스트우드의 시선은 여느 연인의 말 못지않게, 아니 그 이상으로 효과가 있었다. 그것은 어떤 즉각적인 결정도 요구하지 않았고, 반응할 수도 없는 것이었다.

보통 사람들은 말에 너무 많은 중요성을 부여한다. 말하는 것이 엄청난 결과를 가져오리라는 환상에 빠져 있다. 사실 말은 대체로 모든 논쟁에서 가장 얕은 부분밖에 차지하지 못한다. 말은 그 뒤에 숨어 격하게 요동치는 감정과 욕망을 희미하게만 보여줄 뿐이다. 혀를 놀리는 일을 그만둘 때 비로소 마음이 귀를 기울인다.

이런 대화에서 캐리는 그의 말 대신 그가 상징하는 것들의 목소리를 들었다. 그의 외모가 전하는 조언은 얼마나 정중한가! 그의 우월한 지위는 또 그 자체로 얼마나 사람의 마음을 뒤흔드는가! 캐리에 대해 커져가는 그의 욕망은 부드러운 손처럼 그녀의 영혼 위에 놓였다. 그 손은 눈에 보이지 않으므로 그녀가 몸을 떨 필요는 전혀 없었다. 실체가 없으니 남들 입에 오르내릴까, 아니 자기 스스로 뭐라고 말해야 할까 염려할 필요도 없었다. 캐리는 낡은 권리를 부인하고 새로운 권리를 취하라는 애원을 받으며 설득당하는 중이었지만, 이를 증명할 말 따위는 하나도 없었다. 오케스트라의 나지막한 음악이 극적 사건을 표현하기 위해 사용될 때와 마찬가지로 이런 대화는 둘의 마음속에서 실제로 일어나는 움직임을 표현해주는 것이었다.

"노스사이드의 레이크쇼어를 따라 늘어선 집들을 보셨습니까?" 허스트우드가 물었다.

"아, 오늘 오후에도 다녀왔어요. 헤일 부인과 함께요. 정말 근사하죠?"

"근사하다마다요."

"아, 그런 집에서 살아봤으면 좋겠어요." 캐리가 생각에 잠기며 말했다.

"당신은 행복하지 않으시군요." 허스트우드가 잠깐 가만히 있다가 천천히 말했다.

그는 엄숙하게 눈을 들어 캐리의 눈을 들여다보았다. 자기가 정곡을 제대로 찔렀다고 생각했다. 이제 자기한테 유리하도록 한마디를 던질 기회였다. 그는 조용히 몸을 기울이고 그녀를 지그시 바라보았다. 그는 이 순간의 중대성을 감지하고 있었다. 그녀는 몸을 움직여보려 했지만 아무 소용이 없었다. 한 남자의 본성이 지닌 온 힘이 작용하고 있었다. 자기 식대로 밀어붙일 명분이 충분했다. 그는 그윽하게 바라보기만 했다. 그런 상황이 길어질수록 점점 더 힘들어졌다. 어린 아가씨는 깊은 물속으로 빠져들고 있었다. 몇 안 되는 버팀목들이 떠내려가도 속수무책이었다.

"아, 그렇게 보지 마세요." 마침내 그녀가 입을 열었다.

"저도 어쩔 수가 없습니다."

그녀는 긴장이 살짝 풀려 상황을 그냥 흘러가는 대로 놔두었고, 그것이 그에게 힘을 주었다.

"당신은 삶에 만족하지 못하시는군요, 그렇지요?"

"그래요." 그녀가 힘없이 대답했다.

그는 이제 상황의 주도권이 자신에게 있음을 알았다. 그는 그렇게 느꼈다. 그는 손을 내밀어 캐리의 손을 잡았다.

"이러시면 안 돼요." 그녀가 벌떡 일어나며 말했다.

"다른 뜻은 없었습니다." 그가 태연하게 대답했다.

도망가려면 그럴 수도 있었겠지만, 캐리는 그러지 않았다. 그녀는 대화를 끝내버리지 않았고, 그의 마음은 품위 있게 즐거운 생각으로 흘러갔다. 잠시 후 그가 가려고 일어섰을 때 캐리는 그에게 주도권이 넘어갔음을 느꼈다.

"기분 나쁘게 생각지는 말아주십시오. 시간이 좀 지나면 다 잘 풀릴 겁니다." 그가 다정하게 말했다.

그녀는 무슨 말을 해야 할지 몰라 대답하지 않았다.

"우리는 좋은 친구인 거지요?" 그가 손을 내밀며 말했다.

"네."

"그러면 다시 만날 때까지 아무 말도 마십시오."

그는 그녀의 손을 놓지 않았다.

"약속은 할 수 없어요." 캐리가 자신 없는 투로 말했다.

"그보다는 너그럽게 마음을 쓰셔야지요." 그가 어찌나 솔직담백한 투로 말했는지 캐리도 감동하지 않을 수 없었다.

"이제 그 얘기는 그만하기로 해요."

"알겠습니다." 그가 활짝 웃으며 대답했다.

그는 계단을 내려가 마차에 올랐다. 캐리는 문을 닫고 자기 방으로 올라갔다. 거울 앞에서 폭이 넓은 레이스 칼라를 떼고 최근에 산 예쁜 악어가죽 허리띠를 풀었다.

"내가 나쁜 여자가 되어가고 있어." 그녀는 괴롭고 수치스러운 마음에 솔직하게 중얼거렸다. "전혀 옳지 않은 일을 하고 있는 것 같아."

캐리는 잠시 후 갈색 곱슬머리를 풀어헤쳤다. 그날 저녁 있었던 일을 곰곰이 생각해보았다.

"어떡하면 좋을지 모르겠네." 마침내 그녀는 이렇게 중얼거렸다.

허스트우드는 마차를 타고 떠나면서 혼잣말을 했다. "흠, 캐리도 나를 좋아해. 확실하다고."

기분이 한껏 들뜬 허스트우드는 족히 4마일은 떨어진 사무실로 가는 내내 십오 년 동안 잊고 있었던 옛 노랫가락을 휘파람으로 신나게 불어댔다.

13
신임장이 받아들여지다
혀들의 바벨

오그던 플레이스 응접실에서 캐리와 허스트우드 간에 그런 일이 있고 채 이틀도 안 되어 그가 다시 나타났다. 그는 한시도 캐리 생각에서 벗어나지 못했다. 어떻게 보면 그녀의 너그러운 태도가 그의 관심에 불을 지핀 셈이었다. 그는 반드시 캐리를, 그것도 빨리 얻고야 말겠다고 생각했다.

매혹된 것까지는 아니더라도, 그가 캐리에게 관심을 갖게 된 데에는 단순한 욕망보다 깊은 이유가 있었다. 그것은 오랜 세월 말라붙어 거의 불모지가 된 땅에서 시들어가던 감정으로부터 솟아나왔다. 캐리는 지금까지 그를 사로잡았던 여자들 중에서도 나은 축에 속했다. 그는 결혼 이후 연애를 한 번도 해본 적이 없었다. 그후로 시간이 흐르고 세상 경험이 쌓이면서 그는 자신이 내린 처음의 판단이 얼마나 성급하고 잘못된 것이었던가를 깨닫게 되었다. 그 생각을 할 때마다 다시 선택한다면 절대로 이런 여자와는 결혼하지 않으리라 다짐했다. 한편으로는 여자들과의 일반적인 경험을 통해 여성에 대한 존중심도 줄어들었다. 그는 무수한 경험으로 다져진 냉소적인 태도를 잃지 않았다. 그가알아온 여자들은 하나같이 판에 박은 듯이 이기적이고 무식한 주제에겉치장만 화려했다. 아내의 친구들도 존경심을 불러일으키지 않았다.자기 아내부터 점점 차갑고 속물적으로 변해가니, 그로서는 유쾌하지못했다. 사회의 쓰레기들이 기어다니는 암흑가에 대해 알게 되면서도(그는 그런 쪽에 대해 꽤 많이 알았다) 냉담한 성격이 되었다. 그는 대부분의 여자들을 미모와 옷차림이 쓸 만한지를 따지는 냉소적인 눈초리로 쳐다보았다. 외설적인 시선으로 그들의 뒤를 좇았다. 그러면서도선한 여자는 존중할 줄 알았다. 개인적으로 성녀의 불가사의한 매력을분석해보려고까지는 하지 않았지만 그런 여자 앞에서는 모자를 벗어경의를 표했고, 가볍게 혀를 놀리는 사람과 악의적인 말을 하는 사람을 입다물게 했다. 바워리* 홀의 아일랜드 출신 관리인이 '자비의 수녀회'** 수녀 앞에서 몸을 낮추고 경의 어린 손으로 기꺼이 헌금을 하는 모습과 비슷했다. 그 역시 자기가 왜 그러는지는 깊이 따져보지 않았을것이다.

허스트우드처럼 오랜 세월 가치 없거나 고된 경험을 한 남자가 젊고꾸밈없고 순진한 영혼을 만나게 되면, 남자는 자기와는 딴 세상에 있는 사람이라는 생각에 멀찍이 떨어져 있든가, 아니면 더 바짝 다가가

---

* 19세기 말 가난한 이민자들이 많이 살던 뉴욕의 빈민촌.
** 1831년 아일랜드 더블린에서 창설된 수녀회.

자신이 발견한 것에 매혹되고 고무되기 마련이다. 이런 남자들이 이런 여자에게 가까이 다가가려면 멀리 에둘러 가는 수밖에 없다. 그저 넋을 잃고 빠져들 뿐, 어떻게 하면 젊은 여인의 호의를 얻을 수 있는지 알지도 못한다. 불행히도 파리가 그물에 걸려든다면 거미는 다가가서 자기 식대로 진지한 이야기를 시작할 수 있을 것이다. 그러니까, 처녀가 도시의 혼란 속으로 흘러들어와 제일 바깥의 가장자리라 해도 일단 '술꾼'과 난봉꾼의 세계로 들어오면, 그들이 나서서 유혹의 기술을 써먹을 수 있게 되는 것이다.

허스트우드는 드루에의 초대를 받았을 때 멋진 옷차림에 얼굴 예쁜 새 애인을 만나게 되려니 하고 나갔다. 하룻저녁 가볍게 즐기고 새 얼굴은 영영 잊어버리게 될 줄 알고 갔던 것이다. 그러나 그는 젊은 미인에게 매혹당하고 말았다. 캐리의 부드러운 눈빛에는 정부의 계산속 따위가 전혀 없었다. 자기를 어려워하는 태도에도 고급 창부의 기교 같은 것은 없었다. 그는 순간 뭔가 잘못되어간다는 것을 알아차렸다. 이 불안해하는 처녀를 마주하게 된 피치 못할 상황에 관심을 갖지 않을 수 없게 된 것이다. 구해주고픈 동정심이 솟아올랐지만 이기심이 전혀 섞이지 않은 것은 아니었다. 캐리의 운명이 드루에와 결합되는 것보다 자신과 엮이는 편이 더 나으리라는 생각에 그녀를 차지하고 싶었다. 어떤 남자도 질투해본 적이 없었는데 이제는 캐리를 정복한 그에게 질투가 났다.

캐리는 정신적으로 드루에보다 우위에 있었으니 당연히 그보다 나았다. 캐리에게는 시골의 정취에서 온 신선함이 있었고, 눈 속에도 아직 시골의 빛이 있었다. 속임수도 탐욕도 없었다. 둘 다 조금씩은 타고 나기는 했으나 제대로 싹트지 않은 상태였다. 탐욕스러워지기에는 아직 경이감과 욕망에 가득차 있었다. 여전히 캐리는 거대한 미로 같은 도시를 이해하지 못하고 두리번거리고 있었다. 허스트우드는 갓 피어난 젊음을 느꼈다. 나무에서 신선한 과일을 따듯 그녀를 갖고 싶었다. 그녀와 함께 있으면 여름의 섬광에서 서늘한 봄의 첫 바람 속으로 빠져나온 듯 상쾌해졌다.

캐리는 문제의 사건이 있은 후 의논할 상대 하나 없이 홀로 남아 처음에는 이리저리 이상한 결론으로 헤매다가 마침내 지쳐서 포기해버렸다. 드루에에게 빚을 졌다고 생각했다. 근심 걱정에 빠져 있을 때 도움의 손길을 내밀어준 일이 엊그제 같았다. 캐리는 모든 면에서 그에 대해 따뜻한 감정만을 갖고 있었다. 그의 잘생긴 외모와 너그러운 마음씨를 인정해주고, 그가 없을 때는 그의 이기적인 면을 깜박 잊기도 했다. 하지만 다른 모든 사람을 물리치고 오직 그에게만 묶여 있어야 할 만큼 강한 구속력을 느낄 수는 없었다. 사실 이런 생각은 전혀 근거가 없었고 드루에조차 해본 적이 없었다.

이 사람 좋은 영업사원이 가벼운 태도와 변덕스러운 욕망 탓에 오래 갈 수도 있는 관계를 파국으로 몰고 갔다고 해야 맞을 것이다. 그는 자신이 매력적이며 마음 내키는 대로 연애를 즐길 수 있고, 세상은 늘 변함없이 자신의 쾌락을 위해 참아주리라 믿고 즐겁게 지냈다. 오래 사귄 사람을 잃거나 자기 눈앞에서 어떤 문이 최종적으로 닫혀도 그리 슬퍼하지 않았다. 그는 너무 젊고, 너무 잘나갔다. 죽을 때까지 마음만은 그런 젊은이로 남아 있을 것이다.

허스트우드로 말하자면, 캐리에 대한 생각과 감정으로 활기가 넘쳤다. 그녀에 대한 구체적인 계획 같은 건 없었지만 자기에게 사랑을 고백하게 만들겠다고 마음먹었다. 그녀의 내리깐 눈, 불안정한 시선, 주저하는 태도에서 열정이 피어나려는 조짐을 봤다고 생각했다. 캐리 곁에 서서 그녀가 자기 손을 그의 손에 맡기게 만들고 싶었다. 그녀가 다음에는 어떻게 할지, 자신에 대해 어떤 감정을 드러낼지 알고 싶었다. 이러한 불안과 열정은 참으로 오랜만에 맛보는 것이었다. 그는 감정 면에서는 다시 젊은이였고, 행동 면에서는 기사였다.

그의 지위에서는 저녁 시간을 빼기가 전혀 어렵지 않았다. 그는 대체로 누구보다도 충실한 직원이었고, 시간 관리에서 있어서는 고용주들의 신임을 사는 인물이었다. 저녁 시간도 마음대로 낼 수 있었는데, 어떤 일을 맡든 자기가 맡은 관리 책임을 훌륭하게 완수한다고 모두에게 인정받고 있었기 때문이다. 그는 품위 있는 태도와 업무방침, 근사한 외모로 그 자리에 없어서는 안 될 분위기를 풍겼으며, 이와 동시에 오랜 경험으로 필요한 재고량을 누구보다도 제대로 판단할 수 있었다. 바텐더들과 조수들은 단독으로 혹은 몇씩 무리지어 일을 하러 왔다가 떠나곤 하지만, 그가 있는 한 오랜 단골들은 변화를 거의 눈치채지 못할 것이다. 고객에게 익숙한 분위기를 그가 만들고 있었다. 그리하여 오후를 뺀다든가 저녁을 빼는 식으로 편한 대로 조정해서 자기 시간을 쓸 수 있었다. 하지만 열한시에서 열두시 사이에는 반드시 돌아와서 하루 장사가 끝나는 마지막 한두 시간을 감독하고 마무리를 살폈다.

"자네가 귀가할 때는 아무 이상이 없고 직원들이 모두 퇴근했는지 확인해야 하네, 조지." 모이가 한번 그에게 이른 적이 있었다. 그는 오랜 근무 기간 중 단 한 번도 이를 어긴 적이 없었다. 주인들이 오후 다섯시 이후에 술집에 나타나지 않은 지 꽤 오래되었지만, 지배인은 마치 그들이 정기적으로 나와서 지켜보기라도 하는 것처럼 이 요청을 충실하게 수행했다.

캐리를 방문한 지 채 이틀도 지나지 않은 금요일 오후, 그는 캐리를 보러 가기로 했다. 더는 참을 수가 없었다.

그는 수석 바텐더를 불렀다. "에번스, 누가 찾거든 네시에서 다섯시 사이에 돌아올 거라 해주게."

그는 서둘러 매디슨 스트리트로 가서 반 시간 동안 철도마차를 타고 오그던 플레이스로 갔다.

캐리는 산책을 나갈까 하고 밝은 회색 모직 드레스에 가벼운 더블재킷을 차려입었다. 캐리가 모자와 장갑을 꺼내고 목둘레에 하얀 레이스 타이를 매고 있는데 하녀가 허스트우드 씨가 찾아왔다고 전했다.

그녀는 약간 놀랐지만 하녀에게 곧 내려가겠노라 말하고 서둘러 몸단장을 마무리했다.

캐리는 그 인상적인 지배인이 그녀가 나타나기를 기다리고 있다는 사실이 기쁜지 유감인지 스스로도 알 수가 없었다. 좀 당황했고 뺨이 따끔거렸지만, 두렵거나 좋아서라기보다는 신경이 곤두선 탓이었다. 대화가 어떻게 흘러갈지 짐작해보려 하지는 않았다. 그저 조심해야겠다고, 허스트우드는 자신에게 설명하기 힘든 매력을 지닌 사람이라는 것만 생각했다. 그런 다음 그녀는 손가락으로 타이를 매만지고 아래층으로 내려갔다.

깊은 감정에 빠진 허스트우드는 자신이 할 일을 완전히 자각하고 약간 긴장했다. 그는 이번에는 단호하게 나가야 한다고 생각했지만, 막상 그 시간이 다가오고 계단을 내려오는 캐리의 발소리를 들으니 용기가 사라졌다. 굳었던 결심이 좀 약해졌다. 무엇보다도 그녀가 어떻게 생각할지 확신이 없었다.

그러나 캐리가 나타나자 그녀의 모습에 용기를 얻었다. 캐리는 그 어떤 연인의 담력이라도 강하게 해줄 만큼 소박하면서도 매력적이었다. 그녀가 눈에 띄게 불안해하는 모습에 그의 불안은 사라졌다.

"잘 지내셨습니까?" 허스트우드가 편안하게 말문을 열었다. "오늘 오후에는 날씨가 너무 좋아서 안에 틀어박혀 있을 수가 없더군요."

"맞아요. 그러잖아도 저 역시 막 산책하러 나가려던 참이었답니다." 캐리가 그의 앞에 서서 대답했다.

"아, 그러셨습니까? 그렇다면 모자를 쓰고 함께 나가실까요?"

그들은 공원을 지나 워싱턴 불러바드를 따라 걸었다. 자갈을 깐 널찍한 길이 있고, 보도 옆으로는 큰 목조 가옥들이 있어 아름다웠다. 그곳은 웨스트사이드의 부유층들이 많이 사는 곳이어서, 허스트우드는 남들 눈이 많은 곳이다보니 어쩔 수 없이 신경이 쓰였다. 몇 블록 안 가서 골목에 붙은 마차 대여소 간판이 그의 곤란을 해결해주었다. 그는 캐리를 데리고 새 길을 따라 드라이브를 하기로 했다.

당시에는 불러바드라 해봤자 시골길보다 약간 더 큰 정도였다. 그가 캐리에게 보여주려던 지역은 웨스트사이드에서 약간 더 먼 곳이었는데, 집은 거의 없었다. 더글러스 공원을 워싱턴 공원, 즉 사우스 공원과 이어주는, 탁 트인 잔디가 깔린 초원 위로 5마일 정도 남쪽으로 내려가다가 비슷한 초원에 같은 거리만큼 동쪽으로 뻗은, 깔끔하게 닦아놓은 길에 불과했다. 길 어디를 보아도 집 한 채 눈에 띄지 않아서 방해

받을 일 없이 즐겁게 대화를 나눌 수 있을 것이었다.

그는 마구간에서 순한 말을 한 마리 골랐고, 그들은 곧 남들의 이목을 벗어날 수 있었다.

"마차를 몰 줄 아십니까?" 잠시 후 그가 물었다.

"한 번도 못 해봤어요."

그는 캐리의 손에 고삐를 쥐여주고 팔짱을 꼈다.

"별거 아닙니다." 그가 미소 지으며 말했다.

"순한 말이면야 그렇겠지요."

"조금만 연습하면 누구 못지않게 말을 다루실 수 있을 겁니다." 그가 격려하는 투로 덧붙였다.

그는 진지한 쪽으로 화제를 틀기 전에 대화를 잠깐 쉴 틈을 노리고 있었다. 그는 한두 번 입을 다물고 침묵 속에서 자기 생각이 그녀에게 전해지기를 바랐지만 캐리는 가벼운 대화를 계속 이어갔다. 그러나 이내 그의 침묵이 상황을 주도했다. 그의 생각의 흐름이 전해지기 시작했다. 그는 뭔가 그녀와 전혀 관련 없는 일을 생각하는 듯이 시선을 허공에 고정했다. 그러나 그의 머릿속은 분명했다. 그녀는 결정적인 순간이 임박했음을 알아챘다.

"제가 당신을 알게 된 후로 수년 만에 가장 행복한 저녁 시간들을 보냈다는 것을 알고 계십니까?" 그가 말했다.

"정말로요?" 그녀가 쾌활한 척 되물었지만, 그의 확신에 찬 어조에 흥분하고 있었다.

"며칠 전 저녁에 말씀드리려 했지만 기회를 잡지 못했답니다."

캐리는 대답하려 하지 않고 가만히 듣기만 했다. 무슨 말을 하면 좋을지 떠오르지 않았다. 지난번 그를 만난 이후로 희미하게 그녀를 괴롭혔던 온갖 상념들에도 불구하고 지금 다시 그의 친절에 마음이 확 끌렸다.

그는 진지한 투로 말을 이었다. "오늘 당신에게 제 마음을 전하려고 왔습니다. 당신이 제 말을 들어주실지 보려고요."

허스트우드는 천성적으로 낭만주의자 기질이 다소 있었다. 그에게는 때로 시적이기까지 한 강한 감정이 있었고, 지금 느끼는 것과 같은 욕망에 이끌릴 때 그는 점점 더 달변이 되었다. 즉 그의 감정과 목소리에는 웅변의 정수라 할, 억누른 감정과 연민을 자아내는 힘이 스며 있었다.

"아시지요?" 그는 그녀의 팔에 자기 손을 얹고 잠시 어색한 침묵을 지키더니 불쑥 이렇게 말했다. "제가 당신을 사랑한다는 것을."

캐리는 그 말에 꼼짝도 하지 않았다. 상대방의 분위기에 완전히 사로잡혀 옴짝달싹할 수가 없었다. 그는 자신의 감정을 표현하기 위해 예배당 같은 침묵을 지켰고, 캐리도 따라 침묵했다. 그녀는 자기 앞에 펼쳐진 평평하고 탁 트인 풍경에서 눈을 떼지 않았다. 허스트우드는 잠시 기다렸다가 다시 한번 그 말을 되풀이했다.

"그런 말씀 하시면 안 돼요." 그녀가 힘없이 말했다.

캐리의 말에는 전혀 확신이 없었다. 무슨 말이든 해야 한다는 생각에서 나온 말일 뿐이었다. 그는 들은 척도 하지 않았다.

"캐리," 그는 마음을 움직이는 친근한 태도로 그녀를 성 아닌 이름으로 불렀다. "당신도 나를 사랑했으면 좋겠어요. 누군가 나에게 조금이라도 애정을 베풀어주기를 내가 얼마나 간절히 원하는지 당신은 모

릅니다. 사실상 나는 혼자나 다름없어요. 내 삶에서 즐겁거나 기쁜 일
은 하나도 없답니다. 그저 온갖 일거리와 나에게는 아무 의미도 없는
사람들로 인한 걱정거리뿐이지요."

이렇게 말하고 보니 허스트우드는 자기 처지가 정말로 불쌍하게 생
각되었다. 그는 거리를 두고 떨어져서 스스로를 객관적으로 볼 줄 아
는 능력이 있었다. 자신의 존재를 구성하는 요소들 속에서 자기가 보
고 싶은 것을 보는 능력이었다. 지금 말을 하는 그의 목소리는 긴장 탓
에 이상하게 떨리고 있었다. 그것이 상대방의 마음을 움직였다.

"아, 당신은 무척 행복하실 것 같은데요. 세상 물정을 잘 아시니까
요." 캐리는 커다란 눈에 동정과 감정을 담뿍 담아 그를 올려다보며 말
했다.

"그렇기는 하지요. 저는 세상을 너무 많이 압니다." 그가 부드럽게
나지막이 울리는 목소리로 말했다.

이처럼 사회적 지위와 권력을 지닌 사람이 그렇게 말하니 그녀에게
는 매우 의미심장하게 다가왔다. 그녀는 자신이 놓인 기묘한 상황을
절감하지 않을 수 없었다. 어쩌면 이렇게도 순식간에, 갑갑한 시골생
활을 옷처럼 벗어버린 지 얼마나 되었다고, 이렇게 신기한 일들로 가
득한 도시가 그 자리에 들어설 수 있을까? 신기한 일들 중에서도 가장
신기한 일은 바로 여기 그녀 옆에 앉은 이 돈 많고 지위 높은 인물이
그녀에게 호소하고 있다는 점이다. 보라, 그는 온갖 안락을 다 누리며
엄청난 힘을 지닌데다 높은 지위에 화려한 옷을 입고도 그녀에게 애원
하고 있다. 캐리는 도대체 어떻게 생각해야 옳은지 알 수가 없었다. 더
는 그 문제로 고심하고 싶지도 않았다. 캐리는 그저 그의 감정의 열기

를 쬘 뿐이었다. 그것은 추위에 떠는 사람에게는 고마운 불꽃이었다. 허스트우드는 자신의 강렬한 감정으로 활활 불타오르고, 그 열정의 열기는 이미 상대의 양심을 밀랍처럼 녹이는 중이었다.

"당신은 내가 행복하니까 불평해서는 안 된다고 생각하시는군요? 당신에게는 손톱만큼도 관심이 없는 사람들을 온종일 만나야 한다면, 매일 가식과 무관심뿐인 곳으로 가야 한다면, 당신이 동정을 구하거나 즐겁게 대화할 수 있는 이가 한 사람도 없다면, 당신도 불행할 겁니다."

그는 이제 캐리가 자신의 처지에 비추어 동정심을 느낄 만한 지점을 건드리고 있었다. 그녀는 무관심한 사람들을 만나고, 자기가 죽든 말든 관심도 없는 사람들 속을 홀로 걷는다는 것이 어떤 것인지 알고 있었다. 그녀 역시 그렇지 않았던가? 바로 지금 이 순간에도 세상에 혼자가 아닌가? 아는 사람들 중 누구에게 동정을 구할 수 있을 것인가? 단한 명도 없었다. 홀로 궁리하고 고민해야 했다.

허스트우드가 말을 이었다. "당신이 나를 사랑해준다면 만족할 수 있을 겁니다. 당신과 함께할 수 있다면 말입니다. 지금으로서는 아무런 기쁨도 없이 그저 여기저기 헤매고 다닐 뿐이지요. 시간이 나를 무겁게 내리누르고 있습니다. 당신이 오기 전에는 아무것이나 닥치는 대로 이리저리 떠돌며 몸을 맡길 따름이었지요. 당신이 온 이후로는……네, 당신 생각을 하게 되었습니다."

여기 자신의 도움을 간절히 원하는 사람이 있다는 오래된 환상이 캐리의 마음속에 자라나기 시작했다. 캐리는 슬픔에 젖은 이 외로운 인물을 진심으로 가엾게 여겼다. 그의 삶이 이렇게 근사한데도 불구하고 자기가 없다는 이유로 그토록 황량하다고 생각하니, 마찬가지로 외롭고 정처 없는 처지인 자신에게 이런 호소를 해야 하다니 그가 너무나 안되었다. 정말 이렇게 안쓰러울 수가 없었다.

"나 그렇게 나쁜 놈 아닙니다." 그는 이 점에 관해서는 설명을 좀 해 야겠다는 듯이 사과하는 투로 말했다. "아마도 당신은 내가 어슬렁거 리고 다니며 나쁜 짓이란 나쁜 짓은 죄다 저지른다고 생각하겠지요? 좀 경솔했을지도 모르겠습니다만, 그런 점은 쉽게 극복할 수 있습니 다. 내 삶이 조금이라도 의미 있는 것이 되려면 당신을 내 곁으로 끌어 와야 합니다."

캐리는 선한 자가 악한 자를 갱생시킬 희망이 있다고 느낄 때의 상 냥함으로 그를 바라보았다. 이런 사람을 어째서 갱생시켜야 한단 말인 가? 그녀가 고쳐줄 수 있는 그의 과오란 무엇일까? 다 이렇게 좋기만 한 사람한테 과오 따위야 있다 해도 사소할 것이다. 기껏해야 상류층 이 저지르는 실수 정도일 것이고, 그쯤은 너그러이 봐줄 수 있다.

너무나 외롭고 쓸쓸한 모습에 캐리의 마음이 크게 움직였다.

'일이 이런 식으로 되는 건가?' 그녀는 생각했다.

그는 그녀의 허리에 슬쩍 팔을 둘렀다. 캐리는 몸을 뺄 마음이 나지 않았다. 그는 다른 한 손으로 그녀의 손가락을 꼭 쥐었다. 부드러운 봄 바람이 길 위를 쓸고 지나가자 지난가을의 갈색 잔가지들이 굴러갔다. 고삐 풀린 말은 한가로이 걸어갔다.

"말해봐요, 나를 사랑한다고." 그가 부드럽게 속삭였다.

그녀는 눈길을 떨구었다.

"그렇죠, 캐리?" 그가 감정을 듬뿍 담아서 말했다. "나를 사랑하죠?"

그녀는 대답하지 않았지만, 그는 자신이 승리했음을 느꼈다.

"말해줘요." 그가 캐리를 바짝 끌어당겨 둘의 입술은 거의 닿을 듯 가까워졌다. 그는 캐리의 손을 뜨겁게 꽉 잡았다가 풀고는 그녀의 뺨을 쓰다듬었다.

"그럴 거지요?" 그는 그녀의 입술에 자기 입술을 포갰다.

대답 대신 그녀의 입술이 응답했다.

"이제 당신은 내 여자요." 그는 불타는 눈으로 환희에 넘쳐서 외쳤다.

대답을 대신하여 그녀의 머리가 살포시 그의 어깨 위에 얹혔다.

14
눈은 있으나 보지 못하다
하나의 영향력이 시들어가다

캐리는 그날 저녁 방에서 육체적으로나 정신적으로나 한껏 흥분해 있었다. 그녀는 허스트우드에 대한 자신의 사랑과 그의 사랑에 큰 기쁨을 느꼈고, 다음에 있을 일요일 밤의 만남을 고대하며 멋진 공상에 잠겼다. 둘은 시내 밖으로 나가서 만나기로 약속했다. 남들 눈을 피해야 한다는 생각은 하지 않았지만, 결국 그래야 할 필요가 구실이 된 셈이었다.

헤일 부인이 위층 창문에서 캐리가 들어오는 모습을 보았다.

'흠, 남편은 출장중인데 딴 남자랑 드라이브를 하고 오는군. 남편이 좀더 감시를 해야겠는데.' 그녀는 속으로 생각했다.

사실 이 점에 관한 한 이렇게 생각한 사람은 헤일 부인만이 아니었다. 허스트우드를 맞았던 하녀도 같은 생각이었다. 그녀는 캐리에게 딱히 별다른 감정은 없었고, 그저 안주인이 차갑고 정이 안 가는 여자라고만 생각했다. 반면 명랑하고 스스럼없이 행동하는 드루에에게는 호감을 품었다. 드루에는 가끔씩 상냥하게 말을 걸어주는 한편 어느 여자한테나 보이는 그런 관심을 그녀에게도 보여주었다. 허스트우드는 태도 면에서 더 진중하고 과묵했다. 그는 드루에처럼 그녀를 사근사근하게 대하지 않았다. 하녀는 그가 왜 이렇게 자주 오는 걸까, 그리고 드루에 부인은 드루에 씨가 집을 비운 이런 오후에 어째서 저 남자와 함께 외출을 할까 의아해했다. 하녀는 요리사가 있는 주방에서 자기 생각을 서슴지 않고 말했다. 흔히 그렇듯 소문이 웅성거리는 소리가 은밀하게 아파트에 퍼져나갔다.

이제 캐리는 허스트우드에게 애정을 고백할 정도로 굴복해버린 마당이니, 더이상 그에 대하여 어떤 태도를 취할지 갈등하지 않았다. 그녀는 잠시 드루에 생각은 거의 잊어버리고 자기 애인이 얼마나 품위 있고 우아한지, 자신에 대해 얼마나 뜨겁게 애정을 불태우는지만 생각했다. 첫날 저녁, 캐리는 오후에 있었던 일을 세세한 부분까지 하나하나 되살려보는 것 외에는 아무것도 할 수가 없었다. 이렇게 강렬한 공감을 느껴본 것은 처음이었고, 그런 감정은 그녀의 성격에 새로운 빛을 던져주었다. 이전까지는 잠들어 있던, 상황을 주도해가는 힘이 이제 막 기지개를 폈다. 캐리는 자신의 상황을 좀더 현실적으로 보고 빠져나갈 길을 희미하게나마 찾아내기 시작했다. 허스트우드는 자신을 명예로운 길로 끌어주는 힘 같았다. 그녀의 감정은 오욕에서 자유를 쟁취할 수 있는 어떤 것을 최근의 사태에서 만들어냈다는 점에서 대단히 칭찬할 만한 것이었다. 캐리는 허스트우드가 다음에 어떤 말을 할지 전혀 알지 못했다. 그저 그의 애정을 기쁘게 받아들이면 그에 따라 더 나은, 더 고마운 결과가 오리라 기대했다.

허스트우드는 아직 책임감 없이 그저 쾌락에 대한 생각만을 좇았다. 그는 자기 삶을 복잡하게 만들 짓을 하고 있다고는 생각지 않았다. 그의 지위는 안정되어 있었고, 가정생활은 만족스럽지는 않아도 최소한 파탄 난 지경은 아니었으며 웬만큼 구속받지 않고 자유를 누리고 있었다. 캐리의 사랑은 단지 여기에 즐거움을 조금 더하는 정도였다. 그는 이 새로운 선물을 평소 누려오던 쾌락에 얹어서 즐길 셈이었다. 그녀와 함께 있으면 행복할 것이고, 자기 일은 죽 해온 대로 방해받지 않고 잘 굴러갈 것이다.

일요일 저녁 캐리는 허스트우드가 고른 이스트애덤스 스트리트의 식당에서 함께 저녁식사를 했다. 그런 다음 그들은 마차를 타고 39번가 인근 코티지그로브 애비뉴에서 즐거운 저녁 시간을 보낼 수 있는 곳으로 갔다. 그는 애정을 고백하는 과정에서 곧 캐리가 자신의 사랑을 그가 예상했던 것보다 더 높은 차원의 것으로 받아들이고 있음을 깨달았다. 캐리는 그와 다소 진지하게 거리를 유지했으며, 경험이 없는 연인에게 더 어울릴 만한 부드러운 애정 표시만 받아들였다. 허스트우드는 캐리가 마음만 먹으면 쉽게 손에 넣을 수 있는 여자가 아님을 알았고, 너무 뜨겁게 밀어붙이는 행동은 자제했다.

그는 캐리가 유부녀라고 믿어주는 척했으므로 계속 그런 식으로 행동해야 했다. 승리는 아직 약간 멀리 있었다. 얼마나 먼 거리일지 가늠할 수도 없었다.

마차를 타고 오그던 플레이스로 돌아오는 길에 허스트우드가 캐리에게 물었다.

"언제 다시 만날 수 있을까요?"

"그건 저도 모르겠어요." 캐리도 궁금해하며 대답했다.

"이번 화요일에 페어 백화점에 안 가시겠습니까?" 허스트우드가 제안했다.

캐리는 고개를 저었다.

"그렇게 빨리는 안 돼요."

"제가 어떡할지 말씀드리지요. 편지를 부치겠습니다. 수신 주소는 여기 웨스트사이드 우체국으로 하고요. 다음주 화요일에 찾아주시겠습니까?" 그가 덧붙였다.

캐리가 그러겠다고 했다.

마차는 그의 청에 따라 길에서 조금 떨어진 집의 문 앞에서 멈추었다.

"잘 자요." 마차가 떠날 때 그가 속삭였다.

이처럼 둘의 관계가 순탄하게 진행되는 와중에 불행하게도 드루에가 돌아왔다. 다음날 오후 허스트우드가 작지만 인상적인 그의 사무실에 앉아 있는데 드루에가 들어왔다.

"아, 안녕한가, 찰스. 돌아왔나?" 그가 싹싹하게 인사를 건넸다.

"네." 드루에도 미소를 지으며 다가와 문안을 들여다보았다.

허스트우드는 자리에서 일어섰다.

"아, 전에 없이 활기가 넘치는구먼, 웅?" 그가 드루에를 훑어보며 말했다.

둘은 지인들에 대한 이야기와 최근 있었던 소식을 주고받았다.

"집에는 들렀나?" 마침내 허스트우드가 물었다.

"아뇨, 이제 가야죠."

"자네 집에 있는 아가씨가 생각나서 한 번 찾아갔었다네. 혼자 외롭게 있는 건 자네도 바라지 않을 것 같아서 말이야."

"옳으신 말씀입니다. 잘 있던가요?" 드루에가 맞장구를 쳤다.

"아주 잘 있더군. 자네 걱정을 좀 하고 있지만 말일세. 빨리 가서 기운을 좀 북돋워주게나."

"그러겠습니다." 드루에가 웃으며 대꾸했다.

"수요일에 함께 공연을 보러 갔으면 하는데." 헤어지면서 허스트우드가 말했다.

"감사합니다. 물어보고 곧 회신드리지요."

그들은 더없이 화기애애한 분위기에서 헤어졌다.

'참 좋은 분이야.' 드루에는 매디슨 스트리트 쪽으로 모퉁이를 돌면서 생각했다.

'드루에는 좋은 녀석이야.' 허스트우드는 사무실로 돌아가면서 이렇게 생각했다. '하지만 캐리에게는 안 어울려.'

그런 생각이 들자 마음이 한껏 유쾌해졌다. 그는 어떻게 드루에를 앞지를까 궁리했다.

드루에는 캐리에게 가서 평소처럼 그녀를 껴안았지만, 캐리는 그의 키스에 몸서리를 치며 거부감을 나타냈다.

"아, 엄청난 출장이었어." 드루에가 말했다.

"그래요? 나한테 얘기했던 그 라크로스 사람하고는 어떻게 됐어요?"

"아, 잘됐어. 그에게 한 시리즈를 몽땅 다 팔았어. 번스타인 사에서도 왔는데, 매부리코 유대놈이었는데 말야, 그 녀석은 허탕을 쳤지. 내가 그놈을 아주 납작하게 눌러놨다니까."

그는 세수도 하고 옷도 갈아입으려고 칼라를 풀고 장식 단추를 떼면서 출장 이야기를 부풀려서 했다. 캐리는 그의 생생한 설명에 흥미가 생겨 귀를 기울이지 않을 수 없었다.

"사무실에서 깜짝들 놀라더군. 우리 회사 영업사원 중에서 이번 분기에 나만큼 많이 판 사람이 없거든. 라크로스에서만 삼천 달러어치를 팔았지."

그가 푸푸거리며 귀까지 문질러가며 세수를 하는 동안 캐리는 지난 회상과 현재의 판단이 뒤섞인 상념에 잠겨 그를 바라보았다. 그는 얼굴을 닦으면서 이야기를 계속했다.

"6월에는 월급을 올려달라고 할 거야. 내가 실적을 낸 만큼은 줄 수 있겠지. 꼭 해내고 말 테니 당신도 두고보라고."

"잘됐으면 좋겠어요."

"그러고 나서 내가 하고 있는 작은 부동산 거래가 잘 마무리되면 결혼하자고." 그는 짐짓 진지한 척 말하고는 거울 앞으로 자리를 옮겨 머리를 빗기 시작했다.

"나랑 결혼할 생각이 없는 줄 알았는데요, 찰리." 캐리가 서운한 듯한 어조로 말했다. 최근 허스트우드의 구애가 그녀에게 이런 말을 할 용기를 주었던 것이다.

"아니, 무슨 소리야. 어떻게 그런 생각을 하게 된 거야?"

그는 머리를 만지던 손길을 멈추고 캐리에게로 다가왔다. 캐리는 처음으로 그를 떠나야만 할 것 같은 기분이 들었다.

"하지만 말만 한 지가 벌써 언제부터예요." 캐리는 예쁜 얼굴을 그를 향해 쳐들고 말했다.

"흠, 할 거야. 하지만 내가 원하는 대로 하고 살려면 돈이 드니까. 이번에 월급이 오르기만 하면 모든 일이 다 제대로 돌아가게 될 거야. 그렇게 하고 말 거야. 자, 그러니 이제 걱정 마, 자기."

그는 캐리의 어깨를 토닥이며 안심시켰지만, 캐리는 자신이 얼마나 헛된 희망을 품고 있었던가를 절감했다. 이 천하태평인 인간은 그녀를 위해 움직일 뜻이 없었다. 그녀는 확실히 알 수 있었다. 그는 어떤 법적 구속으로부터도 자유로운 현재 상태가 더 좋았으므로 그저 흘러가는 대로 내버려두고 있을 뿐이었다.

이와는 대조적으로 허스트우드는 강인하고 진지해 보였다. 그녀와 자신과의 약속을 가벼이 여기는 안이한 태도는 없었다. 그는 그녀의 처지를 가엾게 여겼고, 그녀가 지닌 참된 가치를 깨닫게 해주었다. 그는 캐리를 필요로 하는 반면, 드루에게 그녀는 안중에도 없었다.

"아니, 그렇지 않아요." 캐리는 자신이 거둔 약간의 성공을 의식하면서도 그보다 더 큰 무력감이 밴 회한에 찬 어조로 말했다. "당신은 결코 나와 결혼하지 않을 거예요."

"흠, 좀 기다려봐. 정말로 결혼할 거라니까." 그는 그것으로 이야기를 끝냈다.

캐리는 그를 바라보며 역시 자기 생각이 옳다고 느꼈다. 양심의 가책을 누그러뜨릴 무언가를 찾고 있었는데, 바로 여기 있었다. 올바르게 처신해줄 것을 호소했지만 그는 가볍게 무시해버린 것이다. 그는 결혼해주겠노라고 단단히 약속했지만 언제나 말뿐이었다.

"참, 오늘 허스트우드를 만났어. 우리더러 극장에 같이 가자더군."

자기 딴에는 결혼 문제를 무난하게 털어냈다고 생각했는지 그가 말했다.

캐리는 그 이름에 깜짝 놀랐지만, 드루에가 눈치채지 않도록 놀란 기색을 이내 숨겼다.

"언제요?" 그녀는 무심한 척 물었다.

"수요일에. 갈 거지?"

"당신 뜻대로 할게요." 그녀의 태도는 너무 조심스러워서 오히려 의심을 살 정도였다. 드루에도 뭔가 이상한 낌새를 챘으나 결혼을 놓고 나눈 대화 탓이려니 했다.

"여기 한 번 왔었다고 하던데."

"네. 일요일 저녁에 들르셨어요."

"그랬어? 말하는 걸로는 일주일은 된 줄 알았는데."

"그랬어요." 캐리는 남자들끼리 어떤 대화를 나누었을지 짐작도 할 수가 없었다. 너무나 혼란스러웠다. 섣불리 대답했다가 일이 복잡하게 뒤엉키지는 않을지 두려웠다.

"아, 그럼 두 번 왔었나?" 드루에의 얼굴에 처음으로 착각했나 싶은 기색이 떠올랐다.

"네." 캐리는 허스트우드가 한 번 온 것만 얘기한 거라 생각하고는 아무것도 모른다는 척 대답했다.

드루에는 자기가 잘못 들었나보다 생각했다. 하여간 그 일에 딱히 의미를 부여하지 않았다.

"무슨 얘기를 했어?" 그는 호기심이 좀 동해서 캐물었다.

"제가 적적할 것 같아서 들르셨다고요. 당신이 술집에 들른 지가 오래돼서 어떻게 지내는지도 궁금하다고 하셨어요."

"조지는 좋은 분이야." 드루에는 허스트우드가 이렇게 관심을 가져준다고 생각하니 좀 우쭐해졌다. "저녁 먹으러 가자고."

허스트우드는 드루에가 돌아온 것을 보자마자 캐리에게 이런 편지를 썼다.

'드루에에게 그가 출장 간 사이 당신을 찾아갔었다는 얘기를 했어요. 몇 번이나 갔는지는 말하지 않았지만, 아마 한 번 간 줄로 알 거예요. 당신이 한 말은 빠짐없이 다 내게 알려줘요. 이 편지를 받으면 인편으로 답을 주고요. 당신을 꼭 만나야겠어요. 수요일 오후 두시에 잭슨 스트리트와 트루프 스트리트가 만나는 곳에서 볼 수 있을지 알려줘요. 극장에서 만나기 전에 얘기를 좀 해야겠어요.'

캐리는 화요일 아침에 웨스트사이드의 우체국에 가서 이 편지를 보고는 그 자리에서 답장을 썼다.

'당신이 두 번 왔다고 했어요. 드루에는 별로 신경쓰지 않는 것 같더군요. 다른 일이 없다면 트루프 스트리트에서 뵙도록 할게요. 제가아주 나쁜 여자가 되고 있는 것 같아요. 이러면 안 되는데.'

허스트우드는 약속 장소에서 캐리를 만나 이 문제에 대해 그녀를 달랬다.

"걱정할 거 하나도 없어요. 드루에가 다시 출장을 떠나는 대로 곧바로 정리를 합시다. 당신이 아무도 속일 필요가 없도록 일을 다 해결하겠소."

캐리는 그가 직접 말하지는 않았지만 자기와 곧바로 결혼해줄 거라고 생각하고 기운이 솟았다. 그녀는 드루에가 다시 떠날 때까지 어떻게든 상황을 최대한 잘 헤쳐나가보리라 다짐했다.

"나를 대할 때는 전에 그랬던 것처럼 덤덤하게 해요." 허스트우드는 그날 저녁 극장에서 만날 약속에 대해 조언을 했다.

"당신도 나를 빤히 쳐다보면 안 돼요." 그녀는 그의 시선이 지닌 힘을 염두에 두고 이렇게 대꾸했다.

"그러지요." 그는 헤어지면서 캐리의 손을 꼭 잡고 그녀가 방금 주의를 주었던 그런 눈으로 그녀를 바라보았다.

"거 봐요." 그녀는 손가락으로 그를 가리키며 장난스럽게 지적했다.

"지금은 아니잖소." 그가 대꾸했다.

그는 멀어져가는 캐리의 뒷모습을 간절한 마음으로 바라보았다. 그녀의 젊음과 아름다움은 와인보다도 더 미묘하게 그의 마음을 흔들었다.

극장에서의 상황은 허스트우드에게 유리하게 흘러갔다. 전에도 그는 캐리를 즐겁게 해주었지만, 이번에는 그 정도가 아니었다. 캐리가 기꺼이 받아들일 준비가 되어 있었으므로 그의 매력은 훨씬 더 힘을 발휘했다. 캐리는 그의 동작 하나하나에서 눈을 떼지 못했다. 손님을 초대한 주인이라도 되는 양 나불나불 떠들어대느라 정신없는 불쌍한 드루에는 그녀의 안중에도 없었다.

눈치 빠른 허스트우드는 조금도 티를 내지 않았다. 그는 평소보다도 더 옛친구에게 주의를 기울였고, 우위에 선 연인이 자기 애인의 정부 앞에서 흔히 그러듯 은밀히 조롱하는 태도도 보이지 않았다. 오히려 그는 지금 이 게임이 너무 한쪽으로 기울어서 여기에 손톱만큼이라도 조롱을 보탠다면 천박한 짓이라 여겼다.

그날 본 연극은 드루에 때문에 더욱 아이로니컬했다.

〈언약〉의 한 장면이었는데, 한 아내가 남편이 없는 사이 자신을 유혹하는 애인의 목소리에 귀를 기울이고 있었다.

"저 남편은 당해도 싸요." 아내가 자신의 과오를 깊이 속죄했는데도 드루에는 나중에 그렇게 말했다. "저렇게 얼간이 같은 남자한테는 동정이 전혀 안 간단 말이죠."

"아, 그래도 그렇게 말하면 안 되지. 남편은 자기가 옳다고 생각했을 거야." 허스트우드가 부드럽게 나무랐다.

"아내를 뺏기고 싶지 않으면 아내한테 좀더 신경을 써야죠."

그들은 로비에서 나와 화려하게 차려입고 입구에 모여 있는 군중을 헤치고 나왔다.

"저기, 선생님." 목소리 하나가 허스트우드 쪽에서 들려왔다. "잠자리 구할 돈 좀 적선합쇼."

허스트우드는 캐리에게 무슨 이야기를 하느라 정신이 팔려 있었다.

"정말입니다. 오늘밤 잘 데가 없습니다."

수척하게 여윈 서른쯤 된 남자가 가난과 고생에 찌든 얼굴로 호소했다. 드루에가 먼저 그를 보았다. 그는 동정심이 솟구쳐 십 센트짜리 동전 하나를 건넸다. 허스트우드는 알아채지도 못했고, 캐리 역시 금세 잊어버렸다.

15
짜증스러운 낡은 관계
젊음의 마법

캐리에 대한 애정이 깊어가면서 허스트우드에게 가정은 완전히 뒷전이 되었다. 가족과 관련된 일이라면 거의 시늉만 하는 정도였다. 아내와 아이들과 앉아 아침을 먹으면서도 머릿속은 온통 공상에 빠져 있었고, 식구들의 관심사는 그에게는 딴 세상 일이었다. 딸과 아들이 주고받는 천박한 화제 때문에 그는 더 정신을 쏟아서 신문을 읽었다. 그와 아내 사이에는 무관심이 강물처럼 흘렀다.

이제 캐리가 있으니 그는 얼마든지 다시 행복해질 수 있을 것 같았다. 저녁이면 시내로 나가는 발걸음이 즐거웠다. 해질녘에 걸어나가면 가로등도 명랑하게 깜박였다. 그는 거의 잊고 지냈던, 사랑에 빠진 연인의 발걸음을 재촉하게 만드는 감정을 경험하기 시작했다. 자기의 좋은 옷을 쳐다볼 때면 캐리의 눈으로 보았다. 그녀의 눈은 젊었으니까.

이런 감정에 휩싸여 있는데 아내의 목소리가 들려올 때, 결혼생활이 끊임없이 내놓는 요구들이 그를 갑갑한 현실로 불러낼 때, 그는 정말 짜증이 났다. 그것들은 그의 발을 묶고 있는 사슬에 다름아니었다.

"여보." 아내의 목소리는 그가 오래전부터 익히 알고 있는, 무언가를 요구할 때의 그것이었다. "경마장 정기권을 좀 사주었으면 좋겠어요."

"모든 경기를 다 보러 가려고?" 허스트우드가 언성을 살짝 높였다.

"네."

문제의 경마는 사우스사이드의 워싱턴 공원에서 곧 시작될 예정이었는데, 종교적으로 엄격하고 보수적인 사람들이 아니라면 이를 중요한 사교계 행사로 여기고 있었다. 허스트우드 부인은 한 시즌 전체 정기권을 사달라고 요구한 적이 지금까지 한 번도 없었지만, 올해에는 나름 생각해둔 바가 있어서 일등석을 사두려는 것이었다. 첫째 이유는, 석탄사업으로 한재산 모은 이웃 램지 부부가 그렇게 했기 때문이었고, 다음으로는 그녀가 제일 좋아하는 의사이자 말과 도박을 좋아하는 신사인 빌 선생이 그녀에게 이번 경마에 두 살짜리 말을 내보낼 생각이라고 얘기했기 때문이었다. 그리고 셋째로는 날로 성숙해가면서 더 예뻐지는 제시카를 사람들 앞에 선보여 돈 많은 남자한테 시집보내고 싶어서였으며, 지인들을 비롯한 사람들 속에서 보란듯 뽐내고 싶다는 그녀 자신의 욕망도 다른 것 못지않게 강력한 동기였다.

허스트우드는 대답하지 않고 잠시 그 제안을 곰곰이 생각했다. 그들은 이층의 거실에서 저녁식사를 기다리고 있었다. 캐리, 드루에와 함께 〈언약〉을 보러 가기로 약속한 저녁이어서 옷을 좀 갈아입으려고 집에 들렀던 차였다.

"그때그때 사도 되지 않겠소?" 그는 단호하게 거절하기가 망설여져서 이렇게 말했다.

"안 돼요." 그의 말이 떨어지기가 무섭게 아내가 쏘아붙였다.

"그렇게 화낼 것까지야 없지 않소. 그냥 물어본 것뿐인데." 그는 아내의 태도에서 모욕감을 느꼈다.

"화내지 않았어요. 그냥 정기권을 사달라는 것뿐이지요." 아내가 응수했다.

"정기권 구하는 게 쉽지가 않아요. 지배인한테서 얻을 수 있을지 확실치가 않아." 허스트우드가 아내를 똑바로 쳐다보며 말했다.

그는 경마장의 거물들에게 자신의 '영향력'이 얼마나 먹힐지 따져보고 있었다.

"사면 되잖아요." 아내가 날카롭게 외쳤다.

"말이야 쉽지. 가족용 정기권을 사려면 백오십 달러는 든단 말이오."

"당신과 따질 마음 없어요. 난 정기권이 있어야겠어요. 그게 다예요." 아내가 단호하게 말했다.

아내는 자리에서 일어나 성이 난 채 방을 빠져나갔다.

"그럼 당신이 사든가." 그는 약간 누그러지기는 했지만 엄한 투로 내뱉었다.

그렇게, 그날 저녁 식탁에도 자리가 하나 비었다.

다음날 아침 그는 화가 꽤 많이 풀렸고, 결국 정기권도 사주었지만, 그것으로 문제가 해결되지는 않았다. 그가 버는 돈의 상당 부분을 가족이 쓰는 것엔 개의치 않았지만, 자기 의사에 반해서 억지로 돈을 내놓기는 싫었다.

"엄마, 스펜서네가 떠날 준비를 하고 있다는 거 들으셨어요?" 어느 날 제시카가 말했다.

"아니. 어디로 간다니?"

"유럽이래요. 어제 조진을 만났는데 그러더라고요. 어찌나 잘난 척을 하던지."

"언제 떠난다던?"

"월요일에 간다나봐요. 또 신문에 내겠죠, 뭐. 늘 그러잖아요."

"신경쓰지 마라. 우리도 가면 되지." 허스트우드 부인이 달래주었다.

허스트우드는 천천히 신문 위로 눈을 들었지만 아무 말도 하지 않았다.

"뉴욕에서 리버풀로 배를 타고 갈 거야." 제시카가 친구를 흉내내며 외쳤다. "아마 거의 여름 내내 프랑스에 있게 될 거야…… 재수없어. 유럽에 가는 게 뭐 그리 대단하다고."

"네가 그렇게 질투하는 것을 보니 대단한 모양이구나." 허스트우드가 한마디했다.

딸이 하는 꼴이 몹시 거슬렸다.

"마음 쓰지 말라니까." 허스트우드 부인이 말했다.

"조지 오빠는 떠났어요?" 하루는 제시카가 제 엄마에게 이렇게 물어서 허스트우드는 미처 몰랐던 사실을 알게 되었다.

"어디 갔는데?" 그가 고개를 들고 물었다. 자기에게 알리지도 않고 누가 집을 비운 것은 처음 있는 일이었다.

"휘턴에 간다고 했어요." 제시카는 아버지의 기분은 전혀 눈치채지 못하고 대답했다.

"거기는 무슨 일로 갔는데?" 집안일을 이런 식으로 캐물어야 하다니 짜증이 나고 기분이 상했다.

"테니스 경기 때문에요." 제시카가 대답했다.

"나한테는 아무 말도 없었는데." 불쾌한 마음을 감추기가 힘들었다.

"깜박 잊었나보죠." 아내가 덤덤하게 말했다.

과거에 그는 항상 어느 정도 존경을 받았고, 그 존경에는 감사와 경외심이 뒤섞여 있었다. 그가 애써 만든, 딸과의 친밀감이 아직 일부 남아 있기는 했지만 지금은 그것도 가볍게 대화를 주고받는 정도에 지나지 않았다. 말투는 여전히 공손했지만 무슨 일을 하든 애정은 없었다. 가족들이 하는 일에서 자신이 소외되고 있다는 사실은 점점 더 뚜렷해졌다. 그는 더이상 가족들을 잘 알지 못했다. 가족들을 식탁에서 볼 때도 있고 보지 못할 때도 있었다. 가끔씩 그들이 하는 일을 듣기도 했지만 듣지 못할 때가 더 많았다. 어떤 날은 그를 빼놓고 하기로 한 일이나 벌써 자기들끼리 한 일에 대해 얘기하는 것을 듣고 당황할 때도 있었다. 이제는 그에게 알리지도 않고 이런저런 일들이 진행되고 있다고 생각하니 더 기분이 상했다. 제시카는 자기 일은 이제 자기가 알아서 하겠다고 생각하는 듯했고, 조지 역시 어엿한 성인 남자로서 사생활을 가질 필요가 있다는 식으로 행동했다. 이 모든 변화가 허스트우드의 눈에 빤히 보였고, 그의 감정에 영향을 미쳤다. 그는 적어도 공적인 자리에서는 여전히 중요 인물로 대접받고 있었고, 여기 이곳에서도 자신의 영향력이 약해져서는 안 된다고 느꼈다. 설상가상으로 아내 역시 점점 그에게 무관심해지면서 자기 마음대로 행동하고 있었다. 그는 어느 사이 그저 돈만 내는 사람이 되어가고 있었다.

그래도 자기에게는 사랑이 있다는 생각으로 그는 스스로를 위로했다. 집에서는 사정이 이렇다 하더라도 집밖에 나서면 캐리가 있었다. 그는 마음의 눈으로 오그던 플레이스에 있는 그녀의 안락한 방, 그가 몇 번이나 즐거운 저녁 시간을 보낸 그곳을 들여다보았다. 드루에는 완전히 사라져버리고, 캐리가 작고 아늑한 방에서 자기를 기다리고 있다면 얼마나 멋질까 상상했다. 드루에가 캐리에게 그가 결혼한 몸이라는 사실을 밝힐 리도 없을 것 같았다. 상황이 마음먹은 대로 잘 돌아가고 있으니 바뀔 일은 없을 것이다. 이제 곧 캐리도 설득당할 것이고 다 뜻대로 될 것이다.

극장에 다녀오고 다음날부터 그는 캐리에게 매일 아침 편지를 쓰기 시작했고, 그녀에게도 그렇게 해달라고 졸랐다. 그는 글 쓰는 데 소질이 있는 사람은 아니었지만 경험이 쌓이고 애정이 커지자 어느 정도 글솜씨도 생겼다. 그는 사무실 책상에서 온 정신을 집중하여 편지를 썼다. 고상하게 색을 넣고 향을 입힌 편지지를 한 상자 사서 이름의 머리글자까지 새겨넣은 다음 서랍에 넣고 열쇠로 잠가두었다. 친구들은 그 정도 지위에 있는 사람이 저렇게 열심히 사무를 보아야 하나 의아해했으나, 다섯 명의 바텐더는 투철한 의무감으로 저렇게 많은 사무를 보고 글을 쓰는 그를 존경심 가득한 눈으로 바라보았다.

허스트우드는 자신의 유려한 글솜씨에 스스로도 놀랐다. 노력한 만큼 거두는 법이어서, 자기가 쓴 것에 스스로 감동할 지경이었다. 그는 섬세한 표현들을 찾을 수 있게 되었다. 표현 하나하나마다 생각도 늘어갔다. 그의 내밀한 열망에서 비롯된 단어들이 그를 사로잡았다. 캐리는 그가 편지로 표현할 수 있는 모든 애정에 값하는 여자였다.

젊음과 우아함이 삶의 전성기의 증표라면, 캐리는 정말로 사랑받을 가치가 있었다. 육체의 매력을 간직한 영혼의 신선미를 경험이 아직 앗아가지 않았다. 그녀의 부드러운 눈은 실망이라고는 전혀 알지 못하는 촉촉한 광채를 담고 있었다. 불안과 갈망으로 괴로워한 적도 있지만, 그녀의 시선과 말투에서는 솔직한 동경의 흔적이 느껴질 뿐 그 이상의 영향은 받지 않았다. 말하거나 쉬고 있을 때 때때로 입은 금세라도 울음을 터뜨릴 것 같은 표정을 드러냈다. 딱히 슬퍼서는 아니었다. 어떤 단어를 발음할 때면 입술이 특별한 모양이 되곤 했는데, 그것이 애수 그 자체에 버금갈 만큼 마음을 움직이는 힘이 있었다.

그녀의 태도에는 전혀 되바라진 데가 없었다. 어떤 여자들은 위풍당당하고 오만방자한 품위를 지녔지만, 그녀는 삶에서 그런 지배력을 배운 적이 없었다. 존중받기를 바라는 갈망도 그것을 요구할 만큼 강력하게 그녀를 움직이지는 않았다. 자신감은 여전히 부족했지만 그간의 경험으로 조금은 수줍음을 벗었다. 캐리는 즐거움을 누리고 싶었고 안정된 지위를 원했지만, 이런 것들이 무엇인지 정확하게 알지는 못했다. 만화경 같은 인간사는 매시간 어떤 대상에 새로운 빛을 던져주었고, 그것이 곧 그녀가 원하는 전부가 되었다. 만화경 상자가 또 한번 움직이면 또다른 것이 아름다운 것, 완전한 것이 되었다.

정신적인 면에서 보자면 이런 성격의 여자들이 흔히 그렇듯 캐리 역시 감정이 풍부했다. 많은 광경이 그녀에게 슬픔을 불러일으켰는데, 약한 사람들이나 무력한 이들을 볼 때 슬픔이 걷잡을 수 없이 솟아올랐다. 캐리는 비참한 생활로 넋이 나간 채 절망적으로 돌아다니는 누더기 차림의 창백한 사람들을 보면 아픈 마음을 누를 수가 없었다. 저녁이면 창가에 앉아 웨스트사이드의 공장에서 바삐 집으로 돌아가는 초라한 행색의 처녀들을 보면서 마음 깊은 곳에서부터 동정심을 느꼈다. 캐리는 그런 이들이 지나갈 때마다 일어서서 입술을 깨물고 작은 머리를 흔들며 의아해했다. 저이들은 너무나 가진 것이 없구나, 하고 생각했다. 가난에 절어 누더기를 걸치고 있는 것은 너무나 슬픈 일이다. 색 바랜 옷들이 그녀의 눈에 아프게 들어왔다.

"저 사람들은 죽도록 일해야만 해!" 그녀가 할 수 있는 말은 그것뿐이었다.

때로는 거리에서 일하는 사람들을 보기도 했다. 곡괭이를 든 아일랜드인들, 삽으로 엄청난 양의 석탄을 나르는 하역부들, 단지 힘만 쓰는 일을 하느라 바쁜 미국인들도 캐리의 마음을 움직였다. 이제 더이상 노역을 하지 않게 되어 그런지 자기가 하던 때보다 훨씬 더 절망스러워 보였다. 캐리는 그런 광경을 희미한 공상 속에서, 시적인 감정을 끌어올리는 창백하고 음울한 불빛 속에서 바라보았다. 창문으로 어떤 얼굴을 보면 밀가루가 잔뜩 묻은 제분소 작업복 차림의 늙은 아버지가 그녀의 기억 속에 떠오르기도 했다. 못을 박는 구두장이, 쇳물이 녹고 있는 어떤 지하실의 좁은 창으로 들여다보이는 풀무꾼, 위쪽 높은 창문으로 보이는, 외투를 벗고 소매를 걷어붙인 채 작업대에서 일하는 일꾼, 이런 이들을 보고 있자면 제분소 구석구석까지 세세히 다 기억 속에서 떠올랐다. 입 밖에 낸 적은 거의 없지만 이런 모습을 볼 때마다 슬픈 생각이 들었다. 이제 막 빠져나와서 가장 잘 알고 있는 어두운 세계의 고역에 동정심을 느꼈다.

허스트우드는 몰랐지만, 그가 상대하는 인물은 이렇게 부드럽고 미묘한 감정을 지닌 여자였다. 결국 그를 매혹한 것도 바로 그녀의 이런 감정들이었지만 역시 그는 알지 못했다. 그는 자신이 느끼는 애정의 본질을 분석해보려 한 적이 없었다. 캐리의 눈 속에 깃든 다정함과 태도에서 드러나는 연약함, 마음속의 착한 본성과 희망이면 충분했다. 그는 자신이 꿰뚫어본 적 없는 깊은 물속에서, 그로서는 이해할 수 없는 물속 밑바닥에서 나온 밀랍 같은 아름다움과 향기를 머금은 이 백합에게 이끌렸다. 이 꽃이 밀랍처럼 창백하고 신선했기 때문이었다. 이 꽃은 그를 위해 그의 감정에 불을 붙여주었고, 아침을 가치 있게 만들어주었다.

캐리는 외모도 상당히 나아졌다. 어색한 촌티를 완전히 벗어버렸고, 설령 남아 있다 해도 완벽하고 우아한 모습만큼 보기 좋은 특별한 느낌을 주는 정도였다. 작은 신발은 그녀에게 예쁘게 딱 맞았고 굽도 높아졌다. 캐리는 외모를 돋보이게 하는 레이스와 작은 소품들도 적절히 활용할 줄 알게 되었다. 몸에는 살도 조금 붙어서 보기 좋게 통통하고 풍만해졌다.

허스트우드는 어느 날 아침 그녀에게 편지를 써서 먼로 스트리트의 제퍼슨 공원에서 만나자고 했다. 이제는 드루에가 집에 있을 때라도 더는 방문하지 않는 편이 현명했다.

다음날 오후 한시쯤 그 작고 예쁜 공원에 나온 그는 길가에 있는 라일락 덤불의 푸른 잎사귀 아래 소박한 벤치를 발견했다. 충만한 봄기운이 아직 완전히 가시지 않은 계절이었다. 작은 연못가에서는 깔끔하게 차려입은 아이들이 흰색 캔버스 천으로 만든 돛단배를 띄우고 있었다. 푸른 나무 그늘 아래 단추가 많이 달린 제복을 입은 경찰이 곤봉을 허리에 차고 팔짱을 낀 채 쉬고 있었다. 잔디밭에는 늙은 정원사가 전지가위를 들고 덤불을 살펴보고 있었다. 머리 위 높이 초여름의 청명한 푸른 하늘이 펼쳐져 있고, 햇빛에 반짝이는 짙은 녹음 속에서 참새들이 팔짝대며 지저귀느라 바빴다.

그날 아침 집을 나서면서 허스트우드는 묵은 짜증이 다시 솟는 기분이 들었다. 가게에서는 편지를 쓸 필요도 없었으니 느긋하게 빈둥거렸다. 귀찮은 일들은 제쳐두고 가벼운 마음으로 나온 참이었다. 이제 그는 시원한 푸른 덤불숲 그늘 속에서 사랑에 빠진 사람의 공상에 취해 주변을 둘러보았다. 인근 길가를 쿵쿵대며 지나가는 마차들 소리가 들려왔지만, 그의 귀에는 멀리서 그저 웅웅대는 소리로만 들렸다. 그를 둘러싼 도시의 소음이 희미하게 들렸고, 가끔씩 들려오는 종소리는 음악 같았다. 그는 옴짝달싹할 수 없는 지금의 처지와는 전혀 다른 새로운 쾌락을 꿈꾸고 있었다. 처자가 딸린 몸도 아니고 삶이 다 정해져 있지도 않았던 과거의 허스트우드로 돌아가는 공상에 빠졌다. 처녀들 뒤꽁무니를 쫓아다니던 가볍고 활기찼던 시절, 처녀들과 춤을 추고 집까지 데려다주고 문 앞에서 서성이던 일들을 떠올렸다. 다시 그때로 되돌아가고픈 심정마저 들었다. 여기 이 즐거운 풍경 속에서 완전히 자유로워진 듯한 기분이었다.

두시에 캐리가 발그레 물든 깨끗한 얼굴로 그를 향해 종종걸음으로 다가왔다. 그녀는 계절에 어울리게 흰 물방울무늬가 있는 파란 실크 테를 두른 밀짚모자를 쓰고 있었다. 진파랑 치마에 꼭 어울리는, 눈처럼 하얀 바탕에 머리카락처럼 가느다란 파란 줄무늬가 들어간 블라우스 차림이었다. 갈색 구두가 치마 밑으로 살짝살짝 엿보였다. 장갑은 손에 들고 있었다.

허스트우드는 환한 미소로 그녀를 올려다보았다.

"왔군요, 내 사랑." 그는 애정 어린 목소리로 인사를 하고 일어서서는 그녀의 손을 잡아주었다.

"물론이죠. 제가 안 올 줄 알았나요?" 캐리가 미소 지으며 말했다.

"알 수가 없었소."

급히 걸어오느라 땀이 맺힌 그녀의 이마를 본 그는, 주머니에서 좋은 향기가 나는 부드러운 실크 손수건을 꺼내 얼굴 여기저기를 닦아주었다.

"자, 이제 괜찮아요." 그가 다정하게 말했다.

그들은 함께 있어, 서로의 눈을 들여다볼 수 있어 행복했다. 마침내 한동안 솟구치던 기쁨이 가라앉자 그가 입을 열었다.

"찰리는 언제 또 집을 비운다고 하오?"

"저도 잘 모르겠어요. 지금은 여기에서 할 일이 좀 있나봐요." 캐리가 대답했다.

허스트우드는 심각해져서는 말없이 생각에 빠지더니 잠시 후 고개를 들고 말했다.

"그를 떠나요."

그는 마치 그 얘기가 별일 아니라는 듯 돛단배들을 가지고 노는 소년들에게로 눈길을 돌렸다.

"그럼 우리는 어디로 가나요?" 캐리가 장갑을 말아 쥐고 근처의 나무들을 바라보며 똑같이 무심한 듯 물었다.

"어디로 가면 좋겠소?"

이 말을 하는 그의 말투에, 캐리는 이 도시에서는 절대 살고 싶지 않다는 생각을 분명히 밝혀야 할 것 같은 기분이 들었다.

"시카고에 그대로 있을 수는 없겠지요."

그는 그녀가 그런 생각을 하고 있을 줄은, 다른 곳으로 가자는 말을 꺼낼 줄은 전혀 몰랐다.

"왜 안 되오?" 그가 부드럽게 물었다.

"아, 그야 내키지 않으니까요."

그는 귀를 기울이고 있었지만 그녀의 말이 무슨 뜻인지 정확하게 알 수 없었다. 심각한 말은 아닌 것 같았다. 어쨌든 당장 어떤 결정을 내려야 할 문제는 아니었다.

"난 내 지위를 포기해야겠지요." 그가 말했다.

그는 마치 그 문제가 깊이 생각할 가치도 없다는 투로 말했다. 캐리는 아름다운 경치를 즐기며 잠깐 생각했다.

"그가 여기 있는데 시카고에서 살고 싶지는 않아요." 그녀는 드루에를 생각하며 말했다.

"시카고는 큰 도시예요. 사우스사이드로 옮기면 아예 다른 지역으로 옮긴 거나 마찬가지일 거요."

그는 처음부터 그 지역을 염두에 두고 있었다.

"어쨌거나 그가 여기에 있는 한은 결혼하고 싶지 않아요. 도망가고 싶지도 않고요." 캐리가 말했다.

결혼이라는 말에 허스트우드의 가슴이 쿵 내려앉았다. 그녀의 생각을 똑똑히 알 수 있었다. 쉽게 넘어갈 수 있는 문제가 아니었다. 이중 결혼에 대한 생각이 어렴풋하게 그의 뇌리를 스쳤다. 이 모든 일이 어떻게 풀릴지 도저히 알 수가 없었다. 그녀에 관한 일 말고는 나아지고 있는 것은 없었다. 이제는 캐리를 바라보면 아름답다는 생각만 들었다. 상황이 꼬인다 해도 캐리가 자기를 사랑하게 만들 수만 있다면 얼마나 멋진 일인가! 이렇게 정색하고 나오니 오히려 캐리의 가치가 더 높아 보였다. 그녀는 무진 노력을 해야 얻을 수 있는 존재였다. 그리고 그 점이 제일 중요했다. 손가락만 까딱해도 굴복하는 여자들과 얼마나 다른가! 그는 마음속에서 그런 여자들을 깨끗이 지워버렸다.

"그러니까 그가 언제 떠날지 모른다는 거죠?" 허스트우드가 조용히 물었다.

캐리는 고개를 끄덕였다.

그는 한숨을 내쉬었다.

"어린 아가씨가 참 단호하기도 하군. 그렇지 않소?" 잠시 있다가 그는 그녀의 눈을 들여다보며 말했다.

캐리는 이 말에 파도가 밀려와 온몸을 휩쓸고 지나가는 듯한 느낌이 들었다. 그것은 그의 찬탄 비슷한 말에 느끼는 자부심, 그녀를 이렇게 생각해줄 수 있는 남자에 대한 애정이었다.

"아니에요. 하지만 제가 어쩌겠어요?" 그녀가 수줍게 대꾸했다.

그는 다시 두 손을 맞잡으며 잔디밭 너머 거리로 시선을 옮겼다.

"당신이 나에게로 와준다면 얼마나 좋을까. 이렇게 당신 곁에서 떨어져 있기는 싫소. 기다리면 무엇하겠소? 당신 역시 조금도 더 행복하지 않을 테고. 아니, 행복한가요?" 그가 애처롭게 말했다.

"더 행복하다니요! 다 아시면서 그런 말씀을." 캐리가 부드럽게 외쳤다.

그는 같은 어조로 말을 이었다. "우리는 지금 시간을 낭비하고 있는 거요. 당신이 행복하지 않다면, 나는 어떨 것 같소? 나는 당신에게 편지 쓰는 일로 대부분의 시간을 보낸다오. 실은 말이오, 캐리," 그는 돌연히 목소리에 감정을 듬뿍 실어 그녀의 눈을 똑바로 바라보며 외쳤다. "당신 없이는 살아갈 수 없소. 그게 다요." 그는 이제 할말은 다했다는 무력함의 표현으로 하얀 손바닥을 내보이며 말을 끝맺었다. "내가 어떡하면 좋겠소?"

그렇게 짐을 떠넘기자 캐리의 마음이 움직였다. 이렇게 겉보기에 부담 없는 짐이라면 여자들의 마음은 흔들리기 마련이다.

"조금만 더 기다려주실 순 없나요? 드루에가 언제 떠나는지 알아볼게요." 그녀가 부드럽게 말했다.

"그런다고 무슨 소용이 있겠소?" 그는 여전히 같은 분위기를 유지하며 물었다.

"그래도, 어디로 옮길지 정할 수 있겠지요."

캐리는 전보다 더 분명하게 사태를 파악하게 된 것이 아니었다. 그녀는 여자들이 흔히 그렇듯 동정심에 무너져버렸다.

허스트우드는 알 수가 없었다. 캐리를 어떻게 설득할까, 어떻게 호소해야 그녀가 드루에를 버리게 할 수 있을까 궁리했다. 자신을 향한 애정이 그녀를 얼마나 멀리까지 끌고 갈 수 있을까 궁금해지기 시작했다. 그는 그녀의 대답을 끌어낼 질문들을 생각했다.

마침내 그는 문제의 제안 하나를 떠올렸다. 자신의 욕망은 감추되 다른 사람들이 문제를 깨닫게 하여 그들이 자신을 위해 대신 나서서 길을 찾게 만드는 그런 제안이었다. 말하는 이가 전혀 의도한 바도 없이, 진지하게 생각해보기도 전에 무심코 튀어나와버리는.

"캐리, 다음주, 아니 이번주, 아니면 오늘밤이라도 말이오. 당신에게 떠나야겠다고, 잠시도 더 머물 수가 없는데다 다시는 돌아오지 못할지도 모른다고 말한다면, 나와 함께 가주겠소?" 그는 캐리의 얼굴을 바라보며 짐짓 진지한 표정으로 말했다.

그의 연인은 애정이 넘치는 눈으로 그를 바라보았다. 그의 말이 채 끝나기도 전에 이미 그녀의 대답은 준비되어 있었다.

"네."

"더 묻지도, 준비할 시간이 필요하다고도 하지 않을 거요?"

"당신이 기다릴 수 없다면 그러지 않을 거예요."

그는 캐리가 자신을 진지하게 받아들이고 있다는 사실에 미소를 지었다. 한두 주 정도 데리고 다니며 지낼 수 있으면 얼마나 좋을까 싶었다. 그녀에게 농담이었다고 밝히고 그녀의 사랑스러운 진지함을 지워줄 생각이었지만, 그 효과가 너무 유쾌했다. 그는 그냥 두기로 했다.

"여기에서 결혼할 시간이 없다면?" 그는 나중에야 생각난 것을 덧붙여 물었다.

"여행이 끝나는 곳에 닿자마자 결혼한다면 괜찮아요."

"내 말이 그 말이었소."

"좋아요."

이제 그에게 아침은 유달리 눈부시게 느껴졌다. 어떻게 이런 생각이 떠올랐는지 신통했다. 불가능한 일이었지만 그런 꾀를 낸 데 웃음이 나는 것을 참을 수 없었다. 캐리가 그를 얼마나 사랑하는지 알 수 있었

다. 이제는 단 한 점의 의심도 없었다. 그녀를 가질 방법을 찾아내고
말 것이다.

"자, 언제고 저녁에 당신을 데리러 갈 거요." 그는 유쾌하게 말하고
는 웃음을 터뜨렸다.

"하지만 결혼하지 않는다면 당신 곁에 있지 않을 거예요." 캐리가
신중하게 덧붙였다.

"그래요." 그는 캐리의 손을 잡으며 다정하게 말했다.

캐리는 지금 말할 수 없이 행복했다. 그가 자신을 구해주리라 생각
하니 그를 더 사랑하게 되었다. 하지만 그에게는, 결혼은 안중에도 없
었다. 이 정도 애정이라면 아무 문제 없이 궁극적인 행복을 얻을 수 있
을 거라고 생각했다.

"좀 걸을까요." 그는 명랑하게 말하며 일어나서 아름다운 공원을 둘
러보았다.

"좋아요."

그들은 젊은 아일랜드인 옆을 지나쳤다. 그가 부러운 눈길로 두 사
람의 뒷모습을 좇았다.

'근사한 한 쌍이네. 틀림없이 돈도 많겠지.' 그는 혼잣말을 했다.

16
어리석은 알라딘
세상으로 나가는 문

시카고에 있는 동안 드루에는 자신이 속한 비밀 모임에 좀더 관심을 기울였다. 지난 여행중에 그 중요성을 새롭게 깨닫게 되었다.

다른 한 영업사원이 그에게 이런 말을 했다. "정말 굉장하다니까. 헤이젠스태브를 보라고. 뭐 그리 대단히 똑똑하지도 않잖아. 물론 좋은 회사에 있기야 하지만 그것만으로 되나. 내 보기에는 그가 속한 모임 덕이야. 메이슨에서 꽤 높은 자리에 있잖아. 그걸로 덕을 보고 있는 거야. 뭔가를 상징하는 비밀 증표를 갖고 있더라고."

드루에는 그때 그 자리에서 이런 문제에 더 관심을 가져야겠다고 마음먹었고, 시카고로 돌아오자마자 그가 속한 지부의 사무실을 찾았다.

엘크스 클럽의 이 지부에서 유명 인사인 해리 퀸셀 씨가 그를 맞았다. "오, 드루에, 자네야말로 우리를 도와줄 인물일세."

업무회의가 끝난 후였다. 상황은 유쾌한 분위기로 흘러가고 있었다. 드루에도 이리저리 바삐 오가며 자기가 아는 사람들과 수다를 떨고 농담을 주고받고 있었다.

"무슨 일이신데요?" 그는 비밀 형제에게 웃음 띤 얼굴로 사근사근하게 물었다.

"오늘부터 이 주 동안 연극 공연을 준비하려고 한다네. 배역을 맡아줄 만한 젊은 아가씨를 혹시 아는가 싶어서. 쉬운 역인데."

"좋습니다. 무슨 역인데요?" 드루에가 물었다. 그는 아는 여자들 중에 이런 부탁을 들어줄 만한 사람이 없다는 점은 생각조차 못했다. 하지만 천성적으로 사람 좋은 드루에로서는 못 한다는 대답은 할 수 없었다.

퀸셀 씨가 말을 이었다. "저기, 그럼 우리 계획을 알려주지. 지부에 새 가구를 좀 들일까 하는데, 현재로서는 금고에 돈이 충분치 않아서 작은 오락거리라도 열어서 기금을 모아볼까 싶어서."

"좋은 생각이네요."

"재능 있는 청년들은 여럿 있어. 해리 버벡도 있고, 흑인 연기를 기가 막히게 하지. 맥 루이스는 진지한 연기에 뛰어나고. 그가 「언덕 위로」를 암송하는 것을 들어본 적 있나?"

"없는데요."

"흠, 장담하는데 정말 잘한다네."

"그러니까 배역을 맡아줄 아가씨를 구해달라는 말씀이시죠?" 드루에는 이야기를 끝맺고 화제를 다른 곳으로 돌리고 싶어서 이렇게 물었다. "무슨 작품을 하시려고요?"

"〈가로등 아래서〉라네." 퀸셀 씨는 오거스틴 데일리의 유명한 작품 제목을 댔다. 엄청난 대중적 성공을 거둔 후 골치 아픈 곁가지들을 대 거 삭제하고 등장인물들도 가능한 한 최소로 줄여서 아마추어 극단의 공연에서까지 인기를 끈 작품이었다.

드루에도 그 연극을 본 적이 있었다.

"그거로군요. 정말 좋은 연극이죠. 잘될 겁니다. 틀림없이 기금을 많이 모을 수 있을 거예요."

"우리도 그렇게 생각해." 퀸셀 씨가 대답했다. "잊지 말게, 로라 역을 맡을 젊은 아가씨를 소개해주는 거." 드루에가 지루한 기색을 보이자 그가 이렇게 말을 마쳤다.

"그러고말고요. 제가 해결하겠습니다."

그는 퀸셀 씨와 대화를 끝내자마자 그 얘기는 싹 잊다시피 하고 그 자리를 떴다. 시간이나 장소를 물을 생각조차 하지 않았다.

이틀인가 지나 돌아오는 금요일 저녁 첫번째 연습이 있을 예정이니 대본을 전달할 수 있도록 아가씨의 주소를 즉시 전해주면 좋겠다는 편지를 받고서야 드루에는 약속을 떠올렸다.

'아, 아는 사람이 누가 있지?' 드루에는 발그레한 귀를 긁적이며 생각했다. '아마추어 공연 경험이 있는 사람은 하나도 모르는데.'

그는 자기가 아는 수많은 여자의 이름을 기억 속에서 뒤적이다가 마침내 한 이름에서 멈췄다. 웨스트사이드에 살고 있어 만나러 가기가 편하다는 것이 큰 이유였다. 그날 저녁 그녀를 찾아가봐야겠다고 마음먹었지만 차를 타고 서쪽으로 출발했을 때는 이미 그 일을 까맣게 잊어버린 뒤였다. 나중에 〈이브닝 뉴스〉 기사를 보고서야 자기 실수를 깨달았다. 그것은 '비밀 결사회 소식'이라는 제목 아래 실린 세 줄짜리 기사로, 엘크스 클럽의 커스터 지부가 16일에 에이버리 홀에서 〈가로등 아래서〉를 상연한다는 내용이었다.

"세상에! 깜빡하고 있었네." 드루에가 외쳤다.

"뭔데요?" 캐리가 물었다.

그들은 주방으로도 쓰는 방의 작은 테이블에 앉아 있었다. 가끔씩 캐리는 그곳에 상을 차렸는데, 그날 밤에도 마음이 내켜서 작은 테이블에 즐거운 식사를 차려놓은 참이었다.

"우리 지부에서 하는 공연 얘기야. 연극을 한다는데, 나더러 배역을 맡을 아가씨를 좀 구해달라고 했거든."

"무슨 연극인데요?"

"〈가로등 아래서〉야."

"언제요?"

"16일에."

"그런데 뭐가 문제예요?"

"아는 사람이 없어."

갑자기 그의 머리에 퍼뜩 어떤 생각이 떠올랐다.

"아, 당신이 그 역을 맡으면 어떨까?"

"제가요? 전 연기할 줄 몰라요."

"그걸 어떻게 알아?"

"해본 적이 없는걸요."

그럼에도 불구하고 캐리는 그가 자기한테 물었다는 사실이 기분좋았다. 그녀의 눈빛이 밝아졌다. 무엇보다 그녀의 마음을 끄는 것이 있다면 바로 무대예술이었다.

　드루에는 그의 성격대로 그저 쉽게 위기를 모면하고 싶어 이 아이디어에 매달렸다.

　"별거 아니야. 당신도 얼마든지 할 수 있다고."

　"싫어요. 못 해요." 캐리는 그 제안에 마음이 적잖이 끌리면서도 겁이 나서 약한 목소리로 거부했다.

　"아니야, 할 수 있다니까. 당신이 해보지그래? 사람이 필요하대. 당신도 아주 재미있을 거야."

　"아이, 싫다니까요." 캐리가 정색을 하고 대꾸했다.

　"자기도 하고 싶으면서. 난 다 알아. 당신이 춤을 추면서 흉내내는 모습을 봤으니까 부탁하는 거야. 당신이 얼마나 똑똑하다고."

　"싫어요. 못 해요." 캐리가 수줍게 거부했다.

　"이제 당신이 어떡하면 되는지 말해줄게. 일단 한번 가보자고. 당신도 재미있을 거야. 다른 사람들도 제대로 할 리가 없어. 다들 경험이라고는 없는데 뭐. 연극에 대해 뭘 알겠어?"

　그는 그들의 무지를 생각하며 눈살을 찌푸렸다.

　"커피 좀 줘." 그가 덧붙였다.

　"내가 연기를 할 수 있을 것 같지가 않아요, 찰리. 당신도 내가 할 수 있다고는 생각하지 않죠?" 캐리가 투정부리듯 말했다.

　"못 하기는 왜 못 해. 최고지. 틀림없이 당신이 제일 잘할 거야. 당신도 가고 싶잖아. 다 안다고. 집에 왔을 때 알아차렸지. 그래서 당신한테 부탁한 거야."

　"무슨 연극이라고 했죠?"

"〈가로등 아래서〉."

"맡아달라는 배역은 뭐예요?"

"어, 여주인공들 중 한 명이었는데. 잘 모르겠네."

"어떤 내용이에요?"

"음." 드루에는 이런 것을 기억하는 데는 별로 재주가 없었다. "두 사기꾼한테 납치당한 소녀에 대한 이야기야. 사기꾼들은 빈민가에 사는 남자와 여자지. 소녀한테 돈이 좀 있었나, 암튼 그들이 원하는 것이 있었어. 어떤 내용이었는지 정확하게는 기억이 안 나네."

"내가 맡아야 할 역이 무슨 역인지도 몰라요?"

"사실은 몰라." 그는 잠시 생각했다. "어, 그래. 로라였어. 바로 그거야. 당신은 로라 역이야."

"그게 어떤 역인지는 기억 안 나요?"

"나 좀 살려줘, 캐드. 기억 안 나. 기억이 나야 마땅한데. 그 연극은 꽤 많이 봤거든. 어린 아기였을 때 납치당한 여자아이가 나와. 길거리에서였나 그런데…… 아까 얘기했던 두 늙은 범인들한테 줄곧 괴롭힘을 당하지." 그는 말을 멈추고는 포크로 파이를 찍어올려 한입 가득 베어물었다. "그 소녀는 물에 빠져 죽을 뻔하게 돼. 아니, 이게 아니야. 안 되겠어." 그가 힘없이 말했다. "대본을 구해다줄게. 아무리 머리를 쥐어짜도 지금은 기억이 안 나."

"저, 모르겠어요." 캐리는 그의 이야기가 끝나자 이렇게만 대답했다. 무대 위에서 빛나보고 싶은 욕구와 수줍음이 엎치락뒤치락 싸웠다. "당신이 보기에 내가 잘할 수 있을 것 같다면 일단 가볼게요."

"당연하지. 잘할 거야." 드루에는 캐리의 마음을 움직이려고 열을 올렸다. "잘해낼 것이라는 확신도 없으면서 내가 이렇게 집에 와서 당신에게 권할 것 같아? 당신은 잘할 수 있어. 당신한테도 좋을 거야."

"언제 가야 하나요?"

"첫번째 연습이 금요일 밤에 있어. 오늘밤에 당신 배역의 대본을 구해다줄게."

"알겠어요. 할게요. 하지만 내가 실패하면 당신 책임이에요." 캐리가 체념한 투로 말했다.

"실패하지 않을 거야. 집에서 하는 대로만 하라고. 자연스럽게. 잘할 거야. 당신이 아주 근사한 여배우가 될 거라고 자주 생각했어."

"진심이에요?"

"그렇다니까."

그날 밤 집을 나서면서 드루에는 집에 두고 나온 처녀의 가슴에 자신이 어떤 은밀한 불을 질러놓았는지 꿈에도 몰랐다. 캐리는 공감능력이 뛰어나고 감수성이 예민한 성격의 소유자였다. 잘 계발하면 연극에서 크게 빛날 수 있는 그런 사람이었던 것이다. 그녀는 활동적인 세계를 항상 거울처럼 비춰주는 수동적인 영혼을 지니고 태어났다. 캐리는 모방하는 데 타고난 재주와 적지 않은 능력을 지녔다. 연습 없이도 때로는 거울 앞에서 자기가 본 연극 장면을, 그 장면에 나왔던 다양한 얼굴 표정들을 되살려낼 수 있었다. 그녀는 괴로워하는 여주인공의 상투적인 연기를 흉내내어 목소리를 조절하거나, 자신이 가장 공감한 애절한 장면들을 반복해보기를 좋아했다. 최근에는 몇몇 잘 만든 연극에서 본 순진한 처녀의 이 세상 사람 같지 않은 우아함에 감동받아 남몰래 따라해보기도 했다. 그녀는 자기 방에서 가끔씩 혼자 작은 움직임이며 몸의 표현들을 흉내내보는 데 푹 빠지곤 했다. 드루에는 여러 번 이런 모습을 보고 그녀가 거울 속의 자기 모습에 빠져 있다고 생각했지만, 그녀는 다른 데서 보았던 입가나 눈가의 우아한 작은 움직임들을 되살리고 있었다. 드루에가 이를 나무라면 오해받고 있다는 느낌이 살짝 들면서도 자신이 허영심이 강하다고 잘못 생각하고 그 비난을 받아들였으나, 실은 자신에게 호소력 있게 다가온 아름다움을 완벽하게 닮은 모습으로 재창조하고자 노력하는 예술적 재능이 처음으로 미묘하게나마 꽃핀 것이었다. 희미하게 나타나더라도 삶을 재현하고 싶은 이런 욕망은 잘 알려져 있다시피 모든 극예술의 기반이 되게 마련이다.

캐리는 자신의 연극적 재능을 치켜세워주는 드루에의 칭찬에 기쁨으로 온몸이 근질거렸다. 느슨하게 풀어져 있던 입자들을 하나의 단단한 덩어리로 용접해 붙이는 불꽃처럼, 그의 말은 자신의 가능성에 대해 그녀가 느껴보기는 했어도 한 번도 믿어본 적 없는 감정의 떠다니는 조각들을 하나로 모아 번쩍거리는 한줄기 희망으로 바꿔놓았다. 모든 인간들이 그렇듯 캐리 역시 허영심이 없지 않았다. 그녀는 기회만 주어진다면 뭐든 할 수 있을 거라 생각했다. 무대 위 화려한 여배우들을 바라보면서 자기라면 어떻게 보일까, 저들 대신 서볼 수만 있다면 얼마나 기쁠까 생각한 적이 한두 번이 아니었다. 화려함, 긴장감 넘치는 상황, 멋진 의상들, 박수갈채, 이 모든 것이 그녀를 유혹하여 마침내 그녀는 자기도 연기를 할 수 있다고, 자기도 능력을 인정받을 수 있다고 생각하던 차였다. 그런데 이제 그녀가 정말로 할 수 있다는 말을 들었다. 집에서 연습했던 사소한 연기들 덕분에 드루에한테서 능력을 인정받은 것이다. 기쁘기 짝이 없었다.

드루에가 나가고 캐리는 창가의 흔들의자에 앉아 그 일을 곰곰이 생각해보았다. 늘 그렇듯 상상력은 그녀에게 가능성들을 부풀려주었다. 그는 캐리의 손에 오십 센트를 쥐어주었는데, 그녀의 마음속에서는 이미 천 달러를 써버린 꼴이었다. 캐리는 떨리는 목소리로 고통스러워하며 애절한 장면을 연기하는 자신의 모습을 보았다. 호화롭고 세련된 장면들, 자신이 모두의 눈길을 한몸에 받으며 모든 운명의 주재자가 된 장면은 상상만 해도 즐거웠다. 캐리는 의자를 앞뒤로 흔들면서 버림받았을 때의 격한 비애감, 속고 난 뒤의 어마어마한 분노, 패배 후의 나른한 슬픔을 느꼈다. 연극에서 보았던 온갖 매혹적인 여인들에 대한 생각, 무대에 관해 그녀가 꿈꾸었던 모든 공상, 모든 환상이 밀물처럼 밀려들었다. 잘되리라는 보장도 없는데 그녀의 마음은 한껏 들떠서 결심을 다졌다.

시내로 나간 드루에는 지부 사무실에 들러 의기양양한 태도로 떠들다가 퀸셀 씨를 만났다.

"알아봐준다던 아가씨는 어떻게 되었나?" 퀸셀 씨가 물었다.

"구했지요."

"정말인가?" 퀸셀 씨는 그렇게 일을 빨리 해결했다는 데 놀라서 되물었다. "잘되었구먼. 그 아가씨 주소는 어딘가?" 그는 대본을 보내주려고 수첩을 꺼냈다.

"대본을 보내시려고요?" 드루에가 물었다.

"그렇다네."

"저, 제가 가져가죠. 아침에 그 아가씨 집 근처에 갈 일이 있거든요."

"그래도 주소를 알려주겠나? 또 뭘 보내주어야 할 일이 있을 수도 있으니까."

"오그던 플레이스 29번지요."

"이름은?"

"캐리 마덴다." 드루에는 아무 이름이나 둘러댔다. 지부 회원들은 그를 미혼으로 알고 있었다.

"연기를 할 만한 이름 같군. 그렇지 않은가?" 퀸셀 씨가 말했다.

"예, 그렇죠."

그는 대본을 받아다가 시혜라도 베푸는 듯한 태도로 그녀에게 전해 주었다.

"제일 좋은 역이래. 할 수 있을 것 같아?"

"일단 한번 봐야죠. 하겠다고 말해놓고 나니 걱정이 돼요."

"아, 괜찮아. 걱정할 게 뭐가 있어. 별 볼 일 없는 극단인데 뭐. 자기가 제일 훌륭할걸."

"흠, 볼게요." 캐리는 불안하면서도 배역을 맡게 되어 기뻤다.

그는 다음 말을 꺼내기 전에 주저하며 꿈지럭거렸다.

"프로그램을 인쇄할 준비를 하고 있던데, 내가 자기 이름을 캐리 마덴다라고 했어. 괜찮지?"

"예, 괜찮아요." 캐리가 그를 올려다보며 말했다. 조금 이상하다고 만 생각했다.

"일이 잘 안 될 수도 있으니까."

"아, 그래요." 캐리는 그의 신중함에 기쁘기까지 했다. 드루에로서는 영리한 행동이었다.

"당신을 내 아내라고 소개하고 싶지는 않았어. 일이 잘 안 되면 당신이 더 기분이 나쁠 것 같아서. 그 사람들은 다들 나를 아주 잘 알아. 하지만 당신은 잘해낼 거야. 어쨌거나 그 사람들을 또 볼 일도 없을 텐데 뭐."

"아, 상관없어요." 캐리가 실망한 듯 대꾸했다. 그녀는 이제 이 흥미진진한 게임을 한번 해보기로 결심했다.

드루에는 안도의 한숨을 내쉬었다. 그는 이야기가 또 결혼 문제로 이어질까봐 두려웠다.

캐리가 자세히 살펴본 바로는, 로라는 고통과 눈물로 가득한 역이었다. 데일리의 작품답게, 이 작품 역시 그가 극작의 길에 들어섰을 당시 멜로드라마의 가장 신성한 전통을 그대로 따르고 있었다. 슬픔에 찬 태도, 트레몰로 음악, 끝없이 계속되는 긴 설명조의 대사, 그 모든 것이 다 있었다.

"불쌍한 사람." 캐리는 대본을 보며 애처로운 목소리로 읽었다. "마틴, 그가 가기 전에 그에게 와인 한 잔만 주세요."

캐리는 자기 배역의 대사가 적다는 데 놀랐을 뿐, 다른 배우들이 연기하는 동안 계속 무대 위에 있어야 한다는 것, 그러면서 장면들의 극적인 움직임과 조화를 이루어야 한다는 것은 미처 알지 못했다.

'그래도 할 수 있을 것 같아.' 캐리가 내린 결론이었다.

드루에가 다음날 밤 집에 돌아와보니 캐리는 하루 동안의 대본 연구에 대단히 만족하고 있었다.

"잘돼가, 캐디?"

"그럼요. 거의 다 외운 것 같아요." 캐리가 웃으며 대답했다.

"잘됐네. 어디 한번 좀 들어볼까."

"아이, 여기에서 어떻게 해요." 캐리가 수줍게 말했다.

"흠, 왜 안 된다는 건지 모르겠네. 무대에서 하는 것보다는 여기에서 하는 게 더 쉬울 거 아냐."

"그건 저도 모르죠."

결국 캐리는 상당히 풍부한 감정을 불어넣어 무도회 에피소드를 연기하기 시작했다. 장면 속으로 점점 더 깊이 빠져들면서 마침내 그녀는 드루에도 까맣게 잊어버리고 감정이 한껏 고조된 상태까지 자신을 끌어올렸다.

"멋진데! 잘하네. 근사해! 정말 잘했어, 캐디."

그는 캐리의 훌륭한 연기와, 휘청이다가 마침내는 기절해 바닥에 쓰러지는 가련한 어린 처녀의 모습에 정말로 감동받았다. 그는 벌떡 일어나 캐리를 받아안았고, 캐리는 그의 팔에 안겨 웃음을 터뜨렸다.

"그러다 다칠까봐 겁나지 않아?"

"전혀요."

"당신은 정말 굉장해. 이런 것까지 할 수 있을 줄은 몰랐어."

"저도 그래요." 캐리가 기쁨으로 발그레해진 얼굴로 명랑하게 대답했다.

"틀림없이 멋지게 해낼 거야. 내 말 믿어도 좋아. 절대 실패하지 않을 거야."

17
출구 밖을 내다보는 시선
희망으로 눈을 빛내다

에이버리 홀에 올리게 될, 캐리에게는 아주 중요한 연극 공연은 처음에 예상했던 것보다 더 주목을 받게 되었다. 어린 신인 배우는 대본을 받은 그날 아침 허스트우드에게 편지를 써서 자신이 연극에 출연하게 되었다고 알렸다.

'정말이에요. 지금 막 대본을 받았어요. 진짜예요.' 캐리는 그가 농담으로 받아들일지도 모른다는 생각에 이렇게 썼다.

허스트우드는 편지를 읽으며 빙그레 미소 지었다.

'어떤 역일지 궁금하군요. 꼭 보러 가겠소.' 그는 즉시 답장을 쓰면서 그녀의 재능에 대해 유쾌하게 덧붙였다. '당신이 성공을 거두리라는 사실을 손톱만큼도 의심하지 않습니다. 내일 아침에 공원으로 나와서 꼭 전부 이야기해줘야 해요.'

캐리는 기꺼이 그리했고, 다시 한번 그 일에 관해 세세한 부분까지 자기가 이해한 대로 설명했다.

"아, 정말 근사하군요. 나도 기쁩니다. 당신은 잘해낼 거예요. 아주 영리한 사람이니까."

이렇게 생기 넘치는 모습은 처음이었다. 늘 어려 있던 슬픈 기색은 찾아볼 수 없었다. 이야기를 하는 눈은 환하게 빛났고 뺨은 발갛게 물들었다. 캐리는 자신에게 주어진 일에서 느낀 즐거움을 뿜어냈다. 순간순간 불안을 떨칠 수 없었지만 그러면서도 행복했다. 남들 눈에는 전혀 중요해 보이지 않는 이 작은 일을 하면서 캐리는 기쁨을 억누를 수 없었다.

허스트우드는 이 처녀에게 재능이 있다는 사실에 더욱 매혹되었다. 아무리 미미하다 할지라도 정당한 야심을 보는 것만큼 삶에 자극이 되는 일도 없다. 그런 야심은 야심을 지닌 자에게 생기와 힘, 아름다움을 부여한다.

캐리는 지금 이런 신성한 영감으로 빛났다. 자신의 두 찬미자로부터 일찍이 받아보지 못한 찬사를 받았다. 그들은 캐리를 사랑하는 마음으로 그녀가 하려고 하는 일을 더욱 높이 평가했고 적극적으로 찬성했다. 경험이 없다보니 그녀의 환상은 더욱 날개를 펴며 부풀어갔고, 이 작은 기회가 삶의 보물을 발견하는 마법의 지팡이라도 되는 양 미친듯이 내달렸다.

"어디 봅시다. 그 지부에 내가 아는 친구들도 좀 있을 거요. 나도 엘크스 회원이니까." 허스트우드가 말했다.

"아, 드루에한테 내가 말했다고 하면 안 돼요."

"그거야 그러지요."

"당신도 오셔도 괜찮지만, 드루에가 초대하지 않는다면 어떻게 오실 수 있을까요?"

"가겠소. 내가 알아서 하겠소. 당신한테 들은 줄 모르게 할 테니 나한테 맡겨둬요." 허스트우드는 다정하게 말했다.

허스트우드의 이런 관심은 공연 자체에도 대단한 일이었다. 엘크스 클럽에서 그의 입지는 상당했다. 벌써 그는 몇몇 친구들과 함께 특별석을 잡고 캐리에게는 꽃을 보낼 생각을 하고 있었다. 이 공연을 격식을 갖춘 사교 행사로 만들어 이 아가씨에게 기회를 만들어줄 생각이었다.

하루나 이틀 후 드루에는 애덤스 스트리트의 술집에 들렀다가 허스트우드와 마주쳤다. 오후 다섯시라 술집은 상업가, 배우, 경영자, 정치가를 비롯하여 넥타이핀을 꽂고 반지를 끼고 실크해트에 빳빳이 풀 먹인 셔츠까지, 나무랄 데 없이 훌륭하게 차려입은 피둥피둥 살찐 장밋빛 안색의 신사들로 바글거렸다. 권투선수 존 L. 설리번도 반짝이는 바의 한쪽 끝에서 요란하게 차려입은 일행에 둘러싸여 활기차게 이야기꽃을 피우고 있었다. 드루에는 경쾌한 발걸음으로 성큼성큼 술집 안을 가로질러 걸어갔다. 새 구두가 걸을 때마다 삑삑 소리를 냈다.

"오, 자네로군. 그러잖아도 바쁜가 했네. 또 출장이라도 간 줄 알았지." 허스트우드가 그를 맞았다.

드루에가 껄껄 웃었다.

"좀더 자주 오지 않으면 자네를 친구 명단에서 빼버릴지도 모르네."

"어쩔 수 없었어요. 바빴거든요." 드루에가 변명을 했다.

그들은 시끄럽게 떠들면서 돌아다니는 명사들 무리를 지나 바 쪽으로 걸어갔다. 그사이 멋쟁이 허스트우드는 삼 분 동안 세 사람과 악수를 했다.

"자네 지부에서 공연을 한다던데." 허스트우드가 무심하게 툭 던지듯 말했다.

"네, 누구한테 들으셨어요?"

"어디서 들은 건 아니고, 표를 두 장 보냈더군. 이 달러라면서. 잘될 것 같은가?"

"저도 모르겠습니다. 저한테 배역을 맡을 여자를 좀 구해달라더군요."

"갈 생각은 없지만, 물론 표는 사두겠네. 그래, 좀 어떤가?"

"좋습니다. 수익금으로 뭘 좀 장만하려고 하나봐요."

"그래, 잘되면 좋겠구먼. 한 잔 더 할 텐가?"

허스트우드는 이 정도면 됐다고 생각했다. 친구 두엇과 함께 극장에 나타나 같이 가자는 친구들의 권유에 못 이겨 왔다고 둘러댈 수 있을 것이다. 하지만 드루에는 혼란을 줄 여지를 깨끗이 없애고 싶었다.

"캐리가 연극에 출연하게 될 것 같습니다." 그는 한참 생각하다가 불쑥 이렇게 말했다.

"그건 또 무슨 소린가! 어떻게 된 일인가?"

"저, 사람이 부족해서 저한테 좀 찾아봐달라고 했거든요. 그래서 캐리한테 얘기했더니 해보고 싶어하는 것 같더라고요."

"잘된 일이구먼. 정말 잘될 걸세. 캐리한테도 좋은 일이고. 한데 경험은 좀 있다던가?"

"전혀 없답니다."

"오, 뭐 그리 대단한 공연은 아니니까."

"그래도 영리한 사람이니까요." 드루에는 캐리의 재능에 대한 의심을 털어버리며 이렇게 말했다. "자기 배역을 꽤 빨리 습득하고 있답니다."

"정말 그런가!" 허스트우드가 말했다.

"네, 그렇답니다. 일전에는 정말 사람을 깜짝 놀라게 하더라니까요."

"잘 시작할 수 있도록 우리가 도와줘야겠구먼. 내가 꽃을 좀 보내겠네."

드루에는 그의 친절한 마음씀씀이에 미소로 답했다.

"공연이 끝나면 함께 가볍게 저녁이나 들지."

"캐리는 잘해낼 겁니다."

"연기하는 걸 보고 싶구먼. 잘해낼 걸세. 우리가 도와주자고." 지배인의 얼굴에 선량함과 교활함이 뒤섞인 차가운 미소가 한순간 슬쩍 스치고 지나갔다.

그사이 캐리는 첫번째 연습에 참석했다. 그게 무엇인지 정확히 아는 이는 아무도 없지만 경험이 있다는 밀리스 씨의 도움을 받아, 퀸셀 씨가 공연 준비를 주도했다. 밀리스 씨는 지나치게 노련하고 사무적이다 보니 오히려 무례했다. 그는 자기가 가르치는 이들이 월급을 받는 아랫사람들이 아니라 자원한 배우들이라는 걸 자꾸 잊어버렸다.

"자, 마덴다 양." 그가 캐리를 불렀다. 캐리는 어떤 동작을 취해야 할지 몰라 한구석에 서 있었다. "그렇게 서 있으면 안 돼요. 얼굴에 표정을 담으세요. 잊지 말아요. 당신은 낯선 이의 침입으로 괴로워하고 있는 겁니다. 이렇게 걸으세요." 그러고는 축 늘어진 모습으로 무대 위를 가로질러 걸어갔다.

캐리는 그 지시가 딱히 마음에 들지 않았지만, 낯선 상황에서 모르는 사람들에게 둘러싸여 다소 신경이 예민해지기도 했고, 실패하느니 뭐라도 해보고 싶은 마음에 움츠러들었다. 속으로는 이상하게 어딘가 부족하다고 느끼면서도 선생이 가르쳐준 대로 그를 흉내내어 걸었다.

"자, 모건 부인." 연출자가 펄 역을 맡은 한 젊은 유부녀에게 말했다. "당신은 여기 앉으세요. 자, 뱀버거 씨, 당신은 여기 서 계시고요. 저, 뭐라고 하셔야 된다고요?"

"설명해주시오." 뱀버거 씨가 기어들어가는 목소리로 대답했다. 그는 로라의 연인인 레이 역으로, 로라가 고아에 입양된 집안도 보잘것없다는 사실을 알고 그녀와 결혼하려던 마음이 흔들리게 되는 상류층 인물이었다.

"그게 어떻게 돼 있죠? 당신 대본에는 뭐라고 나와 있나요?"

"설명해주시오." 뱀버거 씨가 자기 대본을 뚫어져라 들여다보며 다시 한번 말했다.

"그래요. 하지만 당신이 충격받은 표정을 짓는다는 지문도 있잖아요. 자, 다시 말해보세요. 그리고 충격받은 표정을 지어요." 연출자의 말이었다.

"설명해주시오!" 뱀버거 씨가 힘차게 외쳤다.

"아니, 아니, 그렇게 말고요! 이렇게 말해보세요. 설명해주시오."

"설명해주시오." 뱀버거 씨는 어조를 바꾸어 따라 했다.

"한결 낫군요. 계속하세요."

"어느 날 밤." 모건 부인이 다음 대사를 이어 계속했다. "아버지 어머니는 오페라에 가시려던 참이었죠. 두 분이 브로드웨이를 건너가고 있는데, 아이들 한 무리가 다가와 적선 좀 해달라고……"

"잠깐만요." 연출자가 팔을 쭉 내뻗으며 앞으로 튀어나왔다. "지금 하는 대사에 감정을 더 넣으세요."

모건 부인은 마치 모욕을 당하기라도 한 것처럼 그를 노려보았다. 분노로 눈이 번쩍였다.

"잊지 마세요, 모건 부인." 그러거나 말거나 그는 말을 이었다. 조금은 누그러든 말투였다. "당신은 지금 애처로운 이야기를 상세히 전하고 있는 겁니다. 아주 슬픈 내용을 전해야 하는 거예요. 그러니까 감정을 담으면서도 억눌러야 해요. '아이들 한 무리가 다가와 적선 좀 해달라고 했어요.'"

"알겠어요." 모건 부인이 대꾸했다.

"자, 계속하세요."

"어머니가 잔돈을 찾으려고 주머니에 손을 넣는 순간, 어머니의 지갑을 움켜쥔 채 떨고 있는 차가운 손이 어머니의 손가락에 닿았답니다."

"아주 좋아요." 연출자가 의미심장하게 고개를 끄덕였다.

"소매치기였군요! 저런!" 뱀버거 씨가 자기 대사를 말했다.

"아니, 아니에요, 뱀버거 씨." 연출자가 다가왔다. "그렇게 말고요. '소매치기였군요…… 저런?' 이렇게요. 그런 느낌입니다."

"일단 대사를 끝까지 다 읽어보고 서로 대사를 다 알고 있는지 확인해보는 편이 낫지 않을까요? 그다음에 몇 부분을 골라낼 수도 있을 거고요." 캐리는 배우들이 표정 연기는 고사하고 자기 대사조차 아직 다 외우지 못했음을 알아채고 조그만 목소리로 말했다.

"아주 좋은 생각입니다, 마덴다 양." 무대 한편에 앉아 조용히 지켜보면서 연출자는 들은 척도 않는 의견을 내놓던 퀸셀 씨가 말했다.

"좋아요. 그렇게 하는 편이 낫겠습니다." 연출자도 다소 겸연쩍어하며 동의했다. 그러고는 위엄 있게 덧붙였다. "할 수 있는 한 감정을 담아서 한번 죽 읽어봅시다."

"좋아요." 퀸셀 씨가 말했다.

"그 손을," 모건 부인이 뱀버거 씨와 자기 대본을 번갈아 들여다보며 다시 대사를 읽어나가기 시작했다. "어머니는 꼭 움켜쥐셨지요. 너무 세게 잡았는지 고통스러운 비명이 작고 가늘게 흘러나왔답니다. 어머니가 내려다보니, 어머니 옆에 누더기 차림의 어린 소녀가 있었습니다."

"아주 좋아요." 연출자가 달리 할 일이 없다는 듯 말했다.

"도둑이군요!" 뱀버거 씨가 소리쳤다.

"더 크게요." 연출자가 도저히 손놓고 있을 수가 없다는 듯 다시 끼어들었다.

"도둑이군요!" 가엾은 뱀버거 씨가 고함을 질렀다.

"그래요. 하지만 여섯 살도 채 안 된 천사 같은 얼굴을 한 여자아이였어요. '멈춰. 이게 무슨 짓이지?' 어머니가 말씀하셨지요.

'도둑질하려고 했어요.' 그 아이가 대답했습니다.

'그게 얼마나 못된 짓인지 모르냐?' 아버지께서 꾸짖으셨어요.

'몰라요. 하지만 배고픈 건 끔찍해요.' 여자아이의 말이었어요.

'너한테 도둑질하라고 누가 시켰니?' 어머니가 물으셨지요.

'저기…… 저 여자요.' 아이가 길 건너 문가에 서 있던 지저분한 여자를 가리키자 여자는 곧장 거리 속으로 도망을 갔지요. '저 여자는 늙은 악마예요.' 여자아이가 말했어요."

모건 부인은 대사를 책 읽듯이 밋밋하게 읽었고, 연출자는 절망에 빠졌다. 그는 안절부절못하고 이리저리 왔다갔다하더니 퀸셀 씨에게로 다가갔다.

"저 사람들, 어떻습니까?"

"아, 잘 다듬어서 배우 꼴을 내도록 만들 수 있을 거요." 퀸셀 씨는 어렵기는 해도 힘을 내라는 투로 말했다.

"모르겠습니다. 저 뱀버거라는 사람은 연인 역을 하기에는 영 안 맞아 보인단 말입니다." 연출자가 말했다.

퀸셀 씨가 눈알을 굴리며 말했다. "그래도 저 사람밖에 없는 걸 어쩌겠소. 해리슨이 하겠다던 약속을 막판에 뒤집었잖소. 달리 또 누가 있소?"

"모르겠어요. 저 사람, 전혀 나아질 것 같지가 않아요." 연출자가 말했다.

바로 그때 뱀버거가 외쳤다. "펄, 농담이겠지요."

"자, 저것 보십시오." 연출자가 손으로 입을 가리고 중얼거렸다. "맙소사! 대사를 저렇게 느릿느릿 늘여 빼는 사람하고 뭘 한단 말입니까?"

"그래도 최선을 다해보시오." 퀸셀 씨가 위로했다.

연습은 그렇게 계속되어 마침내 로라 역의 캐리가 레이에게 설명하기 위해 방으로 들어오는 장면에 이르렀다. 레이는 로라의 출생에 대한 이야기를 펄에게 듣고 나서, 그녀를 비난하는 편지를 썼지만 아직 부치지는 않은 상태였다. 뱀버거가 막 레이의 대사를 끝맺고 있었다.

"로라가 돌아오기 전에 가야겠소. 아, 그녀의 발소리군! 너무 늦었어."

그러고는 편지를 주머니에 구겨넣는 순간, 캐리가 다정하게 대사를 시작했다.

"레이!"

"코…… 코틀랜드 양," 뱀버거가 나직이 더듬거렸다.

캐리는 잠시 그를 바라보면서 그 자리의 다른 사람들은 죄다 잊어버렸다. 그녀는 배역을 느끼기 시작했다. 무심한 미소를 입가에 띠고 대사에서 지시한 대로 마치 그가 그 자리에 없는 듯이 그녀는 몸을 돌려 창가로 다가갔다. 그녀의 동작은 보는 이가 황홀해질 만큼 우아했다.

"저 여자는 누굽니까?" 연출자가 뱀버거와의 짧은 장면에서 캐리를 보며 물었다.

"마덴다 양이라네." 퀸셀 씨가 대답했다.

"이름은 압니다. 직업이 뭐냐고요?"

"그건 나도 모르네. 우리 회원의 친구야."

"흠, 지금까지 여기서 본 사람들 중에서 순발력이 제일 뛰어나군요. 자기 배역에 관심도 많은 듯하고."

"게다가 예쁘지. 안 그런가?" 퀸셀 씨가 덧붙였다.

연출자는 대꾸하지 않고 성큼성큼 걸어갔다.

캐리는 무도회에서 사람들과 대면하는 두번째 장면에서는 더욱 잘해서 연출자를 미소 짓게 했다. 캐리에게 매료된 그는 먼저 다가가 말을 걸었다.

"무대에 서보신 적이 있습니까?" 그가 넌지시 물었다.

"아뇨." 캐리가 대답했다.

"아주 잘하시는데요. 경험이 있으신 줄 알았습니다."

캐리는 겸연쩍이 미소만 지었다.

그는 열정적인 대사를 맥없이 늘어놓고 있는 뱀버거에게로 다가갔다.

분위기가 어떻게 돌아가는지 파악한 모건 부인은 질투 섞인 사나운 눈빛으로 캐리를 노려보았다.

'저 여자는 싸구려 직업배우가 틀림없어.' 그녀는 이런 생각으로 스스로를 달래면서 캐리를 깔보고 미워했다.

그날의 연습이 끝나고, 캐리는 만족스럽게 실력 발휘를 했다고 느끼며 집으로 돌아왔다. 연출자의 말이 그녀의 귓가를 떠나지 않았다. 허스트우드에게 그 말을 꼭 전해주고 싶었다. 자기가 얼마나 잘했는지 알려주고 싶었다. 드루에도 그 얘기를 털어놓을 상대였다. 그가 물어볼 때까지 기다릴 수 없을 것 같았지만, 캐리는 먼저 그 이야기를 꺼낼 만큼 허영심이 강하지는 못했다. 그러나 드루에는 그날 밤 다른 생각에 빠져서 그녀의 경험은 그리 중요하게 생각지 않았다. 캐리가 먼저 몇 대목을 골라 암송하자 듣기만 했을 뿐, 더는 그에 대해 이야기를 하지 않아서 캐리도 더 얘기할 기분이 나지 않았다. 그는 캐리가 아주 잘하고 있다는 것을 당연하게 받아들이고 더는 걱정하지 않았다. 결과적으로 그는 캐리의 말을 막은 셈이 되었고, 캐리는 마음이 상했다. 그녀는 드루에의 무심함을 뼛속들이 느꼈고 허스트우드가 못 견디게 보고 싶었다. 이 세상에 마음 붙일 사람이라고는 이제 그밖에 없는 것 같았다. 드루에는 다음날 아침에야 관심을 보였지만 이미 엎질러진 물이었다.

캐리는 허스트우드로부터 그녀가 편지를 받을 때쯤 공원에서 기다리고 있겠다는 다정한 편지를 받았고, 그녀가 도착하자 허스트우드는 아침햇살처럼 환한 미소로 맞아주었다.

"아, 어떻게 되었소?" 그가 물었다.

"잘됐어요." 드루에 때문에 아직도 다소 풀이 죽어 있던 그녀는 그렇게만 말했다.

"어떻게 했는지 얘기해봐요. 재미있었소?"

연습에서 있었던 일을 설명하자 캐리는 점점 흥분이 되었다.

"그거 정말 잘됐군요. 나도 기뻐요. 당신을 보러 가야겠소. 다음 연습은 언제요?" 허스트우드가 말했다.

"화요일이에요. 하지만 방문객은 못 들어가요."

"나는 들어갈 수 있을 것 같은데." 허스트우드가 의미심장하게 말했다.

캐리는 그의 배려에 완전히 기운을 차리고 기분도 좋아졌지만, 그에게 오지 않겠다는 약속을 받아냈다.

"최선을 다해서 나를 기쁘게 해줘야 해요. 나는 당신이 성공하기를 바란다는 것만 기억해요. 우리가 그 공연을 볼 만한 것으로 만들 거요. 당신이 이제 그렇게 하는 거예요." 그가 격려했다.

"노력할게요." 캐리는 애정과 열정으로 가슴이 터질 것만 같았다.

"아주 좋아요." 허스트우드가 다정하게 그녀에게 손가락을 흔들며 애정 어린 목소리로 말했다. "자, 그럼 최선을 다해줘요."

"그럴게요." 캐리가 뒤돌아보며 대답했다.

그날 아침은 온 세상에 햇살이 넘쳐흘렀다. 캐리는 경쾌하게 발걸음을 옮겼다. 맑은 하늘이 푸른 물감을 자신의 영혼 속으로 쏟아붓는 것 같았다. 아, 희망에 차서 애쓰고 노력하는 아이들은 얼마나 복된가. 다 아는 듯이 미소 짓고 뜻을 함께하니 또한 얼마나 복된가.

18

경계선 바로 너머

환영과 작별

16일 저녁이 되자 허스트우드의 미묘한 손길이 확연히 드러났다. 그는 친구들에게 꼭 참석해주었으면 하는 자리가 있다고 전했다. 친구들은 그 수도 많았고 영향력도 있었다. 그 결과, 지부를 대표하여 퀸셀 씨는 꽤 많은 표를 팔았다. 모든 일간지에 네 줄짜리 짤막한 기사도 실렸다. 이 역시 허스트우드가 신문사 쪽 지인들 중 하나인 〈타임스〉 편집장 해리 맥개런의 도움을 받아 손을 써둔 결과였다.

"여, 해리," 어느 날 저녁 늦은 귀갓길에 술집에 들러 한잔하고 있는 친구에게 허스트우드가 말을 건넸다. "자네 도움이 좀 필요한데."

"뭔데 그러나?" 맥개런은 부유한 허스트우드가 도움을 구해오자 기분이 좋아졌다.

"커스터 지부에서 기금을 모으려고 작은 오락거리를 준비하고 있다네. 신문에 좀 내줬으면 해서. 무슨 말인지 알지…… 공연이 있을 거라고 짧게 한두 줄만 써주면 돼."

"그야 어렵지 않지. 그 정도는 자네를 위해 내 해줌세, 조지."

그러면서도 허스트우드는 자신은 철저히 수면 아래로 숨겼다. 커스터 지부 회원들은 어째서 자기들의 작은 행사가 이렇게 잘되는지 영문을 알 수 없었다. 덕분에 해리 퀸셀 씨가 칭찬을 들었다.

16일이 되자, 허스트우드의 친구들은 원로원 의원의 부름을 받은 로마인들처럼 모여들었다. 그가 캐리를 도울 생각을 한 순간부터 인품 좋고 아첨에 약하며 잘 차려입은 관객들을 확보한 셈이었다.

어린 배우 지망생 캐리는 스스로 만족할 때까지 완벽하게 자기 역을 익혔지만, 막상 모여든 관중의 얼굴을 마주하자 자신의 운명이 어찌될지 걱정되어 조명 뒤에서 떨고 있었다. 캐리는 남녀를 불문하고 스무 명 정도 되는 다른 배우들도 노력한 결과에 대해 똑같이 떨리는 마음일 거라고 스스로를 애써 위안했지만, 전체의 위험과 자기 개인의 책임을 분리해서 생각할 수가 없었다. 대사를 잊어버릴까, 연극에서 취해야 할 동작에 맞는 감정을 소화하지 못할까 두려웠다. 아예 이런 일에 발을 들이지 말걸 그랬다는 후회도 들었고, 또 어떤 때는 긴장한 나머지 무슨 말을 해야 할지도 모르고 하얗게 질린 얼굴로 숨을 헐떡이며 공연 전체를 망쳐버리게 될까봐 덜덜 떨었다.

다른 배우들로 말하면, 뱀버거 씨는 아예 보이지 않았다. 이 구제불능 인간은 연출자가 던진 비판의 창에 맞아 무너져버렸다. 모건 부인은 남아 있었지만, 앙심이나 다름없는 질투에 차서 적어도 캐리만큼은 해내고 말겠다는 결의를 다지고 있었다. 놀고 있던 직업배우 한 명이

와서 레이 역을 대신 맡게 되었다. 그는 배우치고는 실력은 별 볼 일 없었지만 관중을 한 번도 대면해본 적이 없는 아마추어가 겪는 불안감으로 고통받지는 않았다. (과거 연극 경력에 대해서는 입을 다물어달라는 주의를 받고도) 어찌나 자신만만한 태도로 떠들어대는지, 은근슬쩍 자기 정체를 모두가 알게 하고 싶어 안달이 난 것 같았다.

"어려울 것 없어요. 관객들이라면 신경 안 써도 돼요. 어려운 건 그 배역의 정신이지요." 그는 무대 위에서와 다를 바 없는 꾸며낸 목소리로 모건 부인에게 말했다.

캐리는 그의 외모가 마음에 들지 않았지만, 그날 저녁만은 그의 허구의 연인 역을 해내야 했으므로 여배우답게 그의 자질 문제는 접어두기로 했다.

여섯시에 그녀는 출발 준비를 마쳤다. 무대 용품은 이미 하나하나 모두 챙겨두었다. 오전에는 분장을 익히고 그날 저녁을 위한 연습과 의상 준비를 한시까지 마친 다음, 마지막으로 대본을 훑어보기 위해 집으로 돌아와서 저녁이 오기를 기다렸다.

지부에서 마차를 보내와서, 드루에는 극장 문 앞까지 캐리와 함께 마차를 타고 가서 좋은 시가를 구하러 인근 상점들을 찾아다녔다. 어린 여배우는 초조하게 분장실로 가서 자신의 모습을 소박한 처녀에서 사교계의 꽃 로라로 바꾸어줄 분장을 시작했다.

가스등의 불꽃, 여행과 과시를 암시하는 열린 트렁크, 분장상자의 흩어진 내용물들—루주, 펄 가루, 분, 태운 코르크, 먹, 눈 화장용 연필, 가발, 가위, 거울, 천—분장에 필요한 이름 모를 것들은 그 나름대로 눈길을 끄는 분위기를 풍겼다. 이 도시에 온 후로 많은 것들이 그녀에게 영향을 주었지만, 그녀와는 거리가 먼 것들이었다. 그러나 이곳의 새로운 분위기는 훨씬 친근했다. 그녀를 냉랭하게 내몰면서 오직 경외감을 갖고 멀찍이서 감탄하는 일만을 허락하던 웅장하고 휘황한 저택들과는 완전히 딴판이었다. 이곳의 분위기는 '자, 들어오세요' 하고 말하듯 그녀의 손을 친절하게 잡아끌었고, 마치 저절로 열리는 듯 그녀를 위해 문을 열어주었다. 캐리는 광고판에 적힌 이름들의 위용, 신문에 실린 긴 기사의 경이로움, 무대 위의 아름다운 드레스들, 마차, 꽃, 장식 등이 자아내는 분위기에 경탄했었다. 하지만 지금 여기에 환상은 없었다. 그 모든 것을 볼 수 있도록 문은 열려 있었다. 캐리는 비밀스러운 복도를 따라 비틀거리며 걸어오다가 그 문을 발견한 것이다. 보라, 그녀가 다이아몬드와 환희로 가득한 방안에 있지 않은가!

두근거리는 가슴을 안고 작은 분장실에서 옷을 갈아입는 동안에도 캐리는 밖에서 나는 소리를 들으며, 이리저리 바삐 뛰어다니는 퀸셀 씨와 초조하게 준비하는 모건 부인과 호글런드 부인 그리고 결과가 어찌될지 걱정하면서 부산히 움직이는 스무 명의 출연진을 보며, 이 현실이 지속된다면 얼마나 행복할까 생각하지 않을 수 없었다. 이번에 잘해낼 수만 있다면, 그리하여 언젠가 진짜 여배우로 설 수 있게 된다면 더 바랄 게 없을 것 같았다. 그런 생각이 그녀를 사로잡으며 오래된 노랫가락처럼 귓가에 맴돌았다.

바깥의 작은 로비에서는 또다른 장면이 펼쳐지고 있었다. 회원들은 지부의 운영에 관심이 꽤 컸으므로, 허스트우드가 아니었더라도 이 작은 홀을 채우기는 어렵지 않았을 것이다. 그러나 허스트우드의 전갈이 돌자 이 공연은 격식을 차려 참석하는 행사가 되었다. 특별석 네 개가 예약되었다. 노먼 맥닐 헤일 박사 부부가 한 자리를 차지했는데, 이는 보통 일이 아니었다. 직물상이며 재산이 적어도 20만 달러는 되는 C. R. 워커가 또 한 석을 차지했고, 유명한 석탄상이 세번째 자리를 맡았다. 허스트우드와 친구들이 네번째였다. 네번째 무리에 드루에도 있었다. 지금 극장으로 밀려들어오는 이들은 유명 인사들도 아니요, 흔히 말하는 지역 유지들도 아니었다. 그들은 재산이 좀 있고 비밀 모임에서 유명한 인물들이었다. 이 엘크스의 신사들은 서로의 지위를 잘 알고 있었다. 그들은 웬만큼 재산을 축적하고, 좋은 집을 소유하고, 마차를 굴리고, 좋은 옷을 입고, 괜찮은 사업가로서의 위치를 유지할 수 있는 능력을 존중했다. 이 정도를 완벽한 정도로 생각하는 사람들에게 이들보다도 약간 더 위에 있으면서 기민함과 상당한 품위를 지니고, 주목받고 권위 있는 지위에 있을뿐더러 타고난 요령으로 사람들을 대하며 우정을 쌓는 허스트우드는 당연히 대단한 인물이었다. 그는 비슷한 무리 안에서도 다른 사람들보다 더 많이 알려져 있었고, 무궁무진한 영향력과 탄탄한 재정적 능력을 겸손하게 감추고 있는 인물로 간주되었다.

그날 밤 허스트우드는 물 만난 고기 같았다. 그는 친구들 여럿을 이끌고 렉터스에서 곧장 마차를 타고 왔다. 시가를 더 사러 갔다가 막 돌아오던 드루에와 로비에서 만난 그들은 다섯 명이 한 팀이 되어 거기 모인 친구들과 지부 사정 전반을 놓고 활발한 대화를 벌였다.

"이건 또 누구신가?" 허스트우드가 극장으로 들어가면서 말했다. 조명이 환히 켜진 극장에는 신사들 무리가 웃음을 터뜨리며 객석 뒤쪽에서 담소를 나누고 있었다.

"아, 잘 지내셨습니까, 허스트우드 씨?" 그를 먼저 알아본 사람이 인사를 건넸다.

"반갑습니다." 허스트우드도 그의 손을 가볍게 잡고 인사했다.

"대단한 행사로군요, 그렇지 않은가요?"

"그렇군요."

"커스터 지부가 회원들에게 든든한 지원을 받고 있는 것 같습니다."

"그러게 말입니다. 저도 기쁘군요." 허스트우드가 말했다.

"아, 조지," 뚱뚱한 신사 하나가 말을 걸어왔다. 뚱뚱하게 살이 쪄서 풀 먹인 셔츠 앞가슴이 놀랄 만큼 앞으로 불쑥 튀어나와 있었다. "어떻게 지내셨습니까?"

"잘 지냅니다." 그가 대답했다.

"어쩐 일로 여기 오셨습니까? 커스터 회원도 아니신데."

"좀 도울 게 없나 해서요. 친구들이 보고 싶어서 왔지요."

"부인도 오셨습니까?"

"오늘밤에는 나올 수가 없었답니다. 몸이 좋지 않아서요."

"저런, 안됐군요. 심각한 건 아니었으면 좋겠습니다."

"예, 그저 몸이 약간 안 좋을 뿐이랍니다."

"허스트우드 부인과 세인트 조까지 여행했던 때가 생각나는군요……" 이 신참은 시시콜콜한 추억담을 늘어놓을 태세였으나 더 많은 친구들이 들이닥치는 바람에 중단되었다.

"아이고, 조지, 안녕하십니까?" 또다른 웨스트사이드의 정치가이자 지부 회원이 싹싹하게 인사를 건넸다. "또 뵙게 되어 반갑습니다. 그래, 어떻게 지내셨습니까?"

"아주 잘 지냅니다. 시의회 의원으로 임명되셨더군요."

"예, 별 어려움 없이 그들을 물리쳤죠."

"헤네시가 이제 어떻게 나올 것 같습니까?"

"아, 원래 하던 벽돌사업으로 돌아갈 테지요. 벽돌공장을 갖고 있지 않습니까."

"그건 몰랐군요. 패배가 꽤나 뼈아팠겠습니다." 허스트우드가 말했다.

"그랬겠지요." 상대방이 한쪽 눈을 찡긋해 보였다.

그가 초대한 친한 친구들 몇이 마차를 타고 속속 도착하기 시작했다. 그들은 화려한 옷차림을 과시하며 거만하고 만족스러운 모습으로 천천히 들어왔다.

"왔구먼." 허스트우드는 이야기를 나누던 사람들로부터 그들 쪽으로 몸을 돌렸다.

"그래." 막 도착한 인물은 마흔다섯의 신사였다.

그는 허스트우드의 어깨를 잡아 자기 쪽으로 바짝 끌어당기고는 그의 귀에 대고 쾌활하게 속삭였다. "공연이 신통치 않으면 자네 머리통을 한 대 후려쳐주겠네."

"옛친구들을 만나는데 당연히 돈을 내야지. 공연이 대수인가!"

또다른 친구가 물었다. "정말 볼 만한가?"

"잘 모르겠어. 그렇기야 하겠는가." 허스트우드는 그렇게 대답하고는 우아하게 한 손을 추켜올렸다. "그저 지부를 위해서지 뭐."

"많이들 모였군, 응?"

"그래, 섀너핸 좀 찾아보게나. 조금 전에 자네를 찾던데."

그렇게 작은 극장 안은 성공한 이들의 와자지껄한 목소리, 좋은 옷이 바스락거리는 소리, 사람 좋은 척 주고받는 뻔한 인사말로 온통 시끌벅적해졌다. 이 모든 것이 허스트우드 한 사람의 입김 덕이었다. 막이 오르기 삼십 분 전, 그는 어느 순간에도 눈에 띄는 그룹—당당한 풍채와 흰색 셔츠 차림의 떡 벌어진 가슴, 반짝이는 핀이 성공을 말해주는 대여섯 명의 세련된 사람들 사이에 있었다. 아내를 대동하고 온 신사들은 그를 불러 악수를 청했다. 그가 무심하게 둘러보는 동안 의자들은 내내 들썩거렸고, 안내원들은 인사를 했다. 허스트우드는 확실히 그들 가운데에서 빛나고 있었고, 그는 그를 환영하는 이들의 야심을 반영하고 있었다. 사람들은 명사를 떠받들 듯 그를 인정하고 아부했다. 이 모든 것을 통해 누구나 그의 지위를 알 수 있었다. 대단치는 않다 하더라도 어쨌거나 훌륭한 지위였다.

19
요정의 나라에서 한 시간
희미하게 들려오는 함성

마침내 막이 오를 시간이었다. 모든 분장이 꼼꼼하게 마무리되고, 배우들이 준비를 마치자 이날 고용된 소규모 오케스트라의 지휘자가 지휘봉으로 보면대를 의미심장하게 톡톡 두드려 연극의 시작을 알리는 부드러운 음악을 연주했다. 허스트우드는 대화를 중단하고 드루에와 친구 세이거 모리슨과 함께 특별석 쪽으로 갔다.

"자, 저 아가씨가 어떻게 하는지 한번 보자고." 허스트우드는 다른 사람한테는 들리지 않도록 드루에에게 속삭였다.

무대 위에는 벌써 여섯 명의 인물이 첫 장면인 응접실에 나와 있었다. 드루에와 허스트우드는 그중에 캐리가 없다는 것을 한눈에 알아보고는 다시 소곤거리며 이야기를 나누었다. 모건 부인, 호글런드 부인, 그리고 원래 뱀버거의 역을 맡은 배우가 이 장면의 주요 인물들이었다. 패튼이라는 이름의 이 직업배우는 잘난 척 떠들어댄 것과는 달리 볼 만한 점이 거의 없었지만 지금 이 순간에는 누가 보아도 가장 필요한 인물이었다. 펠 역의 모건 부인은 긴장해서 빳빳하게 굳어 있었고, 호글런드 부인은 목이 쉬어 있었다. 다들 너무 힘이 없어서 대사만 간신히 읊는 수준이었다. 관객들은 실패할까 걱정하며 동요하지 않으려 희망을 버리지 않고 넓은 마음으로 봐주고 있었다.

그러거나 말거나 허스트우드는 관심 밖이었다. 그에겐 처음부터 연극은 볼 가치도 없는 것이었다. 그저 나중에 대충이라도 축하인사를 건넬 수 있도록 공연이 중단되지 않기만을 바랄 뿐이었다.

시작부터 잔뜩 겁에 질렸던 배우들이지만 중단될 위험은 간신히 넘겼다. 감정 표현은 거의 못한 채 힘없이 횡설수설해서 관객들이 따분해 죽을 정도까지 갔을 때 캐리가 등장했다.

허스트우드와 드루에 두 사람은 그녀 또한 겁에 질려 떨고 있음을 첫눈에 알 수 있었다. 그녀는 간신히 무대를 가로질러 가면서 이렇게 말했다.

"아, 선생님, 여덟시부터 당신을 찾았답니다." 너무나도 무미건조한 데다 목소리도 작아서 듣고 있기가 고통스러울 지경이었다.

"겁을 먹었군요." 드루에가 허스트우드에게 속삭였다.

허스트우드는 아무 대답도 하지 않았다.

캐리의 다음 대사는 관객들을 웃기기 위한 것이었다.

"저, 제가 무슨 구급약이라도 되는 것처럼 말씀하시네요."

그러나 너무나 밋밋하게 말하는 바람에 하나도 재미가 없었다. 드루에는 안절부절못했고, 허스트우드 역시 발가락을 꼼지락거렸다.

다른 장면에서는 로라가 일어서서 임박한 위험을 느끼고는 서글프게 말했다.

"그런 말은 하지 않았더라면 좋았을걸, 펄. '처녀를 남편 성으로 부른다'는 옛 속담을 알면서도 그러니."

역시 아무 감정도 들어 있지 않은 대사는 우스꽝스럽게 들렸다. 캐리는 전혀 감정을 싣지 못했다. 마치 잠꼬대를 하는 것 같았다. 비참하게 실패할 것이 불 보듯 뻔했다. 모건 부인보다도 더 절망적이었다. 모건 부인은 좀 나아져서 이제 자기 대사를 적어도 분명하게는 말하고 있었다. 드루에는 무대에서 시선을 돌려 관객 쪽을 보았다. 관객들은 나아지기를 바라며 말없이 지켜보고 있었다. 허스트우드는 마치 더 잘하도록 최면이라도 걸듯 그녀에게서 눈을 떼지 않았다. 캐리를 향해 자신의 결의를 쏟아부었다. 그녀가 안쓰러웠다.

잠시 후, 캐리가 낯선 악당이 보낸 편지를 읽을 차례였다. 관객은 키작은 미국인이 맡은 스노키라는 인물과 직업배우가 주고받는 대화에 조금은 즐거움을 느끼던 차였다. 스노키는 생계를 위해 배달원 노릇을 하는 반미치광이 외팔이 군인으로, 좀 흥미를 돋우는 인물이었다. 대사를 아주 도전적으로 외치는 바람에, 의도된 유머와는 다소 거리가 있었지만 재미는 있었다. 그러나 그가 퇴장하고 캐리가 주요 인물로 등장하면서 분위기는 다시 가라앉았다. 캐리는 나아지지 않았다. 그녀는 갑자기 들이닥친 악한과의 모든 장면에서 관객의 인내를 시험하며 헤매고 다녀서, 그녀가 퇴장하자 모두들 안도할 정도였다.

"너무 긴장했군요." 부드럽게 말하긴 했지만 드루에 자신도 이번엔 거짓말 같았다.

"뒤로 가서 얘기 좀 해보는 게 좋겠어요."

한숨 돌리려면 뭐라도 해야 했다. 그는 서둘러 옆문으로 갔고, 친절한 문지기 덕분에 안으로 들어갈 수 있었다. 캐리는 생기도 용기도 빠져나가버린 기운 없는 모습으로 무대 끝에 서서 다음 신호를 기다리고 있었다.

"자, 캐드." 드루에가 그녀를 보고 말을 건넸다. "너무 긴장하지 마. 정신을 차리라고. 저 바깥에 있는 녀석들 따위 아무것도 아니야. 뭐가 무서워?"

"모르겠어요. 제대로 해낼 수 있을 것 같지 않아요." 캐리가 대답했다.

어쨌거나 캐리는 드루에가 곁에 있어줘서 고마웠다. 다른 배우들이 너무 긴장해서 자기까지 힘이 다 빠지는 것 같았다.

"자, 기운 내라고. 겁낼 거 뭐 있어! 이제 나가서 멋지게 한번 해봐. 뭘 걱정해?"

캐리는 드루에의 기운찬 분위기에 약간 힘이 났다.

"저 정말 너무 못했지요?"

"무슨 소리! 당신은 기운만 좀더 내면 돼. 내 앞에서 했던 것처럼만 하라고. 그날 밤에 했던 것처럼 고개를 쳐들라고."

캐리는 방에서 해냈던 것을 기억해냈다. 할 수 있다고 생각하려 애썼다.

"다음은 뭐야?" 그는 캐리가 들여다보고 있던 대본을 넘겨다보며 물었다.

"아, 레이랑 나가서 제가 그를 거부하는 장면이에요."

"그래, 이제 잘할 수 있을 거야. 생동감 있게! 그러면 돼. 거리낌없이

해보라고."

"다음 차례예요, 마덴다 양." 프롬프터가 외쳤다.

"아, 알겠어요." 캐리가 대답했다.

"자, 겁먹으면 바보야. 기운 내고, 잘해봐. 바로 여기서 보고 있을게." 드루에가 격려했다.

"정말요?"

"그럼, 가봐. 겁먹지 말고."

프롬프터가 그녀에게 신호를 보냈다.

캐리는 여전히 약한 모습으로 시작했지만, 불쑥 용기가 나는 것 같았다. 자기를 보고 있는 드루에를 생각했다.

"레이." 그녀는 바로 전 무대에 섰을 때보다 훨씬 더 안정을 찾은 목소리로 부드럽게 불렀다. 연습 때 연출자를 기쁘게 했던 바로 그 장면이었다.

"긴장이 좀 풀렸군." 허스트우드가 중얼거렸다.

캐리는 연습 때만큼은 아니었지만, 그래도 더 나아졌다. 적어도 관객들이 짜증을 내지는 않았다. 다른 배우들도 전체적으로 나아져서 그녀에게 쏠렸던 시선이 분산되기도 했다. 배우들은 꽤 좋아지고 있었고, 이제 연극은 덜 힘든 대목들에서는 그럭저럭 봐줄 만했다.

캐리는 긴장하면서도 조금 들뜬 채 무대에서 내려왔다.

그녀가 드루에를 바라보며 말했다. "저, 좀 나아졌나요?"

"흠, 확실히 나아졌어. 바로 그거야. 생기를 불어넣는 거야. 다른 장면에서 했던 것보다 열 배는 더 잘했어. 이제 가서 확 불을 붙여봐. 할 수 있어. 다 보내버리라고."

"정말 더 나아졌어요?"

"그럼, 그렇다니까. 다음 장면은 뭐지?"

"무도회 장면이에요."

"그거라면 잘해낼 수 있을 거야."

"모르겠어요."

"왜, 나를 위해서 해냈잖아! 이제 나가서 하면 되는 거야. 당신도 재미있을 거야. 방에서 했던 대로만 하면 돼. 그런 식으로 풀어나가기만 하면 대성공이야. 자, 당신이 못하기는 왜 못해? 할 수 있어!"

드루에는 평소에도 언변보다는 열정 넘치는 착한 성품이 앞서는 사람이었다. 그는 정말로 캐리가 이 장면 연기를 아주 잘했다고 굳게 믿고 있었고, 사람들 앞에서 다시 한번 되풀이하기를 바랐다. 물론 그의 열정은 바로 이 연극 때문이긴 했지만.

그는 적절한 때에 가장 효과적으로 캐리의 기분을 띄워주었다. 그녀가 아주 잘하고 있다는 기분이 들게 만들어주었다. 그의 말을 듣고 있노라니 캐리의 오래된 서글픈 욕망이 다시 되돌아오기 시작했고, 다시 무대에 오를 즈음에는 기분이 한껏 고조되었다.

"할 수 있을 것 같아요."

"할 수 있고말고. 가서 멋지게 해봐."

무대 위에서는 밴 댐 부인이 로라를 빗대어 잔인한 암시를 던지고 있었다.

듣고 있던 캐리는 그게 무엇인지 정확하게는 모르지만 분위기를 바로 감지했다. 그녀의 콧구멍이 가볍게 쿵쿵거렸다.

직업배우가 레이의 대사를 시작했다. "사교계는 모욕을 잔인하게 되갚는다는 말입니다. 시베리아의 늑대들 이야기를 들어보신 적 있습니까? 무리 중 한 마리가 기운이 빠져 떨어져나오면 나머지가 그놈을 먹어치운답니다. 우아한 비유는 못 됩니다만, 사교계에도 늑대 같은 면이 있어요. 로라는 가식으로 사교계를 조롱했고 가식으로 이루어진 사교계가 그 조롱에 대해 격분하고 있는 겁니다."

자신의 무대 이름이 불리자 캐리는 흠칫 놀랐다. 캐리는 로라가 처한 상황이 얼마나 쓰라린지 느끼기 시작했다. 추방당한 자의 감정이 그녀를 사로잡았다. 그녀는 무대 끝에 비껴 서서 고조되는 감정에 휩싸였다. 콸콸 흐르는 자신의 핏소리 말고는 다른 어떤 것도 귀에 들어오지 않았다.

"자, 아가씨들, 우리 것을 잘 챙겨야겠어요. 이렇게 뛰어난 도둑이 들어오면 더는 안전하지 않으니까요." 밴 댐 부인이 엄숙하게 말했다.

"큐." 프롬프터가 캐리 바로 옆에서 지시했지만 캐리의 귀에는 들리지 않았다. 캐리는 이미 영감을 받은 듯 우아한 태도로 느릿느릿 앞으로 나아가고 있었다. 그녀는 아름답고 자부심 넘치는 모습으로 관객에게 비치다가도, 상황이 바뀌어 주변 인물들이 그녀를 경멸하며 떠나가버리자 곧 창백하고 무력한 존재가 되었다.

허스트우드는 눈을 깜박이며 그 감정에 전염되었다. 캐리가 발산하는 감정과 진정성은 파도처럼 벌써 극장 맨 끝까지 퍼져나갔다. 세상을 다 녹여버릴 열정의 마법이 지금 이 자리에서 효력을 발휘하고 있었다.

그전까지 이리저리 헤매던 사람들의 감정이 한 점으로 모이고, 모두의 눈이 그곳으로 쏠렸다.

"레이! 레이! 그녀에게 돌아가지그래요?" 펄이 외쳤다.

모두의 눈이 여전히 오만하게 비웃는 듯한 캐리에게 집중되었다. 캐리가 움직이면 관객들의 시선도 따라서 움직였다. 그들은 그녀의 시선이 향하는 곳을 보았다.

펄 역의 모건 부인이 그녀에게 다가갔다.

"집으로 가자." 그녀가 말했다.

"싫어." 캐리가 대답했다. 그녀의 목소리는 전에 없이 곧장 관객들에게로 파고들었다. "그 사람 곁에 있어요!"

캐리는 손을 들어 비난하듯 연인을 가리켰다. 그러고는 간결함 때문에 더 깊이 정곡을 찌르는 애조 띤 목소리로 말했다. "그를 오래 괴롭히지는 않을 테니."

허스트우드는 자신이 정말로 드물게 뛰어난 재능을 보고 있음을 깨달았다. 막이 내리고, 쏟아지는 박수갈채의 대상이 바로 캐리라는 사실이 겹쳐지자 이런 감정은 더욱 고조되었다. 그는 이제 그녀가 아름답다고 생각했다. 캐리에게는 그의 영역을 뛰어넘는 뭔가가 있었다. 캐리가 자신의 것이라는 사실에 강렬한 기쁨을 느꼈다.

"좋아." 갑작스러운 충동에 그는 벌떡 일어나 극장 뒷문으로 갔다.

캐리는 아직 드루에와 함께 있었다. 허스트우드는 캐리에 대한 감정을 주체하기 힘들 지경이었다. 그녀가 보여준 힘과 감정에 압도당하다시피 했다. 연인이 느끼는 무한한 감정을 담아 그녀에게 찬사를 퍼부어주고 싶은 마음이 굴뚝같았지만, 마찬가지로 캐리를 향한 애정이 갑자기 되살아난 드루에가 있었다. 드루에는 허스트우드보다 더 매혹되어 있었다. 늘 그렇듯이 그는 흥분해서 법석을 떨었다.

"와, 와, 당신 진짜 멋졌어. 굉장했다니까. 당신이 해낼 줄 알았어. 아, 당신 정말 근사해!" 드루에가 말했다.

캐리의 눈이 성취감으로 반짝이며 빛났다.

"제가 정말 잘했어요?"

"잘했느냐고? 잘했고말고. 박수 소리 못 들었어?"

아직까지도 희미하게 박수 소리가 들리고 있었다.

"그런 것 같기는 해요…… 저도 느꼈어요."

바로 그때 허스트우드가 들어왔다. 그는 본능적으로 드루에의 변화를 감지했다. 이 영업사원이 캐리 곁에 바짝 붙어 있는 모습을 보자, 질투심이 가슴에서 불처럼 솟구쳤다. 그를 무대 뒤로 보내다니, 후회가 되었다. 또한 그가 침입자로 보여 미웠다. 친구로서 캐리를 축하해야 하는데 그런 위치로 자신을 끌어내릴 수가 없었다. 그럼에도 불구하고 그는 자신을 억제했다. 그것은 하나의 승리였다. 그는 예의 그 속을 알 수 없는 눈빛을 거의 되찾았다.

"정말 잘하셨습니다. 인사드리고 싶어서 잠깐 들렀습니다, 드루에 부인. 정말 즐거웠습니다." 그는 캐리를 바라보며 말했다.

캐리도 눈치를 채고 대답했다.

"아, 고맙습니다."

"지금 저도 정말 잘했다고 얘기하던 참이랍니다." 드루에는 이런 여자가 자기 여자라는 데 기뻐 어쩔 줄을 몰랐다.

"정말 그렇습니다." 허스트우드는 이렇게 대구하며 캐리에게 말보다 더 많은 의미를 담은 시선을 던졌다.

캐리는 웃음을 터뜨렸다.

"남은 무대에서도 이렇게만 해주신다면, 우리 모두 부인이 타고난 여배우라고 생각하게 될 겁니다."

캐리는 다시 미소를 지었다. 허스트우드의 처지를 예리하게 느낀 그녀는 그와 함께 단둘이 있을 수만 있다면 얼마나 좋을까 하고 바라는 한편 드루에의 변화는 깨닫지 못했다. 허스트우드는 자신을 억제하고 있었기 때문에 제대로 말을 할 수가 없었다. 그는 드루에의 존재에 분개하며 파우스트처럼 우아하게 인사를 하고 물러났다. 밖으로 나온 그는 질투심에 이를 갈았다.

"빌어먹을! 저놈은 계속 저렇게 거치적거릴 건가?" 자리로 돌아와서도 울적한 기분에 자신의 비참한 처지를 생각하느라 그는 다른 이들과 대화를 할 수가 없었다.

다시 막이 오르자 드루에도 돌아왔다. 잔뜩 신이 나 들떠 있는 그는 수다를 떨고 싶어했지만 허스트우드는 겉으로만 관심 있는 척했다. 아직 캐리는 나오지 않았지만 그는 무대 위에서 벌어지는 통속적인 드라마에 시선을 고정시켰다. 내용은 들어오지 않았다. 그는 자기 생각에만 빠져 있었는데, 하나같이 다 비참한 생각들이었다.

극이 진행되어도 그는 나아지지 않았다. 이제 캐리는 금세 모두의 관심을 끌었다. 처음의 음침한 인상 이후 봐줄 만한 것이 하나도 없을 거라고 느꼈던 관객들은 이제 생각이 정반대로 바뀌어 별 볼 일 없는 장면에서조차 힘을 느꼈다. 관객 모두의 감정이 캐리에게 반응했다. 캐리는 1막의 끝에서 관객들의 감정을 자극했던 만큼은 아니라 해도, 웬만큼 적절하게 자기 역을 해냈다.

허스트우드와 드루에는 똑같이 흥분된 마음으로 그녀의 예쁜 모습을 지켜보았다. 이러한 재능이 그녀에게서 나왔다는 사실이, 그리고 그것이 적절하게 빛을 발할 수 있는 화려하고도 효과적인 환경에서 시작되는 것을 보고 있다는 사실이 그녀의 매력을 한층 더 드높였다. 드루에게 캐리는 이제 예전의 캐리 이상의 존재였다. 얼른 그녀와 함께 집에 돌아가 그렇게 얘기해주고 싶었다. 그는 연극이 빨리 끝나서 단둘이 집에 돌아갈 수 있게 되기만을 초조하게 기다렸다.

반면 허스트우드는 그녀의 새로운 매력 앞에서 자신의 비참한 처지를 새삼 깨달았다. 옆에 있는 남자를 저주하고 싶을 지경이었다. 그는 자신이 느낀 만큼 박수를 보내는 것조차 할 수가 없었다. 씁쓸하지만 이번만큼은 박수 치는 흉내라도 내야 했다.

캐리의 매력이 그녀의 연인들에게 가장 효과적으로 발산된 때는 종막에서였다.

허스트우드는 캐리가 언제 나올까, 연극의 진행에 주의를 기울였다. 그리 오래 기다리지 않아도 되었다. 작가가 쓴 대로 신이 난 일행은 모두 드라이브를 하러 나가고, 캐리는 이제 혼자 등장했다. 그녀가 상대역 없이 혼자 나온 것은 처음이었으므로, 허스트우드 역시 처음으로 그녀 홀로 관객을 대면하는 장면을 보게 되었다. 캐리가 등장하는 순간 그는 그녀의 그 힘, 1막의 끝에서 자신을 사로잡아버렸던 바로 그 힘이 되돌아왔음을 느꼈다. 극이 거의 결말을 향해 다가가면서 훌륭한 연기를 펼칠 기회가 지나가고 있었기 때문에 캐리는 감정이 충만한 듯했다.

"가엾은 펄." 캐리는 자연스러운 애수를 담아 대사를 읊었다. "행복을 누리지 못하는 것도 슬픈 일이지만, 손만 뻗으면 닿을 곳에 행복이 있는

데도 맹목적으로 다른 곳을 더듬는 모습을 보는 것도 끔찍한 일이지."

캐리는 광이 나는 문설주 위에 기운 없이 팔을 기대고는 슬픈 눈으로 탁 트인 바다를 응시했다.

허스트우드는 그녀와 자기 자신에게 깊이 공감하기 시작했다. 마치 그녀가 자기에게 말하는 듯한 기분이 들었다. 감정이 복잡하게 얽히며 그는 구슬픈 음악처럼 내밀하고 친숙하게 느껴지는 그녀의 목소리와 태도에 거의 현혹되다시피 했다. 파토스란 늘 단 한 사람에게만 말을 거는 법이니까.

"하지만 그녀는 그와 함께 아주 행복할 수 있을 거야. 그녀는 밝은 성격과 명랑한 얼굴로 어느 집이든 밝혀주겠지." 여배우는 말을 계속했다.

캐리는 관객들을 보지 않은 채 천천히 그들 쪽으로 돌아섰다. 그녀의 동작은 군더더기 하나 없이 간결하여 정말로 온전히 홀로인 듯했다. 탁자 옆의 의자를 발견한 그녀는 책을 넘겨보며 어떤 생각에 잠겼다.

"내가 가질 수 없을 것을 바라서는 안 되고," 캐리는 결론 내리듯 거의 탄식에 가깝게 긴 숨을 내쉬었다. "드넓은 세상에서 단 두 사람만 빼고는 누구의 눈에도 띄지 않게 내 존재를 감추고, 오로지 그 순진한 처녀가 곧 그의 아내가 되리라는 사실만을 나의 기쁨으로 삼아야 해."

피치 블로섬 역의 배우가 끼어들어 허스트우드는 유감스러웠다. 캐리가 계속했으면 하는 생각에 짜증이 났다. 그는 캐리의 창백한 얼굴, 진줏빛 광택의 회색 옷을 입은 날씬한 몸매, 목에 늘어뜨린 진주목걸이에 마음을 빼앗겼다. 캐리는 어딘가 지쳐 보여 보호본능을 자극했다. 그 순간이 자아내는 매혹적인 환상 속에서 그는 감정이 북받쳐오른 나머지 당장이라도 달려가 그녀를 불행에서 구해내어 자신의 기쁨을 나누어주고 싶은 심정이었다.

곧 캐리는 다시 혼자가 되어 생기 있게 말했다.

"어떤 위험이 도사리고 있다 해도 도시로 돌아가야겠어. 할 수 있다면 남몰래 가야 해. 어쩔 수 없이 다 알게 되더라도."

밖에서 말발굽 소리에 이어 레이의 목소리가 들렸다.

"아니, 말은 다시 안 탈 거야. 말을 넣어둬."

레이가 등장했고, 허스트우드가 겪고 있는 특수한 상황에 맞먹는 사랑의 비극을 빚어낼 장면이 시작됐다. 캐리는 이 장면을 제대로 해보자고 단단히 마음먹었으므로, 사인이 떨어지자 충만한 감정을 끌어올리기 시작했다. 허스트우드와 드루에 둘 다 그녀가 연기를 해나가면서 감정이 고조되는 것을 느꼈다.

"펄과 함께 떠난 줄 알았는데요." 그녀가 자신의 연인에게 말했다.

"길을 나서긴 했소. 하지만 1마일쯤 남겨놓고 일행을 떠나왔소."

"당신과 펄 사이에 불화는 없었잖아요?"

"그렇지…… 아니, 그러니까, 항상 불화가 있었소. 우리 사이의 날씨는 항상 '구름 많음'이나 '흐림'이었소."

"그게 누구 잘못인가요?" 그녀가 가볍게 물었다.

"내 잘못은 아니오. 난 할 수 있는 건 다 했소. 할 수 있는 건 모두. 하지만 그녀는……" 그가 심통이 난 듯 대꾸했다.

패튼은 이 대사를 다소 어색하게 했지만, 캐리는 감정을 넣어 우아하게 처리해서 이를 만회했다.

"하지만 펄은 당신의 아내가 될 사람이에요." 캐리는 목석같은 배우에게 온 마음을 쏟아 다시 나지막하고도 음악이 울리는 듯 부드러운 목소리로 말했다. "레이, 내 친구, 결혼 전의 교제가 만족스러워야 결혼생활도 행복하답니다. 당신의 교제를 불만스럽고 불행한 상태로 놓아두지 마세요."

캐리는 작은 두 손을 모아 호소하듯 맞잡았다.

허스트우드는 살짝 벌어진 입술을 뚫어져라 바라보았다. 드루에는 좋아서 온몸이 들썩들썩했다.

"내 아내가 될 사람, 그래요." 배우의 대사는 역시 약했지만, 캐리가 만들어내고 끌어가는 다정한 분위기를 이제는 망칠 수 없었다. 캐리는 그의 연기가 형편없다는 사실도 느끼지 못하는 것 같았다. 나무토막을 세워놓고 해도 캐리는 상관없었을 것이다. 필요한 부속품들은 다 그녀의 상상 속에 있었다. 상대의 연기는 아무 영향도 미칠 수 없었다.

"후회하시나요?" 캐리가 천천히 물었다.

"나는 당신을 잃었소." 그는 캐리의 작은 손을 잡았다. "그리고 겉모습만으로 나를 유혹하며 추파를 던지는 여자들에게 쉽게 넘어갔소. 당신 잘못이오. 당신도 알겠지만. 당신은 왜 나를 떠난 거요?"

캐리는 천천히 돌아서서 말없이 어떤 충동을 다스리는 듯하더니 다시 돌아섰다.

"레이, 당신이 집안이나 재산, 교양 면에서 당신에게 뒤지지 않으면서 미덕을 갖춘 여자에게 모든 애정을 영원히 다 쏟는 것보다 저에게 더 큰 행복은 없었어요. 그런데 지금 저에게 무슨 말씀을 하시는 건가요! 무엇 때문에 계속해서 자신의 행복을 막으시는 건가요?"

마지막 질문은 너무나 꾸밈이 없어서 관객과 연인에게 개인적으로 던지는 질문처럼 들렸다.

마침내 연인이 소리쳤다. "나에게 그전과 같은 존재로 돌아와주시오."

캐리는 애정 넘치는 어조로 다정하게 대답했다. "당신에게 그렇게 될 수는 없어요. 하지만 당신에게는 영원히 죽은 사람인 로라의 마음으로 말씀드릴 수는 있어요."

"그렇게라도 좋소." 패튼이 말했다.

허스트우드는 몸을 앞으로 쑥 내밀었다. 모든 관객이 다 침묵 속에서 집중했다.

"당신의 여자가 현명하건 머리가 비었건, 아름답건 못생겼건, 부유하건 가난하건, 그녀가 정말로 줄 수도 있고 안 줄 수도 있는 것이 딱 하나 있어요. 그건 바로 그녀의 마음이에요." 캐리가 연인을 향해 슬픈 눈으로 말했다.

드루에는 목구멍이 칼칼하게 아파왔다.

"아름다움, 재치, 교양, 그런 것들은 팔 수도 있어요. 하지만 사랑만큼은 돈으로도, 어떤 값을 치르고도 살 수 없는 보물이에요."

허스트우드는 이 대사가 자기에게 하는 호소 같아서 마음이 괴로웠다. 마치 단둘만 있는 것처럼 느껴졌고, 희망 없고 애처롭지만 자기가 사랑하는 이 앙증맞고 매력적인 여자에 대한 슬픔으로 눈물을 주체하기 힘들었다. 드루에도 넋이 나간 상태였다. 그는 캐리에게 전과는 다른 모습을 보여주리라 마음먹었다. 정말로 캐리와 결혼할 것이다! 그럴 만한 가치가 있는 여자였다.

캐리는 책을 읽듯 작은 목소리로 대답하는 연인의 말은 거의 듣지도 않고 오케스트라에서 흘러나오는 구슬픈 가락에 맞추어 더 감정을 잡았다. "그녀가 바라는 보답은 당신이 그녀를 바라보는 눈빛에 담긴 헌신뿐이에요. 당신이 말을 걸어줄 때의 부드럽고, 사랑스럽고, 다정한 목소리뿐이에요. 당신의 정력적인 사상과 야심 찬 계획을 곧장 알아듣지 못한다 해서 그녀를 경멸하지 않는 것이에요. 그래야만 불행과 악이 더할 나위 없이 위대한 당신의 계획을 패배시키더라도, 그녀의 사랑만은 끝까지 남아서 당신을 위로해줄 테니까요. 저 나무를 보세요." 그녀가 말하는 모습을 보면서 허스트우드는 자신의 감정을 억제하기가 힘들었다. "강하고 웅장하죠. 하지만 꽃이 줄 수 있는 것이 향기뿐이라 해서 꽃을 멸시하지는 마세요. 잊지 마세요." 그녀는 부드럽게 결론지었다. "사랑은 여자가 줄 수 있는 전부예요." 그녀는 '전부'라는 말을 묘하고 달콤하게 강조했다. "그리고 신이 우리에게 무덤 너머까지 가져갈 수 있도록 허락하신 것도 사랑밖에 없어요."

두 남자는 솟아나는 애정을 주체 못할 지경이었다. 마지막 대사 몇 마디는 거의 귀에 들어오지도 않았다. 그저 호소력 있는 우아한 자태로 무대 위를 움직이며 계시와도 같은 힘을 행사하고 있는 자기들의 우상을 바라볼 뿐이었다.

허스트우드는 수천 가지 결심을 했고, 드루에도 못지않았다. 그들은 한마음으로 우레와 같은 박수갈채에 동참해 캐리를 무대로 끌어냈다. 드루에는 손이 아플 때까지 박수를 치다가는 벌떡 일어서서 밖으로 뛰쳐나갔다. 그가 뛰어나갈 때 캐리는 무대 위에서 어마어마한 꽃바구니가 통로를 따라 자기 쪽으로 서둘러 운반되는 것을 보고 있었다. 허스트우드가 보낸 것이었다. 그녀는 잠시 허스트우드의 특별석 쪽을 쳐다보다가 그와 시선이 마주치자 활짝 웃었다. 그는 당장 특별석에서 뛰어내려 그녀를 끌어안고 싶은 마음이었다. 처자가 딸린 몸이라 신중해야 한다는 사실은 잊고 있었다. 지인들이 특별석에 함께 있다는 사실조차도 거의 잊어버릴 뻔했다. 내 전부를 내놓아야 한다 해도 저 사랑스러운 처녀를 갖고 말 것이다. 즉시 행동에 나설 것이다. 드루에는 끝장이 날 것이다. 하루도 더 기다리지 않을 것이다. 저 영업사원이 그녀를 차지한다니, 말도 안 된다.

그는 너무 흥분해서 가만히 앉아 있을 수가 없었다. 그는 로비로 나갔다가 생각에 잠겨 거리로 나갔다. 드루에는 돌아오지 않았다. 잠시후 연극은 모두 끝났다. 그는 캐리와 단둘이 있고 싶어 미칠 것 같았다. 그녀에게 사랑한다고 말하고 싶은데, 그녀에게만 속삭이고 싶은데 미소를 띠고 인사를 하며 가식을 떨 수밖에 없는 자기 처지가 저주스러웠다. 그는 자신의 희망이 무산되었음을 알고 신음을 흘렸다. 아무렇지도 않은 척 그녀를 저녁식사 자리로 데려가야 했다. 마침내 그는 그녀가 어떻게 하고 있는지 가보았다. 배우들은 모두 옷을 갈아입거나 대화를 나누거나 부산하게 움직이고 있었다. 드루에는 격정과 흥분으로 혼자 법석을 떨고 있었다. 허스트우드는 자제하기 위해 엄청난 노력을 해야만 했다.

"저녁식사를 하러 가야지요." 그는 진심을 간신히 감춘 목소리로 말했다.

"아, 그래야지요." 캐리가 미소 지으며 대답했다.

이 작은 여배우는 한껏 신이 나 있었다. 관심의 대상이 된다는 것이 어떤 것인지 실감하는 중이었다. 이번만큼은 그녀가 찬미와 동경의 대상이었다. 홀로 성공할 가능성이 처음으로 희미하게 보였다. 형세가 역전되어, 연인을 올려다보는 게 아니라 내려다보고 있었다. 아직 그런 사정을 완전히 깨닫지는 못했지만, 한없이 다정하면서도 부러 겸손을 차리는 듯한 그녀의 태도에는 뭔가가 있었다. 그녀가 준비를 끝내자 그들은 기다리고 있던 마차에 올라 시내 쪽으로 향했다. 그녀는 딱 한 번 자신의 감정을 드러낼 기회를 잡았다. 마차에서 허스트우드가 드루에보다 먼저 그녀의 옆자리에 앉았을 때였다. 드루에가 타기 전에 그녀는 허스트우드의 손을 부드럽게, 충동적으로 꼭 잡았다. 허스트우드는 그 사랑에 정신을 잃을 지경이었다. 그녀와 단둘이 있을 수만 있다면 영혼이라도 팔았을 것이다. 그는 생각했다. '아, 고통스러울 지경이군.'

드루에는 의기양양해서 설쳐댔다. 저녁식사는 그가 흥분한 탓에 엉망이 되었다. 허스트우드는 애정 어린 위안을 찾지 못하면 죽을 것만 같은 심정으로 집으로 향했다. 그는 캐리에게 열에 들떠 "내일"이라 속삭였고, 캐리도 알아들었다. 캐리와 그녀를 차지한 드루에와 헤어져 걸어가면서, 그는 드루에를 살해해도 후회하지 않을 것 같은 기분이었다. 캐리 역시 같은 괴로움을 느꼈다.

"잘 가요." 그는 애써 친근하게 인사를 건넸다.

"안녕히 가세요." 어린 여배우도 다정하게 인사했다.

"저 바보 녀석!" 그는 이제 드루에를 증오했다. "천치 같은 놈! 내가 곧 해치워버릴 테다! 내일 보자."

"아, 당신은 정말 놀라워." 드루에는 혼자 기분이 좋아서 캐리의 팔을 잡고 말했다. "이 세상에서 제일 멋진 아가씨야."

20
영혼의 유혹
욕망하는 육체

허스트우드와 같은 천성을 지닌 사람에게 욕망은 정열적인 모습으로 나타난다. 생각에 잠기고 꿈을 꾸는 정도가 아니다. 연인의 창밖에서 노래를 부른다든가, 고난에 부닥쳐 고뇌하거나 푸념하는 식과는 거리가 멀다. 밤에는 이런저런 생각으로 머리가 복잡해 잠을 설쳤지만 아침이 되자 그는 일찍 일어나 이 중요한 문제에 민첩하게 달려들어 정력적으로 맞붙었다. 몸도 찌뿌드드하고 마음도 어지러웠다. 캐리한테서 새로운 기쁨을 얻었지만 드루에가 거치적거렸다. 상기된 얼굴로 마냥 신나하는 드루에 때문에 자신의 사랑이 방해받고 있다는 생각에, 세상 누구보다 괴로운 마음이었다. 이 복잡한 문제를 끝장낼 수만 있다면, 드루에를 효과적으로, 영원히 없애버릴 계획에 캐리가 순순히 따라주기만 한다면 무엇이라도 내놓을 수 있을 것 같았다.

어떻게 하면 좋을까. 그는 옷을 입으면서도 계속 생각했다. 아내와 같은 방에서 오가면서도 아내의 존재는 안중에도 없었다.

아침식사 때는 식욕이 없었다. 좋아하던 고기는 접시 위에 손도 대지 않은 상태로 놓여 있었다. 관심도 없는 신문을 훑어보는 동안 커피는 차갑게 식어갔다. 군데군데 소소한 기사들을 읽었지만 하나도 머리에 들어오지 않았다. 제시카는 아직 내려오지 않았다. 아내는 식탁 한쪽 끝에 앉아서 말없이 이런저런 생각을 하는 중이었다. 새로 들어온 가정부가 상을 차리면서 냅킨을 빠뜨렸다. 아내가 꾸짖는 소리로 침묵은 짜증스레 깨졌다.

"전에도 말했을 텐데, 매기. 다시 얘기하는 일 없게 해줘요." 허스트우드 부인이 말했다.

허스트우드는 눈을 들어 아내를 보았다. 아내는 얼굴을 찌푸리고 있었다. 아내의 태도는 참을 수 없을 정도로 그의 짜증을 돋웠다. 아내의 다음 말은 그를 향한 것이었다.

"언제 휴가를 쓸지 정했어요, 여보?"

매년 이맘때면 으레 여름 여행을 의논하곤 했다.

"아직 못 정했소. 요즘 너무 바빠서 말이야."

"아, 갈 거면 빨리 정해야죠." 아내가 채근했다.

"며칠은 시간이 있을 텐데."

"흠, 꾸물대다가 여름이 다 가겠네요."

아내가 성질을 긁는 투로 말을 했다.

"또 시작이로군. 누가 보면 내가 아무것도 안 하는 사람인 줄 알겠소."

"그저 궁금한 것뿐이라고요." 아내가 다시 말했다.

"아직 며칠은 시간이 있잖소. 경마가 끝나기 전에는 떠나고 싶지 않을 테니." 그 역시 지지 않고 맞섰다.

다른 생각에 빠져 있고 싶은데 이런 얘기를 해야 한다는 데 짜증이 났다.

"아니, 가도 돼요. 제시카는 경마가 끝날 때까지 여기 있기 싫대요."

"그럼 대체 정기권은 뭣 땜에 사달라고 했소?"

"아!" 아내는 진절머리가 난다는 듯이 외쳤다. "당신하고 말싸움하기 싫어요." 그러고는 말 끝나기가 무섭게 자리에서 벌떡 일어났다.

그는 일어서서 아내가 자리를 떠날 생각을 하지 못하도록 단호한 목소리로 말했다. "요새 왜 그러는 거요? 이젠 당신과 얘기도 더 못 한단 말이오?"

"이야기를 왜 못 해요." 아내는 '이야기'를 강조하여 대답했다.

"흠, 당신 행동을 보면 그렇게 생각하는 것 같지 않은걸. 언제 준비가 될지 알려주지. 한 달은 걸릴 거요. 그때도 안 될지 모르고."

"당신 없이 우리끼리 가죠 뭐."

"뭐라고?" 그는 코웃음을 쳤다.

"우리끼리 간다고요."

그는 아내의 단호함에 깜짝 놀라 짜증이 더 솟았다.

"흠, 두고봅시다. 요즘 당신, 매사에 너무 고압적으로 나오는 것 같아. 마치 나를 위해 내 일까지 다 결정해뒀다는 식으로 말을 하니. 그러면 안 되지. 나와 관련된 일은 마음대로 하지 마. 당신이 가고 싶으면 가요. 하지만 그런 말로 나를 몰아대지는 말란 말이야."

화가 머리끝까지 난 그는 검은 눈을 무섭게 빛내면서 신문을 구겨 쥐었다. 허스트우드 부인은 입을 다물었다. 그가 식사를 끝낼 즈음 아내는 돌아서서 복도로 나가 위층으로 올라가버렸다. 그는 망설이듯이 잠시 멈추었다가 다시 앉아서 커피를 조금 마신 다음 일어서서 모자와 장갑을 가지러 갔다.

그의 아내는 대화가 이런 식으로 흘러갈 줄은 전혀 예상치 못했다. 그녀는 몸이 좀 좋지 않아 기분이 언짢은 상태로 아침 식탁에 와서 염두에 둔 계획을 생각해보던 중이었다. 제시카는 경마가 기대했던 것과는 다르다고 말했다. 사교적인 기회도 올해에는 그들의 기대만 못했다. 매일 가봐야 지루하기만 했다. 올해에는 이름 있는 사람들이 온천 도시며 유럽으로 일찌감치 다 빠져나가버렸던 것이다. 그녀가 아는 사람들 중에서 관심을 두고 있던 젊은 남자들 여럿도 워키쇼로 가고 없었다. 제시카는 자기도 가야겠다는 생각이 들기 시작했고, 어머니도 딸과 같은 생각이었다.

그래서 허스트우드 부인은 그 이야기를 꺼내보기로 마음먹었던 것이다. 식탁에 앉아서도 그 문제를 계속 생각하고 있었지만 무슨 까닭인지 분위기가 틀어져버렸다. 일이 끝나고 나서도 어째서 분란이 시작되었는지 알 수가 없었다. 이제 그녀는 남편을 몹쓸 사람으로 단정하고, 무슨 일이 있더라도 이 문제를 해결하고 말겠다고 다짐했다. 이런 대접을 받고 가만히 있을 수는 없었다. 이유를 알아내야 했다.

허스트우드로 말하자면, 사무실에 도착해서 캐리를 만나기 위해 그곳을 나설 때까지 이 새로운 말다툼 때문에 마음이 무거웠다. 그러다가 사랑, 욕망, 방해 같은 복잡하게 얽힌 문제들에 정신을 빼앗겼다. 그의 생각은 날개를 펼치고 훨훨 날아갔다. 캐리를 만날 때까지 기다릴 수가 없었다. 무엇보다도 그녀가 없는 밤은 어떻게…… 낮은 또 어떻게 보내나? 그녀는 그의 것이 되어야만 했다.

캐리로 말하자면, 전날 밤 그와 헤어진 후 환상과 감정으로 가득한 세계를 경험했다. 그녀는 드루에가 흥분해서 늘어놓는 장광설 중 자기와 관련이 있는 부분만 귀담아듣고 드루에에 관한 이야기는 흘려들었다. 캐리의 생각은 온통 자신이 거둔 승리에 쏠려 있었으므로, 될 수 있는 한 그가 떠들도록 내버려두었다. 그녀에게 허스트우드의 정열은 자신이 거둔 성공의 기분좋은 배경이었다. 그가 뭐라고 할지 궁금했다. 캐리는 그에게 동정심도 느꼈는데, 거기에는 다른 사람의 불행이 곧 자신을 위한 찬사가 되는 데서 오는 특별한 슬픔이 배어 있었다. 자선을 구하는 위치에서 베풀어주는 쪽으로 옮겨간 이 미묘한 변화에서 오는 감정을 그녀는 처음으로 희미하게 맛보았다. 캐리는 말할 수 없이 행복했다.

그러나 이튿날 아침 신문에는 공연에 관해 단 한 줄도 실리지 않았고, 평소와 전혀 다를 바 없는 일상의 흐름 속에서 전날 저녁의 영광도 빛을 잃었다. 드루에조차 그녀에 대한 이야기는 더 하지 않았다. 그는 무슨 까닭에선지, 본능적으로, 그녀와의 관계를 재정립해야겠다고 느끼고 있었다.

아침에 시내에 나갈 준비를 하느라 방에서 몸단장을 하며 그는 말했다. "이번달에 내 일을 다 처리해놓고 나면 결혼식을 올리자고. 어제도 그 일에 대해 모셔하고 얘기를 좀 했어."

"아니, 당신은 안 할 거예요." 캐리는 이제 미약하나마 드루에에게 농담을 할 정도의 힘이 생겼다.

"아니, 할 거야." 그는 전보다 더 힘주어 단언하고는 애원조로 덧붙였다. "내 말을 안 믿는 거야?"

캐리는 가볍게 웃음을 터뜨렸다.

"믿고말고요."

드루에는 큰소리를 치면서도 마음이 불안했다. 그는 통찰력의 깊이가 없는데다가, 이미 벌어진 일들은 그나마 약한 분석력을 무용지물로 만들고 있었다. 캐리는 여전히 그의 곁에 있었지만 더는 무력하게 매달리는 존재가 아니었다. 그녀의 목소리에는 새로운 경쾌함이 있었고, 그녀는 더이상 그를 의지하는 눈으로 바라보지 않았다. 드루에는 무언가 다가오는 그림자를 느끼고 있었다. 그것이 그의 감정에도 영향을 미쳐 작게나마 이런 배려를 보이고, 그저 다가올 위험에 대비하기 위한 몇 마디 말을 하게 된 것이다.

잠시 후 그가 밖으로 나간 뒤 캐리도 허스트우드를 만나러 나갈 준비를 했다. 그녀는 서둘러 화장을 하고 층계를 내려갔다. 길모퉁이에서 드루에를 지나쳤지만 그들은 서로를 보지 못했다.

드루에는 잊고 온 청구서가 있어서 집으로 돌아가는 참이었다. 서둘러 계단을 올라 방문을 열어보니 청소를 하는 하녀 말고는 아무도 없었다.

그는 반쯤은 혼잣말처럼 외쳤다. "이런, 캐리가 어디 갔나?"

"부인 말씀이세요? 조금 전에 나가셨는데요."

'이상하군. 그런 말 없었는데. 어딜 갔을까?' 드루에는 생각했다.

그는 서둘러 작은 여행가방 속을 뒤져 원하던 것을 찾아 주머니에 쑤셔넣고는 자기 쪽을 보고 있는 예쁘장하고 사근사근한 하녀에게로 관심을 돌렸다.

"뭐하고 있었어?" 그는 미소를 지으며 물었다.

"청소하던 중이에요." 하녀는 일손을 멈추고 손에 걸레를 감으며 대답했다.

"힘들지 않아?"

"할 만해요."

"내가 뭐 하나 보여줄게." 그는 상냥하게 말하며 담배 도매회사에서 만든 조그만 석판화 카드 한 장을 주머니에서 꺼냈다. 그 위에는 줄무늬 양산을 쓴 예쁜 소녀의 그림이 인쇄되어 있었는데, 뒤쪽의 원판을 돌리면 양산 바탕에 파놓은 작은 틈새 사이로 빨강, 노랑, 초록, 파랑색이 차례로 보였다.

"기가 막히지?" 그는 하녀에게 어떻게 움직이는지 보여주었다. "이런 건 처음 볼걸."

"정말 멋진데요?"

"마음에 들면 가져도 좋아."

자기가 준 카드를 쥐고 있는 그녀의 손에 끼워진 평범한 반지를 만져보며 그가 덧붙였다. "예쁜 반지를 꼈네."

"정말요?"

"응," 그는 자세히 살펴보는 척 하녀의 손가락을 잡았다. "근사해."

그런 식으로 분위기가 만들어지자, 그는 계속 그녀의 손가락을 잡고 있다는 것을 잊은 척 이야기를 더 끌어나갔다. 그러나 하녀는 곧 손가락을 빼고 몇 발짝 뒤로 물러나 창틀에 기댔다.

"오랜만에 뵈어요." 하녀가 그의 적극적인 접근을 뿌리치며 교태를 부렸다. "어디 다녀오셨나봐요."

"그랬지."

"여행을 멀리 가시나요?"

"아주 멀리 가. 맞아."

"여행이 좋으세요?"

"아, 뭐 별로야. 좀 있으면 그것도 싫증이 나서."

"나도 여행갈 수 있으면 얼마나 좋을까." 하녀가 멍하니 창밖을 내다보며 말했다.

"친구 되시는 허스트우드 씨는 어떻게 지내시나요?" 하녀는 허스트우드가 떠올라 불쑥 물었다. 그녀가 관찰한 바로는 허스트우드가 좋은 얘깃거리가 될 것 같았다.

"시내에 있지. 그런데 그에 대해서는 왜 묻지?"

"아, 아무것도 아니에요. 그냥 선생님이 돌아오신 후로는 안 들르셔서요."

"어떻게 그를 알게 되었어?"

"지난달에만도 그분 이름을 열두 번은 전해드린걸요?"

"무슨 소릴. 우리가 여기 들어온 후로 그가 온 게 다 합쳐도 대여섯 번이 안 될 텐데." 드루에가 가볍게 말했다.

"그런가요? 그거야 선생님 아시는 한에서는 그렇죠." 하녀가 미소를 지었다.

드루에는 그냥 지나칠 수가 없었다. 하녀가 농담을 하는 것인지 어떤 것인지 확신이 서지 않았다.

"나를 놀리는군. 왜 그런 식으로 웃지?"

"아, 아무것도 아니에요."

"최근에도 그를 본 적이 있어?"

"선생님이 돌아오신 후로는 못 봤어요." 하녀가 소리내어 웃었다.

"그전에는?"

"물론 봤죠."

"몇 번이나?"

"음, 거의 매일요."

하녀는 짓궂은 수다쟁이였다. 자기가 한 말이 어떤 결과를 가져올지 궁금해 죽을 지경이었다.

"누구를 보러 왔는데?" 드루에는 못 믿겠다는 듯 물었다.

"드루에 부인이지요."

이 대답에 그는 좀 얼빠진 표정이 되었다가, 얼간이처럼 보이지 않으려고 애써 표정을 고쳤다.

"흠, 그래서?"

"아무것도 아니에요." 하녀는 교태를 부리며 머리를 한쪽으로 기울이며 대답했다.

"그는 오랜 친구야." 그는 수렁 속으로 더 깊이 끌려들어가는 기분이었다.

하녀와 좀더 노닥거릴 수도 있었지만, 그럴 기분이 확 달아나버렸다. 뒤에서 누군가 하녀의 이름을 부르자 그제야 마음이 놓였다.

"가봐야겠어요." 하녀는 별일 아니라는 투로 말하고는 가버렸다.

"나중에 봐." 그는 방해받아 기분이 상한 척 말했다.

하녀가 가고 나자 그는 눈치보지 않고 자기감정에 몰두할 수 있게 되었다. 쉽게 통제가 안 되는 표정에 그가 느끼는 혼란과 심란함이 고스란히 드러났다. 허스트우드가 그렇게 여러 번 방문을 했는데도 캐리가 한마디도 안 했다니 말이 되나? 허스트우드가 거짓말을 하고 있나? 하녀는 무슨 뜻으로 그런 말을 한 걸까? 요즘 캐리의 태도에 좀 수상쩍은 데가 있기는 했다. 허스트우드가 몇 번이나 찾아왔는지 물었을 때 왜 그렇게 당황했을까? 설마! 이제야 기억이 났다. 전체적으로 어딘가 이상했다.

그는 더 잘 생각해보려고 흔들의자에 한쪽 다리를 꼬고 앉아 얼굴을 잔뜩 찌푸렸다. 머릿속이 온갖 생각으로 복잡했다.

캐리가 평소와 다르게 행동한 적은 없었다. 자기를 속였을 리는 없다. 캐리는 그런 식으로 행동하지는 않았다. 어젯밤에도 캐리는 허스트우드를 친구처럼 대했고, 허스트우드 쪽에서도 그랬다. 그들이 어떻게 행동했는지 보라! 그들이 자기를 속이려 했다고는 믿을 수가 없었다.

생각이 입 밖으로 터져나왔다.

"가끔 캐리가 이상하게 굴기는 했어. 오늘 아침에도 한마디 말도 없이 차려입고 나갔잖아."

그는 머리를 벅벅 긁고는 시내로 나갈 준비를 했다. 여전히 인상을 잔뜩 찌푸린 채였다. 복도로 나오다가 다른 방을 청소하던 하녀와 마주쳤다. 하녀는 사람 좋아 보이는 통통한 얼굴에 하얀 청소용 모자를 쓰고 있었다. 하녀가 미소를 지어 보이자 드루에는 근심거리를 거의 잊어버릴 뻔했다. 그는 그저 지나가다가 인사를 하듯 친근하게 그녀의 어깨에 손을 올렸다.

"화났던 거 다 풀리셨어요?" 하녀는 여전히 짓궂게 물었다.

"화나지 않았어."

"화나신 줄 알았어요." 하녀가 미소 지으며 말했다.

"그 바보 같은 소리는 그만둬." 그가 퉁명스레 대꾸했다. "진담이었어?"

"그럼요." 하녀는 부러 분란을 조장할 뜻은 없다는 투로 이렇게 덧붙였다. "얼마나 자주 오셨는데요. 알고 계신 줄 알았어요."

아닌 척 속이는 게임은 드루에에게는 맞지 않았다. 더는 무관심한 척할 수가 없었다.

"여기서 저녁 내내 있기도 했어?"

"가끔요. 둘이 같이 나갈 때도 있었고요."

"저녁에?"

"네. 그렇게 화난 표정 짓지 마세요."

"화나지 않았어. 그를 본 사람이 또 있어?"

"물론이죠." 하녀가 그건 별일도 아니라는 듯이 대답했다.

"얼마 동안이나 그랬지?"

"선생님이 돌아오시기 바로 전까지요."

드루에는 신경질적으로 입술을 쥐어뜯었다.

"아무 말도 하면 안 돼, 알겠지?" 그는 하녀의 팔을 부드럽게 잡았다.

"물론 안 해요. 전 신경 끌게요."

"좋아." 그는 이번에는 꽤 심각하게 고민하며 나왔지만, 그 와중에도 하녀에게 멋진 인상을 남겼다는 사실을 의식하고 있었다.

"캐리를 만나야겠어." 그는 너무나 부당한 일을 당했다는 생각에 흥분해서 중얼거렸다. "캐리가 어떻게 나올지 봐야겠어."

21
영혼의 유혹
욕망하는 육체

캐리는 허스트우드가 한참을 기다린 후에야 왔다. 그의 피는 뜨거웠고 신경은 곤두서 있었다. 전날 밤 자신을 그토록 밑바닥까지 뒤흔들어놓은 여인을 만나고 싶어 죽을 지경이었다.

"왔군요." 그는 온몸에 퍼지는 생기와 비극적이기까지 한 기쁨을 느끼며 자신을 억눌렀다.

"네."

그들은 갈 곳을 정해놓은 사람들처럼 걸었다. 허스트우드는 환하게 빛나는 그녀의 존재에 흠뻑 취했다. 그녀의 예쁜 치마가 바스락거리는 소리가 그에게는 음악 같았다.

"만족해요?" 전날 밤 그녀가 얼마나 잘해냈는지를 떠올리며 그가 물었다.

"당신은요?"

캐리가 보내는 미소를 보고 있자니 손에 땀이 났다.

"훌륭했어요."

캐리는 기뻐 어쩔 줄 몰라 웃음을 터뜨렸다.

"오랫동안 연극을 보아왔지만 최고였어요." 그가 덧붙였다.

전날 밤 느꼈던 캐리의 매력이 되살아나 지금 그녀의 존재가 불러일으키는 감정과 뒤섞였다.

캐리는 이 남자가 자신을 위해 만들어낸 분위기에 푹 빠졌다. 벌써 그녀는 생기가 넘쳤고 빛으로 충만했다. 그의 음성 하나하나가 자신을 끌어당기는 듯 느껴졌다.

잠시 뜸을 들였다가 캐리가 말했다. "저한테 보내주신 꽃 정말 멋졌어요. 예뻤어요."

"마음에 들었다니 기쁘군요." 허스트우드가 짤막하게 말했다.

그는 내내 자기가 정말로 하고 싶은 이야기가 자꾸만 뒤로 미루어지는 것에 신경이 쓰였다. 그는 자신의 감정으로 화제를 돌리고 싶어 안달이 났다. 모든 상황이 다 무르익었다. 자신의 캐리가 바로 옆에 있었다. 그는 그 주제로 당장 뛰어들어 그녀를 설득하고 싶었지만, 적절한 말과 그 말을 꺼낼 방법을 찾고 있었다.

"집에는 잘 들어갔지요?" 갑자기 그는 말투를 바꿔 자기 연민에 빠진 목소리로 침울하게 말했다.

"예." 캐리가 심상하게 대답했다.

그는 걸음을 늦추고 그녀와 눈을 맞추며 잠시 그저 물끄러미 그녀를 바라보기만 했다.

캐리는 파도처럼 밀려오는 감정을 느꼈다.

"나를 어떻게 생각하오?" 그가 물었다.

캐리는 적잖이 당황스러웠다. 드디어 올 것이 왔다는 느낌이었다. 딱히 뭐라고 대답하면 좋을지 알 수가 없었다.

"저도 모르겠어요."

그는 잠시 아랫입술을 깨문 채 가만히 있었다. 그는 걸음을 멈추고 발끝으로 잔디를 찼다. 그는 다정하면서도 호소하는 듯한 눈빛으로 그녀의 얼굴을 살폈다.

"그를 떠나지 않을 겁니까?" 그가 힘주어 물었다.

"저도 모르겠어요." 캐리는 여전히 잡을 것 하나 없이 방향을 잃고 표류하는 기분으로 대답했다.

실제로 캐리는 이러지도 저러지도 못하는 상황에 빠져 있었다. 여기 그녀가 완전히 푹 빠진 남자가 있다. 캐리 역시 그를 향한 열렬한 애정에 사로잡혀 있다고 믿게 만들 만큼 그는 그녀에게 영향력을 행사하고 있다. 그녀는 여전히 그의 날카로운 눈과 정중한 태도, 멋진 옷의 희생자였다. 그녀는 앞에 서 있는, 우아하고 마음이 가는 남자, 기쁨에 찬 눈빛으로 자신을 향해 다가오는 남자를 보았다. 그의 열정에서 뿜어져나오는 광채, 그의 눈에서 쏟아져나오는 빛에 저항할 수가 없었다. 그의 감정을 그녀 역시 고스란히 느끼지 않을 도리가 없었다.

그러나 한편으로는 어지러운 마음을 떨칠 수가 없었다. 그가 얼마나 알고 있을까? 드루에가 그에게 어디까지 이야기했을까? 그의 눈에 나는 유부녀일까, 아니면 무엇으로 보일까? 나와 결혼해줄까? 그의 이야기를 들으며 마음이 누그러지고 눈은 부드럽게 빛나면서도, 드루에가 자기들이 결혼한 사이가 아니라는 말을 했을지 어떨지 궁금한 마음을 떨치지 못했다. 드루에의 말로는 아무것도 확신할 수가 없었다.

그러나 그녀는 허스트우드의 사랑에 슬퍼하지 않았다. 그가 무엇을 알고 있건 그녀를 향한 그의 사랑에 미심쩍은 점이라고는 조금도 없었다. 그는 분명히 진실했다. 그의 열정은 진짜였고 뜨거웠다. 그가 하는 말에는 힘이 있었다. 그녀가 어떻게 해야 할까? 그녀는 이런 생각을 하느라, 다정한 태도를 유지하면서도 건성으로 대답을 하면서 이 생각 저 생각 떠돌다가 마침내 가없는 사색의 바다에 빠져들었다.

"왜 떠나지 않는 거지요? 난 당신을 위해 뭐든 다 해줄 수 있는데……" 그가 부드럽게 물었다.

"아, 안 돼요."

"뭐가 안 된단 말이오? 무슨 뜻이오?"

그녀의 얼굴에 고통스럽고 혼란스러운 표정이 떠올랐다. 그런 비참한 생각을 왜 끄집어내야만 하는지 알 수 없었다. 결혼이라는 울타리 밖에 있는 비참한 처지가 칼날처럼 가슴을 후벼팠다.

허스트우드 역시 그런 식으로 말을 꺼낸 것이 실수였음을 깨달았다. 그는 캐리의 생각을 가늠해보고 싶었지만 알 수 없었다. 그는 그녀의 존재에 상기되어 심장이 뛰면서도 또렷한 정신으로 자신의 계획에 매달렸다.

"나에게 와줘요." 그는 거듭해서 더욱 끓어넘치는 숭배심으로 재촉했다. "당신 없이는 안 되는 줄 알잖소. 당신도 알잖아요. 이런 식으로 계속할 수는 없어요. 그렇지 않소?"

"저도 알아요."

"나로서도 어쩔 수가 없소. 달리 방법이 있었다면 당신한테 이러지 않았겠지. 날 봐요. 캐리. 내 입장이 한번 되어봐요. 당신도 나와 떨어져 있고 싶지는 않잖소?"

캐리는 깊은 생각에 잠긴 듯 고개를 흔들었다.

"그럼 모든 문제를 완전히 해결해버리는 게 어떻겠소?"

"저도 모르겠어요."

"모르겠다고! 아, 캐리, 왜 그렇게 말하는 거요? 나를 괴롭히지 말아요. 진지하게 생각해봐요."

"진지해요." 캐리가 부드럽게 대답했다.

"그럴 수는 없소. 내가 당신을 얼마나 사랑하는지 안다면 그럴 수가 없어요. 어젯밤을 생각해봐요."

이렇게 말하는 그의 태도는 더할 나위 없이 침착했다. 그의 표정과 자세는 완전히 평정을 유지하고 있었다. 움직이는 것은 그의 눈뿐이었다. 그의 눈은 다 녹여버릴 듯한 미묘한 불꽃을 내뿜고 있었다. 그 안에서 남자의 전 존재가 강렬하게 응집되고 있었다.

캐리는 아무 대답도 하지 않았다.

"어떻게 이럴 수가 있소? 나를 사랑하기는 하는 거요?" 잠시 후 그가 캐물었다.

그가 그녀에게 쏟아붓는 폭풍 같은 감정에 그녀는 압도당했다. 순간 모든 의심이 다 날아가버렸다.

"네." 캐리가 솔직하고 다정하게 대답했다.

"자, 그러면 나에게 와요. 올 거죠? 오늘밤?"

캐리는 마음이 괴로웠지만 고개를 저었다.

"더는 기다릴 수 없소. 오늘밤이 너무 빠르다면 토요일에 와요." 허스트우드가 다그쳤다.

"그럼 우린 언제 결혼하는 건가요?" 캐리는 자신을 드루에의 아내로 알고 있어주기를 바랐던 곤란한 입장은 잊어버리고 조심스럽게 물었다.

그 문제에서는 그녀보다 더 곤란한 만큼 허스트우드는 한 대 맞은 듯이 퍼뜩 놀랐다. 순간 뇌리를 스치는 생각을 그는 겉으로 드러내지 않았다.

"당신만 좋다면 언제라도." 그는 지금 느끼는 기쁨을 이런 괴로운 문제로 퇴색시키고 싶지 않아 얼른 대답해버렸다.

"토요일이 어때요?" 캐리가 물었다.

그는 고개를 끄덕였다.

"그럼, 당신이 그때 저랑 결혼해주겠다면 나갈게요."

허스트우드는 너무나 아름답고, 너무나 매력적이고, 너무나 힘들게 얻어낸 자신의 사랑스러운 전리품을 바라보며 기묘한 결심을 했다. 그의 열정은 이제 이성의 영향을 벗어나 있었다. 이토록 사랑스러운 존재 앞에서 결혼 따위의 사소한 장벽은 문제가 되지 않았다. 그에 따르는 모든 어려움을 감수할 것이다. 냉정한 진실이 일깨워주는 반대 이유에는 답하지 않을 것이다. 뭐든지 다 약속하고 행운이 해결해주도록 맡겨버릴 셈이었다. 결과야 어찌되든 낙원에 들어가기 위해 시도해볼 것이다. 정직을 희생시키고 진실 따위는 다 내던지고서라도 기필코 행복해질 것이다.

캐리는 부드럽게 그를 바라보았다. 너무나 기쁜 나머지 그의 어깨에 기대고 싶을 정도였다.

"아, 그럼 준비할게요."

허스트우드는 경이와 불안의 그림자가 엇갈리는 그녀의 예쁜 얼굴을 들여다보며 이보다 더 사랑스러운 것은 평생 한 번도 본 적이 없다고 생각했다.

"내일 또 만납시다. 그때 계획을 짜도록 해요." 그가 기쁨에 넘쳐 말했다.

캐리와 함께 걷는 내내 그는 말이 나오지 않을 정도로 기뻤다. 그는 기쁨과 애정이 넘치는 긴 이야기를 드문드문 전했다. 반 시간쯤 후 그는 이제 헤어져야 할 때가 왔다고 느꼈다. 세상은 이렇게 가혹한 것이다.

"그럼 내일." 그는 헤어지면서 자신에 찬 태도로 경쾌하게 말했다.

"네." 캐리도 들뜬 마음으로 발걸음을 돌렸다.

너무나 강렬하게 솟아나는 애정에 캐리는 자신이 사랑에 푹 빠져버렸다고 믿었다. 그녀는 자신의 잘생긴 숭배자를 생각하며 한숨을 내쉬었다. 그렇다. 토요일까지는 준비를 다할 것이다. 떠날 것이다. 우리는 행복해질 것이다.

22
부싯깃의 불꽃
육체와 육체의 싸움

허스트우드 집안의 불행은 질투가 사랑에서 태어나긴 했어도 사랑과 함께 사라져버리지는 않는다는 사실에서 비롯되었다. 허스트우드 부인은 이런 질투를 계속 품고 있었기 때문에, 그후에 일어난 일들은 질투를 증오로 바꾸어놓았다. 육체적인 면에서 허스트우드는 아직도 아내가 한때 그에게 품었던 애정을 받을 만했지만, 사회적인 면에서는 그에 미치지 못했다. 그는 관심이 사그라지면서 아내에게 신경을 쓰지 않게 되었는데, 여자에게 이런 태도는 대놓고 범죄를 저지르는 것보다도 훨씬 더 지독한 것이다. 우리의 자기애는 다른 사람의 선이나 악을 판단하는 데 영향을 준다. 허스트우드 부인의 자기애는 남편의 무심한 성격을 더욱 나쁘게 받아들였다. 그녀는 자기의 존재를 의식하지 않고 해대는 남편의 말과 행동이 의도된 것이라 생각했다.

결과적으로 그녀는 원한을 품었고, 의심이 늘었다. 질투심에 그녀는 결혼관계가 주는 소소한 편안함에서 멀어지는 남편의 마음을 예의주시했다. 여전히 남편은 세상 사람들 앞에서는 우아한 모습을 유지하고 있었고, 남편이 외모에 세심하게 신경을 쓰는 것을 보면 삶에 대한 흥미는 줄어들지 않은 것이 분명했다. 동작 하나, 시선 하나에서도 그가 캐리에게 느끼는 기쁨과 그 새로운 기쁨을 추구하는 데서 오는 나날의 열정이 드러났다. 허스트우드 부인은 멀리서부터 위험을 감지하는 동물처럼 뭔가를 느꼈고, 변화의 냄새를 맡았다.

이러한 느낌은 허스트우드 쪽에서 더 직접적이고 강력한 행동을 취함으로써 확실해졌다. 그는 더이상 자신에게 어떤 즐거움이나 만족감도 주지 못하는 소소한 의무들을 짜증스럽게 피해버렸고, 더 최근에 와서는 비위에 거슬리는 아내의 잔소리에 노골적으로 으르렁거리며 맞서는 모습을 보였다. 이런 소소한 다툼은 이미 불화로 가득찬 상황 속에서 일촉즉발의 파국으로 치달았다. 뇌운이 시커멓게 낀 하늘에서 소나기가 쏟아지는 것은 당연했다. 그날 아침, 남편이 자기 계획에 전혀 관심을 보이지 않자 잔뜩 화가 나서 식탁을 떠난 뒤, 허스트우드 부인은 옷방에서 한가로이 머리를 매만지던 제시카와 마주쳤다. 허스트우드는 이미 나가고 없었다.

"아침식사에 너무 늦게 내려오지 않으면 좋겠구나." 부인이 코바늘뜨개 바구니를 찾으며 제시카에게 말했다. "음식이 다 식어버렸는데 넌 아직 식사도 안 했잖니."

그녀의 타고난 평정심은 서글프게 흔들렸고, 제시카도 결국 폭풍의 실마리를 느끼지 않을 수 없었다.

"배고프지 않아요." 딸이 대답했다.

"그럼 그렇게 말을 해야 가정부가 식탁을 치우지. 아침 내내 기다렸잖아!"

"가정부는 신경 안 쓸 거예요." 제시카가 차갑게 대꾸했다.

"가정부는 어떤지 몰라도 나는 신경이 쓰여. 어쨌거나 엄마한테 그런 식으로 말하지 않았으면 좋겠구나. 엄마한테 그렇게 하기엔 넌 아직 많이 어려."

"아이, 엄마, 자꾸 그러지 마세요. 오늘 아침따라 왜 그래요?"

"모르겠구나, 정말. 엄마는 싸우려는 게 아니야. 내가 네 응석 좀 받아준다고 아무나 기다리게 해도 괜찮다고 생각하면 안 돼. 난 그런 꼴은 못 본다."

"누구도 기다리게 한 적 없어요." 제시카는 냉소적인 무관심에서 이제 분명한 방어 태세를 취하며 날카롭게 받아쳤다. "배 안 고프댔잖아요. 아침 따위 먹고 싶지 않다니까요."

"엄마한테 그게 무슨 말버릇이니. 그런 꼴은 못 본다니까. 이제 내 말 들어라. 그런 말투는 용납 못 해!"

제시카는 엄마가 뭐라든 관심 없으며 내 할 일만 한다는 듯 고개를 치켜들고 예쁜 치맛자락을 팔락이며 방에서 나가버렸다. 제시카는 엄마와 싸울 마음이 없었다.

서로 간섭받기 싫어하고 자기만 생각하다보니 이런 사소한 말다툼은 툭하면 벌어졌다. 아들 조지는 개인의 권리에 대해 훨씬 더 까다롭고 열띠게 주장하면서, 모두에게 자신이 한 남자로서의 권리를 지녔음을 납득시키려 했다. 그러나 이러니저러니해도 열아홉 살*의 젊은이로서는 근거 없고 무의미한 주장이었다.

허스트우드는 권위를 중시하는데다 감정도 섬세한 사람이어서, 주변 세상이 점점 더 자신의 통제를 벗어나고 이해하기 힘들어진다는 사실을 참을 수가 없었다.

워키쇼로 더 일찍 출발하자는 제안 같은 사소한 일들마저 그가 처한 상황을 분명히 알게 해주었다. 그는 이끄는 입장이 아니라 따라가야 할 처지가 된 것이다. 게다가 상대가 노골적으로 날카롭게 성질을 부리고, 사람을 바보 취급하며 비웃거나 냉소하며 그의 권위를 인정하지 않으려 들 때면 화를 참기 힘들었다. 억눌러온 감정을 주체할 수 없었고, 가정에서 아예 완전히 벗어나고 싶었다. 가정은 그가 욕망과 기회를 좇지 못하도록 성가시게 발목을 잡는 것 같았다.

비록 아내가 반항하려 애쓰고 있었지만 아직은 그가 주도권과 통제권 비슷한 것을 쥐고 있었다. 아내가 성질을 내면서 노골적으로 반대 주장을 펼쳐보이는 것도 그저 하고 싶은 대로 할 수 있음을 보여주려는 행동일 뿐이었다. 아내 입장에서는 자신의 행동을 정당화시켜줄 특별한 증거, 권위와 구실 모두를 얻을 수 있는 어떤 사실을 알지 못했다. 그러나 어찌 보면 그런 증거만 있으면 근거 없는 불만처럼 보이는 것에 확고한 토대가 될 수도 있었다. 명백한 행동 한 가지만 확실하게 증거로 잡으면, 그것은 낮게 깔린 의심의 구름을 분노의 비로 바꾸어버릴 찬바람이 될 것이다.

허스트우드 쪽에서 결국 꼬리가 잡혔다. 허스트우드와 캐리가 워싱

턴 불러바드 서쪽을 드라이브한 며칠 뒤, 이웃의 잘생긴 의사 빌 선생
은 허스트우드의 집 문간에서 허스트우드 부인과 마주쳤다. 그날 빌
선생은 같은 길을 동쪽에서 돌아오다가 허스트우드를 알아본 참이었
다. 얼른 지나치는 바람에 캐리는 확실히 알아보지 못해, 그는 허스트
우드의 아내인지 딸인지 긴가민가했다.

"드라이브하실 때는 친구를 만나도 알은체를 안 하시나봅니다?" 그
가 익살맞게 말을 걸었다.

"친구들을 보면 말을 걸지요. 어디서 저를 보셨는데요?"

"워싱턴 불러바드에서요." 그는 허스트우드 부인이 즉각 기억을 되
살려내리라 기대하며 대답했다.

부인은 고개를 가로저었다.

"맞다니까요. 호인 애비뉴 부근에서요. 남편분과 함께 계셨잖습니
까."

"잘못 보셨겠지요." 그녀는 이렇게 대답하고는 일이 있다던 남편을
떠올리며 즉시 엄청난 의혹에 사로잡혔지만 내색하지는 않았다.

"남편분을 보았다니까요. 부인이었는지는 확실치 않습니다만. 어쩌
면 따님이었을 수도 있겠네요." 그가 말을 계속했다.

"그랬나봐요." 그렇게 대꾸는 했지만 제시카는 몇 주 동안 자기와
함께 다녔으므로 딸일 리는 없었다. 그녀는 평정을 회복하고 더 자세
히 캐보았다.

"오후였지요?" 그녀는 그 일이라면 잘 알고 있다는 투로 교묘하게
물었다.

"네, 두세시쯤이었어요."

"그럼 제시카가 틀림없군요." 허스트우드 부인은 그 일에 더는 신경 쓰는 듯이 보이고 싶지 않아서 그렇게 끝내버렸다.

의사는 한두 가지 생각이 떠올랐지만 적어도 자기 편에서 더 거론할 문제는 아니라고 생각했다.

허스트우드 부인은 다음 몇 시간 동안, 아니 며칠 동안이나 이 작은 정보를 생각하고 또 생각했다. 의사는 진짜로 남편을 보았을 것이며, 남편은 자기한테는 바쁘다고 해놓고 다른 여자와 마차를 타고 다녔던 게 틀림없다. 그러고 보니 자기와 같이 외출하거나, 사소한 방문을 함께하거나, 자신의 삶에 기분전환이 되는 사교 행사에 함께 참석하는 일을 남편이 몇 번이나 퇴짜 놓았던 일이 떠오르면서 분이 솟았다. 남편은 사람들과 극장에 갔다가 남들 눈에 띄자 모이 씨의 친구들이라고 했다. 드라이브를 하다가 들켰으니 거기에 대한 변명거리도 있을 것이다. 그녀가 모르는 다른 일들이 있을지도 모른다. 그렇지 않다면 요즘 왜 그렇게 바쁘고 무심했겠는가? 지난 한 달 반 동안 그는 이상하게 짜증을 잘 냈다. 그러면서도 집안이 제대로 돌아가거나 말거나 이상하게도 갑자기 나가버리곤 했다. 왜 그랬을까?

그녀는 남편이 자기를 바라보는 눈빛에 이제는 예전 같은 만족감이나 인정하는 느낌이 없다는 사실을 떠올리고 더 미묘한 감정에 빠져들었다. 확실히 그는 다른 것들과 마찬가지로, 자기를 늙고 재미없는 상대로 치부하고 있었다. 그의 눈에는 그녀의 주름이 보였을 것이다. 그는 여전히 우아함과 젊음을 뽐내고 있는데, 그녀는 시들어가고 있었다. 그는 여전히 세상의 환락을 즐기고 있는데, 그녀는…… 그러나 그녀는 이런 생각은 접기로 했다. 다만 상황이 좋지 않다는 것을 깨달았으며,

그로 인해 남편을 완전히 증오하게 되었다.

그때 당시에는 이 사건으로 뭔가 일이 터지지는 않았다. 아직 그럴 만큼 결정적인 문제로는 보이지 않았기 때문이었다. 하지만 불신과 반감의 분위기는 점점 더 강해져서 분노의 불꽃이 튀면 짜증 섞인 사소한 대화가 종종 파국으로 치닫곤 했다. 워키쇼 여행 문제도 본질적으로는 같은 일들의 연장이었다.

캐리가 에이버리 홀 무대에 선 다음날, 허스트우드 부인은 제시카와, 그녀와 친분이 있는 젊은이 바트 테일러와 함께 경마장을 찾았다. 그는 지역 가구업체 사장의 아들이었다. 그들은 일찍 갔다가 우연히 허스트우드의 친구들과 마주쳤다. 모두 엘크스 회원들이었는데, 그중 둘은 전날 저녁 공연에도 갔었다. 제시카의 관심을 끌기 위한 젊은 친구의 행동에 제시카가 그렇게 정신이 팔려 있지 않았더라면 공연 이야기는 절대 화제에 오르지 않았을 것이다. 그러나 딸이 상대해주지 않기에 몇몇 지인들과의 형식적인 인사는 짧은 대화로, 친구들과의 짧은 대화는 긴 대화로 늘어났다. 일행 중 그녀에게 인사나 건네려 했던 사람으로부터 흥미로운 정보가 나왔다.

"어젯밤 저희들의 조촐한 행사에는 안 나오셨더군요." 아주 근사한 무늬의 운동복을 입고 쌍안경을 어깨에 멘 그 사람이 말했다.

"예?" 허스트우드 부인은 자기가 전혀 알지 못하는 행사 얘기를 하면서 왜 상대가 저런 투로 말하는지 의아해 미심쩍은 투로 되물었다. '무슨 행사인데요?'라는 질문이 막 입에서 떨어지려는 찰나 그가 덧붙였다. "바깥분은 나오셨던데요."

순간 그녀의 의심은 좀더 미묘한 성질의 의혹으로 바뀌었다.

그녀는 신중하게 대답했다. "네, 즐거우셨나요? 남편이 저한테는 별로 얘기를 하지 않아서요."

"아주 즐거웠답니다. 제가 지금까지 본 아마추어 연극 중에서 최고였어요. 여배우 한 사람이 정말 놀라웠답니다."

"그러셨군요." 허스트우드 부인이 맞장구를 쳐주었다.

"같이 오셨더라면 참 좋았을 텐데 정말 아쉽습니다. 몸이 좋지 않으시다고 해서 유감스러웠습니다."

몸이 좋지 않다고! 허스트우드 부인은 입을 다물지 못하고 하마터면 그의 말을 따라 할 뻔했다. 그녀는 아니라고 부인하고 캐묻고 싶은 충동을 억누르고 새된 소리로 간신히 말했다.

"네, 몸이 좀 안 좋았답니다."

"오늘은 사람이 꽤나 많을 것 같군요, 그렇지요?" 지인은 화제를 돌렸다.

그녀는 더 묻고 싶었지만 기회가 없었다. 그녀는 잠시 혼란스러워서 혼자 생각을 정리하고 싶었다. 왜 아프지도 않은 자기를 아프다고 속였는지 궁금했다. 역시 그녀와 동행하고 싶지 않아 핑곗거리를 만들어낸 일이었다. 그녀는 더 알아보기로 마음먹었다.

"어제저녁 공연 보셨나요?" 허스트우드의 또다른 친구가 특별석에 앉아 있던 그녀에게 인사를 하자, 그녀가 물었다.

"네, 안 보이시더군요."

"네, 몸이 좋지 않았답니다."

"남편분께서도 그렇게 말씀하시더군요. 아, 정말로 즐거운 공연이었어요. 기대했던 것보다 훨씬 좋더군요."

"많이들 오셨나요?"

"극장이 꽉 찼지요. 정말 엘크스 회원들의 밤이었습니다. 부인 친구분들도 많이 오셨던데요. 해리슨 부인, 반스 부인, 콜린스 부인도 오시고요."

"정말 많이들 모이셨군요."

"그랬답니다. 제 아내도 굉장히 즐거워하더라고요."

허스트우드 부인은 입술을 깨물었다.

'그러니까, 이런 식으로 나온단 말이지. 내 친구들한테는 내가 아파서 못 온다고 해놓고.' 그녀는 생각했다.

무슨 까닭으로 남편이 혼자 갔을까. 뭔가 있었다. 그녀는 이유를 찾느라 이리저리 머리를 굴렸다.

저녁이 되어 허스트우드가 귀가했을 때, 그녀는 해명을 듣고 복수를 하고 싶은 마음에 잔뜩 골이 난 상태였다. 이런 이상한 행동이 어떤 의미인지 알고 싶었다. 자기가 들은 것 이상의 뭔가가 그 뒤에 있다고 확신했으며, 악의적인 호기심은 그날 아침 일로 다 가시지 않고 남아 있던 분노와 불신과 뒤섞였다. 그녀는 곧 재앙이라도 불러올 기세로 눈에는 어두운 그늘을 드리운 채 입가 근육에 힘을 주고 왔다갔다했다.

반면 허스트우드는 날아갈 듯 즐거운 기분으로 집에 돌아왔다. 캐리와 이야기를 나누고 약속을 받아낸 터라 한껏 들뜬 나머지 신나게 노래라도 부르고 싶을 정도였다. 자신이 자랑스럽고 자신의 성공이 자랑스럽고 캐리가 자랑스러웠다. 온 세상에 다 상냥하게 대해주고 싶었다. 아내에게도 전혀 악감정이 남아 있지 않았다. 그는 유쾌한 기분으로 아내의 존재는 잊어버리고 자신이 되찾은 젊음과 쾌락을 즐기고 싶었다.

그러다보니 집도 이제는 아주 즐겁고 편안한 곳으로 비쳐졌다. 현관에 하녀가 놓아둔 석간신문이 있었다. 아내가 챙기지 않은 모양이었다. 식당 식탁 위에는 깨끗한 식탁보 위에 냅킨이 놓여 있고 유리잔과 장식된 자기그릇들도 반짝이고 있었다. 열린 문틈으로 부엌을 들여다보니 난로는 타닥타닥 소리를 내며 불타오르고 저녁식사가 한창 준비 중이었다. 작은 뒷마당에서는 조지가 얼마 전 사온 강아지와 뛰놀고 있었고 응접실에서는 제시카가 피아노를 치고 있었다. 경쾌한 왈츠 소리가 아늑한 집안 구석구석 울려퍼졌다. 모두가 다 자기처럼 좋은 기분을 되찾아 젊음과 아름다움을 즐기며 떠들썩하게 놀고 싶어하는 듯했다. 그는 주변 사람들 모두에게 친절한 말을 건네고 싶은 기분이었다. 저녁 식탁과 광이 나는 찬장을 흐뭇하게 바라본 뒤 그는 위층 거실로 올라갔다. 열린 창으로 거리가 내다보이는 편안한 안락의자에서 신문을 읽을 생각이었다. 그러나 거실에 들어서자 생각에 잠겨 머리를 빗고 있는 아내가 눈에 들어왔다.

다정히 말을 건네고 웬만한 얘기는 다 들어주면 어떤 감정이 남아 있건 모조리 풀리리라 생각하며 가벼운 발걸음으로 들어섰지만, 허스트우드 부인은 아무 말도 하지 않았다. 그는 큰 의자에 앉아 약간 몸을 움직여 편안하게 자세를 잡은 다음 신문을 펼쳐들고 읽기 시작했다. 시카고와 디트로이트 팀 사이에 벌어진 야구경기에 관한 아주 우스운 기사를 보고는 유쾌하게 웃기도 했다.

그동안에도 허스트우드 부인은 앞에 놓인 거울을 통해 남편을 훔쳐보고 있었다. 그녀는 남편의 즐겁고 만족스러운 태도, 아무 일 없다는 듯 태연하고 명랑한 기분을 알아차렸고, 그 탓에 기분이 더 나빠졌다. 어떻게 지금까지 그렇게 냉소적이고 무심하게 대했으면서 자기 앞에서 이럴 수 있는지, 어쩌면 이렇게 자기를 무시할 수 있는지 알 수가 없었다. 참아주면 계속 그럴 것 같았다. 그녀는 어떤 점을 어떻게 강조하여 자기주장을 할 것인지, 이 모든 사태를 어떻게 끌고 나가야 만족스러울지 생각했다. 실제로 그녀의 분노는 생각의 실 한 가닥에 위태롭게 매달린 빛나는 칼과도 같았다.

그사이 허스트우드는 도시에 처음 와서 사기꾼에게 휘말린 사람에 관한 우스운 기사를 보았다. 기사가 무척 재미있어서 그는 몸을 들썩이면서 쿡쿡대고 웃었다. 아내의 주의를 끌어서 그녀에게도 이 기사를 읽어주고 싶었다.

"하하, 그거 재미있군." 그는 가볍게 탄성을 질렀다.

그러나 허스트우드 부인은 눈길 한번 주지 않고 머리 손질만 계속했다.

그는 다시 몸을 들썩이고는 다른 기사로 넘어갔다. 그는 이 즐거운 기분을 어떻게든 드러내고 싶었다. 아내는 오늘 아침 일로 여전히 언짢은 모양이지만 그래도 쉽게 풀어질 것이다. 사실 아내가 잘못했지만 상관없었다. 원한다면 워키쇼로 곧장 가도 좋다. 빠를수록 더 좋다. 기회를 봐서 아내에게 그렇게 말하리라. 그러면 모든 게 잠잠해질 것이다.

"일리노이 센트럴 철도가 호반에 오지 못하도록 사람들이 소송을 걸었다는 거 들었소, 여보?" 마침내 그는 또다른 화젯거리를 찾아내어 불쑥 말을 꺼냈다.

아내는 대답하기가 죽도록 싫었지만 간신히 "아뇨"라고 날카롭게 대꾸했다.

허스트우드는 귀를 쫑긋 세웠다. 아내의 목소리가 어딘가 날카롭게 떨리는 것 같았다.

"잘되어야 할 텐데." 그는 반쯤은 혼잣말처럼, 반쯤은 아내에게 말하듯 그렇게 말했지만 뭔가 상황이 심상찮았다. 그는 신문으로 다시 눈을 돌리면서도 무슨 일이 벌어지고 있는지 아주 작은 소리에도 신경을 바짝 곤두세웠다.

사실 허스트우드처럼 영리한 사람이, 여러 분위기, 특히 자신의 생각에 관련된 여러 분위기를 금방 알아차리는 그런 예민한 사람이 흥분한 자기 아내에 대해 그런 실수를 저질렀다는 것은 있을 수 없는 일이었다. 그는 전혀 딴생각에 빠져 있었다. 캐리 문제가 아니었다면, 그녀의 약속 때문에 들떠 있지만 않았더라면 집안 분위기가 그리 유쾌하지 않다는 것을 그는 금방 알아챘을 것이다. 그날 저녁 집안 분위기는 유달리 밝지도 명랑하지도 않았다. 그는 아주 큰 착각을 했다. 평소 같은 상태로 집에 돌아왔더라면 훨씬 더 적절하게 상황에 대처했을 것이다.

그는 좀더 신문을 읽고 나서 어떤 식으로든 상황을 바로잡아봐야겠다고 느꼈다. 아무래도 아내는 말 한마디에 마음을 풀 것 같지는 않았다. 그는 말했다.

"조지는 마당에 있는 저 개를 어디에서 얻어왔소?"

"몰라요." 아내가 톡 쏘았다.

그는 무릎 위에 신문을 내려놓고 멍하니 창밖을 바라보았다. 화내지 말고 참을성을 가지고 다정하게 굴어보자고 마음먹었다. 몇 가지 질문으로 분위기를 부드럽게 바꾸어보기로 했다.

"오늘 아침 일 때문에 그렇게 언짢아 있는 거요? 그 일로 싸울 필요까지야 없잖소. 당신이 가고 싶으면 워키쇼에 가도 좋아요." 그는 마침내 이렇게 말했다.

"당신은 여기 남아서 딴 여자랑 노닥거리고요?" 아내가 분노와 냉소를 담은 단호한 얼굴을 그에게 핵 돌리며 날카롭게 소리쳤다.

그는 따귀라도 얻어맞은 듯 멈칫했다. 달래고 어르던 태도 역시 온데간데없어졌다. 그는 순식간에 수세에 몰려 대답할 말을 찾지 못하고 당황했다.

"무슨 소리요?" 그는 마침내 몸을 곧게 펴고 자기 앞의 차갑고 단호한 상대를 바라보며 물었다. 아내는 들은 척 만 척 거울 앞에서 매무새를 계속 가다듬었다.

"무슨 말인지 다 알 텐데요." 드디어 아내가 엄청난 정보라도 숨겨두고 있는 양 입을 뗐다. 굳이 먼저 말할 필요는 없었다.

"흠, 모르겠소." 무뚝뚝하게 대꾸했지만 아내 입에서 무슨 말이 나올지 그는 입안이 바짝바짝 탔다. 끝장을 보겠다는 듯한 아내의 태도에, 싸움에서 차지했던 그의 우위는 사라지고 없었다.

아내는 대꾸하지 않았다.

"흠!" 그는 고개를 외로 꼬면서 헛기침을 했다. 그가 지금까지 한 행동 중에서 가장 나약한 행동이었다. 전혀 자신이 없었다.

허스트우드 부인은 그의 행동에 결기가 없다는 것을 눈치챘다. 그녀는 효과적으로 두번째 타격을 날리기 위해 짐승처럼 그에게로 돌아섰다.

"내일 아침 워키쇼로 갈 돈이 있어야겠어요." 그녀가 말했다.

그는 놀라서 입을 떡 벌리고 아내를 쳐다보았다. 이렇게 강철같이 차갑고 단호한 눈빛으로, 이렇게 잔인하리만치 무관심한 표정으로 아내가 자기를 쳐다본 것은 처음이었다. 아내는 자기감정을 완벽하게 통제하고 있는 듯 보였다. 확신에 차 그에게서 모든 주도권을 빼앗아버리기로 결심한 것 같았다. 그는 자신의 모든 것을 동원해도 방어할 수 없다는 점을 깨달았다. 반격하는 수밖에 없었다.

"무슨 소리요? 돈이 있어야겠다니! 오늘밤 당신 대체 어떻게 된 거요." 그는 벌떡 일어나며 말했다.

"난 아무렇지도 않아요. 돈이 필요할 뿐이에요. 돈이나 주고 나서 으스대며 돌아다니든 말든 알아서 해요." 아내가 분노로 새빨개져서 말했다.

"으스대고 돌아다닌다고! 무슨! 나한테서 한 푼도 못 가져갈 줄 알아. 대관절 무슨 소릴 그렇게 하는 게요?"

"어젯밤에 어디 갔었지요?" 아내가 물었다. 신랄하기 그지없는 말투였다. "워싱턴 불러바드에서는 누구랑 드라이브를 했죠? 조지가 당신을 봤다던데, 극장에는 누구랑 갔어요? 내가 당신한테 속기만 하는 바보인 줄 알아요? 당신이 여기저기 쏘다니며 내가 외출을 못 한다고 꾸며대는 동안 나는 여기 집구석에 앉아서 '너무 바쁘다' '못 간다' 하는 소리를 곧이곧대로 믿을 줄 알았어요? 당신 그 잘난 척도 이제 끝난 줄 알아둬요. 나나 애들한테 이래라저래라 하지 마요. 당신이랑은 완전히 끝이에요."

"그건 거짓말이야." 그는 막다른 골목에 다다랐고 어떤 변명도 떠오르지 않았다.

"거짓말이라고, 하!" 아내는 격분해서 외쳤지만 이내 냉정을 되찾았다. "그러고 싶으면 거짓말이라고 하세요. 하지만 난 다 알고 있어요."

"거짓말이라니까! 내 말 좀 들어봐요." 그가 낮지만 날카로운 목소리로 말했다. "몇 달 내내 저속한 비난거리를 찾아 뒤지고 다니더니 이제야 찾아냈다 싶은가보구려. 아무거나 내놓으면 나를 이길 수 있을 줄 알았나보지. 허, 말해두는데, 어림도 없지. 내가 이 집에 있는 한은 내가 주인이오. 당신이건 누구건 나한테 이래라저래라 할 수 없어! 내 말 듣고 있소?"

그는 불길한 눈빛으로 슬금슬금 아내 곁으로 다가섰다. 아내의 차갑고 냉소적이며, 마치 이미 자기가 주인이라는 듯 상대를 내려다보는 태도에 순간적으로 아내의 목을 졸라버리고 싶은 충동을 느꼈다.

아내는 마치 무녀라도 되는 듯 그를 빤히 쳐다보았다.

"당신한테 이래라저래라 하지 않아요. 내가 원하는 것을 말할 뿐이에요." 그녀가 대꾸했다.

그 대답은 너무나도 차갑고 당당해서 왠지 그를 맥 빠지게 했다. 그는 아내를 공격할 수도, 증거를 내놓으라고 다그칠 수도 없었다. 아내의 눈빛 속에서 증거, 법, 아내 명의로 되어 있는 자신의 전 재산이 번쩍이는 것 같았다. 그는 강하고 위협적이지만 돛도 없이 기우뚱거리며 떠다니는 배 같은 신세였다.

"그래봤자 소용없을 거야." 마침내 그는 마음을 진정시키며 이렇게 말했다.

"어디 한번 두고보지요. 내 권리가 무엇인지 알아봐야겠군요. 나랑 얘기하지 않을 거면 변호사랑 얘기하든가요."

그것은 결정적인 패였고, 지극히 효과적이었다. 허스트우드는 큰 타격을 받고 뒤로 물러섰다. 이제 자기가 무슨 말을 해봤자 허세일 뿐이었다. 둔중한 벽을 마주하고 있는 기분이었다. 무슨 말을 해야 좋을지 알 수 없었다. 그날의 즐거웠던 기분은 모두 사라지고 없었다. 그는 비참하고 분한 마음에 어찌할 바를 몰랐다. 어떻게 해야 하나?

"좋을 대로 해봐." 마침내 그가 입을 열었다. "이제 더는 상관 안 할 테니." 그는 그대로 나와버렸다.

23
고뇌하는 영혼
가로대 하나를 넘다

 방에 들어왔을 때 캐리는 이미 결단력 부족으로 인한 의혹과 불안에
사로잡힌 상태였다. 그녀는 자기가 약속한 것이 잘한 일이라고, 아니
면 이제 약속을 해버렸으니 지키는 수밖에 없다고 스스로를 설득할 수
가 없었다. 허스트우드와 헤어진 후 찬찬히 따져보니 그의 열띤 주장
을 들을 때는 미처 생각지 못했던 꺼림칙한 점들이 나타났다. 그녀는
이미 결혼한 몸으로 간주되는 입장에서 결혼하겠노라 동의하는 기묘
한 처지에 놓여 있었다. 드루에가 해준 몇 가지 일을 떠올리면서, 이제
그에게서 말 한마디 없이 떠나려니 자기가 잘못하는 것 같았다. 이제
그녀는 안락하게 지냈고, 세상을 두려워하는 사람에게 이것은 절박한
문제였다. 기이하고 불안한 생각이 들었다. '넌 앞으로 무슨 일이 닥칠
지 몰라. 바깥은 온통 비참해. 사람들은 구걸하러 다니고, 여자들은 불

쌍하지. 무슨 일이 생길지 알 수 없어. 배고프던 시절을 생각해봐. 지금 가진 것이라도 잘 지켜야지.'

허스트우드에게 마음이 기우는데도 불구하고 이상하게 결심이 서지는 않았다. 그녀는 귀기울이고 미소 짓고 찬성했지만, 아직 최종적으로 동의하지는 않았다. 그의 편에서 보자면 힘이, 마음을 뿌리째 뽑아내어 복잡하게 뒤엉킨 온갖 주장과 이론 들을 녹여버리고 얼마 동안이라도 이성의 힘을 망가뜨리는 열정이 부족한 탓이었다. 이러한 커다란 열정은 거의 모든 남자들이 평생 한 번은 갖게 된다. 그러나 대개는 젊음의 특성으로, 첫번째 성공적인 짝짓기를 끌어내는 역할을 하는 법이다.

나이가 지긋한 허스트우드가 젊음의 불꽃을 품고 있다고 말하기는 어려웠으나 물불 가리지 않는 뜨거운 열정을 지닌 것은 틀림없었고, 그 열정은 캐리의 마음을 끌어당기기에 충분한 것이었다. 그러나 캐리는, 사랑에 빠지지 않았는데도 그렇다고 착각하는지도 몰랐다. 여자들은 이런 경우가 드물지 않다. 애정을 원하고 사랑받는 기쁨을 누리고픈 열망이 있기 때문에 일어나는 현상이었다. 보호받고 싶고, 더 나아지고 싶고, 공감을 받고 싶은 열망은 여성의 특성 중 하나이다. 이런 특성에 천성적으로 감정적이고 감성적인 성향이 결부되어 거절을 어렵게 만들고는 스스로 사랑에 빠졌다고 믿게 만들어버리는 것이다.

캐리는 일단 옷을 갈아입고 방을 정리했다. 캐리는 가구 배치 문제에서 하녀의 의견을 받아준 적이 단 한 번도 없었다. 젊은 하녀는 흔들의자를 늘 구석에 갖다놓았고, 캐리는 매번 그것을 끌어내곤 했으나 오늘은 생각에 너무 깊이 빠져 있어서 의자가 잘못된 위치에 놓여 있는 것도 알아채지 못했다. 다섯시에 드루에가 올 때까지 캐리는 방 정리를 했다. 드루에는 캐리와 허스트우드의 관계를 전부 다 알아내고 말겠다 마음먹고 잔뜩 흥분한 상태였다. 온종일 마음속으로 그 문제를 곰곰이 생각하다보니 좀 지쳐서 얼른 마무리를 지어버리고 싶기도 했다. 어떤 식으로든 심각한 결과를 생각하진 않았지만 얘기를 꺼내기가 망설여졌다. 그가 들어가보니 캐리는 창문 옆에 앉아 의자를 흔들며 밖을 내다보고 있었다.

"아, 왜 그렇게 허둥거리세요?" 캐리는 혼자 머리를 쥐어짜는 데 지친데다 그가 뭔가 서두르는 기색으로 흥분을 감추지 못하는 것도 이상해 순진하게 물었다.

드루에는 막상 그녀 앞에 서자 어떻게 이야기를 끌어갈지 몰라 망설였다. 그는 외교에 능숙하지 못했다. 상대의 기미를 읽을 줄도, 볼 줄도 몰랐다.

"집에 언제 왔어?" 그가 바보같이 물었다.

"아, 한 시간쯤 전에요. 그건 왜요?"

"오늘 아침에 집에 돌아와봤더니 자기가 없길래 어딜 갔나 했지."

"나갔다 왔어요. 산책하러요." 캐리가 짤막하게 대답했다.

드루에가 의아한 눈빛으로 그녀를 바라보았다. 이런 문제에 군이 품위를 차리는 편이 아니었지만 어떻게 시작해야 할지 알 수 없었다. 그가 할말이 많은 시선으로 빤히 쳐다보자 결국 그녀가 먼저 물었다.

"왜 그렇게 쳐다봐요? 무슨 일 있어요?"

"아무것도 아니야. 그냥 생각 좀 하고 있었어."

"무슨 생각인데요?" 그녀는 그의 태도에 좀 당혹스러우면서도 미소를 띠고 물었다.

"아, 아무것도 아니야. 별일 아니야."

"그런데 왜 그렇게 쳐다봐요?"

드루에는 화장대 옆에 서서 우스꽝스러울 정도로 그녀를 뚫어져라 노려보고 있었다. 모자와 장갑을 벗어놓고, 이제는 가까이 있던 조그만 화장도구들을 만지작거리고 있었다. 그는 자기 앞에 있는 이 예쁜 여인이 그렇게 불쾌한 일과 관련이 있다고 믿고 싶지 않았다. 아무 일 없었던 듯 넘어가고 싶은 마음이 굴뚝같았다. 그러나 하녀로부터 전해 들은 말이 그의 마음을 괴롭혔다. 단도직입적으로, 곧장 그 문제로 뛰어들고 싶었지만 어떻게 해야 할지 몰랐다.

"오늘 아침에 어디 갔었어?" 마침내 그가 힘없이 물었다.

"산책하러 갔었다니까요."

"정말이야?"

"그래요. 왜 그러는 거예요?"

그녀는 그가 뭔가 알고 있다는 낌새를 채기 시작했다. 순간적으로 그녀는 몸을 좀더 사렸다. 두 뺨에서 약간 핏기가 가셨다.

"산책하러 간 게 아닌 것 같아서." 그는 쓸데없이 변죽만 두드리고 있었다.

캐리는 그를 가만히 바라보았다. 썰물처럼 빠져나가던 용기가 되살아났다. 상대가 망설이고 있음을 알자 크게 두려워할 일은 아니라는 것을 그녀는 여자의 직감으로 눈치챘다.

"왜 그런 식으로 말하죠? 오늘밤 당신 좀 이상해요." 캐리는 예쁜 이마를 찡그리며 물었다.

"좀 이상해서 말이야."

그들은 잠시 서로를 바라보았다. 드루에는 그 화제로 필사적으로 뛰어들었다.

"당신이랑 허스트우드, 어떻게 된 거야?"

"저랑 허스트우드라니, 무슨 소리예요?"

"내가 없는 동안 그가 여기에 여러 번 왔었다며?"

"여러 번이라니." 캐리가 죄책감을 느끼며 말했다. "아니에요. 그런데 무슨 소리예요?"

"당신이 허스트우드랑 마차를 타고 나갔다고. 그가 매일 밤 여기 왔었다고 하던데."

"그런 거 아니에요. 사실이 아니에요. 누가 그런 소릴 해요?"

그녀는 머리끝까지 새빨개졌지만 방안의 빛이 달라진 탓에 드루에는 알아보지 못했다. 캐리가 부인하며 자신을 변호하자 그는 차츰 자신감을 얻었다.

"흠, 누가 그랬어. 정말 아니란 말이지?"

"물론이죠. 허스트우드가 몇 번 왔는지 다 알잖아요."

드루에는 잠시 멈추고 생각했다.

"당신이 말한 건 알지." 마침내 그가 말했다.

그가 초조하게 이리저리 오가는 사이 캐리는 어리둥절해서 그를 쳐다보았다.

"당신한테 그런 말은 한 적이 없어요." 캐리는 평정을 되찾고는 말했다.

"내가 당신이라면 허스트우드하고는 어울리지 않겠어. 자기도 알겠지만 그는 유부남이잖아." 그녀의 마지막 말은 무시한 채 드루에는 말을 이었다.

"누, 누가요?" 캐리는 그 말에 더듬거리며 물었다.

"허스트우드 말이야." 드루에는 그녀의 반응에 자기가 강타를 날렸음을 알았다.

"허스트우드가!" 캐리가 벌떡 일어서며 외마디소리를 질렀다. 그녀의 얼굴은 여러 빛으로 바뀌었다. 캐리는 반쯤 넋이 나가 정신을 차리지 못하는 모습이었다.

"누가 그래요?" 캐리는 이런 반응이 앞뒤가 안 맞는 것이며 유죄를 실토하는 것임을 잊어버리고 물었다.

"아, 그거야 당연히 알지. 줄곧 알고 있었는걸." 드루에가 말했다.

캐리는 생각을 가다듬으려고 애썼다. 그녀는 거의 처참한 지경이었지만, 비겁하게 무너지고 싶지는 않았다.

"얘기한 줄 알았는데." 그가 덧붙였다.

"아니, 말한 적 없어요. 그런 얘기는 한 적 없어요." 그녀는 순간 원래 목소리를 되찾으며 말했다.

드루에는 깜짝 놀랐다. 이것은 새로운 사실이었다.

"난 말한 줄 알았어."

캐리는 아주 엄숙하게 주위를 둘러보더니 창가로 걸어갔다.

"허스트우드랑 그러지 말았어야지. 내가 당신한테 그렇게 잘해주었는데." 드루에가 상처받았다는 듯 말했다.

"당신이, 당신이, 나를 위해서 뭘 해줬다는 거죠?" 캐리가 말했다.

그녀의 작은 머릿속은 들통났다는 수치심, 허스트우드의 배신에 대한 모욕감, 드루에가 기만한 데 대한 분노, 그가 자기를 웃음거리로 만들었다는 생각 등 서로 모순되는 감정들로 뒤엉켰다. 이제 머릿속에는 한 가지 생각만 또렷하게 떠올랐다. 드루에의 잘못이다. 그 사실에는 의심의 여지가 없다. 왜 유부남인 허스트우드를 데려오면서 자기한테 그 사실을 말하지 않았단 말인가? 이제 허스트우드의 배신은 안중에도 없었다. 드루에는 왜 그런 짓을 했단 말인가? 왜 자기에게 경고해주지 않았나? 이렇게 비참하게 믿음을 깨버리는 죄를 짓고도 자기를 위해 잘해줬느니 어쩌느니 하고 있다니!

"그래, 당신한테 정말 잘했다고." 드루에는 자기가 한 말이 화가 되는 줄은 모르고 이렇게 외쳤다.

"당신이요? 당신은 나를 속였어요. 당신이 한 짓은 바로 그거예요. 거짓된 구실로 옛친구들을 여기 데려왔잖아요. 당신이 나를 어떤 꼴로 만들었는지…… 아……" 그녀의 목소리가 갈라졌다. 그녀는 작은 두 손을 애처롭게 맞잡았다.

"그게 무슨 상관이지?" 드루에는 의아하다는 듯 말했다.

"네." 그녀는 냉정을 되찾고 이를 악물었다. "그러시겠죠, 물론 모르시겠죠. 당신이 아는 게 뭐가 있겠어요. 왜 처음부터 그런 말을 해주지 않았죠? 돌이킬 수 없을 만큼 늦기 전에 말해줬어야죠. 다 알면서 살금살금 나를 훔쳐보고서는 나한테 잘해줬다고요."

드루에는 캐리에게 이런 면이 있을 줄은 생각도 못했었다. 감정에 북받쳐 캐리의 눈빛은 사납게 빛나고 입술은 바들바들 떨렸다. 온몸이 자신이 느끼는 상처를 의식하며 분노를 드러냈다.

"누가 훔쳐봤다는 거야?" 그는 자신의 실수를 약간 의식하며 물었지만, 자기가 부당하게 당했다는 생각에는 변함이 없었다.

"당신 말이에요." 캐리가 발을 굴렀다. "당신은 잘난 척이나 하는 지독한 겁쟁이예요. 그게 바로 당신이에요. 조금이라도 남자다운 데가 있었다면 이런 짓을 할 생각은 못 했을 거예요."

드루에는 빤히 바라보기만 했다.

"난 겁쟁이가 아니야. 다른 남자들과 놀아나고서 무슨 소리야?"

"다른 남자들이라고! 다른 남자들이라니, 당신이 더 잘 알 텐데요. 허스트우드 씨를 만나기는 했지만, 그게 누구 탓인데요? 그를 여기 데려온 건 당신이잖아요? 그에게 여기 와서 나를 데리고 나가라고 한 사람은 바로 당신이잖아요. 다 끝나고 나니까 이제 와서 나더러 그 사람과 같이 다니지 말았어야 한다고, 그 사람은 유부남이라고 하는군요."

그녀는 마지막에 유부남이라고 하면서 말을 멈추고 두 손을 꽉 쥐었다. 허스트우드가 배신했다는 사실이 칼날처럼 그녀에게 상처를 입혔다.

"아, 아, 아!" 흐느끼던 그녀는 놀랍게도 자신을 억누르고 눈물을 닦았다.

"내가 없을 때 자기가 허스트우드랑 돌아다닐 줄은 몰랐어." 드루에가 우겼다.

"그럴 줄 몰랐다고요!" 캐리는 남자의 이런 태도에 머리끝까지 화가 나서 외쳤다. "당연히 몰랐겠지요. 당신은 자신의 만족밖에 모르는 사람이니까요. 나를 장난감처럼 가지고 놀 생각이나 했겠지요. 좋아요, 이제는 그렇게 놔두지 않겠어요. 이제 당신과는 끝이에요. 당신 물건들 다 가져가요." 캐리는 그에게서 받았던 작은 핀을 풀어서 있는 힘껏 마룻바닥에 내팽개치고는 자기 물건을 다 챙겨 나가려는 듯 이리저리 왔다갔다했다.

드루에는 화가 나면서도 어안이 벙벙해졌다. 놀라서 그녀를 쳐다만 보던 그는 마침내 말했다.

"자기가 왜 그렇게 화내는 건지 모르겠어. 화낼 사람은 난데. 내가 당신한테 그렇게 잘해줬는데 옳지 않은 짓은 하지 말았어야지."

"당신이 나를 위해서 뭘 해줬다는 거예요?" 캐리는 분노로 활활 불타올라 고개를 뒤로 젖히고 소리질렀다.

"해줄 만큼 해줬어." 드루에는 주위를 두리번거리며 말했다. "자기가 갖고 싶다는 옷은 다 사줬잖아. 가고 싶다는 데는 다 데리고 갔고. 당신은 나 못지않게 가졌어. 어쩌면 더 많이 가졌다고."

캐리에 대해 사람들이 뭐라고 말해도 그녀는 배은망덕한 여자는 아니었다. 캐리 역시 머리로는 그의 덕을 보았다고 인정했다. 할말이 없었지만 분노는 누그러지지 않았다. 그녀는 드루에가 돌이킬 수 없을 만큼 자기에게 상처를 입혔다고 느꼈다.

"내가 언제 해달랬어요?" 그녀가 되받아쳤다.

"그래, 내가 해줬지. 그리고 당신은 받았고."

"내가 당신을 꼬드기기라도 한 것처럼 말하는군요. 거기 서서 그렇게 당신이 한 일을 떠벌리면서요. 당신이 해준 그 낡아빠진 것들 다 싫어요. 필요 없어요. 오늘밤에 다 가져가서 맘대로 해요. 난 여기 단 일 분도 더 머물지 않겠어요!"

"그거 잘됐군!" 캐리를 잃게 될 듯한 느낌이 들자 그는 화가 나기 시작했다. "이용할 대로 다 이용하고 멋대로 부려먹고는 이제 떠나겠다

이거지. 여자들은 다 똑같다니까. 난 가진 것 하나 없는 당신을 받아줬어. 그런데 이제 다른 사람이 나타나니까 나는 필요 없단 말이지. 언젠가는 이렇게 될 줄 알았어."

그는 자기가 받은 대우를 생각하며 크게 상처를 받았다. 억울하게 이용당한 기분이었다.

"그렇지 않아요. 난 다른 사람이랑 사귄 적 없어요. 당신은 더할 수 없이 형편없고 무신경했어요. 당신을 증오해요. 분명히 말하는데, 당신하고는 이제 끝이에요. 당신은 나에게 너무나 큰 모욕을 준……" 그녀는 할말을 찾지 못해 잠시 주저했다. "나한테 그렇게 말하다니."

캐리는 모자를 쓰고 야회복 위에 재킷을 걸쳤다. 머리 양쪽에 맨 머리끈에서 곱슬머리 몇 가닥이 흘러내려 붉게 달아오른 뺨 위로 어지럽게 흩어졌다. 그녀는 분노하고 모욕감을 느끼며 비탄에 잠겨 있었다. 큰 눈에는 고뇌의 눈물이 가득 고였지만 아직 흘러내리지는 않았다. 캐리는 혼란스럽고 불안하여 아무 목적도 결론도 없이 결심하고 행동했다. 이 모든 혼란이 어떻게 끝날지 전혀 짐작할 수 없었다.

"하, 그렇게 끝내겠다 이거지. 짐 싸서 나가버리겠다고? 최악이군. 당신이 허스트우드랑 여기저기 나돌아다닌 거 맞잖아. 아니라면 이렇게 나올 리가 없지. 나도 이 집 필요 없어. 나 때문에 떠날 거 없다고. 당신이 어떻게 하든 내 알 바 아니지만, 아무리 그래도 나한테 이러면 안 되지."

"당신하고 살지 않을 거예요. 같이 있고 싶지 않아요. 여기 온 후로 당신은 허풍만 떨었죠."

"아, 그런 적 없어."

캐리는 문 쪽으로 걸어갔다.

"어디 가는 거야?" 그가 성큼성큼 걸어가서 앞을 가로막았다.

"나가게 해줘요."

"어디 가려는데?" 그가 재차 물었다.

그는 어쨌거나 동정심이 일었다. 무작정 떠나려는 캐리를 보니 화가
난 와중에도 마음이 움직였다.

캐리는 그저 문고리만 잡아당겼다.

그 상황의 긴장감이 그녀에게는 너무 버거웠다. 그녀는 한번 더 헛
되이 애써보다가 결국 눈물을 터뜨렸다.

"침착해, 캐드. 이런 식으로 뛰쳐나가서 어떡하겠다는 거야? 갈 곳
도 없잖아. 일단 여기 머물면서 마음을 좀 가라앉히라고. 괴롭히지 않
을게. 난 여기 더 있을 생각 없어." 드루에가 부드럽게 말했다.

캐리는 흐느끼면서 문 앞에서 물러나 창가로 갔다. 감정이 북받쳐서
말을 할 수가 없었다.

"정신 좀 차려봐. 붙잡지 않을게. 가고 싶으면 가도 좋지만, 잘 생각
해보라고. 정말로 붙잡지 않을게."

그는 아무 대답도 듣지 못했다. 그러나 그의 간청 덕분에 캐리는 안
정을 찾아갔다.

"당분간은 여기서 지내. 내가 나갈게." 마침내 그가 덧붙였다.

캐리는 복잡한 심정으로 그 말에 귀를 기울였다. 그녀는 혼란스러웠
다. 이렇게 생각하면 마음이 어지러워지고, 저렇게 생각하면 분노가
치솟았다. 자기 자신의 부정한 행동, 허스트우드가 한 짓, 드루에가 한
짓, 그들이 각각 베푼 친절과 호의, 그녀가 실패를 맛본 바깥세상의 위

협, 더는 당당하게 내 집이라고 할 수 없는 이 안의 상황, 말다툼이 가져온 결과, 이 모든 것들이 뒤섞여 신경이 잔뜩 곤두섰다. 닻도 없이 폭풍우에 시달리며 표류할 수밖에 없는 작은 배 같은 신세였다.

"자." 잠시 후 새로운 생각이 떠오른 드루에가 캐리에게로 다가가 손을 얹으려 했다.

"이러지 마요!" 캐리는 몸을 빼며 외치면서도 눈가에서 손수건을 떼지 않았다.

"오늘 싸움은 마음에 두지 마. 신경을 끄라고. 어쨌거나 이달 말까지 여기 있다보면, 어떡하고 싶은지 더 잘 말할 수 있을 거야. 응?"

캐리는 대답하지 않았다.

"그렇게 하는 게 낫겠어. 지금 짐 싸서 뭐하게. 지금 같아서는 아무데도 갈 수가 없겠어."

역시 아무 대답도 돌아오지 않았다.

"자기가 그렇게 하겠다면 일단 접어두기로 하고, 내가 나갈게."

캐리는 손수건을 약간 아래로 내리고 창밖을 내다보았다.

"그렇게 할 거지?"

여전히 답이 없었다.

"그럴 거지?" 그가 재차 물었다.

캐리는 그저 멍하니 거리만 내다보았다.

"아! 좀 봐. 대답해보라고. 그렇게 할 거지?"

"모르겠어요." 캐리는 간신히 대답을 짜냈다.

"그렇게 하겠다고 약속해. 그 문제는 잠시 접어두기로 하자고. 그렇게 하는 게 당신한테도 최선이야."

캐리는 그의 말을 듣고 있었지만 정신을 추스르고 대답을 할 수가 없었다. 그녀는 남자가 다정하다고 느꼈다. 자신에 대한 그의 관심은 줄어들지 않았다. 그 생각을 하니 후회가 고통스럽게 가슴을 찔렀다. 그녀는 옴짝달싹할 수 없는 곤경에 처해 있었다.

드루에로 말하자면, 그의 태도는 딱 질투에 불타는 연인의 태도였다. 지금 그의 마음속은 속았다는 분노와 캐리를 잃는다는 슬픔, 패배당했다는 비참함이 뒤섞여 있었다. 어떻게든 자신의 권리를 찾고 싶었지만, 거기에는 캐리를 잃지 않는 것과 함께 그녀가 스스로 잘못했다고 느끼게 만드는 것도 포함되어 있었다.

"그럴 거지?" 그가 채근했다.

"아, 알겠어요."

그렇게, 문제는 여전히 해결되지 않은 채 남았지만 성과는 있었다. 그들이 서로 이야기할 방법만 찾을 수 있다면 싸움은 끝날 수도 있을 것 같았다. 캐리는 수치스러웠고, 드루에는 괴로웠다. 그는 작은 여행 가방에 짐을 꾸려넣는 일에만 정신이 팔린 척했다.

캐리는 곁눈질로 그를 지켜보면서 정신을 차렸다. 그는 잘못을 저질렀다. 그건 사실이다. 하지만 자신은 어떠했던가? 그는 자기밖에 모르는 사람이기는 하지만 친절하고 온화했다. 말다툼을 하는 동안에도 거친 말 한마디 하지 않았다. 반면 허스트우드는 드루에보다 훨씬 더 큰 사기를 쳤다. 그는 엄청난 애정과 열정을 보여주는 척했지만 내내 거짓말을 하고 있었다. 아, 남자들의 배신이라니! 그런데 자신은 그를 사랑했었다. 그 점이라면 더 생각할 것도 없었다. 이제 더는 그를 보지 않을 것이다. 그에게 편지를 써서 자신의 생각을 알릴 것이다. 그다음에는 어떻게 해야 할까? 여기 이 셋방이 있다. 여기 남아 있어달라고 애원하는 드루에가 있다. 모든 것이 정리된다면 상황은 어느 정도는 예전처럼 돌아갈 것이다. 당장 몸 붙일 곳도 없이 거리로 나가는 것보다야 나을 것이다.

캐리가 이런 생각을 하는 동안 드루에는 칼라를 찾아 서랍을 뒤지고 셔츠의 장식 단추를 찾느라 부러 한참을 낑낑거렸다. 그는 서두르지 않았다. 그가 캐리에게 느끼는 매혹은 약해지지 않았다. 이 방에서 걸어나가는 걸로 다 끝날 거라고는 생각할 수 없었다. 뭔가 방법이 있을 것이다. 그가 옳고 그녀가 잘못했다는 것을 납득시킬, 평화를 되찾고 허스트우드를 영원히 쫓아낼 방법이 있을 것이다. 아, 어쩌면 그자는 그렇게도 뻔뻔하게 겉 다르고 속 다른 짓을 할 수 있었을까. 속이 다 뒤틀렸다.

"무대에 설 생각은 없어?" 잠시 말이 없다가 그가 입을 열었다.

그는 캐리가 어떻게 할 작정인지 궁금했다.

"아직 무얼 할지 모르겠어요."

"생각이 있다면 내가 도와줄 수 있어. 그쪽에 친구들이 많으니까."

그녀는 아무 대답도 하지 않았다.

"돈 한푼 없이 이리저리 헤매고 다니지는 마. 내가 도와줄게. 여기서 혼자 힘으로 살아가기란 쉽지 않은 일이야."

캐리는 의자에 앉은 채 몸을 앞뒤로 흔들기만 했다.

"당신이 그런 식으로 힘들게 고생하는 건 싫어."

그는 다른 얘기들을 더 늘어놓았으나 캐리는 의자만 흔들고 있었다.

잠시 후 그가 말했다. "나한테 다 털어놓고 잊어버리지그래. 정말로 허스트우드를 좋아하는 건 아니잖아?"

"왜 또 그 얘기를 끄집어내요? 당신 잘못이면서."

"내 탓이 아니야."

"아니, 당신 탓이에요. 나한테 그런 말을 하지 말았어야지요."

"하지만 허스트우드랑 별 관계는 아니었지?" 그녀로부터 확실히 아니라는 말을 끌어내어 마음의 평화를 찾고 싶어서 드루에는 말을 계속했다.

"그 얘기라면 그만할래요." 캐리는 잠잠해졌던 그 얘기가 다시 나오는 것이 괴로웠다.

"지금 그런 식으로 나오는 게 무슨 소용이야, 캐드! 적어도 내가 어떤 처지인지는 알려줘도 되잖아." 드루에가 하던 일을 멈추고 과장되게 한 손을 들어올리며 집요하게 캐물었다.

"싫어요. 무슨 일이 있었건 다 당신 잘못이에요." 캐리는 화를 내는 것 외에는 달리 방법이 없다고 느꼈다.

"그를 정말로 좋아하는 거야?" 드루에가 완전히 손을 놓고는 감정을 주체 못하고 이렇게 외쳤다.

"아, 그만하라니까요!"

"흥, 내가 바보 취급당하고 있을 줄 알아?" 드루에가 외쳤다. "그러고 싶으면 그놈이랑 놀아나도 좋아. 하지만 나를 더이상 끌고 갈 수는 없을 거야. 나한테 말을 하든지 말든지 마음대로 해. 하지만 더이상 속지는 않겠어!"

그는 늘어놓았던 물건들 중에서 마지막 몇 가지를 가방에 쑤셔넣고는 복수심에 차서 가방을 쾅 닫았다. 그는 벗어놓았던 외투를 잡아채고 장갑을 끼고는 걸어나갔다.

"당신 그러다가 완전히 신세 망칠 수도 있어." 그는 문 쪽으로 가며 말했다. "난 바보가 아니라고." 이 말과 함께 그는 문을 홱 열어젖혔다가 있는 힘껏 닫았다.

창가에서 가만히 듣고만 있던 캐리는 드루에가 이렇게 갑작스럽게 분통을 터뜨린 데 무엇보다도 놀랐다. 그토록 한결같이 다정하고 유순하기만 하던 사람이 저러다니, 눈과 귀를 의심할 지경이었다. 캐리는 아직 인간의 격한 감정이 어디에서 솟아나는지 몰랐다. 진짜 사랑의 불꽃은 미묘한 것이다. 그것은 환희의 꿈나라를 향해 춤추며 가는 도깨비불처럼 타오른다. 그것은 용광로처럼 맹렬히 이글거린다. 그러나 그 불의 연료는 많은 경우 질투인 것이다.

24
불쏘시개의 재
창가의 얼굴

그날 밤 허스트우드는 일이 다 끝난 후에도 시내에 남아 파머 하우스 호텔에서 밤을 보냈다. 그는 아내의 행동이 자신의 미래 전체에 드리우려는 그림자 탓에 아직도 몹시 흥분한 상태였다. 아내의 위협을 얼마나 의미심장하게 받아들여야 할지는 알 수 없었지만, 오래 계속된다면 아내의 태도로 인해 상당히 곤란한 지경에 처하게 될 것은 분명했다. 아내는 단호했고 아주 중요한 다툼에서 그를 꺾었다. 지금부터 어떻게 될까? 그는 작은 사무실에서, 나중에는 호텔 객실에서 서성이며 이리저리 머리를 굴렸지만 별수가 없었다.

반대로 허스트우드 부인은 가만히 손놓고 있다가 자신의 유리한 위치를 잃지는 않겠다고 마음먹고 있었다. 남편에게 확실히 겁을 주었으니, 요구사항들을 밀어붙여 이를 받아들이게 하면 자기 말이 곧 법이 되리라 생각했다. 자신이 정기적으로 요구하는 돈을 주지 않으면 그는 곤란한 상황에 처하게 될 것이다. 그가 어떻게 나오느냐는 중요하지 않았다. 그녀는 남편이 집으로 돌아오든 말든 정말로 상관없었다. 식구들은 그가 없으면 훨씬 더 즐겁게 잘 돌아다닐 것이고, 그녀도 누군가와 상의할 필요 없이 하고 싶은 대로 할 수 있다. 변호사에게 상담 신청을 하고 탐정도 고용할 작정이다. 자신에게 유리하게 작용되는 것이면 지체 없이 찾아낼 생각이었다.

허스트우드는 자기가 처한 상황을 머릿속으로 짚어보면서 마루 위를 서성거렸다. "재산은 아내 이름으로 되어 있지." 그는 계속 혼잣말로 중얼거렸다. "이 무슨 바보 같은 짓이람. 빌어먹을! 그런 어리석은 짓을 하다니."

그는 또한 지배인으로서 자신의 위치에 대해서도 생각했다. "아내가 싸움을 걸어온다면 이 자리도 잃게 될 거야. 내 이름이 신문에 오르내리게 되면 그들이 나를 그냥 두지 않겠지. 내 친구들은 또 어떻고!" 아내의 행동이 불러올 구설수를 생각할수록 점점 더 화가 치밀어올랐다. 신문에서는 이 일을 놓고 뭐라고 할까? 그가 아는 사람들은 죄다 궁금해할 것이다. 자신에 대한 소문을 해명하고 부인해야 할 것이다. 모이 씨가 와서 그에게 어찌된 일인지 물을 것이고, 일은 감당할 수 없을 만큼 복잡해질 것이다.

이 문제를 곰곰이 생각하고 있자니 눈가에는 잔주름이 잡히고 이마에는 땀이 배어나왔다. 빠져나갈 구멍이 전혀 보이지 않았다.

그럼에도 불구하고 캐리에 대한 생각과 다가오는 토요일에 있을 일이 떠올랐다. 온갖 문제가 이렇게 뒤엉켜 있는데도 그 일 하나만큼은 걱정되지 않았다. 이 모든 괴로움 속에서 단 하나의 즐거움이었다. 그 일만큼은 흡족하게 처리할 자신이 있었다. 캐리는 필요하다면 기꺼이 기다려줄 테니까. 내일이면 사정이 어떻게 돌아갈지 알게 될 것이고, 그녀와 이야기할 것이다. 그들은 평소와 다름없이 만날 것이다. 캐리의 예쁘장한 얼굴과 단정한 몸매를 떠올리며 그는 어째서 그녀에게서 발견한 이런 기쁨을 계속 누릴 수 있도록 삶이 풀려나가지 않는 것인가 한탄했다. 그러면 사는 게 얼마나 즐거울까. 그러다가 다시 아내의 협박이 생각났고, 다시 주름이 잡히고 땀이 났다.

그는 아침이 되자 호텔에서 출근해 우편함을 열어보았지만 별다른 것은 없었다. 왠지 뭔가가 올 것만 같았는데 봉투를 다 훑어봐도 별다른 점이 눈에 띄지 않자 마음이 놓였다. 잃었던 식욕이 돌아오기 시작해서, 캐리를 만나러 공원으로 나가기 전에 그랜드 퍼시픽 호텔에 잠깐 들러 커피와 빵을 좀 먹기로 했다. 위험은 여전했지만 아직 구체적으로 드러나진 않고 있었다. 그에게는 무소식이 희소식이었다. 생각할 시간만 충분히 있다면 뭔가 방도가 생길 것이다. 절대로, 절대로 이번 일이 파국으로 흘러가도록 놔두지 않을 것이다. 어떻게든 탈출구를 찾아내고 말 것이다.

그러나 공원에 나가 기다리고 또 기다려도 캐리가 나타나지 않자 기분이 가라앉았다. 그는 한 시간이 넘도록 제일 좋아하는 자리를 지키다가 일어나서 안절부절못하고 이리저리 걷기 시작했다. 무슨 일이 있기에 오지 않는 것일까? 혹시 아내한테서 연락이라도 받은 것일까? 물론 그럴 리는 없을 것이다. 드루에는 안중에도 없었기 때문에 그가 알아챘을지도 모른다는 생각은 미처 하지 못했다. 생각을 거듭할수록 점점 더 불안해졌지만 아무 일도 아닐 거라고 결론지었다. 아침에 갑자기 나올 수가 없게 되었을 것이다. 그래서 그에게 소식을 알리는 편지도 하지 못했을 것이다. 오늘 중에 편지가 올 것이다. 아마 돌아가면 책상 위에 놓여 있을지 모른다. 당장 찾아봐야겠다.

잠시 후 그는 기다리기를 포기하고 울적하게 매디슨행 전차를 타기 위해 발길을 돌렸다. 안 그래도 심란한데 조그만 솜구름들이 해를 가려 하늘도 잔뜩 찌푸렸다. 바람의 방향이 동쪽으로 바뀌더니 사무실에 도착할 즈음에는 오후 내내 부슬부슬 비가 내릴 조짐이 보였다.

편지들을 훑어보았지만 캐리에게서 온 것은 없었다. 다행히 아내에게서 온 것도 없었다. 그는 생각할 것이 많은데 지금 당장 그 문제를 직면하지 않아도 된 데 가슴을 쓸어내렸다. 평소와 다름없는 척 다시 마루 위를 왔다갔다했지만 속으로는 말도 못하게 애가 탔다.

한시 반에 렉터스에 점심을 먹으러 갔다가 돌아와보니 편지 심부름하는 소년이 기다리고 있었다. 그는 무슨 일인가 하고 그 친구를 바라보았다.

"답장을 가지고 가야 해요." 소년이 말했다.

허스트우드는 아내의 필적을 알아보았다. 봉투를 뜯어 감정을 드러내지 않고 편지를 읽었다. 아주 공적인 투로 시작한 편지는 끝까지 날카롭고 차가운 문투였다.

'제가 요구한 돈을 당장 보내주기 바랍니다. 계획을 실행에 옮기려면 그 돈이 필요합니다. 원한다면 밖에서 지내도록 하십시오. 상관없습니다. 하지만 돈이 있어야겠습니다. 그러니 지체하지 말고 이 소년 편에 보내주십시오.'

그는 다 읽은 편지를 꽉 구겨 쥐었다. 그 내용의 뻔뻔함에 숨이 막혔다. 편지는 마음속 가장 깊은 곳에서부터 분노와 반항심을 끌어올렸다. 처음에는 답장에 딱 두 글자, '닥쳐!'라고 쓰고 싶은 충동이 일었으나 마음을 진정시키고 소년에게 답장은 없다고 말했다. 그러고는 자리에 앉아서 멍하니 일이 어찌될 것인가 생각해보았다. 아내가 어떻게 나올까? 망할 년! 나를 밀어붙여 무릎 꿇게 만들 셈인가? 당장 달려가서 아내와 한판 붙어 끝장을 봐야겠다 싶었다. 그렇게 하고 말 것이다. 아내는 일을 너무 고압적으로 몰아붙이고 있다. 이것이 그가 처음 한 생각이었다.

그러나 좀 지나자 본래의 신중함이 발동했다. 뭔가 수를 써야 한다. 파국이 눈앞에 다가왔고, 아내는 손놓고 빈둥거리고 있지 않을 것이다. 아내는 한번 하기로 마음먹은 일은 반드시 해치우는 여자라는 걸 그는 잘 알고 있었다. 어쩌면 벌써 변호사의 손으로 다 넘어갔을지도 모른다.

"못된 년!" 그는 이를 악물고 나지막이 내뱉었다. "날 건드렸다간 뜨거운 맛을 보게 될걸. 필요하다면 완력을 써서라도 그년이 마음을 바꿔먹게 만들 테다!"

그는 의자에서 벌떡 일어나 창가로 걸어가 거리를 내다보았다. 보슬비가 내리고 있었다. 행인들은 옷깃을 세우고 바짓단을 걷어올린 채 걸어가고 있었다. 우산이 없는 사람들은 주머니에 손을 넣고 우산이 있는 사람들은 우산을 쳐들어, 거리는 검고 둥그런 천 지붕이 뒤엉키고 까딱이며 움직이는 바다처럼 보였다. 화물차와 운반차 들이 덜컹거리며 지나갔고, 여기저기에서 사람들이 할 수 있는 한 비를 긋고 있었다. 그의 눈에는 거리 풍경이 제대로 들어오지 않았다. 아내의 모습이 눈앞에서 떠나지 않았고, 그는 그녀에게 신체적으로 상해를 가하기 전에 태도를 바꾸라고 요구하고 있었다.

네시에 편지가 또 왔다. 저녁에 돈을 보내지 않으면 아침에 피츠제럴드 씨와 모이 씨 앞으로 이 문제를 들고 갈 것이며, 다른 조치도 취할 것이라는 짤막한 내용이었다.

이 같은 집요한 요구에 허스트우드는 하마터면 고함을 칠 뻔했다. 좋아, 돈은 주겠어. 내가 가지고 가야지. 당장 가서 아내와 이야기를 좀 해야겠어.

그는 모자를 쓰고 두리번거리며 우산을 찾았다. 어떻게든 이 일을 처리해야 했다.

그는 마차를 불러 음침한 빗속을 뚫고 노스사이드로 달려갔다. 가는 길에 사건을 세세히 따져보면서 화가 조금 식었다. 아내가 어디까지 알고 있을까? 어떤 행동을 취했을까? 어쩌면 캐리에게 연락을 했을지도 모른다. 아니면 드루에한테. 어쩌면 정말로 증거를 쥐고 있을 수도 있고, 비밀스럽게 숨어서 그를 쓰러뜨릴 준비를 해놓았을지도 모른다. 아내는 교활하다. 근거도 충분히 없으면서 이런 식으로 그를 조롱할 리는 없다.

타협할걸 그랬다는 생각이 들었다. 돈을 보내줄걸 싶었다. 지금이라도 그렇게 할 수 있을지도 모른다. 어쨌거나 그는 가서 상황을 보기로 했다. 싸움은 하지 않을 생각이었다.

동네에 도착했을 때 그는 자신이 얼마나 어려운 상황에 처했는지를 새삼 뼈저리게 느꼈다. 어떤 식으로든 해결책이 나타나기를, 빠져나갈 길을 찾을 수 있기를 그는 간절히 바랐다. 마차에서 내려 대문 앞 계단을 올라가는데 가슴이 터질 듯이 뛰었다. 열쇠를 꺼내 문을 열려고 했지만 다른 열쇠가 안쪽에 꽂혀 있었다. 손잡이를 흔들어보았으나 문은 잠겨 있었다. 초인종을 눌러보았지만 대답이 없었다. 초인종을 한번 더, 이번에는 좀더 세게 눌렀다. 여전히 조용했다. 그는 몇 번이나 연달아 거칠게 초인종을 눌렀지만 아무 소용없었다. 그는 아래로 내려왔다.

부엌으로 통하는 계단 아래, 도둑을 막기 위해 쇠창살을 친 문이 있었다. 그쪽으로 가보니 그 문 역시 빗장이 질려 있고, 부엌 창문도 닫혀 있었다. 이게 무슨 뜻일까? 그는 초인종을 누르고 기다렸다. 아무도 나오는 사람이 없어 마침내 그는 돌아서서 마차로 갔다.

"외출한 모양이군요." 그는 방수포로 된 비옷 속에 불그스름한 얼굴을 숨긴 마부에게 변명하듯 말했다.

"저 위쪽 계단에 웬 아가씨가 있던데요." 마부가 대답했다.

허스트우드는 돌아보았지만 지금은 아무도 보이지 않았다. 그는 울적한 기분으로 마차에 올랐다. 마음이 놓이면서도 한편으로는 괴로웠다.

그러니까 한번 해보자 이 말인가? 쫓아내고 돈만 내놓으라는 거지. 세상에 이럴 수가 있나!

25
불쏘시개의 재
풀어지는 끈

다시 사무실로 돌아온 허스트우드는 진퇴양난에 빠졌다. 그는 생각했다. 맙소사, 맙소사, 내가 어쩌다 이 지경이 된 거지? 어떻게 이렇게 인정사정없이, 이렇게 빨리 상황이 급변할 수 있을까? 그는 어떻게 일이 이렇게 되었는지 얼떨떨했다. 손써볼 틈도 없이 갑자기 닥친 이 상황은 있을 수도 없고 도저히 말도 안 되었다. 부당하기 짝이 없었다.

그 와중에도 그는 이따금 캐리 생각을 했다. 캐리에게는 또 무슨 문제가 생긴 것일까? 편지도 없고 아무 소식도 없었다. 그날 아침에 만나기로 했었는데 벌써 늦은 저녁이었다. 내일 만나서 도망가야 하는데…… 어디로? 그는 최근 벌어진 사건들로 흥분한 탓에 그 점에 대해서는 계획을 세워놓지 않았음을 깨달았다. 그는 앞뒤 돌아보지 않고 사랑에 빠졌고, 보통 때 같으면 그녀를 얻을 기회를 잡았을 테지만 지금은…… 지금은 뭐란 말인가? 그녀가 뭔가 알아냈다면? 그녀 역시 편지를 써서 다 알고 있다고, 이제 관계를 끝내겠다고 말하려나? 지금 돌아가는 상황대로라면 그런 일도 일어날 법했다. 그러는 가운데 그는 아직 돈을 보내지 않고 있었다.

그는 두 손을 주머니에 찌르고, 이마를 잔뜩 찌푸리고 입을 굳게 다문 채 술집의 광나는 마루를 성큼성큼 왔다갔다했다. 좋은 시가를 피우며 위안을 구했지만 그것도 그에게 닥친 불행을 치유해줄 만병통치약은 아니었다. 가끔 한 번씩 손을 움켜쥐고 가볍게 발을 구르기도 했다. 그의 마음속에서 어떤 생각들이 오가고 있는지 나타내주는 표시였다. 그의 존재 전체가 강렬하게 흔들리고 있었다. 그는 정신이 견뎌낼 수 있는 한계가 어디까지일까 생각했다. 요 몇 달 사이 그 어느 저녁보다 소다수를 탄 브랜디를 많이 마셨다. 그는 크나큰 정신적 동요를 겪고 있는 사람의 본보기였다.

아무리 머리를 짜내봐도 돈을 보내는 것 외에는 다른 방도가 떠오르지 않았다. 마음먹었다가 뒤집기를 두세 시간이나 반복한 끝에, 죽기보다 싫지만 결국 봉투를 집어 요구한 액수를 넣고 천천히 봉했다.

그런 다음 술집에서 온갖 잡일을 도맡아 하는 급사 해리를 불렀다.

"이 주소로 가서 허스트우드 부인에게 전해다오." 그는 소년에게 봉투를 건넸다.

"예, 알겠습니다."

"부인이 집에 없으면 도로 가져오너라."

"예."

"우리 집사람 본 적 있지?" 그는 막 돌아서려는 소년에게 확인차 물었다.

"아, 네, 알고 있습니다."

"좋아. 서둘러서 돌아오렴."

"답장 받아올까요?"

"그냥 와도 돼."

소년은 서둘러 나갔고, 허스트우드는 생각에 잠겼다. 이제 하라는 대로 했다. 그 일을 놓고 곱씹어봐야 소용없다. 그는 오늘밤 깨끗이 패배했다. 그 패배를 최대한 이용하는 수밖에 없다. 하지만 이렇게 강요당하다니 이토록 비참한 일이 있나! 문 앞에서 소년을 맞은 아내가 사악한 미소를 흘리는 모습이 눈에 선했다. 아내는 봉투를 받아들고 자신의 승리를 알게 될 것이다. 지금이라도 봉투를 되찾아올 수 있다면 절대 보내지 않았을 것이다. 그는 무겁게 한숨을 토해내며 이마에 맺힌 땀을 훔쳤다.

한숨 돌릴 겸 그는 자리에서 일어나 술을 마시고 있는 몇몇 친구들의 대화에 끼었다. 다른 일에 관심을 가져보려 했지만 잘 안 되었다. 생각은 내내 집으로 향했고, 거기서 펼쳐질 장면이 눈앞에 떠올랐다. 소년이 건넨 봉투를 받고 아내가 무슨 말을 할지 못내 궁금했다.

한 시간 사십오 분 정도가 지나서야 소년이 돌아왔다. 소년이 봉투를 전달한 것이 확실했다. 나타났을 때 주머니에서 뭔가 꺼내려는 기색은 전혀 없었다.

"그래, 어떻게 됐지?" 허스트우드가 물었다.

"부인께 전해드렸습니다."

"집사람한테?"

"예."

"뭐라고 하던가?"

"마침 딱 맞춰 왔다고 하시더군요."

허스트우드의 눈빛이 사납게 변했다.

그날 밤은 그 문제에 대해 더 할 일이 없었다. 그는 자정이 될 때가지 계속 생각에 잠겨 있다가 다시 파머 하우스로 향했다. 아침이 되면 또 어떤 일이 벌어질까, 제대로 잠을 이룰 수가 없었다.

다음날 사무실에 나간 그는 뭐가 들어 있을까, 희망과 불안이 뒤섞인 심정으로 우편함을 열었다. 캐리에게는 아무 소식이 없었다. 아내로부터도 없었다. 이것은 기쁜 일이었다.

그가 돈을 보내고 아내가 받았으니 마음이 좀 편해지는 듯했다. 그가 한 일에 대한 생각이 희미해지면서 억울한 심정이 좀 가시고 평화를 되찾을 희망이 커졌다. 그는 책상에 앉아 한두 주는 별일이 없을 거라 생각했다. 그동안 생각할 시간이 있을 것이다.

생각은 다시 캐리에게로 향했다. 그녀를 드루에한테서 어떻게 데려올 수 있을까. 이제 그 일을 어떻게 한다? 그 문제에 정신을 쏟을수록 그녀를 만나지도 못하고 편지를 받지도 못한 고통은 더 커져갔다. 웨스트사이드 우체국으로 그녀에게 편지를 보내 만나달라고 하고, 어찌된 일인지 설명도 들어야겠다고 생각했다. 월요일까지는 편지가 닿지 않으리라고 생각하니 견딜 수 없이 애가 탔다. 더 빠른 방법을 찾아야 한다. 하지만 어떻게?

들통날 위험이 있으니 편지 심부름하는 소년을 보내거나 마차를 타고 갈 수는 없었다. 그렇게 반시간쯤 생각했지만 헛되이 시간만 흘러

가는 것 같아. 그는 일단 편지를 써놓고 다시 생각에 잠겼다.

시간이 흐르면서 그가 생각했던 결합의 가능성도 사라져갔다. 지금쯤이면 자기와 합치는 문제를 놓고 즐거운 마음으로 그녀를 도와주고 있을 줄 알았는데, 벌써 오후인데 아무것도 된 일은 없었다. 세시, 네시, 다섯시, 여섯시가 되어도 편지는 오지 않았다. 허스트우드는 속수무책으로 마루 위만 왔다갔다하며 패배감을 견뎌냈다. 토요일이 바쁘게 지나고 안식일이 왔지만 아무 일도 없었다. 바도 문을 닫아서 그는 집으로부터, 바의 들뜬 분위기로부터, 캐리로부터 떨어져서 온종일 홀로 생각에 잠겼다. 상황을 바꿀 가능성은 없었다. 그의 평생 최악의 일요일이었다.

월요일에 받은 두번째 편지는 아주 법률적인 편지였다. 그는 그걸 한참 바라보았다. 편지에는 맥그레거 제임스 앤드 헤이 법률사무소의 인장이 찍혀 있고, '친애하는 귀하'니 '말씀드리고자 합니다' 따위의 아주 사무적인 문구를 써가며 그들이 줄리아 허스트우드 부인의 의뢰로 부인의 생활비와 재산권에 관련된 문제를 조정하고자 하니 조만간 자기들을 방문해달라고 짤막하게 적혀 있었다.

그는 편지를 몇 번이나 되풀이해 읽고 나서 고개를 절레절레 흔들었다. 문제는 이제 막 시작된 것 같았다.

"에라, 모르겠다!" 잠시 후 그는 다 들릴 만큼 큰 소리로 말했다.

그는 편지를 접어 주머니에 쑤셔넣었다.

그를 더욱 비참하게 만든 것은 캐리로부터 아무 소식도 없다는 점이었다. 그는 이제 캐리도 자기가 유부남이라는 사실을 알았으며, 자신의 배신에 분노하고 있다고 확신했다. 캐리가 가장 필요한 때인 만큼 그녀가 없다는 사실이 더욱 뼈아프게 느껴졌다. 캐리가 곧 어떤 소식이든 보내오지 않는다면 찾아가서 만나봐야겠다고 생각했다. 캐리에게서 버림받은 데 그는 깊이 상처를 받았다. 캐리를 진정으로 사랑했지만, 그녀를 잃을지도 모르는 가능성을 직면하고 보니 그녀가 훨씬 더 사랑스럽게 느껴졌다. 그는 정말로 애타게 소식을 기다렸고, 더할 수 없이 아쉬워하며 마음의 눈으로 그녀를 바라보았다. 캐리가 어떻게 생각하건 그는 캐리를 잃고 싶지 않았다. 무슨 일이 닥치건 이 문제를 조속히 해결할 것이다. 그녀에게 가서 집안의 복잡한 문제들을 털어놓을 것이다. 자기가 어떤 처지에 있는지, 얼마나 절실히 그녀가 필요한지 설명할 것이다. 설마 그녀가 이제 와서 나를 저버리진 않겠지? 그럴 가능성은 없다. 그녀가 화를 풀 때까지 애원할 것이다. 그녀가 나를 용서할 때까지.

그는 문득 생각했다. '만약 그녀가 거기 없다면…… 다른 곳으로 갔으면 어떡하지?'

그는 자기도 모르게 벌떡 일어섰다. 생각이나 하면서 가만히 앉아 있을 수가 없었다.

그렇지만 일어나봐도 아무 소용이 없었다.

화요일도 같은 식이었다. 그는 간신히 용기를 내어 캐리를 만나러 나갔지만, 오그던 플레이스에 들어섰을 때 자기를 감시하는 남자를 발견하고는 자리를 떴다. 그 집이 있는 근처에도 가지 못했다.

또 화가 났던 일은 랜돌프 스트리트행 전차를 타고 돌아오다가 자기도 모르게 아들이 일하는 건물 바로 맞은편까지 온 것이었다. 그는 심장을 찌르는 듯한 고통을 느꼈다. 거기로 여러 번 아들을 찾아갔었다.

지금 그 녀석은 그에게 소식 한 줄 보내지 않고 있었다. 그가 집에 없는데 두 아이 중 누구도 개의치 않는 듯했다. 아, 사람 팔자가 이렇게 꼬일 수도 있다니. 그는 사무실로 돌아와 친구들의 대화에 끼었다. 한가한 수다가 그나마 비참한 기분을 가시게 해주는 것 같았다.

그날 밤 그는 렉터스에서 저녁을 먹고 곧장 사무실로 돌아왔다. 북적거리고 화려한 그 바가 그의 유일한 안식처였다. 그는 많은 사소한 문제들에 신경을 쓰고 모두에게 의례적으로 말을 걸었다. 모두 다 떠난 후에도 책상에 오래 앉아 있다가 순찰을 도는 야경꾼이 제대로 잠겼나 문을 잡아당길 때에야 자리에서 일어섰다.

수요일에 그는 맥그레거 제임스 앤드 헤이로부터 정중한 편지를 또 한 통 받았다. 편지의 내용은 이러했다.

친애하는 귀하,

줄리아 허스트우드 부인을 대신하여 이혼과 위자료 청구소송을 제기하기 전에 내일(목요일) 한시까지 저희가 기다리기로 했음을 알려드리고자 합니다. 그전에 귀하로부터 아무 연락도 받지 못한다면 귀하께서 어떤 식으로든 이 문제를 놓고 타협하실 의사가 없는 것으로 간주하고 그에 따라 조치하도록 하겠습니다.

"타협이라고? 타협이라!" 허스트우드는 비통하게 소리쳤다.

그는 다시 고개를 흔들었다.

그 앞에 펼쳐진 상황은 자명했다. 이제 그는 어떻게 될지 알 수 있었다. 가서 그들을 만나지 않는다면 그들은 즉각 소송을 제기할 것이다.

그들을 만나면, 그들은 그의 피를 끓게 할 만한 조건을 내놓을 것이다. 그는 편지를 접어 다른 편지와 함께 넣어두고는 모자를 쓰고 바람을 쐬러 나갔다.

26
쓰러진 대사
문을 찾아서

　혼자 남겨진 캐리는 지금 무슨 일이 벌어진 것인지 제대로 깨닫지도 못한 채 드루에의 떠나는 발소리에 귀를 기울였다. 지금 그녀가 알고 있는 사실은 그가 뛰쳐나갔다는 것뿐이었다. 그가 당장은 아니라도 돌아올지, 영영 돌아오지 않을지도 한참이 지나서야 생각이 들었다. 그녀는 저녁 불빛이 사위어가는 방을 둘러보면서 어째서 집이 평소 같지 않을까 의아했다. 그녀는 화장대로 가서 성냥을 그어 가스등을 켠 다음 다시 흔들의자로 돌아가 생각에 잠겼다.

　생각을 정리하기까지 시간이 좀 걸렸지만, 일단 그렇게 되자 이 사실이 의미심장하게 다가오기 시작했다. 그녀는 완전히 혼자였다. 드루에가 다시 돌아오지 않는다면? 그에게서 더는 아무 소식도 듣지 못하게 된다면? 이 좋은 방도 오래 쓸 수는 없을 것이다. 이곳을 떠나야 할 것이다.

허스트우드에게 단 한 번도 기대지 않은 것은 잘한 일이었다. 그를 생각하면 슬픔과 회한의 고통뿐이었다. 사실 그녀는 타락한 인간을 보여주는 이 증거에 충격받은 한편 두려웠다. 그는 눈 하나 깜박하지 않고 그녀를 속이려 했다. 하마터면 그녀는 더 나쁜 상황으로 끌려들어 갈 뻔했던 것이다. 그러나 그의 모습과 태도를 지워버릴 수는 없었다. 오직 그 일만이 이상하고 비열해 보였다. 그 일은 그에 대해 느끼고 알았던 모든 것과 완전히 다른 모습이었다.

그러나 그녀는 혼자였다. 지금으로서는 그것이 가장 큰 문제였다. 어떻게 하면 좋을까? 다시 일자리를 구하러 나가야 하나? 산업지구를 돌아다녀야 하나? 무대! 아, 그렇다. 드루에가 무대 얘기를 했었다. 거기에 희망을 걸어볼 수 있을까? 여러 생각에 빠져서 이리저리 왔다갔다 하는 사이 시간은 흘러 밤이 깊었다. 저녁도 거른 채 그녀는 자리에 앉아서 생각하고 또 생각했다.

배가 고파오자 그녀는 남은 아침을 보관해둔 뒷방의 작은 찬장으로 갔다. 엄습하는 불안을 느끼며 그녀는 음식을 바라보았다. 음식이라는 것이 평소보다 더 의미심장하게 다가왔다.

그녀는 음식을 먹으면서 갖고 있는 돈이 얼마나 되나 머릿속으로 헤아려보았다. 돈 문제야말로 무엇보다 시급한 일이었다. 당장 지갑을 찾으러 갔다. 화장대 위 지갑에는 지폐로 칠 달러와 잔돈이 좀 있었다. 얼마 안 되는 금액에 풀이 죽었지만 이달 말까지의 집세는 냈다는 사실에 마음이 놓였다. 처음 언니네 집을 나왔을 때 바로 거리로 나갔더라면 어떻게 됐을까 생각해보니, 그때에 비하면 지금은 그럭저럭 괜찮은 편이었다. 적어도 약간은 시간이 있고, 어쩌면 일이 잘 풀릴지도 모른다.

드루에는 떠났지만 그래서 뭐 어쨌단 말인가? 그는 진심으로 화가 난 것 같지는 않았다. 그저 토라진 척하는 것뿐이다. 그는 돌아올 것이다. 틀림없이 그럴 것이다. 방 한구석에 그의 지팡이가 있었다. 여기 그의 칼라도 하나 있다. 옷장에는 얇은 외투도 남겨놓고 갔다. 캐리는 방안을 둘러보며 이런 소소한 것들을 찾아내어 불안을 가라앉히려 애썼다. 아, 하지만 또다른 생각이 고개를 들었다. 그가 돌아온다면, 그러면 어떻게 하나?

그가 돌아온다 해도 심란한 문제는 남아 있었다. 캐리는 그에게 얘기하고 해명해야 할 것이다. 그는 자기가 옳다는 것을 그녀가 인정하기를 바랄 것이다. 결국 그와 함께 살기는 어려울 것이다.

금요일에 캐리는 허스트우드와의 약속을 기억해냈다. 약속 시간이 지나가자 그녀에게 닥쳐온 불행이 한층 더 생생하고 분명하게 느껴졌다. 불안하고 괴로운 마음에 뭐든 해야겠다고 생각한 그녀는 갈색 외출복을 입고 열한시쯤 다시 한번 산업지구를 찾아갔다. 일자리를 찾아야 했다.

열두시부터 조짐을 보여 한시에 내리기 시작한 비가 허스트우드의 기운을 뺏고 비참한 하루를 보내게 한 것처럼, 그녀에게는 발걸음을 돌려 집으로 돌아갈 구실이 되어주었다.

다음날은 토요일이라 많은 회사들이 오전에만 일을 했다. 전날 밤 비가 온 뒤라 나무와 잔디의 초록이 눈부시도록 빛나는 화창하고 반짝이는 날씨였다. 그녀가 밖으로 나오자 참새들이 명랑하게 입을 모아

노래하듯 지저귀었다. 캐리는 아름다운 공원을 바라보며 걱정 없는 사람들에게 삶이란 즐거운 것임을 절감했다. 무슨 일이 일어나 이전의 안락한 상태를 유지할 수 있기를, 그녀는 바라고 또 바랐다. 드루에도 그의 돈도 필요 없고, 허스트우드와도 더이상 관계를 갖고 싶지 않았다. 적어도 홀로 살 길을 헤쳐나가야 할 지금보다는 더 행복했던, 전에 경험했던 편안하고 만족스러운 상태로 되돌아가고 싶을 뿐이었다.

산업지구에 도착했을 때는 열한시쯤으로, 근무시간이 얼마 남지 않은 때였다. 이 고되고 냉혹한 지역에서 예전에 겪었던 고생이 떠올라 캐리는 처음에는 이를 알아차리지 못했다. 그녀는 뭔가 일거리를 찾아야 한다 마음을 다잡으며, 또 그렇게 서두를 필요는 없다고 스스로를 안심시키며 이리저리 돌아다녔다. 쉽지 않은 일이지만, 시간이 며칠뿐이었다. 그런데도 그녀는 제 손으로 밥벌이를 해야 하는 괴로운 문제에 맞닥뜨린 현실을 확실히 모르고 있었다. 어쨌거나 이전보다 나아진 점도 하나 있었다. 외모는 훨씬 좋아졌고, 그녀의 태도도 많이 바뀌었다. 옷차림도 어울렸다. 잘 차려입은 남자들, 전에는 광나는 난간과 위압적인 사무실 칸막이 뒤에서 그녀를 무관심하게 바라보던 그런 부류의 남자들이 이제는 부드러운 눈빛으로 그녀의 얼굴에서 눈을 떼지 못했다. 그것으로 어느 정도는 힘과 만족감을 느꼈지만, 안심이 되지는 않았다. 경우에 어긋나는 특별한 호의는 원치 않았다. 뭐라도 일자리가 필요했지만, 거짓된 주장이나 호의로 그녀를 사려고 하는 남자는 결코 원치 않았다. 정직하게 생활비를 벌고 싶었다.

그녀가 열고 들어가서 일자리가 있는지 알아봐야 할 것 같은 문에 '이 가게는 토요일에는 한시에 닫습니다'라는 팻말이 붙어 있으면 오히려 기뻤다. 그것은 적당한 핑곗거리가 되어주었다. 이런 가게들을 적잖이 마주치고 나니 시계는 열두시 십오분을 가리키고 있었고, 오늘은 더이상 찾아다녀봤자 소용없겠다 싶어 차를 타고 링컨 공원으로 갔다. 거기에는 꽃이며 동물, 호수 등 구경할 것이 항상 있었다. 월요일에는 일찍 나가봐야겠다고 스스로를 달랬다. 게다가 월요일까지는 무슨 일이 생길지도 모르는 일이었다.

일요일 역시 의혹과 근심 속에서 자신을 달래며 지나갔다. 변덕스럽게 마음이 바뀌고 기분이 왔다갔다했다. 하루종일, 삼십 분이 멀다 하고 지금 당장 뭔가 해야만 한다는 생각이 마치 휘두르는 채찍의 끝처럼 그녀를 날카롭게 파고들었다. 좀 진정이 될 때면 주변을 둘러보며 상황이 그렇게 나쁘지는 않다고, 다 잘될 거라고 스스로를 다독였다. 그럴 때는 무대에 서보라던 드루에의 충고를 떠올렸고, 그쪽으로 기회가 있을 것 같았다. 캐리는 다음날 그 기회를 찾아보기로 마음먹었다.

그리하여 캐리는 월요일 아침 일찍 일어나 신경써서 옷을 차려입었다. 무대에 서려면 어떻게 해야 하는지 몰랐지만 곧장 극장으로 가보기로 했다. 일단 가서 극장 주변에서 누구든 붙잡고 지배인을 찾아 일자리를 구해볼 생각이었다. 자리가 있으면 얻을 수 있을지도 모르고, 그러지는 못하더라도 최소한 어떻게 해야 할지는 알 수 있을 것이다.

그녀는 이런 분야의 사람들을 상대해본 경험이 전혀 없었고, 연극계 사람들의 호색이나 농담도 알지 못했다. 그녀는 헤일 씨 정도밖에 아는 사람이 없었지만, 그의 아내와 가까운 사이였기 때문에 그 사람과 마주치고 싶지는 않았다.

당시 대중에게 널리 알려진 극장으로 시카고 오페라 하우스가 있었는데, 그곳의 지배인인 데이비드 A. 헨더슨은 지역에서 꽤 명망이 높았다. 캐리는 그 극장에서 공들여 만든 공연을 두어 번 본 적이 있었고, 다른 공연에 대해서도 들어본 적이 있었다. 헨더슨에 대해서도, 지원 방법에 대해서도 전혀 몰랐지만 본능적으로 거기가 좋겠다고 생각한 그녀는 그 주변을 돌아다녔다. 그녀는 금빛으로 장식된 로비가 있는 화려한 입구로 용감하게 걸어들어갔다. 현재 상연중인 작품의 사진을 액자에 넣어 장식한 로비는 조용한 매표소로 이어졌다. 그러나 캐리는 그 이상 들어가지는 못했다. 유명한 희가극 배우가 그 주에 공연중이었다. 부와 명성이 자아내는 분위기에 캐리는 기가 질렸다. 이렇게 고고한 세계에 그녀를 위한 자리가 있으리라고는 상상할 수가 없었다. 캐리는 매몰차게 퇴짜 맞을 것이 뻔한데도 여기까지 온 자신의 대담함에 덜덜 떨릴 지경이었다. 화려한 사진들만 구경하고 나올 수밖에 없었다. 도망쳐나오기를 아주 잘한 것 같았다. 다시 이런 곳에 지원할 생각을 한다는 것은 어리석게 느껴졌다.

이 작은 경험으로 그날의 구직활동은 끝이 났다. 좀더 둘러보았지만 밖에서만 보았을 뿐이었다. 극장 몇 군데, 특히 업계 선두인 그랜드 오페라 하우스와 맥비커 극장의 위치만 새겨두고는 그냥 돌아와버렸다. 그즈음 사회에 대한 관심이 커졌으나 사회에서 자신이 얼마나 미미한 존재인가 새삼 깨닫고 나자 그녀는 크게 위축되었다.

그날 밤 헤일 부인이 찾아와 한참 동안 수다를 떨다 가는 바람에 그날 운이 좋았는지 나빴는지 곱씹어볼 틈이 없었다. 그러나 잠자리에 들기 전에 앉아서 생각해보니 불길한 예감이 가득했다. 드루에는 그후 모습을 나타내지 않고 있었다. 어디서도 연락은 없었고, 먹을 것을 사고 차비를 내느라 갖고 있던 돈에서 일 달러를 썼다. 이런 식으로는 오래 버티지 못할 것이 뻔했다. 먹고살 방법이 없었다.

이런 상황에 처하고 보니 밴뷰런 스트리트의 언니에게 생각이 미쳤다. 도망쳐나온 밤 이후로 언니를 보지 못했다. 컬럼비아시티의 고향 생각도 났다. 이제 다시는 돌아갈 수 없을 것 같았다. 그쪽에서는 어떤 쉼터도 찾을 수가 없었다. 허스트우드를 생각하면 그저 슬프기만 했다. 그토록 쉽게 자기를 속여넘기려 했다니 잔인한 일이었다.

화요일이 왔으나 캐리는 여전히 마음을 정하지 못한 채 생각만 거듭하고 있었다. 전날의 실패 탓에 서둘러 일자리를 찾으러 나갈 기분이 아니었지만, 그녀는 전날 자신이 너무 나약하게 굴었다고 스스로를 질책했다. 결국 다시 시카고 오페라 하우스를 향해 집을 나섰지만 아직 다가갈 용기는 없었다.

그래도 캐리는 가까스로 매표소에 가서 문의를 했다.

"극단 지배인 말씀이십니까, 아니면 극장 지배인 말씀이십니까?" 옷을 멋지게 차려입은 티켓 파는 남자가 물었다. 그는 캐리의 외모에서 좋은 인상을 받았다.

"모르겠어요." 캐리는 그 질문에 움찔 물러섰다.

"어쨌거나 극장 지배인은 오늘 만나실 수 없습니다. 도시 밖으로 출타중이시거든요." 젊은 남자가 먼저 말해주었다.

"그런데 무슨 일이십니까?" 그는 캐리의 당황한 표정을 읽고는 덧붙였다.

"일자리를 좀 알아보려고요." 캐리가 대답했다.

"그러면 극단 지배인을 만나보시는 편이 나을 겁니다. 하지만 지금은 여기 안 계십니다."

"언제쯤 오실까요?" 캐리는 다소 마음이 놓여 물었다.

"흠, 열한시에서 열두시 사이에 오시면 만나실 수 있을 겁니다. 두시 이후에도 여기 계시고요."

캐리는 고맙다는 인사를 하고 가벼운 발걸음으로 걸어나왔다. 젊은 남자는 금박을 입힌 판매소의 옆창으로 그녀의 뒷모습을 내다보았다. "미인인데." 그는 혼잣말로 중얼거렸다. 캐리의 겸손한 모습에 기분이 우쭐해졌다.

당시 최고 희가극단 중 하나가 그랜드 오페라 하우스에서 전속으로 공연을 하고 있었다. 방금 캐리는 그 극단의 지배인을 만나고 싶다고 청한 것이다. 캐리는 지배인의 권위는 별 볼 일 없으며, 공석이 생기면 뉴욕에서 배우를 불러 그 자리를 채운다는 사실은 알지 못했다.

"지배인님 사무실은 위층입니다." 매표소의 남자가 말했다.

지배인의 사무실에는 여러 사람이 있었다. 두 명은 창가에 느긋하게 서 있었고, 또 한 사람은 덮개 달린 책상에 앉은 사람과 이야기를 하고 있었는데, 앉아 있는 사람이 바로 지배인이었다. 캐리는 초조하게 둘러보면서 사람들 앞에서 어떻게 용건을 꺼내야 할지 겁이 났다. 창가의 두 사람은 벌써 그녀를 주의깊게 관찰하고 있었다.

"그렇게는 못 해. 무대 뒤로 방문객을 절대 들이지 말라는 것이 프로먼 씨의 규칙이야. 안 돼, 안 된다고!" 지배인이 말하고 있었다.

캐리는 수줍게 기다리고 서 있었다. 의자가 있었지만 아무도 그녀에게 앉으라고 하지 않았다. 지배인과 이야기를 하던 남자는 잔뜩 풀이 죽어서 나갔고, 지배인은 마치 서류가 가장 중요한 관심사인 양 앞의 서류들만 열심히 들여다보았다.

"오늘 아침 〈헤럴드〉에서 내 굿윈 기사 봤어, 해리스?"

"아니, 무슨 내용인데?"

"어젯밤에 홀리스에서 개막사를 멋지게 했다더군. 한번 찾아보게나."

해리스는 테이블 위로 손을 뻗어 〈헤럴드〉를 찾았다.

"무슨 일이지요?" 지배인은 그제야 처음으로 캐리를 알아본 듯했다. 그는 공짜표를 얻으러 온 사람이겠거니 했다.

캐리는 얼마 안 되는 용기를 다 끌어냈다. 캐리는 새삼 자기가 풋내기임을 깨달았다. 거절당할 것이 분명했다. 그 점이 너무나도 확실해 보여서 지금은 조언을 구하러 온 척하기로 했다.

"무대에 서려면 어떻게 해야 하는지 알고 싶어서요."

이렇게 말하는 것이 최선이었다. 캐리는 어느 정도는 의자에 앉은 지배인의 관심을 끌었다. 그녀의 요청과 태도에서 우러나오는 소박함이 그의 호감을 샀다. 그는 방안의 다른 사람들과 마찬가지로 미소를 지었다. 그러나 그들은 자기들 기분을 애써 숨겼다.

"저도 잘 모르겠군요. 무대에 서본 경험은 있습니까?" 그는 노골적으로 그녀를 훑어보며 물었다.

"약간요. 아마추어 공연에서 배역을 맡은 적이 있어요."

그의 관심을 끌기 위해서는 좀 과장할 필요가 있을 것 같았다.

"연기 공부를 한 적은 없고요?" 캐리뿐 아니라 친구들에게도 신중하다는 인상을 줄 요량으로 지배인이 허세를 부리며 물었다.

"없는데요."

"흠, 글쎄요," 그는 그녀 앞에서 나른하게 의자에 몸을 기대며 대꾸했다. "왜 무대에 설 생각을 하게 됐습니까?"

캐리는 남자의 거침없는 태도에 무안했지만 히죽거리는 상대에게 그저 미소만 띠어 보이며 말했다.

"생활비를 벌어야 해서요."

그는 캐리의 단정한 모습에 마음이 끌려 그녀와 사귀어보고 싶은 마음이 들었다. "아, 그래요. 흠, 시카고는 당신이 원하는 바를 이루기에 적당한 곳이 아니에요. 뉴욕으로 가야죠. 거기에는 기회가 더 많답니다. 여기서 일을 시작할 수 있을 거라는 기대는 안 하는 게 좋을 겁니다."

캐리는 그의 조언이 고마워서 상냥한 미소를 지었는데, 그는 그 미소를 약간 다르게 해석했다. 수작을 걸 좋은 기회라고 생각한 것이다.

"앉으시지요." 그는 책상 옆에서 의자를 끌어내놓고 방안의 두 남자가 듣지 못하도록 목소리를 낮추었다. 두 남자는 의미심장한 눈짓을 주고받았다.

"자, 난 가보겠네, 바니. 오후에 보세나." 한 명이 자리를 뜨면서 지배인에게 말했다.

"그러지." 지배인이 대꾸했다.

남은 한 명은 신문을 집어들고 읽는 척했다.

"어떤 역을 맡고 싶은지 생각해보셨습니까?" 지배인이 은근한 목소리로 물었다.

"아, 아뇨. 할 수만 있다면 아무거나 좋아요."

"알겠습니다. 이 도시에 사십니까?"

"예."

지배인은 최대한 사람 좋은 미소를 지었다.

"코러스 걸로 들어가는 것도 고려해보신 적 있나요?" 그는 좀더 은밀한 투로 물었다.

캐리는 그의 태도가 뭔가 좀 과하고 부자언스럽다고 느꼈다.

"아뇨."

"대부분 여자들은 처음엔 그렇게 무대에 선답니다. 경험을 쌓는 데 딱이지요."

그는 친근하고 호소력 있는 시선을 그녀에게 보냈다.

"그건 몰랐어요." 캐리가 대답했다.

"어려운 일이지만, 항상 기회는 있답니다." 말을 잇다가 그는 갑자기 생각났다는 듯 시계를 꺼내어 들여다보았다. "제가 두시에 약속이 있어서요. 지금 점심식사를 하러 가야 하는데, 저랑 함께하시겠습니까? 그 자리에서 더 얘기하도록 하지요."

"아니, 괜찮아요. 저도 약속이 있어서요." 캐리는 상대의 의도를 눈치채고 이렇게 대답했다.

"그거 아쉽군요. 나중에 들르십시오. 자리가 생길지도 모르니까요." 그는 자신이 너무 서두르는 바람에 캐리가 자리를 뜨려 한다는 것을 깨달았다.

"감사합니다." 좀 겁이 나서 캐리는 그대로 나와버렸다.

"제법 미인인데. 안 그래?" 지배인의 작업을 세세히 다 보지는 못한 친구가 말했다.

"그래, 어떻게 보면." 게임에 져서 약이 오른 지배인이 대꾸했다. "하지만 배우는 죽어도 못 될 거야. 기껏해야 코러스 걸 정도가 다야."

이 작은 경험으로 시카고 오페라 하우스의 지배인을 찾아가보겠다던 결심은 거의 포기할 뻔했으나, 잠시 후 캐리는 그래도 시도해보기로 마음먹었다. 그는 좀더 점잖은 인물이었다. 그는 지금은 빈자리가 전혀 없다고 딱 잘라 대답했는데, 그녀의 구직활동을 바보 같은 짓이라고 보는 것 같았다.

"시카고는 배우를 시작할 만한 곳이 못 돼요. 뉴욕으로 가야죠."

그래도 포기하지 않고 맥비커 극장으로 가보았지만 거기서는 아무도 만나지 못했다. 〈올드 홈스테드〉가 상연중이었으나 그녀가 알아보려고 했던 사람은 찾을 수 없었다.

이리저리 돌아다니다보니 어느새 시간은 네시가 되었고, 녹초가 다 된 그녀는 집에 가고 싶은 마음뿐이었다. 계속해서 알아봐야겠다고 생각했지만 지금까지의 결과만으로도 충분히 실망스러웠다. 캐리는 전차를 타고 사십오 분 만에 오그던 플레이스에 도착했지만, 허스트우드의 편지를 받곤 하던 웨스트사이드 우체국까지 가보기로 했다. 허스트우드가 토요일에 쓴 편지가 한 통 와 있었다. 봉투를 뜯어 읽으며 그녀는 복잡한 감정에 사로잡혔다. 편지는 더없이 따뜻했고, 자신을 만나주지 않고 그후로 소식도 전해오지 않은 데 대한 불평을 너무나 절절하게 담고 있어서 허스트우드가 안쓰럽게 느껴질 정도였다. 그가 캐리를 사랑한다는 사실만큼은 의심의 여지가 없었다. 하지만 결혼한 몸으로 사랑하고 싶어했고, 감히 그렇게 했다는 것이 나빴다. 대답 정도는 해주어도 될 것 같은 기분이 들어서, 캐리는 편지를 보내 그가 유부남이라는 사실을 알았으며 자신을 속인 데 화가 났다고 알려야겠다고 생각했다. 그들 사이는 이제 완전히 끝났다고 말할 셈이었다.

방으로 돌아온 캐리는 한참 동안 편지를 어떻게 쓸지에만 골몰했다.

당장 해치울 생각이었지만 너무나 어려운 일이었다.

제가 왜 당신을 만나러 가지 않았는지 굳이 설명하지 않아도 아시
겠지요. (……) 어떻게 저를 그렇게 속이실 수가 있었나요? 제가 당
신과의 관계를 더이상 유지하리라고는 생각지 마세요. 하늘이 무너
져도 그럴 수는 없어요. 아, 어떻게 그런 짓을 하실 수가 있나요?
(……) 당신이 저를 얼마나 비참하게 만들었는지 당신은 모르실 거
예요. 저에 대한 마음은 모두 잊어주세요. 우리는 더는 만나서는 안
돼요. 안녕.

캐리는 다음날 아침 편지를 들고 나가 길모퉁이의 우체통에 넣었지
만, 잘하는 짓인지 여전히 확신이 서지 않았다. 그녀는 전차를 타고 시
내로 나갔다.

백화점이 한산한 철이었지만 단정하고 매력적인 용모 덕분에 캐리
는 다른 젊은 여성 구직자들보다 더 많은 관심을 받았다. 캐리는 이미
잘 알고 있는 똑같은 질문을 받았다.

"무얼 할 줄 아십니까? 전에 소매점에서 일해보신 적이 있나요? 경
험이 있습니까?"

페어 백화점에서, 시 앤드 컴퍼니에서, 다른 모든 대형 상점들에서도
똑같았다. 불경기니 나중에 다시 오면 뽑아줄 수도 있다는 것이었다.

하루가 저물 무렵 지치고 낙담한 채 집으로 돌아와보니 드루에가 왔
다 간 흔적이 있었다. 그의 우산과 얇은 외투가 사라지고 없었다. 없어
진 것이 더 있을지도 모른다고 생각했지만 확실치는 않았다. 짐을 다

가져간 것은 아니었다.

그가 떠나리라는 사실은 확실해졌다. 어떻게 하면 좋을까? 하루 혹은 이틀만 지나면 예전처럼 세상과 마주서야 할 처지였다. 옷들도 점점 형편없어지리라. 캐리는 습관적으로 두 손을 맞잡고 손가락에 힘을 주었다. 굵은 눈물방울이 눈가에 맺히더니 뺨을 타고 뜨겁게 흘러내렸다. 그녀는 혼자였다. 철저하게 혼자였다.

드루에가 들렀던 것은 사실이지만 캐리가 상상한 것과는 전혀 다른 이유에서였다. 그는 캐리를 만나면 옷장에 남은 짐을 가지러 왔다고 둘러대고는 떠나기 전에 화해할 셈이었다.

그래서 캐리가 집에 없는 것에 그는 실망했다. 그녀가 잠깐 근처에 나갔다가 곧 돌아올지도 모른다는 생각에 그는 잠시 어슬렁거렸다. 계단에서 그녀의 발소리가 들리지 않을까 내내 귀를 기울였다.

캐리가 돌아오면 자기도 지금 막 들어오다가 마주쳐서 깜짝 놀란 척할 생각이었다. 그러고는 옷이 필요해서 왔다고 해명하고는 상황을 알아볼 셈이었다.

그러나 아무리 기다려도 캐리는 오지 않았다. 언제 캐리가 올지 몰라 서랍장 앞에서 어슬렁거리던 그는 이내 창밖을 내다보았고, 나중에는 흔들의자에 앉아 있었다. 그래도 캐리는 오지 않았다. 그는 슬슬 불안해져서 시가에 불을 붙였다. 그러고는 마루 위를 이리저리 서성거렸다. 창밖을 내다보니 먹구름이 모여들고 있었다. 세시에 약속이 있다는 것이 기억났다. 기다려봤자 소용없다는 생각이 들기 시작했다. 일단 우산과 얇은 외투를 챙겼다. 이것들이 없어지면 캐리가 겁을 먹을 것이다. 내일은 다른 것을 찾으러 다시 와서 상황이 어떤지 알아볼 셈이었다.

막상 떠나려니 캐리를 만나지 못한 것이 못내 서운했다. 벽에는 처음 그가 사주었던 작은 재킷을 입은 캐리의 조그만 사진이 걸려 있었는데, 그녀의 얼굴은 최근에 보았던 것보다 좀더 동경과 애수에 차 있는 듯 보였다. 그는 진심으로 그 사진에 감동을 받았다. 사진 속의 눈을 들여다보며 그는 그에게는 좀처럼 일어나지 않는 특별한 감상에 젖어들었다.

"나한테 너무했어, 캐드." 그는 마치 눈앞에 있는 사람에게 말하듯 이렇게 말했다.

그러고는 문가로 가서 방안을 한 바퀴 찬찬히 둘러보고 나갔다.

27
물이 우리를 삼켜버릴 때
우리는 별을 향해 손을 뻗는다

맥그레거 제임스 앤드 헤이 법률사무소에서 결정적인 통보를 받고 심란한 마음으로 거리를 쏘다니다 들어와보니 그날 아침 캐리가 쓴 편지가 와 있었다. 필체를 알아본 허스트우드는 격한 흥분에 휩싸여 잽싸게 봉투를 뜯었다.

'그러니까 역시 캐리는 나를 사랑하고 있는 거야. 그렇지 않다면 편지를 썼을 리가 없지.'

처음에는 편지의 내용에 좀 낙심했지만 곧 기운을 되찾았다. '나한테 전혀 마음이 없다면 아예 편지를 쓰지도 않았을 거야.'

그는 우울한 마음을 이 생각 하나로 버텼다. 편지의 내용에서 끌어낼 수 있는 것은 거의 없었지만 그 기분만은 알 것 같았다.

이렇게 분명한 책망의 말에도 안심하는 그의 모습은 보기 딱한 정도까지는 아니더라도 지극히 인간적인 데가 있었다. 오랫동안 스스로에게만 만족하며 살아왔던 사람이 이제 자기 밖에서, 겨우 이런 것에서 위안을 받고 있는 것이다. 신비한 사랑의 굴레여! 그것이 우리 모두를 얽어매고 있다.

그의 뺨에 화색이 돌았다. 잠시 법률사무소에서 보낸 편지도 잊어버렸다. 캐리를 가질 수만 있다면 얽히고설킨 이 모든 실타래에서도 빠져나올 수 있을 것이다. 어쩌면 아무 문제도 되지 않을 것이다. 캐리를 잃지만 않는다면 아내가 무슨 짓을 하건 상관하지 않을 것이다. 그는 벌떡 일어서서 자기 마음을 가져가버린 이 사랑스러운 여인과 함께할 삶에 대한 달콤한 꿈에 잠겨 이리저리 서성거렸다.

그러나 오래지 않아 묵은 걱정거리가 다시 생각났다. 지긋지긋했다. 그는 내일 있을 소송에 대해 생각했다. 한 일도 없는데 벌써 오후가 저물고 있었다. 네시* 십오 분 전이었다. 다섯시면 변호사들도 퇴근할 것이다. 내일 정오까지는 아직 시간이 있다. 그렇게 생각하는 사이 어느새 그 십오 분마저 흘러가버리고 다섯시가 되었다. 그는 그날 변호사들을 만나러 갈 생각은 버리고 다시 캐리 생각으로 돌아갔다.

자신의 행동이 스스로도 납득되지 않았다. 그 문제는 신경쓰지 않기로 했다. 온통 어떻게 캐리를 설득할까 하는 생각뿐이었다. 거기에는 아무 문제도 없었다. 그는 캐리를 깊이 사랑했다. 둘 모두의 행복이 거기 달려 있다. 드루에만 없어져준다면!

그런 생각에 들떠 있던 그는 아침에 입을 깨끗한 속옷이 있어야겠다

---

* 원문의 오류로 '다섯시'가 옳다.

는 데 생각이 미쳤다.

그는 속옷과 함께 타이도 여섯 개 사서 파머 하우스로 갔다. 안으로 들어가다가 드루에가 열쇠를 가지고 계단을 올라가는 모습을 얼핏 본 것 같았다. 설마 드루에일 리가! 어쩌면 그들이 일시적으로 거처를 옮긴 것일까. 그는 곧장 데스크로 갔다.

"드루에 씨가 여기 묵고 있나요?" 그는 직원에게 물었다.

"그런 것 같은데요." 직원은 숙박부를 살펴보고 대답했다. "맞습니다."

"그렇습니까?" 허스트우드는 놀란 티를 감추며 다시 물었다. "혼자서요?"

"예."

허스트우드는 돌아서서 나오며 감정을 감추느라 입술을 꾹 다물었다.

'어떻게 된 것일까? 부부싸움을 심하게 한 모양이군.'

기운이 샘솟는 듯했다. 그는 서둘러 방으로 올라가 속옷을 갈아입었다. 캐리가 혼자 있는지, 아니면 다른 곳에 가 있는지 알아보아야 했다. 그는 당장 캐리를 찾아가보기로 했다.

'어떡해야 할지 알겠어. 문간에 가서 드루에 씨가 집에 있는지 물어보는 거야. 그러면 그가 집에 있는지 없는지, 그리고 캐리가 어디 있는지 알 수 있겠지.'

그는 그런 생각에 취해 힘이라도 쓰고 싶은 기분이었다. 저녁을 먹고 곧장 가보기로 마음먹었다.

여섯시에 방에서 내려오면서 드루에가 있는지 주의해서 살펴보고 식사를 하러 갔지만 당장 해야 할 일에 너무 정신이 쏠려 거의 먹지 못했다. 떠나기 전에 드루에가 어디 있는지 알아보고 가는 편이 좋겠다는 생각이 들어 그는 호텔로 돌아갔다.

"드루에 씨는 나갔나요?" 그는 직원에게 물었다.

"아뇨, 방에 계십니다. 명함을 올려보내드릴까요?"

"아뇨, 제가 나중에 찾아가겠습니다." 허스트우드는 밖으로 나왔다. 그는 매디슨행 전차를 타고 오그던 플레이스로 가서 곧장 현관으로 걸어갔다. 하녀가 그의 노크에 대답했다.

"드루에 씨 계신가?" 허스트우드가 사근사근하게 물었다.

"출장 가셨는데요." 캐리가 헤일 부인에게 그렇게 말하는 것을 들었던 하녀가 대답했다.

"드루에 부인은 계신가?"

"아뇨, 부인은 극장에 가셨어요."

"그래?" 허스트우드는 적잖이 놀랐다. 그는 마치 중요한 용무가 있다는 듯 말했다. "어느 극장인지는 모르지?"

하녀는 캐리가 어디에 갔는지 몰랐지만, 허스트우드를 좋아하지 않았기 때문에 그를 골려주고 싶은 마음에 이렇게 대답했다. "알아요. 홀리스예요."

"고맙네." 허스트우드는 모자를 살짝 기울여 인사하고 자리를 떴다.

'홀리스에 가서 찾아봐야겠군.' 생각은 그렇게 했지만 그는 결국 가지 않았다. 그는 시내에 닿기 전에 문제를 다 따져보고 소용없는 짓이라고 결론을 내렸다. 캐리를 보고 싶은 마음이야 간절하지만 다른 사람과 함께 있을지도 모르는데 그런 자리에 끼어들어 애원하고 싶지는 않았다. 아침에 가보는 편이 나을 것이다. 아침에는 변호사 문제가 기다리고 있긴 하지만.

이 짧은 순례는 그의 불타오르는 열정에 찬물을 끼얹었다. 다시 걱
정거리 생각으로 돌아간 그는 위안을 찾아 바로 갔다. 바는 꽤 많은 신
사들의 대화로 활기에 넘쳤다. 쿡 카운티의 정치인들은 방 뒤쪽에서
벚나무로 된 원형 테이블에 앉아 회의를 하고 있었고, 흥청대는 젊은
이들 여럿이 느지막이 극장으로 가기 전에 수다를 떨고 있었다. 바 한
쪽 끝에는 딸기코에 낡은 실크해트를 쓴 초라하지만 기품 있어 보이는
신사가 맥주잔을 홀짝이고 있었다. 허스트우드는 정치인들에게 고개
를 까딱해 보이고는 사무실로 들어갔다.

열시경 그의 친구이자 지역 스포츠와 경마 팬인 프랭크 L. 테인터 씨
가 들렀다가 허스트우드가 사무실에 혼자 있는 것을 보고 다가왔다.

"안녕, 조지!" 그가 외쳤다.

"잘 지냈나, 프랭크?" 허스트우드는 그의 모습에 왠지 마음이 놓였
다. "앉게나." 그는 작은 방의 의자 쪽으로 손짓을 했다.

"무슨 일 있나, 조지? 시무룩해 보이는데. 경마에서 돈이라도 잃었
나?"

"오늘밤에는 몸이 좀 안 좋구먼. 얼마 전 가벼운 감기에 걸려서."

"위스키를 마시게, 조지. 그러면 문제없어."

허스트우드는 미소를 지었다.

그들이 얘기를 나누는 동안 허스트우드의 다른 친구들이 몇 들어왔
다. 극장이 문을 닫는 열한시가 넘자 배우들도 모습을 보이기 시작했
다. 그중에는 꽤 유명한 사람들도 있었다.

미국의 술집에서 가장 흔하게 들을 수 있는 무의미한 사교적 대화가

시작되었다. 금가루 칠을 하고 싶은 자들이 이미 잔뜩 칠한 자들에게서 가루라도 좀 묻혀 가려는 것이다. 허스트우드는 유명 인사들에게 끌리는 성향이 있었다. 그는, 자신도 그들 가운데 속해 있다고 생각했다. 그는 자부심이 강해서 아첨꾼이 될 수는 없는 인물이었고, 대단히 명민한지라 그를 인정하지 않는 사람들 사이에서도 자기 자리를 끝까지 지킬 수 있었다. 그러나 그가 가장 기쁠 때는 신사로서 빛날 수 있고, 능력을 인정받는 사람들 사이에서 동등하게 친구로 받아들여지는 지금 같은 때였다. 이런 날은 그도 술을 마셨다. 친구들과 어울려 흥에 취하면 그는 긴장을 풀고 친구들과 권커니 잣거니 연달아 잔을 들이켜고, 다른 손님들처럼 자기 차례가 되면 술값도 냈다. 그가 거의 만취하거나, 완전히 고주망태가 되기 전에 불콰하게 술이 오르고 마음이 편안해지는 그런 상태까지 가는 경우가 있다면 바로 이런 사람들이 그의 주변에 모여 있을 때, 명사들의 무리에 끼어 동등하게 대화를 주고받을 때였다. 오늘밤에는 좀 심란하기는 하지만 친구들이 있어서 얼마간 위안이 되었고, 유명 인사들까지 함께라 그 순간만큼은 근심을 밀어두고 마음껏 어울렸다.

오래지 않아 취기가 올랐고, 이야기들이 쏟아져나오기 시작했다. 이런 상황에서 미국 남자들이 꺼내기 마련인 실없고 우스꽝스러운 이야기들이었다.

열두시, 문 닫을 시간이 되자 친구들이 떠났다. 허스트우드는 그들과 다정하게 악수를 나누었다. 그는 얼굴이 벌겠다. 정신은 맑았지만, 아직 들떠 있는 상태였다. 골치 아픈 문제들도 그리 심각하게 느껴지지 않았다. 사무실로 들어가 바텐더들과 회계 담당이 떠나기를 기다리며 장부를 뒤적였다. 직원들은 곧 떠났다.

밤새 모든 것이 다 안전하게 잘 잠겨 있도록 확인하는 것이 그의 습관이자 지배인으로서의 의무였다. 보통 은행 업무시간 이후 받은 현금을 제외하고는 바에는 돈을 두지 않았고, 그마저 회계 담당이 금고에 넣고 잠갔다. 비밀번호는 담당자와 주인들만 알고 있었지만, 그래도 허스트우드는 밤마다 금고가 단단히 잠겼는지 확인하곤 했다. 그런 다음 자기 사무실을 잠그고 금고 근처에 불을 밝혀두고 바에서 나왔다.

그동안 단 한 번도 이상이 발견된 적이 없었지만, 그는 오늘밤에도 책상을 덮고 사무실을 나와 금고를 점검해보았다. 세게 금고 문을 당겨보는 것이 그의 점검 방식이었다. 그런데 문이 열렸다. 약간 놀라 안을 들여다보니 돈이 낮에 넣어둔 그대로 들어 있었다. 맨 처음 그는 당연히 확인만 하고 문을 닫을 생각이었다.

'내일 메이휴한테 주의를 줘야겠군.'

메이휴는 금고 다이얼을 돌려 확실히 자물쇠를 잠갔다고 생각하고 삼십 분 전에 나가버렸다. 전에는 한 번도 실수한 적이 없었다. 그러나 오늘밤 메이휴는 딴 데 정신을 팔고 있었다. 자기 사업을 시작하는 문제를 놓고 고심중이었다.

'한번 볼까.' 허스트우드는 서랍을 뺐다. 왜 그러고 싶어졌는지 알 수 없었다. 경솔한 행동이었다. 다른 때였다면 결코 하지 않았을 짓이었다.

서랍을 여니 은행에서 하듯이 천 달러씩 묶어놓은 지폐 다발이 그의 눈에 들어왔다. 돈이 얼마쯤 될지는 알 수 없었지만 그는 잠시 그대로 서서 돈을 바라보았다. 그러고는 두번째 현금 서랍을 열었다. 그 속에는 그날의 매상이 들어 있었다.

'피츠제럴드 씨와 모이 씨가 이렇게 돈을 놔두는지 몰랐군. 잊어버린 모양이야.'

그는 첫번째 서랍을 보며 다시 머뭇거렸다.

'세어봐.' 귓가에서 웬 목소리가 속삭였다.

그는 첫번째 서랍에서 돈뭉치를 꺼낸 다음 하나씩 내려놓았다. 오십 달러짜리 백 달러짜리 지폐가 천 달러씩 묶여 있었다. 열 개쯤 되는 듯했다.

'왜 내가 금고를 안 잠그고 있지?' 그는 머뭇거리며 속으로 중얼거렸다. '왜 여기 가만히 서 있는 거지?'

이상한 대답이 돌아왔다.

'수중에 현금 만 달러를 가져본 적이 있나?'

아, 허스트우드는 그만큼의 돈은 가져본 적이 없었다. 그는 천천히 재산을 모아왔고, 그마저 지금은 아내 차지였다. 어림잡아 4만 달러가 넘는 그의 재산이 모두 아내에게 넘어가게 된 것이다.

이런 생각을 하노라니 머리가 혼란스러워졌다. 그는 서랍을 넣고 금고 문을 닫았다. 유혹을 뿌리치고 바로 잠그려고 금고 다이얼에 손을 올려놓았지만 그는 그대로 가만히 있었다. 마침내 그는 창가로 가서 커튼을 쳤다. 그러고는 문이 제대로 잠겼는지 다시 확인했다. 왜 그는 조심해서 주위를 살피는 것일까. 왜 이렇게 조용히 움직이는 것일까. 그는 카운터 끝으로 가서 팔을 올려놓고 생각에 잠겼다가는 사무실 문을 열고 불을 켰다. 그는 자기 책상 앞에 앉아 이상한 생각에 잠겼다.

'금고가 열려 있어. 그 안에 아주 가는 틈이 있어서 자물쇠가 잠기지 않았어.' 목소리가 속삭였다.

이런저런 생각이 뒤죽박죽되어 혼란스러웠다. 하루 동안의 모든 혼란이 되살아났다. 여기 해결책이 있다는 생각이 들었다. 이 돈이면 해결될 것이다. 만약 이 돈과 캐리만 있다면! 그는 벌떡 일어서서는 꼼짝 않고 마룻바닥을 내려다보았다.

'어때?' 그의 마음이 물었다. 대답 대신 그는 천천히 손을 들어 머리를 긁었다.

허스트우드는 이런 잘못된 제안에 분별없이 이끌릴 바보가 아니었지만, 그가 처한 상황이 좀 특이했다. 와인이 그의 혈관 속을 돌고 있었다. 술기운이 머릿속까지 퍼져서 상황을 감정적으로 보게 만들었다. 술기운 때문에 만 달러가 지닌 가능성이 유난히 두드러지게 다가왔다. 그 돈이면 엄청난 기회를 잡을 수 있었다. 캐리도 얻을 수 있을 것이다. 오, 그래, 할 수 있을 것이다! 아내를 떼내버릴 수도 있을 것이다. 내일 아침 의논할 편지가 있지만 거기 대답할 필요도 없어질 것이다. 그는 금고로 돌아가 다이얼에 손을 올려놓았다. 문을 열고 돈이 든 서랍을 완전히 밖으로 꺼냈다.

일단 돈을 꺼내어 눈앞에 놓고 보니 그대로 놔둔다는 것이 어리석은 일로 느껴졌다. 바보 같은 짓이었다. 아, 오랫동안 캐리와 함께 조용히 살 수도 있을 것이다.

아아! 어쩌면 좋을까? 그는 처음으로 긴장했다. 마치 억센 손이 어깨 위에 얹힌 듯했다. 그는 두려움에 떨며 주변을 둘러보았다. 아무도 없었다. 쥐죽은듯 고요했다. 누군가 바깥 보도 위를 걸어가고 있었다. 그는 돈 상자를 금고에 도로 넣고는 문을 반쯤 다시 닫았다.

단 한 번도 양심에 거리낌을 느껴본 적이 없는 사람이라면, 마음이 모질지 못해 의무와 욕망 사이에서 흔들리는 사람의 곤경이 어떤 것인지 상상도 못할 것이다. 소름끼치도록 또렷이 '해라' '하지 마라' '해라' '하지 마라' 똑딱이는 유령 시계의 엄숙한 목소리를 들어본 적이 없는 사람이라면 옳고 그름을 판단할 자격이 없다. 이러한 정신적 갈등은 예민하고 이성적인 사람들에게만 일어나는 것이 아니다. 아무리 둔해 빠진 종자일지라도 악을 향한 욕망에 이끌릴 때는 그 악한 힘과 강도에 비례해 올바른 행동을 해야 한다는 의무감을 떠올리기 마련이다. 그러나 그것이 정의를 알고 있다는 뜻은 아닐 수도 있다. 동물들이 악을 보고 본능적으로 움찔한다 해서 그것이 정의를 알아서는 아니듯이. 알고 있는 바에 규제받기 전에 인간은 본능에 따라 행동한다. 범죄자를 각성시키는 것이 바로 본능이다. (고도로 체계화된 이성은 없는) 범죄자에게 위험하다는 느낌, 잘못에 대한 두려움을 주는 것이 바로 본능이다.

그러므로, 시도해본 적 없는 악을 처음으로 감행할 때 마음은 흔들리기 마련이다. 생각의 시계추가 욕망과 거부 사이를 왔다갔다한다. 이러한 정신적 고뇌를 한 번도 겪어본 적이 없는 사람에게는 다음의 경우가 좋은 예가 될 것이다.

돈을 제자리에 돌려놓자 그 본성의 평정과 대담함이 다시 고개를 들었다. 그를 보는 눈은 없다. 그는 완전히 혼자였다. 그가 무엇을 하려는지 아무도 모른다. 혼자서 이 일을 해치울 수 있었다.

그날 저녁 마신 술기운이 아직 다 가시지 않았다. 이마가 땀으로 촉촉해졌고 정체 모를 공포로 손이 덜덜 떨렸지만 아직 술기운으로 불콰

한 상태였다. 시간이 흘러가는 것도 거의 느끼지 못했다. 다시 한번 자기 상황을 되짚어보는 그의 눈에는 돈뭉치가 보였고, 마음속으로는 그 돈이면 무엇을 할 수 있을지 따져보고 있었다. 자기 사무실로 걸어갔다가, 문으로 갔다가, 다시 금고로 갔다. 금고 다이얼에 손을 올리고 금고를 열었다. 거기 돈이 있었다! 보기만 하는 거야 뭐 나쁠 게 있겠는가!

그는 다시 서랍을 꺼내 지폐 뭉치를 집어들었다. 지폐는 너무나 단단하고 반듯하게 묶여 있어 옮기기도 쉬웠다. 크기도 어찌나 작은지. 그는 돈을 가져가기로 결심했다. 그렇다, 가져갈 것이다. 그는 돈뭉치를 주머니에 쑤셔넣었다. 주머니에는 다 들어가지 않았다. 손가방! 그래, 손가방이 있었다. 거기라면 다 들어갈 것이다. 누구도 별달리 생각하지는 않을 것이다. 그는 사무실로 들어가 구석의 선반에서 손가방을 꺼내어 책상 위에 올려놓고 금고 쪽으로 갔다. 무슨 이유에서인지 금고가 있는 큰 방에서는 돈을 가방에 옮겨 담고 싶지가 않았다.

처음에는 지폐를, 그다음에는 묶이지 않은 그날의 매상을 챙겼다. 다 가져갈 생각이었다. 텅 빈 서랍을 제자리에 넣어놓고 금고 문을 거의 닫은 채 그는 서서 생각에 잠겼다.

이런 상황에서 흔들리는 마음은 말로는 다 설명하기 어려울 지경이지만 절대적인 사실이다. 허스트우드는 도저히 끝까지 갈 수가 없었다. 좀 생각을 해보고 싶었다. 어떤 것이 최선일지 고민하고 싶었다. 캐리에 대한 욕망이 너무나 강렬했고 자기 상황이 너무나 절박한 탓에 이렇게 하는 것이 최선이라는 생각을 떨칠 수가 없었지만, 그래도 흔들렸다. 이 행동으로 그에게 어떤 나쁜 결과가 닥쳐올지, 얼마나 빨리 비참한 꼴을 겪게 될지 알 수 없었다. 정작 이 상황이 윤리적으로 옳은가는 단 한 번도 그의 뇌리에 떠오르지 않았다. 어떤 상황에서도 그런 생각은 떠오르지 않을 것이다.

손가방에 돈을 전부 다 넣고 나니 갑자기 역겨움이 치밀었다. 이런 짓을 해서는 안 된다…… 절대 안 된다! 어떤 추문이 퍼질지 생각해야 한다. 경찰! 경찰이 그의 뒤를 쫓을 것이다. 그는 도망쳐야 할 것이다. 하지만 어디로? 아, 공포에 떨며 정의로부터 도망치는 탈주자의 신세라니! 그는 서랍 두 개를 꺼내어 돈을 도로 넣었다. 그러나 흥분한 나머지 그만 돈을 다른 서랍에 바꿔 넣었다. 문을 닫으려다가 실수한 것을 깨달은 그는 금고 문을 다시 열었다. 서랍 두 개가 뒤바뀌어 있었다.

서랍을 꺼내어 돈을 제대로 정리하자 공포가 사라졌다. 왜 두려워했담?

그러나 돈을 손에 들고 있는데 갑자기 자물쇠가 딸깍 하고 잠겼다. 그가 한 짓인가? 그는 금고 다이얼을 움켜쥐고 거칠게 잡아당겼다. 금고 문은 굳게 잠겨 있었다. 맙소사! 골치 아픈 상황이 되었다.

금고가 확실히 잠겼다는 사실을 깨닫자마자 이마에 땀이 솟고 몸이 덜덜 떨렸다. 그는 주변을 둘러보고 즉시 결심했다. 이제 지체할 여유가 없었다.

"돈을 위에 올려두고 간다 해도 사람들은 누가 한 짓인지 알게 되겠지. 내가 마지막까지 남아서 문을 잠갔으니까. 게다가 그것으로 끝나지 않을 거야." 그는 중얼거렸다.

그는 즉시 다음 행동을 정했다.

'여기서 나가야겠어.'

그는 서둘러 사무실로 들어가 얇은 외투와 모자를 들고 책상을 잠근 다음 손가방을 들었다. 불을 하나만 남기고 다 끈 후 문을 열었다. 평소처럼 자신만만한 태도를 취하려 했지만 그것은 거의 사라지고 없었다. 그는 금세 후회하기 시작했다.

"그런 짓은 하면 안 되었는데. 실수였어."

그는 거리로 걸어나와 안면이 있는 야경꾼이 문을 점검하고 다니는 모습을 보고 인사를 건넸다. 빨리 도시를 빠져나가야 했다.

'열차가 어떻게 운행되는지 모르겠군.'

그는 시계를 꺼내 들여다보았다. 한시 반이 넘어가고 있었다.

처음으로 보이는 약국 안에 장거리 전화가 있는 것을 보고 들어갔다. 꽤 유명한 약국이었는데, 최초로 개인 전화 부스가 설치된 곳 중의 하나였다.

"전화 좀 씁시다." 그는 야간 근무중인 점원에게 말했다.

점원이 고개를 끄덕였다.

"1643번 연결해주시오." 그는 미시간 센트럴 역 전화번호를 찾아내어 교환국에 전화를 걸었다. 곧 매표원과 연결되었다.

"여기서 디트로이트로 떠나는 열차가 언제 있습니까?"

매표원이 열차 시간을 알려주었다.

"오늘밤엔 더 없습니까?"

"침대차는 없습니다. 아, 아니, 여기 있네요. 여기서 세시에 출발하는 우편열차가 있습니다."

"좋습니다. 디트로이트에는 몇시에 도착합니까?" 허스트우드가 물었다.

거기까지만 가서 강을 건너 캐나다로 들어가면 몬트리올까지는 여유 있게 갈 수 있을 것 같았다. 정오쯤에는 디트로이트에 닿으리라 생각하니 마음이 놓였다.

'메이휴는 아홉시가 돼야 금고를 열 거야. 정오나 되어야 내 뒤를 쫓겠지.'

그는 캐리를 떠올렸다. 그녀를 데리고 가려면 서둘러야 했다. 캐리도 같이 가야 했다. 그는 제일 가까이 서 있는 마차에 뛰어올랐다.

"오그던 플레이스로 갑시다. 빨리 가면 일 달러를 더 주겠소." 그가 날카롭게 외쳤다.

마부는 말에게 채찍질을 가하는 척만 했으나, 어쨌든 꽤 빨리 갔다. 가는 길에 허스트우드는 무엇을 할지 생각을 정리했다. 도착하자마자 그는 서둘러 계단을 달려올라갔다. 초인종을 마구 울려 하녀를 깨웠다.

"드루에 부인 안에 계신가?"

"예." 놀란 하녀가 대답했다.

"부인에게 당장 옷을 입고 현관으로 나오시라 하게. 부군이 다쳐서 병원에 있는데 부인을 만나고 싶어하시네."

하녀는 상대의 긴장되고 단호한 태도에 의심치 않고 위층으로 급히 올라갔다.

"뭐라고!" 캐리는 불을 켜고 옷을 찾았다.

"드루에 씨가 다쳐서 병원에 계시대요. 부인을 보고 싶어하신대요. 마차가 아래층에 와 있어요."

캐리는 급하게 옷을 차려입고 꼭 필요한 것 말고는 다 잊은 채 아래층으로 내려왔다.

"드루에가 다쳤소. 당신을 만나고 싶어해요. 빨리 오시오." 허스트
우드가 급하게 말했다.

캐리는 너무 당황한 나머지 그 이야기를 철석같이 믿어버렸다.

"타요." 허스트우드가 그녀를 도와 마차에 오르게 했다.

마부는 말을 출발시켰다.

"미시간 센트럴 역으로 갑시다." 그는 일어나서 캐리에게는 들리지
않도록 목소리를 낮추어 말했다. "최대한 빨리 가주시오."

28
순례자, 범법자
억류당한 영혼

마차가 채 한 블록을 다 가기도 전에 좀 진정이 된 캐리가 물었다.
밤공기에 잠도 싹 달아난 뒤였다.

"그이한테 무슨 일이 생긴 거예요? 많이 다쳤나요?"

"그리 심각한 건 아니오." 허스트우드가 엄숙하게 말했다. 그는 너무나 마음이 어지러웠고, 이제 캐리가 옆에 있으니 법의 손이 닿지 않는 곳으로 안전하게 벗어나고 싶은 마음뿐이었다. 그래서 자신의 계획을 진전시키는 데 필요한 말 외에는 아무 말도 하고 싶지 않았다.

캐리는 허스트우드와의 사이에 해결해야 할 문제가 있음을 잊지 않고 있었지만, 흥분한 탓에 그런 생각은 무시했다. 지금 할 일은 이 이상한 순례를 끝내는 것뿐이었다.

"그이는 어디 있어요?"

"저쪽 사우스사이드요. 기차를 타야 해요. 그게 가장 빠르니까."

캐리는 아무 말도 하지 않았다. 말은 마구 달렸다. 도시의 낯선 밤 풍경이 그녀를 사로잡았다. 캐리는 줄지어 뒤로 멀어져가는 가로등을 바라보며 어둠 속에서 침묵에 잠긴 집들을 유심히 살폈다.

"어쩌다가 다쳤나요?" 캐리는 그의 부상이 어떤 것인지 알고 싶었다. 허스트우드는 필요 이상으로 거짓말하기는 싫었지만 위험에서 벗어날 때까지는 어떤 항의도 듣고 싶지 않았다.

"나도 정확히는 모릅니다. 당신을 데려오라는 연락을 받았을 뿐이오. 놀라게 할 정도는 아니지만 당신을 꼭 데려와야 한다고 했소."

남자의 진지한 태도 때문에 그의 말을 믿지 않을 수 없었으므로 캐리는 궁금했지만 입을 다물었다.

허스트우드는 시계를 들여다보며 마부에게 서두르라고 재촉했다. 이렇게 묘한 상황에 처한 사람치고 그는 지나칠 정도로 침착했다. 열차를 타고 조용히 떠나야 한다는 생각뿐이었다. 캐리가 고분고분해서 좋았다.

곧 그들은 역에 닿았다. 그는 캐리가 내리도록 도와준 다음 마부에게 오 달러짜리 지폐를 건넸다.

"여기서 기다려요. 표를 사가지고 오겠소." 대합실에 도착하자 그가 캐리에게 말했다.

"디트로이트로 가는 기차가 언제 떠납니까?" 그는 매표원에게 물었다.

"사 분 남았습니다."

그는 최대한 신중하게 차표 두 장을 샀다.

"얼마나 먼가요?" 그가 서둘러 돌아오자 캐리가 물었다.

"그리 멀지 않아요. 지금 타야 합니다."

그는 검표원이 표에 구멍을 뚫는 동안 캐리가 표를 보지 못하도록 그녀를 앞세우고 그녀와 검표원 사이에 서서 서둘러 개표구를 지나갔다.

우편차와 침대차로 편성된 긴 열차에 일반 객차가 한두 량 연결되어 있었다. 기차가 막 들어온 참이었는데, 탈 승객이 거의 없어서 제동수 한두 명만 대기중이었다. 허스트우드와 캐리가 뒤쪽 일반 객차에 올라 자리에 앉기가 무섭게 "승차 완료"를 외치는 소리가 밖에서 희미하게 들리더니 열차가 출발했다.

캐리는 이렇게 역에 온 게 좀 이상하다는 생각이 들었지만 아무 말도 하지 않았다. 이 모든 일들이 너무나 뜻밖이라 어떤 생각이 떠올라도 그리 무게를 두지 않았다.

"어떻게 지냈어요?" 좀 진정이 되자 허스트우드가 다정하게 물었다.

"아주 잘 지냈어요." 캐리는 너무 마음이 불안해서 적절한 태도를 취할 수가 없었다. 드루에한테 가서 무슨 일인지 알아봐야 한다는 생각에 여전히 초조했다. 허스트우드는 그녀를 바라보며 그것을 느낄 수 있었다. 하지만 그는 불안하지 않았다. 캐리가 드루에 문제로 마음 아파한다고 해도 괴롭지 않았다. 오히려 캐리의 그런 성품이 굉장히 마음에 들었다. 그는 어떻게 설명해야 할지만 생각했다. 그러나 그조차도 가장 심각한 문제는 아니었다. 그에게 가장 무거운 그림자를 드리우는 것은 그가 한 짓과 현재의 도피 행각이었다.

"어쩌자고 그런 짓을 했을까. 어떻게 그런 실수를!" 그는 거듭 중얼거렸다.

정신을 차리고 보니 자신이 그런 일을 저질렀다는 것을 믿을 수가 없었다. 자기가 법의 심판을 피해 도망치고 있다는 사실이 실감나지 않았다. 그런 이야기를 종종 읽기는 했어도 끔찍한 일이라고만 생각했다. 그런데 그 일이 막상 닥치고 보니 그저 앉아서 지난 일을 되짚어볼 수밖에 없었다. 미래는 캐나다 국경에 있었다. 빨리 가고 싶었다. 그것 말고는 그날 저녁 자신의 행동을 따져볼수록 엄청난 실수를 저질렀다는 생각뿐이었다.

"하지만 내가 뭘 할 수 있었을까?"

그는 어쨌거나 힘닿는 데까지 최선을 다해보기로 하고 다시 전체 일을 따져보았다. 하지만 다 쓸모없는 짓이었다. 따져봤자 괴롭기만 했다. 캐리 앞에서 그가 처한 문제와 씨름하느라 분위기만 이상해졌다.

열차는 덜커덩거리며 호반을 따라 역구내를 빠져나가 24번가를 향해 천천히 달렸다. 밖에는 브레이크와 신호기가 보였다. 기관차가 기적을 울리며 짧은 신호를 보냈고, 종이 자주 울렸다. 제동수들이 랜턴을 들고 돌아다녔다. 그들은 객차 연결 통로를 잠그고 긴 여행을 위해 객차들을 정돈했다.

기차는 곧 속도를 올리기 시작했고, 캐리는 빠르게 스쳐지나가는 거리를 바라보았다. 기관차가 네 번의 기적을 울렸는데, 중요한 건널목에서 위험을 알리는 신호였다.

"아주 먼가요?" 캐리가 물었다.

"그리 멀지 않아요." 허스트우드가 대답했다. 그녀의 순진함에 미소를 참기 힘들었다. 사정을 설명하고 그녀와 화해하고 싶었지만 시카고를 벗어나는 것이 먼저였다.

삼십 분쯤 더 지나자 허스트우드가 데려가는 곳이 어디인지는 몰라도 꽤 멀다는 것이 캐리에게도 분명해졌다.

"시카고 안에 있나요?" 캐리가 초조하게 물었다. 그들은 이미 도시를 한참 벗어나 있었고, 기차는 엄청난 속도로 인디애나 주의 경계선을 넘어가고 있었다.

"아뇨. 우리가 갈 곳은 시카고 밖에 있소."

그의 말에서 캐리는 순간 뭔가를 깨달았다.

캐리의 예쁜 이마가 찌푸려졌다.

"우리, 찰리한테 가고 있는 거죠?"

그는 때가 왔다고 느꼈다. 지금 해명을 하는 편이 나을 것이다. 그는 최대한 부드럽게 고개를 가로저었다.

"어떻게 된 거예요?" 캐리가 외쳤다. 그녀는 생각했던 것과 다른 일일지도 모른다는 생각에 어찌할 바를 몰랐다.

그는 진정시키려는 듯 더할 나위 없이 다정한 눈길로 그녀를 바라보았다.

"그럼 지금 날 어디로 데려가는 건가요?" 캐리의 목소리에 두려움이 묻어났다.

"말해주리다. 캐리. 대신 조용히 해줘요. 당신과 함께 다른 도시로 가고 싶소."

"아," 캐리가 희미하게 부르짖었다. "내려주세요. 당신과 함께 가고 싶지 않아요."

캐리는 이 남자의 대담함에 완전히 기가 질렸다. 꿈에도 생각지 못한 일이었다. 내려서 돌아가야겠다는 생각밖에 없었다. 질주하는 기차를 세울 수만 있다면 이 끔찍한 속임수에서 벗어날 수 있을 것이다.

캐리는 일어나서 통로 쪽으로 나가려고 했다. 무슨 수든 써야 한다고 생각했다. 그때 허스트우드가 부드럽게 그녀에게 손을 얹었다.

"그대로 앉아 있어요, 캐리. 앉아요. 여기에서 일어나봤자 아무 소용 없어요. 내 말 들어봐요. 내가 어떡할 건지 다 얘기해줄게요. 잠시만 있어봐요."

캐리는 그를 떠밀었지만 그는 캐리를 뒤로 끌어당겼다. 이 작은 승강이를 본 사람은 아무도 없었다. 차 안에는 사람이 몇 명 없었고 그마저도 모두 꾸벅꾸벅 졸고 있었다.

"싫어요." 말은 그렇게 했지만 캐리는 의지와는 달리 그의 말을 따르고 있었다. "가게 해줘요. 어떻게 이런 짓을!" 굵은 눈물방울이 눈가에 맺혔다.

허스트우드는 눈앞의 문제가 시급해 자기가 처한 상황에 대해서는 잠시 잊어버렸다. 이 여자를 어떻게든 해야 했다. 그러지 않으면 곤란한 지경에 빠질 것이다. 그는 온 힘을 다해 설득해보려 했다.

"여기 좀 봐요, 캐리. 이런 식으로 굴면 안 돼요. 당신의 마음을 상하게 하려던 건 아니었소. 당신 기분을 상하게 하는 일이라면 어떤 것도 하고 싶지 않아요."

"아, 아, 아아아!" 캐리가 흐느꼈다.

"자, 자, 울면 안 돼요. 내 말 안 들을 거요? 잠시만 내 얘기 좀 들어봐요. 내가 왜 이런 짓을 했는지 말해주리다. 나도 어쩔 수 없었소. 정말이오. 듣고 있어요?"

그는 캐리의 흐느낌에 불안해졌다. 캐리가 자기가 하는 말을 듣고 있지 않는 것 같았다.

"내 말 듣지 않을 거요?"

"네, 안 듣겠어요." 캐리가 갑자기 화를 내며 말했다. "여기서 나가게 해줘요. 그러지 않으면 차장을 부르겠어요. 당신과 함께 가지 않을 거예요. 그건 수치스러운 짓이에요." 두려움에 질려 다시 흐느끼느라 그녀는 더이상 말을 잇지 못했다.

허스트우드는 그녀의 말에 좀 놀랐다. 그럴 만도 하다고 생각했지만 어쨌든 빨리 수습해야 했다. 곧 차장이 차표 검사를 하러 올 것이다. 소란을 피우고 싶지도, 곤란한 일을 만들고 싶지도 않았다. 무엇보다 그녀를 진정시켜야 했다.

"기차가 다시 설 때까지는 내릴 수 없어요. 곧 다음 역에 도착할 거요. 원한다면 그때 내리면 돼요. 막지 않겠소. 내가 당신에게 바라는 건, 그저 잠시만 내 말에 귀를 기울여주는 거요. 그렇게 해주지 않겠소?"

캐리는 듣고 있는 것 같지 않았다. 고개를 돌리고 캄캄한 창밖만 내다볼 뿐이었다. 열차는 일정한 속도로 들판을 지나 숲을 통과하고 있었다. 인적이 드문 숲속의 건널목이 가까워지면서 기적 소리가 길게 슬픈 음악처럼 울렸다.

차장이 객차 안으로 들어와 시카고에서 추가로 탄 승객들 몇 명의 표를 확인했다. 그가 다가오자 허스트우드는 표를 내밀었다. 당장이라도 행동을 취할 듯했던 캐리는 움직이지 않고 있었다. 돌아보지도 않았다.

차장이 가고 나자 허스트우드는 안심했다.

"당신을 속였으니 나한테 화가 날 만도 하지요. 그러려던 건 아니었소, 캐리. 내 목숨을 걸고 말하오. 어쩔 수가 없었소. 당신을 처음 본 이후로 당신과 헤어져 있을 수가 없었다오."

그는 자신이 그녀를 속인 일에 대해서는 무시해도 그만이라고 생각하고 있었다. 자기 아내는 더이상 그들의 관계에서 고려할 부분이 못된다는 것을 그녀에게 납득시키고 싶었다. 자기가 훔친 돈도 마음속에서 몰아내려 애썼다.

"말 걸지 마세요. 당신을 증오해요. 나한테서 떨어져요. 다음 역에서 내릴 거예요." 캐리가 입을 열었다.

캐리는 흥분과 반감에 부들부들 떨었다.

"좋소. 하지만 내 말은 좀 들어줘요. 어쨌거나 당신도 나를 사랑한다고 했으니 내 얘기 정도는 들어줄 수 있잖소. 당신에게 해될 일은 하지 않을 거요. 가겠다면 돌아갈 돈도 주겠소. 그저 당신한테 얘기를 좀 하고 싶은 거요, 캐리. 당신이 어떻게 생각하든, 당신을 사랑하는 이 마음만은 당신도 막을 수 없어요."

그는 캐리를 다정하게 바라보았지만 아무 대답도 듣지 못했다.

"당신은 내가 당신을 속였다고 생각하겠지만 나는 그런 적 없소. 일부러 그런 것은 아니오. 아내와는 갈라섰소. 아내와는 이제 완전히 남이오. 더는 아내를 보지 않을 거요. 그래서 오늘밤 여기 온 거요. 당신을 데려가는 것도 그 때문이오."

"찰리가 다쳤다고 했잖아요." 캐리가 야멸차게 받아쳤다. "당신은 날 속였어요. 줄곧 날 속여왔다고요. 이제는 강제로 나를 데리고 도망가려고 하고 있고요."

캐리는 너무 흥분한 나머지 벌떡 일어나서 그 자리를 떠나려 했다.

허스트우드가 잡지 않고 내버려두었더니 캐리는 다른 자리에 앉았다. 그는 뒤따라가 옆에 앉았다.

"나를 피하지 말아줘요, 캐리." 그가 부드럽게 달랬다. "내가 다 설명하겠소. 일단 들어보면 내 입장을 이해하게 될 거요. 아내는 나에게 아무것도 아니라니까. 벌써 오래전부터 그랬소. 그렇지 않았다면 내가 당신에게 다가가지도 않았겠지. 할 수 있는 한 빨리 이혼할 생각이오. 다시는 아내를 보지 않을 거요. 이제 다 끝냈소. 내가 원하는 사람은 오직 당신뿐이오. 당신을 가질 수만 있다면 다른 여자는 다시는 생각지도 않을 거요."

이런 호소를 들으며 캐리는 혼란스러웠다. 그러나 그가 한 짓에도 불구하고 그의 말은 진실하게 들렸다. 잔뜩 긴장한 허스트우드의 목소리와 태도는 어떤 효과를 빚어냈다. 그녀는 그와 얽히고 싶지 않았다. 그는 유부남이었고 그녀를 한 번 속인 적이 있는데다 지금 또다시 자기를 속이고 있다. 그런 그가 끔찍했다. 그러나 그런 대담성과 힘에는 여자를 홀리는 데가 있었다. 특히 그녀가 그 모든 것이 자기에 대한 사랑에서 비롯되었다고 느끼게 된다면 더욱 그렇다.

전진하는 기차는 이런 어려운 상황을 해결하는 데 크게 한몫했다. 기차가 빠른 속도로 나아가며 시골의 정경을 빠르게 지나갈수록 시카고는 점점 더 뒤로 멀어졌다. 캐리는 이미 멀리 왔음을, 기관차가 어딘가 머나먼 도시로 곧장 달려가고 있음을 느낄 수 있었다. 막 울부짖고 소리를 질러서 누군가가 자기를 도와주러 오면 좋겠다는 생각이 들었다가 어떤 도움을 받은들, 무슨 짓을 한들 다 소용없는 짓 같기도 했다. 허스트우드가 하도 간절하게 애원하다보니 그 말이 그녀의 폐부까지 찌르고 들어와 그에 대한 동정심이 생기기도 했다.

"난 달리 어떡하면 좋을지 알 수 없는 상황에 놓였을 뿐이오."

캐리는 애써 그 말을 듣고 있지 않은 척했다.

"결혼하지 않는다면 당신이 내게 오지 않으리라는 것을 알기에 난 모든 것을 버리고 당신을 데려가기로 결심했소. 지금 난 다른 도시로 떠나고 있소. 당분간 몬트리올에 있다가 당신이 원하는 어디로든 갈 거요. 당신이 좋다면 뉴욕으로 가서 살 수도 있어요."

"난 당신과 함께 있지 않을 거예요. 이 기차에서 내리고 싶어요. 지금 어디로 가고 있는 거죠?"

"디트로이트요."

"아!" 캐리가 고통스럽게 탄식을 내뱉었다. 그렇게 멀리 떨어진 곳을 콕 집어서 말하니 더욱 겁이 났다.

"나와 함께 가지 않을 거요?" 허스트우드는 그녀가 따라오지 않을 것 같아 조바심이 났다. "나와 함께 그저 여행만 하면 돼요. 당신을 괴롭히지 않겠소. 몬트리올과 뉴욕을 구경한 다음 머물고 싶지 않으면 돌아가도 좋아요. 오늘밤 돌아가는 것보다는 그게 나을 거요."

이 제안은 캐리에게 처음으로 공평하게 들렸다. 물론 그가 반대하겠지만 정말로 그렇게 된다면 좋을 것 같았다. 몬트리올과 뉴욕이라! 지금 이 순간에도 그녀는 그 낯설고 거대한 땅으로 달려가고 있었다. 그녀만 좋다면 그곳들을 볼 수 있는 것이다. 그렇게 생각하면서도 그녀는 겉으로 티를 내지는 않았다.

허스트우드는 이 제안에 그녀가 따를 듯한 기미를 읽었다. 그는 더욱 열을 올렸다.

"내가 무엇을 포기했는지 생각해봐요. 난 이제 시카고로 돌아갈 수 없는 몸이오. 당신이 나와 함께 가지 않는다면 멀리 떠나서 혼자 살아가야 하오. 나에게서 완전히 돌아서지는 않겠지요, 캐리?"

"더이상 말 걸지 마세요." 캐리가 단호하게 대꾸했다.

허스트우드는 잠시 입을 다물었다.

캐리는 기차 속도가 점점 느려지는 것을 느꼈다. 행동을 취해야 한다면 바로 지금이었다. 캐리는 불안하게 몸을 움직였다.

"갈 생각은 말아요, 캐리. 조금이라도 내게 마음이 있다면 함께 가서 새 출발 합시다. 당신이 하라는 대로 다 하리다. 당신과 결혼하겠소. 싫다면 당신을 돌려보내주겠소. 시간을 두고 생각 좀 해봐요. 당신을 사랑하지 않았다면 따라오기를 바라지도 않았을 거요. 신께 맹세코 말하는데, 캐리, 난 당신 없이는 살 수 없소. 살지 않겠소!"

그의 애원에는 캐리의 동정심에 깊이 호소하는 응축된 격렬함이 있었다. 모든 것을 다 녹여버릴 불길이 그를 몰아붙이고 있었다. 그는 캐리를 너무나 깊이 사랑하고 있었다. 아무리 괴로워도 그녀를 포기한다는 것은 생각조차 할 수 없었다. 그녀의 손을 초조하게 붙잡아 온 마음을 담아 꼭 쥐었다.

이제 기차는 거의 멈추었다. 옆 철로에 열차가 지나갔다. 바깥은 온통 어둡고 음울했다. 창문에 맺히는 물방울들이 비가 내리고 있음을 알려주었다. 캐리는 결단을 내리지도 못하고 아주 포기하지도 못하는 진퇴양난에 빠졌다. 기차가 멈추었다. 캐리는 그의 호소에 귀를 기울이고 있었다. 기관차는 몇 피트 뒤로 밀렸다가 완전히 정지했다.

캐리는 마음이 너무 흔들려서 꼼짝도 할 수가 없었다. 시간은 계속 흘러갔으나 그녀는 여전히 망설였고 그는 계속 애원했다.

"내가 돌아가고 싶다면 돌려보내줄 건가요?" 캐리는 이제 자기가 우위에 있으며 허스트우드를 완전히 굴복시켰다는 듯이 물었다.

"당연하지요. 나를 알잖소."

캐리는 일시적으로 사면이라도 내려준 사람처럼 듣기만 했다. 상황이 완전히 자기 손아귀에 들어왔다는 느낌이 들기 시작했다.

기차가 다시 빠르게 달렸다. 허스트우드는 화제를 바꾸었다.

"피곤하지는 않소?" 그가 물었다.

"아뇨."

"침대차에 침상을 얻어줄까요?"

캐리는 고개를 가로저었다. 마음이 몹시 괴로웠지만, 그가 자기를 속였음에도 불구하고 한결같이 사려 깊은 그의 마음이 느껴졌다.

"훨씬 기분이 나아질 거요."

그녀가 고개를 가로저었다.

"그럼 내 외투라도 좀 베고 기대요." 그는 일어나서 자기의 얇은 외투로 그녀의 머리를 편안하게 받쳐주었다.

"자, 이제 조금은 쉴 수 있겠지요." 그가 다정하게 말했다.

그녀가 순순히 따라주는 것이 고마워서 키스라도 해주고 싶었다. 그는 그녀의 옆에 앉아 잠시 생각에 잠겼다.

"폭우를 만나겠군요." 그가 말했다.

"그럴 것 같네요." 캐리는 돌풍이 몰아치고 빗방울이 떨어지는 소리에 긴장이 가라앉았다. 기차는 새로운 세계로 어둠을 뚫고 맹렬하게 달려갔다.

허스트우드는 어느 정도 캐리의 화를 누그러뜨린 데 만족했지만, 그 것도 아주 잠깐이었다. 캐리의 저항이 더이상 문제가 되지 않자 그의 머릿속은 온통 자기가 저지른 잘못에 대한 생각으로 가득찼다.

상황은 최악이었다. 자신이 훔친 보잘것없는 돈 따위는 원하지도 않았다. 그는 도둑이 되고 싶지 않았다. 그보다 더 많은 액수라도 그 어리석은 짓으로 처한 지금의 상황을 보상해줄 수는 없었다. 아무리 많은 돈이라도 그에게 수많은 친구들, 그의 명성, 집과 가족, 캐리를, 그가 가지려고 했던 그대로의 캐리를 되돌려줄 수는 없었다. 그는 시카고에서, 그의 편안하고 안락한 지위에서 쫓겨난 것이다. 자신의 품위, 즐거운 만남, 유쾌한 저녁을 스스로에게서 빼앗아버렸다. 무엇을 위해서? 생각하면 할수록 견딜 수가 없었다. 그는 과거의 지위를 되찾을 궁리를 시작했다. 그날 밤 도둑질한 보잘것없는 돈을 돌려주고 해명할 것이다. 어쩌면 모이 씨는 이해해줄지도 모른다. 그를 용서하고 돌아오게 해줄지도 모른다.

정오께 기차가 디트로이트로 들어서자 그는 초조해서 안절부절못했다. 지금쯤은 경찰이 그를 뒤쫓고 있을 것이다. 어쩌면 대도시의 모든 경찰에 다 알려졌을지도 모르고, 탐정들이 그를 기다리고 있을지도 모른다. 그는 공금횡령범들이 체포된 사건들을 떠올렸다. 호흡이 거칠어지고 안색이 창백해졌다. 손을 어디에 두어야 할지 몰랐다. 그는 전혀 흥미가 없으면서도 몇몇 풍경에 관심이 있는 척했다. 그는 계속해서 발로 바닥을 찼다.

캐리는 그가 안절부절못하는 것을 알아챘지만 아무 말도 하지 않았다. 왜 그러는지도 몰랐고 중요하다고 생각지도 않았다.

허스트우드는 이 기차가 몬트리올로 곧장 가는지 아니면 캐나다의 다른 지점을 경유하는지 물어보지 않은 것을 후회했다. 시간을 좀더 아낄 수도 있었을 것이다. 그는 달려가 차장을 찾았다.

"이 기차가 몬트리올까지 갑니까?" 그가 물었다.

"네, 바로 뒤에 있는 침대차가 갑니다."

그는 더 물어볼까 하다가 현명치 못한 짓 같아서 역에서 물어보기로 했다.

기차가 종을 울리고 연기를 내뿜으며 구내로 들어섰다.

"몬트리올로 바로 가는 편이 나을 것 같소. 내리면 연결편을 좀 알아보겠소." 그는 캐리에게 말했다.

그는 극도의 초조와 불안에 휩싸였지만 겉으로는 침착한 태도를 유지하려고 애를 썼다. 캐리는 큰 눈에 괴로움을 담고 그를 보기만 했다. 무엇을 해야 할지 알 수 없었다. 그저 혼란스러웠다.

기차가 서자 허스트우드는 출구로 앞장섰다. 그는 캐리를 보살피는 척하면서 경계를 늦추지 않고 주위를 살폈다. 특별히 눈에 띄는 것이 없음을 확인하고 그는 매표소로 향했다.

"다음 몬트리올행 기차는 언제 떠납니까?" 그가 물었다.

"이십 분 후에요."

그는 차표와 특별 객차의 침대석 두 장을 사고는 캐리에게로 서둘러 돌아왔다.

"곧 다시 출발할 거요." 그는 캐리가 지치고 피곤해하는 것도 눈치채지 못했다.

"빨리 끝났으면 좋겠어요." 캐리가 우울하게 말했다.

"몬트리올에 닿으면 기분이 한결 나아질 거요."

"아무것도 가져온 게 없어요. 손수건 한 장도요." 캐리가 말했다.

"거기 닿는 대로 사고 싶은 건 다 사면 돼요. 양재사를 불러도 되고."

역무원이 출발 준비가 됐다고 외쳤고, 그들은 열차에 올랐다. 허스트우드는 기차가 출발하자 안도의 한숨을 내쉬었다. 강까지는 금방이었다. 그들은 거기에서 배로 강을 건넜다. 배에서 열차가 내리자 그는 비로소 한숨을 길게 내쉬며 몸을 편안히 뒤로 기대었다.

"그리 오래 걸리지 않을 거요." 마음이 놓이자 캐리에게 마음이 쓰였다. "아침이면 거기 닿을 거요."

캐리는 아무 대답도 하지 않았다.

"식당차가 있는지 보고 오겠소. 배가 고프군."

29
여행의 위안
바다의 배들

여행을 해본 적이 없는 이들에게 익숙한 곳 이외의 지역은 언제나 매혹적이다. 사랑 다음으로 위안과 기쁨을 주는 것이 여행이다. 새로운 것들은 무시하기에는 너무나 중요한 의미를 가지고, 감각적인 인상을 반영할 뿐인 마음은 홍수처럼 밀려오는 새로운 대상에 굴복한다. 그리하여 연인들은 잊히고, 슬픔은 비켜나고, 죽음도 시야에서 사라진다. '나는 떠난다.' 이 진부한 극적 표현의 이면에는 이렇게 축적된 감정의 세계가 있다.

캐리는 스쳐가는 풍경을 내다보면서 의지와는 상관없이 속아서 이 긴 여행길에 올랐으며, 여행에 필요한 옷도 제대로 갖추지 못했다는 사실조차 거의 잊고 있었다. 허스트우드의 존재조차 까맣게 잊어버린 채 그녀는 소박한 농가와 아늑한 오두막 들을 감탄의 눈으로 바라보았다. 그녀에게는 흥미롭기 그지없는 세계였다. 그녀의 삶은 이제 막 시작되고 있었다. 패배했다는 생각은 전혀 들지 않았다. 희망도 꺼지지 않았다. 대도시는 많은 것을 품고 있었다. 어쩌면 구속에서 벗어나 자유를 향해 가고 있는 것인지도 몰랐다. 누가 알겠는가? 행복해질지도 모른다. 이런 생각을 하다보니 실수를 저질렀다는 느낌에서도 좀 벗어났다. 희망을 갖게 된 것이 무엇보다 다행한 일이었다.

다음날 아침 기차는 몬트리올에 무사히 도착했다. 허스트우드는 위험에서 벗어난 것이 기뻤고, 캐리는 북쪽 도시의 새로운 분위기에 경탄했다. 허스트우드는 오래전에 와본 적이 있어서 전에 들렀던 호텔 이름을 기억하고 있었다. 기차역 정문을 빠져나오면서 그는 버스 기사가 그 호텔 이름을 외치는 소리를 들었다.

"바로 가서 방을 잡읍시다." 그가 말했다.

허스트우드가 프런트에서 숙박부를 만지작거리고 있는데 직원이 다가왔다. 그는 어떤 이름을 적을까 생각중이었다. 직원이 앞에 있으니 망설일 시간이 없었다. 문득 창밖으로 본 이름이 떠올랐다. 그 정도면 괜찮았다. 그는 유려한 필적으로 이렇게 썼다. 'G. W. 머독 부부.' 지금 그가 할 수 있는 최대한의 양보였다. 이니셜만은 버릴 수 없었다.

안내되어 들어간 방은 아주 근사했다.

"저기가 욕실이오. 마음이 내킬 때 씻어요."

캐리가 걸어가서 창밖을 내다보는 동안 허스트우드는 거울 앞에서 자기 모습을 비추어보았다. 먼지투성이에 꾀죄죄하게 느껴졌다. 트렁크도, 갈아입을 속옷도, 심지어 머리빗 하나 없었다.

"비누랑 수건을 갖다달래야겠소. 머리빗도 올려보내게 하리다. 목욕

하고 아침식사할 준비해요. 나는 면도를 하고 오겠소. 그런 다음 나가서 당신 옷을 좀 봅시다."

그는 부드럽게 미소를 지었다.

"좋아요." 캐리가 말했다.

허스트우드가 보이를 기다리는 동안 캐리는 흔들의자에 앉아 있었다. 곧 보이가 문을 두드렸다.

"비누, 수건, 얼음물 좀 부탁해요."

"예, 알겠습니다.

"그럼 다녀오리다." 그는 캐리를 향해 걸어가 손을 내밀었지만, 캐리는 못 본 척했다.

"나한테 화가 났군요. 그렇죠?" 그가 다정하게 물었다.

"아, 아니에요!" 캐리가 다소 무심하게 대답했다.

"나를 조금도 좋아하지 않는 거요?"

캐리는 대답하지 않고 창밖만 바라보았다.

"나를 조금이라도 사랑해줄 수 없소?" 그는 캐리의 손을 잡고 애원했지만 캐리는 손을 빼려고 했다. "한때는 나를 사랑했잖소."

"왜 나를 속였나요?"

"어쩔 수 없었소. 당신을 너무나 간절히 원했소."

"당신은 나를 원할 자격이 없었어요." 캐리가 정곡을 찔렀다.

"아, 캐리, 내가 여기 있어요. 이제는 너무 늦었소. 조금이라도 나를 좋아해줄 순 없소?"

그녀 앞에 서 있으니 패배한 기분이 들었다.

캐리는 고개를 가로저었다.

"내가 다시 시작할 수 있게 해줘요. 오늘부터 내 아내가 되어주오."

캐리는 그에게 한 손을 잡힌 채 뒤로 물러서려는 듯 벌떡 일어섰다. 그러자 그는 얼른 캐리를 끌어안았다. 빠져나오려 몸부림을 쳤지만 소용이 없었다. 그는 그녀를 있는 힘껏 껴안았다. 순간 그의 몸에서 억제할 수 없는 욕망이 솟구쳐올랐다. 그의 애정이 열정적으로 불타올랐다.

"놔줘요." 캐리는 그의 품에 안긴 채 말했다.

"나를 사랑하지 않을 거요? 지금부터 내 것이 되어주지 않을 거요?"

캐리는 그에게 나쁜 감정을 품어본 적이 한 번도 없었다. 조금 전까지만 해도 흐뭇한 마음으로 그에 대한 예전의 애정을 떠올리며 그의 말을 듣고 있었다. 그는 얼마나 멋있고, 얼마나 대담한가!

그러나 이런 감정은 희미하게 정반대의 감정으로 바뀌어 잠시 그런 반감이 그녀를 사로잡았다. 하지만 그에게 꼭 안겨 있으니 그 마음은 다시 사그라들었다. 그녀 안에서 다른 목소리가 속삭였다. 그녀를 품에 꼭 안고 있는 이 남자는 강하다. 정열적이고 그녀를 사랑하고 있다. 그녀는 혼자다. 그에게 의지하지 않는다면, 그의 사랑을 받아들이지 않는다면 그녀가 달리 갈 곳이 어디 있겠는가? 그녀의 반발심은 홍수처럼 몰아치는 그의 강한 감정 속에 반쯤 녹아버렸다.

그는 그녀의 고개를 들어올려 눈을 들여다보았다. 거기에 얼마나 강한 자력이 있는지 도저히 알 수 없었지만 그 순간만큼은 그의 수많은 죄들이 모두 사라졌다.

그는 그녀를 품에 꼭 껴안고 키스했다. 그녀는 더이상 저항해봤자 소용없다고 느꼈다.

"저랑 결혼하실 건가요?" 캐리는 어떻게 결혼할 수 있을지는 완전히 잊고 있었다.

"오늘 당장." 그가 기뻐 어쩔 줄 몰라 하며 대답했다.

그때 보이가 문을 두드려 아쉽지만 그녀를 품에서 놓아야 했다.

"그럼 준비하고 있어요."

"네."

"한 시간 안에 돌아오겠소."

그가 보이를 안으로 들일 동안 캐리는 흥분해서 얼굴이 상기된 채 안쪽으로 들어갔다.

아래로 내려가며 그는 로비에 멈춰 서서 이발소를 찾았다. 잠시지만 그는 잔뜩 신이 나 있었다. 결국 캐리를 얻어낸 승리에 지난 며칠간의 모든 고난을 다 보상받은 듯했다. 삶을 위해 싸워볼 가치가 있는 것 같았다. 틀에 박힌 모든 성가신 일상을 벗어나 동쪽으로 피해 오니 행복이 기다리고 있는 것만 같았다. 폭풍이 지나고 나타난 무지개 끝에 황금 항아리가 묻혀 있는 셈이었다.

문 옆에 붉은색과 흰색 줄무늬의 조그만 기둥이 매달린 이발소 쪽으로 막 건너가려는데 웬 목소리가 친근하게 그를 불렀다. 순간 가슴이 쿵 내려앉았다.

"어이, 조지, 이게 누구야! 여기까지 웬일인가?" 목소리가 외쳤다.

이미 피할 수도 없었다. 친구인 증권중개인 케니였다.

"개인적으로 볼일이 좀 있어서 왔다네." 그의 머릿속은 전화국의 교환대처럼 바쁘게 움직였다. 이 친구는 모르고 있다. 아직 신문을 읽지 않은 모양이었다.

"허, 자네를 여기서 만나다니 별일도 다 있군. 여기 묵고 있나?" 케니가 싹싹하게 말했다.

"그렇다네." 허스트우드는 숙박부의 자기 필적을 생각하며 불안하게 대답했다.

"시내에는 오래 있을 건가?"

"아니, 하루 정도만 머물 걸세."

"그런가? 아침은 먹었나?"

"먹었네." 허스트우드는 태연하게 거짓말을 둘러댔다. "면도하러 가는 길이라네."

"한잔하지 않겠나?"

"다음에 하지. 나중에 보세. 여기 묵고 있나?"

"그렇다네." 케니는 돌아서면서 한마디 덧붙였다. "시카고는 좀 어떤가?"

"늘 그렇지 뭐." 허스트우드는 친근하게 미소 지으며 대답했다.

"처도 함께 왔나?"

"아니."

"그럼 이따 만나세. 난 아침식사하러 들렀어. 일 끝나면 오게나."

"그러지." 허스트우드는 얼른 자리를 떠났다. 모든 대화가 그에게는 시험과 같았다. 한 마디 한 마디가 문제를 복잡하게 만드는 것 같았다. 이 친구는 오만 가지 기억을 다 불러냈다. 그는 허스트우드가 두고 떠나온 모든 것을 상징했다. 시카고, 아내, 근사한 바…… 그 모든 것이 그의 인사와 질문에 담겨 있었다. 그런데 그런 친구가 같은 호텔에 묵으면서 그와 환담을 나누자 한다. 그와 즐거운 시간을 보내려는 것이다. 곧 시카고 신문이 도착할 것이다. 지방 신문들은 오늘 기사를 실을 것이다. 곧 자기가 한 짓이 그 친구에게도 알려져, 그의 눈에 자신이 금고털이 강도로 비치리라 생각하니 캐리를 얻은 승리감은 싹 사라졌다. 이발소로 들어가면서 허스트우드는 신음을 삼켰다. 이곳을 빠져나가 더 으슥한 호텔을 찾아야 했다.

이발소를 나와 텅 빈 로비를 보니 마음이 놓였다. 그는 서둘러 계단을 올라갔다. 캐리를 데리고 여성 전용 출입구로 나올 것이다. 어딘가 눈에 띄지 않는 곳에서 아침식사를 하리라.

그러나 로비 건너편에 또다른 인물이 그를 주시하고 있었다. 평범한 아일랜드인인 그는 작은 체구에 싸구려 옷을 입고 있었는데, 머리는 마치 몸집 큰 어느 정치인의 머리를 작게 줄여놓은 듯했다. 그는 직원과 얘기를 나누고 있다가 날카로운 눈으로 허스트우드를 관찰했다.

허스트우드는 멀리서 감시하는 눈길을 느끼고 그 남자를 알아보았다. 그는 본능적으로 남자가 탐정이라는 것, 자신이 감시받고 있다는 것을 알아챘다. 눈치 못 챈 척 서둘러 지나갔지만 마음속은 오만 가지 생각으로 복잡했다. 이제 어떻게 될까? 이 사람들이 무슨 짓을 할까? 범죄자 송환법 문제로 걱정이 되기 시작했다. 그 법이 어떻게 되는지 잘은 알지 못했다. 어쩌면 체포될지도 몰랐다. 아, 캐리가 알게 된다면! 몬트리올도 그에게는 안전하지 않았다. 한시라도 빨리 벗어나야 했다.

캐리는 목욕을 마치고 기다리고 있었다. 그녀는 생기를 되찾아 전에 없이 매혹적이면서도 다소곳해 보였다. 그가 나간 뒤 그녀는 그에 대해 어느 정도 냉정을 되찾았다. 그녀의 가슴속에서 사랑이 마구 불타오르는 것은 아니었다. 허스트우드 역시 이를 느꼈고, 괴로움이 더 커지는 듯했다. 그녀를 안을 수가 없었다. 안아볼 엄두조차 나지 않았다. 그녀의 뭔가가 그것을 가로막았다. 어느 정도는 아래층에서 겪은 일의 영향 탓이기도 했다.

"준비되었소?" 그가 다정하게 물었다.

"네."

"밖으로 나가서 식사합시다. 여기 아래 식당은 별로 마음에 들지 않더군."

"좋아요."

그들은 밖으로 나왔다. 모퉁이에 그 평범한 아일랜드인이 서서 그를 지켜보고 있었다. 허스트우드는 그의 존재를 모르는 척하기가 힘들었다. 그자의 눈빛에서 드러나는 오만함에 짜증이 솟았다. 그는 캐리에게 이 도시에 대해 설명해주었다. 얼마 안 가서 식당이 나타났고, 그들은 그리로 들어갔다.

"참 이상한 도시네요." 캐리는 그곳이 시카고와 같지 않다는 데에만도 놀라고 있었다.

"시카고처럼 활기 넘치는 곳은 아니지. 마음에 안 드오?" 허스트우드가 말했다.

"네." 캐리가 대답했다. 그녀는 벌써 서쪽 대도시에 정이 들어 있었다.

"흠, 흥미로운 곳은 아니지." 허스트우드가 말했다.

"여기는 어떤 곳인가요?" 캐리는 그가 왜 이 도시를 선택했는지 의아했다.

"별건 없소. 그냥 휴양지지. 경치가 아름답기는 해요."

캐리는 가만히 듣고 있었지만 웬지 불안했다. 경치를 감상할 처지가 아니었다.

"오래 머물지는 않을 거요." 허스트우드는 그녀가 마음에 안 들어하는 기색에 오히려 기뻤다. "식사하고 당신 옷 좀 고른 뒤에 곧장 뉴욕으로 갑시다. 뉴욕은 마음에 들 거요. 시카고를 제외하면 그 어디보다도 가장 도시다운 곳이니 말이오."

그는 몰래 빠져나갈 계획이었다. 탐정들이 어떻게 나오는지, 시카고의 고용주들이 어떤 행동을 취하는지 보고 뉴욕으로 빠져나갈 것이다. 뉴욕은 숨기 쉬웠다. 그는 뉴욕에 관해 알 만큼 알았다. 그 도시가 지닌 신비와 숨을 수 있는 가능성이 무한하다는 것도 알고 있었다.

그러나 생각하면 할수록 비참했다. 여기 왔다고 문제가 해결된 것은 아니었다. 회사에서 그를 감시하도록 탐정을 고용한 것 같았다. 핑커턴이나 무니 앤드 볼런드 소속 탐정들일 것이다. 캐나다를 떠나려고 하면 바로 체포할지도 모른다. 그렇다면 어쩔 수 없이 여기에 몇 달쯤 머물러야 할지도 모른다. 이 무슨 꼴인가!

호텔로 돌아온 허스트우드는 조간신문을 보고 싶었지만 두려웠다. 자신의 범죄에 대한 소식이 얼마나 멀리까지 퍼졌는지 알아야 했다. 그는 캐리에게 잠시 있다가 올라가겠다고 하고 신문들을 구해 훑어보았다. 낯익은 얼굴도, 의심 가는 얼굴도 눈에 띄지 않았지만 로비에서 읽기는 싫어서 위층의 넓은 응접실로 올라가 창가에 자리를 잡았다. 그의 범죄에 관한 기사는 모든 신문에 몇 줄씩 아주 간략하게나마 전신電信으로 전해진 살인사건, 사고, 결혼, 그 밖의 지저분한 소식들 틈에 실려 있었다. 그는 좀 서글픈 심정으로 모든 것을 다 없었던 일로 되돌릴 수 있다면 얼마나 좋을까 생각했다. 이렇게 멀리 떨어진 곳에

피신해 있는 순간순간마다 엄청난 실수를 저질렀다는 후회가 쌓여갔다. 이럴 줄 알았더라면 더 쉬운 방법을 찾을 수도 있었을 것이다.

그는 캐리의 손에 들어가지 않게 해야 한다는 생각에 신문을 두고 방으로 갔다.

"기분이 좀 어떻소?" 그는 캐리에게 물었다. 캐리는 창밖을 바라보고 있었다.

"아, 괜찮아요."

그가 다가가서 막 그녀와 대화를 시작하려는 찰나 문 두드리는 소리가 들렸다.

"제 물건이 왔나봐요." 캐리가 말했다.

허스트우드가 문을 열자 그가 의심하고 있던 바로 그 남자가 밖에 서 있었다.

"허스트우드 씨 맞죠?" 남자는 기민하고 자신감 넘치는 태도를 한껏 가장하고 말했다.

"그렇소." 허스트우드가 침착하게 대답했다. 이런 유형이라면 그는 속속들이 잘 알고 있어서, 그들에 대해 예전부터 품고 있던 냉담한 태도가 다시 나왔다. 이들은 바에 드나드는 자들 중에서도 제일 하급이었다. 그는 밖으로 나가 문을 닫았다.

"제가 여기까지 무슨 일로 왔는지 아시겠지요?" 남자가 자신만만하게 말했다.

"짐작은 갑니다." 허스트우드가 부드럽게 말했다.

"돈을 안 돌려줄 생각이십니까?"

"그건 내 일이오." 허스트우드가 엄하게 대꾸했다.

"그렇게는 안 되는 줄 아실 텐데요." 탐정이 그를 차갑게 노려보며 말했다.

"이보시오, 이번 사건에 대해 당신은 아무것도 몰라요. 당신에게는 설명할 수가 없소. 내가 어떻게 하든 외부의 충고 없이 할 거요. 그러니 나를 좀 내버려두시오." 허스트우드가 고압적으로 말했다.

"그런 식으로 말해봤자 경찰에 잡히면 아무 소용없습니다. 마음만 먹으면 우린 당신을 아주 곤란하게 만들 수도 있어요. 이 호텔에 본명으로 투숙하지 않았더군요. 아내를 데리고 오지도 않았고요. 신문사들은 아직 당신이 여기 있는 줄 모릅니다. 이성적으로 생각하시는 게 좋을 겁니다."

"뭘 알고 싶은 거요?" 허스트우드가 물었다.

"그 돈을 돌려줄 건지 말 건지."

허스트우드는 바닥을 뚫어지게 쳐다보았다.

"그 일에 대해 당신에게 설명해봤자 소용이 없소." 마침내 그가 입을 열었다. "나한테 물어봐도 소용없어요. 난 바보가 아니오. 당신이 무엇을 할 수 있고 무엇을 할 수 없는지도 알고 있소. 마음만 먹는다면 아주 골치 아픈 일을 벌일 수도 있겠지. 나도 잘 알지만, 그래봤자 당신이 돈을 찾아가는 데 도움이 되지는 않을 거요. 어떻게 할지 마음을 정하고 이미 피츠제럴드 씨와 모이 씨에게 편지를 썼소. 그러니 더이상 할말은 없어요. 그들로부터 답변을 받을 때까지 기다리시오."

그는 이야기하는 내내 캐리에게 들리지 않도록 문에서 떨어져 복도쪽으로 나와 있었다. 그들은 큰 응접실로 통하는 복도 끝 쪽에 있었다.

"그럼 돈을 포기하지 않겠다는 겁니까?" 남자가 물었다.

허스트우드는 기분이 확 상했다. 뜨거운 피가 머리로 솟구쳤다. 수많은 생각이 떠올랐다. 그는 도둑이 아니었다. 그 돈을 원하지 않았다. 피츠제럴드 씨와 모이 씨에게 해명할 수만 있다면 아마 다 잘 풀릴 것이다.

"이봐요. 그 문제로 내가 더 얘기해봤자 소용없는 일이라니까. 당신의 힘은 잘 압니다만, 난 상황을 아는 사람들과 해결해야겠소."

"흠, 그 돈을 가지고 캐나다를 떠날 수는 없어요."

"떠날 생각 없소. 하지만 준비가 되면 아무도 나를 막을 수 없을 거요."

그는 돌아섰다. 탐정은 그를 뚫어져라 노려보았다. 참기 힘든 일이었다. 그래도 그는 계속 걸어서 방으로 들어왔다.

"누구예요?" 캐리가 물었다.

"시카고에서 온 친구요."

이 대화는 그에게 너무나 큰 충격이었다. 지난주 그렇게 많은 일들로 고생을 하고 난 후에 겪은 일이었는데도 허스트우드는 깊은 우울과 도덕적 혐오감에 빠졌다. 그가 가장 상처받은 것은 도둑으로 쫓기고 있다는 사실이었다. 그는 기나긴 비극에서 종종 한 부분만을 보는 사회의 불공평성을 깨닫기 시작했다. 모든 신문들이 그가 돈을 훔쳤다는 한 가지 사실만을 언급했다. 어떻게, 무슨 이유로 그랬는지에 대해서는 무심했다. 그런 행동으로 이끈 온갖 복잡한 문제들은 알려지지 않았다. 그는 이해받지 못한 채 비난의 대상이 되었다.

그는 그날 캐리와 함께 방에 앉아서 돈을 돌려줘야겠다고 결심했다. 피츠제럴드 씨와 모이 씨에게 편지를 써서 모든 것을 설명하고 속달로 돈을 보낼 생각이었다. 어쩌면 그들은 그를 용서해줄지도 모른다. 그에게 돌아오라고 할지도 모른다. 그들에게 편지를 썼다고 거짓말한 것도 합리화될 것이다. 그러고 나서 이 기묘한 도시를 떠나리라.

한 시간쯤 그는 이렇게 뒤엉킨 실타래를 그럴듯하게 풀어쓸 궁리를 했다. 아내 얘기를 쓰고 싶었지만 그럴 수는 없었다. 결국 친구들과 즐기다보니 들떠서 정신이 좀 나간 상태에서 금고 문이 열려 있는 것을 발견하고 돈을 꺼내놓았다가 우연히 금고 문이 닫혀버렸다는 주장으로 내용을 좁혔다. 이러한 행동을 크게 후회하고 있다. 문제를 일으켜서 죄송하다. 돈은 대부분 돌려주겠다. 남은 돈은 되도록 빨리 갚겠다. 혹시 복직할 가망이 있을까에 대해서는 슬쩍 암시만 했다.

이 편지 내용만으로도 그의 어지러운 정신상태를 판단할 수 있을 것이다. 그를 받아준다 해도 옛 직장에서 다시 일하기는 너무나 고통스러우리라는 사실을 그는 잠시 잊고 있었다. 자신이 과거를 칼로 베어내듯 끊어버렸다는 것, 가까스로 다시 이어붙인다 해도 잘렸다가 다시 붙인 들쭉날쭉한 이음매가 늘 보일 것이라는 점을 잊고 있었다. 그는 아내와 캐리, 돈이 필요하다는 사실, 현재의 상황 등 늘 무언가를 잊고 있어서 이성적으로 분명하게 생각하지 못했다. 그럼에도 불구하고 그는 편지를 부쳤고, 돈을 보내기 전에 답장을 기다렸다.

그동안에는 캐리와 함께인 현재의 상황을 받아들이고 할 수 있는 한 기쁨을 찾기로 했다.

정오쯤 날이 개어 열린 창으로 금빛 햇살이 폭포처럼 쏟아져들어왔다. 참새들이 지저귀고, 웃음소리와 노랫소리가 허공을 떠돌았다. 허스트우드는 캐리에게서 눈을 뗄 수가 없었다. 캐리는 첩첩산중 쌓인 어려움 속에서 한줄기 햇살 같았다. 아, 그녀가 사랑해주기만 한다면…… 시카고의 작은 공원에서 그랬던 것처럼 기쁨에 겨워 두 팔로 껴안아준다면 얼마나 행복할까! 그래만 준다면 충분한 보상이 될 것 같았다. 모든 것을 다 잃지는 않았음을 알게 될 것이다. 다른 일이야 어찌되건 상관하지 않을 것이다.

"캐리, 지금부터 나와 함께 있어주겠소?" 그는 그녀 쪽으로 다가가며 말했다.

캐리는 약간 당혹스러운 듯 그를 바라보았지만, 그의 표정에 담긴 의미가 그녀를 압도해서 마음은 동정심으로 녹아내렸다. 그것은 열렬하고 강한 사랑, 고난과 근심으로 더욱 강해진 사랑이었다. 그녀는 미소를 억누를 수 없었다.

"이제부터 내가 당신의 전부가 되어주겠소. 더는 나를 걱정시키지 말아줘요. 당신에게 충실하겠소. 뉴욕에 가서 좋은 아파트를 하나 구합시다. 나는 다시 사업을 시작할 거고, 우린 행복할 거요. 내 사람이 되어주겠소?" 허스트우드가 말했다.

캐리는 엄숙하게 듣기만 했다. 그에게 대단한 열정은 없었지만 일이 이렇게 흘러가고 또 그가 바로 곁에 있다보니 애정 비슷한 것이 생겼다. 그가 좀 안쓰럽기도 했다. 최근까지도 감탄하며 우러러보던 데에서 비롯된 슬픔이었다. 그에게 진정한 사랑을 느낀 적은 한 번도 없었다. 자신의 마음을 냉정하게 따져봐도 결론은 마찬가지일 테지만, 그의 열렬한 감정에 자극받은 지금의 이런 마음은 그들 사이의 장벽을 무너뜨렸다.

"내 곁에 있어줄 거지요?" 허스트우드가 물었다.

"네." 캐리가 고개를 끄덕였다.

그는 그녀를 품에 안고 입술과 뺨에 키스했다.

"하지만 저랑 결혼해야 해요." 그녀가 말했다.

"오늘 당장 혼인허가서를 받겠소."

"어떻게요?"

"새 이름을 쓰면 되지. 새 이름으로 새 삶을 살 거요. 지금부터 나는 머독이오."

"아, 그 이름은 쓰지 마세요."

"그건 왜?"

"마음에 안 들어요."

"흠, 그러면 어떤 이름을 쓸까?"

"아무것이나 좋아요. 그 이름만 아니면."

그는 캐리를 안은 채 잠시 생각한 끝에 말했다.

"휠러는 어떻소?"

"괜찮네요."

"자, 그럼 휠러로 하지. 오후에 허가서를 받아오겠소."

그들은 가장 먼저 마주친 성직자인 침례교 목사 앞에서 결혼식을 올렸다.

드디어 시카고에서 답장이 왔다. 모이 씨가 다른 사람에게 시켜서 쓴 편지였다. 그는 허스트우드가 그런 짓을 한 데 크게 놀랐으며, 일이 그렇게 되어 대단히 유감이라고 했다. 그에게 악감정은 없으니 돈만 돌려준다면 고발하지는 않겠다고 했다. 그가 돌아오거나 그를 예전 지위로 복직시키는 문제에 대해서는, 그것이 어떤 파장을 불러올지 아직 판단할 수 없으므로, 잘 생각해보고 나중에, 좀 시간을 두고 연락해주 겠다는 내용이었다.

편지 내용을 간추려보면 다른 희망은 없었고, 그들은 가능한 한 소란 없이 돈을 돌려받기를 원했다. 허스트우드는 자신의 운명이 다했음을 읽었다. 그는 그들이 보내겠다는 대리인에게 구천오백 달러를 주고 천삼백 달러는 자기가 쓰기로 했다. 그는 그들에게 전보를 보내고, 그날 호텔로 찾아온 회사측 대표에게 사정을 설명하고 지불증명서를 받고는, 캐리에게 트렁크를 꾸리라고 했다. 일이 이렇게 되어 약간 우울했지만 그는 곧 기운을 되찾았다. 체포되어 송환되지 않을까 아직 두려웠으므로 되도록 움직임을 숨기려 했지만 그러기는 어려웠다. 그는 캐리의 트렁크를 역으로 먼저 보내 뉴욕으로 속달되도록 했다. 그를 지켜보는 사람은 아무도 없는 것 같았지만 그는 밤에 떠났다. 국경 너머 첫번째 역이나 뉴욕 기차역에서 경찰이 그를 기다리고 있지는 않을까 그는 너무나 초조했다.

그의 강도짓이나 두려움에 대해서 아무것도 모르는 캐리는 아침에 뉴욕에 도착하자 그저 즐거웠다. 기차가 허드슨 강가를 따라 달릴 때 드넓은 강 옆으로 펼쳐진 둥그런 초록 언덕들의 아름다움이 그녀의 눈길을 끌었다. 허드슨 강이나 뉴욕 시에 대해 듣기만 하다가 지금 밖을 내다보는 그녀의 마음은 경탄으로 가득 차올랐다.

기차가 동쪽의 스파이턴 다이벌 수로로 접어들어 할렘 강 동쪽 둑을 따라 달리자, 허스트우드는 그들이 도시의 경계까지 왔다고 알려주었다. 시카고를 떠올리며 그녀는 길게 줄지어 달리는 전차들과 거대한 철로를 기대했지만 여기는 다르다는 것을 곧 알게 되었다. 할렘 강에

떠 있는 배들과 이스트 강의 더 많은 배들이 그녀의 젊은 가슴을 부풀게 했다. 그것은 대양이 있다는 첫번째 신호였다. 다음으로 오층짜리 벽돌 아파트들이 늘어선 소박한 거리가 나오더니, 열차는 터널 안으로 들어갔다.

"그랜드 센트럴 역!" 열차 승무원이 외쳤다. 잠깐 사이 어둠과 연기가 걷히고 다시 환한 빛이 나타났다. 허스트우드는 자리에서 일어나 작은 여행가방을 챙겼다. 그는 극도의 긴장으로 제정신이 아니었다. 캐리와 함께 문 앞에서 기다렸다가 곧장 기차에서 내렸다. 접근하는 사람은 아무도 없었지만 출구로 향하는 내내 그는 남몰래 주변을 살폈다. 너무 긴장한 나머지 뒤따라오는 캐리도 까맣게 잊어버렸다. 캐리는 그가 어째서 저렇게 정신이 나가 있을까 의아했다. 역을 빠져나오면서 긴장이 최고조에 달했다가 서서히 가라앉기 시작했다. 어느새 그는 보도에 서 있었고, 마부 외에는 아무도 그에게 손짓하는 이가 없었다. 그는 길게 한숨을 내쉬고 그제야 캐리가 생각나 몸을 돌렸다.

"저를 두고 가버리는 줄 알았어요." 캐리가 말했다.

"길지 호텔까지 어느 차를 타고 가야 할지 생각하던 중이었소." 그가 둘러댔다.

캐리는 분주한 광경에 홀려서 그의 말을 듣는 둥 마는 둥 했다.

"뉴욕은 얼마나 큰가요?" 캐리가 물었다.

"아, 인구가 100만도 넘을 거요." 허스트우드가 대꾸했다.

주변을 둘러보고 마차를 불렀지만 그의 태도는 전과 달랐다.

몇 년 만에 처음으로 이런 적은 비용까지도 일일이 따져봐야 한다는 생각이 그의 머릿속을 스치고 지나갔다. 짜증나는 일이었다.

그는 호텔에서 시간을 버릴 것 없이 아파트를 빌려야겠다고 생각했다. 그렇게 말하자 캐리 역시 찬성했다.

"오늘 바로 찾아보기로 해요." 캐리가 말했다.

갑자기 몬트리올에서의 경험이 떠올랐다. 유명한 호텔에서는 그가 아는 사람을 또 만나게 될 확률이 높았다. 그는 벌떡 일어나 마부에게 말했다.

"벨퍼드로 가주시오." 그곳은 지인들이 덜 찾는 곳이었다. 그는 다시 자리에 앉았다.

"주택가는 어느 쪽인가요?" 캐리가 물었다. 양쪽에 늘어선 높은 오층짜리 건물들에 가족들이 산다고는 생각할 수가 없었다.

"여기저기 다 있어요." 이 도시를 꽤 잘 아는 허스트우드가 대답했다. "뉴욕의 집에는 잔디밭이 없다오. 이게 다 집들이에요."

"흠, 그건 별로네요." 캐리가 말했다. 그녀는 이제 차츰 나름의 견해를 갖기 시작하고 있었다.

30
위대한 왕국
꿈꾸는 순례자

시카고에서 그가 어떤 사람이었든, 뉴욕이라는 큰물에서 허스트우드 같은 사람은 눈에 잘 띄지도 않는 물방울 하나에 불과했다. 인구가 아직 50만 정도인 시카고에서 백만장자는 손에 꼽을 정도였다. 부자라고 해봐야 어마어마하게 돈이 많아 보통 사람들을 보잘것없게 만들 정도는 아니었다. 연극, 예술, 사교, 종교 분야의 지역 명사들에게 그리 큰 관심이 없어서 안정된 지위에 있는 사람이면 무시당하지는 않았다. 시카고에서 유명해지는 두 가지 길은 정치와 사업이었다. 그러나 뉴욕에서 그 길은 오십여 가지 길 중 하나에 불과했고, 각각의 길마다 수많은 사람들이 부지런히 애쓰고 있어서 명사들도 무수히 많았다. 바다에는 이미 고래들이 가득했다. 평범한 물고기 한 마리는 아예 보이지도 않았다. 한마디로 허스트우드는 아무것도 아니었다.

늘 그런 것은 아니지만 이런 상황은 미묘하게 세상의 비극을 빚어내기도 한다. 유명 인사들이 자아내는 분위기는 때때로 그렇지 못한 사람들에게 나쁘게 작용한다. 이런 분위기는 금세, 쉽게 느낄 수 있다. 웅장한 저택, 화려한 마차, 번쩍번쩍 빛나는 상점, 레스토랑, 온갖 술집들 사이를 걷고, 꽃과 비단과 와인의 향기를 맡고, 사치스러운 영혼에서 흘러나오는 웃음소리와 도전적인 창끝의 빛처럼 뿜어져나오는 시선을 느끼고, 번쩍이는 검처럼 날이 선 미소와 타고난 활달한 걸음걸이를 본다면, 고귀하고 강인한 자들의 분위기가 어떤 것인지 알게 될 것이다. 이런 것은 진정한 위대함의 왕국이 아니라고 목소리를 높여봤자 소용없다. 세상이 이런 것들에 매혹되고 인간의 마음이 이를 꼭 도달해야 하는 바람직한 왕국으로 보는 한, 이것은 위대함의 왕국으로 남을 것이다. 또한 이 왕국의 분위기는 인간의 영혼에 치명적인 결과를 빚어낼 것이다. 이는 화학용 시약과도 비슷하다. 그 왕국의 단 하루, 한 방울의 시약 같은 그 하루가 정신의 관점과 목표와 욕망에 영향을 미치고 그것을 변색시켜, 그후로는 영영 그 색이 빠지지 않게 된다. 미숙한 정신에 그런 하루는 미숙한 육체에 작용하는 마약과도 같다. 갈망이 생기고, 일단 한번 채워지게 되면 영원히 꿈꾸게 되어 결국 죽음으로 끝나게 되는 법이다. 아! 채워지지 않는 꿈. 정신을 갉아먹고 유혹하는 이 허망한 환상은 우리를 손짓하며 부르고, 손짓하고 또 부르다가 마침내는 죽음과 소멸이 그 힘을 녹여버리고 눈먼 우리를 자연의 품으로 되돌려보낸다.

허스트우드 정도의 연배에 그와 같은 기질을 가진 사람은, 젊은이의 환상과 불타는 욕망에 휘둘리지도 않고, 젊음의 심장에서 분수처럼 용

솟음치는 희망도 갖고 있지 않다. 뉴욕의 분위기가 그에게 열여덟 살
짜리 소년의 열망을 불러일으키지는 않았다. 그런 열망이 있다 해도
희망이 없다는 사실이 그만큼 더 씁쓸하게 느껴졌다. 그는 어디서나
풍요와 사치의 흔적을 알아볼 수 있었다. 전에도 뉴욕에 와본 적이 있
어서, 뉴욕의 어리석음이 어디서부터 나오는지 그는 잘 알고 있었다.
뉴욕은 어느 정도는 근사한 곳이었다. 여기에는 그가 이 세상에서 가
장 우러러보는 모든 것, 부와 지위와 명성이 다 모여 있었다. 그가 지
배인으로서 전성기에 술잔을 부딪쳤던 명사들 대부분은 이 자기중심
적이고 북적거리는 뉴욕 출신이었다. 쾌락과 사치에 관한 가장 솔깃한
이야기들이 뉴욕의 장소들과 인물들로부터 나왔다. 그는 긴 세월 자기
도 의식하지 못하는 사이에 거부들과 가까이 뒤섞여 살아왔지만, 10만
혹은 50만 달러 정도로는 이렇게 부유한 곳에서 편안한 생활을 하는
정도이지 특권까지는 누릴 수 없다는 점을 잘 알고 있었다. 유행을 따
르고 화려하게 살자면 더 많은 돈이 필요하니 가난한 사람은 발붙일
수 없었다. 이 도시를 마주하고 보니 자신이 친구들로부터 떨어져나왔
다는 것, 제법 되던 재산은 물론이고 자기 이름마저 잃고 자기 자리와
안락한 삶을 위해 처음부터 다시 투쟁해야 함을 뼈저리게 느꼈다. 그
는 아직 늙은이는 아니었지만 곧 그렇게 되리라는 것을 모를 만큼 둔
하지는 않았다. 눈앞에 펼쳐져 있는 좋은 옷, 집, 권세가 갑자기 특별
한 의미로 다가왔다. 그것들은 자신의 비참한 처지와 대조되어 더욱
두드러져 보였다.

과연 고통스러운 일이었다. 체포될지 모른다는 공포에서 벗어났다
고 해서 그것으로 끝이 아니었다. 위험이 사라지자 곧이어 궁핍이 그

를 비참하게 만들었다. 앞으로 얼마간 집세, 옷, 음식, 오락 등을 천삼백 달러 정도의 보잘것없는 금액으로 감당해야 한다니, 일 년에 그 금액의 다섯 배를 쓰고 살아온 사람에게는 순식간에 마음의 평화를 빼앗아갔다. 뉴욕에 도착한 처음 며칠 동안 그 문제를 곰곰이 고민해본 그는 빨리 행동을 취해야겠다고 생각했다. 그는 아침신문에 실린 광고를 보며 사업 기회를 찾는 한편 나름대로도 알아보기 시작했다.

그러나 그전에 먼저 정착을 해야 했다. 캐리와 허스트우드는 계획대로 아파트를 구하러 다닌 끝에 암스테르담 애비뉴 인근 78번가에 집을 구했다. 오층짜리 건물로, 그들의 아파트는 삼층에 있었다. 거리가 아직 완전히 다 조성되지 않았기 때문에 동쪽으로는 센트럴 공원 나무들의 푸른 우듬지가 보이고, 서쪽 창밖으로 눈을 돌리면 드넓은 허드슨강이 보였다. 방 여섯 개와 욕실 한 개가 일렬로 늘어서 있고 한 달 집세는 삼십오 달러였다. 당시 집 한 채를 세내는 돈으로는 평균 수준이었지만 허스트우드에게는 과한 지출이었다. 캐리는 이곳과 시카고의 방들이 크기가 다르다는 것을 알아채고 그 얘기를 했다.

"아주 오래된 집에 들어가지 않는 이상 여기보다 더 좋은 곳은 찾지 못할 거요. 그런 집에서는 이런 편리한 시설을 누릴 수가 없지." 허스트우드가 말했다.

캐리는 그 집을 택한 것은 새로 지은데다 목재의 색이 밝아서였다. 스팀 난방 설비를 갖춘 아주 최신식 집이라는 것도 큰 장점이었다. 붙박이식 화덕, 온수와 냉수, 식품 운반용 승강기, 통화관, 수위를 부를 수 있는 초인종도 캐리의 마음에 쏙 들었다. 캐리는 주부답게 이런 시설에 매우 만족했다.

허스트우드는 오십 달러를 먼저 지불하고 매달 십 달러씩 내는 조건으로 가구점과 계약을 하여 아파트에 가구를 완벽하게 갖추었다. 그는 G. W. 휠러라는 이름으로 조그만 문패를 만들어 우편함에 달았다. 캐리는 수위가 자기를 휠러 부인이라고 부르면 기분이 말할 수 없이 묘했지만, 곧 익숙해져서 자기 이름으로 여기게 되었다.

세세한 부분까지 집이 다 정리되자 허스트우드는 장사가 잘되는 시내 술집의 소유권을 사기 위해 광고에 나온 곳들을 몇 군데 찾아가보았다. 애덤스 스트리트의 호화로운 술집을 보고 나니 광고에 나온 그저 그런 술집으로는 성이 차지 않았다. 이런 곳들을 찾아다니며 여러 날을 보냈지만 다 마음에 들지 않았다. 하지만 그들과 이야기를 나누면서 꽤 많은 것을 알게 되었다. 태머니홀*의 영향력이라든가 경찰과 좋은 관계를 유지하는 것이 중요하다는 사실 등이 그런 것들이었다. 가장 수익이 많고 번창하는 곳들은 피츠제럴드 씨와 모이 씨가 운영하듯 합법적으로 운영되는 곳이 아니라는 사실도 알았다. 수익이 많은 술집들마다 우아하게 꾸민 안쪽 방과 이층의 개인 밀실들이 있었다. 셔츠 앞자락에 커다란 다이아몬드를 번쩍이며 잘 재단된 옷을 차려입은 피둥피둥 살찐 가게 주인들을 보면서, 그는 다른 곳들과 마찬가지로 이곳에서 역시 주류산업이 황금알을 낳는 거위라는 사실을 알게 되었다.

마침내 그는 제법 사업이 잘되는 듯한 워런 스트리트의 술집 하나를 찾아냈다. 외관이 꽤 근사했고 전망도 있어 보이는 곳이었다. 주인은

---

* 19세기부터 20세기 초까지 뉴욕 시정에 강력한 영향력을 행사한 정치 조직.

사업이 아주 잘되고 있다고 장담했으며, 보기에도 확실히 그랬다.

"우리는 상류층 손님들만 받습니다. 상업가, 영업사원, 전문직 들이지요. 옷을 잘 차려입은 사람들 말이에요. 어중이떠중이는 안 받아요. 그런 자들은 들이지도 않습니다." 주인이 허스트우드에게 말했다.

허스트우드는 금전등록기가 울리는 소리에 귀를 기울이며 한동안 장사를 지켜보았다.

"두 사람이 나눠 가질 만큼 수익이 나올까요?" 그가 물었다.

"주류산업을 좀 아신다면 직접 보십시오. 저는 술집을 여기 말고도 나소 스트리트에 하나 더 갖고 있습니다. 혼자서는 두 곳 다 운영하기 벅차서요. 이 사업을 잘 아시는 분이 있으면 여기서 나오는 수익은 나눠 갖고 운영은 알아서 마음대로 하게 할 겁니다."

"경험은 꽤 있습니다." 허스트우드는 부드럽게 대답했지만, 피츠제럴드 씨와 모이 씨를 언급하기는 좀 꺼려졌다.

"흠, 좋을 대로 하십시오, 휠러 씨." 주인이 말했다.

주인은 이익배당금 3분의 1과 설비, 영업권을 제공하는 대신 천 달러를 받고 경영을 맡기고 싶어했다. 토지는 임차했기 때문에 부동산은 없었다.

꽤 괜찮은 제안이었지만 그 술집의 이익배당금 3분의 1로 웬만한 생활비를 충당하고 안락한 생활을 하는 데 필요한 월 백오십 달러를 벌 수 있을지 의문이었다. 그러나 마땅한 곳을 찾느라 수없이 허탕을 친 뒤라 망설일 때가 아니었다. 3분의 1이면 지금으로서는 한 달에 백 달러쯤 나올 것 같았다. 운영을 잘 해서 좀 나아지면 더 벌 수 있을 것이었다. 그리하여 그는 동업하는 데 동의했고, 천 달러를 넘겨주고 다음날부터 시작하기로 했다.

처음에는 의기양양해서 캐리에게 훌륭한 계약을 했다고 말했다. 그러나 시간이 지나면서 생각이 달라졌다. 알고 보니 동업자는 아주 별로인 사람이었다. 그는 자주 과음을 하고 고약하게 굴었다. 그것만큼은 아무리 해도 익숙해지기가 힘들었다. 게다가 영업 실적도 고르지 못했다. 시카고에서의 그의 단골손님들과는 고객들의 수준이 달랐다. 친구를 사귀려면 시간이 오래 걸릴 것 같았다. 여기 손님들은 우정을 나누려고 오는 것이 아니라 잠깐씩 드나들 뿐이었다. 모여서 한가로이 시간을 보내는 곳이 아니었다. 몇 날 며칠이 지나도 시카고에서 매일같이 들었던 진심 어린 인사 한마디 듣기가 어려웠다.

또 한 가지, 허스트우드는 유명 인사들, 평범한 술집에 매력을 더해주고 먼 곳과 상류사회의 소식을 전해주는, 잘 차려입은 상류층 사람들이 그리웠다. 여기서는 그런 사람을 한 달에 한 명도 보기 힘들었다. 저녁이면 그는 자기 자리에 우두커니 앉아 석간신문에서 그가 수없이 함께 술잔을 기울였던 유명 인사들에 관한 기사를 읽곤 했다. 그들은 시카고에서는 피츠제럴드 앤드 모이스, 뉴욕에서는 저 위쪽의 호프먼 하우스 같은 술집을 찾지, 이런 곳은 절대 오지 않았다.

그가 생각한 만큼 수익도 잘 나지 않았다. 약간 늘기는 했지만 생활비에 신경을 써야 할 정도였다. 굴욕적인 일이었다.

처음에는 밤늦게 귀가해서 캐리를 보면 기뻤다. 그는 일을 좀 빨리 마무리하고 여섯시에서 일곱시 사이에 그녀와 함께 저녁을 먹기도 하고, 아침 아홉시에야 출근을 하기도 했다. 그러나 이런 새로운 기쁨도 시간이 가자 줄어들었고, 거추장스러운 의무로 느껴지기 시작했다.

첫 달이 채 다 가기도 전에 캐리가 아주 자연스러운 투로 말했다.

"이번주에 나가서 드레스 한 벌 사야겠어요."

"어떤 것으로?" 허스트우드가 물었다.

"아, 그냥 외출용이요."

"좋아." 형편상 그녀가 옷을 사지 않았으면 좋겠다고 생각하면서도 허스트우드는 미소를 지으며 대답했다. 다음날에는 그 일에 대해 아무 얘기도 안 했지만, 그다음날 아침 그가 물었다.

"산다던 옷은 어떻게 되었어?"

"아직 안 샀어요."

그는 잠시 뭔가 생각을 하는 듯 가만히 있다가 말했다.

"며칠만 미루면 안 되겠어?"

"그러죠." 캐리는 그렇게 대답하면서도 그의 말에서 별다른 낌새는 눈치채지 못했다. 그를 돈 문제와 연관지어 생각해본 적은 한 번도 없었다. "그런데 왜요?"

"저기, 지금은 투자를 하는 데 돈이 많이 들어서 말이야. 곧 다 회수할 테지만, 당분간은 돈이 좀 달려서."

"아, 그럼 당연히 그래야죠. 진작 말하지 그랬어요?"

"그럴 필요는 없어서 그랬지."

캐리는 순순히 따랐지만 허스트우드가 말하는 품에서 왠지 드루에 와, 그가 늘 곧 마무리될 거라던 작은 사업이 떠올랐다. 잠깐 스쳐간 생각일 뿐이었지만 그런 생각이 든 것은 처음이었다. 허스트우드에 대해 그녀는 다시 생각해보게 되었다.

가끔씩 이와 비슷한 소소한 일들이 하나씩 뒤를 이었고, 그런 일들이 쌓여가면서 결국 서서히 전모가 드러나기 시작했다. 캐리는 결코 둔한 여자가 아니었다. 두 사람이 함께 오래 살다보면 서로에 대해 속속들이 다 알게 되는 법이다. 한쪽의 마음속에 고민이 있으면 먼저 내놓고 말하지 않아도 저절로 티가 난다. 고민거리가 분위기를 어둡게 만들면서 굳이 말하지 않아도 드러나는 것이다. 허스트우드는 평소처럼 옷을 잘 차려입었지만 캐나다에서 입던 것들이었다. 캐리는 그가 옷이 별로 많지도 않으면서 새 옷을 잘 사지 않는다는 것을 알아차렸다. 문화생활을 즐기자는 말도 별로 없었고, 음식에 대해서도 아무 말이 없었다. 사업 때문에 걱정인 것 같았다. 걱정근심 없던 시카고에서의 모습이 아니었다. 그녀가 알던 손 크고 호사스러운 허스트우드가 아니었다. 너무나 확연한 변화였기에 눈에 띄지 않을 수가 없었다.

곧 캐리는 뭔가 변했으며 그가 자기에게 모든 것을 다 털어놓지 않는다는 것을 감지하기 시작했다. 그는 확실히 뭔가 감추는 것이 있었고, 속내를 드러내지 않았다. 캐리는 어느새 소소한 것까지 그에게 일일이 캐묻고 있었다. 여자로서 이런 상황이 유쾌할 리 없었다. 위대한 사랑이 있다면 그래도 이해하고 넘어가거나 때로는 그럴듯한 이유로 돌릴 수 있겠지만, 그렇다고 결코 만족스러운 일이 될 수는 없었다. 하물며 위대한 사랑이 없다면 더 분명하게 덜 만족스러운 결론에 도달하게 된다.

허스트우드로 말하자면 뒤바뀐 상황 속에서 역경을 헤쳐나가느라 악전고투하는 중이었다. 그는 영리한 사람이었으므로, 자신이 저지른 엄청난 실책을 깨닫고 지금의 자리나마 얻은 것이 다행인 줄 잘 알고 있었지만, 그래도 매일 매 순간 이전의 삶과 지금의 처지를 비교해보지 않을 수 없었다.

게다가 뉴욕에 온 지 얼마 안 되어 우연히 옛친구를 마주친 뒤로는 또 그런 일을 당할까 두려웠다. 브로드웨이를 걷는데 알고 지내던 이가 앞에서 오고 있었다. 못 본 척하기에는 너무 늦었다. 서로의 눈이 마주 쳤고, 서로를 확실히 알아보았다. 시카고의 한 도매상에서 구매 담당자 로 일하는 그 친구는 어쩔 수 없이 알은체를 해야겠다고 생각했다.

"잘 지냈나?" 손을 내밀긴 했지만 그 친구는 복잡한 감정을 감추지 는 못했다. 사실 관심이 없어 보였다.

"잘 지낸다네. 자네는 어떤가?" 허스트우드도 친구 못지않게 당황 했다.

"좋아. 물건 좀 사느라 여기 왔다네. 자네는 여기에 자리를 잡았나보 지?"

"그렇다네. 워런 스트리트에서 바를 운영하고 있지." 허스트우드가 대답했다.

"그런가? 그거 잘되었구먼. 한번 들르겠네."

"그러게나."

"그럼 잘 있게." 친구는 다정하게 미소 지으며 인사를 건네고는 가 버렸다.

'주소를 묻지도 않는군. 오긴 뭘 오겠어.' 허스트우드는 이렇게 생각 하며 땀으로 흥건한 이마를 훔쳤다. 더는 아무도 만나는 일이 없기만 을 진심으로 바랐다.

대단치 않다 해도 이런 일들은 그의 호방하던 성격에 영향을 미쳤 다. 이제 그에게 바람이 있다면 금전적인 면에서 상황이 좀 나아졌으면 하는 것뿐이었다. 그에겐 캐리가 있었고, 가구값도 다 지불했다. 그럭저럭 자기 지위도 유지하고 있었다. 캐리로서는 당분간은 그녀에게 주어지는 오락거리에 만족해야 할 것이다. 지나치게 무리하지 않는다면 지금 정도로는 끌고 나갈 수 있을 것이며, 그러다보면 다 좋아질 것이다. 그러나 그는 결혼생활을 어렵게 만들 수 있는 인간 본성의 나약함에 대해서는 미처 생각하지 못했다. 캐리는 젊었다. 허스트우드도 캐리도 얼마든지 마음이 변할 수 있었다. 언제라도 저녁 식탁에서 극단적인 감정이 대립할 수 있었다. 이런 일은 완벽하게 잘 유지되는 가정에서도 드물지 않게 일어난다. 이런 경우 도마에 오른 사소한 일들을 없었던 일로 돌리려면 큰 사랑이 필요하다. 사랑이 없다면 점점 불만이 커져가다가 결국 나중에 문제가 생기기 마련이다.

31
행운의 총아
브로드웨이가 자신의 기쁨을 과시하다

뉴욕이라는 도시와 그의 상황이 허스트우드에게 영향을 미쳤듯 캐리에게도 그랬다. 캐리는 운명이 베풀어주는 것들을 너그러이 받아들였다. 처음에는 마음에 안 들었지만 뉴욕은 곧 그녀의 마음을 온통 사로잡았다. 뉴욕의 맑은 공기와 붐비는 거리, 특유의 무심함은 캐리에게 강한 인상을 남겼다. 지금 살고 있는 아파트만큼 작은 아파트는 처음이었지만 캐리는 이내 정을 붙였다. 새 가구들은 아주 훌륭해 보였고, 허스트우드가 직접 정리한 찬장은 밝게 빛났다. 각 방마다 가구도 알맞게 놓였고, 좋게 봐서 응접실이라고 할 수 있는 거실에는 캐리가 배우고 싶다고 해서 피아노도 한 대 들여놓았다. 캐리는 하녀를 두고 빠르게 살림 솜씨를 닦아나갔다. 인생에서 처음으로 안정을 찾았으며 남들 보기에도 떳떳하게 자리를 잡았다고 느꼈다. 캐리는 명랑하고 순진했다. 그녀는 한동안 집을 꾸미는 일에만 정신을 쏟았다. 한 건물 안에 열 집이 살면서도 서로 모르는 사이로 무심하게 지낸다는 것이 신기했다. 또한 항구의 수많은 배들이 울리는 기적 소리, 안개에 덮여 있을 때 증기선들과 연락선들이 길게 울리는 나지막한 그 기적 소리도 그저 신기하기만 했다. 이런 소리가 바다에서 들려온다는 사실 하나만으로도 굉장하게 느껴졌다. 캐리는 서쪽 창으로 허드슨 강과 강 양편으로 빠르게 발전해가는 거대한 도시를 구경했다. 그 광경은 생각할 거리도 많이 주었고, 일 년 이상 지루하지 않게 즐기기에 충분했다.

또 한 가지, 그녀에 대한 허스트우드의 애정도 대단히 흥미로웠다. 그는 고전하면서도 그녀에게는 힘든 티를 절대 내지 않았다. 그는 변함없이 자신 있는 태도를 유지했고 새로운 처지를 익숙하게 받아들였으며 캐리의 버릇과 작은 성공에 즐거워했다. 저녁마다 식사 시간에 맞춰 오면 작은 식당에는 더할 나위 없이 기분좋아지는 광경이 펼쳐져 있었다. 어찌 보면 식당이 작아서 더욱 화려하게 느껴졌다. 꽉 차고 풍성했다. 흰 식탁보를 덮은 식탁 위에는 예쁜 접시들이 차려져 있고, 네 개의 초꽂이 하나하나에 붉은 갓을 씌운 촛대가 불을 밝히고 있었다. 캐리와 하녀가 제대로 된 스테이크와 갈비를 내왔다. 나머지는 한동안 통조림으로 대신했다. 캐리는 비스킷 만드는 법을 익혀서 곧 혼자서 가볍고 맛있는 비스킷을 선보이는 수준에 도달했다.

이런 식으로 두 달, 석 달, 넉 달이 지나갔다. 겨울이 오고, 집이 최고라는 생각에 극장에 가자는 얘기는 별로 나오지 않았다. 허스트우드는 어떤 식으로든 티를 내지 않고 모든 비용을 감당하느라 무진 애를 썼다. 그는 미래의 더 큰 목적을 위해 사업을 키우느라 돈을 재투자하

고 있는 척했다. 자기 옷에는 되도록 적게 썼고, 캐리에게도 옷을 사주
겠다는 얘기는 거의 하지 않았다. 그렇게 첫 겨울이 지나갔다.

이듬해가 되자 사업이 좀 나아졌다. 그는 매달 예상했던 백오십 달
러를 꼬박꼬박 벌었다. 그러나 불행히도 이때쯤 캐리는 나름의 의견이
생겼고, 그에게는 친구들이 생겼다.

캐리는 능동적이고 적극적이기보다는 수동적인 편이었으므로 자신
의 상황을 있는 그대로 받아들였다. 캐리는 충분히 만족스러워 보였
다. 그들은 가끔씩 같이 극장 나들이를 했고, 철따라 해변에 가거나 도
시 여기저기를 구경 다니기도 했지만 친구는 없었다. 허스트우드는 자
연히 그전에 보여주던 정성 어린 태도를 버리고 그녀에게 편안하고 익
숙하게 대했다. 서로 오해가 있는 것도 아니고 눈에 보이는 의견 차이
도 없었다. 사실 돈도 없고 친구를 방문하는 일도 없어서 그는 질투를
사지도, 구설수에 오르지도 않을 생활을 보내고 있었다. 캐리는 그의
노력에 웬만큼 따라주었고, 시카고에서처럼 즐기지 못해도 그리 마음
에 두지 않았다. 뉴욕과 아파트로 얼마간은 충분한 듯했다.

그러나 허스트우드의 사업이 잘되면서, 그에게는 친구들이 생기기
시작했다. 그는 옷에도 돈을 좀더 쓰게 되었다. 가정생활이 무엇보다
도 소중했지만 가끔은 저녁식사를 밖에서 해도 좋다고 생각했다. 처음
으로 밖에서 식사를 하게 됐을 때는 사람을 보내 일이 생겼다고 알려
주었다. 캐리는 혼자 식사를 했고, 다시는 이런 일이 없기를 바랐다.
두번째에도 전갈을 보냈지만 늦게 보냈고, 세번째에는 아예 잊어버렸
다가 나중에야 사정을 설명했다. 이런 일이 몇 달마다 일어났다.

"어디 있었어요, 여보?" 처음 그가 말없이 밖에서 저녁을 먹었을 때

캐리는 물었다.

"사무실에서 빠져나올 수가 없었어. 정리할 일이 좀 있어서." 그는 다정하게 말했다.

"서운했어요. 저녁을 근사하게 차리려고 했는데." 캐리도 부드럽게 대답했다.

두번째에도 비슷했지만 세번째에는 캐리도 기분이 전 같지 않았다.

"집에 올 수가 없었어. 너무 바빠서." 그는 저녁에 돌아와서 이렇게 변명했다.

"전갈도 보낼 수가 없었나요?"

"그러려고 했는데, 깜박했어. 생각났을 때는 너무 늦어서 소용이 없었고."

"정성껏 저녁을 차렸었는데!" 캐리가 불평했다.

그가 지켜본 바에 따르면 캐리는 아주 가정적인 여자일 뿐이었다. 일 년이 지나자 캐리의 관심사는 집안 살림을 돌보는 일에만 쏠려 있다고 진심으로 생각하게 되었다. 시카고에서 그녀의 연기를 보았으면서도, 지난해에 자기가 만든 상황 때문에 그녀가 아파트 안에서 자기만 보고 살게 되었다는 것을 알면서도, 그래서 친구나 동료도 사귀지 못하는 것인데도, 그는 그런 이상한 결론을 내리고 있었다. 그는 그렇게 만족할 줄 아는 아내를 얻었다는 것이 흡족했으며, 자연스럽게 그런 생각에 따라 행동하게 되었다. 즉 그는 아내가 만족하고 있는 이상 이렇게 만족할 만큼만 해주면 된다고 생각했다. 그는 가구와 장식품, 음식, 필요한 옷을 살 돈은 주었다. 그녀를 즐겁게 해주고 화려한 생활을 하도록 이끌어줘야겠다는 생각은 점점 더 줄어들었다. 자신은 바깥의 세계에 끌리면서 아내 역시 그러리라고는 생각하지 않았다. 한번은 극장에 혼자 갔으며, 그다음에는 새로 사귄 친구 두엇과 저녁에 포커 게임을 했다. 자금 사정이 나아지기 시작하자 다시 멋도 내고 싶어졌다. 그래도 시카고에서 하던 것보다는 늘 남의 눈을 의식했으며 옛 지인들과 마주칠지도 모르는 화려한 장소는 피했다.

한편 캐리는 이 사실을 다른 식으로 느끼기 시작했다. 그녀는 그의 행동에 심각하게 괴로워할 타입의 여자는 아니었다. 그를 크게 사랑하지 않았기에 질투로 괴로워하지도 않았다. 사실 질투 따위는 전혀 없었다. 허스트우드는 캐리의 차분한 태도가 무얼 의미하는지 잘 생각해봐야 마땅했지만 그저 기쁘게만 받아들였다. 그가 집에 오지 않아도 그녀에게는 별일이 아니었다. 캐리는, 남자들에게는 이야기를 나눌 친구도 많고 들러야 할 곳도 있고 어울릴 친구도 있고 많은 유혹이 있다는 사실을 인정했다. 그가 나름대로 즐겨야 한다는 데는 전혀 이의가 없었지만 그렇다고 무시당하고 싶지는 않았다. 그래도 캐리의 처지는 그럭저럭 괜찮았다. 어쨌거나 그녀의 눈에 허스트우드는 좀 달라져 있었다.

그들이 78번가에서 살게 된 지 이 년째로 접어든 어느 날, 캐리네 맞은편 아파트가 비게 되었고, 거기에 아주 미인인 젊은 여자와 그녀의 남편이 이사를 왔다. 캐리는 곧 이들 부부와 친해졌다. 아파트의 구조 덕분이었는데, 식품 운반용 승강기가 두 집이 만날 계기를 만들어주었다. 연료며 식료품 따위를 지하실에서 올리고 쓰레기는 내려보내는 데 쓰는 이 승강기는 한 층에 두 집씩 같이 사용하게 되어 있었다.

수위의 호루라기 소리를 듣고 두 집에서 동시에 나와 승강기 문을 열면 둘이 마주치게 되는 것이다. 어느 날 아침 캐리가 신문을 가지러 나가니 스물셋쯤 되어 보이는 흑갈색 머리의 예쁜 새 입주자 역시 비슷한 이유로 나와 있었다. 그녀는 헝클어진 머리로 잠옷 위에 화장가운을 걸치고 있었는데, 어찌나 예쁘고 인상도 좋던지 캐리는 보자마자 그녀가 마음에 들었다. 새 입주민은 부끄러운 듯 살짝 웃어 보였지만, 그것으로 충분했다. 캐리는 그녀와 친해지고 싶다고 생각했고, 상대 역시 캐리의 순진한 얼굴이 마음에 들어 똑같은 생각을 했다.

"옆집에 이사 온 여자가 정말 미인이던데요." 캐리는 아침 식탁에서 허스트우드에게 말했다.

"누군데?"

"저도 모르죠. 문패에 적힌 이름은 밴스라고 되어 있어요. 그 집에서 누가 연주를 참 근사하게 하더라고요. 그 집 여자인가봐요."

"흠, 이 도시에서는 옆집에 어떤 사람들이 사는지 도무지 알 수가 없다니까." 허스트우드가 뉴욕 사람들이 이웃에 대해 흔히 하는 말을 입에 올렸다.

"그러게 말이에요. 일 년 동안 이 건물에 아홉 가구랑 살았는데 아는 사람이 한 명도 없다니까요. 옆집 사람들도 이사 온 지 한 달이 되었는데 오늘 아침에야 얼굴을 봤지 뭐예요."

"그게 나을 수도 있지. 어떤 사람들과 어울리게 될지 모르니까. 개중에는 상종 못할 인간들도 틀림없이 있을 거야."

"제 생각도 그래요." 캐리가 상냥하게 대답했다.

대화는 다른 쪽으로 흘러갔고, 그 일은 캐리의 머릿속에서도 잊혔다. 그러다가 하루이틀 지나 장을 보러 나가다가 밖에서 들어오는 밴스 부인과 마주쳤다. 밴스 부인은 캐리를 알아보고 목례를 했고, 캐리 역시 미소로 답했다. 이로써 친구가 될 첫 단추가 끼워진 셈이었다. 이날 서로 알은체를 하지 않았더라면 그 이상의 진전은 없었을 것이다.

캐리는 그후 몇 주가 지나도록 밴스 부인은 보지 못했지만 두 아파트 거실을 나누어놓은 얇은 벽을 통해 그녀의 연주를 들었다. 듣기 좋은 선곡과 훌륭한 연주는 캐리를 즐겁게 했다. 캐리의 피아노 실력은 초보 수준이었으므로, 밴스 부인의 다양한 연주는 캐리에게는 위대한 예술의 경지에라도 이른 듯 보였다. 단편적이고 희미한 인상에 불과했지만, 지금까지 보고 들어온 것만 봐도 이 사람들은 꽤 세련되고 안락한 환경에 있는 듯했다. 캐리는 그들과 친분을 쌓을 기회를 기다렸다.

어느 날 캐리네 초인종이 울렸다. 주방에 있던 하녀가 버튼을 눌러 일층 출입구 대문을 열어주었다. 누가 올라오나 싶어 캐리가 삼층 자기 집 문 앞에 나가 있었더니 밴스 부인이 나타났다.

"죄송해요. 좀 전에 나가면서 현관 열쇠를 잊고 나갔지 뭐예요. 그래서 댁의 초인종을 눌렀답니다." 밴스 부인이 말했다.

건물의 다른 주민들이 현관 열쇠를 잊었을 때 흔히 쓰는 방법이었지만 그런 일로 사과를 하는 사람은 없었다.

"무슨 말씀을요. 잘하셨어요. 저도 가끔 같은 실수를 하는걸요." 캐리가 대답했다.

"오늘 날씨 정말 좋지요?" 밴스 부인이 잠깐 사이를 두었다가 말했다.

그렇게 몇 차례 더 가볍게 얘기를 나눌 기회가 있은 후에 두 사람은 서로 왔다갔다하는 사이가 되었고, 캐리는 젊은 밴스 부인을 마음 맞는 좋은 친구로 여기게 되었다.

캐리는 여러 차례 밴스 부인의 집을 방문했고, 그쪽에서도 캐리를 찾아왔다. 두 아파트 모두 보기 좋았지만 밴스네 집이 좀더 화려하게 꾸며져 있었다.

"오늘 저녁에 오셔서 저희 남편을 만나시면 어떨까요. 우리 남편이 뵙고 싶어하더라고요. 카드 게임 하시지요?" 서로 친해진 지 얼마 안 되었을 때 밴스 부인이 제안했다.

"조금요." 캐리가 대답했다.

"그럼 함께 카드 게임이나 해요. 바깥어른도 들어오시면 건너오시라고 하고요."

"그이는 오늘밤에는 저녁 먹으러 못 올 거예요."

"아. 그럼 나중에 오시면 되죠 뭐."

캐리는 기꺼이 초대를 받아들이고 그날 밤 밴스 씨를 만났다. 뚱뚱한 밴스 씨는 허스트우드보다 몇 살 아래였는데, 그들의 편안한 결혼 생활은 그의 외모보다는 돈의 힘이 큰 듯했다. 그는 캐리를 처음 봤을 때부터 호감을 느꼈으므로, 캐리에게 새로운 카드 게임을 가르쳐주고 뉴욕에서 즐길거리를 알려주는 등, 최선을 다해 환대를 베풀었다. 밴스 부인은 피아노를 몇 곡 연주했다. 마침내 허스트우드가 왔다.

"뵙게 되어 기쁩니다." 캐리가 소개하자 그는 밴스 부인에게 캐리를 사로잡았던 그 옛날의 우아함을 뽐내며 인사했다.

"부인께서 도망이라도 가신 줄 아셨나요?" 밴스 씨가 악수를 청하며 농담을 건넸다.

"그랬더라면 틀림없이 더 나은 남편을 찾을 수 있을 겁니다." 허스트우드가 농을 받았다.

그는 이제 밴스 부인에게로 관심을 돌렸다. 캐리는 순간적으로 한때 허스트우드에게서 무의식적으로 그리워했던 것, 즉 그의 노련하고 재치 있는 언변을 다시 보았다. 또한 자기 옷차림이 그다지 훌륭하지 않다는 것도 새삼 느꼈다. 밴스 부인보다 못했다. 더이상 희미하게 스쳐가는 생각이 아니었다. 자신의 처지가 비로소 분명해졌다. 자기 삶이 무료하게 느껴졌으며 그 탓에 기분이 우울해졌다. 오래전에 그녀를 괴롭히던 우울함이 도진 것이다. 욕망에 다시 눈뜬 캐리의 귓가에 자신의 가능성에 대한 속삭임이 들려왔다.

캐리는 뭔가를 시작할 만한 능력은 없었으므로 이런 각성에서 즉시 어떤 결과가 나오지는 않았다. 그럼에도 불구하고, 캐리는 일단 변화의 물결이 일면 기꺼이 거기에 자신을 내맡기고 따라갈 수 있는 여자였다. 허스트우드는 아무런 눈치도 못 챘다. 캐리가 알아차린 명백한 대조를 그는 의식하지 못했다. 심지어 캐리의 눈 속에 깃든 우울함의 그림자도 알아차리지 못했다. 무엇보다도 나쁜 것은, 이제 아파트가 외롭다고 느끼기 시작한 캐리가 그녀를 매우 좋아하는 밴스 부인과 친해지기 시작한 것이었다.

"우리 오늘 오후에는 연극 구경하러 가요." 어느 날 아침 밴스 부인이 캐리의 아파트에 찾아와 말했다. 그녀는 아직도 잠자리에서 일어날 때 걸친 부드러운 분홍색 화장가운 차림이었다. 허스트우드와 밴스는 한 시간 전쯤 나가고 없었다.

"좋아요." 캐리는 밴스 부인의 모습에서 남편에게 귀여움을 듬뿍 받으며 잘 꾸민 여인의 분위기를 느꼈다. 밴스 부인은 남편한테 아낌없는 사랑을 받고, 원하는 것은 다 얻는 것 같았다. "뭘 보러 갈까요?"

"아, 냇 굿윈을 보고 싶어요. 그 사람이 제일 재미있는 배우인 것 같아요. 신문에서도 아주 좋은 연극이라고 호평하더라고요."

"몇시에 출발할까요?" 캐리가 물었다.

"한시에 나가서 34번가부터 브로드웨이를 산책해요. 아주 재미있는 산책이 될 거예요. 굿윈은 매디슨 스퀘어에서 출연해요."

"재미있겠네요. 좌석표는 얼마인가요?" 캐리가 물었다.

"일 달러쯤 할 거예요."

밴스 부인은 돌아갔다가 한시에 진청색 외출복에 꼭 어울리는 멋진 모자를 쓰고 다시 나타났다. 캐리도 예쁘게 꾸몄지만 그녀를 보니 비교되는 것 같아 속이 상했다. 밴스 부인은 캐리가 갖지 못한 별의별 앙증맞은 소품들을 다 갖고 있는 것 같았다. 금으로 된 장신구며 그녀의 이름 머리글자를 새긴 우아한 녹색 가죽지갑, 디자인이 화려하고 근사한 손수건 따위였다. 그녀와 비교가 되자 캐리는 자기도 더 좋은 옷이 많이 있어야겠다고 느꼈다. 옷 때문에 누구라도 밴스 부인을 택할 것 같았다. 다소 지나친 생각이었지만 그녀는 괴로웠다. 캐리는 이제 몸매가 아주 보기 좋게 발달한데다 얼굴도 예뻐져서 대단히 매력적인 미인이 되어 있었다. 둘 사이의 옷차림에 품질이나 구입 시기 등 차이가 있다 해도 눈에 띨 정도는 아니었다. 그러나 자신의 처지에 대한 캐리의 불만을 부채질하는 데는 충분했다.

지금도 그렇지만 당시 브로드웨이 산책은 이 도시에서 눈에 띄는 특징들 중 하나였다. 극장 공연 전후로 남들 앞에서 화려하게 과시하기 좋아하는 미인들은 물론이고 그들을 구경하며 찬미하고 싶은 남자들도 그리로 모여들었다. 예쁜 얼굴과 좋은 옷들의 행렬이 아주 볼 만한 장관을 이루었다. 여자들은 모자, 구두, 장갑 할 것 없이 다 제일 좋은 것으로 차리고 나와서 팔짱을 끼고 14번가에서 34번가까지 줄줄이 늘어선 멋진 상점이나 극장으로 향했다. 남자들 역시 최신 유행으로 차려입고 나와서 걸어다녔다. 재단사라면 양복의 디자인에 대해, 제화공이라면 적당한 모양과 색상에 대해 여러 정보를 얻을 수 있을 것이고, 모자 장수 역시 마찬가지일 것이다. 좋은 옷을 좋아하는 사람이 새 옷을 산다면 제일 먼저 브로드웨이에 나와서 뽐낼 것이 틀림없었다. 이런 얘기는 워낙 사실이기도 하지만, 널리 소문이 나다보니 몇 년 후에는 극장 공연일의 오후 행렬에 관한 이런저런 정경을 자세히 묘사한 〈그는 브로드웨이에 무슨 권리가 있나?〉라는 인기곡이 나와서 온 시내의 보드빌 극장에서 대유행했을 정도였다.

뉴욕에 살면서도 캐리는 이렇게 화려한 행렬이 있는 줄도, 행렬이 벌어질 때 브로드웨이에 나와본 적도 없었다. 반면 밴스 부인은 아는 정도가 아니라 자주 나와서 익숙했다. 그녀는 일삼아 나와 구경도 하고 사람들의 시선을 즐기면서 자신의 미모로 그들의 마음을 들썩이게 하고, 뉴욕의 미인들과 최신 유행을 견주어봄으로써 자기의 치장에 부족한 점이 있다면 메우려 했다.

34번가에서 차를 내린 후 별생각 없이 걸어가던 캐리는 곧 몰려다니는 멋진 사람들에 시선을 빼앗겼다. 그녀는 잘생긴 남자들과 우아한 옷차림의 숙녀들의 시선을 받으며 갑자기 밴스 부인의 태도가 좀 경직되는 것을 눈치챘다. 그들은 예의를 차리느라 시선을 돌리거나 하는 법이 없었다. 뚫어져라 대놓고 쳐다보아도 전혀 이상할 것 없이 당연하다는 듯했다. 캐리 자신도 주변의 시선과 추파를 느꼈다. 흠잡을 데 없는 외투와 실크해트를 차려입고 은장식이 달린 단장을 지닌 신사들이 사람들을 밀치고 가까이 와서는 빤히 쳐다보곤 했다. 숙녀들은 빳빳한 천으로 된 드레스를 바스락거리며 거짓으로 꾸민 미소와 향수를 발산했다. 캐리는 그들 가운데 선은 드물고 악덕은 넘친다는 것을 알았다. 연지를 찍고 분을 바른 뺨과 입술, 향수를 뿌린 머리, 흐릿하고 나른한 큰 눈을 어디서나 볼 수 있었다. 캐리는 자신이 명소가 늘어선 곳에서 최신 유행으로 차려입은 인파 속에 있다는 것을 깨닫고 깜짝 놀랐다. 이 얼마나 멋진 곳인가! 보석상의 쇼윈도가 길을 따라 번쩍이는 빛을 발했다. 꽃집, 모피상, 남성복점, 제과점, 온갖 상점들이 줄지어 나타났다. 거리에는 마차가 가득했다. 큼직한 외투를 입은 문지기들이 황동 벨트와 단추를 빛내며 잔뜩 뻐기는 태도로 비싼 매장들 앞에 대기하고 있었다. 황갈색 부츠에 흰 타이츠를 입고 파란색 재킷을 차려입은 마부들은 안에서 쇼핑중인 마차의 여주인들을 비굴한 자세로 기다렸다. 온 거리가 부를 뽐내고 과시하는 분위기로 가득했다. 캐리는 자신이 거기 섞이지 못하고 있다고 느꼈다. 그녀로서는 자신의 미모에 자신감이 넘치는 밴스 부인 같은 태도와 맵시를 도저히 가질 수가 없었다. 누가 봐도 자기 옷차림이 빠져 보일 것이 틀림없다고 생각했다. 캐리는 그 사실에 깊이 상처를 받았다. 그녀는 더 멋지게 보이기 전에는 절대로 이곳에 다시 나오지 않겠다고 결심했다. 한편으로는 여기 이 즐거운 행렬에 어깨를 나란히 하고 싶은 마음이 간절했다. 아, 그럴 수만 있다면 얼마나 행복할까!

32
벨사살의 연회
해석하는 선지자*

브로드웨이 산책에서 느낀 기분 탓에, 캐리는 연극 속 비애감에 완전히 젖어들 수 있는 상태가 되었다. 그들이 보러 간 연극의 주인공은 희극에서 부드럽고 원숙한 연기로 인기를 얻은 배우였고, 연극에는, 그런 유머와 선명하게 대조를 이루는 슬픔이 깃들어 있었다. 알다시피 캐리는 무대에 더없이 큰 매력을 느꼈다. 자신이 시카고에서 이룬 위업을 잊을 수가 없었다. 그 일은 그녀의 마음속 깊이 남아, 흔들의자에 앉아 신간 소설을 읽는 것만이 유일한 낙이 된 요즘에도 종종 긴긴 오후에 그녀의 의식을 가득 채우곤 했다. 연극을 볼 때면 자신의 재능이

* 벨사살은 바벨론 제국의 마지막 왕으로, 구약성경에 따르면 그가 연회를 베풀던 날 사람의 손가락이 나타나 벽에 글자를 썼고 선지자 다니엘이 이를 해석하여 벨사살의 죽음과 바벨론의 멸망을 예언했다고 한다.

생생하게 되살아났다. 어떤 장면들은 그 무대에 서고 싶다는 갈망을 품게 만들었다. 그 배우를 대신해서 자기가 느낀 감정을 표현하고 싶었다. 캐리는 언제나 다음날까지 그 장면들을 상상 속에서 생생하게 되살려냈다. 그녀는 자신의 일상 속 현실 못지않게 이런 공상 속에서 살아가고 있었다.

하지만 현실로 인해 연극을 보고 마음 깊은 곳까지 뒤흔들리는 일은 흔치 않았다. 그런데 그날은 산책길에 보았던 장식품, 유쾌한 분위기, 아름다움 때문에 마음속에서 나지막한 동경의 노랫가락이 계속해서 울렸다. 아, 그녀 곁을 스쳐지나가던 그 수많은 여자들, 그들은 어떤 사람들일까? 그 호화롭고 우아한 드레스들, 눈이 휘둥그레질 만큼 화려한 색깔의 단추들, 금은 장신구들은 어디서 났을까? 그렇게 아름다운 사람들은 어디에 살까? 우아하게 조각된 가구들, 장식벽, 정교한 태피스트리 속에서 그들은 어떻게 움직일까? 돈으로 치장한 그들의 화려한 아파트는 어디에 있을까? 어떤 마구간에 그 윤기 나고 팔팔한 말들이 여물을 씹고 화려한 마차들이 들어 있을까? 잘 차려입은 하인들은 어디에서 빈둥거리며 시간을 보낼까? 아, 그 저택, 조명, 향수, 부유한 내실과 탁자들이라니! 뉴욕에는 이런 내실들이 넘쳐나는 것이 틀림없다. 그렇지 않고서야 그렇게 아름답고 거만하며 무례한 사람들이 있을 리가 없다. 그런 이들이 있는 온실이 있을 것이다. 자신이 그중 하나가 아니라는 것, 꿈을 꾸었으나 실현되지 않았다는 사실에 그녀는 마음이 아팠다. 최근 이 년간 이렇게 고독 속에 살면서 꿈꾸던 바를 전혀 이루지 못하고 있는데도 자신은 어쩌면 그리 무심했을까 놀라웠다.

연극은 상류사회를 배경으로, 화려하게 꾸민 신사숙녀들이 부유한 환경 속에서 사랑의 고통과 질투로 괴로워하는 내용이었다. 이런 연극의 위트 있는 대사들은 그런 물질적 환경을 늘 갈망하면서도 한 번도 그것을 누려본 적이 없는 사람들에게 언제나 매혹적이다. 그런 대사들은 이상적인 조건에서 겪는 고통을 오히려 매력적인 것으로 보이게 했다. 금박을 입힌 의자 위에서라면 누군들 슬픔을 마다하겠는가? 향수 뿌린 태피스트리, 쿠션을 댄 가구들, 제복 입은 하인들에 둘러싸여 고통받기를 싫다 할 사람이 누가 있겠는가? 이러한 환경에서라면 슬픔조차도 매혹적인 법이다. 캐리는 그런 것을 원했다. 어떤 고통이라도 상관없으니 그런 세계에서 겪어보고 싶었다. 그것이 안 된다면 무대 위의 그런 매력적인 환경에서 흉내라도 내보고 싶었다. 캐리는 산책길에 본 것들에 영향을 받아, 그 연극이 말로 다할 수 없을 만큼 아름다워 보였다. 그 연극이 재현한 세계에 푹 빠져서, 다시는 돌아오고 싶지 않았다. 막간에는 앞줄과 특별석에 앉은 눈부신 관객들을 살펴보면서 뉴욕의 가능성에 새롭게 눈떴다. 지금까지 자기가 본 것은 일부에 지나지 않았다. 이 도시는 쾌락과 기쁨이 숨쉴 틈 없이 이어지는 곳이었다.

밖으로 나오니 예의 그 브로드웨이가 그녀에게 더 통렬한 교훈을 가르쳐주었다. 극장에 올 때 보았던 광경들이 한층 절정에 달해 있었다. 이렇게 터무니없을 정도로 사치스러운 광경은 난생처음이었다. 그런 것을 누려보기 전에는 살아도 산 것이 아니요, 살았다고 할 수도 없을 것 같았다. 여자들은 돈을 물쓰듯 썼다. 캐리는 지나치는 모든 우아한 상점에서 그런 광경을 볼 수 있었다. 꽃, 사탕, 보석이 이 우아한 귀부인들의 주요 관심 대상인 듯했다. 그런데 캐리에겐, 한 달에 두어 번 하는 이런 외출에 마음놓고 쓸 정도의 용돈도 없었다.

그날 밤에는 작지만 예쁘게 꾸민 아파트도 변변찮아 보였다. 다른 사람들은 이렇게는 살지 않을 것이다. 캐리는 저녁식사를 차리는 하녀를 냉담한 눈으로 바라보았다. 마음속에서는 연극의 장면들이 펼쳐지고 있었다. 아름다운 여배우 한 명이 유독 기억에 선명했다. 남자의 구애를 받고 수락하는 여인이었는데, 그 여인의 우아함이 캐리의 마음을 사로잡았다. 그녀의 드레스는 모든 예술이 보여줄 수 있는 최고의 경지였고, 그녀의 고통은 진짜였다. 캐리는 그 여배우가 보여준 고뇌를 생생하게 느낄 수 있었다. 자신도 그만큼 해낼 수 있을 것 같았다. 어느 부분은 자기가 더 잘할 것도 같았다. 캐리는 대사를 되풀이해 중얼거렸다. 아, 그런 역을 맡을 수만 있다면 내 삶은 얼마나 드넓어질까! 나도 호소력 있는 연기를 할 수 있을 텐데!

허스트우드가 들어왔을 때 캐리는 시무룩해 있었다. 흔들의자에 앉아 생각에 잠겨 있던 그녀는 매혹적인 상상에서 빠져나오고 싶지 않아, 거의 말도 하지 않았다.

"왜 그러고 있어, 캐리?" 허스트우드가 잠시 후 조용하다못해 우울한 그녀의 상태를 눈치채고 물었다.

"아무것도 아니에요. 그냥 오늘은 기분이 별로 좋지 않아요."

"아픈 건 아니겠지?" 그가 캐리 옆으로 바짝 다가가며 물었다.

"아, 아니에요. 그냥 기분이 좀 좋지 않을 뿐이에요." 캐리는 약간 짜증스레 대꾸했다.

"그거 안됐군." 허스트우드는 허리를 굽혀 살펴본 다음 물러나서 조끼를 바로 고치며 말했다. "오늘밤에 연극이나 보러 갈까 했더니."

"생각 없어요. 오늘 오후에 갔다 왔어요." 캐리는 아름다운 환상이 깨지고 현실로 돌아온 데 짜증이 났다.

"아, 그랬어? 무슨 연극이었는데?"

"〈금광〉요."

"어땠어?"

"정말 좋았어요."

"그럼 오늘밤에 또 가기는 싫어?"

"별로요."

그럼에도 불구하고 우울한 기분에서 빠져나와 저녁식사를 하고 나니 마음이 바뀌었다. 속에 음식이 좀 들어가면 놀라운 효과를 내는 법이다. 캐리는 다시 극장에 갔고, 잠시나마 기분도 돌아왔다. 그러나 위대한 각성은 이미 일어난 뒤였다. 이런 불만에서 벗어났다가도 그런 생각은 다시 찾아왔다. 시간과 반복이란, 아, 얼마나 경이로운가! 낙숫물이 바위도 뚫는 법이다. 얼마나 엄청난 결과인지!

극장에 다녀온 지 얼마 되지 않아, 아마도 한 달 남짓 되었을 때, 밴스 부인이 같이 극장에 가자고 캐리를 초대했다. 캐리한테서 그날 저녁 허스트우드가 집에서 식사하지 못할 거라는 얘기를 들었던 것이다.

"우리랑 같이 가시면 어때요? 혼자 먹으려고 저녁 차리기는 좀 그렇잖아요. 셰리스 레스토랑에서 저녁식사를 하고 라이시엄 극장에 가려고 해요. 우리랑 같이 가세요."

"그럴까요?"

셰리스 레스토랑은 당시 사교계에서 델모니코스의 자리를 넘보던 곳이었다. 다섯시 반에 출발하기로 했지만 캐리는 세시부터 옷을 차려 입기 시작했다. 그녀의 옷차림은 세련된 밴스 부인에게서 영향을 받았다. 캐리는 밴스 부인 덕분에 여성복과 관련된 온갖 새로운 정보에 끊임없이 주의를 쏟게 되었다.

"이 모자 사실래요?" "타원형 진주 단추가 달린 새 장갑 보셨어요?" 그녀는 언제나 그렇게 말하곤 했다.

"다음번에는 구두를 한 켤레 사세요. 단추가 달리고 밑창이 두꺼운 에나멜가죽 구두로요. 올가을에는 그런 구두가 대유행이에요."

"그래야겠네요."

"아, 올트먼스에서 새 블라우스 보셨어요? 무늬가 진짜 예쁘더라고요. 딱 보니까 당신한테 기가 막히게 잘 어울리겠던데요. 보자마자 알았다니까요."

캐리는 이런 이야기에 귀를 기울였다. 그것은 예쁜 여자들 사이에 흔한 우정 이상의 배려에서 나온 말이었다. 밴스 부인은 캐리의 한결같은 착한 성품이 무척이나 좋았기 때문에 이런 최신 유행 정보들을 알려주는 것이 아주 즐거웠다.

"로드 앤드 테일러스에서 파는 멋진 서지 스커트 하나 사시지그래요? 플레어스커트인데, 이제부터는 그 스타일이 뜰 거예요. 진청색이 당신한테 잘 어울릴 것 같아요."

캐리는 한 마디라도 놓칠세라 귀담아들었다. 허스트우드와는 좀처럼 하지 않는 이야기였다. 그럼에도 불구하고 캐리는 하나씩 얘기를 끄집어내기 시작했고, 허스트우드는 가타부타 말없이 찬성해주었다. 그는 캐리에게 나타난 새로운 조짐을 알아챘고, 마침내 밴스 부인과 그녀의 즐거운 생활방식에 대해 많은 이야기를 들으면서 변화가 거기서 비롯된 것이 아닌가 짐작하게 되었다. 곧장 뭐라 하고 싶지는 않았지만 캐리가 원하는 것이 점점 늘어나고 있었다. 이런 변화가 딱히 마음에 들지는 않았지만 그는 캐리를 나름대로 사랑했으므로 별일은 없었다. 그러나 캐리는 자신의 요구를 그가 기쁘게 받아들이지는 않는다는 것을 부분적으로나마 눈치채고 있었다. 그는 뭘 산다고 하면 그리 좋아하지 않았다. 캐리는 점점 무시당하는 듯한 기분이 들었고, 그렇게 조금씩 틈이 벌어져갔다.

어쨌든, 밴스 부인 덕에 이제 캐리는 스스로 봐도 만족할 만큼 옷을 차려입게 되었다. 캐리는 제일 좋은 옷을 꺼내입었다. 어차피 입을 만한 옷은 그것밖에 없었지만, 깔끔하고 잘 어울린다는 생각으로 위안을 삼았다. 캐리는 말쑥하게 차린 스물한 살의 여성다웠고, 밴스 부인도 캐리를 칭찬해주었다. 캐리의 통통한 뺨에 화색이 돌고 큰 눈도 더욱 환하게 빛났다. 비가 내릴 듯했다. 밴스 씨는 부인의 청에 따라 마차를 불렀다.

"부군께서는 안 오십니까?" 밴스 씨는 작은 응접실에서 캐리를 맞으며 물었다.

"네. 오늘은 집에서 못 먹는다고 했어요."

"그럼 부군께 우리가 어디 갔는지 알리는 쪽지라도 남겨놓는 게 좋겠군요. 그쪽으로 오실 수도 있으니까요."

"그러지요." 캐리는 미처 그 생각을 하지 못했다.

"여덟시까지 셰리스 레스토랑에 있을 거라고 하십시오. 아마 부군도 어디인지 아실 겁니다."

캐리는 스커트를 바스락거리며 복도를 건너가 장갑을 낀 채 쪽지를 휘갈겨 썼다. 캐리가 돌아와보니 새로운 손님이 밴스네 아파트에 와 있었다.

"휠러 부인, 제 사촌인 에임스랍니다. 우리랑 같이 갈 거예요. 그렇지, 밥?" 밴스 부인이 말했다.

"뵙게 되어 반갑습니다." 에임스는 캐리에게 공손하게 인사를 했다.

캐리는 그의 건장한 체격을 힐끗 훑어보았다. 면도를 깨끗이 한 준수한 젊은이였다. 하지만 그게 다였다.

"처남은 뉴욕에 며칠 머물 예정이랍니다. 우리가 구경을 좀 시켜주려고요." 밴스 씨가 말했다.

"아, 그래요?" 캐리가 손님을 다시 쳐다보았다.

"네. 인디애나폴리스에서 왔는데, 일주일 정도 여기 있으려고요." 밴스 부인이 마지막으로 화장을 손보는 동안 젊은 에임스가 의자 끄트머리에 앉으며 말했다.

"뉴욕에 오니까 구경거리가 많지요?" 캐리는 침묵이 흐르는 불편한 상황을 피해보려고 말을 꺼냈다.

"한 주 만에 둘러보기에는 큰 도시지요." 에임스도 상냥하게 말을 받았다.

대단히 싹싹한 젊은이였다. 젠체하는 태도는 전혀 찾아볼 수 없었는데, 캐리가 보기에는 아직 소년들의 수줍음을 완전히 다 벗지 못한 것 같았다. 그는 대화에 그리 능숙하지 않은 듯했으나 옷도 잘 입고 굉장히 씩씩해 보였다. 그에게 말 붙이기가 그리 어렵지는 않을 것 같았다.

"자, 이제 나갑시다. 마차가 왔어요."

"갑시다, 여러분." 밴스 부인이 웃으며 들어왔다. "밥, 네가 휠러 부인을 챙겨드리럼."

"그럴게요." 밥은 미소를 지으며 캐리 곁으로 다가왔다. "제 도움이 많이 필요하시지는 않겠죠?" 그는 좀 봐달라는 듯 붙임성 있게 말했다.

"그럴 거예요." 캐리가 대답했다.

그들은 밴스 부인의 수다를 들으며 계단을 내려가 마차에 올라탔다.

"출발합니다." 밴스 씨가 마차 문을 쾅 닫자 마차가 출발했다.

"무슨 연극을 보러 가나요?" 에임스가 물었다.

"서던이 출연하는 〈첨리 경〉이야." 밴스 씨가 대답했다.

"아, 그는 정말 훌륭해요! 제일 재미있는 배우예요." 밴스 부인이 말했다.

"신문에서도 그렇게 칭찬하더군요." 에임스가 말했다.

"그 말이 맞아. 우리 모두 아주 재미있게 볼 수 있을 거야." 밴스 씨의 말이었다.

에임스는 캐리 옆에 앉았고, 그래서 그는 캐리에게 관심을 보일 의무가 있다고 생각했다. 그저 의례적인 관심이기는 했지만 그는 캐리가 이렇게 젊은데 유부녀이고 꽤 예쁘다고 생각했다. 그에게는 여자들과 잘 어울리는 바람둥이 기질 같은 것은 전혀 없었다. 유부녀들에게 정중히 대했고, 인디애나폴리스에 있는 결혼 적령기의 예쁜 처녀들밖에는 염두에 두지 않았다.

"뉴욕이 고향이십니까?" 에임스가 캐리에게 물었다.

"아, 아니에요. 여기 온 지 이 년밖에 안 되었어요."

"아, 예. 그러면 구경은 많이 하셨겠네요."

"그렇지도 않아요. 처음 왔을 때처럼 여전히 낯설기만 한걸요." 캐리가 대답했다.

"서부 출신은 아니신가요?"

"맞아요. 위스콘신이 고향이에요."

"아, 이 도시 사람들은 다들 여기 온 지 그리 오래되지 않은 것 같더군요. 제가 일하는 쪽에도 인디애나 출신들이 많다고 들었습니다."

"어느 회사에 계신데요?" 캐리가 물었다.

"전기회사에 다니고 있습니다."

캐리가 이런 두서없는 대화를 나누는 동안 밴스 부부가 간간이 끼어들었다. 다 같이 이야기를 나누기도 하고 웃기도 하다보니 어느새 식당에 도착했다.

캐리는 그들이 지나온 거리에서 유쾌하고 흥분된 분위기를 느꼈다. 마차도 많고 행인들도 많았으며, 59번가는 전차들로 붐볐다. 59번가와 5번 애비뉴에는 플라자 스퀘어를 둘러싸고 늘어선 수많은 신축 호텔들의 휘황한 불빛이 화려한 호텔 생활의 분위기를 드러내 보이고 있었다. 부자들이 사는 5번 애비뉴는 마차와 야회복 차림의 신사들로 북적였다. 셰리스에 도착하자 건장한 문지기가 마차 문을 열고 그들이 내리도록 도와주었다. 젊은 에임스가 캐리의 팔꿈치를 잡고 계단 오르는 것을 도왔다. 그들은 이미 단골손님들로 붐비는 로비로 들어가서 겉옷을 벗은 다음 호화로운 식당 안으로 들어갔다.

캐리는 이런 광경은 생전 처음이었다. 뉴욕에 온 후 허스트우드는 달라진 처지 탓에 한 번도 그녀를 이런 곳에 데려오지 못했다. 그곳에는 처음 온 사람에게 이런 것이야말로 진짜라고 생각하게 만드는, 말로 설명하기 힘든 분위기가 있었다. 여기 들어올 수 있는 손님은 돈이 많거나 즐거움을 좇는 사람들뿐이었다. 캐리는 〈모닝〉과 〈이브닝 월드〉에서 이 레스토랑에 관한 기사를 종종 읽었다. 셰리스에서 열리는 무도회, 파티, 만찬 등을 알리는 공지들을 본 적이 있었다. 아무개 부인이 수요일 저녁에 셰리스에서 파티를 열 예정이고, 젊은 아무개 씨가 셰리스에서 16일에 친구들과 개인적으로 정찬 모임을 할 예정이라는 등의 내용이었다. 그녀가 매일같이 훑어보곤 하던 사교계 행사에 관한 형식적인 공지문들은, 캐리에게 이 굉장한 미식의 신전이 화려하고 호사스러운 곳이라는 인상을 확실하게 심어주었다. 그런데 그녀가 드디어 이곳에 와 있는 것이다. 캐리는 몸집 큰 문지기의 안내를 받으며 웅장한 계단을 올라갔다. 또다른 덩치 큰 신사가 지키고 있는 로비가 보였다. 로비에는 지팡이나 외투 등을 맡아주는 제복 입은 청년들이 대기하고 있었다. 온통 화려하게 장식되어 눈부시게 빛나는 근사한 식당, 그곳에서 부자들이 식사를 하고 있었다. 아, 밴스 부인은 얼마나 좋을까. 젊고, 아름답고, 돈도 많고―적어도 여기에 마차를 타고 올 정도이니. 부자란 얼마나 근사한가.

밴스는 사람들이 둘, 셋, 넷, 다섯 혹은 여섯씩 앉아 있는 반짝이는 식탁들 사이로 앞장서 걸어갔다. 식당의 당당하고 위엄 있는 분위기가 주의를 확 끌었다. 백열등과 반짝이는 유리잔에 반사되는 불빛, 금박으로 장식된 벽의 빛들이 한꺼번에 빛을 뿜어내는 통에 한참 동안 들여다보아야 뭐가 뭔지 알아볼 수 있었다. 신사들의 흰 셔츠 앞섶, 귀부인들의 화려한 의상, 다이아몬드, 보석, 깃털, 모든 것들이 볼 만했다.

캐리는 밴스 부인과 같은 태도로 걸어가 수석 웨이터가 준비해준 자리에 앉았다. 그녀는 수석 웨이터와 웨이터들의 깍듯하고 공손한 태도 하나하나, 모든 사소한 것들을 예민하게 지켜보았다. 그것은 미국인들이 돈을 지불하고 얻는 서비스들이었다. 수석 웨이터가 의자를 빼주는 태도, 앉으라고 권하는 손짓 하나하나에 몇 달러씩이 지불된 셈이었다.

일단 자리에 앉자 부유한 미국인들이 과시하기 위해 돈을 물쓰듯 하는 불건전한 식도락이 펼쳐졌다. 진정한 문화와 품위를 지닌 쪽에서 보자면 놀랍고 신기한 행동이다. 큼지막한 메뉴판에는 군부대 하나를 다 먹일 만큼 많은 요리들이 줄줄이 올라 있고, 그 옆에는 상식적인 지출이 오히려 이상하게 여겨질 만한 가격들이 적혀 있었다. 오십 센트에서 일 달러까지 하는 수프가 열 가지가 넘었고, 마흔 가지 방법으로 조리된 굴은 여섯 개가 육십 센트, 고기와 생선으로 이루어진 주요리는 웬만한 호텔에서 하룻밤을 잘 수 있는 가격이었다. 더할 나위 없이 우아하게 인쇄된 이 메뉴판에, 웬만한 것들은 모두 일 달러 오십 센트나 이 달러까지 되었다.

캐리는 메뉴판을 훑어보다가 거기 적혀 있는 영계 요리 가격에 오래전의 다른 메뉴판이 떠올랐다. 시카고에서 처음으로 드루에와 고급 레스토랑에 갔을 때였다. 그 기억은 오래된 노래의 슬픈 가락처럼 일순간 떠올랐다가 사라졌다. 그러나 그 순간 다른 캐리, 주린 배를 움켜쥔 채 어찌할 바를 모르고 떠돌던 가난한 캐리와 일거리를 찾지 못해 방황할 때 그녀 앞에 차갑고 굳게 닫혀 있던 시카고가 떠올랐다.

벽에는 금테로 장식한 청록색 사각형 무늬가 그려져 있고, 모서리에는 과일과 꽃으로 정교하게 장식된 몰딩과 함께 천사처럼 편안하게 날고 있는 통통한 큐피드들이 그려져 있었다. 갖가지 색깔과 금빛 무늬의 천장 장식은 중앙으로 모여 그 가운데에는 반짝이는 프리즘과, 금빛 덩굴손 장식과 한데 어우러진 백열등이 밝게 빛나고 있었다. 붉은

기가 도는 바닥은 왁스칠을 해서 광을 냈으며, 모서리를 비스듬하게 깎아낸 커다란 거울이 온갖 사물들과 사람들의 얼굴, 나뭇가지 모양의 촛대를 서로 반사해서 수십, 수백 개로 만들어놓고 있었다.

식탁은 그 자체로는 대단할 것이 없었지만, 셰리라는 이름이 새겨진 냅킨, 티파니 상표가 새겨진 은식기, 하빌랜드라고 찍힌 자기, 작고 빨간 갓을 씌운 나뭇가지 모양 촛대, 벽에 반사되어 옷과 얼굴에 반짝이는 빛 등이 어울려 특별해 보였다. 고개 숙여 인사하거나 물건들을 다루는 웨이터 한 명 한 명의 태도도 특별하고 우아한 분위기를 더했다. 웨이터들은 손님 한 사람 한 사람에게 최대한 집중했다. 그들은 팔꿈치를 허리에 붙이고 몸을 숙여 귀를 한쪽으로 기울였다. "수프…… 바다거북으로요, 알겠습니다. 일 인분요, 예. 굴 말씀이십니까…… 그럼요…… 여섯 개…… 알겠습니다. 아스파라거스, 올리브…… 알겠습니다."

모두에게 다 똑같았겠지만, 사람들의 의견을 묻거나 추천을 받으며 밴스가 모두를 위해 주문을 했다. 캐리는 눈을 크게 뜨고 사람들을 살펴보았다. 이것이야말로 뉴욕 상류사회의 생활이었다. 부자들은 이런 식으로 밤낮을 보내는 것이다. 캐리의 빈약하고 좁은 식견으로는 지금의 이 순간순간이 곧 사교계 전체의 모습으로 보였다. 귀부인들은 누구나 다 오후에는 브로드웨이에서 인파에 섞여 산책을 하고, 극장에서 공연을 보고, 밤에는 마차를 타고 이런 레스토랑에 오는 것이다. 마차가 기다리고 하인들이 시중을 드는 가운데 어디나 눈이 부시게 휘황찬란할 것이다. 하지만 캐리는 그런 세상 바깥에 있었다. 이 년이 지나도록 캐리는 이런 곳에는 와보지도 못했다.

왕년의 허스트우드가 그랬듯이 밴스는 이곳에서 물 만난 고기 같았다. 그는 수프며 굴, 구운 고기, 곁들이는 요리를 거침없이 주문하고 와인도 여러 병 시켰다. 와인은 고리버들 바구니에 담겨 식탁 옆에 놓였다.

에임스는 사람들을 멍하니 쳐다보고 있어서 캐리에게는 옆모습만 보였는데, 그 옆모습이 흥미를 끌었다. 이마가 높고 코는 좀 크고 턱은 꽤 잘생긴 편이었다. 입은 크면서도 모양이 잘 잡혔으며, 진한 갈색 머리카락은 약간 옆으로 가르마를 타서 넘기고 있었다. 캐리의 눈에는 아직 소년티가 남아 있어 보였지만 어엿한 성인이었다.

"저, 사람들이 이런 식으로 돈을 물쓰듯 하는 건 부끄러운 일이라는 생각이 들 때가 있어요." 그는 생각에 잠겨 있다가 캐리에게로 시선을 돌리며 말했다.

캐리는 그 진지함에 약간 놀라 그를 잠시 바라보았다. 그는 캐리가 한 번도 생각해본 적이 없는 문제를 생각하고 있는 것 같았다.

"그래요?" 캐리는 흥미를 느끼며 되물었다.

"네. 이런 것들에 제값보다 훨씬 많은 돈을 내고 있잖아요. 과시하기 위해서요."

"내 돈 내가 쓴다는데 뭐가 문제니." 밴스 부인이 끼어들었다.

"해될 거야 없지." 밴스 씨도 한마디 거들었다. 그는 주문을 다 마쳤지만 아직도 메뉴판을 들여다보고 있었다.

에임스는 다시 주변으로 눈을 돌렸고, 캐리도 다시 그의 이마를 바라보았다. 캐리에게 그는 이상한 생각을 하고 있는 듯이 보였다. 사람들을 열심히 관찰하는 그의 눈빛이 부드러웠다.

"저기 저 여자의 드레스 좀 보세요." 그가 다시 캐리에게로 몸을 돌리고 턱으로 한쪽을 가리키며 말했다.

"어디요?" 캐리가 그의 시선을 따라 눈을 돌렸다.

"저쪽 구석 말이에요…… 저기요. 저 브로치 보이세요?"

"정말 큰걸요."

"저렇게 큰 보석은 처음 봐요."

"정말 그렇네요." 캐리는 이 젊은이가 하는 말을 다 받아주고 싶었다. 그러면서, 아니 어쩌면 그전부터, 그녀는 에임스가 자기보다 교육을 더 많이 받았으며 정신적으로 더 성숙하다는 느낌을 희미하게나마 받았다. 보기에도 그는 그렇게 보였다. 캐리는 자기보다 현명한 사람들을 알아볼 줄 아는 사람이었다. 그녀는 지금까지 막연히 학자 같은 인상을 주는 이들을 많이 만났다. 옆에 있는 깨끗하고 자연스러운 용모를 지닌 이 강인한 젊은이는, 그녀가 잘 이해하지 못한 채 받아들이는 것들도 분명히 이해하는 것 같았다. 남자로서 그런 점은 훌륭하다고 생각되었다.

대화는 한창 인기인 책, 앨버트 로스*의 『처녀 교육』으로 넘어갔다. 밴스 부인은 그 책을 읽었고, 밴스 씨는 신문에서 그 책에 관한 기사를 보았다고 했다.

"책 한 권만 잘 써도 대성공을 거둘 수가 있단 말이오. 그 로스라는 사람이 요즘 화제더군요." 밴스 씨가 캐리를 보면서 말했다.

"그 이름은 처음 들어봤어요." 캐리는 솔직하게 말했다.

---

* 미국 대중소설 작가 린 보이드 포터의 필명.

"아, 전 이미 읽었는데, 책을 많이 썼더군요. 그 최근 작품은 아주 훌륭해요." 밴스 부인이 말했다.

"그리 대단치는 않던데." 에임스가 말했다.

캐리는 신탁이라도 대하듯이 에임스 쪽으로 시선을 돌렸다.

"『도라 손』 못지않은 졸작이에요." 에임스가 결론지었다.

캐리에게는 이 말이 마치 자기에 대한 비난처럼 들렸다. 『도라 손』은 읽은 적이 있었다. 캐리는 꽤 괜찮은 작품 정도로 생각했지만, 사람들은 아주 훌륭하다고 보는 것 같았다. 그런데 그녀에게는 학생 같아 보이는 이 명민하고 똑똑한 젊은이가 그 작품을 비웃고 있었다. 그에게는 읽을 가치도 없는 형편없는 책이었던 것이다. 캐리는 고개를 떨구며 처음으로 이해하지 못하는 데서 오는 고통을 느꼈다.

그러나 에임스의 말투에는 빈정거리거나 남을 얕보는 기미는 전혀 없었다. 그에게서 그런 면은 찾아볼 수 없었다. 캐리는 그의 의견이 고차원적인 사고에서 나온 올바른 판단이라는 느낌을 받았고, 그렇다면 그가 보기에는 어떤 것이 올바른 것일까 궁금하기도 했다. 캐리가 자기 말을 귀담아들어주고 어느 정도 공감도 하고 있다는 것을 에임스도 눈치챈 것 같았다. 그때부터 그는 거의 캐리한테만 이야기했다.

웨이터가 굽실거리며 오가며, 온도가 적당한지 접시에 손가락을 대보고, 숟가락과 포크를 가져오는 등 이 만찬이 얼마나 사치스러운 것인지 보여주기 위해 계산된 온갖 사소한 일들을 정성껏 수행하는 동안, 에임스는 한쪽으로 약간 몸을 기울이고 아주 재치 있게 인디애나폴리스에 대한 이야기를 들려주었다. 그는 정말로 매우 머리가 좋았다. 전기 분야가 주 전공이었지만 다른 분야의 지식과 다른 유형의 사람들에 대해서도 예리하면서도 따뜻하게 공감할 줄 알았다. 붉게 빛나는 머리카락은 옅은 갈색을 띠었고 눈은 밝게 빛났다. 캐리는 그가 자기 쪽으로 몸을 기울일 때 이 모든 것을 눈여겨보았다. 그녀 자신도 아주 젊어지는 기분이었다. 이 남자는 그녀보다 한참 앞서 있었다. 허스트우드보다도 현명한 듯했고 드루에와 비교해도 더 분별 있고 영리했다. 게다가 순진한 사람인 것 같았다. 캐리는 그를 대단히 상냥한 사람이라고 생각했지만 그가 자신에게는 거의 관심이 없다는 것도 알아차렸다. 그녀는 그의 삶에 속해 있지 않았고, 그의 삶에서 어느 것도 공유하고 있지 않았다. 그런데도 그의 이야기는 호소력 있게 다가왔다.

"전 부자가 되고 싶지는 않아요." 식사가 진행되고 음식을 먹으며 마음을 연 에임스가 캐리에게 말했다. "이런 식으로 돈을 막 쓸 수 있을 만큼 부유해지고 싶지 않아요."

"아, 정말요?" 캐리는 처음 접하는 이런 새로운 태도에 깊은 인상을 받았다.

"네. 부자가 된들 뭐하겠어요? 이런 것으로 행복해질 수는 없어요."

캐리는 그 말이 의아했지만 그에게서 나온 말인 만큼 그냥 흘려 넘겨지지 않았다.

'이 사람은 행복해질 수도 있을 거야, 혼자 힘으로. 강한 사람이니까.' 그녀는 속으로 생각했다.

밴스 부부가 계속 끼어들어 질문을 던졌기 때문에 에임스의 이런 인상적인 말은 어쩌다 한 번씩만 들을 수 있었다. 그러나 말없이도 이 젊은이가 자아내는 분위기는 캐리에게 깊은 인상을 주었다. 그것으로 충분했다. 그에게는, 그리고 그가 속한 세계에는 뭔가 캐리의 마음을 끄는 것이 있었다. 그를 보고 있자니 무대에서 보았던 것, 그녀가 잘 알지 못하는 것들에 늘 따라다니는 슬픔과 희생이 떠올랐다. 그는 특유의 차분하고 초연한 태도로 이곳의 삶과 너무나 다른 그녀의 삶의 차이에서는 오는 씁쓸함을 어느 정도 사라지게 해주었다.

밖으로 나오며 에임스는 캐리의 팔을 잡고 마차에 오르도록 도와주었고, 그들은 다시 극장으로 갔다.

공연중에도 캐리는 저도 모르게 그의 말 한 마디 한 마디에 바짝 귀를 세웠다. 그는 연극에서 캐리가 가장 마음에 들었던 부분, 그녀의 마음을 가장 깊이 뒤흔들었던 내용에 관해 이야기했다.

"배우가 된다는 건 정말 멋진 일 같지 않아요?" 캐리가 그에게 질문을 던졌다.

"네, 맞습니다. 훌륭한 배우가 된다면요. 극장은 참 멋진 곳인 것 같아요."

이 사소한 긍정의 말에도 캐리는 가슴이 뛰었다. 아, 여배우가 될 수만 있다면…… 훌륭한 여배우가 된다면! 이렇게 현명한 남자가 배우를 인정해준다. 그녀가 근사한 여배우가 된다면 이런 남자들이 그녀를 인정해줄 것이다. 자기하고는 아무런 상관도 없는 말임에도 캐리는 그가 그렇게 말해주어서 기분이 좋았다. 왜 그렇게 느껴지는지 자기도 알 수가 없었다.

공연이 다 끝나고 난 뒤에야 캐리는 그가 함께 돌아가지 않는다는 것을 알게 되었다.

"아, 같이 안 가세요?" 캐리는 겉으로는 드러낼 수 없는 묘한 감정을 느꼈다.

"네, 안 갑니다. 저는 바로 이 근처 33번가에 머무르고 있어요."

별말은 하지 않았지만 캐리는 이렇게 헤어진다는 사실에 조금 놀랐다. 즐거운 저녁 시간이 끝나가는 것이 못내 아쉬우면서도 삼십 분은 더 남아 있다고 스스로를 위로하던 차였다. 아, 삼십 분, 그 시간 속에 얼마나 많은 불행과 슬픔이 몰려 있는가!

캐리는 무심한 척 작별인사를 했다. 무슨 상관이란 말인가? 하지만 마차 안이 쓸쓸하게 느껴졌다.

아파트로 돌아온 캐리는 생각에 잠겼다. 그를 또 볼 수 있을지 알 수 없었다. 그게 무슨 상관인가…… 무슨 상관이란 말인가?

허스트우드는 벌써 잠들어 있었다. 그의 옷이 여기저기 흩어져 있었다. 캐리는 문가에서 그를 보고 다시 돌아섰다. 아직은 잠자리에 들고 싶지 않았다. 생각을 좀 하고 싶었다. 기분이 그리 좋지 않았다.

식당으로 가서 캐리는 흔들의자에 앉아 몸을 앞뒤로 흔들었다. 작은 손을 꼭 모아쥐고 생각에 잠겼다. 갈망과 충돌하는 욕망들의 뿌연 안개 저 너머가 보이기 시작했다. 아, 무수한 희망과 연민, 슬픔과 고통이여! 캐리는 의자를 흔들면서 눈을 뜨기 시작했다.

33
벽으로 둘러싸인 도시 밖에서
세월의 비탈

결과가 즉각 나타나지는 않았다. 이런 일의 결과가 무르익으려면 긴 시간이 걸리는 법이다. 아침이 되면 기분은 또 달라진다. 당장의 현실은 변화를 원하지 않는다. 언뜻이라도 불행을 의식하는 것은 가끔뿐이다. 비교할 만한 상황을 맞닥뜨리면 가슴으로는 그 의미를 이해하지만 그 상황이 없어지면 고통도 가라앉는다.

캐리는 그 일 이후 반년간 같은 생활을 계속해나갔다. 더는 에임스를 만나지 못했다. 그가 밴스 부부를 한 번 방문한 적이 있었지만 그조차 밴스 부인을 통해 전해 들었을 뿐이다. 그후로 그는 서부로 갔다. 잠시 끌렸던 마음도 시간이 지나면서 서서히 사그라들었다. 그러나 그 일의 여파는 마음속에서 완전히 사라지지 않았다. 어쩌면 영원히 남을 수도 있을 것 같았다. 캐리에게는 주변의 남자들, 특히 그녀와 가까운 남자들과 비교할 만한 이상형이 생긴 것이다.

눈 깜짝할 사이에 지나가버린 삼 년에 가까운 시간 동안 허스트우드는 평탄한 길을 따라왔다. 언뜻 보면 아래로 기우는 것처럼은 보이지 않지만 그렇다고 딱히 위로 올라가는 것 같지도 않았다. 그러나 심리적으로는 변화가 있었다. 미래를 분명하게 암시하기에는 충분할 정도의 확실한 변화였다. 그 변화는 그가 시카고를 떠나면서 경력이 끊어진 데에서 비롯되었다. 한 남자의 재산이나 물질적 발전은 신체적 성장과 대단히 유사하다. 청년은 장년에 가까워지면서 점점 더 강해지고 건강해지고 현명해지며, 장년은 노년으로 가면서 점점 더 쇠약해지고 늙고 정신적으로도 둔해진다. 이 두 가지 외에 다른 상태란 없다. 중년 남성의 경우는 젊음의 성장이 멎고 쇠퇴하는 경향이 나타나기 시작하는 사이의 기간, 두 과정이 거의 완벽하게 균형을 이루어 어느 한쪽으로도 기울지 않는 시기에 있다. 그러나 시간이 흐르면 균형은 깨어지고 점점 무덤 쪽으로 기울게 된다. 처음에는 서서히 시작되었다가 조금씩 가속도가 붙고, 마침내는 전속력으로 무덤을 향해 내달리게 된다. 사람의 재산도 대부분 그런 식이다. 증식과정이 멈추지 않는다면, 균형을 이루는 단계에 영영 이르지 않는다면, 내리막길에 들어서는 일도 없을 것이다. 요즈음 부유한 사람들은 젊은 두뇌를 고용하여 자기들의 재산이 이런 식으로 사라져가지 않도록 막는다. 이 젊은 두뇌들은 재산의 이익을 자기 것으로 여기고 기복 없이 완만하게 그것을 성장시켜나간다. 만약 우리가 자기 이익을 온전히 혼자 힘으로만 돌보면서 아주 오래 산다면 재산은 그 힘과 의지처럼 결국 사라지고 말 것이다. 곧 인간과 그의 재산은 흔적 없이 사라지고 바람결에 흩어져버릴 것이다.

그런데 이런 평형상태는 어디서부터 변화하는 것일까. 재산은 인간처럼 설립자 말고도 다른 정신과 힘을 끌어들이는 하나의 유기체이다. 그것은 젊은 두뇌들은 봉급으로 끌어들일 뿐 아니라, 젊은 힘과 동맹을 맺어 설립자의 힘과 지혜가 시든 후에도 그 힘을 유지한다. 때로는 공동체나 국가의 성장으로 보존되기도 하고, 점점 수요가 늘어가는 물건을 공급하는 일에 관여하기도 하는데, 그러면 재산은 설립자가 특별히 돌볼 필요도 없어진다. 중요한 것은 선견지명보다는 방향이다. 사람은 약해져가도 수요는 일정하거나 늘어가고, 재산은 누구의 손에서건 계속 유지된다. 그러다보니 어떤 사람들은 자기들의 능력이 반대방향으로 흐르기 시작했다는 것을 알아차리지 못하고, 재산이나 성공이 이미 자신들을 떠나버린 뒤에야 능력이 예전만 못하다는 것을 우연히 깨닫게 된다. 새로운 상황에 놓이게 된 허스트우드는 자신이 더는 젊지 않다는 사실을 깨닫고 있었다. 그전에 알아채지 못한 것은 너무나 균형이 딱 맞는 상태에 있어서 더 아래로 기울기 시작한 변화가 미처 보이지 않았던 탓이었다.

논리적으로 생각하거나 자기반성을 하는 훈련이 되어 있지 않아서, 허스트우드는 몸과 마음에 일어나는 변화를 분석하지는 못했지만, 상태가 나빠지고 있음을 느끼고 있었다. 옛날과 지금의 처지를 끊임없이 비교하는 습관도 균형이 깨어져 아래로 기울고 있다는 징조였다. 이러한 비교는 계속해서 기분을 침울하고 우울하게 만들었다. 과학 실험이 보여주듯 즐겁고 기쁜 감정은 아나스테이트라는 이로운 화학 물질을 만들어내고, 늘 우울한 정신상태는 핏속에 카타스테이트라는 일종의 독성 물질을 만들어낸다.* 회한에서 생겨나는 독성 물질들은 몸 전체에 나쁜 영향을 가져오며, 결국은 몸상태를 뚜렷하게 악화시킨다. 허스트우드가 바로 이런 상태였다.

이런 변화는 시간이 흐르면서 그의 성격에도 영향을 미쳤다. 그의 눈빛에서는 더이상 애덤스 스트리트에서 돋보였던 자신감이나 기민함을 찾을 수 없었다. 발걸음도 예전처럼 힘차고 날렵하지 않았다. 멍하니 생각에 잠기는 시간이 많아졌다. 새로 사귄 친구들은 유명 인사가 아니었다. 더 천박하고 조금 더 상스럽고 질 낮은 부류의 사람들이었다. 더이상 시카고의 바에 자주 들르던 수준 높은 단골손님들과의 교제에서 얻었던 기쁨을 얻기 어려웠다. 그는 점점 더 혼자 과거를 되씹게 되었다.

서서히, 아주 서서히 워런 스트리트의 술집을 찾는 이런 손님들을 반가이 맞아주고 비위를 맞춰주고 편안하게 해주고 싶은 마음도 사라져갔다. 그러면서 서서히 그가 버리고 떠난 곳이 얼마나 소중한 곳이었는지가 분명해졌다. 그 시절에는 그곳이 그렇게까지 대단해 보이지 않았다. 누구든 마음만 먹으면 얼마든지 그곳에 들를 수 있고 옷을 잘 차려입고 돈을 펑펑 쓸 수 있는 것 같았지만, 떠나고 보니 그곳은 아주 딴 세상처럼 느껴졌다. 성벽으로 둘러싸인 도시를 보는 기분이었다. 문에는 보초들이 지키고 서 있었다. 아무나 들어갈 수 없다. 안에 있는 사람들은 밖에 누가 있는지 굳이 나와서 알아볼 마음도 없다. 안쪽이 너무나 즐거워 밖에 있는 사람들 따위는 까맣게 잊어버린 것이다. 그는 그 바깥에 있었다.

---

* 아나스테이트와 카타스테이트는 1890년대 생리학자들 사이에서 널리 쓰이던 말로 각각 동화작용, 이화작용에 의해 생성되는 물질을 뜻한다.

그는 매일같이 석간신문에서 이 성벽에 둘러싸인 도시에서 일어나는 일들을 읽을 수 있었다. 유럽으로 떠나는 여행객들을 소개하는 기사에서 그는 예전 바에 자주 들르던 유명한 단골들의 이름을 보았고, 연극란에는 가끔씩 그가 알고 지냈던 사람들이 최근 거둔 성공을 알리는 기사가 실렸다. 그 사람들은 예전과 다를 바 없이 호시절을 누리고 있었다. 특별 객차들이 그들을 싣고 대륙 이곳저곳을 내달리고, 신문들이 재미있는 기사로 이들을 환영하고, 우아한 호텔 로비와 번쩍이는 고급 식당들이 성벽을 두른 도시 안에 그들을 숨겨주었다. 그가 알던 사람들, 함께 술잔을 기울이던 사람들, 부유한 이들은 그대로인데 허스트우드만 잊히다니! 휠러는 대체 누구란 말인가? 워런 스트리트의 술집 따위가 대체 뭐란 말인가? 쳇!

이런 생각은 범상한 정신의 소유자들은 잘 모르는, 더 고차원적인 정신의 소유자들이나 느끼는 감정이라고 생각할지 모르겠지만, 이 점은 다시 생각해볼 필요가 있다. 이런 생각을 털어버릴 수 있는 것은 오히려 더 고차원적인 정신의 소유자들이다. 정신적으로 성숙한 사람들은 과거를 곱씹지 않고 자기만의 철학과 강인한 용기를 발휘하여 쓸데없는 생각으로 스스로를 괴롭히지 않을 수 있다. 하지만 평범한 정신의 소유자들은 몸의 평안과 관련된 문제에 극히 예민하다. 지나칠 정도로 예민하다. 백 달러를 잃고 피눈물을 흘리는 쪽은 무식한 구두쇠 쪽이다. 육체의 안락을 남김없이 다 빼앗기고도 웃음을 잃지 않을 수 있는 사람은 에픽테토스*이다.

---

* 로마의 스토아 철학자로 정신적 자유 문제를 연구했다.

삼 년째로 접어들면서 이러한 생각은 워런 스트리트의 술집에 눈에 띄는 영향을 미치기 시작했다. 단골손님의 흐름이 그가 들어온 이래 가장 좋았던 때에 비해 다소 떨어졌다. 짜증이 나면서 걱정도 되었다.

어느 날 밤 그는 캐리에게 이번달은 전달만큼 영업이 잘되지 않는다고 털어놓았다. 캐리가 뭘 좀 사고 싶다는 말을 꺼낸 끝에 나온 얘기였다. 그러면서도 그는 자기 옷은 상의하지 않고 사들였고, 캐리는 이 사실을 놓치지 않았다. 처음으로 캐리는 자기가 뭔가를 사달라고 요구하지 못하게 하려고 그가 그런 말을 한다는 인상을 받았다. 알겠다고 부드럽게 대답했지만 속은 불만으로 부글부글 끓었다. 이제 그는 캐리에게 신경쓰지 않았다. 그나마 즐거운 건 밴스 부부 덕분이었다.

그러던 중 밴스 부부가 이사를 간다고 했다. 봄이 다가오고 있는데 그들은 북부로 간다고 했다.

"아, 그렇답니다. 아파트를 내놓고 우리 짐은 어디 맡겨둬야 할 것 같아요. 여름 동안 떠나 있을 테니 헛돈을 쓸 필요는 없지 않겠어요. 돌아오면 그때는 도심에서 좀더 벗어나서 집을 구하려고요." 밴스 부인이 말했다.

캐리는 진심으로 슬펐다. 그녀는 밴스 부인과의 교제가 너무나 즐거웠다. 그 건물에 밴스 부인 말고는 아는 이웃이 한 사람도 없었다. 그녀는 다시 혼자가 된 것이다.

수익이 줄면서 허스트우드가 울적해진 것과 같은 시기에 밴스 부부가 이사를 했기 때문에 캐리는 자신의 외로움과 남편의 우울을 동시에 겪어야 했다. 가슴 아픈 일이었다. 마음 붙일 데가 없었다. 캐리는 딱히 허스트우드만이 아니라 삶 자체에 불만을 느꼈다. 이게 대체 뭔가?

정말로 지겹기 짝이 없는 일상의 반복이었다. 그녀가 가진 것이 뭐란 말인가? 이 좁아터진 아파트 말고는 아무것도 없었다. 밴스 부부는 여행을 다니고 흥미진진한 생활을 하는데, 그녀는 여기 있다. 대체 뭐하러 이 세상에 태어났을까? 생각이 꼬리를 물다보면 눈물이 솟았다. 눈물을 흘리는 것이 당연했다. 세상에 위안이라고는 그뿐인 것 같았다.

한동안 이런 상태가 계속되는 단조로운 생활을 이어가던 중, 더 나쁜 쪽으로 작은 변화가 왔다. 어느 날 저녁 허스트우드는 옷을 사달라는 캐리를 달래고 가계 부담을 줄여볼 생각으로 이렇게 말했다.

"쇼너시랑은 더 일하기 어려울 것 같아."

"무슨 문제라도 있나요?" 캐리가 물었다.

"아, 정말 욕심만 많고 느려터진 아일랜드놈이라니까! 가게를 좀 손보자고 해도 전혀 말을 안 들어먹어. 그러지 않고서는 돈이 벌리지 않을 텐데."

"설득해보면 안 되나요?"

"안 돼. 해봤지. 더 나아지려면 내 가게를 구하는 수밖에 없겠어."

"그럼 그렇게 하지요?"

"아, 그런데 내가 가진 돈은 지금 전부 거기 묶여 있거든. 저축을 좀 해서 가게를 하나 열면 큰돈을 벌 수 있을 것 같은데."

"우리가 돈을 모을 수 있을까요?"

"해봐야지. 시내의 더 작은 아파트로 가서 한 일 년 좀 아끼고 살면 내가 투자한 돈이랑 합쳐서 좋은 가게를 열 만큼 목돈을 쥘 수 있을 거야. 그러면 당신이 원하는 대로 살 수 있어."

"저는 괜찮아요." 캐리는 선뜻 대답했지만 사정이 이렇게까지 되었다고 생각하니 마음이 좋지 않았다. 더 작은 아파트로 옮긴다는 얘기는 가난을 의미하는 것으로 들렸다.

"14번가 아래쪽, 6번 애비뉴 근처에 작지만 좋은 아파트들이 많더군. 그런 곳으로 찾으면 될 거야."

"그럼 제가 찾아볼게요."

"일 년 안에 그 작자랑 갈라설 수 있을 거야. 지금 상태로 계속한다면 아무것도 나아지지 않을 거야."

"제가 둘러볼게요." 캐리는 그가 제안한 변화가 그에게 중요한 일인 것 같아서 그렇게 대답했다.

이 일로 결국 변화가 모습을 드러내게 되었다. 캐리 쪽에서는 크게 상심하지 않을 수 없었다. 여태껏 일어난 그 어떤 일보다도 캐리에게는 심각한 일이었다. 캐리는 허스트우드를 남편이나 연인으로가 아니라 온전히 한 남자로 보기 시작했다. 아내로서 자신이 그에게 완전히 묶여 있으며, 그가 어떻게 되든 이제는 한배를 탄 운명이라는 사실을 그녀는 절감했다. 동시에 그가 우울하고 무뚝뚝하며 이제 젊지도 강하지도 자신감이 넘치지도 않는다는 사실 또한 인식하기 시작했다. 눈가와 입가가 좀 늙어 보였고 다른 부분도 잘 따져보면 제 나이로 보였다. 캐리는 자신이 큰 잘못을 저질렀다는 느낌이 들기 시작했다. 그가 자기를 거의 강제로 끌고 왔다는 사실도 새록새록 생각났다.

새로 옮긴 아파트는 6번 애비뉴 서쪽에서 반 블록쯤 떨어진 13번가에 있었는데, 방이 네 개뿐이었다. 새로운 이웃들은 그다지 캐리의 마음에 들지 않았다. 나무도 없고 서쪽으로 강이 보이지도 않았다. 주변 거리에는 건물들만 빽빽했다. 그 건물에는 열두 가구가 살았는데, 점잖은 사람들이었지만 밴스 부부 같은 이들은 없었다. 더 부유한 사람들은 이보다는 넓은 곳에서 살았다.

이 작은 곳에 혼자 남아, 캐리는 하녀도 없이 살림을 돌봤다. 집을 예쁘게 꾸며놓았지만 그것도 신이 나지 않았다. 허스트우드도 살림을 줄일 수밖에 없게 된 것이 속으로는 달갑지 않았지만 어쩔 수 없었다고 우겼다. 아무렇지도 않은 척 덮어두어야 했다.

그는 캐리에게 돈 문제로 걱정할 이유는 전혀 없으며, 올해 말이면 극장에도 더 자주 데려가고 식탁도 풍성하게 차릴 수 있을 거라고 달랬다. 그러나 그것도 그때뿐이었다. 그는 되도록 혼자 있고 싶어했고, 생각에 잠기기 좋아하는 성향으로 바뀌어갔다. 생각에 잠기는 습관은 점차 병적인 수준이 되어갔다. 신문을 읽고 혼자 생각에 잠기는 것 외에는 딱히 하고 싶은 일도 없었다. 사랑의 기쁨은 사라져버리고 없었다. 이제 산다는 것은 앞날이 뻔한 상황에서 어떻게 나름대로 최선을 다하느냐 하는 문제가 되었다.

내리막길에는 쉬어갈 곳도 평탄한 곳도 거의 없는 법이다. 그의 처지에서 비롯된 이런 정신상태는 동업자와의 사이를 더 벌려놓는 결과를 초래했다. 마침내 동업자는 허스트우드가 손을 뗐으면 하고 바라게 되었다. 그런데 땅 주인이 부동산을 팔아넘기는 바람에, 누가 마음먹고 일을 꾸민 것보다 사정은 훨씬 더 악화되고 말았다.

"이거 보셨소?" 어느 날 아침 쇼너시 씨가 〈헤럴드〉를 손에 들고 거기 실린 부동산란을 가리키며 허스트우드에게 물었다.

"아뇨, 뭡니까?" 허스트우드는 신문을 내려다보며 물었다.

"이 부지를 소유한 주인이 땅을 팔았다는군요."

"그럴 리가요!"

신문을 보니 공고가 실려 있었다. 오거스트 비엘 씨가 어제 워런 스트리트와 허드슨 스트리트가 만나는 모퉁이의 가로 25피트, 세로 75피트에 해당하는 부지를 J. F. 슬로슨에게 5만 7천 달러에 양도했다는 내용이었다.

"우리 임대 만기가 언제인가요? 아마 2월이지요?" 허스트우드가 생각에 잠기며 물었다.

"맞습니다." 쇼너시 씨가 대답했다.

"새 주인이 어떻게 할지 그 얘기는 없군요." 허스트우드가 신문을 다시 들여다보며 말했다.

"곧 알게 되겠죠."

곧 소식이 전해졌다. 슬로슨 씨는 인근 부지도 소유하고 있었는데, 지금 건물은 철거하고 현대식의 사무용 건물을 세울 계획이라고 했다. 새 건물을 다 지으려면 일 년 반은 걸릴 것이다.

이 모든 일은 서서히 진행되었고, 허스트우드는 술집이 어떻게 될지 곰곰이 생각하다가 어느 날 동업자에게 그 얘기를 꺼냈다.

"인근에 술집을 열면 어떨 것 같습니까?"

"소용없어요. 이 부근에서 이만한 장소는 구하기 힘들어요." 쇼너시 씨가 시큰둥하게 대답했다.

"장사가 될 만한 곳이 없을까요?"

"나 같으면 관두겠소."

이제 다가오던 변화는 허스트우드에게 지극히 심각한 국면을 띠게 되었다. 계약이 해지된다면 그는 천 달러를 날리게 되는 셈이다. 언제 또 천 달러를 모을 수 있을지 몰랐다. 그는 쇼너시 씨가 동업에 싫증이 났을 뿐이고, 새 건물이 완공되면 아마도 혼자서 그 새로운 장소를 임대하리라 생각했다. 새로운 동업자를 찾아야 했다. 무슨 수든 내지 않으면 심각한 경제적 곤경에 처할 것이었다. 이렇다보니 아파트고 캐리고 신경쓸 기분이 전혀 아니었고, 결국 집안에도 이런 우울한 분위기가 퍼져나갔다.

그러는 사이에도 수차례 알아보았지만 기회는 많지 않았다. 게다가 그에게서는 이제 처음 뉴욕에 왔을 때 풍기던 인상적인 분위기도 없었다. 부정적인 생각들로 그늘진 눈빛은 남들에게 호의적인 인상을 주지 못했다. 그때처럼 수중에 천삼백 달러라는 돈이 있는 것도 아니었다. 한 달쯤 지나도 그가 전혀 나아진 모습을 보여주지 못하자 쇼너시 씨는 슬로슨 씨가 임대계약을 연장하지 않기로 했다고 알렸다.

"사업을 끝내야 할 것 같소." 쇼너시 씨는 걱정스러운 척 말했다.

"뭐 끝날 테면 끝나라지요." 허스트우드가 단호하게 대꾸했다. 속마음이 어떻건 상대방에게 속내를 엿보이기 싫었다. 그런 만족감을 느끼게 해주고 싶지 않았다.

하루이틀 후 캐리에게도 얘기를 할 수밖에 없었다.

"저기, 일이 잘 안 될 것 같아."

"그게 무슨 소리예요?" 캐리가 깜짝 놀라서 물었다.

"저, 땅 주인이 그 땅을 팔았는데, 새 주인은 우리에게 임대를 안 주겠다는 거야. 사업은 이제 끝이지 뭐."

"다른 곳에 다시 열면 안 돼요?"

"다른 데는 없는 것 같아. 쇼너시 씨도 그럴 마음이 없고."

"그럼 투자한 돈을 다 잃는 건가요?"

"그렇지." 허스트우드가 생각에 잠긴 얼굴로 대답했다.

"아, 그럼 어째요?"

"다 속임수야. 다른 데서 다시 문을 열걸."

캐리는 남편을 바라보며, 그 전체적인 태도에서 그것이 무엇을 뜻하는지 깨달았다. 엄청나게 심각한 일이었다.

"다른 일을 할 수 있을 것 같아요?" 캐리가 조심스레 물었다.

허스트우드는 잠시 생각에 잠겼다. 이제 돈이니 투자니, 허풍을 떨수도 없었다. 캐리도 이제 그가 완전히 파산했음을 알 수 있었다.

"나도 모르겠어. 해봐야지." 그가 무겁게 대답했다.

34

돌아가는 맷돌
버려지는 왕겨

캐리는 일단 눈앞의 현실을 모두 받아들이고 나서 지금의 상황에 대해 허스트우드 못지않게 곰곰이 생각해보았다. 남편의 사업을 정리할 날이 얼마 남지 않았다는 것이 곧 궁핍과 고생을 의미한다는 것을 충분히 이해하기까지는 며칠이 걸렸다. 시카고에서 처음에 겪었던 일들과 언니네 부부와 그들의 아파트가 떠오르면서 반발심이 일었다. 너무 끔찍한 일이었다! 가난이라면 지긋지긋했다. 빠져나갈 길을 찾고 싶었다. 최근 밴스 부부와 어울리다보니 캐리는 자기 처지를 만족하고 받아들일 수가 없었다. 밴스 부부 덕분에 맛보게 된 도시 상류층의 화려한 생활은 그녀를 완전히 사로잡았다. 캐리는 돈도 없으면서 옷 차려입는 법과 좋은 곳에 드나드는 법을 배웠다. 그런 것들이 머릿속을 떠나지 않고 그녀의 온 눈과 마음을 가득 채웠다. 처지가 어려워질수록 그런 생활은 더욱 매력적으로 보였다. 그런데 이제 가난이 그녀를 완전히 집어삼켜 저 화려한 세계를, 나사로*가 애타게 손을 뻗어도 닿지 않는 천국처럼 저멀리 사라지게 하려 위협하고 있었다.

또한 에임스가 그녀의 삶에 가져다준 이상도 아직 사라지지 않고 남아 있었다. 그는 가버렸지만, 부가 전부가 아니며 세상에는 그녀가 아직 알지 못하는 것이 너무나도 많고, 무대는 훌륭한 것이며 그녀가 읽은 문학작품은 형편없다는 그의 말은 생생하게 남아 있었다. 그는 강한 남자였고 순수했다. 드루에와 허스트우드보다 얼마나 더 강하고 우월한지 측정할 수는 없었지만 그 차이는 고통스러웠다. 차라리 눈을 감아버리고 싶었다.

워런 스트리트에서의 마지막 석 달 동안 허스트우드는 틈틈이 시간을 내어 매일같이 광고에 난 곳을 찾아다녔다. 빨리 뭔가 구하지 못하면 모아놓은 몇백 달러를 까먹고 살아야 할 것이고, 그러다보면 투자할 밑천도 떨어져서 남의 밑에서 일해야 하는 처지가 될지도 모른다고 생각하니 암담했다.

광고란에서 괜찮다 싶었던 곳은 모두 너무 비싸거나 성에 차지 않았다. 게다가 겨울이 다가오고 있었고, 신문들은 힘든 겨울이 될 거라 보도하고 있었다. 어려운 시기가 될 거라는 분위기가 전반적이었다. 적어도 그에게는 그렇게 느껴졌다. 자신에게 걱정근심이 있다보니 다른 사람들의 걱정거리도 그저 남의 일로만 보이지 않았다. 조간신문을 펼쳐들면 망하는 회사, 굶주리는 가족, 거리에서 굶어 죽는 사람들에 대

---

* 「누가복음」 16:19~31. 가난과 질병으로 비참한 생활을 하다 죽어 천국으로 간 인물을 뜻한다.

한 기사만 눈에 들어왔다. 언젠간 〈월드〉에 대문짝만하게 실린 '올겨울 뉴욕에 실직자 8만 명'이라는 기사는 칼날이 되어 그의 가슴을 후벼팠다.

'8만 명이라니! 정말 끔찍하군.'

허스트우드로서는 처음 해보는 생각이었다. 옛날에는 세상이 잘만 굴러가는 것 같았다. 시카고에 있을 때에도 〈데일리 뉴스〉에 비슷한 기사가 곧잘 실리곤 했지만 그의 관심을 끌지 못했다. 그런데 이제는 이런 소식들이 맑은 날 수평선 위에 걸린 먹구름 같았다. 그의 삶을 으스스한 잿빛으로 뒤덮어버리려 위협하고 있었다. 그는 그런 걱정을 모두 떨쳐버리고 기운을 내보려 했다. 가끔 그는 속으로 혼잣말을 했다.

'걱정한들 뭐해? 아직은 끝난 게 아니야. 한 달 반이 남아 있어. 최악의 상황이 와도 반년은 먹고살 돈도 있고.'

미래를 놓고 골머리를 썩이노라면 이상하게도 자꾸만 전처와 가족들이 떠올랐다. 처음 삼 년 동안은 되도록 그런 생각은 피해왔다. 아내를 증오했고 아내 없이도 잘 살 수 있었다. 갈 테면 가라지. 그는 잘 지낼 수 있다. 그러나 형편이 나빠지자, 아내는 어떻게 지내고 있을까, 아이들은 잘 있을까 궁금해졌다. 그들은 안락한 집을 차지하고 자기 재산을 쓰면서 부족한 것 없이 잘 먹고 잘 살고 있을 것이다.

'젠장! 전부 다 차지하다니 말도 안 돼. 난 아무 짓도 하지 않았는데.' 그는 몇 번이나 막연하게 그런 생각을 했다.

과거를 돌아보며 돈을 가져오게 된 상황을 되짚어 따져볼 때면, 그는 조금씩 스스로를 정당화했다. 내가 대체 무슨 짓을 했기에 이렇게 추방당해 갖은 고생을 해야 한단 말인가? 안락하고 부유하던 시절이 바로 엊그제 같았다. 그런데 이제는 모두 빼앗기고 없었다.

'아내는 나한테서 빼앗아갈 자격이 없었어. 그것만큼은 확실해. 내가 그렇게 큰 잘못을 한 건 아니야. 사정을 안다면 다들 그렇게 생각할 거야.'

그 사실을 남들에게 알려야겠다는 생각은 없었다. 그저 스스로를 정당화할 구실, 즉 부끄러움 없는 한 남자로서 자신의 처지를 견딜 수 있게 해줄 만한 것을 찾고 있을 뿐이었다.

워런 스트리트의 술집 폐업을 다섯 주 정도 남겨놓은 어느 오후, 그는 술집을 나와 〈헤럴드〉 광고에서 보아둔 바 몇 군데를 찾아 나섰다. 한 곳은 골드 스트리트에 있었는데, 그 앞까지 갔지만 들어가지는 않았다. 너무 싸구려 술집으로 보여서, 그런 곳에서 일할 마음이 영 나지 않았다. 또 한 곳은 바워리에 있었는데, 그가 알기로도 화려한 술집들이 많이 있는 동네였다. 그랜드 스트리트 근처로, 내부가 아주 멋지게 꾸며진 곳이었다. 그는 한 시간 남짓 주인과 투자에 관해 얘기를 나누었다. 주인은 건강이 좋지 않아서 동업자를 찾고 있다고 했다.

"저, 그러면 여기 지분 절반을 사려면 얼마나 있어야겠습니까?" 허스트우드는 물었다. 그는 칠백 달러를 최대치로 잡고 있었다.

"삼천 달러요." 주인이 말했다.

허스트우드는 입이 떡 벌어졌다.

"현금으로요?"

"현금으로요."

그는 진짜로 투자할 마음이 있는 사람처럼 짐짓 생각해보는 척했지만 어두워진 눈빛을 숨길 수는 없었다. 그는 좀 생각해보겠다며 이야기를 마무리짓고 자리를 떴다. 주인은 어렴풋이나마 그의 처지를 짐작할 수 있었다.

"살 생각이 없어 보이는군. 말하는 품새가 벌써 틀렸어." 주인은 혼잣말로 중얼거렸다.

오후는 납덩이처럼 칙칙하고 썰렁했다. 기분 나쁜 겨울바람이 불어왔다. 그는 69번가 근처 동쪽 멀리 떨어진 술집을 찾았다. 거기 도착했을 때는 다섯시쯤이었는데 벌써 어둑해지고 있었다. 뚱뚱한 독일인이 술집을 지키고 있었다.

"광고 내셨지요?" 그렇게 묻긴 했지만 외관만 보아도 그다지 마음에 들지 않았다.

"아, 다 끝났수다. 팔지 않을 거요." 독일인이 대꾸했다.

"아, 그러십니까?"

"예. 아무것도 없어요. 다 끝났소."

"잘 알겠습니다." 그는 그대로 돌아섰다.

그에게 전혀 관심을 보이지 않는 독일인의 태도에 화가 났다.

"미친놈! 그럼 광고는 왜 냈담?" 그는 중얼거렸다.

그는 어깨가 축 처져서 터덜터덜 13번가로 향했다. 아파트에는 캐리가 일하고 있는 주방에만 불이 켜져 있었다. 그는 캐리에게 인사조차 건네지 않고 성냥을 그어 가스등에 불을 붙이고 식당에 앉았다. 캐리가 문가로 와서 내다보았다.

"당신이군요." 그녀는 주방으로 돌아갔다.

"그래." 그는 사가지고 온 석간신문에서 고개도 들지 않고 대꾸했다.

캐리는 그의 일이 잘 안 풀리고 있다는 것을 눈치챘다. 기분이 침울

할 때의 그는 잘생겨 보이지 않았고, 눈가의 주름도 더 깊이 패었다. 원래 피부가 거무스름한데다 음침한 분위기 탓에 살짝 사악해 보이기까지 했다. 정말 정떨어지는 인상이었다.

캐리는 상을 차리고 음식을 내왔다.

"저녁 준비됐어요." 캐리가 뭘 좀 가지러 그의 곁을 지나치며 말했다.

그는 대답 없이 신문만 계속 읽었다.

캐리가 다시 식당으로 들어와 자기 자리에 앉았다. 끔찍하리만치 비참한 기분이었다.

"식사 안 해요?" 캐리가 물었다.

그는 신문을 접고 바싹 다가앉았다. 한동안 뭘 좀 건네달라는 말 말고는 둘 다 아무 말도 없었다.

"오늘 날씨가 궂었지요?" 잠시 후, 캐리가 먼저 말을 꺼냈다.

"그래."

그는 깨작거리기만 했다.

"정말로 문을 닫는 건가요?" 캐리는 이미 충분히 얘기했던 화제를 다시 끄집어냈다.

"그렇다니까." 그는 날 선 목소리로 대꾸했다.

그렇게 쏘아붙이자 캐리도 화가 치밀었다. 그녀 역시 나름대로 울적한 하루를 보냈던 것이다.

"그렇게 쏘아붙일 것까지는 없잖아요."

"하!" 그는 뭔가 더 말하려는 듯 식탁에서 물러났으나 그냥 그러고 말았다. 그러고는 신문을 집어들었다. 캐리는 분을 삭이지 못하고 자리에서 일어났다. 허스트우드는 그녀가 마음이 상했다는 것을 알았다.

"가지 마. 저녁 마저 먹어." 캐리가 주방으로 들어가자 그가 말했다.

그러나 캐리는 아무 말 없이 나가버렸다.

그는 잠시 신문을 읽다가 일어나서 외투를 걸쳤다.

"시내에 좀 나갔다 올게, 캐리. 오늘밤에는 기분이 별로 좋지 않군."

캐리는 역시 대꾸하지 않았다.

"화내지 마. 내일이면 다 괜찮아질 거야."

그는 캐리를 바라보았지만, 그녀는 무시하고 설거지만 했다.

"갔다 올게!" 마침내 그는 밖으로 나갔다.

그들의 관계가 이렇게 격한 다툼까지 간 것은 처음이었지만, 술집이 문 닫는 날이 가까워오면서 집안의 우울한 분위기는 가시지 않았다. 허스트우드는 자신의 기분을 숨길 수가 없었고, 캐리 역시 자기가 앞으로 어찌될지 근심하지 않을 수 없었다. 그러다보니 부부간의 대화도 평소보다 훨씬 더 적어졌지만, 그렇다고 허스트우드가 캐리에게 반감을 가지거나 한 것은 아니었다. 그를 상대하지 않으려는 쪽은 오히려 캐리였고, 허스트우드도 이를 알아차렸다. 캐리가 무관심하게 대하자 허스트우드 쪽에서도 반감이 일었다. 자기 쪽에서 먼저 다정하게 대화를 나눌 가능성을 거의 막아버리다시피 해놓고는, 캐리가 냉담한 태도를 보이자 대화를 더 어렵게 만들었다며 불만을 품게 된 것이다.

마침내 최후의 날이 왔다. 천둥이 울리고 거칠게 폭풍우가 휘몰아쳐야 마땅했지만, 정작 그날이 닥치자 허스트우드는 평소와 다를 바 없는 날이라는 사실에 오히려 마음이 놓였다. 햇살이 반짝이고 기온도 적당했다. 그는 아침 식탁에 앉으면서 어쨌거나 그렇게까지 최악은 아니라고 생각했다.

"자, 오늘이 드디어 나의 마지막날이로군." 그는 캐리에게 말했다.

캐리도 그의 농담에 미소로 답했다.

허스트우드는 한결 홀가분한 기분으로 신문을 훑어보았다. 짐을 내려놓은 기분이었다.

"당분간은 여기저기 돌아다니면서 좀 둘러봐야겠어. 내일은 온종일 다녀봐야지. 이제 모두 손 털었으니 뭔가 찾을 수 있겠지." 그가 아침 식사를 끝내고 말했다.

그는 미소를 띤 채 집을 나와 술집으로 갔다. 쇼너시 씨가 와 있었다. 그들은 각자 지분에 따라 분배하기로 합의가 되어 있었다. 그러나 그곳에서 몇 시간을 보내고 세 시간 넘게 외출을 했다가 다시 돌아갔을 때는, 좋았던 기분은 모두 사라진 뒤였다. 썩 마음에 드는 곳은 아니었지만 이제 더는 없다고 생각하니 서운했다. 이렇게 끝나지 않았더라면 얼마나 좋았을까.

쇼너시 씨는 냉정하고 사무적이었다.

"자, 이제 잔돈을 세어서 나눕시다." 다섯시가 되자 그가 말했다.

그들은 그렇게 했다. 집기들은 벌써 다 팔아서 돈을 나누어 가진 뒤였다.

"안녕히 가십시오." 허스트우드는 끝까지 친절하게 대하려고 마지막 인사를 건넸다.

"그럼 이만." 쇼너시 씨는 겨우 그게 다였다.

그렇게, 워런 스트리트의 사업은 완전히 끝이 났다.

캐리는 푸짐한 저녁식사를 준비해놓았지만, 사업을 정리하고 온 허스트우드는 엄숙하고 진지한 분위기였다.

"어때요?" 캐리는 궁금하다는 듯 물었다.

"끝냈어." 그는 외투를 벗으며 대답했다.

캐리는 지금 그의 재정상태가 어떤지 궁금했다. 그들은 식사를 하면서 대화를 조금 나눴다.

"다른 곳에 가게를 열 돈이 있어요?" 캐리가 물었다.

"아니, 일자리를 구해서 돈을 모아야지."

"일자리를 얻을 수 있었으면 좋겠어요." 캐리가 불안과 희망이 교차하는 심정으로 말했다.

"그렇게 될 거야." 그가 신중하게 대답했다.

그후로 며칠 동안 그는 아침마다 외투를 입고 기운차게 집을 나섰다. 모험을 나서면서 처음에는 수중에 칠백 달러가 있으니 아직은 유리한 사업 기회를 잡을 수 있으리라는 생각으로 스스로를 위로했다. 맥주공장에 가볼 생각이었다. 그가 알기로는 맥주공장들이 술집을 임대해서 경영하는 경우가 드물지 않았다. 그런 이들한테서 도움을 얻을 수도 있을 것 같았다. 그러다가도 설비에 몇백 달러를 지불하고 나면 생활비가 남지 않을 거라는 데 생각이 미쳤다. 생활비로 한 달에 거의 팔십 달러가 들었다.

"안 돼. 그럴 수는 없지. 다른 일을 찾아서 일단 돈을 모아야겠어." 그는 정신을 차리며 중얼거렸다.

뭐든 일자리를 찾아야겠다고 생각했으나 하고 싶은 일이 무엇인지 생각해보면 복잡해졌다. 술집 운영? 어디에서 그런 자리를 구해야 할까? 신문에 지배인을 구하는 광고는 없었다. 그런 자리는 오랫동안 일해서 얻든가 아니면 지분의 절반이나 3분의 1을 투자해야 얻을 수 있었다. 지배인을 두어야 할 정도로 잘나가는 술집의 지분을 살 돈이 그에게는 없었다.

그럼에도 불구하고 그는 길을 나섰다. 그는 옷을 아주 잘 차려입었고 외모도 여전히 훌륭해서 사람들을 착각하게 만들었다. 그를 보면 사람들은 그 연배의 건강하고 옷 잘 입은 남자가 그렇듯 부족함이 없을 거라고 생각했다. 그는 남부러울 것 없는 사업가, 서민들이 자선을 기대할 만한 사람으로 보였다. 이제 마흔세 살에 몸집도 꽤 불어나 걷기가 쉽지 않았다. 운동을 안 한 지도 오래되었다. 날이 저물 무렵이 되니 전차를 타고 다녔는데도 다리가 저리고 어깨가 쑤시고 발이 아파왔다. 그저 차를 타고 내리는 일만으로도 피곤했다.

사람들이 그를 실제보다 더 부유한 사람으로 본다는 사실을 그 역시 잘 알고 있었다. 그러면 일자리를 구하기가 더 어려워진다는 사실 또한 고통스러우리만치 분명히 알고 있었다. 초라하게 보이고 싶지는 않았지만 그렇다고 차림새에 어울리지 않게 구차한 호소를 하기도 싫었다. 어떻게 하면 좋을지 알 수가 없었다.

호텔도 생각해보았지만 직원으로는 일해본 경험이 없었다. 그쪽 방면으로 찾아가볼 만한 지인이나 친구도 없었다. 뉴욕을 포함해 여러 도시의 호텔 주인들과 안면이 있었지만 그들은 피츠제럴드 앤드 모이스에서 그가 한 짓을 알고 있었다. 그들에게 부탁할 수는 없었다. 식료품 도매상, 철물점, 보험 관련 업종 등등 그가 알고 있는 대형 건물이나 사업체들과 관련된 다른 분야도 생각해보았지만 역시 경험이 없었다.

일자리를 어떻게 구할 것인가 생각하니 말할 수 없이 괴로웠다. 일단 찾아가서 물어봐야 하나? 부유하고 위엄 있는 외모를 하고 사무실

문밖에서 기다리다가 일자리를 찾고 있다고 말해야 하나? 생각만으로도 고통스러웠다. 아니, 그런 짓은 차마 할 수 없다.

그는 생각에 잠겨 정처 없이 걷다가 날씨가 추워지자 한 호텔로 들어갔다. 호텔에서는 말쑥하게 차려입고 있으면 로비의 의자에 앉아 있어도 아무도 뭐라 하지 않았다. 마침 그곳은 브로드웨이 센트럴 호텔이었는데, 뉴욕에서 손꼽히는 호텔 중 하나였다. 로비 의자에 앉아 있자니 마음이 괴로웠다. 내가 이 지경이 되다니! 호텔에서 의자를 오래차지하고 빈둥거리는 사람들에 대해 들어본 적이 있었다. 잘나가던 시절에는 그런 사람들을 비웃었다. 그런데 이제 그가 추위와 거리의 피곤을 피해 호텔 로비에 이렇게 들어와 앉아 있는 것이다. 아는 사람을 마주칠지도 모르는데 말이다.

"이런 식으로는 안 되겠어. 어디를 갈지 생각해두지 않고 무작정 아침에 나와봤자 헛일이야. 갈 곳을 좀 생각해둔 다음에 찾아봐야겠군." 그는 혼잣말을 했다.

가끔씩 바텐더 자리가 나기도 한다는 생각이 떠올랐지만 이내 마음속에서 지워버렸다. 바텐더라니…… 한때는 지배인이었던 그가!

호텔 로비에 앉아 있자니 너무 지루해져서 네시에 집으로 돌아왔다. 집에 들어서면서 중요한 업무를 보고 온 척하려 했지만 어쭙잖은 흉내일 뿐이었다. 식당의 흔들의자에 앉으니 편안했다. 그는 기쁜 마음으로 의자 깊숙이 몸을 파묻고 사온 신문들을 읽기 시작했다.

캐리가 저녁식사 준비를 시작하려고 방을 지나가다가 말을 건넸다.

"오늘 집세를 받으러 왔었어요."

"어, 그래?"

오늘이 벌써 2월, 게다가 집세를 내야 하는 2일이라고 생각하니 저절로 미간이 찌푸려졌다. 지갑을 찾아 주머니를 뒤지면서 그는 처음으로 들어오는 수입 없이 지출만 해야 하는 쓸쓸함을 느꼈다. 병자가 아껴두었던 치료약을 바라보듯 그는 녹색 지폐 뭉치를 들여다보았다. 그는 이십팔 달러를 세었다.

"여기 있어." 그는 캐리가 다시 들어왔을 때 돈을 주었다.

그는 다시 신문에 빠져들었다. 아, 신문이 주는 휴식, 걷고 생각하는 것으로부터의 위안이여! 이 타전된 소식들의 홍수를 레테의 강에 비할쏜가! 그는 잠시나마 자신의 곤경을 잊었다. 신문이 전하는 대로라면, 여기 브루클린의 부유하고 뚱뚱한 사탕공장 사장에게 젊고 아름다운 아내가 이혼 소송을 걸었고, 스태튼 아일랜드의 프린세스 만에서는 눈과 얼음에 배가 난파했다. 현재 상연중인 연극과 출연 배우, 작품을 발표하는 감독 등 연극계 동향에 대해서도 길게 다루고 있었다. 패니 대븐포트*가 막 5번 애비뉴에서 공연을 시작했고, 데일리는 〈리어 왕〉을 상연중이었다. 밴더빌트가**사람들이 친구들과 플로리다에서 겨울을 보내러 일찌감치 출발했고, 켄터키 주의 산에서는 흥미진진한 총싸움이 벌어졌다. 허스트우드는 따뜻한 방안 라디에이터 옆 흔들의자에 앉아 저녁을 기다리며 신문을 읽고, 읽고, 또 읽었다.

---

* 당시의 유명 여배우.

** 해운업과 철도업으로 재산을 모은, 미국 역사에서 손꼽히는 부유한 가문.

35
노력의 무용함
근심의 얼굴

다음날 아침 그는 신문을 펼쳐 긴 광고란을 훑어내리며 몇 가지 메모를 했다. 그런 다음 남자 직원 구인란을 폈으나 아무래도 성에 차지 않았다. 하루가 그 앞에 놓여 있었다. 뭔가를 찾아내야만 하는 기나긴 하루가. 이런 식으로라도 시작하는 수밖에 없었다. 그는 긴 구인란을 훑어보았다. 주로 제빵사, 의류 수선공, 요리사, 조판공, 운전사 등을 찾고 있었는데, 그중 두 가지가 눈길을 끌었다. 하나는 가구 도매상에서 회계 담당을 구하는 광고였고, 또하나는 위스키 회사의 영업사원이었다. 위스키 회사는 한 번도 생각해보지 않았지만 그는 당장 찾아가보기로 마음먹었다.

문제의 회사는 앨스베리 사_社라는 위스키 중개상이었다.

그는 즉각 지배인에게로 안내되었다.

"안녕하십니까." 지배인은 처음에는 지방에서 온 고객들 중 한 명인 줄 알고 이렇게 인사했다.

"안녕하십니까." 허스트우드도 인사했다. "영업사원을 구한다는 광고를 내셨지요?"

"아아, 네, 맞습니다." 지배인은 그제야 알겠다는 듯 말했다.

"그래서 왔습니다. 그쪽으로 제가 경험이 좀 있어서요." 허스트우드는 근엄하게 말했다.

"아, 그러십니까? 어떤 경험이 있으신데요?"

"한창때에는 술집을 여러 곳 운영했습니다. 최근에는 워런 스트리트와 허드슨 스트리트가 만나는 곳에 있는 술집의 지분 3분의 1을 소유하고 있었고요."

"그러시군요."

허스트우드는 잠시 말을 끊고 상대방의 말을 기다렸다.

"영업사원을 구하고 있습니다만, 선생님이 하실 만한 일인지는 모르겠습니다." 지배인이 말했다.

"저도 압니다. 지금으로서는 따질 처지가 못 됩니다. 아직 사람을 구하지 않으셨다면 해보고 싶습니다."

지배인은 '따질 처지가 못 된다'는 그의 말이 좋게 들리지 않았다. 지배인은 자리를 고르거나 더 나은 것을 찾거나 하지 않는 사람을 원했다. 특히 나이든 사람은 원치 않았다. 젊고 활동적이고 적은 월급에도 기꺼이 적극적으로 일할 사람을 원했다. 허스트우드는 전혀 마음에 들지 않았다. 그는 고용주보다도 더 당당한 분위기를 풍기고 있었다.

"아, 고려해보겠습니다. 아직 며칠 동안은 여유를 두고 보려고 합니다. 추천서를 좀 보내주십시오." 지배인이 말했다.

"그러겠습니다."

허스트우드는 인사를 하고 밖으로 나왔다. 길모퉁이에서 가구회사 주소를 확인해보니 웨스트 23번가였다. 곧장 그쪽으로 갔다. 회사는 크지 않았다. 그저 그래 보였고, 직원들은 대충 일하고 적은 월급을 받는 듯했다. 그는 지나가며 안을 힐끗 들여다보고는 들어가지 않기로 했다.

"일주일에 십 달러쯤 줄 여직원을 구하는가보군."

한시가 되니 시장기가 일어 매디슨 스퀘어의 한 식당으로 들어갔다. 거기서 찾아가볼 만한 곳들을 떠올려보았다. 피곤했다. 다시 거리에는 황량한 바람이 불고 있었다. 길 맞은편 매디슨 스퀘어 공원을 사이에 두고 큰 호텔들이 분주한 풍경을 내려다보고 서 있었다. 그는 그중 한 곳 로비로 가서 잠시 앉아 있기로 했다. 호텔 로비는 따뜻하고 밝았다. 브로드웨이 센트럴 호텔에서는 아는 사람을 마주친 적이 없었다. 여기서도 아마 그럴 것이다. 브로드웨이의 바쁜 거리가 내다보이는 큰 유리창 옆에 붉은색 플러시 천을 씌운 긴 의자를 발견한 그는 그 의자에 앉아 생각에 잠겼다. 여기에 있으니 자기 처지도 그리 나쁘게 보이지는 않았다. 조용히 앉아서 밖을 내다보고 있노라니 지갑에 몇백 달러가 있다는 게 얼마간이라도 위안이 되었다. 사람을 지치게 하는 거리와 짜증나는 구직활동도 어느 정도는 잊을 수 있었다. 그러나 그것은 심각한 상태에서 조금 덜한 상태로의 도피일 뿐이었다. 그는 여전히 우울하고 낙담해 있었다. 그곳에 있자니 시간이 아주 천천히 흘러가는 것 같았다. 한 시간이 지나가는 데에도 한참이 걸렸다. 그는 그곳을 드나드는 투숙객들, 바깥 브로드웨이를 활보하는 사람들 가운데 태도와 옷차림으로 보아 부유한 행인들을 관찰하고 마음속으로 논평을 하며 시간을 때웠다. 뉴욕에 온 후로 이렇게 한가로이 오랜 시간 구경할 여유가 생긴 것은 처음이었다. 이제 빈둥거릴 수밖에 없는 처지가 되고 보니, 남들은 무엇을 하고 다니는지 궁금해졌다. 눈에 띄는 젊은이들은 하나같이 즐거워 보였으며 여자들은 또 모두 예뻤다. 다들 좋은 옷을 입고 있었고, 어딘가로 바삐 가고 있었다. 멋진 여자들이 보내는 교태 어린 시선이 눈에 들어왔다. 아, 저런 여자들과 가까이 지내기 위해서는 돈이 꼭 필요했다. 그는 너무나 잘 알고 있었다! 그렇게 할 수 있었던 시절은 얼마나 먼 과거의 일인가.

바깥의 시계가 네시를 가리켰다. 아직 일렀지만 아파트로 돌아가야겠다고 그는 생각했다.

막상 들어가려니 일찍 들어가면 캐리가 너무 오래 빈둥거리고 있다고 여길지도 모른다는 생각이 들었다. 집에 가고 싶지 않았지만 하루가 주체할 수 없이 길었다. 그래도 집은 그의 세상이었다. 흔들의자에 앉아 신문을 읽을 수 있었다. 이 분주하고 정신 사나운 광경을 보지 않아도 되었다. 혼자 신문을 읽을 수 있었다. 그는 집으로 돌아갔다. 캐리가 혼자서 책을 읽고 있었다. 아파트는 언제나처럼 문을 닫아두어서 좀 어두웠다.

"그러다가 눈 나빠져." 그는 캐리에게 말했다.

외투를 벗고 나자 그날 하루 있었던 일을 간단히 알려줘야 할 것 같았다.

"주류 도매회사에 가서 얘기를 좀 했어. 출장을 다니게 될지도 몰라."

"그러면 얼마나 좋을까요!" 캐리가 외쳤다.

"뭐 그리 나쁘지는 않겠지."

그는 길모퉁이에서 매일같이 신문 두 부, 〈이브닝 월드〉와 〈이브닝 선〉을 샀다. 이제는 가던 걸음을 멈추지 않고 지나가면서도 신문을 집을 수 있을 정도였다.

그는 라디에이터 옆으로 의자를 바짝 끌어당기고 가스등에 불을 켰다. 여느 때와 다름없는 저녁이 찾아왔다. 그가 즐겨 읽는 기사들 속에서 그의 고난은 눈 녹듯 사라졌다.

다음날은 어디로 가면 좋을지 도무지 알 수가 없었다. 상황이 전날보다 훨씬 더 안 좋았다. 열시가 되도록 신문을 아무리 뚫어져라 들여다보아도 끌리는 데가 없었다. 나가기는 해야겠는데 생각도 하기 싫었다. 어디로 가야 하나, 어디로?

"이번주 생활비 두고 가는 거 잊지 마세요." 캐리가 조용히 말했다.

그가 캐리에게 일주일에 십이 달러를 주면 그 돈으로 그날그날의 생활비를 쓰고 있었다. 그는 캐리의 말에 살짝 한숨을 내쉬며 지갑을 꺼냈다. 또다시 끔찍한 기분이 들었다. 계속 쓰기만 하고 들어오는 돈은 없었다.

'맙소사! 이런 식으로는 오래 못 갈 텐데.' 그는 생각했다.

캐리에게는 아무 말도 하지 않았다. 하지만 캐리는 그가 심란해하는 것을 느낄 수 있었다. 그녀에게 돈을 주는 것이 점점 더 힘들어질 것이다.

'하지만 내가 어쩌겠어? 아, 왜 내가 이런 걱정까지 해야 하지?' 캐리는 생각했다.

허스트우드는 밖으로 나가 브로드웨이로 향했다. 갈 곳을 정해야 했지만 어느새 그는 31번가의 그랜드 호텔 앞이었다. 그곳 로비가 안락하다는 것을 그는 알고 있었다. 스무 블록이나 걸어왔더니 추웠다.

'여기 이발소에 들어가서 면도나 좀 해야겠군.'

그렇게 그는 또 면도를 하고 쉬는 것뿐이라 자위하며 거기 앉아 있었다.

또다시 남는 시간을 주체할 수 없어 일찍 귀가했다. 이런 날들이 계속되다보니 매일같이 일자리를 알아보러 다녀야 하는 처지가 고통스러웠고, 매일매일이 너무나 싫고 우울하고 남부끄러워 그는 호텔 로비에서 시간을 때웠다.

사흘간 태풍이 불어닥쳐 허스트우드는 아예 외출을 하지 않았다. 어느 늦은 오후부터 눈이 내리기 시작했다. 크고 부드러운 흰 눈송이가 펑펑 쏟아지더니 아침이 되어도 여전히 칼바람이 몰아쳤다. 신문들은 눈보라를 예고했다. 창밖으로 두껍게 쌓인 폭신한 눈밭이 보였다.

"오늘은 나가지 말아야겠어. 날씨가 아주 험할 것 같아. 신문에서도 다 그러고." 아침식사를 하면서 그는 캐리에게 말했다.

"석탄 장수가 안 왔어요." 석탄을 주문해두었던 캐리가 말했다.

"내가 가서 알아보지." 허스트우드가 심부름을 하겠다고 나선 것은 처음이었지만 집안에 있으려면 이 정도 보상은 해주어야 할 것 같았다.

밤낮으로 눈이 내려 온 도시가 교통체증으로 몸살을 앓았다. 신문들은 눈보라의 추이를 상세하게 집중보도했고, 빈민들의 고통을 대문짝만한 글씨로 강조했다.

허스트우드는 라디에이터 옆에 앉아 신문을 읽었다. 일자리를 구해야 한다는 생각은 머릿속에서 몰아내려 애썼다. 폭풍우가 거칠게 몰아쳐 모든 것이 다 묶여버린 덕에 그 생각을 잊을 수 있었다. 그는 발에 온기를 쬐며 편히 쉬고 있었다.

캐리는 그의 느긋한 모습을 불안한 심정으로 지켜보았다. 아무리 폭풍우가 거세게 몰아친다지만 어떻게 저리도 마음 편할 수 있을까 싶었다. 자기 상황을 너무 초연하게 받아들이는 것 같았다.

그러나 허스트우드는 신문을 읽고 또 읽었다. 캐리에게는 별로 신경쓰지 않았다. 캐리 역시 자기 할 일을 하면서 그에게는 거의 말을 걸지 않았다.

다음날에도 여전히 눈이 내렸고, 그다음날은 혹독하게 추웠다. 허스트우드는 신문의 경고에 따라 집안에 틀어박혀 있었다. 이제 그는 자청해서 몇 가지 사소한 집안일을 했다. 푸줏간에도 가고 식료품점에도 다녀왔다. 이런 작은 봉사들이 어떤 의미인지는 깊이 생각해보지 않았다. 그저 자기가 전혀 쓸모없는 인간은 아니며, 날씨가 이렇게 나쁠 때는 집에서라도 보람 있는 일을 좀 해야겠다고 생각했다.

나흘째, 날이 개었다. 신문에서도 폭풍이 끝났다고 알렸다. 그러나 허스트우드는 아직 거리가 너무 질퍽거릴 거라며 빈둥거렸다.

정오가 지나서야 그는 신문을 접어두고 구직 길에 나섰다. 기온이 약간 올라간 탓에 길 상태는 좋지 않았다. 그는 차를 타고 14번가를 지나 브로드웨이에서 남쪽으로 가는 차로 갈아탔다. 펄 스트리트의 술집에 관한 작은 광고를 보고 나온 참이었다. 그러나 브로드웨이 센트럴 호텔 앞에 이르자 마음이 바뀌었다.

'가본들 무슨 소용이겠어?' 그는 진창과 눈을 바라보며 생각했다.

'어차피 지분을 살 수도 없을 텐데. 어차피 아무 소용없을 거야. 관두는 편이 낫겠어.' 그는 발길을 돌렸다. 호텔 로비에 자리를 잡고 앉아 그는 무엇을 하면 좋을까 궁리하며 또 기다렸다.

실내에 있다는 데 만족해서 느긋하게 생각에 잠겨 있는데, 잘 차려입은 한 신사가 로비를 지나가다가 발걸음을 멈추고 긴가민가 쳐다보더니 그에게 다가왔다. 시카고에서 자기 이름을 붙인 큰 마구간을 가지고 있는 카길이었다. 허스트우드가 그를 마지막으로 본 것은 캐리가 무대에 섰던 에이버리 극장에서였다. 그날 카길이 자기 아내를 데리고 와 악수를 하게 했던 기억도 그 순간 또렷이 떠올랐다.

허스트우드는 당황하여 어쩔 줄을 몰랐다. 그의 눈빛에 곤혹스러운 심경이 그대로 드러났다.

"여, 허스트우드 아닌가!" 카길이 말했다. 이제야 알아보는 바람에 진작에 그를 피하지 못한 것이 유감스러웠다.

"그렇다네. 잘 지냈나?" 허스트우드가 대꾸했다.

"아주 잘 지내지." 카길은 무슨 말을 해야 할지 쩔쩔맸다. "여기 묵고 있나?"

"아니. 약속이 있어서 잠깐 들렀네."

"자네가 시카고를 떴다는 얘기는 들었네. 어떻게 지냈는지 궁금했는데."

"아, 지금은 여기서 살고 있네." 허스트우드는 빨리 자리를 뜨고 싶어 안절부절못했다.

"잘 지내지?"

"아주 좋아."

"그거 다행이군."

그들은 어찌할 바를 모르고 멀뚱멀뚱 서로를 쳐다보았다.

"저, 위층에서 친구랑 약속이 있어서. 가야겠네. 잘 있게."

허스트우드도 고개를 끄덕였다.

"빌어먹을. 이럴 줄 알았어." 그는 문 쪽으로 돌아서며 중얼거렸다.

그는 거리를 몇 블록이나 걸었다. 시계를 보니 겨우 한시 반이었다. 갈 만한 곳이나 할 일이 없나 머리를 굴려보았다. 날씨가 너무 나빠 실내에 있고 싶은 생각뿐이었다. 마침내 발이 축축하게 젖어 얼기 시작하자 그는 차에 올랐다. 전차를 타고 59번가에서 내렸지만 거기라고 별다를 리 없었다. 7번 애비뉴 쪽으로 걸어가려 했지만 눈 때문에 온통 진창이었다. 정처 없이 헤매는 괴로움을 더는 견디기 어려웠다. 아무래도 감기에 걸린 것 같았다.

길모퉁이에 서서 남쪽으로 가는 전차를 기다렸다. 이런 날은 외출하는 게 아니었다. 그는 집으로 가기로 했다.

그가 세시 조금 넘어 들어오자 캐리는 깜짝 놀랐다.

"밖은 날씨가 고약하군." 그 말만 하고 그는 외투를 벗고 신을 갈아 신었다.

그날 밤 그는 감기 기운을 느끼고 키니네*를 먹었다. 아침까지 열이 나서 다음날은 캐리의 간호를 받으며 집에서 쉬었다. 아픈 그는 무기력해 보였고, 칙칙한 목욕가운을 입고 머리도 빗지 않고 있으니 잘생겨 보이지도 않았다. 눈가가 퀭해 폭삭 늙어 보였다. 캐리는 정나미가

---

* 기나나무 껍질에서 얻는 약물로 해열제, 강장제 따위로 쓴다.

456

떨어졌다. 동정심을 갖고 상냥하게 대해주고 싶었지만 왠지 가까이 가기가 싫었다.

저녁 무렵 저물어가는 빛에 비친 그의 안색이 너무 안 좋아 캐리는 일찍 잠자리에 들라고 권했다.

"당신 혼자 자는 편이 좋겠어요. 그럼 기분이 나아질 거예요. 자리를 봐드릴게요."

"그러지."

잠자리를 봐주고 나니, 캐리는 살고 싶지 않을 만큼 기운이 빠졌다.

'이렇게 살아야 하나!'

캐리는 그날 낮에 그가 라디에이터 곁에 웅크리고 앉아 신문을 읽는 모습을 보고 이맛살을 찌푸렸다. 온기가 없는 거실에서 캐리는 창가에 앉아 울음을 터뜨렸다. 그녀에게 주어진 삶이 고작 이런 것이란 말인가? 코딱지만한 아파트에 실직 상태로 빈둥거리며 자기한테는 관심도 없는 사람과 갇혀서 살아야 한다니. 그에게 있어서 캐리는 이제 하녀에 지나지 않았다.

울어서 빨개진 눈으로 그의 잠자리를 준비하며 가스등에 불을 켜고 준비를 마친 후 그를 부르니, 그 역시 눈치를 챘다.

"무슨 일이 있어?" 그가 캐리의 얼굴을 들여다보며 물었다. 그의 쉰 목소리와 헝클어진 머리를 보니 더 속이 상했다.

"아무것도 아니에요." 캐리가 기운 없이 대꾸했다.

"울었잖아."

"아니라니까요."

자기에 대한 사랑 때문에 운 것이 아닌 줄은 그 역시 알고 있었다.

"울 것 없어. 다 잘될 테니까." 그가 잠자리에 들면서 말했다.

하루이틀 후 그는 회복되었지만 날씨가 나빠 계속 집에 있었다. 이탈리아인 신문팔이가 조간신문을 배달해주었고, 그는 신문을 이 잡듯 샅샅이 읽었다. 그뒤로 몇 번 더 나가긴 했지만 옛친구를 만난 후로는 호텔 로비에 앉아 있는 것도 불안했다.

그는 매일같이 일찍 집에 들어왔고, 결국은 아예 나갈 생각을 하지 않았다. 겨울은 뭘 찾아다닐 철이 아니었다.

집안에 있다보니 자연히 캐리가 살림하는 방식을 눈여겨보게 되었다. 그녀는 야무지고 규모 있게 살림하는 주부는 못 되었으므로, 처음에는 그녀의 작은 실수들이 눈에 들어왔다. 그녀가 매주 생활비를 달라고 하는 것이 부담스럽게 느껴지기 전에는 그렇지 않았다. 집안에서 빈둥거리다보니 한 주가 눈 깜짝할 새 지나갔고, 매주 화요일이면 캐리는 돈을 달라고 했다.

"당신 생각에는 우리가 최대한 아껴 쓰고 사는 것 같아?" 어느 화요일 아침, 그가 물었다.

"하는 데까지 하고 있어요."

그때는 아무 말도 없었지만 다음날 그는 말을 꺼냈다.

"갠스부어트 시장에 가본 적 있어?"

"그런 시장이 있는 줄도 몰랐는데요." 캐리가 대답했다.

"거기 가면 훨씬 싸다고 하던데."

캐리는 들은 척도 하지 않았다. 뭐라 하고 싶지가 않았다.

"고기 파운드당 얼마 주고 샀어?" 하루는 그가 이런 것도 물었다.

"아, 가격이 다 달라요. 설로인 스테이크는 이십이 센트예요."

"말도 안 되는 가격이군. 그렇지 않아?"

그렇게 한두 가지 묻더니 그는 날이 갈수록 집착을 보였다. 그는 가격을 다 알아보고 기억해두었다.

그가 하는 심부름도 점점 범위가 넓어졌다. 물론 처음에는 사소한 것으로 시작되었다. 어느 날 아침 캐리가 모자를 쓰려는데 그가 막아섰다.

"캐리, 어디 가려고?"

"빵집에 갔다 오려고요."

"내가 대신 갔다 오지."

캐리는 그러라고 했다. 매일 오후에는 신문을 사러 나갔다.

"필요한 것 없어?" 그는 이렇게 묻곤 했다.

캐리는 점차 그에게 시키게 되었고, 그러면서 그녀는 매주 받던 십이 달러를 받지 못하게 되었다.

"오늘은 돈을 주셔야 해요." 어느 화요일, 캐리가 말했다.

"얼마나?"

캐리는 그 말이 무슨 뜻인지 알아들었다.

"오 달러쯤요. 석탄 장수한테 외상이 있어요."

바로 그날 그는 말했다.

"저 모퉁이에서 장사하는 이탈리아인은 석탄을 부셸당 이십오 센트씩 받던데, 그 사람한테서 사야겠어."

캐리는 그의 말을 듣는 둥 마는 둥 했다.

"그러세요."

다음부터는 이렇게 되었다.

"아, 오늘은 석탄을 좀 사야겠는데요." 혹은 "저녁에 먹을 고기 좀 사다줘야겠어요."

그는 캐리가 무엇이 필요한지 알아보고 사오곤 했다.

그러면서 사오는 양도 줄었다.

"스테이크를 반 파운드만 샀어. 그리 많이 먹을 것 같지 않아서 말이야." 어느 날 오후 신문을 들고 들어오면서 그는 말했다.

이런 사소하지만 비참한 일들이 캐리의 가슴을 후벼팠다. 하루하루가 암담하고 견딜 수 없이 고통스러웠다. 아, 사람이 어쩜 이렇게 변해 버렸을까! 그는 온종일 앉아서 신문만 읽었다. 세상일에 흥미를 잃은 것 같았다. 날씨가 좋으면 가끔 한 번씩, 열한시에서 네시 사이에 네댓 시간씩 외출을 하는 게 다였다. 그를 쳐다볼 때마다 이제 경멸감밖에 느껴지지 않았다.

빠져나갈 구멍을 찾을 수가 없게 되자 허스트우드는 아예 일체 무관심해졌다. 그가 가진 얼마 안 되는 돈이 매달 조금씩 줄어갔다. 이제는 오백 달러밖에는 남지 않았다. 그는 마치 그러고 있으면 언제까지라도 막다른 골목은 피할 수 있을 것처럼 그 돈을 움켜쥐고 있었다. 집에 있으니 갖고 있는 옷 중에서 낡은 것을 입기로 했다. 처음에는 날씨가 나쁠 때만 그러겠다며 처음에 딱 한 번 그는 양해를 구했다.

"오늘은 날씨가 나쁘군. 이 옷을 입고 있을게."

그러다가 결국 그는 아예 낡은 옷만 입고 지내게 되었다.

원래 면도하는 데 십오 센트를 주고 팁으로 십 센트를 쓰던 그는 사정이 어려워지자 처음에는 팁을 오 센트로 깎았다가 나중에는 아예 주지 않게 되었다. 그러다가 십 센트를 받는 이발소를 찾았고, 거기도 꽤 마음에 들자 곧 단골로 드나들게 되었다. 더 나중에는 하루 걸러 면도를 하다가 사흘에 한 번이 되었다가, 그렇게 간격이 벌어져서 결국에는 일주일에 한 번만 하게 되었다. 토요일이면 꼴이 아주 볼 만했다.

그의 자긍심이 사라져가면서 당연히 캐리 역시 그에 대한 존경심을 잃었다. 그가 어쩌다 저런 꼴이 됐는지 이해할 수 없었다. 어쨌거나 돈이 좀 있었고, 입을 만한 옷도 아직 있었다. 차려입으면 제법 봐줄 만했다. 캐리는 시카고에서 겪었던 힘겨운 투쟁을 잊지 않았지만, 단 한 번도 노력을 포기한 적이 없었다. 그런데 그는 아예 노력조차 하지 않고 있었다. 이제는 신문의 구인란을 찾아보지도 않았다.

마침내 캐리는 그런 속마음을 드러내고 말았다.

"스테이크에 버터를 왜 그렇게 많이 넣어?" 어느 날 저녁, 그가 주방에서 일하고 있는 캐리에게 물었다.

"그야 물론 맛있으라고 그러지요."

"요즘 버터 값이 엄청나게 비싼데."

"일자리가 있으면 그런 데 신경 안 쓰시겠죠." 캐리는 맞받아쳤다.

그는 입을 다물고 신문을 읽었지만 캐리의 그 말은 가슴에 맺혔다. 그녀한테서 이렇게 가슴을 찌르는 말을 들은 것은 처음이었다.

그날 저녁, 캐리는 책을 읽다가 거실로 가서 잠을 잤다. 전에 없던 일이었다. 허스트우드는 평소처럼 불을 켜지 않고 잠자리에 들었다가, 그제야 캐리가 없다는 것을 알았다.

'이상하군. 아직 안 자려나보지.'

그는 더이상 생각하지 않고 잠이 들었다. 아침에 일어났을 때도 옆에 캐리가 없었지만, 이상하게도 이 일은 아무 말 없이 지나갔다.

밤이 되어 조금은 더 이야기를 나눌 만한 분위기가 되자 캐리가 말했다.

"오늘밤에는 혼자 자야겠어요. 머리가 좀 아파서요."

"그렇게 해."

그다음날은 말도 없이 거실에서 잤다.

허스트우드에게는 상당한 충격이었지만 그는 아무 말도 하지 않았다.

"좋아. 혼자 자고 싶으면 그렇게 하라지." 그는 이맛살이 찌푸려지는 것을 어쩌지 못하고 중얼거렸다.

36
암울한 후퇴
기회라는 환영

크리스마스 때부터 뉴욕으로 돌아와 있던 밴스 부부는 캐리를 잊지 않고 있었다. 그런데도 밴스 부인이 캐리를 한 번도 찾지 않은 것은, 단지 캐리가 자기 주소를 알려주지 않았기 때문이었다. 캐리는 78번가에 사는 동안에는 밴스 부인과 편지를 주고받았지만, 13번가로 이사하면서부터는 밴스 부인이 이를 형편이 나빠진 표시로 받아들일까 두려워 주소를 알리지 않고 편지할 방법을 궁리했다. 하지만 좋은 방법을 찾을 수가 없어서 슬프지만 친구와의 연락을 아예 포기해버렸다. 밴스 부인은 답장이 없자 의아해하며 캐리가 뉴욕을 떠난 모양이라고 생각했고, 결국에는 찾기를 단념하고 말았다. 그러던 차에 14번가에 장을 보러 갔다가 캐리를 만났으니, 밴스 부인은 정말 깜짝 놀랐다. 캐리 역시 장 보러 나온 참이었다.

"아니, 휠러 부인!" 밴스 부인은 캐리를 한눈에 알아보았다. "어떻게 지냈어요? 왜 한 번도 보러 오지 않았어요? 어떻게 지내는지 내내 궁금했는데. 정말 난······"

"만나서 정말 기뻐요." 캐리는 반가웠지만 한편으로 크게 당황했다. 하필이면 가장 안 좋은 때에 밴스 부인을 마주친 것이다. "아, 전 여기 시내에 살고 있어요. 부인을 만나러 가고 싶었는데. 지금은 어디 사세요?"

"58번가에 살아요. 7번 애비뉴 바로 옆 218번지요. 우리집에 놀러오세요." 밴스 부인이 대답했다.

"그럴게요. 정말로 가보고 싶었어요. 진작 찾아갔어야 했는데. 정말 미안해요. 하지만 아시다시피······"

"몇 번지예요?"

"웨스트 13번가 112번지예요." 내키지 않지만 캐리는 대답해주었다.

"아, 그럼 바로 이 근처네요. 맞죠?"

"그래요. 꼭 놀러오세요."

"아유, 친절도 하셔라." 밴스 부인이 웃으며 말했다. 그녀는 캐리의 차림새가 예전 같지 않다는 것을 눈치챘다. 그녀는 속으로 생각했다. '주소도 그렇고, 형편이 안 좋은가보네.'

하지만 그녀는 캐리를 좋아했기 때문에 그녀를 잡아끌었다.

"나랑 같이 잠깐만 여기 들어가봐요." 그녀는 가게 안으로 들어갔다.

캐리가 집으로 돌아오니 허스트우드는 평소처럼 신문을 읽고 있었다. 그는 자기 꼴이 어떻든 전혀 관심이 없었다. 수염을 깎은 지 적어도 나흘은 된 것 같았다.

'아이고, 밴스 부인이 여기 와서 저이를 보기라도 하면 어쩌지?' 캐리는 생각했다.

그녀는 생각도 하기 싫어 고개를 절레절레 흔들었다. 자기 처지가 점점 더 참을 수 없게 느껴졌다.

캐리는 지푸라기라도 잡는 심정으로 저녁 식탁에서 이렇게 물었다.

"그 도매상에서는 아무 소식 없어요?"

"없어. 경험이 없는 사람은 안 뽑나봐."

캐리는 더 말할 기분이 안 나서 입을 다물었다.

"오늘 오후에 밴스 부인을 만났어요." 잠시 있다가 그녀가 다시 입을 열었다.

"어, 그랬어?"

"지금은 뉴욕에 돌아와 있대요. 정말 예쁘게 꾸몄더라고요."

"흠, 남편이 받쳐주는 동안에는 그럴 테지. 좋은 직업이 있으니."

신문을 들여다보느라 허스트우드는 자기를 쳐다보는 캐리의 한없이 지치고 불만 가득한 얼굴을 보지 못했다.

"언제 한번 우리집에 오겠대요."

"흥, 진작 안 찾아오고 지금까지 뭐했대?" 허스트우드가 빈정대는 투로 말했다.

허스트우드는 씀씀이가 크다는 이유로 밴스 부인을 마음에 들어하지 않았다.

"글쎄요. 저도 밴스 부인이 오는 게 반갑지만은 않으니까요." 캐리는 남편의 태도에 화가 치밀었다.

"그 여자는 너무 경박해. 돈이 웬만큼 많지 않고는 아무도 맞춰줄 수 없을걸." 허스트우드가 의미심장하게 말했다.

"밴스 씨는 힘들이지 않고 해주는 것 같던데요."

"지금은 그럴지도 모르지." 허스트우드는 캐리의 말뜻을 알면서도 고집스럽게 우겼다. "하지만 아직 다 산 게 아니잖아. 무슨 일이 생길지 모른다고. 다른 사람들처럼 망할 수도 있어."

그의 태도에는 어딘가 아주 삐딱한 데가 있었다. 잘나가는 사람들만 보면 그들이 실패하기를 바라는 마음에 눈을 반짝이며 치켜떴다. 자기 처지는 생각지 않는 듯했다.

예전의 그 자신만만하고 자립심 강하던 모습은 이제 이 정도가 다였다. 아파트에 앉아 남들이 뭐하고 사는지 읽고 있다보면 가끔은 아직 죽지 않았다는 이런 자존심이 문득 고개를 들었다. 그럴 때는 일자리를 찾아 거리를 헤매는 고단함과 수모를 잊고 귀를 쫑긋 세우기도 했다. 마치 이렇게 말하는 듯했다.

"내가 할 수 있는 일이 있어. 아직 죽지 않았다고. 마음만 먹으면 기회는 얼마든지 있어."

가끔씩 옷을 차려입고 면도를 하고 장갑을 끼고 기운차게 나서는 것도 이런 기분이 들 때였다. 딱히 정해놓은 목적지는 없었다. 그냥 밖에 나가서 뭐든 해야겠다 싶은 기분이었다.

이런 날이면 돈도 썼다. 그는 시내에 도박장 몇 군데를 알고 있었고, 시내 술집과 시청 부근에 아는 사람들도 좀 있었다. 그들을 만나 다정하게 몇 마디 좀 나누고 나면 기분전환이 되었다.

한때는 포커를 꽤 잘했다. 친구들끼리 게임을 해서 백 달러 이상 딴 것도 여러 번이었다. 당시에 그 정도 액수는 게임이라는 요리에 친 양

넘 정도에 지나지 않았다. 그는 이제 그 포커를 해볼까 싶었다.

'이백 달러쯤 딸 수도 있을 거야. 실력이 녹슬지는 않았으니.'

몇 차례 그런 생각을 해봤지만 실행에 옮긴 것은 이번이 처음이었다.

그가 처음으로 찾아간 도박장은 선착장 근처 웨스트 스트리트의 술집 이층에 있었다. 전에도 가본 적이 있는 곳이었다. 판이 여럿 벌어지고 있었다. 한동안 구경해보니 참가비에 비해 판돈이 제법 컸다.

"나도 좀 낍시다." 새로 카드를 섞기 시작할 때 그는 말했다. 의자를 끌어당겨 패를 들여다보았다. 게임을 하던 다른 사람들은 겉으로는 티를 내지 않았지만 말없이 그를 지켜보며 예의주시하고 있었다.

처음에는 운이 잘 안 따라주었다. 연속된 패도 같은 패도 없이 아무렇게나 뒤섞인 카드를 받았다. 판돈을 걸 차례가 왔다.

"패스."

판돈을 조금 잃었지만 그런대로 만족스러웠고, 다음 판들은 꽤 잘 끌고 나가서 자리를 뜰 때는 몇 달러쯤 따가지고 나왔다.

다음날 오후 그는 재미도 보고 돈도 딸 생각으로 그곳을 다시 찾았다. 이번에는 트리플을 붙들고 있다가 지고 말았다. 맞은편에 앉은 싸움깨나 하게 생긴 아일랜드 젊은이의 패가 더 좋았다. 그는 그 지역의 태머니홀 일원이었다. 허스트우드는 그의 끈기에 놀랐다. 베팅을 할 때는 눈썹 하나 까딱 않고 태연자약했는데, 허세라면 정말 대단한 기술이었다. 조금 걱정이 되기 시작했지만, 허스트우드는 냉정한 태도를 유지하려 애썼다. 예전에도 그는 침착하게 게임에 능란한 친구들을 속이곤 했었으니까. 그들은 겉으로 보이는 표정이나 태도보다는 아주 미묘하게 드러나는 생각과 분위기를 읽는 것 같았다. 허스트우드는, 상대가 더 나은 패를 쥐고 마지막 한푼까지 다 털어 끝까지 버틸지도 모른다는 두려움을 떨칠 수가 없었다. 하지만 그는 큰돈을 따고 싶었다. 이번 패가 좋았다. 오 달러 더 걸어도 괜찮지 않을까?

"삼 달러 걸겠소." 젊은이가 말했다.

"오 달러 더." 허스트우드가 자기 칩을 내밀며 말했다.

"한번 더." 젊은이가 빨간 칩 무더기를 내밀었다.

"칩 더 주시오." 허스트우드가 관리인에게 지폐를 내밀며 말했다.

젊은 상대의 얼굴에 냉소가 떠올랐다. 칩을 가져오자 허스트우드는 돈을 더 걸었다.

"오 달러 더." 젊은이가 말했다.

허스트우드의 이마에 땀이 맺혔다. 이제 빼도 박도 할 수 없었다. 거금 육십 달러가 걸렸다. 그는 원래 겁쟁이가 아니었지만 그렇게 큰 돈을 잃을지도 모른다고 생각하니 마음이 약해졌다. 마침내 그는 두 손을 들었다. 좋은 패만 믿고 버틸 수는 없었다.

"패를 봅시다." 그가 말했다.

"풀 하우스!" 젊은이가 자기 패를 펼쳐 보였다.

허스트우드는 손을 떨구었다.

"이길 줄 알았는데." 그는 기운 없이 말했다.

젊은이는 칩을 모두 긁어갔고, 허스트우드는 그 자리를 나와 계단에서 남은 돈을 세어보았다.

"삼백사십 달러 남았군."

생활비에, 이렇게 돈까지 잃고 보니 벌써 상당액이 사라지고 없었다.

아파트로 돌아온 그는 더는 도박을 하지 않겠다고 결심했다.

캐리가 밴스 부인의 약속을 떠올리며 그의 차림새를 두고 가볍게 잔소리를 좀 했다. 이날도 그는 돌아오자마자 집에서 입던 낡은 옷으로 갈아입었던 것이다.

"왜 항상 그렇게 낡은 옷만 입는 거예요?" 캐리가 물었다.

"집에서 뭐하러 좋은 옷을 입어?"

"기분이 좋아질 거예요." 그녀는 덧붙였다. "또 누가 찾아올지도 모르잖아요."

"누가?"

"밴스 부인요."

"나를 뭐하러 보러 오겠어." 그는 퉁명스레 말했다.

이렇게 자존심도 없고 관심도 없다니, 캐리는 그가 꼴도 보기 싫었다. '저기 앉아 있는 꼴 좀 보라지. '나를 뭐하러 보러 오겠어'라니. 남부끄러운 줄도 모르고.' 그녀는 생각했다.

밴스 부인의 방문으로 상황은 더욱 악화되었다. 밴스 부인은 쇼핑을 하러 나온 길이었다. 그녀는 허름한 아파트 입구로 들어와 캐리네 집 문을 두드렸다. 그런데 난감하게도 캐리는 집에 없었고, 허스트우드는 캐리려니 하고 별생각 없이 문을 열었다. 이번만큼은 허스트우드도 진심으로 당황해 어찌할 바를 몰랐다. 잃어버린 젊음과 자존심의 목소리가 들리는 듯했다.

"아, 안녕하십니까?" 그는 말까지 더듬었다.

"잘 지내셨어요?" 밴스 부인은 자기 눈을 의심했다. 그녀는 그가 당황하고 있음을 눈치챘다. 그는 밴스 부인을 안으로 들어오라고 해야 할지 말아야 할지 몰라 머뭇거렸다.

"부인은 집에 계신가요?" 밴스 부인이 물었다.

"아뇨, 캐리는 외출했습니다. 들어오시겠어요? 곧 돌아올 겁니다."

"아니에요." 밴스 부인은 상황이 완전히 변했음을 깨달았다. "정말로 바빠서요. 잠깐 들러서 보고 가려던 참이라 들어가지는 못하겠네요. 부인께 꼭 한번 찾아와달라고 전해주세요."

"그러지요." 허스트우드는 뒤로 물러서며 그녀가 돌아간 데 크게 안심했다. 너무 부끄러운 나머지 그는 양손을 힘없이 맞잡고 의자에 앉아 생각에 잠겼다.

반대편에서 오던 캐리는 밴스 부인이 떠나는 모습을 얼핏 본 것 같았다. 눈에 힘을 주고 보았지만 확실하지는 않았다.

"방금 누가 왔었나요?" 캐리가 허스트우드에게 말했다.

"밴스 부인이 왔었어." 그는 죄지은 사람처럼 대답했다.

"당신을 봤어요?" 캐리가 하늘이 무너지는 듯한 심정을 숨기지 않고 물었다.

그 말은 허스트우드의 가슴을 채찍처럼 파고들었다. 그는 무뚝뚝하게 대꾸했다.

"눈이 있으면 봤겠지. 내가 문을 열었으니까."

"밴스 부인이 뭐라고 하던가요?" 캐리는 미칠 듯이 괴로운 마음에 한 손을 꽉 움켜쥐고 외쳤다.

"아무 말도 안 했어. 들어와서 기다릴 수는 없다더군."

"당신이 그런 꼴을 하고 있었으니!" 오래 참고 참았던 캐리가 결국 소리쳤다.

"그게 뭐 어쨌다고? 그 여자가 올 줄 내가 알았나?" 허스트우드 역시 화가 났다.

"알고 있었잖아요. 밴스 부인이 오겠다고 했다니까요. 다른 옷 입고 있으라고 그토록 누누이 말했는데. 아, 이 일을 어쩜 좋담."

"아, 그만해둬. 그런다고 뭐가 달라져? 어쨌거나 당신은 그 여자랑 어울릴 수 없어. 그 사람들은 돈이 너무 많다고."

"누가 어울리고 싶대요?" 캐리는 화가 머리끝까지 치솟았다.

"당신이 내 옷차림을 트집 잡으니까 그렇지. 당신 생각에는 내가 무슨……"

캐리가 그의 말을 가로막았다.

"사실이잖아요. 어울리고 싶어도 그럴 수가 없어요. 하지만 그게 누구 탓이죠? 당신은 앉아서 내가 누구랑 어울릴 수 있네 없네 그딴 소리나 지껄여대고. 왜 일자리를 구하러 나가지 않는 거죠?"

이 말이 천둥처럼 울렸다.

"당신하고 무슨 상관이야? 집세는 내가 내고 있잖아. 내가……" 격분한 그는 벌떡 일어나서 고함을 질렀다.

"그래요. 집세야 당신이 내지요. 빈둥거릴 아파트 하나만 있으면 다 되는 것처럼 말하는군요. 석 달 동안 빈둥거리면서 잔소리하는 것 말고는 아무것도 한 일이 없었잖아요. 나랑 결혼은 왜 한 거예요?"

"당신이랑 결혼 안 했어." 그가 심술궂게 말했다.

"그럼 몬트리올에서 한 건 뭐죠?"

"흥, 난 당신이랑 결혼한 적 없어. 당신 좋을 대로 생각하라고. 모르는 척하지 마."

캐리는 휘둥그레진 눈으로 잠시 그를 멍하니 바라보았다. 그녀는 그들의 결혼이 적법하고 구속력이 있는 것으로 믿고 있었다.

"그럼 나한테 거짓말한 거였어요? 왜 억지로 도망치자고 나를 끌고 온 거죠?"

캐리의 목소리는 흐느낌으로 변해갔다.

"억지로라고! 퍽이나 억지로 그랬군." 그가 입술을 비쭉거리며 조롱했다.

"아!" 캐리는 더는 견디지 못하고 몸을 돌렸다. "아, 아!" 그녀는 거실로 달려나갔다.

허스트우드는 온몸이 달아오르면서 퍼뜩 정신이 들었다. 정신적으로도 도덕적으로도 잠에서 깨어나는 듯한 기분이었다. 그는 주변을 둘러보며 이마를 훔치고는 옷을 입었다. 캐리가 있는 쪽에서는 아무 소리도 들리지 않았다. 캐리는 그가 옷 입는 소리가 들려오자 울음을 멈추었다. 그가 영영 떠나버린다 해도, 그를 잃는 것보다 무일푼으로 남겨진다는 것이 더 두려웠다. 그가 옷장 맨 위 칸을 열고 모자를 꺼내는 소리가 들리더니 식당 문이 닫혔다. 그가 밖으로 나간 것이었다.

잠시 후 그녀는 눈물을 닦고 일어나 창밖을 내다보았다. 허스트우드는 아파트를 나가 6번 애비뉴를 향해 걸어가고 있었다.

그는 13번가를 따라 죽 걸어가서 14번가를 건너 유니언 스퀘어로 갔다.

"일자리를 찾으라고? 일자리를 찾으랬지! 나더러 나가서 일자리나 찾으라 하다니." 그는 중얼거렸다.

캐리가 옳다는 양심의 비난에 그는 애써 귀를 막았다.

"밴스 부인이 찾아오지만 않았어도! 거기 떡하니 서서 나를 쳐다보고 있었지. 무슨 생각을 했을지 뻔하군."

그는 78번가에서 그녀를 몇 번 만났던 기억을 떠올렸다. 밴스 부인은 항상 근사한 미인이었지만, 과거에는 그도 그녀 앞에서 꿀릴 것 없이 당당했다. 그런데 지금 이런 모습으로 마주친 것이다. 그는 괴로운 마음에 이마를 찌푸렸다.

"빌어먹을!" 그는 몇 번이고 내뱉었다.

집을 나선 시각은 네시 십오분이었다. 캐리는 울고 있었다. 그날 밤에는 저녁식사도 차리지 않을 것이다.

"이게 무슨 꼴이람." 그는 수치심을 스스로에게 숨기려고 공연히 거들먹거렸다. "내가 그렇게까지 나쁜 놈은 아니야. 아직 안 망했다고."

그는 광장을 둘러보다가 큰 호텔들이 눈에 들어오자 그중 한 곳에서 저녁을 먹기로 했다. 신문을 사서 식당에 편안히 자리를 잡을 생각이었다.

그는 뉴욕에서 최고급 호텔 중 하나인 모턴 하우스 호텔의 근사한 로비로 올라가, 쿠션을 넣은 의자를 찾아 신문을 읽었다. 돈이 줄어들고 있는 판에 이런 사치를 할 여유가 없다는 사실 따윈 개의치 않았다. 마약 중독자처럼 그는 편안함에 중독되어가고 있었다. 괴로운 마음을 달랠 수만 있다면, 편안해지고 싶은 갈망을 채울 수만 있다면 뭐라도 좋았다. 그걸 해야 했다. 내일은 생각하지 않았다. 다른 어떤 불행보다 내일을 생각하는 것이 견딜 수 없었다. 언젠가는 죽는다는 사실처럼 곧 무일푼이 될 거라는 사실을 마음속에서 몰아내고 싶었고, 거의 성공했다.

잘 차려입은 손님들이 두꺼운 카펫 위를 오가는 모습을 보니 옛 시절이 떠올랐다. 호텔 투숙객인 듯한 젊은 숙녀의 피아노 연주가 그의 마음을 기쁘게 했다. 그는 거기 앉아 신문을 읽었다.

저녁식사는 일 달러 오십 센트였다. 여덟시쯤 식사를 마치고, 자리를 뜨는 손님들과 즐길거리를 찾아 몰려다니는 거리의 사람들을 보며 어디로 가야 하나 생각했다. 집은 아니었다. 캐리가 아직 안 자고 있을 것이다. 오늘 저녁에는 집으로는 돌아가기 싫었다. 그는 파산해서가 아니라 독립적인 남자들이 하듯 밖에서 시간을 보내기로 했다. 시가를 한 대 사서 피붙이나 다름없이 느껴지는 사람들, 브로커와 경마꾼과 배우 들이 한가로이 시간을 보내고 있는 거리로 나왔다. 거기 서 있자니 시카고에서 보냈던 과거의 저녁 시간들, 게임에서 어떻게 그들을 이기곤 했는지가 떠올랐다. 그때는 게임을 많이도 했었다. 포커 생각이 났다.

그는 육십 달러를 잃었던 일을 떠올렸다. '그때는 내가 제대로 못했어. 약해지면 안 되는데. 그런 녀석쯤은 누를 수 있었는데. 내가 제 실력을 발휘하지 못한 게 패인이야.'

그는 그 게임에서 어떤 가능성이 있었을까 되새겨보고, 좀더 배짱 있게 나갔더라면 이길 수도 있었을 여러 판을 떠올려보았다.

'내 나이 정도면 포커를 해서 뭘 좀 해볼 만도 하지. 오늘밤에 시험삼아 한번 해볼까.'

큰 판돈이 눈앞에 어른거렸다. 한 이백 달러 따면 그 세계에 뛰어들어볼 만하지 않을까? 그가 알기로 도박판에서 먹고사는 이들이 적지 않았다.

'그런 사람들도 밑천은 내가 가진 정도밖에 없었을 거야.'

그는 예전과 같은 기분으로 근처 도박장으로 갔다. 말다툼의 충격이 발단이 되어 호텔에서 칵테일을 마시며 식사를 하고 시가까지 피우다 보니, 그는 어느새 자기 처지를 잊고 예전의 허스트우드로 돌아가 있었다. 물론 그것은 예전의 허스트우드가 아니라 양심과 싸우다가 허깨비에 홀린 한 인간일 뿐이었다.

이번 도박장은 다른 곳과 별다를 게 없었지만 좀더 좋은 술집의 뒷방에 마련되어 있었다. 허스트우드는 잠시 구경하다가 재미있어 보이는 게임에 끼어들었다. 전과 마찬가지로 처음 얼마간은 잘 풀리는 듯했다. 몇 번 이기면서 기운이 솟았고, 판돈을 좀 잃자 그 때문에 더 흥미가 동하면서 빠져들어갔다. 마침내 노름판은 그를 완전히 사로잡았다. 그는 위험을 즐겼고, 보잘것없는 패로 배짱을 부려서 돈을 꽤 땄다. 수가 제법 먹혀들자 자신감이 더해졌다.

이런 기분이 절정에 달하자 운이 따라주고 있다는 생각이 들었다. 자기만큼 잘하는 사람은 아무도 없었다. 이번에도 그럭저럭 괜찮은 패가 왔고, 그는 다시 한번 큰돈을 걸어보자는 생각이 들었다. 그러나 그 자리에 그런 그의 심중을 읽어낸 이들이 있었고, 그들의 관찰은 꽤 정확했다.

'나한테 같은 카드가 세 장 있으니까 저자랑 한번 끝까지 붙어봐야겠군.' 도박꾼들 중 하나가 이런 생각을 했고, 다시 판돈이 쭉쭉 올라갔다.

"십 달러 걸겠소."

"좋소."

"십 달러 더."

"좋소."

"또 십 달러."

"그러쇼."

마침내 허스트우드가 건 돈이 칠십오 달러까지 올라갔다. 상대 역시 심각해져 있었다. 어쩌면 허스트우드가 정말로 대단한 패를 갖고 있을지도 모르는 일이었다.

"패를 봅시다." 상대가 말했다.

허스트우드가 자기 패를 보여주었다. 그가 졌다. 칠십오 달러를 잃었다는 쓰라린 사실에 그는 절망에 빠졌다.

"한 판 더 합시다." 그가 음울하게 말했다.

"좋지요." 상대방이 대꾸했다.

다른 도박꾼 몇몇이 손 털고 일어나자 구경꾼들이 그 자리에 들어섰다. 시간이 흘러 자정이 되었다. 허스트우드는 이기지도, 그렇다고 크게 잃지도 않으면서 게임을 계속하고 있었다. 그는 점점 지쳐갔고, 마지막 판에서 이십 달러를 더 잃었다. 마음이 너무나 괴로웠다.

새벽 한시가 조금 지나서야 그는 자리를 떴다. 쌀쌀하고 황량한 거리가 그의 처지를 비웃는 것만 같았다. 천천히 서쪽으로 걸어가는 그의 머릿속에 캐리와의 말다툼은 이미 사라지고 없었다. 그는 계단을 올라 마치 아무 일도 없었던 것처럼 제 방으로 들어갔다. 그의 머릿속은 온통 도박에서 진 생각뿐이었다. 침대에 앉아 남은 돈을 세어보았다. 백구십 달러와 잔돈 몇 푼이 전부였다. 그는 돈을 챙겨넣고 옷을 벗기 시작했다.

'대체 내가 왜 그런 짓을 했을까?'

아침이 되어도 캐리는 말을 건네지 않았고, 그는 다시 나가야 할 것 같은 기분이 들었다. 캐리에게 심한 짓을 했지만 화해할 마음의 여유도 없었다. 그는 절망에 사로잡혀 하루이틀을 그런 식으로 돌아다니며 신사처럼, 아니 신사 행세를 하면서 돈을 썼다. 곧 그의 지갑은 말할 것도 없고 몸과 마음도 축났다. 삼십 달러를 더 쓴 뒤였다. 결국 그는 다시 싸늘하고 쓰라린 현실로 되돌아왔다.

"오늘 집세를 받으러 올 거예요." 사흘 뒤 아침 캐리가 냉담하게 말했다.

"그래?"

"네. 오늘이 2일이에요."

허스트우드는 이마를 찌푸렸다. 그는 낙담한 채 지갑을 꺼냈다.

"집세가 왜 그리 비싼 거야."

이제 그에게 남은 돈은 백 달러 남짓뿐이었다.

37
영혼이 깨어나다
문을 향한 새로운 탐색

남은 돈이 오십 달러로 줄어들기까지의 과정은 굳이 설명할 필요가 없을 것이다. 칠백 달러라는 돈은 그의 손에서 결국 6월까지밖에 버티지 못했다. 남은 돈이 백 달러까지 줄어들었을 무렵, 그는 재앙이 닥쳐오고 있음을 알리기 시작했다.

"우리 생활하는 데 돈이 왜 이렇게 많이 드는지 모르겠군." 어느 날 그는 얼마 안 되는 고깃값을 트집 잡으며 이런 말을 꺼냈다.

"우리가 뭘 그리 많이 쓴다고 그래요." 캐리가 대꾸했다.

"돈이 거의 바닥났어. 다 어디로 사라진 건지 모르겠어."

"칠백 달러를 다 썼단 말이에요?"

"이제 백 달러 남았어."

그가 하도 근심이 가득한 모습이어서 캐리도 더럭 겁이 났다. 그녀 역시 그저 흘러가는 대로 따라왔다는 생각이 들기 시작했다. 줄곧 느끼고는 있었다.

"나가서 일자리를 좀 구해보지그래요? 뭐라도 찾아야죠." 캐리가 탄식했다.

"찾아봤지. 하지만 없는 일자리를 억지로 달랄 수는 없잖아."

캐리는 힘없이 그를 바라보며 말했다. "그럼 이제 어떡할 셈이에요? 백 달러로는 얼마 못 갈 텐데."

"나도 모르겠어. 달리 뾰족한 수가 있어야지."

캐리는 오싹해졌다. 이 문제를 놓고 필사적으로 궁리를 거듭했다. 캐리는 무대를, 그토록 간절히 열망해왔던 상류층의 세계로 들어가는 문으로 여겨왔지만 시카고에 있었던 때처럼 이제 무대는 절망 속에서 마지막으로 기대어볼 곳으로 다가왔다. 그가 당장 일자리를 구하지 못한다면 무슨 수라도 내야만 했다. 어쩌면 그녀가 다시 한번 세상에 나아가 부딪쳐 싸워야 할지도 몰랐다.

캐리는 배역을 얻으려면 어떻게 해야 하나 궁금해졌다. 시카고에서의 경험을 돌이켜보면 그때 그녀가 취했던 방법은 잘못된 것이었다. 이야기를 들어주고, 테스트를 받게 해주고, 기회를 줄 사람들이 있어야 한다.

하루이틀 후 아침 식탁에서 이야기를 나누던 중, 캐리는 사라 베르나르*가 미국에 온다는 얘기를 끄집어내며 연극 쪽으로 화제를 돌렸다. 허스트우드도 그 기사를 보았다.

---

* 프랑스의 여배우.

"무대에 서는 사람들은 어떻게 그 자리를 얻었을까요, 여보?" 마침내 캐리가 순진하게 질문을 던졌다.

"나도 모르지. 아마 중개인이 있을 거야."

캐리는 고개를 들지 않고 커피만 홀짝였다.

"배역을 구해주는 일을 직업으로 하는 사람들요?"

"응, 아마 그럴 거야."

그녀가 질문하는 품이 갑자기 그의 관심을 끌었다.

"아직도 여배우가 될 생각을 하고 있는 건 아니겠지?"

"아니에요. 그냥 궁금해서요."

웬일인지 뭔가 석연치 않았다. 삼 년을 지켜본 결과 그가 보기에 캐리에게는 그쪽으로 대성할 만한 자질이 없었다. 캐리는 너무 단순하고 고분고분했다. 그가 생각하는 예술은 좀더 화려한 것이었다. 괜히 무대에 서려다가 저질 지배인의 손아귀에 떨어져 그렇고 그런 여자들 중하나가 될지도 몰랐다. 그렇고 그런 여자들이 무엇을 말하는지, 그는 잘 알고 있었다. 캐리는 예뻤다. 어쩌면 잘해갈지도 모르지만, 그렇다면 그는 또 어떻게 될 것인가?

"내가 당신이라면 그런 건 아예 생각조차 않겠어. 당신이 생각하는 것보다 훨씬 더 어려운 일이라고."

캐리는 이 말이 자신의 능력을 얕보는 것처럼 들렸다.

"당신도 시카고에서는 내가 아주 잘했다고 칭찬했잖아요."

"잘했지. 하지만 시카고는 뉴욕하고는 아주 다른 곳이라고." 그는 캐리에게 반발심을 불러일으키고 있었다.

캐리는 아무 대답도 하지 않았다. 그의 말에 마음이 상했다.

"당신이 연극계 명사가 될 수만 있다면야 무대도 좋지. 하지만 그렇게 되지 못하면 아무것도 아니야. 성공하려면 아주 오랜 시간이 걸린다고."

"아, 잘 모르겠어요." 캐리는 좀 화가 나서 이렇게 쏘아붙였다.

순간 그는 이 일의 결과를 짐작할 수 있을 것 같았다. 지금 그에게 최악의 상황이 닥쳐오고 있는데, 그녀는 뭔가 천박한 방법으로 무대에 올라서는 그를 버릴 것이다. 이상한 일이지만 그는 캐리의 능력을 좋게 생각해본 적이 없었다. 감정이 지닌 위대한 힘이 어떤 것인지 이해하지 못한 탓이었다. 그는 어떤 이가 지적으로는 부족해도 감정 면에서는 엄청난 힘을 지니고 있을 수도 있다는 사실을 전혀 알지 못했다. 에이버리 홀에서의 일은 이제 너무 먼 과거의 일이라 기억마저 흐릿했다. 캐리와 너무 오래 같이 살다보니 이렇게 된 것이다.

"내가 당신이라면 생각지도 않을 거야. 여자가 할 일이 못 돼."

"배곯는 것보다야 낫지요. 내가 그런 일 하는 것이 싫으면 당신이 일자리를 구하면 되잖아요?"

대답할 말이 없었다. 귀에 못이 박이도록 들은 말이었다.

"아, 그만해."

이런 이야기를 나눈 끝에 캐리는 일단 해보기로 마음먹었다. 그가 뭐라 하건 상관없었다. 그의 뜻에 맞춰주느라 가난과 그보다 더한 구렁텅이 속으로 끌려들어갈 마음은 없었다. 연기를 할 수 있을 것이다. 뭐라도 일단 시작해볼 것이다. 그러면 그가 무슨 할말이 있겠는가? 캐리는 벌써 브로드웨이의 멋진 공연에 출연하는 자신의 모습, 매일 저녁 분장실에서 화장을 하는 자신의 모습을 그려보고 있었다. 열한시가 되어 밖으로 나오면 줄지어 대기하는 마차들이 보인다. 주역이 아니라도 상관없었다. 일단 무대에 올라 괜찮은 보수를 받고 그것으로 마음에 드는 옷도 사 입고 쓰고 싶은 데 쓰면서 여기저기 마음 내키는 대로 다닐 수만 있다면, 그것으로 충분할 것이다. 캐리는 온종일 그런 공상에 매달려 있었다. 허스트우드의 비참한 상황 탓에 아름다운 공상은 점점 더 생생해졌다.

이상하게도 이 생각은 곧 허스트우드의 마음까지 사로잡았다. 돈이 줄어들고 있으니 생활비가 필요했다. 그가 뭔가 구할 수 있을 때까지 캐리가 조금 도와주어도 괜찮지 않을까?

어느 날 그런 생각이 들었다.

"오늘 존 B. 드레이크를 만났어. 가을에 여기에 호텔을 열 거라고 하더군. 그때 나한테 자리를 하나 줄 수 있을 것 같다는군."

"그 사람이 누군데요?"

"시카고에서 그랜드 퍼시픽 호텔을 경영하고 있어."

"아."

"그렇게 되면 일 년에 천사백 달러쯤 받을 거야."

"그 정도면 괜찮지 않아요?" 캐리는 그의 말에 기뻐했다.

"올여름만 어떻게 넘기면 형편이 필 것 같아. 옛친구들한테서 다시 연락이 오고 있거든."

캐리는 이 이야기를 곧이곧대로 다 믿었다. 진심으로 그가 올여름을 잘 넘기기를 바랐다. 그는 너무나 절망적으로 보였다.

"남은 돈은 얼마나 돼요?"

"오십 달러밖에 없어."

"어머나, 저런! 이제 어떡하죠? 이십 일만 있으면 또 집세를 내야 하는데."

허스트우드는 두 손으로 턱을 괴고 멍하니 바닥만 내려다보았다.

"당신이 무대 쪽에 일자리를 얻을 수 있을까?" 그가 지나가는 말처럼 한마디 툭 던졌다.

"할 수 있을 거예요." 캐리는 자기 생각을 받아준 것이 고마워 냉큼 대답했다.

"할 일이 있다면 나도 뭐든 해볼게. 뭐라도 있겠지." 캐리의 표정이 밝아지는 것을 보고 그는 말했다.

어느 날 아침 허스트우드가 외출한 후 캐리는 집안 정리를 해놓고 가진 옷 중에서 제일 좋은 옷으로 말쑥하게 차려입고 브로드웨이로 나섰다. 그녀는 그 거리에 대해서 잘 알지 못했다. 그녀에게 브로드웨이는 굉장하고 막강한 모든 것들이 모여 있는 경이로운 복합체였다. 극장이 거기 있었다. 그러니 중개인들도 틀림없이 거기 어디엔가 있을 것이다.

캐리는 매디슨 스퀘어 극장에 가서 배역 중개인을 어떻게 하면 만날 수 있을지 물어보기로 했다. 그게 맞을 것 같았다. 그녀는 극장에 도착하자마자 매표소 직원에게 물었다.

"예? 배역 중개인요? 모르겠는데요. 하지만 〈클리퍼〉에서 찾으실 수 있을 겁니다. 광고는 다 거기 실리니까요."

"그건 신문인가요?" 캐리가 물었다.

"예." 매표원은 그녀가 그렇게 뻔한 사실도 모르는 데 놀랐지만 캐리의 미모를 보고 공손히 대답해주었다. "신문 가판대에서 사실 수 있을 겁니다."

캐리는 〈클리퍼〉를 한 부 사서 가판대 옆에 선 채로 훑어보며 중개인을 찾아보았다. 찾기가 쉽지 않았다. 13번가까지는 꽤 여러 블록 떨어져 있었지만 시간을 낭비한 것을 아쉬워하며 그녀는 귀중한 신문을 들고 집으로 돌아왔다.

허스트우드는 벌써 들어와서 자리에 앉아 있었다.

"어디 갔다 왔어?"

"배역 중개인을 좀 찾아보러 갔었어요."

그는 일이 잘되었는지 물어보고 싶었지만 좀 조심스러웠다. 그녀가 훑어보는 신문이 그의 눈길을 끌었다.

"그건 뭐야?"

"〈클리퍼〉예요. 여기서 중개인들 주소를 찾을 수 있을 거래요."

"고작 그걸 알아내려고 브로드웨이까지 갔다 왔단 말이야? 내가 가르쳐줄 수 있었을 텐데."

"그럼 왜 말을 안 해줬어요?" 캐리는 쳐다보지도 않고 물었다.

"안 물어봤잖아."

캐리는 빼곡한 기사들을 보는 둥 마는 둥 훑었다. 허스트우드의 무관심에 속이 상했다. 지금 처한 상황도 가뜩이나 어려운데, 그의 언행에 더 힘이 들었다. 가슴속에서 자기 연민이 차올랐다. 눈물이 가득 고였지만 떨어지지는 않았다. 허스트우드가 금세 눈치를 챘다.

"어디 한번 보지."

캐리는 그가 신문을 뒤적이는 동안 거실로 들어가 감정을 추슬렀다. 다시 돌아가보니 그는 연필을 들고 봉투에 뭔가를 적고 있었다.

"여기 세 사람 정도가 있어."

봉투에는 베르무데스 부인, 마커스 젱크스, 퍼시 웨일이라는 이름이 적혀 있었다. 그녀는 잠시 들여다보고는 문 쪽으로 향했다.

"지금 바로 가보는 게 좋겠어요." 그녀는 돌아보지도 않고 말했다.

허스트우드는 캐리가 떠나는 뒷모습을 보며 희미하게 이는 수치심에 가슴이 찔렸다. 하루가 다르게 힘을 잃어가고 있는 남성성이 아직은 남아 있었다. 잠시 앉아 있노라니 그런 느낌은 견디기 힘들 정도로 커져갔다. 그는 벌떡 일어서서 모자를 썼다.

"나가봐야겠군." 그는 혼잣말을 하고는 밖으로 나갔다. 딱히 정한 곳은 없었지만 어디든 가봐야 할 것 같았다.

캐리가 가장 먼저 찾아간 이는 제일 가까운 곳에 있는 베르무데스 부인이었다. 낡은 주거용 건물을 사무실로 바꾼 베르무데스 부인의 사무실은 전에는 뒷방이었을 방 하나와 '일반인 출입 금지'라고 쓰인 문간방 하나로 이루어져 있었다.

들어가보니 한가로이 빈둥거리는 사람들이 몇 있었는데, 그 남자들은 아무 말도 하지 않고, 아무것도 하지 않고 있었다.

누군가 좀 상대해주기를 기다리고 있으려니 문간방의 문이 열리고 남자 같은 외모의 여자 둘이 나왔다. 그들은 꽉 끼는 옷을 입고 흰색 칼라와 커프스를 달고 있었다. 그들 뒤로 마흔 중반쯤으로 보이는, 밝은색 머리에 눈매가 날카로우면서도 성품이 좋아 보이는 통통한 부인이 나왔다. 그녀는 미소를 짓고 있었다.

"그거 잊지 마세요." 남자 같은 여자들 중 한 명이 말했다.

"그럴게요. 어디 봅시다. 2월 첫 주에는 어디에 있을 거죠?" 통통한 여인이 대답했다.

"피츠버그요."

"그럼 그쪽으로 편지를 보낼게요."

"좋아요." 두 여자는 밖으로 나갔다.

통통한 여인의 얼굴이 즉각 무표정하고 냉정하게 바뀌었다. 그녀는 얼굴을 돌려 캐리를 샅샅이 뜯어보았다.

"아가씨는 무슨 일로 오셨지요?"

"베르무데스 부인이신가요?"

"그렇습니다."

캐리는 어떻게 말을 꺼내야 좋을지 몰라 머뭇거렸다. "저기, 혹시 무대에 서고 싶은 사람들에게 자리를 찾아주시나요?"

"예."

"그럼 저도 부탁드릴 수 있을까요?"

"경험이 있나요?"

"아주 약간요."

"누구랑 공연을 했죠?"

"아, 유명인은 아니에요. 그 연극은 그저⋯⋯"

"아, 알겠어요." 그녀는 캐리의 말을 중간에서 잘랐다. "지금으로서는 저도 말씀드릴 게 없군요."

캐리의 안색이 어두워졌다.

"뉴욕에서 무대에 서보고 싶은 거로군요. 일단 이름은 받아두죠." 베르무데스 부인이 상냥하게 이야기를 마무리지었다.

캐리는 사무실로 들어가는 그녀의 뒷모습을 지켜보았다.

"주소가 어디세요?" 카운터 뒤의 젊은 여인이 그 짧은 대화에 이어 물었다.

"조지 휠러 부인이에요." 캐리는 여자 쪽으로 다가가 대답했다. 여자는 캐리의 주소를 받아적고는 가도 좋다고 했다.

젱크스 씨의 사무실에서도 거의 다르지 않았다. 단지 그는 마지막에 이렇게 덧붙였다. "지방 극장에서 공연한 적이 있다거나 그전에 이름이 나온 프로그램을 갖고 있다면 좀 나을 겁니다."

세번째로 간 곳에서는 이런 질문을 받았다.

"어떤 종류의 배역을 원하시나요?"

"무슨 말씀이시죠?" 캐리가 되물었다.

"희극이나 보드빌 무대, 아니면 코러스, 어떤 쪽을 하고 싶으세요?"

"아, 연극에서 배역을 맡고 싶어요."

"흠, 그러면 돈을 내셔야 합니다."

"얼마나요?" 우스꽝스럽게 보일지도 모르지만 캐리는 그런 생각은 해본 적도 없었다.

"그거야 내기 나름이죠." 그가 약삭빠르게 대답했다.

캐리는 그를 미심쩍게 바라보았다. 뭘 더 물어보면 좋을지 몰랐다.

"돈을 내면 배역을 구해주시나요?"

"못 구하면 돈을 돌려드립니다."

"아."

중개인은 지금 상대하고 있는 여자가 경험이 전혀 없다는 것을 눈치채고는 말을 계속했다.

"일단 오십 달러는 되어야 합니다. 그 이하로는 누구도 힘들 겁니다."

캐리는 한줄기 빛이 보이는 듯했다.

"감사합니다. 생각해보겠어요."

캐리는 나가려다가 문득 생각나서 물었다.

"배역을 구하는 데 얼마나 걸릴까요?"

"흠. 그건 확실히 말씀드리기 어렵습니다. 일주일 만에 될 수도 있고 한 달이 걸릴 수도 있지요. 하실 만한 것이 있으면 제일 먼저 알려드릴 겁니다."

"알겠어요." 캐리는 좋은 인상을 남기려고 살짝 미소를 지어 보이고는 밖으로 나왔다.

중개인은 잠시 생각에 잠겼다가 혼잣말을 했다.

"여자들이 왜 저렇게 무대에 서려고 안달인지 모르겠네."

캐리는 오십 달러라는 제안을 놓고 머릿속이 터지도록 생각을 했다. '어쩌면 돈만 받고 아무것도 안 해줄 수도 있어.' 캐리에게는 다이아몬드 반지와 핀 등 몇 가지 보석이 있었다. 그것들을 전당포에 가져가면 오십 달러는 받을 수 있을 것이다.

허스트우드는 그녀보다 먼저 집에 들어와 있었다. 그녀가 이렇게 오래 돌아다닐 거라고는 생각지 않았다.

"왔어?" 그는 무슨 일이 있었는지는 물어보기가 뭣해 이렇게만 말했다.

"오늘은 아무것도 찾지 못했어요. 배역을 얻으려면 돈을 내라고 하더군요." 캐리가 장갑을 벗으며 대답했다.

"얼마나?"

"오십 달러래요."

"그냥은 안 된다는 거야?"

"그 사람들이라고 뭐 다르겠어요? 돈을 낸다 해도 진짜 배역을 구해줄지 어떨지도 모르고."

"흠, 그런 마당에 오십 달러를 낼 수는 없지." 허스트우드는 마치 돈을 손에 들고 결정을 내리는 투로 말했다.

"잘 모르겠어요. 지배인들을 좀 찾아가볼까봐요."

그 말을 들으면서도 허스트우드는 그 말이 내포한 절망감에는 무심했다. 그는 앞뒤로 약간씩 몸을 흔들면서 손가락을 잘근잘근 씹었다. 이렇게 극단적인 상황에서는 그 수밖에 없어 보였다. 그저 점점 더 나아지리라 생각할 뿐이었다.

38
요정의 나라에서 장난치며 놀다
암울한 바깥세상

다음날 다시 일자리를 찾아 카지노 극장으로 간 캐리는 오페라 코러스 역시 다른 분야와 마찬가지로 자리를 얻기가 어렵다는 것을 알았다. 예쁜 여자들을 한 줄로 세워놓는다면 곡괭이를 휘두를 수 있는 노동자들 수와 맞먹을 것이다. 예쁜 얼굴과 몸매를 빼면 두 부류의 구직자들 사이에는 차별점이 전혀 없었다. 자신의 능력에 대한 개인의 견해나 지식 따위는 아무 소용없었다.

"그레이 씨를 좀 뵐 수 있을까요?" 캐리는 카지노 극장 무대 입구에서 무뚝뚝한 안내원에게 물었다.

"지금은 만날 수 없습니다. 바쁘십니다."

"그럼 언제 뵐 수 있을까요?"

"약속을 하셨습니까?"

"아뇨."

"그럼 먼저 그분 사무실로 가보셔야 합니다."

"아, 그렇군요! 사무실은 어디죠?"

안내원이 주소를 주었다.

지금 바로 찾아갈 필요는 없으리라. 그는 자리에 없을 것이다. 그동안은 다른 일자리를 찾아보는 것 말고는 달리 할 일이 없었다.

다른 곳에서 역시 결과는 암담했다. 데일리 씨는 선약을 잡지 않으면 아무도 만나주지 않았다. 캐리가 지저분한 사무실에서 여러 장애를 무릅쓰고 한 시간을 기다린 끝에 무덤덤하다못해 무관심한 도니 씨로부터 알게 된 사실이었다.

"편지를 보내서 만나게 해달라고 부탁을 해야 합니다."

캐리는 곧장 거기에서 나왔다.

엠파이어 극장은 유달리 무기력하고 무관심한 사람들이 모여 있었다. 모든 것이 화려하게 장식되어 있고 세심하게 정리되어 있었으며 놀라울 정도로 고요했다.

라이시엄 극장에서는 계단 밑의 작은 외딴방으로 안내되었는데, 깔개를 깔고 장식 패널을 댄 그 방은 권위 있는 자리가 얼마나 대단한 것인지 느낄 수 있게 해주었다. 매표원, 안내원, 조수까지도 각자의 지위에 자부심을 갖고 품위를 지키는 듯 보였다.

'이제 겸손해질 것입니다. 진실로 겸손해질 것입니다. 원하는 바를 말해보십시오. 긴장한 채로, 서둘러, 자존심 따위는 버리고 말씀하십시오. 그다지 번거로운 일이 아니라면 한번 해보겠습니다.'

이것이 라이시엄 극장의 분위기였는데, 그것은 이 도시의 모든 관리자 사무실이 공통적으로 풍기는 태도이기도 했다. 이런 사업체의 소유주들은 자기 분야에서는 군주나 다름없었다.

자신의 괴로움에 더 부끄러운 마음이 들어서 캐리는 힘없이 그곳을 나왔다.

허스트우드는 그날 저녁, 기운만 빼고 소득은 없었던 구직활동에 대해 자세히 들었다.

"아무도 만나지 못했어요. 그냥 계속 걷고 기다리기만 했어요."

캐리의 말에 허스트우드는 멀거니 그녀를 바라만 볼 뿐이었다.

"일자리를 얻으려면 아는 사람이 좀 있어야 하나봐요." 캐리가 잔뜩 풀이 죽어서 말했다.

쉽지 않은 일인 줄은 알지만 허스트우드는 그렇게 절망적으로까지 보지는 않았다. 캐리는 지치고 낙담한 상태지만 좀 쉬면 된다. 흔들의 자에 앉아 세상을 바라보노라면 최악의 상황이 그리 빨리 닥쳐올 것 같지는 않았다. 내일은 다를 것이다.

내일이 오고, 또 그다음날이 오고, 하루하루가 흘러갔다.

캐리는 카지노 극장에서 지배인을 한 번 만날 수 있었다.

"다음주 첫날 한번 들러보시오. 그때 좀 변화가 있을 수도 있으니."

지배인은 싫증날 정도로 잘 먹고 잘 입는 듯 몸집이 크고 뚱뚱한 남자로, 여자를 마치 경주마 보듯 했다. 캐리는 예쁘고 우아했다. 경험이 없다 해도 넣어줄 수 있을 것 같았다. 극장주 한 명이 코러스들 외모가 좀 떨어진다고 했었다.

다음주 첫날이 되려면 아직 며칠 더 남았다. 곧 다음달 첫날이었다. 캐리는 새삼 걱정이 되었다.

"정말 나가서 뭐라도 찾아본 거예요?" 어느 날 아침 속을 끓이다못해 허스트우드에게 물었다.

"당연히 찾아봤지." 그는 그 질문에 담긴 모욕에 좀 화가 나서 심술궂게 대꾸했다.

"지금으로서는 뭐라도 잡아야죠. 얼마 안 있으면 또 월초란 말이에요."

그녀는 절망의 화신 같았다.

허스트우드는 신문을 내려놓고 옷을 갈아입었다.

뭐라도 찾아봐야지 생각했다. 맥주공장에서 그를 받아줄 수 있을지 알아볼 생각이었다. 그래, 일거리를 잡을 수만 있다면 바텐더 자리라도 괜찮았다.

전에 했던 것과 전혀 다르지 않은 순례였다. 한두 번 퇴짜를 맞고 나면 용기는 사라져버렸다.

'소용없어. 집으로 돌아가는 편이 낫겠어.'

이제 가진 돈은 얼마 남지 않았고, 제일 좋은 옷조차 이제는 변변찮아 보였다. 가슴이 쓰라렸다.

그가 들어온 후에 캐리가 들어왔다.

"보드빌 지배인 몇 사람을 만나러 갔었어요. 특기가 있어야 한대요. 특기가 없는 사람은 필요 없다네요." 캐리가 담담하게 말했다.

"난 오늘 맥주공장 사람들을 만나고 왔어. 이삼 주 후에 자리를 하나 구해주겠다고 하더군."

너무나 힘들어하는 캐리의 모습을 보니 뭐라도 보여주지 않을 수 없었다. 정력적인 상대에게 무기력한 자가 하는 사과였다.

월요일에 캐리는 다시 카지노 극장으로 갔다.

"내가 오늘 와보라고 했던가요?" 앞에 선 캐리를 보고 지배인이 말했다.

"이번주 첫날 오라고 하셨어요." 캐리는 당황해서 어쩔 줄 몰랐다.

"경험은 있나요?" 그가 날카로운 말투로 다시 물었다.

캐리는 없다고 솔직히 고백했다.

그는 서류를 뒤적이며 다시 캐리를 훑어보았다. 불안에 떠는 이 예쁘장하고 젊은 여인이 마음에 들었다. "내일 아침에 극장으로 오세요."

캐리는 심장이 목구멍으로 튀어나올 것만 같았다.

"그러겠습니다." 캐리는 간신히 대답했다. 자기를 쓰겠다는 것이었다. 그녀는 자리를 나오려고 몸을 돌렸다.

'저 사람이 정말로 나를 써주려는 걸까? 아, 정말 그런 행운이 있었던 걸까?'

열린 창문을 통해 들려오는 도시의 시끄러운 소음까지도 유쾌하게 들렸다.

그녀가 속으로 던진 질문에 대답하듯 날카로운 목소리가 들려왔다. 그 말은 그녀의 모든 걱정을 씻어내주었다.

"꼭 시간 지키시오. 시간 못 맞추면 잘릴 거요." 지배인이 거칠게 외쳤다.

캐리는 걸음을 서둘렀다. 그 순간만큼은 허스트우드의 게으름도 짜증나지 않았다. 일자리를 구했다, 일자리를 구했다! 이 말이 귓가에 노래처럼 울렸다.

기쁨에 들떠 그녀는 허스트우드에게 한시라도 빨리 알려주고 싶었다. 그러나 집으로 걸어오면서 이번 일을 자세히 생각하고 따져볼수록 이상하다는 생각이 들었다. 자기는 몇 주 만에 일자리를 구했는데 그는 벌써 몇 달째 느긋하게 빈둥거리고 있는 것이다.

"왜 일자리를 구하지 않는 거지? 내가 할 수 있다면 그이도 못할 리가 없잖아. 난 별로 어렵지 않았는데." 그런 말이 절로 나왔다.

캐리는 자신이 젊고 예쁘다는 사실을 잊고 있었다. 그저 들뜬 나머지 그의 나이가 걸림돌이 된다는 생각은 하지 못했다.

성공의 목소리가 귓가에 들리는 듯했다.

비밀을 숨길 수가 없었다. 침착하고 무심한 척하려고 애썼지만 누가 봐도 알 수 있었다.

"어땠어?" 허스트우드는 캐리의 안도한 표정을 보며 물었다.

"일자리를 구했어요."

"그래?" 그의 목소리도 밝아졌다.

"네."

"어떤 자린데?" 이제 자기도 좋은 자리를 구할 수 있을 것 같은 희망이 느껴졌다.

"코러스예요."

"당신이 얘기했던 카지노 극장 쇼인가?"

"맞아요. 내일 연습을 시작해요."

캐리는 기분이 좋아서 묻지 않아도 먼저 설명을 늘어놓았다. 마침내 허스트우드가 말했다.

"급료는 얼마나 준대?"

"몰라요. 물어보지 않았어요. 주당 십이 달러나 십사 달러쯤이겠죠."

"아마 그쯤 되겠지."

그날 저녁 끔찍한 긴장이 가신 덕에 풍성한 저녁식사가 차려졌다. 허스트우드는 면도를 하러 나갔다가 제법 큼직한 설로인 스테이크를 사들고 돌아왔다.

'내일은 나도 찾아봐야지.' 새로운 희망에 그는 고개를 들어 하늘을 올려다보았다.

다음날 캐리는 시간에 맞춰 나가 코러스 자리를 배정받았다. 그녀는 아직까지 밤의 위세와 향기가 짙게 배어 있는 그늘지고 텅 빈 커다란 극장을 보았다. 화려하고 동양적인 외관으로 유명한 극장이었다. 경이로운 광경에 캐리는 기가 질리면서도 기뻤다. 이 꿈같은 현실이 믿어지지 않았다. 여기에 어울리는 존재가 되려면 얼마나 열심히 노력해야 할까. 극장은 일반 대중 위에, 나태함 위에, 궁핍 위에, 무의미 위에 우뚝 솟아 있었다. 사람들은 아름다운 옷을 휘감고 마차를 타고 공연을 보러 극장에 온다. 극장은 빛과 환락의 중심이었다. 그런데 그녀가 그곳의 일부가 된 것이다. 아, 여기 남아 있을 수만 있다면 하루하루가 얼마나 행복할까!

"이름이 뭐죠?" 연습을 시키고 있던 지배인이 물었다.

"마덴다예요. 캐리 마덴다요." 시카고에서 드루에가 골라주었던 이름이 순간적으로 떠올랐다.

"자, 마덴다 양, 저쪽으로 가세요." 캐리 생각에 그 말투는 아주 상냥했다.

그는 무리 속에 섞여 있던 젊은 아가씨 하나를 불렀다.

"클라크 양, 마덴다 양과 짝이 되어요."

이 젊은 아가씨가 앞으로 걸어나와 캐리가 그 옆으로 가서 섰고, 연습이 시작되었다.

연습은 에이버리 극장에서 했던 것과 닮은 데가 있었지만 이 지배인의 태도가 훨씬 더 독단적이었다. 밀리스 씨의 고집과 거만한 태도에 혀를 내둘렀었지만, 여기에서 지휘하는 인물은 그만큼 고집스러운데다 지독하게 거칠기까지 했다. 사소한 실수에도 길길이 날뛰었고, 목소리도 점점 커져갔다. 이 젊은 여자들 쪽에서 자존심을 내세우거나 무지한 티를 내는 것은 조금이라도 용납하지 않았다.

"클라크," 그는 그렇게만 불렀다. 물론 클라크 양을 말하는 것이었다. "왜 거기서 스텝을 못 맞추는 거야?"

"네 발짝 오른쪽으로! 오른쪽이라고 했잖아, 오른쪽! 제발 정신 좀 차려! 오른쪽!" 그 소리는 격분에 찬 울부짖음에 가까웠다.

"메이틀랜드! 메이틀랜드!" 그가 또 고함을 질렀다.

예쁘게 차려입은 어린 아가씨가 겁에 질려 앞으로 걸어나왔다. 남의 일 같지 않게 딱하기도 하고 무섭기도 해서 캐리 역시 덜덜 떨었다.

"네." 메이틀랜드 양이 대답했다.

"귓구멍이 막혔나?"

"아닙니다."

"'줄줄이 좌로'라는 말이 무슨 뜻인지는 아나?"

"네, 압니다."

"그럼 왜 오른쪽에서 헤매는 거야? 줄을 엉망으로 만들고 싶어?"

"전 그냥……"

"듣기 싫고, 똑똑히 잘 들으라고."

캐리는 안타깝기도 하고 자기도 당할까봐 두렵기도 했다.

또다른 여자가 심한 모욕을 당했다.

"잠깐만." 지배인이 못 참겠다는 듯이 양손을 쳐들고 외쳤다. 표정이 험했다.

"엘버스, 입에 뭘 물고 있지?"

"아무것도 없습니다." 엘버스 양이 대답했다. 다른 이들은 미소를 머금고는 있지만 불안스레 옆에 서 있었다.

"그럼, 잡담하고 있었나?"

"아니에요."

"아니면 입 꼭 다물어. 자, 모두 다시 한번."

마침내 캐리 차례였다. 시키는 대로 다 잘해내려고 너무 긴장한 탓에 그만 사달이 난 것이었다.

캐리는 누군가 부르는 소리를 들었다.

"메이슨, 메이슨 양." 그 목소리가 불렀다.

캐리는 메이슨이 누구일까 주위를 둘러보았다. 뒤에 선 아가씨가 캐리를 가볍게 쿡 찔렀지만 무슨 뜻인지 알 수 없었다.

"너 말이야, 너! 내 말 안 들려?" 지배인이 외쳤다.

"아." 캐리는 온몸의 기운이 쭉 빠지고 얼굴이 붉어졌다.

"이름이 메이슨 아닌가?" 지배인이 물었다.

"아니에요. 마덴다예요." 캐리가 대답했다.

"발이 왜 그 모양이야? 춤출 줄 모르나?"

"아니, 알아요." 캐리는 춤추는 법을 오래전에 배웠다.

"그럼 왜 그딴 식으로 해? 죽은 사람처럼 발을 질질 끌면 어떡해. 내가 필요한 건 생기가 넘치는 사람이라고."

캐리의 뺨은 홍당무처럼 새빨갛게 물들었다. 입술이 파르르 떨렸다.

"네, 알겠습니다."

그렇게 성을 내고 몰아치며 연습은 세 시간이나 이어졌다. 몸은 녹초가 되었지만 정신적으로는 너무 흥분한 상태여서 캐리는 피곤한 줄도 몰랐다. 집에 가서 배운 대로 연습해볼 생각이었다. 어떻게든 실수하지 않을 것이다.

아파트에 도착해보니 허스트우드는 집에 없었다. 그가 일자리를 구하러 나가다니 별일이라고 생각했다. 캐리는 식사를 하는 둥 마는 둥 하고 곧 궁핍에서 벗어날 수 있으리라는 희망으로 힘을 얻어 연습을 계속했다. '영광의 종소리가 귓가에 울려퍼졌다.'

허스트우드는 나갈 때와는 달리 어깨가 축 처져서 돌아왔다. 이제 캐리는 연습을 중단하고 저녁을 차려야 했다. 짜증이 살짝 일었다. 그녀는 일자리를 구했다. 그런데 연기를 하면서 살림까지 해야 한단 말인가?

"일을 시작하면 그렇게는 못해. 나가서 먹으라고 해야지."

매일같이 걱정거리가 끊이지 않았다. 코러스에 들어간 건 그리 대단한 일이 아니었다. 급료는 주당 십이 달러밖에 안 되었다. 며칠 후 캐리는 처음으로 신분이 높고 귀한 분들, 상류층의 신사들과 숙녀들 앞에 서게 되었다. 그들이야말로 모두에게 존경받는 특권층이었다. 그녀는 아무것도 아니었다. 하잘것없는 존재일 뿐이었다.

집에 오면 허스트우드가 매일같이 그녀에게 생각할 거리를 주었다. 그는 하는 일도 없으면서 염치 좋게 그녀가 잘해나가고 있는지 물었다. 툭하면 이렇게 물어보는 품이 그녀의 노동에 기대어 먹고살려고 작정한 사람 같았다. 이제 확실한 생계수단을 갖게 되니까 이런 것들이 신경에 거슬렸다. 그는 그녀가 버는 십이 달러라는 보잘것없는 돈에 의지하려는 것 같았다.

"일은 잘돼가?" 그는 무심한 투로 묻곤 했다.

"그럭저럭요."

"해보니까 좀 쉬운가?"

"익숙해지면 괜찮을 거예요."

그는 다시 신문에 집중했다.

"돼지기름을 좀 샀어. 비스킷을 좀 만들어주었으면 해서 말이지." 그는 마침 생각났다는 듯이 덧붙였다.

캐리는 그가 이렇게 아무렇지도 않게 말하는 데 좀 놀랐다. 특히 최근의 사정을 생각하면 어떻게 저럴 수 있을까 싶었다. 조금씩 자립심이 강해지면서 캐리는 이런 것들에 대해 말할 용기가 생겼다. 한마디 해주고 싶었다. 하지만 아직은 드루에게 했던 것처럼 대놓고 말하지는 못했다. 그의 태도에는 항상 좀 어려워하게 만드는 구석이 있었다. 그에게는 보이지 않는 힘이 숨겨져 있는 것 같았다.

첫 주 연습이 끝나고 어느 날, 예상했던 일이 수면으로 떠올랐다.

"좀더 절약해야겠어. 아직 일주일은 있어야 돈을 받아올 테니." 허스트우드가 사온 고기를 내려놓으며 말했다.

"그래요." 캐리는 화덕 앞에서 냄비를 저으며 대답했다.

"이제 집세 낼 돈을 제하면 십삼 달러밖에 안 남았어." 그가 덧붙였다.

'그렇군. 이제 내 돈을 써야 된다 이 말이지.' 그녀는 속으로 생각했다.

500

순간 몇 가지 사고 싶었던 것이 떠올랐다. 옷이 필요했다. 모자도 변변치 않았다.

'십이 달러가 살림에 얼마나 보탬이 된다고. 그렇게는 못 해. 왜 자기는 뭐든 하지 않는 거야?'

드디어 첫 공연이 열리는 중요한 밤이 왔다. 캐리는 허스트우드에게 굳이 보러 오라고 하지 않았고, 그 역시 갈 생각이 없었다. 돈 낭비였다. 그녀가 맡은 배역은 아주 작은 것이었다.

신문에는 벌써 광고가 실리고 광고판에 포스터가 붙었다. 주역 여배우와 남자 배우들 이름이 올랐다. 캐리는 아무것도 아니었다.

시카고에서처럼 캐리는 처음 발레가 막 시작될 때에는 겁에 질렸지만, 이내 회복되었다. 마음 아프지만, 자기 역할이 잘하건 못하건 별 의미가 없다고 생각하자 두려움이 사라졌다. 너무나 미미한 존재라 어떻게 하더라도 상관이 없는 듯 느껴졌다. 다행히도 캐리는 타이츠를 입지 않아도 되었다. 열두 명의 여자들은 무릎 위로 1인치 정도 올라오는 예쁜 금색 치마를 입게 되어 있었는데, 캐리도 그 열두 명 중 하나였다.

무대에 서서 행진을 하고 코러스와 함께 목청 높이 노래를 부르면서, 캐리는 관객들을 훑어보았다. 공연은 크게 성공할 것 같았다. 박수갈채가 쏟아졌지만, 재능 있다고들 하는 여배우 몇몇은 캐리가 보기에 실력이 형편없었다.

"나라면 더 잘할 수 있을 텐데." 캐리는 몇 번이나 혼잣말을 했다. 사실 그녀 말이 맞았다.

공연이 끝난 후 캐리는 재빨리 옷을 갈아입었다. 지배인이 배우들 몇몇을 야단치면서도 그녀에 대해선 그냥 지나치기에 자기가 그럭저럭 잘해낸 것이 틀림없다고 생각했다. 아는 사람도 거의 없고, 주연 배우들은 수다를 떨고 있었기 때문에 빨리 나가고 싶었다. 밖에는 마차들과 옷을 잘 차려입은 젊은 남자들이 기다리고 있었다. 캐리는 자기를 세세히 뜯어보는 시선들을 느꼈다. 눈짓 한 번이면 남자를 낚을 수 있을 것이었다. 그러나 그녀는 그러지 않았다.

한 노련한 젊은이가 먼저 나섰다.

"집에 혼자 돌아가시는 건 아니겠죠?"

캐리는 발걸음을 재촉하여 6번가로 가는 전차에 올라탔다. 그날의 경이로움으로 머릿속이 꽉 차 있어서 다른 것을 생각할 여유가 없었다.

"맥주공장에서는 아무 소식도 없어요?" 캐리가 주말쯤 허스트우드를 움직이게 해볼 요량으로 이렇게 물었다.

"없어. 아직 준비가 안 됐대. 하지만 곧 연락이 오겠지."

캐리는 더는 아무 말도 하지 않았다. 어쩔 수 없으려니 생각은 하면서도 자기 돈을 내놓기는 싫었다. 위기를 감지한 허스트우드는 캐리에게 잘 말해봐야겠다고 생각했다. 캐리가 마음씨가 착하며 참을성이 많다는 것을 그는 오래전부터 알고 있었다. 그렇게 하려고 생각하니 약간 수치심이 일었지만, 곧 자기도 정말로 뭔가 일자리를 구하게 되리라 합리화했다. 집세 내는 날이 기회가 되었다.

"이제 내가 가진 돈은 이것뿐이야. 당장 뭐든 해야 할 것 같아." 그는 집세 낼 돈을 세면서 말했다.

캐리는 그가 무슨 말을 할까 뭔가 수상쩍어 그를 삐딱하게 노려보았다.

"조금만 더 버티면 무슨 수가 생길 거야. 드레이크가 9월에 틀림없이 여기에 호텔을 연다니까."

"그래요?" 그때까지라면 아직 좀더 있어야 했다.

"그때까지만 나를 좀 도와주면 안 될까? 그뒤로는 다 잘될 거야." 그는 애원하듯 말했다.

"알았어요." 캐리는 어쩔 수 없는 자기 팔자가 서글펐다.

"좀 아껴 쓰면 될 거야. 내가 다 갚을게."

"아이, 내가 당신을 도와야죠." 캐리는 그가 이렇게 비굴하게 애원할 수밖에 없는 처지까지 몰린 데 정말로 가슴이 아팠지만, 자기가 번 돈을 마음 내키는 대로 쓰고 싶은 욕망을 이기지 못하고 미약하게나마 항의를 했다.

"임시직이라도 일을 좀 잡지그래요, 여보? 뭐 어때요? 좀 지나면 어차피 더 좋은 자리가 생기는데요."

"뭐든 해볼게. 길거리에서 구덩이라도 파지 뭐. 여기에는 나를 아는 사람도 없으니까." 그는 마음을 놓았다가 책망에 움찔해서 대답했다.

"아, 그렇게까지 할 필요는 없어요. 하지만 다른 일이 꼭 있을 거예요." 캐리는 그가 안쓰러워 마음이 아팠다.

"뭐든 해볼게!" 그가 단단히 결심했다는 듯 외쳤다.

그러고는 다시 신문으로 눈길을 돌렸다.

39
빛과 그림자
나누어진 세계

그렇게 단호하게 결심하고도 허스트우드는 아직은 때가 아니라는 식이었고, 캐리는 속을 끓이며 그렇게 한 달을 보냈다.

죽도록 일하고도 돈을 마음대로 쓸 수 없다는 사실이 확실해지자 장신구는 물론이고 옷을 사고 싶은 마음도 점점 더 커져갔다. 곤경을 헤쳐나갈 수 있게 도와달라고 그가 부탁할 때 느꼈던 동정심은 이 새로운 욕구가 일어나면서 사라져버렸다. 허스트우드의 부탁은 그 한 번뿐이었지만, 예쁘게 꾸미고 싶은 그녀의 욕망은 점점 더해갔다. 그것은 끈질기게 고개를 들었고, 그 욕망을 채우고 싶은 마음에 점점 더 허스트우드가 없었으면 하는 생각마저 들었다.

허스트우드는 마침내 수중에 십 달러밖에 안 남게 되자, 차비나 면도비 등 소소한 비용까지 캐리에게 다 의지하지 않도록 따로 챙겨둬야겠다고 생각했다. 그는 캐리에게 한푼도 남지 않았다고 말했다.

"이제 난 빈털터리야. 오늘 아침 석탄값을 치르고 나니 십 센트인가 십오 센트인가밖에 남지 않았어." 어느 오후 그가 말했다.

"내 지갑에 돈이 좀 있어요."

허스트우드는 토마토 통조림을 사야 한다며 그 돈을 가지러 갔다. 이로써 새로운 질서가 시작되었음을 캐리는 아직 깨닫지 못했다. 그는 결국 십오 센트를 가져가 통조림을 사왔다. 그날 이후 이런 일들이 소소하게 계속되었고, 어느 날 아침 캐리는 그날 저녁에는 식사 때가 다 돼서야 돌아올 거라는 사실이 갑자기 생각났다.

"밀가루가 다 떨어졌어요. 오늘 오후에 좀 사다놓아주세요. 고기도 없고요. 간이랑 베이컨 어때요?"

"난 좋아."

"반 파운드나 4분의 3파운드면 될까요?"

"반 파운드면 충분해."

캐리는 지갑을 열어 오십 센트를 내놓았다. 그는 짐짓 못 본 척했다.

허스트우드는 3.5파운드짜리 밀가루를 십삼 센트에, 간과 베이컨 반 파운드는 십오 센트에 사왔다. 그는 장 본 것들을 잔돈 이십이 센트와 함께 주방 테이블 위에 놓아두었다. 거스름돈이 정확했다. 그것은 보기 싫어도 캐리 눈에 들어왔다. 그가 자신에게 원하는 것이 먹을 것뿐이라는 사실을 깨닫자 서글퍼졌다. 그에게 냉정하게 구는 것은 옳지 못한 행동이라 느껴졌다. 어쩌면 곧 일자리를 구할지도 모른다. 그도 나쁜 사람은 아니었다.

하지만 바로 그날 저녁 극장에 들어가다가 코러스 걸 중 한 명이 알

록달록한 예쁜 트위드 정장을 새로 빼입고 지나가는 모습을 본 캐리는 시선을 빼앗겼다. 멋진 보랏빛 옷을 차려입고 잔뜩 들뜬 채 걸어가던 그녀는 예쁘고 고른 이를 드러내며 캐리에게 호감 가는 미소를 보냈고, 캐리도 미소로 답했다.

'저렇게 옷도 사 입을 수 있는데. 나도 내 돈을 마음대로 쓸 수 있다면 그럴 수 있을 텐데. 쓸 만한 타이 하나 없으니.'

캐리는 발을 내밀고 자기 구두를 곰곰이 뜯어보았다.

'토요일에는 구두를 한 켤레 사야겠어. 그다음에 어떻게 되건 알 게 뭐람.'

캐리는 코러스 걸 중에서 가장 다정하고 동정심 많은 한 여자와 친구가 되었다. 캐리에게서는 어떤 위협도 느껴지지 않아서였다. 이 명랑한 어린 마농*은, 도덕에 관한 사회의 엄격한 관념 따위는 개의치 않았지만 주변 사람들에게는 친절하고 너그러웠다. 수다를 떨지 못하게 되어 있었지만, 몇몇은 아랑곳하지 않고 떠들었다.

"오늘 날씨 덥지 않아?" 분홍색 타이츠를 입고 황금 투구를 쓴 그녀가 말을 걸어왔다. 빛나는 방패도 들고 있었다.

"응, 그래." 캐리는 누군가가 말을 걸어준 것이 기뻐서 냉큼 대답했다.

"더워 죽겠어."

캐리는 파랗고 큰 눈을 가진 상대방의 예쁜 얼굴을 들여다보았다. 송글송글 땀방울이 맺혀 있었다.

"이 오페라는 내가 해본 것 중에서 행진이 제일 많아." 여자가 말했다.

---

* 프랑스 소설가 아베 프레보의 대표작 『마농 레스코』의 여주인공.

"다른 오페라에도 나갔었어?" 캐리는 그녀가 경험이 있다는 말에 놀라서 물었다.

"아주 많이 해봤지. 너는?"

"이게 처음이야."

"아, 그래? 여기서 했던 〈여왕의 배필〉 공연 때 본 얼굴이라고 생각했는데."

"아니야, 그건 나 아니야." 캐리는 고개를 저었다.

그들의 대화는 요란하게 울리는 오케스트라와 무대 양쪽 끝에서 탁탁 터지는 칼슘 조명등 소리로 중단되었다. 코러스들은 다음 무대를 위해 줄을 서야 했다. 그날은 더 얘기할 기회가 없었지만 이튿날 저녁 무대에 오를 준비를 하고 있을 때 그녀가 또 캐리 옆에 나타났다.

"이번 쇼는 다음달에 순회공연에 나설 거래."

"정말?" 캐리가 되물었다.

"그래. 넌 따라갈 생각이니?"

"모르겠어. 데려가준다면 가고 싶은데."

"아, 데려갈 거야. 하지만 난 안 가. 돈을 더 주지도 않는데 생활비는 다 각자가 부담해야 하거든. 난 뉴욕을 절대 안 떠날 거야. 여기에도 쇼가 얼마나 많은데."

"넌 언제든지 다른 쇼에 들어갈 수가 있니?"

"마음만 먹으면. 이번달에 브로드웨이 극장에 오르는 쇼가 있어. 이번 쇼가 정말로 순회공연을 떠난다면 거기 한번 들어가볼 생각이야."

캐리는 귀가 번쩍 뜨였다. 확실히 자리를 얻기는 그리 어렵지 않을 것 같았다. 어쩌면 그녀 역시 자리를 얻을 수 있을지 모른다.

"급료는 여기랑 똑같이 줄까?" 캐리가 물었다.

"그럼. 어떤 때는 조금 더 주기도 해. 이 쇼는 별로 많이 안 주는 거야."

"난 십이 달러 받는데." 캐리가 말했다.

"정말이야? 나는 십오 달러 받는데, 일은 네가 더 많이 하잖아. 나 같으면 가만있지 않을 거야. 네가 모르는 줄 아니까 덜 주는 거라고. 십오 달러는 받아야 해."

"그렇게 못 받고 있어."

"네가 원한다면 다음 자리에서는 더 받을 수 있을 거야." 캐리를 매우 좋게 보았는지 그녀는 말을 이었다. "넌 잘하잖아. 지배인도 알고 있어."

사실 그녀 자신은 의식하지 못했지만 캐리는 독특하고도 부드러운 분위기를 지니고 있었다. 그것은 전적으로 스스로를 의식하지 않는 자연스러운 태도에서 나온 것이었다.

"브로드웨이 극장에서 내가 돈을 더 받을 수 있을까?"

"그야 물론이지. 나 갈 때 같이 가자. 내가 말해줄게."

이 말에 고마워서 캐리는 얼굴이 발갛게 물들었다. 이 작은 '가스등 병사'가 마음에 들었다. 반짝이는 금빛 투구를 쓰고 무기를 든 이 아가씨는 경험도 아주 많고 자신감도 넘쳐 보였다.

'이렇게 계속 일자리를 얻을 수만 있다면 앞일은 걱정할 게 없을 거야.' 캐리는 생각했다.

그러나 아침이 되어 집안일에 짓눌리고 골치 아픈 짐짝처럼 자리에 버티고 앉아 있는 허스트우드를 보면 그녀의 운명은 암담하기만 할 뿐

헤어날 길이 없어 보였다. 허스트우드가 꼼꼼하게 따져서 장을 본 덕에 식비는 그리 많이 들지 않았고 집세도 낼 수 있었지만, 그러고 나면 남는 게 없었다. 캐리가 구두와 다른 몇 가지를 사버리는 바람에 집세 문제가 아주 심각하게 꼬이고 말았다. 집세 내는 날을 일주일 남겨두고야 캐리는 문득 돈이 다 떨어져가고 있음을 깨달았다.

"집세 낼 돈이 모자랄 것 같아요." 아침 식탁에서 캐리는 지갑을 들여다보며 말했다.

"얼마나 있는데?" 허스트우드가 물었다.

"이십이 달러요. 하지만 이번주에 돈 나갈 것들이 잔뜩 밀려 있잖아요. 토요일에 받는 돈을 그걸 내는 데 다 써버리면 다음주에 쓸 돈이 없게 될 거예요. 호텔 주인이라는 당신 친구는 이번달에 정말 호텔을 연대요?"

"그럴 것 같아. 그럴 거라고 했어."

잠시 후 허스트우드가 말했다.

"걱정하지 마. 식품점에서는 좀 기다려줄 거야. 그렇게 해줄 거야. 오랫동안 단골이었으니 한두 주 정도야 믿고 기다려주겠지."

"징말 그럴까요?"

"그렇다니까."

허스트우드는 그날 커피 1파운드를 주문하면서 식품점 주인 외슬로 그의 눈을 똑바로 쳐다보며 말했다.

"이번 주말까지 외상으로 좀 달아주시겠소?"

"그러지요, 휠러 씨. 괜찮습니다."

곤궁에 처하고도 여전히 수완 좋은 허스트우드는 구차하게 덧붙이지 않았다. 그다지 어려운 일이 아니었다. 그는 문밖을 내다보고 있다가 커피를 받아들고 나왔다. 그렇게, 갈 데까지 간 남자의 생활이 시작되고 있었다.

집세를 내고 나니 식품점이 문제였다. 허스트우드는 자기 돈 십 달러에서 외상을 갚고 주말에 캐리한테서 받은 돈으로 메웠다. 다음에는 식품점 주인과 얘기를 해서 외상 갚는 날을 하루 미루어 지난 토요일의 외상값을 다음 목요일이나 금요일에 주기로 하고 자기 돈 십 달러를 충당했다.

이렇게 일이 복잡하게 얽히고 꼬이다보니 캐리는 다른 수가 있어야겠다는 생각이 들었다. 허스트우드는 그녀가 뭐든 할 권리가 있다는 것을 모르고 있는 듯했다. 그는 캐리가 벌어오는 돈으로 모든 비용을 충당하려 하면서, 조금이라도 보탤 생각은 없어 보였다.

'말로만 걱정이지. 정말로 걱정이 된다면 저기 앉아서 나만 기다리고 있지는 않을 텐데. 뭐든 일자리를 구했겠지. 하려고만 한다면 어떻게 사람이 일곱 달 동안이나 아무 일도 못 찾을 수가 있담.'

추레한 옷차림에 찌푸린 얼굴로 빈둥거리는 그를 보고 있다보면 다른 곳에서 위안을 찾지 않을 수 없었다. 일주일에 두 번은 낮 공연이 있어서 허스트우드는 직접 간단하게 차려 먹었다. 또다른 이틀은 아침 열시에 연습이 시작되어 대개 한시까지 이어졌다. 이제 캐리는 금빛 투구를 쓴 푸른 눈의 병사를 포함해서 코러스 걸 두엇과 어울리게 되었다. 그들과 있는 것이 재미있기도 하고 남편이 웅크리고 있는 집이 지긋지긋하기도 했다.

푸른 눈의 병사의 이름은 롤라 오즈번이었다. 그녀는 한 블록 전체

510

가 사무실 건물들로 들어찬 4번 애비뷰 근처 19번가에 살았다. 그 아늑한 뒷방에서는 수많은 나무 그늘이 보기 좋게 드리워진 뒤뜰이 내다보였다.

"넌 원래 집이 뉴욕이니?" 어느 날 캐리가 롤라에게 물었다.

"응. 하지만 식구들하고는 같이 살 수가 없어서 말이야. 날 항상 자기네 뜻대로 움직이려고 한다니까. 너는 여기 사니?"

"응."

"가족하고 함께?"

캐리는 결혼했다고 말하기가 부끄러웠다. 그녀는 급료를 더 받아야겠다는 말을 자주 했고 미래에 대해 걱정이 많다고도 솔직하게 털어놓았지만, 그런 질문을 맞닥뜨리고 보니 차마 사실대로 말할 수가 없었다.

"친척들이랑 같이 살아." 캐리는 그렇게 대답했다.

롤라는 캐리 역시 자기처럼 제 시간을 마음대로 쓸 수 있을 줄 알았다. 그녀가 매번 어디에 놀러가자거나 이런저런 일을 하자고 제안하며 캐리를 붙잡는 통에, 캐리는 저녁식사 시간을 어기기 시작했다. 허스트우드도 모르지 않았지만 캐리에게 따질 입장이 아니라고 느꼈다. 캐리가 너무 늦게 오는 바람에 한 시간도 안 되는 동안 끼니를 대충 때우고 다시 극장으로 뛰어가는 일도 다반사였다.

"오후에도 연습을 하나?" 한번은 허스트우드가 냉소적인 불만과 거기에서 비롯된 원망을 간신히 감추고 물었다.

"아니에요. 다른 자리를 좀 찾아보느라고요."

거짓말은 아니었지만 변명이라기에는 너무 약했다. 캐리는 롤라와 함께 브로드웨이 극장에 새 오페라를 올리려는 지배인의 사무실에 들렸다가 곧장 그녀의 방으로 가서 세시부터 죽 거기 있었으니까.

캐리는 그런 질문은 자신의 자유를 침해하는 것이라고 생각했다. 그러나 정작 자신이 얼마나 많은 자유를 누리고 있는지는 모르고 있었다. 최근에 얻은 가장 새로운 자유를 놓고 왈가왈부하는 것은 참을 수 없었다.

허스트우드는 사정을 훤히 꿰뚫고 있었다. 그는 본래 머리 회전이 빠른 타입이었지만 점잖은 사람이었으므로 차마 대놓고 뭐라 하지는 않았다. 캐리가 그의 삶에서 떨어져나가는 동안, 그는 그간 여러 기회들을 놓친 것처럼 그저 무기력하게 지켜보고만 있었다. 그래도 미약하게나마 매달리고 항의해봤지만 캐리를 짜증나게만 할 뿐이었다. 두 사람 사이의 틈은 그렇게 천천히 벌어지고 있었다.

그들 사이의 틈이 더 벌어지게 된 또하나의 계기가 생겼다. 어느 날 코러스들이 군무를 추며 환히 불 켜진 무대를 가로질러 지나가는 모습을 바라보던 지배인이 발레 선생에게 물었다.

"저기 오른쪽 네번째 여자 누구죠? 지금 맨 끝에서 돌고 있는 저 여자 말이오."

"아, 마텐다 양입니다."

"인물이 좋은걸. 저 여자를 맨 앞에 세우면 어때요?"

"그러겠습니다."

"그렇게 하도록 해요. 당신이 뽑은 여자보다 나아 보이는데."

"알겠습니다. 그러도록 하지요."

다음날 저녁 호출을 받은 캐리는 실수라도 한 줄 알았다.

"오늘밤에는 당신이 맨 앞에 서요." 선생이 말했다.

"예, 알겠습니다."

"활기차게 해요. 활달한 모습을 보여줄 필요가 있다고." 그가 덧붙였다.

"예, 알겠습니다."

캐리는 깜짝 놀랐지만 여태까지 리더였던 배우가 아픈가보다 생각했다. 그러나 그 배우가 뒤쪽에 서서 자기를 잡아먹을 듯 노려보는 것을 보고 자기가 잘해서 바뀌었음을 알았다.

고개를 한쪽으로 쳐들거나 다음 동작을 위해 팔을 들어올리는 캐리의 몸짓은 세련되면서도 활기차 보였다. 줄 앞에 서니 이런 면이 더욱 돋보였다.

"저 여자는 몸을 어떻게 움직여야 하는지 알고 있어." 어느 날 저녁 지배인은 말했다. 그녀에게 말을 붙여보고 싶은 생각마저 들었다. 코러스들과는 관계를 갖지 않는다는 원칙을 정해두지 않았더라면 어떻게든 캐리에게 접근했을 것이다.

"저 여자를 흰색 줄 맨 앞에 세우시오." 그는 발레 선생에게 말했다. 그 줄에 있는 스무 명의 여자들은 모두 은색과 파란색으로 가장자리를 두른, 눈처럼 흰 플란넬 옷을 입었지만 리더는 그 위에 은색 견장과 허리띠를 두르고 한쪽 옆구리에는 짧은 칼까지 차서 단연 돋보였다. 며칠 후 캐리는 이런 의상을 차려입고 자랑스럽게 무대에 올랐다. 급료가 십이 달러에서 십팔 달러로 오른 것이 무엇보다 기뻤다.

허스트우드는 그 일에 대해서는 전혀 알지 못했다.

'나머지 돈은 내놓지 않을 거야. 나도 할 만큼 했다고. 옷이 좀 있어야겠어.' 캐리는 생각했다.

사실 두번째 달에 접어들면서 캐리는 나중에 어찌될지는 생각 않고 이것저것 마음대로 돈을 썼다. 집세 낼 날짜가 다가오자 상황은 더 복잡하게 꼬였고, 이웃에 진 외상은 늘어만 갔다. 그러나 캐리는 자신을 위해 돈을 더 쓰기로 마음먹었다.

처음 시작은 블라우스였다. 블라우스를 사려고 돌아다니다보니 준비한 돈이 너무 적었다. 돈을 혼자 다 쓸 수만 있다면 얼마나 좋을까. 캐리는 혼자 산다 해도 방세와 식비를 내야 한다는 사실은 까맣게 잊어버리고 십팔 달러를 전부 옷과 사고 싶은 물건에 다 쓸 수 있을 거라 착각했다.

마침내 옷을 고르고 나니 십이 달러에서 더 받은 여분의 돈으로는 모자라 원래 금액까지 축내야 했다. 캐리도 너무했다는 생각은 들었지만 예쁜 옷을 갖고 싶은 여자의 욕망이 앞섰다. 다음날 허스트우드가 말했다.

"이번주에 식품점에 오 달러 사십 센트 갚아야 해."

"그래요?" 캐리는 이맛살을 살짝 찌푸렸다.

그녀는 돈이 있나 지갑을 들여다보았다.

"다 해서 팔 달러 이십 센트밖에 없어요."

"우유 장수한테도 육십 센트 외상이 있어." 허스트우드가 덧붙였다.

"네, 그리고 석탄 장수한테도 줘야죠."

허스트우드는 입을 다물었다. 그는 그간 캐리가 사들인 새 물건들을 보았다. 캐리는 요즘 집안 살림을 소홀히 하고 있었고, 오후에는 무슨 구실을 대서라도 집에서 나갔다. 이러다 무슨 일이 터질 것만 같았다. 갑자기 캐리가 입을 열었다.

"나도 모르겠어요. 나 혼자 다 할 수는 없어요. 내 벌이로는 감당이 안 되는걸요."

이것은 명백한 도전이었다. 허스트우드도 가만있을 수는 없었다. 그는 애써 침착하려 했다.

"나라고 당신한테 다 떠맡기고 싶겠어? 내가 할 일을 구할 때까지 조금만 도와달라는 것뿐이잖아."

"아, 그래요. 항상 그런 식이죠. 내가 버는 것보다 나가는 돈이 더 많잖아요. 나도 어떡하면 좋을지 모르겠다고요."

"나도 뭐든 해보려고 했어. 나보고 어쩌라는 거야?" 그가 소리를 질렀다.

"그다지 애쓴 것 같지 않은데요. 나는 일자리를 구했잖아요."

"노력했다니까." 그는 발끈해서 말이 험해졌다. "그렇다고 당신 성공을 내 앞에 그렇게 들이댈 것까진 없잖아. 그저 내가 일자리를 구할 때까지 조금만 도와달라는 것뿐이었어. 나 아직 죽지 않았다고. 일어설 거야."

침착하게 말하려고 애썼지만 그의 목소리는 가늘게 떨렸다.

캐리는 금세 분노가 가라앉았다. 부끄러운 생각이 들었다.

"자, 돈 여기 있어요." 캐리는 지갑 속의 돈을 죄다 탁자 위에 꺼내놓았다. "외상을 다 갚을 만큼은 안 돼요. 하지만 토요일까지만 기다려준다면 좀더 마련해볼게요."

"넣어둬. 식품점에 줄 만큼만 있으면 돼." 허스트우드가 서글픈 어조로 대꾸했다.

캐리는 돈을 도로 넣고 좀 일찍 저녁식사를 준비했다. 큰소리를 치고 나니 미안한 기분이 들었다.

그러나 잠시 후, 두 사람 다 그전에 하던 생각으로 돌아갔다.

'나한테 말한 것보다 돈을 더 벌고 있는 거야. 십이 달러로는 저런 것들을 다 살 수 없지. 상관없어. 제 돈이니 제 마음대로 하라지. 나도 곧 다시 일자리를 잡게 될 거야. 그때 가서는 어찌되든 알 게 뭐람.'

그저 홧김에 한 생각이었지만 그것은 앞으로 그가 취할 행동과 태도를 충분히 드러내 보이고 있었다.

'어쩔 수 없어. 나가서 뭐든 하라고 하는 것도 당연하잖아. 내가 어떻게 저이를 먹여살리겠어.' 캐리도 생각했다.

그즈음 캐리는 롤라의 친구들 몇을 소개받았는데 다들 쾌활하고 유쾌하다고 할 만한 젊은이들이었다. 한번은 그들이 롤라를 오후의 드라이브에 초대했는데, 캐리도 그때 같이 있었다.

"같이 가자." 롤라가 졸랐다.

"안 돼, 난 못 가." 캐리가 거절했다.

"아이, 가자니까. 뭐 해야 할 일이라도 있어?"

"다섯시까지는 집에 돌아가야 해."

"무슨 일로?"

"아, 저녁식사 때문에."

"쟤들이 저녁도 사줄 거야."

"아, 안 돼. 난 안 갈 거야. 갈 수 없어."

"아이, 그러지 말고 가자. 정말 좋은 애들이야. 제시간에 데려다줄게. 센트럴 공원에서 드라이브만 하자니까."

캐리는 잠시 생각한 끝에 결국 같이 가기로 했다.

"저, 네시 반까지는 꼭 돌아가야 해."

롤라는 그 말을 한 귀로 듣고 한 귀로 흘렸다.

드루에와 허스트우드를 겪은 후, 캐리는 젊은 남자들, 특히 쾌활하고 경박한 부류에게 좀 냉소적인 편이었다. 그들보다 자기가 더 어른스러운 것 같았다. 그들의 칭찬도 우습게 들렸다. 하지만 캐리 역시 아직 몸과 마음이 젊었으므로 곧 그들의 젊음에 끌렸다.

"아, 곧 돌아올 겁니다. 마렌다 양. 우리가 시간을 지키지 않으리라 생각하시는 건 아니겠죠?" 일행 중 한 명이 허리를 굽히며 말했다.

"아, 모르겠어요." 캐리는 미소를 띠었다.

그들은 드라이브를 하러 떠났다. 남자들의 좋은 옷이 눈에 띄었다. 그들은 자기들 사이에서 유머로 통하는 실없는 농담과 밋밋한 재담을 지껄였다. 캐리는 59번가 공원 입구에서 시작해 미술관을 지나 110번가와 7번 애비뉴가 만나는 출구로 이어지는 마차들의 행렬을 보았다. 부를 드러내는 모든 것들, 고급스러운 의상, 우아한 마구, 기운찬 말, 그리고 무엇보다 거기에서 비롯된 아름다움이 다시 한번 캐리의 눈길을 사로잡았다. 가난의 고통에 또다시 진저리가 쳐졌지만, 지금은 어느 정도 자신의 곤경도, 허스트우드도 잊고 있었다. 허스트우드는 네시, 다섯시, 여섯시가 되도록 기다리다가 날이 어두워진 뒤에야 의자에서 일어났다.

"집에 오지 않을 모양이군." 그는 우울하게 중얼거렸다.

'다 그런 법이지. 캐리는 이제 막 시작이니까. 나는 끝난 몸이고.'

까맣게 잊고 있던 캐리가 정신을 차린 건, 벌써 다섯시 십오분이 다 되어서였다. 이제 무개 마차는 할렘 강 근처 7번 애비뉴를 향해 가고 있었다.

"지금 몇 시죠? 돌아가야 하는데." 캐리가 물었다.

"다섯시 십오분입니다." 옆에 앉은 남자가 시계판이 유리로 덮인 멋진 회중시계를 들여다보고 대답해주었다.

"오, 저런!" 캐리는 소리쳤지만 이내 한숨을 내쉬며 뒤로 기대앉았다. "이제 엎질러진 물이죠. 너무 늦었네요."

"그렇죠." 남자는 이렇게 대답하며 이제 근사한 저녁식사를 하고 즐거운 대화를 나눈 다음 공연이 끝난 후 다시 만날 꿈을 꾸고 있었다. 그는 캐리에게 홀딱 반한 참이었다. "이제 델모니코스로 가서 뭘 좀 먹을까, 오린?"

"그러자고." 오린이 유쾌하게 대답했다.

캐리는 허스트우드를 떠올렸다. 말도 없이 저녁식사 시간에 돌아가지 않은 것은 처음이었다.

그들은 시내로 돌아와 여섯시 십오분에 저녁 식탁에 앉았다. 셰리스 레스토랑에 갔던 기억이 다시 한번 고통스럽게 되살아났다. 허스트우드와 마주친 후로는 다시는 찾아오지 않은 밴스 부인과 에임스도 떠올랐다.

에임스를 떠올리자 더이상 아무 생각도 나지 않았다. 강력하고 깨끗한 환영이었다. 그는 그녀가 읽는 것보다 더 훌륭한 책, 그녀가 어울리는 사람들보다 더 훌륭한 사람들을 좋아했다. 그의 이상은 그녀의 가슴속에서 불타고 있었다.

'훌륭한 여배우가 된다는 것은 멋진 일이지요' 하던 그의 말이 귓가에 생생했다.

나는 어떤 여배우일까?

"무슨 생각을 그렇게 하십니까, 마덴다 양?" 옆자리의 남자가 유쾌하게 물었다. "제가 한번 맞혀볼까요?"

"아, 아니에요. 하지 마세요."

캐리는 그 환영을 털어내고 식사를 했다. 반쯤 잊고 즐거운 시간을 보냈지만 공연 후에 또 만나자는 제안에는 고개를 저었다.

"안 돼요. 그럴 수 없어요. 선약이 있어요."

"아, 마덴다 양." 남자가 애원했다.

"안 돼요. 못 가요. 정말 친절하게 대해주셨지만, 이해해주세요."

남자는 잔뜩 풀이 죽었다.

"힘내라고, 친구. 일단 공연이 끝나고 찾아가보자고. 마음이 바뀔 수도 있잖아." 그의 친구가 속삭였다.

40
공공연한 불화
마지막 호소

그러나 캐리에게 공연 후의 만남 따위는 없었다. 캐리는 집에 못 들렀던 것을 생각하며 곧장 집으로 갔다. 허스트우드는 잠들어 있었지만 그녀가 침대 옆을 지나갈 때 깨어났다.

"당신이야?" 그가 물었다.

"네."

다음날 아침식사를 하면서 캐리는 사과를 해야겠다고 생각했다.

"어제저녁에는 집에 올 수가 없었어요."

"아, 캐리, 그런 말 할 필요 없어. 괜찮아. 나한테 그런 얘기 안 해도 돼."

"올 수가 없었다니까요." 캐리는 얼굴이 빨개졌다. '다 알아'라고 말하는 듯한 그의 표정에 그녀는 소리쳤다. "아, 좋아요. 그만두죠."

그때부터 캐리는 살림에 훨씬 더 무관심해졌다. 둘 사이에는 공통의 대화 주제가 없었다. 허스트우드는 돈을 달라고 할 때에만 캐리에게 말을 걸었다. 그 말을 하기는 끔찍하게 싫었다. 푸줏간과 빵집에 되도록 안 가고 싶었다. 외슬로그에게 외상값이 십육 달러나 밀려 있었는데, 당분간은 갈 필요가 없도록 기본적인 식료품을 한꺼번에 사서 비축해두다보니 그렇게 된 것이었다. 그는 식품점을 옮겼다. 푸줏간과 다른 가게들도 마찬가지였다. 캐리는 이런 사정을 그의 입에서 한 번도 직접 듣지 못했다. 그는 요구해도 될 만한 액수만 청했고, 상황은 점점 더 정해진 결말을 향해 흘러가고 있었다.

9월이 그렇게 지나갔다.

"드레이크 씨는 호텔을 열기는 한대요?" 캐리가 여러 차례 물었다.

"열 거야. 그런데 10월은 지나야 할 거래."

캐리는 넌더리가 났다. "뭐 이런 사람이 다 있담." 그녀는 자주 중얼거렸다. 외출이 점점 잦아졌다. 대부분의 여윳돈을 옷에다 썼지만, 그리 큰돈은 아니었다. 그러던 중 캐리가 출연하는 오페라가 사 주 순회공연을 떠나게 될 거라는 발표가 났다. '위대한 희가극 ×××의 공연이 앞으로 이 주밖에 남지 않았습니다.' 광고판마다 광고가 나붙고 신문에도 실렸다.

"난 순회공연에 안 따라갈 거야." 롤라가 말했다.

캐리는 그녀와 함께 다른 극장의 지배인을 찾아갔다.

"경험이 있으십니까?"

"지금 카지노 극장에 출연하고 있어요."

"아, 그래요?"

캐리는 주급 이십 달러에 새로운 계약을 하게 되었다.

그녀는 기뻤다. 이제야 세상에 설 자리를 얻었다는 느낌이 들었다. 자신의 능력을 알아봐준 것이다.

처지가 이렇게 바뀌고 보니 집안 분위기는 더욱 견디기가 어려웠다. 온통 가난과 곤궁뿐이었다. 아니, 그런 것 같았다. 그것은 어떻게든 짊어져야 할 짐이었다. 집은 되도록 피하고 싶은 장소가 되었다. 그래도 캐리는 여전히 집에서 잠을 자고 일을 하며 살림을 꾸려나갔다. 허스트우드에게 집은 그저 앉아 있는 곳이었다. 그는 자신의 우울한 운명에 둘러싸여 흔들의자에 앉아 몸을 흔들고 또 흔들리며 신문을 읽었다. 10월이 지나고 11월이 지나갔다. 그가 미처 알아차리기도 전에 한겨울이 왔고, 그는 여전히 앉아만 있었다.

캐리의 형편이 나아지고 있음을 그도 알았다. 그녀는 옷차림이 점점 나아져서 이제는 제법 멋쟁이가 되었다. 허스트우드는 왔다갔다하는 캐리를 보면서 그녀가 성공하는 모습을 상상해보기도 했다. 먹는 것이 부실하다보니 그는 좀 야위었다. 입맛이 없었다. 옷도 이제는 누추할 지경이었다. 일자리를 얻겠다느니 하는 소리는 이제 속이 뻔히 들여다보이는 수작일 뿐이었다. 그는 그저 팔짱을 끼고 자기도 예측할 수 없는 뭔가를 기다리고만 있었다.

결국 쌓이고 쌓였던 문제가 터지고 말았다. 빚쟁이들의 독촉, 캐리의 무관심, 침묵에 잠긴 아파트, 닥쳐온 겨울, 이 모든 것이 합쳐져서 빚어낸 파국이었다. 캐리가 집에 있을 때 외슬로그가 들이닥치면서 사건은 시작되었다.

"외상값 때문에 왔습니다." 외슬로그가 말했다.

캐리는 별로 놀라지 않았다.

"얼마인데요?"

"십육 달러요."

"아니, 그렇게나 많아요? 이 액수가 맞아요?" 허스트우드를 돌아보며 캐리가 물었다.

"그래."

"처음 듣는 얘긴데요."

캐리는 그가 쓸데없는 데에다가 돈을 쓴 건 아닌가 하는 얼굴이었다.

"우리가 쓴 게 맞다니까." 허스트우드는 문가로 나가 부드럽게 말했다. "오늘은 돈을 드릴 수가 없어요."

"그럼 언제 줄 거요?" 식품점 주인이 물었다.

"토요일은 돼야 해요." 허스트우드가 말했다.

"허! 난 지금 받아야겠소. 나도 돈이 필요해서 그러는 거요."

캐리는 방에 멀찍이 떨어져 서서 두 사람의 얘기를 다 듣고 있었다. 마음이 너무나 괴로웠다. 정말 끔찍하고 구차했다. 허스트우드 역시 짜증이 났다.

"지금은 그런 말씀 하셔도 소용이 없어요. 토요일에 오시면 다만 얼마라도 드릴게요."

식품점 주인은 자리를 떴다.

"어떻게 갚을 셈이에요?" 캐리가 액수에 놀라며 물었다. "난 못해요."

"꼭 안 갚아도 돼. 안 주면 그쪽도 별수없지 뭐. 기다려야지."

"어쩌다가 외상을 그렇게 많이 진 거죠?"

"먹고살았잖아."

"말도 안 돼요." 캐리는 여전히 의심스럽다는 듯 대꾸했다.

"거기 서서 그런 소리 하면 뭐해? 나 혼자 다 쓴 줄 알아? 꼭 내가 떼먹기라도 했다는 투로군."

"어쨌거나 너무 많아요. 그 돈을 다 마련할 수는 없어요. 내 능력 밖이에요."

"좋아." 허스트우드는 말없이 앉아만 있었다. 이런 일이라면 신물이 났다.

캐리는 나가버렸고, 그는 자리에 앉아 어떤 결심을 했다.

그즈음 신문에는 브루클린의 전차 노조가 곧 파업을 일으킬 거라는 소문과 기사가 나오고 있었다. 노동시간과 급료에 대한 불만이 널리 퍼져 있었다. 이유는 알 수 없지만, 늘 그렇듯이 노동자들은 고용주들을 압박하고 문제를 해결하기 위해 겨울을 택했다.

허스트우드는 기사들을 읽으면서 파업에 뒤따를 엄청난 교통대란을 생각했다. 외상값 문제가 터지기 하루이틀 전쯤 결국 올 것이 왔다. 온 사위가 잿빛으로 변해 금세라도 눈이 내릴 듯한 추운 오후, 신문들은 브루클린의 모든 노선에서 파업이 발생했다고 보도했다.

달리 할 일도 없는데다, 그해 겨울 일자리 부족과 금융시장의 공황 상태에 대한 수많은 예측에 온통 관심이 쏠려 있었으므로 허스트우드는 이 기사를 흥미롭게 읽었다. 그는 파업하는 전차 운전사들과 차장들의 요구에 대해서도 관심을 기울였다. 그들은 과거에는 하루에 이 달러를 받았지만, 지난 일이 년 '트리퍼' 제도가 시행되고부터 일거리는 절반으로 줄어든 반면 노동시간은 열 시간에서 열두 시간, 심지어는 열네 시간까지 늘어났다고 주장했다. 이 '트리퍼'들은 러시아워에 투입되어 차를 한 번씩만 운행하는 사람들이었다. 이에 대한 대가는 이십오 센트에 불과했고, 러시아워가 지나면 일시 해고였다. 가장 나쁜 점은 아무도 언제 일이 생길지 모른다는 것이었다. 매일 아침 차고에 나가 비가 오나 눈이 오나 차례가 돌아올 때까지 하염없이 기다려야 했다. 이렇게 한없이 기다리면 하루 평균 두 번쯤 운행할 수 있었다. 세 시간이 조금 넘는 노동에 오십 센트가 다였다. 대기 시간은 쳐주지 않았다.

그들은 이런 시스템이 늘어가고 있으며, 이러다가는 머지않아 고정적으로 하루 이 달러를 버는 사람은 칠천 명 중에서 몇 남지 않게 될 거라고 불만을 토로했다. 그들은 이 제도를 폐지하고, 불가피한 초과근무는 제외하고 하루 열 시간 근무에 이 달러 이십오 센트를 보장해달라고 요구했다. 노동자들은 이 조건을 즉각 받아들일 것을 요구했지만 전차회사들은 거부했다.

허스트우드는 처음에는 이 노동자들의 요구에 공감했다. 문제는 그간의 그의 행동에서 드러나듯이 끝까지 그들에게 공감하느냐였지만. 관련된 뉴스를 거의 다 읽으면서, 제일 먼저 곤란한 상황을 전하는 〈월드〉의 대문짝만한 제목에 눈길이 끌렸다. 기사에는 일곱 개 해당 회사들 이름과 파업 노동자들의 수도 나와 있었다.

'이런 날씨에 파업이라니 바보 같은 짓이로군. 이길 수만 있다면야 좋겠지만.' 그는 생각했다.

다음날 기사는 훨씬 더 크게 실렸다. '브루클린 시민들 걷다.' 〈월드〉가 뽑은 제목이었다. '노동기사단,* 다리 건너 전차선을 꽁꽁 묶다.' '칠

---

* 1869년에 창설된 미국의 전국 노동조직. 19세기 후반 미국의 노동운동을 주도했다.

천여 명이 거리로 나오다.'

허스트우드는 어떤 결과가 나올 것인가 나름대로 예측해보았다. 그는 회사들의 힘을 굳게 믿는 쪽이었다.

"그들은 이길 수가 없어. 돈이 없잖아. 경찰은 회사를 지켜주게 되어 있어. 그럴 수밖에 없지. 시민들은 차를 타야 하니까." 그는 파업하는 사람들을 걱정하며 중얼거렸다.

그는 회사들 편은 아니었지만, 힘은 그들 쪽에 있었다. 소유권과 공익 사업이라는 논리로 봐도 마찬가지였다.

'이 친구들은 이길 수가 없어.'

다른 기사들 중에 한 회사에서 낸 광고가 눈에 띄었다.

특별 공지

우리 회사의 전차 운전사와 차장과 기타 직원 들이 갑작스럽게 일손을 놓고 떠난바, 본의 아니게 파업에 참가한 성실한 직원들은 1월 16일 수요일 정오까지 지원하기만 한다면 복귀할 기회를 드리겠습니다. 이런 분들에게는 접수되는 순서대로 일자리를 드릴 것이며(신변보호 보장), 그에 따라 직책이 배정됩니다. 그러나 복귀하지 않으면 해고될 것이며, 빈자리는 즉시 새 직원으로 충원할 예정입니다.

애틀랜틱 애비뉴 철도회사

사장 벤저민 노턴

또한 구인 광고 중에는 이런 것도 있었다.

사람 구함—숙련된 전차 운전사 오십 명. 웨스팅하우스 사의 시스템에 익숙하며, 브루클린에서 U. S. 우편차만 운전할 사람. 안전 보장.

'안전 보장'이라는 말이 특히 눈에 들어왔다. 그 말은 허스트우드에게 회사가 지닌 난공불락의 힘을 상징했다.

'그들은 민병대를 가지고 있어. 노동자들이 할 수 있는 일은 없어.'

이런 일들로 마음이 시끄러울 때 외슬로그와 캐리와의 사건이 터진 것이다. 그의 화를 돋우는 일이 한두 가지가 아니었지만 그중에서도 이번 일이야말로 최악이었다. 그가 돈을 빼돌리는 게 아닌가 캐리가 의심한 것은 처음이었다. 그녀 생각에 외상값 액수가 너무 컸던 것이다. 그는 생활비를 줄이려고 무진 애를 썼다. 푸줏간과 빵집 주인이 그녀를 찾아가지 않도록 '조치'도 취해두었고, 먹기도 아주 조금만 먹었다. 사실 거의 굶다시피 했다.

"빌어먹을! 뭐든 일거리를 구해야겠어. 나 아직 죽지 않았다고."

그는 이제 정말로 뭐라도 해야겠다고 생각했다. 그런 의심을 받고도 그냥 앉아 있을 수는 없었다. 이런 식으로 가다가는 무슨 꼴을 당해도 다 참아야 할 것이다.

그는 벌떡 일어나서 창밖 추운 거리를 내다보았다. 그렇게 서 있자니 브루클린으로 가봐야겠다는 생각이 서서히 떠올랐다.

그는 스스로에게 물었다. '안 될 거 뭐 있어? 거기 가면 누구든지 일자리를 구할 수 있을 거야. 하루에 두 개도 얻을걸.'

'사고라도 나면 어쩌지? 다칠 수도 있다고.' 다른 목소리가 말했다.

'웬만해선 그런 일은 없을 거야. 경찰을 불렀다잖아. 전차를 운전하

려는 사람들은 다 보호해줄 거라고.'

'넌 전차 운전할 줄도 모르잖아.' 목소리가 따졌다.

'운전사 말고 다른 일에 지원하면 되지. 요금 받는 일을 할 수도 있고.'

'회사에서 제일 필요한 건 전차 운전사야.'

'지금은 다 받아줄 거야. 내가 알아.'

몇 시간 동안이나 이 마음의 목소리와 찬반토론을 벌인 끝에 그는, 일자리를 얻을 것이 확실하니 당장 서두를 필요는 없다는 결론을 내렸다.

아침이 되자 그는 다 허름하지만 개중 제일 좋은 옷을 꺼내 입고 신문지에 빵과 고기를 싸며 준비를 했다. 캐리는 전에 보지 못한 행동에 흥미를 느끼고 유심히 쳐다보았다.

"어디 가려고요?"

"브루클린에 가보려고." 여전히 영문을 몰라 하는 캐리의 표정에 그는 덧붙였다. "거기 가면 일자리가 있을 것 같아."

"전차 운전을 하려고요?" 캐리가 깜짝 놀라 물었다.

"그래."

"무섭지 않아요?"

"뭐가 무서워? 경찰들이 보호해주고 있는데."

"신문에서 보니 어제도 네 명이 부상당했다던데요."

"그래. 하지만 신문이 하는 말이라고 다 믿을 수는 없어. 전차는 정상적으로 운행될 거야."

단호한 모습이었지만 어쩐지 외로워 보여서 캐리는 안쓰러웠다. 예전의 허스트우드가 지녔던 분위기, 한때 기민하고 유쾌했던 힘이 엷게 남아 있었다. 바깥은 잔뜩 흐리고 눈송이가 날리고 있었다.

'이런 날씨에 거기까지 가다니.' 캐리는 생각했다.

이번에는 그가 캐리보다 먼저 나갔다. 전에 없던 일이었다. 그는 14번가와 6번 애비뉴가 만나는 쪽을 향해 동쪽으로 걸어가 차를 잡았다. 브루클린 시 철도회사 사무실에 수십 명의 지원자가 지원을 해 일자리를 얻었다는 기사를 읽었다. 그는 마차와 페리를 타고 그 문제의 사무실 쪽으로 갔다. 전차가 다니지 않으니 길은 멀고 날씨는 추웠다. 그러나 묵묵히 걸었다. 일단 브루클린에 닿자 파업이 진행중이라는 사실을 분명히 보고 또 느낄 수 있었다. 그것은 사람들의 태도에서 드러났다. 선로를 따라 달리는 차가 한 대도 없었다. 길모퉁이와 근처 술집에는 사람들이 삼삼오오 모여 서성이고 있었다. 간단한 나무의자를 설치한 마차 여러 대가 '플랫부시'나 '프로스펙트 공원, 요금 십 센트' 등의 팻말을 달고 지나갔다. 차갑게 굳다못해 음침한 얼굴들이 눈에 들어왔다. 노동자들은 작은 전쟁을 치르는 중이었다.

문제의 사무실로 다가가자 주변에 서 있는 사람들 두엇과 경찰들이 보였다. 멀리 떨어진 모퉁이에는 파업하는 노동자들로 보이는 다른 사람들이 지켜보고 있었다. 집들은 다 작은데다 나무로 지어져 있었고, 길은 포장이 엉망이었다. 뉴욕에 비하면 브루클린은 가난에 찌든 모습이었다.

그는 경찰들과 그 자리에 먼저 와 있던 사람들의 눈길을 받으며 작은 무리들 가운데로 지나갔다. 한 경찰이 그에게 말을 걸었다.

"무슨 일로 오셨소?"

"일자리를 좀 얻을까 해서 왔습니다."

"사무실은 저 계단 위에 있습니다." 경찰이 말했다. 그의 표정은 아주 중립적이었다. 그는 마음속 깊은 곳에서는 파업하는 노동자들에게 동조하고, 이렇게 파업에 동참하지 않는 자를 증오했지만, 한편으로는 마음속 깊이 질서를 바로잡는 경찰력의 권위와 힘을 의식하고 있었다. 그 진정한 사회적 의미에 대해서는 단 한 번도 생각해본 적이 없었다. 그런 것을 생각할 위인은 아니었다. 그의 내면에서 이 두 가지 감정은 서로 혼재되고 중화되었다. 그는 자기 자신을 위해서 싸우듯이 주저 없이 이 남자를 위해서 싸울 테지만, 그것은 어디까지나 명령에 따르는 것일 뿐이었다. 제복을 벗으면 곧 자기편을 찾을 것이다.

허스트우드는 먼지 쌓인 계단을 올라 조그맣고 구중중한 사무실로 들어갔다. 철책을 두른 사무실 안에는 기다란 책상이 놓여 있었고, 직원들이 몇 있었다.

"무슨 일로 오셨습니까?" 중년 남자가 긴 책상 앞에서 고개를 들고 그를 바라보며 물었다.

"사람을 구한다고 해서요."

"전차 운전사입니까?"

"아닙니다. 운전은 못 합니다."

허스트우드는 전혀 부끄럽지 않았다. 이 사람들은 누구라도 필요했다. 여기에서 받아주지 않는다면 다른 곳으로 가면 된다. 여기서 받아주건 안 받아주건 상관없었다.

"저, 물론 경험 있는 분을 더 원합니다만," 남자는 말을 잠시 끊었다. 허스트우드가 상관없다는 듯 웃어 보이자 그가 덧붙였다. "하지만 배우시면 되지요. 이름이 뭡니까?"

"훨러요." 허스트우드가 대답했다.

남자는 작은 카드에 뭔가 적었다. "이걸 가지고 차고로 가서 작업반장에게 주세요. 운전하는 법을 가르쳐줄 겁니다."

허스트우드는 계단을 내려와 밖으로 나왔다. 경찰들의 시선을 받으며 그는 곧장 차고 쪽으로 걸어갔다.

"또 일하러 온 사람이 있군." 경찰관 킬리가 동료 메이시에게 말했다.

"이제 쓴맛을 톡톡히 보게 될 테지." 메이시가 조용히 말했다.

그들은 전에도 파업을 겪어본 적이 있었다.

41
파업

차고는 일손이 심하게 달려서, 세 사람의 감독이 사실상 모든 업무를 끌어가고 있었다. 풋내기들만 가득했다. 궁핍으로 막다른 골목까지 내몰린 듯 기묘하고 굶주린 얼굴들이었다. 그들은 기운차고 의욕적인 모습을 보이려 애썼지만 어딘가 기가 죽어 쭈뼛거리는 분위기를 지우지 못했다.

허스트우드는 차고를 통과해 사방이 담으로 둘러싸인 넓은 공터로 나왔다. 거기에는 선로들이 깔려 있었다. 강사가 동승한 여섯 대의 차에는 실습생들이 레버를 잡고 있었다. 다른 실습생들은 차고 뒷문에서 기다렸다.

허스트우드는 침묵 속에서 이 장면을 바라보며 기다렸다. 그는 사람들보다 전차가 더 흥미로웠지만 그래도 잠시 그들을 바라보았다. 그들은 어쩐지 불편한 기색들이었다. 한두 명은 아주 야위고 빼빼 말랐고, 체격이 좋은 사람도 몇 있었으며, 갖은 풍상에 시달린 듯 얼굴이 누렇게 뜨고 뼈만 앙상한 사람들도 있었다.

"회사들이 민병대를 동원할 거라는 기사 보셨소?" 허스트우드는 무리 중 한 명이 말하는 것을 들었다.

"아, 그럴 겁니다. 늘 그렇게 하니까요." 다른 사람이 말을 받았다.

"우리도 험한 꼴을 보게 되는 건 아닐까요?" 허스트우드에게는 보이지 않는 쪽에서 누군가가 말했다.

"뭐 심하기야 하겠소."

"마지막으로 차를 몰고 나갔던 스코틀랜드 사람이 그러는데, 파업꾼들이 탄재를 던져 귀를 맞았답니다."

작고 신경질적인 웃음이 뒤따랐다.

"신문을 보니까 5번 애비뉴에 나갔던 이가 아주 못 볼 꼴을 당했나 보더군요. 경찰이 말릴 새도 없이 차 창문을 깨고 길거리로 끌어냈다지 뭐요." 또 누군가가 느릿느릿 말했다.

"하지만 오늘은 경찰이 더 많이 나와 있어요." 누군가가 덧붙였다.

허스트우드는 별 감흥 없이 귀를 기울였다. 이렇게 수다를 떠는 사람들은 겁에 좀 질려 있는 것 같았다. 그들은 침을 튀겨가며 대화에 열을 올렸다. 마음을 진정시키기 위해 일부러 하는 것이었다. 그는 그저 앞을 내다보며 기다렸다.

두 남자가 그의 등뒤에 바짝 붙어 서 있었다. 좀 사교적인 사람들 같았다. 두 사람이 하는 이야기가 들려왔다.

"철도회사에서 일하셨소?"

"저요? 아닙니다. 죽 제지공장에서 일했지요."

"나도 10월까지는 뉴어크에 직장이 있었다오." 상대가 알 것 같다는 듯 대답했다.

그다음 몇 마디는 소리가 너무 작아서 들리지가 않았다. 그러다가 다시 큰 소리로 대화가 이어졌다.

"난 파업에 나선 사람들을 비난할 마음 없어요. 그럴 권리가 있지. 암요. 하지만 나도 뭐든 해야겠어서." 한 명이 말했다.

"나도 마찬가지요. 뉴어크에서 아무 일이라도 잡았다면 여기까지 오지는 않았을 겁니다." 상대방이 맞장구를 쳤다.

"요즘 정말 너무 살기 힘들지 않소? 가난한 사람은 어디 발붙일 데도 없어요. 길거리에서 굶어 죽어도 다들 눈 하나 깜짝하지 않는다니까."

"그러게 말입니다. 나도 공장이 문을 닫는 바람에 실직했다오. 여름 내내 공장을 돌려서 재고가 너무 많이 쌓이는 바람에 결국 문을 닫고 말았지 뭡니까."

허스트우드는 이런 대화에 조금 주의를 기울였다. 두 사람보다는 자기가 낫다는 생각에 우월감을 느꼈다. 그가 보기에 이들은 무식하고 평범한, 다른 사람의 손에 놀아나는 가련한 존재들일 뿐이었다.

'불쌍한 놈들.' 그는 지나간 옛 시절의 기분에 젖어 생각했다.

"다음." 강사가 외쳤다.

"당신 차례예요." 옆 사람이 그를 툭 치며 알려주었다.

그는 앞으로 나가서 전차의 계단을 올랐다. 강사는 사전 교육 따위는 필요 없다고 생각하는 듯했다.

"이 레버를 보세요." 강사가 전기차단장치로 손을 뻗으며 말했다. 그것은 지붕에 고정되어 있었다. "이걸로 전원을 껐다 켰다 하는 겁니다. 차를 후진시키고 싶으면 이렇게 돌리면 돼요. 차를 앞으로 움직이려면 여기서 이쪽으로 당겨요. 전원을 끄려면 가운데에 핸들을 놓고요."

허스트우드는 간단한 설명에 미소로 답했다.

"자, 여기 이 레버로는 속도를 조절합니다." 그가 손가락으로 가리키며 말했다. "이쪽으로 당기면, 약 시속 사 마일로 달리게 됩니다. 여기까지 당기면 팔 마일, 완전히 다 당기면 시속 십사 마일이 됩니다."

허스트우드는 침착하게 그를 지켜보았다. 전에도 전차 운전사들이 일하는 것을 본 적이 있었다. 그들이 어떻게 운전을 하는지 알고 있었고, 조금만 연습해도 잘할 수 있을 것 같았다.

강사는 몇 가지 더 자세히 설명한 다음 덧붙였다.

"자, 이제 차를 뒤로 몰겠습니다."

허스트우드는 차가 천천히 뒤로 움직이는 동안 옆에 조용히 서 있었다.

"한 가지 주의하실 점은, 출발할 때 조심하라는 겁니다. 다음 동작을 하기 전에 한 박자 쉬고 하세요. 많이들 저지르는 실수가, 항상 전차를 단번에 움직이려 하는 거예요. 그러면 안 됩니다. 위험하기도 하고 모터도 상하니까요. 그러시면 안 됩니다."

"알겠습니다."

그는 강사가 이야기하는 내내 기다리고 또 기다렸다.

"이제 해보세요." 마침내 강사가 말했다.

한때는 지배인이었던 그가 레버에 손을 올려놓고 자기 딴에는 부드럽게 밀었다. 하지만 레버는 생각보다 훨씬 더 쉽게 밀려서, 차가 갑자기 앞으로 움직이는 바람에 문 쪽으로 몸이 쏠렸다. 그가 멋쩍게 자세를 바로잡는 동안 강사가 브레이크로 차를 세웠다.

"그걸 주의하시라니까요." 그는 그렇게만 말했다.

그러나 브레이크를 다루고 속도를 조절하는 일은 생각만큼 익히기가 쉽지 않았다. 강사의 손길이나 지시가 없었다면 담장에 차를 들이박을 뻔한 적도 한두 번 있었다. 강사는 꽤 인내심 있게 대해주었지만 절대 웃는 법이 없었다.

"양팔을 동시에 쓰는 법을 익혀야 해요. 연습이 좀 필요하죠." 강사가 말했다.

운전 연습을 하다보니 어느새 한시가 되었고 배가 고파왔다. 그날은 눈이 내리고 있어서 추웠다. 짧은 선로 위에서 앞뒤로 왔다갔다하는 것도 곧 지겨워졌다.

두 사람은 차를 선로 끝 쪽에 세워놓고 내렸다. 허스트우드는 차고로 들어가 차 발판을 하나 찾아 앉은 뒤 주머니에서 신문지로 싼 점심을 꺼냈다. 물도 없고 빵은 다 말라 딱딱했지만 맛있었다. 식사 격식을 따질 것도 없었다. 음식을 입에 넣고 주변을 둘러보니 지겹고 비천한 일이라는 생각이 들었다. 어디를 보아도 내키지가 않았다. 일이 마음에 안 든다기보다는 너무 고되었다. 누구라도 견디기 힘들 것 같았다.

점심을 다 먹고 나서 다시 차례가 올 때까지 기다렸다.

오후 내내 연습을 하기로 되어 있었지만 기다리는 데 더 많은 시간을 보냈다.

마침내 날이 저물고 배가 고파오자 밤을 어떻게 보내야 할지 머릿속이 복잡해졌다. 다섯시 반이었다. 곧 저녁 시간이었다. 집에 가려면 추위 속에서 두 시간 반을 걷고 차를 타야 한다. 게다가 다음날 오전 일곱시까지 나와야 했다. 꼭두새벽에 일어나야 할 판이었다. 가진 돈이라고는 캐리한테서 받은 일 달러 십오 센트가 전부인데, 그건 이 주일치 석탄값을 치르기로 한 돈이었다.

'여기 어딘가 잘 곳이 있을 거야. 뉴어크에서 왔다는 사람은 어디에 묵을까?'

그는 좀 알아보기로 했다. 추위 속에서 문 옆에 한 젊은이가 마지막 차례를 기다리고 있었다. 기껏해야 스물한 살쯤 되어 보이는, 아직 소년티를 못 벗은 청년이었는데, 궁핍에 시달려 홀쭉하고 몹시 야윈 모습이었다. 조금만 더 형편이 좋았어도 통통하고 자신감 넘치는 젊은이가 되었을 텐데.

"돈이 없는 사람한테는 회사에서 어떻게 해준답니까?" 허스트우드가 조심스레 물었다.

젊은이는 경계하듯 날카로운 시선을 던졌다.

"식사 말입니까?"

"예, 그리고 잠자리도요. 오늘밤에는 뉴욕으로 돌아갈 수가 없어서요."

"작업반장한테 물어보시면 아마 해결해줄 겁니다. 저도 그랬으니까요."

"그래요?"

"예. 반장한테 무일푼이라고 얘기했죠. 집에 갈 수가 없다고요. 저는 멀리 호보컨에 살거든요."

허스트우드는 알겠다는 뜻으로 헛기침을 했다.

"여기 위층에 방이 있어요. 어떻게 생겨먹은 방인지는 모르겠지만. 뭐 오죽하겠어요. 오늘 점심에는 식권도 줬어요. 당연히 변변찮았지만."

허스트우드가 씁쓸한 미소를 짓자, 젊은이는 웃음을 터뜨렸다.

"재미없지요?" 그는 뭔가 유쾌한 대답을 기대하며 물었다.

"별로." 허스트우드가 대답했다.

"지금 말해야 할 거예요. 퇴근할지도 모르니까."

허스트우드는 청년의 말대로 했다.

"오늘밤 여기 묵을 데가 있습니까? 뉴욕까지 돌아가야 한다면, 제가 좀……"

"위층에 침대가 있어요. 거기라도 괜찮다면." 반장이 말을 잘랐다.

"괜찮습니다."

그는 식권도 달라고 하고 싶었지만 말을 꺼낼 기회를 놓치는 바람에 그날 밤은 그냥 자기 돈으로 사 먹기로 했다.

'아침에 물어봐야지.'

그는 근처 싸구려 식당에서 저녁을 먹었다. 춥고 외로워서 곧장 숙소가 있다는 위층으로 발길을 돌렸다. 회사는 해가 진 후에는 차를 운행하지 않았다. 경찰의 권고에 따른 것이었다.

그 방은 야간 근무자들을 위한 휴게실인 듯했다. 간이침대 아홉 개와 나무의자 두어 개, 비누상자가 있었고, 조그만 둥근 난로에는 불이 타고 있었다. 일찍 왔는데도 먼저 온 사람이 있었다. 그는 난로 옆에 앉아 손을 녹이고 있었다.

허스트우드도 다가가 불 쪽으로 손을 뻗었다. 이 모험을 둘러싼 모든 것들이 너무 헐벗고 누추한 몰골이어서 진저리나게 싫었지만, 버텨

보기로 마음을 단단히 먹었다. 당분간은 해볼 만할 것 같았다.

"날씨가 꽤 춥지요?" 먼저 온 사람이 말을 걸었다.

"그러게요."

긴 침묵이 이어졌다.

"잠잘 곳이 영 탐탁지 않죠?" 남자가 말했다.

"없는 것보다야 낫지요." 허스트우드가 대답했다.

또 침묵이 이어졌다.

"먼저 자야겠소."

남자는 자리에서 일어나더니 간이침대로 가서 신발을 벗고 담요를 끌어당겨 짐을 싸듯 더럽고 낡은 이불을 몸에 둘둘 말았다. 그 모습이 왠지 역겨웠지만, 허스트우드는 되도록 그 생각은 접어두고 난로에 시선을 고정한 채 다른 생각을 하려 애썼다. 곧 그도 잠자리에 들기로 하고 침대를 하나 골라 신발을 벗었다.

그사이 그에게 이곳에 대해 알려주었던 젊은이가 들어와서 허스트우드를 보고 알은체를 하려고 했다.

"없는 것보다야 낫네요." 그가 주위를 둘러보며 말했다.

허스트우드는 그 말이 자기한테 한 말이라고는 생각지 않았다. 그냥 혼잣말이려니 하고 대꾸하지 않았다. 젊은이는 허스트우드가 기분이 언짢은가보다 생각하고 가볍게 휘파람을 불다가 다른 사람이 잠들어 있는 것을 보고는 입을 다물었다.

허스트우드는 옷을 입은 채 더러운 이불이 머리에 닿지 않도록 최대한 밀어내며 불운 속에서 최선을 다했지만, 결국은 완전히 녹초가 되어 곯아떨어졌다. 이불이 점점 더 편안해졌다. 더럽다는 것도 잊고 그는 목까지 이불을 끌어올리고 잠들었다.

아침에, 그는 즐거운 꿈을 꾸다가 사람들이 부스럭거리는 소리에 춥고 칙칙한 방에서 깨어났다. 꿈속에서 그는 시카고로 다시 돌아가 안락한 자기집에 있었다. 제시카가 어딘가로 여행 갈 계획을 짜고 있어서 그 일에 대해 딸과 얘기를 하던 중이었다. 그 꿈이 하도 생생해서 꿈과 대조되는 방안 풍경에 어리벙벙했다. 고개를 들자 냉정하고 가혹한 현실에 잠이 확 달아났다.

"그만 일어나는 게 좋겠군."

이층에는 물이 없었다. 그는 추위 속에서 신발을 신고 일어나 딱딱하게 굳은 몸을 풀었다. 옷이 더러운 느낌이 들었고, 머리도 지저분했다.

"젠장!" 그는 모자를 쓰며 중얼거렸다.

아래층은 다시 웅성거리고 있었다.

예전에 말구유로 썼던 나무통과 수도꼭지가 있었지만, 수건은 없었고, 그의 손수건은 어제부터 쓴 것이라 더러웠다. 그는 얼음같이 차가운 물에 고양이 세수 정도로 만족해야 했다. 그는 벌써 현장에 나와 있는 반장을 찾아갔다.

"아침은 먹었소?" 반장이 물었다.

"아뇨."

"그럼 좀 먹어두는 게 좋을 거요. 당신 전차가 준비되려면 시간이 좀 걸릴 테니까."

"식권을 얻을 수 있을까요?" 허스트우드는 망설이다가 간신히 말을 꺼냈다.

"여기 있소." 반장이 한 장을 건네주었다.

그는 간밤과 마찬가지로 튀긴 스테이크와 맛없는 커피로 부실한 아침식사를 하고 돌아왔다.

"자, 곧 이 차를 몰고 나갈 거요." 반장이 그를 훑어보며 말했다.

허스트우드는 음침한 차고에서 승강구를 올라가 신호가 떨어지기를 기다렸다. 긴장해 있었지만 한 가지는 위안이 되었다. 뭐든 차고보다는 나을 것이다.

파업 나흘째인 그날, 상황은 악화일로였다. 노동자들은 간부들과 신문의 조언에 따라 평화적으로 투쟁을 해왔으므로, 큰 폭력사태는 없었다. 전차를 세우거나 말다툼을 벌였고, 파업에 동참하도록 사람들을 설득했다. 창문이 깨지기도 하고, 야유와 고함이 오가기도 했지만 사람들이 심각하게 부상을 입은 건 대여섯 건이 전부였다. 그마저도 간부들의 통제가 미치지 못한 군중이 저지른 일이었다.

그러나 경찰을 등에 업고 다 이긴 양 시간을 끄는 회사의 모습은 그들의 분노를 돋우었다. 운행 차량이 매일 늘어나고 회사 임원들은 파업 노동자들의 실질적인 저항은 무너졌다고 선언하였다. 그들의 마음속에는 절망적인 생각이 깃들었다. 평화적인 방법을 써봤자 회사는 곧 모든 차를 정상적으로 운행하게 될 것이고, 불만을 품은 자들은 잊힐 것이었다. 평화적인 방법만큼 회사에 도움이 되는 것도 없었다.

갑자기 노동자들은 폭발했다. 일주일 동안 일대 폭풍이 휘몰아쳤다. 전차들이 공격을 받고, 운전사들이 습격당하고, 경찰과 맞붙어 싸움이 벌어지고, 선로는 뜯어지고, 총이 발포되었다. 시가전과 군중의 폭동이 빈번해지자 결국 민병대가 투입되었다.

허스트우드는 이런 변화를 전혀 모르고 있었다.

"전차를 몰고 나가시오." 반장이 그에게 힘차게 손을 흔들며 외쳤다. 풋내기 차장이 뒤에 뛰어올라 출발신호로 종을 두 번 울렸다. 허스트우드는 레버를 당기고 차를 움직여 차고 앞의 거리로 나아갔다. 건장한 경찰 둘이 양옆 승강구에 한 명씩 올라탔다.

차고 문 옆에서 종소리가 나고 차장이 벨을 두 번 울리자, 허스트우드가 레버를 당겼다.

두 경찰은 침착하게 그들을 바라보고 있었다.

"참말로 춥구면, 오늘 아침은." 왼쪽 경찰이 진한 아일랜드 사투리로 말했다.

"나도 어제 얼마나 떨었는지 몰라. 이런 일만 계속하고 싶지는 않은데." 다른 경찰이 말을 받았다.

"내 말이 그 말이야."

둘 다 허스트우드에게는 관심도 없었다. 허스트우드는 몸이 꽁꽁 얼어붙는 찬바람을 맞으며 반장의 지시만 생각하고 있었다.

"속도를 일정하게 유지해요. 진짜 승객같이 보이지 않으면 절대 차 세우지 말고. 무슨 일이 있어도 사람들이 모여 있는 곳에는 세우면 안 됩니다."

두 경찰은 잠시 말이 없었다.

"좀 전에 나간 사람은 무사히 간 모양이군. 차가 눈에 안 띄는 것을 보니." 왼쪽 경찰이 입을 열었다.

"거긴 누가 탔지?" 두번째 경찰이 물었다. 거기 탄 경찰관을 묻는 말이었다.

"쉐퍼하고 라이언."

다시 침묵이 이어졌고, 차는 부드럽게 달려나갔다. 이쪽으로는 집들이 그리 많지 않았고, 사람들도 별로 보이지 않았다. 상황이 그리 나쁜 것 같지는 않았다. 지독한 추위만 아니라면 꽤 잘해낼 수 있을 것 같았다.

갑자기 예상치 못했던 굽은 길이 나타나는 바람에 허스트우드는 이런 생각에서 퍼뜩 깨어났다. 얼른 전원을 차단하고 브레이크를 있는 힘껏 돌렸으나 급하게 차가 쏠리는 것은 피할 수 없었다. 그 바람에 허스트우드도 몸이 휘청하고 크게 흔들렸다. 사과의 말이라도 좀 해야 할 것 같았지만 그냥 참았다.

"저런 곳들을 조심해야 해요." 왼쪽 경찰이 깔보는 듯 말했다.

"알겠습니다." 허스트우드는 부끄러워하면서 대답했다.

"이 노선에는 저런 곳들이 많아요." 오른쪽 경찰도 한마디했다.

모퉁이를 돌아가니 사람이 좀더 많은 길이 나타났다. 행인 한두 명이 눈에 띄었다. 양철 우유통을 들고 나오던 한 소년이 허스트우드에게 처음으로 무례한 환영인사를 던졌다.

"배신자! 배신자!"

허스트우드는 그런 말은 아예 마음에 담아두지 않으려 했다. 그 정도는, 아니 그보다 훨씬 더 심한 소리도 듣게 되리라 예상하고 있었다.

멀찍이 모퉁이에 한 남자가 철로 옆에 서서 차를 세우라는 신호를 보냈다.

"무시해요. 일부러 그러는 거요." 경찰이 말했다.

허스트우드는 그대로 따랐다. 모퉁이를 지나치며 그 말이 맞았다는 것을 알았다. 남자는 자기를 무시하고 지나치려 한다는 것을 알아채자

주먹을 흔들어댔다.

"야, 이 비겁한 겁쟁이야!" 남자가 고함을 질렀다.

모퉁이에 선 대여섯 명의 사람들이 전차 뒤에 대고 조롱과 야유를 퍼부었다.

허스트우드는 움찔하고 놀랐다. 생각보다 실제 상황은 조금 더 나빴다.

서너 블록쯤 더 가자 선로 위를 뭔가가 가로막고 있는 것이 보였다.

"놈들이 무슨 짓을 해놓았군." 한 경찰이 말했다.

"이거 골치 좀 아파지겠는걸." 다른 경찰이 말했다.

허스트우드는 바로 그 앞까지 차를 몰고 가서 멈추었다. 차를 세우기가 무섭게 군중이 모여들었다. 전직 운전사 및 차장 무리에 친구들과 동조자들이 섞여 있었다.

"차에서 내려와요, 친구. 다른 사람 입에 들어갈 빵을 낚아채고 싶진 않겠죠?" 군중 속에서 누군가 부드럽게 달래는 투로 말했다.

허스트우드는 어찌할 바를 모르고 얼굴이 하얗게 질려 브레이크와 레버를 꽉 쥐고 있었다.

"물러서요, 여기에서 다 비켜요. 이 사람이 일하게 놔두란 말이오." 경찰 하나가 승강구 난간 너머로 몸을 내밀고 외쳤다.

"내 말 들어요, 친구. 우리도 다들 당신처럼 노동자요. 당신도 정식 운전사였다면 회사에서 그런 대접을 받을 때, 다른 사람이 당신 자리를 뺏는 건 원치 않을 겁니다. 그렇지 않아요? 당신도 자기 권리를 남이 빼앗아가는 건 바라지 않을 거요. 그렇지요?" 경찰 말은 무시하고 그 노조 간부가 허스트우드에게 다시 말을 걸었다.

"전차에서 물러서요! 물러서! 당장 여기서 비켜요." 한 경찰이 거칠게 외치더니 난간에서 군중 앞으로 뛰어내려 그들을 떠밀기 시작했다. 다른 경찰도 곧 그 옆으로 내려갔다.

"물러서요. 비켜요! 대체 무슨 짓이야? 비켜, 당장!" 경찰들이 고함을 질렀다.

사람들은 마치 작은 벌떼 같았다.

"떠밀지 마쇼. 가만히 있는데." 노동자 하나가 결연하게 외쳤다.

"비켜! 대가리에 곤봉맛을 보여줄 테다. 뒤로 가!" 경찰이 곤봉을 휘두르며 소리질렀다.

"빌어먹을!" 또다른 노동자가 경찰에 맞서 밀치면서 온갖 욕지거리들을 퍼부었다.

곧 경찰의 곤봉이 그의 이마 위로 딱 소리를 내며 떨어졌고, 그는 눈을 몇 번 끔벅거리더니 양팔을 축 늘어뜨리고는 비틀거리며 뒤로 물러섰다. 이에 대한 답인 양 누군가 그 경찰의 목에 재빠르게 주먹을 날렸다.

잔뜩 성이 난 경찰은 맹렬히 돌진하여 미친듯이 곤봉을 휘둘렀다. 동료 경찰도 질세라 합세하여 성난 군중에게 걸쭉한 욕설을 쏟아냈다. 노동자들이 잽싸게 도망친 탓에 심하게 다친 사람은 없었다. 그들은 인도에 서서 야유를 퍼부었다.

"차장은 어디 있지?" 경찰이 두리번거리며 외쳤다. 차장은 허스트우드 옆에 서 있다가 불안하게 앞으로 나섰다. 이 모든 장면을 목격한 허스트우드는 그 광경에 겁먹었다기보다는 깜짝 놀랐다.

"여기 내려와서 철로에서 이 돌들 좀 치워요. 거기 서서 뭐하는 겁니까? 하루종일 여기 있고 싶어요? 내려와요." 경찰이 말했다.

자기를 부른 것도 아닌데 허스트우드는 흥분으로 숨을 거칠게 몰아쉬며, 불안에 떠는 차장과 함께 내려갔다.

"서둘러요, 어서." 다른 경찰이 말했다.

추운 날씨였지만 경찰들은 잔뜩 열이 오르고 흥분한 상태였다. 차장과 함께 돌을 하나씩 들어 옮기다보니 허스트우드도 몸이 더워졌다.

"야, 이 배신자들! 겁쟁이들! 남의 일자리를 훔쳐가냐? 가난한 사람들한테서 도둑질을 하고 싶냐, 이 날강도들아? 네놈들을 가만 안 둘 거다. 기다려." 군중이 고함을 질렀다.

한 사람이 하는 말이 아니었다. 여기저기에서 비슷한 온갖 욕설이 뒤섞여나왔다.

"이 불한당들아, 평생 더러운 짓이나 해먹고 살아라. 가난한 사람들이 더 못살게 피를 빨아먹는 놈들!"

"천벌을 받을 놈!" 한 늙은 아일랜드 여인이 창문을 열고 고개를 내밀어 소리질렀다.

"그래 너," 여자는 한 경찰과 눈이 마주치자 곧장 덧붙였다. "이 빌어먹을 살인자놈! 내 아들 머리를 깨놓다니, 이 인정머리 없는 살인자놈 같으니라고! 아……"

경찰은 들은 척도 하지 않았다.

"꺼져버려, 할망구야." 그는 흩어지는 군중을 바라보며 웅얼거렸다.

돌을 다 치우고 허스트우드는 합창처럼 쉬지 않고 이어지는 욕설들 속에서 다시 자기 자리로 돌아왔고, 두 경찰도 그의 옆에 각각 자리를 잡았다. 차장이 종을 울렸을 때, 탕! 탕! 창문과 문으로 돌멩이들이 날아왔다. 돌멩이 한 개가 아슬아슬하게 허스트우드의 머리를 스치고 지나갔다. 또하나는 뒤쪽 유리창을 산산조각 냈다.

"레버를 당겨요." 경찰 하나가 레버를 잡으며 외쳤다.

허스트우드는 그대로 했다. 전차는 비처럼 쏟아지는 돌멩이와 욕설 세례를 뒤로하고 그곳을 빠져나왔다.

"그 ×××가 내 목을 쳤어. 하지만 나도 그놈한테 제대로 한 방 먹였지." 한 경찰이 말했다.

"나도 몇 놈한테는 맛을 제대로 보여줬을 거야." 다른 경찰이 말했다.

"우리한테 ×××라고 소리지르던 그 덩치 큰 놈 누군지 알아. 그놈 잡고 말 거야."

"아까 거기서는 꼼짝없이 당하는 줄 알았어."

허스트우드는 열이 오르고 흥분해서 앞만 쳐다보았다. 그에게는 너무나 충격적인 경험이었다. 신문에서 읽기는 했지만 현실은 전혀 다른 것 같았다. 그는 본래 겁 많은 사람이 아니었다. 이렇게까지 고생을 하고 보니 오히려 끝까지 버텨내야겠다는 굳은 결의가 일었다. 뉴욕이나 아파트는 머릿속에 떠오르지도 않았다. 지금 이 운전에만 온 정신이 쏠렸다.

그들은 이제 더이상 아무런 제지도 받지 않고 브루클린의 중심지로 들어섰다. 사람들이 깨진 전차 유리창과 허스트우드의 초라한 행색을 바라보았다. 여기저기에서 "배신자"라는 외침과 함께 다른 욕설들이 들려왔지만, 차를 공격하는 사람은 없었다. 종점에 도착하자 경찰 한명이 본부에 전화를 걸어 사건을 보고했다.

"저쪽에 한 무리가 있습니다. 아직도 숨어서 기다리고 있어요. 인원을 더 보내 해산시키는 편이 좋을 것 같습니다."

돌아갈 때는 조용했다. 모두가 쳐다보는 가운데 야유와 돌팔매가 날
아왔지만 직접 공격을 받지는 않았다. 허스트우드는 차고가 보이자 그
제야 마음이 놓였다.

"휴, 이제 간신히 빠져나왔군." 그는 혼잣말을 했다.

차고에 도착하자 잠시 쉴 수 있었지만, 곧 다시 호출을 받았다. 이번
에는 새로운 경찰관 한 팀이 차에 탔다. 아까보다는 조금 더 자신이 붙
어서, 평범한 거리를 따라 속도를 내며 달리다보니 두려움도 좀 가셨
다. 그러나 한편으로는 굉장히 고통스러웠다. 그렇지 않아도 눈발이
흩날리고 거센 바람이 부는데, 차의 속력 탓에 참을 수 없을 만큼 추웠
다. 이런 일을 하기에는 옷도 제대로 갖춰 입지 않은 상태였다. 부들부
들 떨면서 발을 구르고, 전에 다른 운전사들이 하는 것을 본 대로 팔을
주먹으로 툭툭 쳐보았지만, 아무 말도 안 나왔다. 낯설고 위험한 상황
때문에 이런 곳에서 일해야 한다는 혐오감과 괴로운 심경도 어느 정도
잊었지만 여전히 우울하고 씁쓸했다. 이게 웬 고생인가 싶었다. 여기
까지 오다니, 견디기 어려운 일이었다.

그는 캐리한테서 당한 수모를 생각하며 버텼다. 그런 모욕까지 다
감수할 정도로 무너지지는 않았다. 뭔가를, 하다못해 이런 일이라도
당분간은 할 수 있다. 더 나아질 것이다. 얼마쯤 저축도 할 것이다.

그가 이런 생각에 잠겨 있는 동안 한 소년이 진흙 덩어리를 집어던져
그의 팔을 맞혔다. 심한 통증에 그 어느 때보다 더 분노가 치밀었다.

"저 망할 놈!" 그가 중얼거렸다.

"다쳤소?" 경찰이 물었다.

"아닙니다."

전차가 모퉁이를 도느라 속도를 줄이자 전직 전차 운전사가 인도에서 그에게 외쳤다.

"이리 내려와서 남자답게 굴지 않겠소, 친구? 잊지 마시오. 우리는 제대로 일하고 임금을 받자고 싸우는 거요. 그뿐이오. 우리에게도 먹여 살려야 할 가족이 있어요." 그 남자는 평화롭게 해결하고 싶어하는 쪽인 것 같았다.

허스트우드는 그를 못 본 척했다. 그는 시선을 앞으로 고정하고 레버를 힘껏 잡아당겼다. 그 목소리에는 어딘가 호소하는 힘이 있었다.

오전 내내 그렇게 일하고 오후가 되었다. 그사이 그는 세 번 운행을 했다. 식사는 이런 일을 하기에는 빈약했고, 추위는 견디기 힘들었다. 종점에 도착할 때마다 잠깐씩이라도 몸을 녹이려 했지만, 추위가 얼마나 고통스러운지 신음이 나올 지경이었다. 차고 담당 직원이 보기 딱했는지 그에게 두꺼운 모자와 양털장갑을 빌려주었다. 이렇게 눈물나게 고마운 적도 난생처음이었다.

오후 두번째 운행을 나갔다가 차가 지나가지 못하도록 낡은 전신주로 막아놓고 선로를 따라 늘어선 군중과 마주쳤다.

"저거 선로에서 치워." 두 경찰이 외쳤다.

"야, 야, 야! 너희들이 직접 치워." 군중이 고함을 질렀다.

두 경찰이 내려갔고, 허스트우드도 따라가려 했다.

"당신은 여기 있어요. 누가 전차를 몰고 달아날지도 모르니." 한 경찰이 말했다.

알아들을 수 없는 고함 속에서 허스트우드는 바로 옆에서 말하는 목소리를 들었다.

"내려와요, 친구. 남자답게 굴어요. 가난한 사람들과 싸우지 맙시다. 싸움은 회사와 해야지요."

모퉁이에서 그에게 말했던 바로 그 사람이었다. 그는 역시 그의 목소리가 안 들리는 척했다.

남자가 거듭 부드러운 목소리로 말했다. "내려와요. 당신도 가난한 사람들과 싸우고 싶지 않을 거요. 싸움 따위 할 필요가 없어요." 꽤나 생각이 깊고 말주변이 좋은 운전사였다.

또다른 경찰이 어디선가 달려와 두 경찰과 합세했고, 누군가 지원을 요청하러 전화로 달려갔다. 허스트우드는 마음을 단단히 먹으려 했지만 두려움을 떨치지 못하고 주변을 둘러보았다.

누군가가 그의 외투를 움켜쥐었다.

"거기서 나와." 그는 허스트우드를 거칠게 잡아 난간 너머로 끌어내려 했다.

"이거 놔." 허스트우드가 사납게 외쳤다.

"내가 맛을 보여주지. 이 배신자!" 아일랜드 청년이 차로 뛰어올라 허스트우드에게 주먹을 날렸다. 허스트우드가 피하는 바람에 주먹은 턱이 아니라 어깨에 맞았다.

"여기서 나가." 경찰이 서둘러 달려와 욕설을 섞어가며 외쳤다.

허스트우드는 얼굴이 하얗게 질려 덜덜 떨면서 몸을 일으켰다. 상황은 점점 심각해지고 있었다. 사람들이 그에게 야유를 보냈다. 한 소녀가 그를 경멸하듯 얼굴을 찌푸렸다.

결심이 흔들리기 시작했을 때 경찰 마차가 달려오고 더 많은 경찰들이 내렸다. 선로는 순식간에 깨끗이 치워졌고 길이 뚫렸다.

"자, 이제 빨리 갑시다." 경찰이 말하자 그는 다시 출발했다.

막판에는 시위대를 제대로 만났다. 돌아가는 길에 차고를 1, 2마일 남겨놓고 그들을 맞닥뜨렸는데, 무척이나 가난에 찌든 동네였다. 빨리 지나가고 싶었지만, 이번에도 선로가 막혀 있었다. 대여섯 블록 정도 떨어져 있을 때부터 사람들이 선로 위로 뭔가를 날라다놓는 모습이 보였다.

"저기 또 있네!" 한 경찰이 외쳤다.

"이번에는 내가 나서야겠군." 두번째 경찰이 더이상 못 참겠다는 듯 외쳤다. 허스트우드는 영 꺼림칙했다. 전과 다름없이 군중이 야유를 보내기 시작했지만, 이번에는 가까이 다가오는 대신 뭔가를 던졌다. 유리창 한두 개가 박살났고 허스트우드는 돌멩이 하나를 가까스로 피했다.

두 경찰이 달려갔지만 군중은 도망가기는커녕 전차를 향해 몰려왔다. 아직 소녀로밖에 안 보이는 여자 하나가 군중 틈에 울퉁불퉁한 막대기를 쥐고 끼어 있었다. 그녀는 머리끝까지 화가 나서 허스트우드를 내리쳤다. 그는 얼른 피했지만, 이에 고무된 다른 사람들도 차에 뛰어올라 허스트우드를 끌어내렸다. 그는 무슨 말을 하거나 소리지를 새도 없이 끌려나갔다.

"놔주시오." 그는 옆으로 쓰러지면서 외쳤다.

"아, 이 배신자." 누군가의 외침이 들려왔다. 발길질과 주먹세례가 쏟아졌다. 숨도 쉴 수가 없었다. 그때 두 남자가 그를 끌어내어 군중에게서 떼어내주었다.

"일어나요. 괜찮아요. 일어나세요." 누군가의 목소리가 말했다.

겨우 풀려나서 몸을 추스르고 보니 두 경찰이었다. 너무 지쳐서 기절할 것 같았다. 턱에 뭔가 끈적거리는 듯해 손으로 닦아내보았다. 붉은색이었다.

"찢어졌나봐요." 그는 얼이 약간 빠진 듯 손수건을 찾았다.

"아, 그냥 긁힌 정도예요." 한 경찰이 말했다.

다시 정신이 맑아지자 주위를 둘러보았다. 그는 작은 가게 안에 서 있었다. 경찰들이 잠시 거기에 있도록 했다. 턱을 훔치면서 밖을 내다보니 전차와 흥분한 군중이 보였다. 경찰 마차가 와 있고, 또 한 대가 오고 있었다.

그는 다가가 밖을 내다보았다. 구급 마차가 들어오고 있었다.

경찰들이 군중을 함부로 대하며 체포하고 있었다.

"자, 차를 몰려거든 이리 나와요." 한 경찰이 문을 열고 안을 들여다보며 말했다.

그는 좀 자신 없이 주저하면서 걸어나갔다. 춥기도 하고 무섭기도 했다.

"차장은 어디 있습니까?" 그가 물었다.

"아, 차장은 지금 여기 없어요." 그 경찰이 대답했다.

허스트우드는 전차 쪽으로 가서 불안하게 차에 올랐다. 그때 총성이 울렸고, 뭔가가 그의 어깨를 치고 지나갔다.

"누가 총을 쐈어?" 경찰이 외쳤다. "맙소사! 누구야?" 두 경찰 모두 그를 내버려두고 어떤 건물 쪽으로 달려갔다. 그는 잠시 서 있다가 차에서 내려왔다.

"아이고! 안 되겠어." 허스트우드는 기운 없이 중얼거렸다.

그는 초조하게 모퉁이 쪽으로 가서 얼른 옆길로 들어갔다.

"휴!" 그는 길게 한숨을 내쉬었다.

반 블록쯤 떨어진 곳에서 어린 소녀가 그를 빤히 쳐다보고 있었다.

"살짝 빠져나가세요." 소녀가 말했다.

그는 앞이 보이지 않을 만큼 몰아치는 눈보라를 뚫고 집 쪽으로 걸어가 해질녘에 선착장에 도착했다. 선실을 가득 메운, 아무 걱정 없어 보이는 이들이 그를 호기심 어린 눈으로 뜯어보았다. 그는 아직도 너무나 혼란스러워서 갈피를 잡을 수가 없었다. 하얀 눈보라 속에서 반짝이는 강의 불빛들이 경이로울 만큼 무심하게 지나갔다. 그는 터벅터벅 무거운 발길을 옮겨 아파트에 도착했다. 안으로 들어가니 방은 따뜻했다. 캐리는 나가고 없었다. 캐리가 놓고 간 석간신문 두 부가 탁자 위에 그대로 놓여 있었다. 그는 가스등을 켜고 앉았다가 다시 일어나 어깨를 자세히 살펴보았다. 살짝 긁힌 것뿐이었다. 그는 골똘히 생각에 잠긴 채 손과 얼굴을 씻고 머리를 빗었다. 그런 다음 먹을 것을 좀 찾아서 허기를 달래고 편안한 흔들의자에 앉았다. 말할 수 없이 편안했다.

그는 잠시 신문도 잊고 턱을 만져보았다.

"아," 잠시 후 그는 정신을 차리고 중얼거렸다. "정말 너무 험한 곳이었어."

그는 고개를 돌려 신문을 보았다. 가볍게 한숨을 내쉬며 〈월드〉를 집었다.

'브루클린 파업 확산' '도시 전역에서 폭동 발생', 그는 신문을 읽었

다. 아주 편안한 자세로 계속해서 신문을 읽어나갔다. 이제 신문만이
온통 그의 관심을 사로잡았다.

42
봄의 손길
텅 빈 껍질

허스트우드의 브루클린 모험을 판단 착오로 본다면, 시도는 해보았으나 실패했다는 사실이 그에게 부정적인 영향을 끼쳤음을 눈치챌 수 있을 것이다. 캐리는 이를 잘못 이해했다. 그가 이야기를 제대로 하지 않은 탓에 캐리는 그가 겪은 일이 누구나 겪는 흔한 고생 정도인 줄 알았다. 별것 아닌 사소한 어려움에 부닥치자 금방 그만두어버렸다고, 일할 마음이 없는 거라고 여기게 되었다.

캐리는 이제 희가극의 2막에서 동양의 미녀들 중 한 명으로 출연하고 있었다. 터키의 한 대신이 왕 앞에서 후궁들을 한 줄로 세워 소개하는 장면이었다. 이 배우들한테는 원래 대사가 한마디도 없었지만 허스트우드가 전차 차고의 윗방에서 잠을 자던 바로 그날 밤, 그날따라 유난히 흥에 취한 주연 희극배우가 관객들을 좀 웃기고 싶었는지 근엄한 목소리로 물었다.

"허, 그대는 누구인고?"

때마침 그 앞에서 예를 올리고 있던 배우는 캐리였다. 주연배우로서는 아무라도 상관없었다. 대답 따위는 기대도 하지 않았지만 멍청한 대답을 했더라면 나중에 질책을 받았을 것이다. 그러나 경험과 자신에 대한 믿음에서 나온 배짱이 있었던 캐리는 다시 한번 곱게 절을 하고는 이렇게 대답했다.

"바로 폐하의 것이옵니다."

사소한 말 한마디였지만, 그 말투의 무언가가 관객을 사로잡았다. 관객은 젊은 여인을 굽어보며 짐짓 무서운 척하는 지배자의 모습에 박장대소했고, 그 웃음소리에 희극배우도 마음에 들어했다.

"짐은 네 이름이 스미스인 줄 알았느니라." 그는 한번 더 웃음을 끌어내려고 이렇게 대꾸했다.

그 말을 하고 나서 캐리는 스스로의 대담한 행동에 몸이 떨릴 지경이었다. 극단 단원들은 대사나 동작을 마음대로 집어넣었다가는 벌금을 물거나 그보다 더한 꼴을 당하게 될 거라고 경고를 받곤 했다. 캐리는 어떻게 해야 좋을지 알 수가 없었다.

무대 옆 자기 자리에 서서 다음 등장을 기다리고 있는데, 그 희극배우가 그 옆을 지나쳐 퇴장하다가 그녀를 알아보고 발을 멈추었다.

"이제부터는 그 대사를 넣어요. 하지만 거기에 더 덧붙이면 안 돼요." 그는 영리해 보이는 캐리의 얼굴을 보고 말했다.

"감사합니다." 캐리가 겸손하게 인사했다. 그가 지나간 뒤에는 몸이 아까보다 더 떨렸다.

"와, 너 운이 좋구나. 우리 중에서 대사가 있는 사람은 아무도 없는데." 코러스의 다른 멤버가 말했다.

이 일의 의미는 부인할 수 없었다. 극단 사람들 모두가 이것이 캐리에게 하나의 시작이라는 것을 알 수 있었다. 다음날 저녁에도 이 대사로 역시 박수갈채를 받자 캐리는 기뻐서 어쩔 줄 몰랐다. 한껏 신이 나서 집으로 돌아오면서, 곧 이로 인해 틀림없이 무슨 일이 생길 거라는 예감이 들었다. 그러나 허스트우드만 보면 좋았던 기분도 싹 달아나고 어떻게든 이 괴로운 상황을 끝장내고 싶은 마음에 애가 탔다.

다음날 캐리는 그에게 어떻게 되었느냐고 물었다.

"경찰을 대동하지 않고는 전차를 운행하지 않아. 지금은 아무도 안 뽑는데. 다음 주나 되어봐야지."

다음주가 되었지만 아무 변화도 보이지 않았다. 허스트우드는 이전 어느 때보다도 무기력해 보였다. 그는 캐리가 연습이며 이런저런 일로 아침에 외출하는 모습을 무덤덤하게 쳐다보기만 했다.

그는 신문을 읽고 또 읽었다. 때로는 어떤 기사를 뚫어져라 들여다보고 있다보면 어느새 정신은 다른 데 가 있었다. 이런 일이 처음 일어났을 때 그는 예전에 회원이었던 드라이브 클럽에서 주최했던 유쾌한 파티를 떠올리고 있었다. 그는 시선을 아래로 떨군 채 점점 옛친구들의 목소리와 유리잔 부딪히는 소리 속으로 빠져들어갔다.

"자네는 멋쟁이야, 허스트우드." 친구 워커가 말했다. 허스트우드는 다시 잘 차려입고 사람 좋은 미소를 지으며 재미있는 이야기를 더 들려달라는 청을 받고 있었다.

어느 순간 그는 고개를 번쩍 들었다. 방이 너무 고요해서 귀신이라도 나올 것 같았다. 시계 초침 소리까지 들릴 정도였다. 잠시 졸았던가 싶었지만 신문이 손에 반듯하게 들려 있고 읽던 기사도 바로 눈앞에 있었다. 졸았다고는 할 수 없었다. 아무튼, 이상한 일이었다. 그러나 두번째로 이런 일이 일어났을 때는 그리 이상하게 여겨지지 않았다.

그가 예전에 어울리던 부류의 사람들은 아니지만 그를 끝까지 믿어주었던 푸줏간 주인과 식품점 주인, 빵집 주인과 석탄 장수가 찾아왔다. 그는 아무렇지 않게 그들을 상대하며 노련하게 둘러댔고, 마침내는 뻔뻔해져서 집에 없는 척하거나 손을 저어 보내기도 했다.

"벼룩의 간을 빼먹지. 돈이 있으면야 왜 안 주겠어." 그는 말했다.

캐리의 작은 병사 친구인 롤라는 캐리가 승승장구하는 것을 보고 위성처럼 그녀 주변을 맴돌았다. 롤라는 고양이 같은 직감으로 자기 힘으로는 성공할 가망이 없다는 것을 깨닫고는 본능적으로 보드랍고 작은 발톱으로 캐리에게 꼭 매달리기로 마음먹었다.

"아, 넌 성공할 거야. 정말 잘하잖아." 그녀는 캐리에게 쉴새없이 찬사를 퍼부었다.

캐리는 수줍음이 많았지만 재능이 있었다. 다른 사람들이 믿어주기만 하면 꼭 제대로 해내고 말겠다는 생각이 들었고, 그렇게 마음을 먹으면 정말 해냈다. 세상 경험이 있고 궁핍을 겪어본 것도 도움이 되었다. 남자의 부질없는 말에 더는 흔들리지 않았다. 남자들은 변할 수도 있고 실패하기도 한다는 것을 그녀는 알았다. 아무리 듣기 좋은 말로 아첨을 해도 그녀에게는 소용없었다. 그녀를 움직이려면 우월함, 에임스와 같은 천재의 타고난 우월함이 있어야 했다.

"난 우리 극단의 남자 배우들이 마음에 안 들어. 다들 너무 저 잘난 맛에 빠져 사는 것 같아." 언젠가 그녀는 롤라에게 말했다.

"바클리 씨는 꽤 멋지지 않아?" 롤라는 그에게서 두어 번 잘난 척하는 미소를 받아본 적이 있어서 이렇게 물었다.

"흠, 멋지기야 하지. 하지만 진지하지가 않아. 너무 잘난 척해."

롤라는 처음으로 캐리의 마음을 사로잡을 수를 냈다.

"지금 네가 지내는 방에 방세를 내고 있니?"

"그야 물론이지. 왜?"

"욕실이 딸린 아주 싸고 근사한 방을 구할 수 있는 곳을 알아. 나 혼자 쓰기에는 너무 크고, 둘이 쓰면 딱 맞을 거야. 집세도 둘이 주당 육 달러밖에 안 돼."

"어딘데?"

"17번가에 있어."

"흠, 옮기고는 싶지만 잘 모르겠네." 캐리는 대답은 이렇게 했지만 마음속으로는 벌써 방세로 삼 달러만 내면 된다는 계산을 하고 있었다. 자기 한 몸만 건사해도 된다면 십칠 달러가 고스란히 혼자 쓸 수 있는 몫으로 남는 것이다.

허스트우드가 브루클린에서 겪은 모험과 캐리가 대사를 얻어내는 성공이 있기 전까지는 이 문제에 대해 진전된 바가 없었다. 캐리는 자유를 갈망했다. 허스트우드가 혼자 알아서 살아가도록 내버려두고 떠나고 싶었다. 그러나 그의 성격이 자꾸만 이상해지는 것 같아, 그를 버리려고 하면 가만히 있지 않을까봐 두려웠다. 극장까지 찾아와서 그녀를 따라다니며 괴롭힐지도 모른다. 그렇게까지 하지는 않겠지만 가능성은 있었다. 어떤 식으로든 그의 존재가 드러나게 된다면 그녀로서는 다시없는 굴욕일 것이다. 그 때문에 캐리는 골머리를 앓았다.

그러던 중 더 좋은 배역이 들어오면서 사태는 급물살을 탔다. 정숙한 연인 역을 맡은 여배우들 중 한 명이 그만두겠다고 하는 바람에 캐리가 그 역을 맡게 된 것이다.

"급료는 얼마나 준다니?" 좋은 소식을 듣고 롤라가 물었다.

"안 물어봤는데."

"아이, 물어봐. 안 물어보면 아무도 챙겨주지 않는다고. 사십 달러는 받아야 한다고 말해."

"아, 안 돼."

"안 되긴! 하여튼 가서 물어봐."

캐리는 결국 지배인이 배역을 위해 맞춰야 할 옷을 알려주러 오기를 기다렸다가 물었다.

"급료는 얼마나 받게 되나요?"

"삼십오 달러요." 지배인이 대답했다.

캐리는 너무나 놀라고 기쁜 나머지 사십 달러라는 말은 꺼낼 생각도 못했다. 그녀는 거의 이성을 잃다시피 해서는 롤라를 꼭 껴안았다.

"네가 마땅히 받아야 할 만큼은 아니야. 게다가 의상도 사야 하잖아." 롤라가 말했다.

캐리는 그 사실을 떠올리고는 깜짝 놀랐다. 돈을 어디에서 구해야 하나? 이런 비상사태를 위해 저축해놓은 돈은 한푼도 없었다. 집세 낼 날짜가 다가오고 있었다.

"돈 안 낼 거야. 난 아파트를 쓰지도 않는데. 이번엔 내 돈을 내놓지 않겠어. 이사해버려야지." 캐리는 꼭 사야 할 것을 떠올리며 중얼거렸다.

때마침 롤라도 이전보다 더 다급하게 졸라댔다.

"나랑 같이 살자, 응? 정말 멋진 방이라니까. 그렇게 하면 비용도 거의 안 든다고." 그녀가 애원했다.

"나도 그러고 싶어." 캐리가 솔직하게 대답했다.

"와, 그럼 그렇게 해. 진짜 재미있을 거야."

캐리는 잠시 생각했다.

"네 말이 맞을 거야. 하지만 생각 좀 더 해보고."

이런 궁리를 하는 와중에 집세 낼 날짜가 다가오고 옷도 당장 사야 할 처지가 되자, 캐리는 허스트우드의 게으름을 구실로 삼기로 했다. 그는 말수가 더 줄고 전보다 더 기운 없이 처져가고 있었다.

집세 낼 날짜가 다가오자 허스트우드는 아이디어를 하나 생각해냈다. 빚쟁이들은 몰려오는데 더는 견딜 수가 없으니 떠오른 생각이었다. 집세로 이십팔 달러는 너무 과했다. 그는 생각했다. '캐리한테 너무 부담이야. 더 싼 곳을 찾을 수 있을 거야.'

이런 생각에 마음이 동한 그는 아침 식탁에서 말을 꺼냈다.

"여기 집세가 너무 비싼 것 같지 않아?"

"정말 그래요." 캐리는 그의 말뜻을 전혀 눈치채지 못하고 이렇게 대꾸했다.

"더 작은 곳으로 옮기면 어떨까 해. 방이 네 개나 필요한 건 아니잖아." 그가 제안했다.

그가 캐리의 표정을 잘 관찰했다면, 그가 그녀와 헤어질 생각은 꿈에도 없다는 것을 알고 그녀가 느낀 마음의 동요를 읽을 수 있었을 것이다. 그는 캐리에게 생활 수준을 더 낮추자고 제안하면서 아무 거리낌이 없었다.

"글쎄요." 캐리는 경계하며 대답했다.

"이 주변에 방 두 개짜리도 구할 수 있을 거야. 그걸로도 충분할걸."

그녀는 마음속으로 반발했다. '죽어도 싫어!' 이사 비용은 누가 댄단 말인가? 그와 함께 방 두 개짜리 집에서 산다니! 캐리는 끔찍한 일이 생기기 전에 가진 돈으로 옷을 사버리기로 결심하고는 바로 그날 실행에 옮겼다. 그러고 나니 이제 할 일은 한 가지밖에 남지 않았다.

"롤라, 나 이사해야겠어." 그녀는 친구를 찾아가서 말했다.

"와, 잘됐다!" 롤라가 외쳤다.

"방을 바로 얻을 수 있을까?" 캐리가 물었다.

"물론이지."

그들은 방을 보러 갔다. 캐리는 자기가 쓸 비용으로 십 달러를 따로 떼어두었다. 방세를 내고 식비를 충당하기에는 충분했다. 늘어난 급료가 들어오려면 아직 열흘은 더 기다려야 했다. 캐리는 친구와 함께 육 달러를 반씩 부담했다.

"이제 남은 돈으로는 주말까지밖에 못 버티겠네." 캐리가 솔직하게 말했다.

"아, 나한테 좀 있어. 이십오 달러 있으니까 빌려줄게." 롤라가 말했다.

"아니야. 버텨봐야지."

그들은 이틀 후인 금요일에 이사하기로 결정했다. 일을 마무리하고 나니 캐리는 걱정이 되었다. 죄를 짓는 기분이었다. 허스트우드를 보면 그가 하는 짓이 마음에 안 들면서도 한편으로는 불쌍한 마음도 들었다.

떠나기로 마음먹은 바로 그날 저녁, 캐리는 그를 바라보았다. 이제는 그가 무기력하고 쓸모없다기보다는 운이 나빠 주저앉은 것처럼 보였다. 눈빛은 무디어졌고 얼굴에는 반점이 생겼으며 손은 기운 없이 축 늘어져 있었다. 머리도 희끗희끗해진 것 같았다. 그는 어떤 운명이 닥쳐올지 전혀 모르는 채, 그녀가 지켜보는 동안에도 흔들의자에 앉아 신문을 읽었다.

마지막이 가까워졌음을 알고 캐리는 조금 부드러워졌다.

"가서 복숭아 통조림 좀 사오실래요?" 그녀가 이 달러 지폐를 내놓으며 허스트우드에게 부탁했다.

"그러지." 그는 놀라서 돈을 쳐다보며 말했다.

"아스파라거스도 좋은 것이 있으면 좀 사오세요. 저녁에 요리할게요."

허스트우드는 일어나서 돈을 챙겨넣고 외투를 걸치고 모자를 썼다. 외투도 모자도 낡고 초라해 보였다. 전에는 아무렇지도 않던 것이 이제는 이상하게도 가슴속을 깊이 치는 것 같았다. 그도 어쩔 수 없었을지 모른다. 시카고에서는 잘나갔었다. 캐리는 공원에서 그를 만나던 시절의 그의 멋진 모습을 떠올렸다. 그때는 얼마나 깔끔하고 활기가 넘쳤던가. 이렇게 된 것이 다 그의 탓일까?

그가 돌아와서 음식과 함께 거스름돈을 내놓았다.

"그냥 갖고 계세요. 다른 것도 사야 할 테니까." 캐리가 말했다.

"아니야. 당신이 갖고 있어." 그가 자존심을 잃지 않고 대꾸했다.

"아, 그냥 갖고 계세요. 다른 것도 사야 해요." 캐리는 좀 약해져서 이렇게 말했다.

그는 캐리의 눈에 자신이 얼마나 애처롭게 보이는지 몰랐으므로 이상하게만 여겼다. 캐리는 목소리가 떨리는 것을 간신히 참고 있었다.

사실대로 말하자면 캐리로서는 어쩔 수 없었을 것이다. 캐리는 드루에와 헤어지던 일을 수차례 돌이켜보고 그에게 너무 심하게 대했다고 후회했다. 다시 그를 만나고 싶지는 않았지만, 자신의 행실은 부끄러웠다. 마지막으로 헤어진 것은 그녀의 선택이 아니었다. 허스트우드가 찾아와 그가 아프다고 했을 때 그녀는 진심으로 가엾게 여기고 기꺼이 그를 찾아 나섰던 것이다. 거기에는 어딘가 좀 잔인한 데가 있는 것 같았지만 논리적으로 왜 그런지 따져볼 능력은 없었다. 드루에는 허스트우드가 무슨 짓을 했는지 영영 알지 못할 것이며, 그저 캐리가 독하게 마음먹고 그런 짓을 저질렀다고만 생각할 것이다. 그 생각을 하면 부끄러웠다. 그에게 애정이 있어서가 아니었다. 자기에게 잘해주었던 사람에게 상처를 주고 싶지 않았다.

캐리는 이런 생각에 정신이 온통 팔려서 자기가 지금 무슨 짓을 하고 있는지는 깨닫지 못했다. 허스트우드는 캐리의 친절에 그녀를 좋게 생각했다. '어쨌거나 캐리는 마음씨가 착해.'

그날 오후 롤라의 집으로 가보니 그녀는 콧노래를 부르며 짐을 꾸리고 있었다.

"오늘 나랑 같이 옮기지그래?" 롤라가 물었다.

"아, 오늘은 안 돼. 금요일에 갈게. 네가 전에 말했던 이십오 달러 좀 빌려줄 수 있니?"

"아, 그럼." 롤라가 지갑을 찾았다.

"살 것이 조금 더 있어서."

"아, 괜찮아." 롤라는 도움을 줄 수 있게 된 것이 기뻐서 기분좋게 대답했다.

허스트우드가 식품점이나 신문 가판대에 가는 것 외에 외출을 하지 않은 지도 여러 날이 되었다. 그러다보니 그도 집안에만 머무는 데에 좀 싫증이 났다. 이틀 동안은 날이 쌀쌀하고 흐려서 그냥 집에 있었다. 금요일은 날이 맑게 개고 따스해졌다. 황량한 겨울에도 세상이 따뜻함과 아름다움을 빼앗긴 것은 아니라는 표시인 듯 사랑스러운 봄의 도래를 알리는 전령 같은 날씨였다. 금빛 태양을 품은 파란 하늘이 수정 같은 따스한 빛을 찬란하게 쏟아부었다. 참새들이 지저귀는 소리만 들어보아도 바깥은 온통 평화롭고 행복한 분위기임을 알 수 있었다. 캐리는 앞 창문을 열고 남쪽에서 불어오는 바람을 느꼈다.

"오늘은 날씨가 정말 좋네요." 캐리가 말했다.

"그래?"

아침식사를 끝내자마자 허스트우드는 곧장 나갈 채비를 했다.

"점심 먹으러 들어올 건가요?" 캐리가 불안스레 물었다.

"아니."

그는 거리로 나와서 할렘 강을 목적지로 정하고 한가로이 7번 애비뉴를 따라 북쪽으로 걸어갔다. 전에 맥주공장을 찾아갔다가 거기에서 배 몇 척을 본 적이 있었다. 그 근처 지역이 어떻게 변해가고 있을지 궁금했다.

59번가를 지나 센트럴 공원 서쪽으로 접어들어 거기서부터 78번가 쪽으로 따라가다가 문득 인근 지역이 생각나서 발길을 돌려 빽빽이 솟아오른 건물들을 구경했다. 정말 많이 발전한 모습이었다. 넓게 펼쳐졌던 공터가 거의 다 채워져가고 있었다. 110번가까지 공원을 따라 걷다가 돌아오는 길에 다시 7번 애비뉴로 가서 한시쯤에는 아름다운 강가에 다다랐다.

오른편에 기복이 있는 강둑과 왼편의 키 큰 나무들로 덮인 언덕 사이로 강물은 청명한 햇살에 눈부시게 빛나며 그의 눈앞에서 굽이쳐 흘렀다. 완연한 봄기운에 그는 새롭게 깨어난 기분으로 그 아름다움을 느끼며 한동안 뒷짐을 지고 하염없이 강을 바라보았다. 그러다가 그는 발길을 돌려 동쪽으로 강을 따라 걸어가며 전에 봤던 배들을 찾아보았다. 네시쯤부터 해가 이울어 슬슬 차가운 공기가 느껴지자 돌아가야겠다는 생각이 들었다. 배가 고파오면서 따뜻한 방에서 식사를 즐기고 싶었다.

다섯시 반쯤 아파트에 도착했을 때는 이미 날이 어두웠다. 창에서 불빛이 새어나오지도 않고 석간신문이 문틈에 끼워져 있는 것으로 보아 캐리는 집에 없었다. 그는 열쇠로 문을 열고 안으로 들어갔다. 집안이 온통 어두컴컴했다. 가스등을 켜고 잠시 기다리려 자리에 앉았다. 캐리가 지금 온다 해도 저녁식사는 이미 늦었다. 그는 여섯시까지 신문을 읽다가 혼자서라도 끼니를 해결할 생각으로 일어섰다.

그제야 문득 방이 좀 평소와 달라 보였다. 그는 마치 뭔가 잃어버린 사람처럼 주위를 두리번거리다가 앉아 있던 자리 근처에서 봉투 하나를 발견했다. 봉투를 열어보지 않아도 무슨 일인지 알 것 같았다.

그는 손을 뻗어 봉투를 집으며 서늘한 냉기가 덮쳐오는 것을 느꼈다. 손안에서 봉투 바스락거리는 소리가 유난히도 크게 들렸다. 녹색 지폐가 편지에 싸여 있었다. 그는 한 손에 돈을 구겨 쥐고 편지를 읽었다.

사랑하는 조지. 저는 떠납니다. 다시는 돌아오지 않아요. 아파트를 유지하려고 애써보았지만 소용이 없네요. 제 힘으로는 안 되겠어요. 할 수만 있다면 당신을 돕고 싶지만, 제가 버는 돈으로 당신까지 부양하면서 집세를 낼 수가 없어요. 제 옷을 살 돈도 좀 마련해야 하고요. 이십 달러를 놓고 갑니다. 지금은 가진 돈이 이것뿐이에요. 가구는 당신이 알아서 처분하세요. 저는 필요 없어요. 캐리.

그는 편지를 떨어뜨리고 조용히 주변을 둘러보았다. 이제야 무엇이 없어졌는지 알았다. 캐리의 작은 장식용 시계였다. 벽난로 선반 위에 있던 것이 보이지 않았다. 그는 거실과 침실, 응접실을 차례대로 돌면서 불을 켜보았다. 찬장에서는 은제 장식품들과 접시들이 사라졌다. 식탁 위에는 레이스 식탁보가 보이지 않았다. 옷장을 열어보니 캐리의 옷이 없었다. 서랍을 열어보아도 캐리의 것은 없었다. 캐리의 트렁크도 늘 있던 자리에서 사라지고 없었다. 자기 방으로 돌아와보니 그의 낡은 옷들은 놓아두었던 그대로 고스란히 걸려 있었다. 다른 것들도 다 그대로였다.

그는 응접실로 나와서 잠시 멍하니 서서 마룻바닥을 내려다보았다. 그를 짓누르는 침묵이 답답하게 느껴졌다. 작은 아파트는 이상하리만치 적막했다. 배가 고프다는 것도, 이제 저녁식사 시간이라는 것도 완전히 잊어버렸다. 한참 더 늦은 한밤중 같았다.

문득 그는 손에 돈을 쥐고 있다는 것을 깨달았다. 그녀가 말한 대로 전부 이십 달러였다. 그는 불을 환히 밝혀놓은 채 뒷걸음질쳤다. 아파트가 텅 빈 것 같았다.

"여기를 떠나야겠어." 그는 혼잣말을 했다.

그러자 완전히 고립무원의 처지가 되었다는 고독감이 한꺼번에 밀려들었다.

"나를 버리다니!" 그는 다시 중얼거렸다. "나를 버리다니!"

그토록 안락했던 곳, 그렇게 오랫동안 따스한 온기를 느끼며 지냈던 이곳은 이제 추억이 되고 말았다. 차갑고 냉혹한 현실이 그의 앞에 있었다. 그는 무너지듯 의자에 주저앉아 턱을 괴었다. 설명하기 힘든 어떤 감정만 남아 있을 뿐 아무 생각도 할 수 없었다.

버림받았다는 애잔함과 자기 연민 비슷한 감정이 그를 감쌌다.

"그렇게 떠날 것까지는 없었는데. 내가 뭐든 할 수도 있었을 텐데."

그는 한참을 의자에 꼼짝 않고 앉아 있다가 큰 소리로 또렷하게 덧붙였다.

"나도 할 만큼은 했다고. 안 그래?"

한밤중이 되도록 그는 여전히 흔들의자에 앉아 마룻바닥만 응시하고 있었다.

43
세상이 아첨꾼으로 돌변하다
어둠 속의 눈

편안한 방에 짐을 푼 캐리는 허스트우드가 자신의 가출을 어떻게 받아들일지 궁금했다. 급하게 몇 가지를 챙겨 극장으로 떠나면서도 문앞에서 그를 마주치지는 않을까 가슴을 졸였다. 그의 모습이 보이지 않자 두려움이 사라지면서 마음이 좀 풀어졌다. 그러고는 그의 존재를 까맣게 잊어버렸다가 쇼가 끝나고 나갈 때가 되자 혹시 극장 앞에서 그를 만날까 다시 겁이 났다. 하루하루 지나가도 아무 소식도 들려오지 않았고, 그가 귀찮게 할지 모른다는 생각도 사라졌다. 시간이 좀 지나자 가끔씩 어쩌다가 생각날 때를 빼고는 그 아파트에서 그녀의 삶을 내리눌렀던 음울한 기분에서 완전히 벗어났다.

사람이 자기 일에 빠른 속도로 빠져드는 것을 보면 참 신기하다. 캐리는 롤라에게 이런저런 소문을 귀동냥해 들으며 연극판 사정에 환해졌다. 연극 관련 신문에는 어떤 것들이 있는지, 그중에서도 여배우에 대한 기사를 주로 싣는 신문은 무엇인지 알게 되었다. 그녀는 자기가 아주 작은 역을 맡았던 오페라는 물론이고, 다른 연극들에 관한 기사도 읽기 시작했다. 점차 주목받고 싶다는 욕망이 그녀를 사로잡았다. 다른 이들처럼 유명해지고 싶었다. 연극계에서 이름을 날리는 이들에 관한 기사라면 호평이든 혹평이든 가리지 않고 샅샅이 찾아 읽었다. 그녀의 관심을 온통 빼앗은 이 화려한 세계는 이제 그녀를 완전히 빨아들였다.

신문과 잡지 들이 무대 위의 미녀들에게 관심을 쏟다못해 과열되기 시작한 것이 바로 그때쯤이었다. 특히 일요판 신문들은 연극면을 화려하게 꾸미고 지면을 많이 할애해서 유명한 여배우들의 모습을 장식을 넣어 실었다. 적어도 한두 잡지의 최신호에는 언제나 예쁜 스타들의 사진과 여러 연극 장면을 찍은 사진이 실렸다. 캐리는 이런 것들을 보며 점점 관심이 커졌다. 그녀가 출연한 오페라의 장면은 언제쯤 실릴까? 그녀의 사진이 신문에 실릴 날도 올까?

새로운 역을 맡기 전 일요일, 캐리는 작은 기사라도 없나 연극면을 자세히 살폈다. 기사가 날 거라 기대하지도 않았는데 비중 있는 여러 기사들 말미에 조그맣게 짤막한 기사가 실려 있었다. 캐리는 가슴을 두근거리며 기사를 읽었다.

브로드웨이 극장에서 공연하는 〈압둘의 부인들〉에서 지금까지 이네즈 카루가 맡아 왔던 시골 처녀 카티샤 역을 코러스 단원들 중 가장 재능 있는 배우인 캐리 마덴다가 맡게 되었다.

캐리는 너무 기뻐서 어쩔 줄을 몰랐다. 아, 얼마나 멋진 일인가! 드디어! 그토록 오랫동안 꿈꿔왔던 첫번째 기사였다. 게다가 그녀에게 재능이 있다고 했다. 터져나오는 웃음을 참을 수가 없었다. 롤라도 이걸 봤을까?

"내일밤부터 내가 맡게 될 역에 대한 기사가 여기 실렸어." 캐리는 친구에게 말했다.

"와, 멋지다! 정말이야?" 롤라가 달려오며 외쳤다. "잘됐다. 이제부터 시작이야. 난 〈월드〉에 사진이 한 번 실린 적이 있어." 그녀는 기사를 들여다보며 말했다.

"정말?"

"그럼? 진짜라니까. 사진 주위에 장식도 넣었는걸."

캐리는 즐겁게 웃었다.

"난 사진은 안 실렸어."

"하지만 곧 실리게 될 거야. 두고봐. 요즘 잘나가는 사람들보다 네가 더 나은걸."

캐리는 이 말이 고맙기 그지없었다. 동조와 칭찬을 쏟아붓는 롤라가 너무나 좋았다. 그녀는 캐리에게는 없어서는 안 될 존재였고, 더없이 큰 힘이 되었다.

맡은 역을 멋지게 잘해내자, 캐리가 배역을 잘 소화하고 있다는 기사가 또 실렸다. 캐리는 말할 수 없이 기뻤다. 이제야 세상이 자기를 알아준다는 생각이 들었다.

삼십오 달러를 받은 첫 주, 그 돈이 어마어마하게 많아 보였다. 방세로 삼 달러를 내는 것이 우스울 정도였다. 롤라에게 이십오 달러를 갚고도 칠 달러가 남았다. 전주에 받은 급료에서 남은 사 달러를 더하니 십일 달러가 되었다. 그중 오 달러는 새로 산 옷의 할부금으로 냈다. 그다음주가 되자 지갑이 훨씬 더 두둑해졌다. 이제 방세 삼 달러와 옷 값 오 달러만 내고 나면 나머지는 식비와 원하는 것을 사는 데 쓸 수 있었다.

"여름을 대비해서 돈을 좀 저축해두는 게 좋아. 5월에는 쇼가 끝날 테니까." 롤라가 주의를 주었다.

"그래야겠다."

몇 년 동안이나 빈약한 용돈으로 지내온 사람에게 매주 꼬박꼬박 삼십오 달러가 들어오는 건 보통 일이 아니다. 녹색 지폐 뭉치로 지갑이 터질 듯했다. 먹여 살려야 할 식구도 없으니 그녀는 예쁜 옷과 장신구들을 사고, 잘 먹고, 방을 꾸미기 시작했다. 곧 같이 어울려 다니는 친구들도 생겼다. 캐리는 롤라와 어울리는 젊은 남자들 몇 명을 알게 되었다. 오페라 단원들은 굳이 소개하는 절차를 거치지 않고도 그녀와 아는 사이가 되었다. 그중 한 명이 캐리에게 반해, 그는 몇 번이나 캐리를 집까지 바래다주었다.

"잠깐 어디 들러서 야식이라도 먹을까요." 하루는 그가 밤늦게 제안했다.

"좋아요."

늦은 시간까지 들뜬 연인들로 붐비는 멋진 레스토랑에서 캐리는 어느새 자신이 상대의 흠을 찾고 있음을 깨달았다. 그는 너무 잘난 척했고 자만심이 강했다. 그가 입에 올리는 화제는 옷과 물질적 성공에 대한 것들을 벗어나지 못했다. 식사가 끝나고 그는 최대한 따뜻한 미소를 지었다.

"집에 바로 가셔야 하나요?" 그가 물었다.

"네." 캐리는 무슨 뜻인지 다 안다는 듯 조용히 대답했다.

'보기보단 숙맥이 아니로군.' 그후로 그는 더욱 그녀를 우러러보고 열을 올렸다.

캐리는 놀기 좋아하는 롤라의 성향에 물들지 않을 수 없었다. 낮에는 마차를 타고 드라이브를 하고, 밤이면 쇼가 끝난 후 저녁을 먹으러 갔고, 오후에는 최대한 멋을 내고 브로드웨이를 거닐었다. 이제 캐리는 대도시가 주는 쾌락의 소용돌이 한가운데에 서 있었다.

마침내 어느 주간지에 캐리의 사진이 실렸다. 캐리는 미처 모르고 있다가 숨이 막힐 듯 놀랐다. 사진에는 이런 설명이 붙어 있었다. '캐리 마덴다 양. 연극 〈압둘의 부인들〉에서 가장 사랑받는 배우.' 롤라의 충고대로 캐리는 사로니*에게 사진을 찍어둔 적이 있었는데, 그중 한 장이 실린 것이다. 나가서 신문을 몇 부 사야겠다 싶었지만, 생각해보니 신문을 보내줄 만큼 잘 아는 이가 없었다. 그녀에게 관심을 가진 사람은 온 세상에서 롤라 한 명뿐이었다.

대도시는 인간관계 면에서 차가운 곳이다. 캐리는 곧 돈 몇 푼은 아무것도 가져다주지 못한다는 사실을 깨닫게 되었다. 부와 명성의 세계는 그 어느 때보다 멀리 있었다. 그녀에게 다가오는 많은 이들이 그저 쉽게 즐기려 들 뿐, 따스하고 마음에서 우러나오는 우정 따위는 없었

---

* 미국의 사진가 나폴레옹 사로니. 19세기 후반 배우들의 인물사진으로 유명했다.

다. 다들 남에게 어떤 슬픈 결과를 가져오게 될지는 관심도 없이 오로지 자신의 즐거움만을 좇는 것 같았다. 허스트우드와 드루에한테서 얻은 교훈도 바로 그런 것이었다.

4월이 되자 관객 수가 줄어들었다. 5월 중순이나 말께에는 시즌이 끝날 것을 짐작게 했다. 다음 시즌에는 순회공연을 떠나게 될 것이다. 캐리는 따라갈지 말지 고민했다. 롤라는 늘 그렇듯 급료가 많지 않으니 뉴욕에서 다른 일자리를 찾아볼 셈이었다.

"카지노 극장에서 여름 연극을 올린대. 거기 한번 가보자." 롤라가 어디서 소문을 들었는지 귀띔해주었다.

"그러자."

두 사람은 날짜가 되면 다시 와보라는 말을 들었다. 그 날짜는 5월 16일이었다. 그들이 출연하는 쇼는 그전인 5월 5일에 막을 내릴 예정이었다.

"다음 시즌 쇼에 출연하고 싶은 사람들은 이번주에 사인해야 해요." 지배인이 말했다.

"사인하지 마. 난 안 갈 거야." 롤라가 충고했다.

"나도 알아. 하지만 딴 데 자리를 얻을 수 있을지 모르겠어." 캐리가 대답했다.

"그래도 난 안 가. 한 번 가봤는데, 시즌이 끝날 때는 아무것도 남는 게 없더라고." 롤라는 자기를 좋아하는 남자들을 믿고 이렇게 말했다.

캐리는 이 문제를 놓고 고심했다. 순회공연에 나선 적은 아직 한 번도 없었다.

"어떻게든 될 거야. 난 항상 잘 넘겨왔거든." 롤라가 덧붙였다.

캐리는 결국 사인하지 않았다.

카지노 극장에서 여름 토막극을 맡은 지배인은 캐리의 이름을 들어본 적이 없었지만, 캐리에 관한 여러 기사와 신문에 실린 사진, 그녀의 이름이 찍힌 프로그램이 효력을 발휘했다. 그는 캐리에게 주급 삼십달러에 대사 없는 역을 주었다.

"내가 뭐랬어? 뉴욕을 떠나 있으면 좋을 게 하나도 없어. 완전히 잊힌다니까." 롤라가 말했다.

기자들은 일요판 신문에 공연을 알리는 사진을 실으면서 예쁘장하게 생긴 캐리의 사진을 골라 다른 사진과 함께 실었다. 캐리의 미모가 너무나 돋보였기 때문에, 그들은 캐리의 사진을 특별히 눈에 잘 띄게 싣고 장식까지 넣었다. 캐리는 무척 기뻤다. 그러나 극장측에서는 전혀 모르는 듯했다. 어쨌거나 이전보다 조금이라도 더 그녀에게 관심을 보이는 이는 없었다. 게다가 그녀의 배역도 보잘것없었다. 말없고 조그마한 퀘이커 여신도였는데, 여러 장면에서 주변에 서 있기만 하는 역할이었다. 극작가는 제대로 된 여배우라면 그 자리에 놓기만 해도 그 자체로 상당한 비중을 가질 수 있는 역이라고 생각했지만, 캐리가 맡고 있는 지금으로서는 차라리 빼버리는 편이 나을지도 모른다고 생각했다.

"서두를 거야 없지. 일단 첫 주 해보고 빼버리든가 하자고." 지배인은 이렇게 말했다.

이런 속사정은 전혀 알지 못하고 들어왔던 캐리는 왠지 무시당한 기분이 되어 시무룩하게 연습을 했다. 최종 리허설 때도 여전히 침울한 상태였다.

"나쁘지 않은데." 작가의 말에 지배인도 실망한 캐리의 표정이 그역할에 기묘한 효과를 주고 있음을 알아챘다. "스파크스가 춤을 출 때저 여배우더러 얼굴을 좀더 찡그리라고 해."

캐리 자신은 못 느끼고 있었지만, 그녀의 양미간은 살짝 주름이 잡히고, 입도 기묘하게 찌푸리고 있었다.

"조금 더 얼굴을 찡그려봐요, 마덴다 양." 무대감독이 주문했다.

캐리는 나무라는 줄 알고 재빨리 얼굴을 폈다.

"아니, 찡그리라고요. 좀 전에 했던 것처럼."

캐리는 깜짝 놀라 무슨 말인가 하고 그를 쳐다보았다.

"그렇게 하라니까요. 스파크스 씨가 춤을 추는 동안 얼굴을 잔뜩 찌푸리고 있어요. 어떤 효과를 내는지 좀 보고 싶어서 그래요."

그거야 쉬운 일이었다. 캐리는 인상을 잔뜩 찌푸렸고, 거기에서 빚어지는 뭔가 기묘하면서도 익살맞은 효과가 지배인까지도 사로잡았다.

"바로 저거야. 내내 저렇게 하고 있으면 꽤 재미있겠어."

그는 캐리에게 다가가서 말했다.

"계속 찌푸리고 있도록 해요. 최대한 심하게. 화난 것처럼 보이도록말이오. 그러면 그 역이 진짜로 재미있어질 거요."

개막일 밤, 캐리가 보기에 자기 역은 아무래도 상관없는 듯했다. 1막에서 그녀는 흥분하고 들뜬 관객들의 눈에 들어오지도 않는 것 같았다. 캐리는 얼굴을 있는 힘껏 찡그렸지만 아무 소용이 없었다. 관객들의 시선은 주연급 배우들의 멋진 연기에만 꽂혀 있었다.

2막에 들어서자 지루한 대화에 싫증이 난 관객들의 눈이 이리저리무대를 훑다가 마침내 그녀에게 향했다. 회색 옷차림의 캐리는 예쁘장하고 새침한 얼굴을 잔뜩 찡그리고 있었다. 처음에는 다들 그녀가 잠깐 뭔가 짜증이 난 것이고, 그 표정은 연기가 아니라고, 전혀 웃기려는 의도가 아니라고 여겼다. 그런데 그녀가 계속 인상을 쓴 채 이제는 주연배우들을 한 명씩 노려보자 관객들의 얼굴에 미소가 번지기 시작했다. 앞줄에 앉은 뚱뚱한 신사들의 눈에 그녀가 사랑스럽고 귀여운 아가씨로 보이기 시작했다. 키스로 찡그린 얼굴을 펴주고 싶을 정도였다. 모든 남자들의 눈이 그녀에게 향했다. 그녀가 무대의 중심이었다.

마침내 무대 중앙에서 노래를 부르고 있던 주연배우의 귀에까지 예상하지 않았던 대목에서 새어나오는 킬킬거리는 웃음소리가 들려왔다. 웃음소리는 조금씩 더 커져갔다. 박수갈채가 터져나와야 할 대목에서도 그저 무덤덤한 반응이었다. 이럴 수가 있나? 그제야 그는 무슨 일이 생겼음을 깨달았다.

무대에서 퇴장한 후 언뜻 캐리가 그의 눈에 들어왔다. 캐리는 무대 위에서 혼자 인상을 쓰고 있었고, 관객들은 킬킬대며 웃어대느라 정신이 없었다.

'맙소사, 이런 꼴은 못 참아! 다른 사람이 끼어들어 내 연기를 훼방 놓게 놔두지는 않겠어. 저 여자가 그만두든가 내가 그만두든가 둘 중 하나야.' 그 배우는 생각했다.

"아, 뭐 어때요. 그게 저 여배우 역할이에요. 그건 전혀 신경쓸 필요 없어요." 그가 불평하자 지배인이 말했다.

"하지만 저 여자가 내 연기를 방해하고 있다고요."

"아니, 그렇지 않아요. 그냥 양념 삼아 약간 재미를 주는 것뿐이오." 지배인이 달랬다.

"허, 그래요? 내 연기를 망쳐놓고 있는데. 가만히 있지 않겠소." 희극배우가 외쳤다.

"자자, 공연이 끝날 때까지만 기다려봐요. 내일까지만 기다립시다. 그다음에 어떻게 할지 보자고요."

그러나 다음 막이 오르자 상황은 이미 끝이 났다. 캐리가 극의 주요 인물이 되어 있었다. 그녀를 자세히 뜯어보면 볼수록 관객들은 즐거워졌다. 캐리가 무대 위에서 뿜어내는, 뭔가 사람을 안달나게 만들면서 즐거움을 주는 기묘한 분위기에 다른 모든 인물은 빛을 잃었다. 지배인과 극단 모두 그녀가 대성공을 거두었음을 확실히 알 수 있었다.

일간신문의 평론가들이 그녀의 승리를 결론지었다. 캐리의 이름을 계속 들먹이면서 극의 만듦새를 호평하는 긴 연극평들이 실렸다. 전염하듯 퍼져나가는 유쾌함이 계속해서 강조되었다.

〈선〉의 한 노련한 평론가는 이렇게 언급했다.

마덴다 양은 카지노 무대에서 여태껏 보았던 것 중에서 가장 즐거움을 주는 인물을 연기했다. 그것은 좋은 와인처럼 몸을 따뜻하게 덥혀주는, 잔잔하면서 과하지 않은 해학이다. 마덴다 양이 무대에 자주 오르지 않는 것으로 보아 원래 그 역이 비중 있는 역이 아님은 분명하지만, 관객들의 취향은 기묘한 데가 있어서 그들 나름대로 선택을 했다. 어린 퀘이커 여신도는 등장하자마자 총애를 한몸에 받게 되었고, 그후로는 힘도 안 들이고 주목과 갈채를 얻어냈다. 운명의 여신의 변덕이란 참으로 알 수 없는 것이다.

늘 그렇듯 뉴욕 전체에 '먹히는' 캐치프레이즈를 만들어보려고, 〈이브닝 월드〉의 비평가는 이런 조언으로 기사를 끝맺었다. '기분좋아지고 싶거든 캐리가 찡그리는 얼굴을 보라.'

캐리의 운명은 기적같이 바뀌었다. 캐리는 아침부터 지배인에게 축하 메시지를 받았다.

'당신이 도시 전체를 휩쓸어버린 것 같습니다. 참으로 기쁜 일입니다. 저도 기쁘지만 당신을 위해서도 기쁩니다.'

작가 또한 전갈을 보내왔다.

그날 저녁 캐리가 극장에 들어서자 지배인은 더할 나위 없이 반갑게 맞아주었다.

"스티븐스 씨가 짤막한 노래를 하나 준비하고 있는데, 다음주에 당신이 좀 불러주었으면 한다는군요." 그가 작가를 언급하며 말했다.

"오, 전 노래를 할 줄 모르는데요." 캐리가 대꾸했다.

"어렵지 않습니다. 아주 간단한 거예요. 당신한테 딱 맞을 겁니다."

"힘닿는 데까지 해볼게요." 캐리가 재밌다는 듯 대답했다.

"분장을 하기 전에 잠시 사무실로 좀 와주시겠습니까? 말씀드리고 싶은 게 있어서요." 지배인이 덧붙였다.

"그러지요."

사무실에서 지배인은 서류 한 장을 내밀었다.

"자, 당연히 정당한 대우를 해드려야겠죠. 현재 계약은 석 달간 주급 삼십 달러밖에 안 됩니다. 주급을 백오십 달러로 올리고 계약을 십이 개월로 연장하면 어떻겠습니까?"

"아, 좋다마다요." 캐리는 그렇게 대답하면서도 귀를 의심했다.

"그러면 여기에 사인만 해주시면 됩니다."

캐리는 얼핏 보기에는 급료와 기간이 새로 적힌 것만 제외하면 그 전 계약서와 다를 바 없는 새 계약서를 뚫어지게 쳐다보았다. 흥분해서 떨리는 손으로 캐리는 사인을 했다.

"주당 백오십 달러라고!" 캐리는 다시 혼자 있게 되자 이렇게 중얼거렸다. 그런 엄청난 금액의 의미가 도저히 실감이 나지 않았다. 어느 백만장자인들 그렇지 않겠는가? 그것은 가능성으로 가득찬 세계를 품고 있는, 희미하게 어른거리며 반짝이는 숫자에 불과했다.

허스트우드는 블리커 스트리트의 싸구려 호텔에서 캐리의 성공을 다룬 기사를 읽었다. 처음에는 누구 얘기인지도 알아차리지 못하고 있다가 퍼뜩 정신이 들어 처음부터 다시 잘 읽어보았다.

"캐리로군. 그래, 그럴 줄 알았어."

그는 고개를 들어 누추하고 낡아빠진 호텔 로비를 둘러보았다.

'드디어 해낸 모양이로군.' 불빛과 장식, 마차, 꽃 들로 가득한 오래전의 빛나는 그 화려한 세계가 환상 속에서 되살아났다. 아, 이제 캐리는 성벽으로 둘러싸인 도시 안으로 들어갔구나! 그 눈부시게 빛나는 성문이 활짝 열려 춥고 황량한 바깥에 있던 그녀를 들여보내준 것이다. 이제 캐리는 그가 알던 다른 모든 명사들처럼 머나먼 딴 세상 사람 같았다.

"그래, 즐기고 싶은 만큼 즐기라고. 귀찮게 하지 않겠어."

그것은 비록 세파에 시달리면서도 꺾이지 않은 자존심에서 나온 모진 결단이었다.

44
그리고 여기는 요정의 나라가 아니다
금으로 살 수 없는 것

무대로 돌아와보니 하룻밤 사이에 캐리의 분장실이 바뀌어 있었다.

"이 방을 쓰십시오, 마덴다 양." 무대 직원이 말했다.

이제 긴 계단을 올라가 좁아터진 분장실을 다른 사람들과 함께 쓰는 게 아니라, 위층의 잔챙이 배우들은 꿈도 꾸지 못할 편의 시설이 잘 갖추어진 널찍한 방을 쓰게 된 것이다. 캐리는 가슴이 벅차 심호흡을 했다. 머리보다 그녀는 몸으로 먼저 느끼고 있었다. 사실 머리는 거의 멈추다시피 한 상태였다. 가슴과 몸이 모두 말을 하고 있었다.

쏟아지는 경의와 축하를 들으면서 비로소 서서히 자신의 상황이 머리로도 다가왔다. 이제 그녀에게 명령하는 이는 없었다. 부탁을, 그것도 공손하게 할 따름이었다. 그녀가 무대 위에서 내내 입고 있는 소박한 의상을 차려입고 나오자 극단의 다른 단원들은 부러움 섞인 눈길로 그녀를 바라보았다. 그녀와 동등하거나 우위에 있었던 이들이 하나같이 친근한 미소를 건넸다. 마치 이렇게 말하는 듯했다. '우리는 항상 정말 친한 사이였지요.' 그녀 때문에 큰 타격을 입은 주연 희극배우만 혼자 성큼성큼 걸어가버렸다. 자기를 때린 손에 입맞출 수는 없다는 식이었다.

단순한 자기 배역을 연기하면서 캐리는 서서히 자신에게 쏟아지는 박수갈채의 의미를 깨달아갔다. 그것은 달콤했다. 이런 갈채를 받을 자격이 없다는 죄책감이 희미하게 들기도 했다. 동료들이 무대 옆에서 말을 건네면 그저 가볍게 미소만 지었다. 캐리는 위치가 달라졌다고 오만하거나 건방지게 굴 성품이 아니었다. 지레 겸손을 떤다거나 거만을 부릴 생각도 없었다. 그녀는 이전과 전혀 달라지지 않은 그 모습 그 대로였다. 공연이 끝나면 그녀는 극장에서 내주는 마차를 타고 롤라와 함께 집으로 돌아갔다.

한 주가 지나자 성공의 첫번째 열매가 하나둘 굴러들어왔다. 아직 그 근사한 급료가 들어오지 않았다는 것은 중요하지 않았다. 약속만으로도 충분했다. 그녀에게도 편지와 카드가 날아들기 시작했다. 하루는 듣도 보도 못한 위더스라는 남자가, 어떻게 알았는지 집까지 찾아와서 공손하게 인사를 했다.

"무례하게 불쑥 찾아뵈어서 죄송합니다만, 혹시 거처를 옮기실 의향은 없으신지요?"

"그런 생각은 해보지 않았는데요."

"저는 웰링턴 호텔에서 일하고 있습니다. 브로드웨이에 새로 연 호텔이지요. 신문에서 기사를 보신 적이 있을 겁니다."

캐리가 알기로는 가장 웅장한 최신 호텔이었다. 근사한 레스토랑으로 유명하다는 것도 알고 있었다.

위더스 씨는 그녀가 알고 있다고 하자 말을 이었다. "예, 그렇습니다. 저희가 아주 우아한 객실을 준비해두었습니다. 여름 동안 지내실 곳을 아직 정하지 않으셨다면 한번 둘러봐주셨으면 합니다. 저희 객실은 모든 면에서 완벽합니다. 온수와 냉수가 나오고, 개인 욕실이 완비되어 있고, 층마다 특별 홀 서비스가 있으며, 엘리베이터도 있습니다. 저희 레스토랑의 명성은 알고 계시겠죠."

캐리는 말없이 그를 보기만 했다. 이 사람이 나를 백만장자로 아는가 싶었다.

"요금은 얼마나 되죠?" 캐리가 물었다.

"아, 저, 바로 그 때문에 제가 직접 뵙고 말씀을 드리러 온 겁니다. 원래 요금은 하루에 삼 달러에서 오십 달러 사이입니다."

"어머나!" 캐리가 중간에 말을 잘랐다. "그런 돈을 낼 만한 여유는 없어요."

"어떻게 생각하실지 저도 압니다." 위더스 씨가 잠시 말을 멈추었다. "제가 설명을 드리지요. 그건 어디까지나 저희 원래 요금입니다. 그런데 다른 모든 호텔들과 마찬가지로 저희도 특별 요금이 있습니다. 어쩌면 그런 생각은 미처 안 해보셨을지도 모르지만, 마덴다 양의 이름은 저희에게 상당한 가치가 있습니다."

"아!" 캐리는 그제야 무슨 뜻인지 알아듣고 탄성을 질렀다.

"당연하지요. 호텔에는 고객의 명성이 중요합니다. 마덴다 양처럼 유명한 여배우가 계시면……" 그는 캐리가 얼굴을 붉히자 공손히 허리를 굽혔다. "저희 호텔이 주목을 받고, 믿지 않으실지 모르겠지만 고객들도 끌어올 수 있습니다."

"아, 알겠어요." 캐리는 이 기묘한 제안을 이해해보려 애쓰면서 넋 나간 사람처럼 대답했다.

위더스 씨는 중절모를 가볍게 흔들면서 광나는 구두를 톡톡 치며 말을 이었다. "괜찮으시다면 웰링턴에 와서 한번 봐주셨으면 합니다. 조건에 대해서는 마음놓으셔도 됩니다. 사실 얘기할 필요도 없습니다. 여름 동안 형편껏 내시고 싶은 만큼만 내시면 됩니다."

캐리가 막 입을 열려 했으나 그는 말할 기회를 주지 않았다.

"오늘이나 내일 오셔도 됩니다. 빠를수록 좋습니다. 근사하고 밝고 전망 좋은, 저희 호텔 객실 중에서 제일 좋은 객실로 드리겠습니다."

"정말 친절하시네요." 캐리는 상대의 공손한 태도에 감동받았다. "저도 꼭 가보고 싶어요. 하지만 저는 정당한 금액을 지불하고 싶어요. 그렇지 않으면……"

"그 점에 대해서는 전혀 신경쓰실 것 없습니다." 위더스 씨가 말을 잘랐다. "언제든 불편 없도록 다 처리해놓겠습니다. 하루 삼 달러가 좋으시면 그렇게 해드리겠습니다. 주말이나 월말에 내고 싶은 만큼만 내시면 저희 직원이 원래 요금을 내신 것으로 알아서 영수증을 내드릴 겁니다."

그는 잠시 말을 멈추었다.

"와서 저희 객실을 한번 봐주시겠습니까." 그가 다시 덧붙였다.

"저도 그러고 싶지만 오늘 아침에 연습이 있어요."

"당장 오셔야 한다는 말은 아닙니다. 언제라도 괜찮습니다. 오늘 오후는 어떠십니까?"

"좋아요."

갑자기 잠깐 밖에 나간 롤라가 생각났다.

"방을 같이 쓰는 친구가 있는데, 제가 어디를 가든 같이 가야 해요. 그걸 깜박 잊었네요." 그녀가 덧붙였다.

"아, 괜찮습니다. 같이 데려오시고 싶은 분이 있으면 말씀만 해주십시오. 말씀드렸다시피 뭐든지 원하시는 대로 맞춰드릴 수 있습니다." 위더스 씨가 부드럽게 대답했다.

그는 인사를 하고 문 쪽으로 걸어갔다.

"그럼 네시쯤이 어떻겠습니까?"

"네."

"그때 뵙겠습니다." 위더스 씨가 돌아갔다.

연습이 끝난 후 캐리는 롤라에게 이 사실을 알렸다.

"그게 정말이니?" 롤라는 웰링턴 호텔이 사업가들이 모이는 장소임을 떠올리고 탄성을 질렀다. "거기가 얼마나 좋은데! 아이, 신난다! 거긴 정말 최고야. 지난번에 두 남자랑 저녁 먹으러 갔던 데가 바로 거기라고. 너도 알지?"

"기억나." 캐리가 대답했다.

"아, 정말 최고라니까."

"그럼 한번 가보자." 캐리가 오후 늦게 말했다.

위더스 씨가 캐리와 롤라에게 보여준 객실은 방 세 개에 욕실이 딸린 곳으로, 이층에 있는 스위트룸이었다. 초콜릿색과 어두운 붉은색으로 꾸민 방은 깔개와 벽지도 잘 어울렸다. 창 세 개가 동쪽의 번화한 브로드웨이로 나 있고 또다른 창 세 개로는 거리를 가로지르는 샛길이 내다보였다. 아름다운 침실 두 개에는 청동에 흰색 에나멜을 칠한 침대와 하얀 리본으로 장식한 의자들, 거기 어울리는 옷장이 놓여 있었다. 응접실로 쓰는 세번째 방에는 피아노와 화려한 문양의 갓을 씌운 묵직한 램프, 작은 책상, 크고 편안한 흔들의자 몇 개, 책장, 신기한 물건들이 가득한 금박 진열장이 있었다. 벽에는 그림들이 걸려 있고 부드러운 터키식 베개가 놓인 긴 의자와 갈색 플러시 천을 씌운 발판들도 있었다. 이 정도면 보통 일주일에 백 달러는 내야 했다.

"아, 아름다워라!" 롤라가 둘러보며 탄성을 질렀다.

"아늑하구나." 캐리는 이렇게 말하며 레이스 커튼을 들치고 인파로 북적이는 브로드웨이를 내려다보았다.

흰색 에나멜로 마감하고 푸른색으로 가장자리를 두른 큼직한 석조 욕조를 놓고 니켈로 장식한 욕실도 근사했다. 한쪽 벽면에는 모서리를 비스듬히 깎은 거울이 걸려 있고 백열등이 세 개나 켜져 있어 밝고 편리했다.

"방이 마음에 드십니까?" 위더스 씨가 물었다.

"아주 좋아요."

"다 준비해두었으니 언제라도 편하신 때 옮겨오시면 됩니다. 보이가 문간에서 열쇠를 드릴 겁니다."

우아한 카펫을 깔고 장식한 홀, 대리석으로 꾸민 로비, 화려한 대기실이 캐리의 눈에 들어왔다. 한번 살아보고 싶다고 꿈꾸던 바로 그런 곳이었다.

"우리 바로 이사하면 어때?" 캐리는 17번가의 수수한 방을 떠올리며 롤라에게 물었다.

"좋아!" 롤라도 찬성했다.

다음날 캐리의 트렁크가 새로운 거처로 옮겨졌다.

수요일에 낮 공연이 끝난 후 옷을 갈아입고 있는데 분장실 문 두드리는 소리가 들렸다.

캐리는 사환이 건넨 명함을 보고 잠시 깜짝 놀랐다.

"곧 나가겠다고 전하렴." 캐리는 부드럽게 말했다. 그런 다음 명함을 들여다보며 중얼거렸다. "밴스 부인이군."

"아이, 정말 너무했어요." 텅 빈 무대를 가로질러 다가오는 캐리를 보며 밴스 부인이 외쳤다. "이게 다 어찌된 일이에요?"

캐리는 명랑하게 웃음을 터뜨렸다. 친구의 태도에 당황한 기색은 조금도 없었다. 누가 보았더라면 그들이 오랫동안 만나지 못한 것은 그저 우연 때문이라고 생각했을 것이다.

"그러게 말이에요." 캐리는 처음에 약간 불편했던 마음을 누르고 따뜻하게 대답하며 이 예쁘고 성격 좋은 젊은 부인에게 다가갔다.

"아니 글쎄, 일요판 신문에서 당신 사진을 봤지 뭐예요. 하지만 이름 때문에 다른 사람인 줄 알았어요. 당신이 아니면 당신이랑 꼭 닮은 여자일 거라고 생각했어요. 그래서 당장 가서 내 눈으로 확인해보기로 했죠. 이렇게 놀라보기는 평생 처음이네요. 그래, 잘 지내죠?"

"네, 아주 잘 지낸답니다. 어떻게 지내셨어요?"

"저도 잘 지냈어요. 그런데 어쩜 이렇게 성공하셨어요! 세상에, 신문마다 온통 다 당신 얘기뿐이에요. 얼마나 자랑스러우세요. 오늘 오후에 여기 오기가 겁이 날 지경이었다니까요."

"아이, 그런 말씀 마세요. 당신을 만나서 얼마나 기쁜지 잘 아시면서." 캐리가 얼굴을 붉히며 대꾸했다.

"하여간 드디어 만났군요. 지금 나가서 같이 식사하지 않을래요? 어디서 지내세요?"

"웰링턴 호텔에요." 캐리는 남들이 다 알아주는 곳에 묵는다는 자부심을 느끼며 대답했다.

"아, 그러세요?" 과연 그 이름은 밴스 부인에게도 똑같은 효과를 발휘했다.

밴스 부인은 허스트우드를 떠올리지 않을 수 없었지만 눈치 빠르게도 그에 관한 화제는 피했다. 캐리는 그와 헤어진 것이 분명했다. 저간의 사정이야 짐작이 가고도 남았다.

"아, 지금은 안 되겠네요. 시간이 없어요. 일곱시 반까지 다시 돌아와야 하거든요. 이리 오셔서 저녁을 같이하면 어때요?" 캐리가 말했다.

"그러고는 싶지만 오늘밤에는 제가 안 되겠어요." 밴스 부인은 캐리의 멋진 외모를 요모조모 뜯어보았다. 성공한 그녀는 밴스 부인의 눈에 그 어느 때보다 사귀고 싶고 기쁨을 주는 인물로 보였다. "여섯시까지는 집에 돌아가겠다고 했거든요." 그녀는 가슴팍에 달린 조그만 금시계를 흘끗 보면서 덧붙였다. "그만 가야겠네요. 그럼 언제 오시게 되면 알려주세요."

"아, 괜찮으시다면 아무 때라도 좋아요." 캐리가 대답했다.

"그럼 내일로 할까요. 지금은 첼시에 살고 있답니다."

"또 이사하셨어요?" 캐리가 깔깔 웃으며 되물었다.

"네. 아시잖아요. 한 곳에서 반년 이상은 못 살겠어요. 옮겨야지요.

잊지 마세요. 다섯시 반이에요."

"꼭 기억할게요." 캐리는 떠나는 밴스 부인의 뒷모습을 바라보았다. 이제는 자기도 그녀보다 못할 게 없다는 생각, 어쩌면 더 나을지도 모른다는 생각이 들었다. 상대방이 관심을 보이며 기분을 맞춰주는 모습을 보니 이제 그녀가 친절을 베푸는 입장이 된 듯했다.

이제는 카지노 극장의 문지기가 하루가 멀다 하고 그녀에게 편지를 전했다. 월요일부터 갑자기 나타난 현상이었다. 뻔한 내용들이었다. 연애편지야 옛날부터 많이 받아봤다. 캐리는 오래전 컬럼비아시티에서 처음으로 받았던 편지를 떠올렸다. 그뒤에 코러스 걸로 있으면서도 여러 통을 받았다. 한 번만 만나달라고 애원하는 신사들로부터 온 편지였다. 롤라도 그런 편지를 받았기에 그들 사이의 흔한 농담거리였다. 둘 다 그런 편지를 대수롭지 않게 여겼다.

그러나 이제는 편지들이 쏟아져들어오다시피 했다. 재산깨나 있다는 신사들이 말이 있느니 마차가 있느니 마음을 끌 만한 장점을 늘어놓으며 서슴없이 편지를 보내왔다. 그중 한 통의 내용은 이러했다.

저는 제 앞으로 100만 달러를 갖고 있습니다. 당신이 온갖 사치를 할 수 있도록 해드릴 수 있습니다. 저한테 요구만 하시면 뭐든 다 해드리겠습니다. 제가 이런 말씀을 드리는 것은 돈 자랑을 하고 싶어서가 아니라, 당신을 사랑하기에 당신의 소원이라면 뭐든지 이루어드리고 싶기 때문입니다. 이렇게 편지를 쓰게 된 것도 사랑 때문입니다. 딱 삼십 분만 제 이야기를 들어주시지 않겠습니까?

17번가에 살던 시절에는 이런 편지들을 제법 관심 있게 읽었지만, 웰링턴 호텔의 호화스러운 방에 자리를 잡고 나서부터는 관심도 줄어들었다. 그 편지들이 큰 기쁨은 아니었지만 그렇다고 그녀의 허영심, 아니 더 강력한 형태의 허영심이라 부를 만한 자만심은 그것들에 질릴 만큼은 아니었다. 어떤 식으로든 새로운 아첨은 그녀를 기쁘게 해주었다. 하지만 그녀는 과거의 처지와 지금 상태를 구별하지 못할 만큼 어리석지는 않았다. 전에는 명성도 돈도 없었지만 이제는 다 갖고 있었다. 전에는 아첨도, 애정이 넘치는 제안도 받아보지 못했지만 지금 그런 것들은 쏟아져들어왔다. 대체 무엇 때문에? 남자들 눈에 자기가 갑자기 훨씬 더 매력적으로 보인다는 사실에 웃음이 났다. 적어도 그녀는 냉정하고 초연한 태도를 취할 수 있게 되었다.

"여기 좀 봐. 이 남자 말하는 것 좀 보라니까. '부디 저에게 삼십 분만 시간을 허락하여 주신다면.'" 캐리는 사랑에 괴로워하는 말투를 흉내내며 롤라에게 말했다. "생각하는 거라곤. 남자들 정말 바보 같지 않니?"

"말하는 걸 보니 돈이 진짜 많기는 한가보다." 롤라가 말했다.

"순 그런 얘기뿐이라니까." 캐리가 순진하게 대꾸했다.

"그럼 한번 만나서 무슨 말을 하겠다는 건지 들어보지그래?" 롤라가 제안했다.

"싫어. 무슨 말 할지 뻔하지 뭐. 그런 식으로는 아무도 안 만날 거야."

롤라는 생기 넘치는 큰 눈으로 캐리를 바라보았다.

"해될 건 없다고. 그냥 재미 좀 보면 될걸."

캐리는 고개를 저었다.

"넌 진짜 이상한 애야." 푸른 눈의 조그만 병사의 말이었다.

그렇게 행운이 몰려왔다. 그 한 주 동안 그녀의 어마어마한 첫 급료도 아직 손에 쥐어지지 않았는데 마치 온 세상이 다 그녀를 이해하고 믿어주는 듯했다. 돈 한푼 없이, 꼭 필요한 최소한의 금액조차 없이도 그녀는 돈으로 살 수 있는 온갖 사치를 다 누렸다. 부탁도 하지 않았는데 좋은 곳들이 그녀를 위해 활짝 문을 열어주는 것 같았다. 이 궁전 같은 방도 마법처럼 그녀에게로 온 것이었다. 첼시에 있는 밴스 부인의 우아한 아파트에도 마음껏 드나들 수 있었다. 남자들은 꽃과 연애편지를 보내고 전 재산을 바치겠다고 나섰다. 그런데도 그녀의 꿈은 더욱더 뻗어나갔다. 백오십 달러! 백오십 달러라고! 마치 알라딘의 동굴로 들어가는 문 같았다. 매일 더해가는 공상으로 머리가 돌 지경이었다. 그 어마어마한 돈으로 자신의 처지가 어떻게 달라질지, 상상은 갈수록 커지고 다채로워졌다. 캐리는 온 세상 어디에도 없었던 기쁨을 상상했고, 환희의 빛을 보았다. 그리고 마침내 기다리고 또 기다리던 백오십 달러를 처음으로 받는 날이 왔다.

급료는 초록색 지폐로 지불되었다. 이십 달러짜리 세 장, 십 달러짜리 여섯 장, 오 달러짜리 여섯 장이 가져가기 쉽도록 다발로 묶여 있었다. 회계 담당 직원이 미소 띤 얼굴로 깍듯이 인사하며 돈을 건넸다.

"아, 네, 마덴다 양…… 백오십 달러입니다. 공연이 대성공인 모양이더군요." 회계 담당이 말했다.

"네, 그런가봐요." 캐리가 대답했다.

바로 뒤이어 극단의 별로 중요하지 않은 배우가 오자 직원의 어조가 확 달라졌다.

"얼마라고요?" 그렇게 친절하던 직원이 쏘아붙이듯 물었다. 바로 얼마 전까지만 해도 같은 처지였던 배우가 얼마 되지 않는 급료를 받으려고 기다리고 있었다. 구두공장에서 거들먹거리는 작업반장으로부터 주당 사 달러 오십 센트를 받았던 몇 주간의 기억이 떠올랐다. 작업반장은 마치 비굴한 탄원자들에게 은전을 베푸는 군주 같은 태도로 봉투를 나눠주었다. 시카고에서는 지금도 똑같은 공장의 방마다 누추한 옷차림의 가난한 여자들이 가득 모여 덜커덕거리는 기계 앞에 길게 늘어앉아 일을 하고 있을 것이다. 그들은 정오가 되면 삼십 분 동안 형편없는 점심을 먹을 것이다. 자신도 그들 중 하나였던 시절에 그랬듯이 토요일이면 그녀가 지금 하는 것보다 백배는 더 힘든 일을 한 대가로 쥐꼬리만한 급료를 받을 것이다. 아, 지금은 얼마나 쉬운가! 세상이 온통 장밋빛으로 밝게 빛났다. 캐리는 너무나 흥분이 되어서 이제 무엇을 하면 좋을까 생각하느라 호텔까지 걸어서 돌아왔다.

애정의 영역에 속하는 욕망에 있어서는 돈도 무력하다는 것을 깨닫는 데는 그리 오랜 시간이 걸리지 않았다. 수중에 백오십 달러를 쥐고도 딱히 할 일이 생각나지 않았다. 돈 그 자체는 만질 수도 있고 바라볼 수도 있는 분명한 실체를 지닌 것으로, 며칠간은 기분좋게 해주었지만, 그런 기분도 곧 사그라졌다. 호텔 요금으로 돈을 쓸 필요는 없었고, 옷도 당분간은 충분했다. 며칠 지나면 또 백오십 달러가 들어올 것이다. 지금 상태를 유지하는 데 그 돈은 놀랄 만큼 별 필요가 없었다. 더 나은 일을 하고 싶고 더 높이 올라가고 싶었다면 훨씬 더 많은 돈이 필요했을 것이다.

그러던 중 한 비평가가 인터뷰를 요청해왔다. 그런 인터뷰는 대개

인터뷰어의 영리한 관찰력을 빛내며 비평가 특유의 기지를 과시하고 연예인들의 어리석음을 폭로해서 대중에게 재미를 안겨주는 식이었다. 그는 캐리를 좋아했고 공개적으로도 그렇게 말했지만, 그녀는 그저 예쁘고 성격이 좋으며 운이 좋았을 뿐이라고 덧붙였다. 그 말은 마치 비수 같았다. 〈헤럴드〉는 자선기금 모금을 위한 오락물을 공연할 예정이니 다른 연예인들과 함께 무료로 출연해달라고 정중히 요청해왔고, 한 젊은 작가가 희곡 한 편을 들고 찾아와 출연해달라고 부탁하기도 했다. 캐리로서는 어떡하면 좋을지 판단을 내릴 수가 없었다. 그 생각을 하면 괴로웠다. 캐리는 돈을 안전하게 은행에 넣어둬야겠다고 생각했다. 그토록 그녀의 마음을 끌던 곳까지 드디어 왔건만, 삶의 완전한 기쁨으로 가는 문은 열리지 않았다.

점차 그녀는 여름이 오고 있기 때문이라고 생각하기 시작했다. 그녀가 출연하고 있는 것 말고는 볼 만한 공연이 없었다. 5번 애비뉴에는 부자들이 떠난 빈 저택들만 즐비했다. 매디슨 애비뉴도 사정은 비슷했다. 브로드웨이는 다음 시즌 계약을 찾아 어슬렁거리는 배우들로 넘쳐났다. 온 도시가 조용했고, 밤시간은 무대 일로 다 보냈다. 할 일이 없다는 느낌이 드는 것도 당연했다.

"모르겠어. 외로운 기분이 들어. 넌 안 그러니?" 캐리는 어느 날 창가에 앉아 브로드웨이를 내려다보며 롤라에게 말했다.

"난 괜찮은데. 아주 가끔씩은 그렇지. 네가 너무 안 나가서 그래. 너는 그게 문제야."

"갈 데가 어디 있다고."

"왜, 갈 곳이 얼마나 많은데. 넌 아무하고도 데이트를 안 하잖아."

놀기 좋아하는 젊은이들과 가볍게 어울려 다니는 생각을 하며 롤라가
대꾸했다.

"나한테 편지를 보내오는 사람들이랑 만나기는 싫어. 어떤 사람들인
지 뻔한데 뭐."

"외롭기는 뭐가 외롭다고 그래. 너처럼만 될 수 있다면 무슨 짓이라
도 하겠다는 사람들이 줄을 섰어." 롤라가 캐리의 성공을 염두에 두고
말했다.

캐리는 다시 지나가는 인파에게로 눈길을 돌렸다.

"난 모르겠어."

자기도 모르는 사이 그녀는 지금의 한가로운 생활에 싫증을 내고 있
었다.

45
가난한 자들의 기구한 부침

가구를 팔아 칠십 달러를 마련한 허스트우드는 싸구려 호텔에 앉아 울적하게 신문을 읽으며 무더운 여름과 서늘한 가을을 보냈다. 돈이 솔솔 새어나가는 데 신경이 쓰이지 않을 수가 없었다. 하루 숙박비로 오십 센트씩 빠져나가는 게 불안해진 그는 결국은 가진 돈으로 좀더 버티려고 하루에 삼십오 센트짜리 방으로 옮겼다. 캐리에 관한 기사가 자주 눈에 띄었다. 〈월드〉에 그녀의 사진이 한두 번 실렸고, 의자에 놓여 있던 날짜 지난 〈헤럴드〉를 통해 캐리가 최근에 무슨 자선공연인가에 다른 이들과 함께 출연했다는 사실도 알았다. 그는 기사를 읽으며 복잡한 심정이었다. 그런 기사를 볼 때마다 그에게서 멀어질수록 캐리는 더 웅장하고 화려한 세계로 사라져가는 듯했다. 광고판에서도 캐리가 새치름하고도 우아한 퀘이커 처녀로 분한 예쁜 포스터를 보았다.

몇 번인가 발길을 멈추고 그는 좀 뾰로통해 보이는 그 예쁜 얼굴을 뚫어지게 바라보기도 했다. 누더기가 된 그의 옷이 지금 그녀가 보여주는 모든 것과 극명한 대조를 이루었다.

어쨌거나 캐리에게 접근할 마음은 한 번도 품지 않았지만, 캐리가 카지노 극장에 있다는 사실만으로도 마음속 깊은 곳에서 완전히 혼자는 아니라는 위안을 받았다. 공연이 마치 계속되고 있는 듯 보였기 때문에 한두 달 후에도 그는 여전히 쇼가 상연중인 줄 알고 있었다. 9월에 순회공연을 떠난다는 걸 그는 모르고 있었다. 수중에 돈이 이십 달러밖에 안 남게 되자, 그는 바워리의 오 센트짜리 숙소로 옮겼다. 그곳에는 의자 몇 개와 테이블, 벤치가 놓인 살풍경한 휴게실이 있었다. 거기서 그는 곧잘 눈을 감고 옛 시절의 꿈을 꾸었고, 이는 점차 습관이 되었다. 잠을 자는 것은 아니었다. 처음에는 그는 시카고 시절의 장면과 사건을 되살려보았다. 현재가 어두우면 어두울수록 과거는 더 찬란해 보였고, 더없이 선명했다.

그는 자신이 이 습관에 얼마나 깊이 빠져들었는가를 모르고 있다가 어느 날 문득 예전에 친구에게 했던 대답을 그대로 말하고 있음을 깨달았다. 그는 친구와 피츠제럴드 앤드 모이스에 있었다. 자신의 작지만 우아한 사무실 문가에 편안한 차림새로 서서 세이거 모리슨이 최근에 투자한 시카고 남부 부동산의 가치에 관해 이야기를 나누고 있었다.

"나와 함께 투자해보지 않으려나?" 모리슨의 목소리가 들렸다.

"난 싫네. 지금은 여력이 없어." 그는 수년 전에 했던 대로 똑같이 대답했다.

입술이 움직이자 그는 퍼뜩 정신이 들었다. 자기가 정말로 말을 했는지 긴가민가했지만 다음에는 확실히 그는 말을 하고 있었다.

"가서 뛰어내려, 이 바보 멍청아! 뛰라고!"

그는 또 배우 친구들에게 재미난 영국 이야기를 하나 해주고 있었다. 자기 목소리를 듣고 정신을 차릴 때까지도 그는 미소를 짓고 있었다. 옆에 앉아 있던 심술 맞아 보이는 노인네가 이상했는지 못마땅해 죽겠다는 눈초리로 노려보았다. 허스트우드는 자세를 고쳐 앉았다. 기억 속의 유쾌한 기분은 순식간에 다 날아가버리고 수치심만 가득했다. 그는 앉았던 자리를 떠나 황급히 거리로 나왔다.

어느 날 〈이브닝 스타〉의 광고란을 들여다보다가 카지노 극장에 새 연극이 상연중이라는 광고를 보았다. 순간 그는 하늘이 무너진 듯했다. 캐리가 떠났다고? 바로 어제까지만 해도 그녀의 포스터를 본 기억이 나는데, 새로운 광고로 아직 덮기 전이었던 모양이다. 이상하게도 이 사실은 그에게 큰 충격을 주었다. 캐리가 같은 도시 안에 있다는 사실이 그에게 얼마나 의지가 됐는지 인정하지 않을 수 없었다. 이제 그녀가 가버린 것이다. 어떻게 이렇게 중요한 사실을 모르고 지나쳤는지 의아했다. 그녀가 언제 돌아올지도 알 수 없는 노릇이었다. 초조함과 공포에 쫓겨 그는 자리에서 일어나 우중충한 복도에 서서 남들 눈을 피해 남은 돈을 세어보았다. 다 해봐야 고작 십 달러였다.

이 여인숙에 묵는 다른 사람들은 어떻게 살아가는지 궁금했다. 그들도 딱히 하는 일은 없어 보였다. 어쩌면 구걸을 하는지도 모른다. 틀림없이 그럴 것이다. 잘나가던 시절에는 그 역시 그런 이들에게 십 센트 짜리를 준 적이 여러 번 있었다. 길거리에서 구걸하는 이들을 본 적이 있었다. 어쩌면 자기도 그렇게 해야 할지도 모른다. 생각만 해도 끔찍한 일이었다.

결국 여인숙 방에 마지막 남은 돈 오십 센트를 쥐고 앉아 있게 되었다. 그는 건강을 해칠 정도로 아끼고 또 아꼈다. 건장했던 체구는 이제 간데없었다. 그 때문에 걸치고 있는 옷도 전혀 맞지 않았다. 이제는 정말 무슨 수든 내야 했다. 이리저리 돌아다니며 또 하루를 보내고 나니 그의 손에는 이십 센트밖에 남지 않았다. 내일 끼니를 해결하기에도 부족한 돈이었다.

그는 있는 용기를 다 짜내어 브로드웨이로 건너가 브로드웨이 센트럴 호텔로 갔다. 한 블록 정도를 남겨두고 차마 결심이 서지 않아 발길을 멈추었다. 몸집이 크고 험상궂게 생긴 문지기가 옆문 앞에 서서 밖을 내다보고 있었다. 허스트우드는 그에게 매달려볼 참이었다. 마음이 바뀌어 발길을 돌리기 전에 그는 문지기에게로 곧장 다가갔다.

"이보시오. 이 호텔에 내가 할 만한 일거리가 없겠소?" 그는 곤궁한 처지에도 예전에 자기보다 못한 상대를 대하던 태도로 말을 걸었다.

문지기는 그가 말하는 동안 빤히 쳐다보기만 했다.

"실직한데다 돈도 바닥나서 뭐든 일거리가 필요하오. 무슨 일이든 상관없소. 전에 내가 무슨 일을 했는지는 굳이 밝히고 싶지 않소만, 뭐든 일거리를 준다면 정말 감사하겠소. 단 며칠짜리 일이라도 괜찮소. 지금은 가릴 처지가 아니라오."

문지기는 관심 없는 척 그저 쳐다보기만 했다. 그러다가 허스트우드가 계속하려 하자 입을 열었다.

"난 권한이 없소. 안에 들어가서 물어보쇼."

이상하게도 그 말에 허스트우드는 더 자극을 받았다.

"당신이 도와줄 수 있을 것 같았는데."

문지기는 귀찮다는 듯이 고개를 흔들었다.

전직 지배인은 곧장 사무실로 들어가 직원이 앉은 책상 앞에 섰다. 마침 호텔 지배인들 중 한 명이 있었다. 허스트우드는 그의 눈을 똑바로 마주보며 말했다.

"며칠 동안만이라도 일자리가 좀 없겠습니까? 지금 당장 무슨 일이든 해야 할 처지라서요."

지배인은 '흠, 내가 보기에도 그런 것 같구려' 하는 듯한 표정으로 그를 쳐다보았다.

"제가 여기 온 것은, 저도 잘나가던 시절에는 지배인으로 일한 적이 있어서입니다. 어찌 보면 운이 나빴지요. 하지만 그런 사정을 구구절절 늘어놓자고 온 것은 아닙니다. 단 일주일만이라도 일자리가 필요합니다." 허스트우드가 초조하게 사정을 설명했다.

지배인은 구직자의 절절한 눈빛을 본 듯했다.

"어느 호텔에서 지배인으로 일하셨소?" 그가 물었다.

"호텔은 아닙니다. 시카고의 피츠제럴드 앤드 모이스에서 십오 년간 지배인으로 있었지요."

"그렇습니까? 그런데 어쩌다가 나오게 됐소?"

허스트우드의 모습은 그런 경력과는 너무나 대조적이어서 과연 놀랄 만했다.

"제가 바보 같은 짓을 해서지요. 지금 얘기할 만한 것은 못 됩니다. 궁금하시면 알아보셔도 좋습니다. 지금은 완전히 무일푼 신세입니다. 오늘만 해도 아무것도 먹지 못했습니다."

호텔 지배인은 이런 사연에 좀 흥미가 동했다. 이런 인물이 무슨 일을 할 수 있을지는 자기도 몰랐지만, 허스트우드의 열성에 마음이 움직여 뭔가 해주고 싶어졌다.

"올슨을 불러오게." 그는 고개를 돌려 다른 직원에게 말했다.

종이 울리고 보이가 사라진 뒤 문지기장 올슨이 나타났다.

"올슨, 아래층에 이 사람이 할 만한 일을 좀 찾아줄 수 있겠나? 일자리를 마련해주고 싶은데." 지배인이 말했다.

"글쎄요. 필요한 일손은 다 있습니다. 하지만 원하신다면 할 일을 찾아보겠습니다." 올슨이 대답했다.

"그렇게 해주게. 이 사람을 주방으로 데려가서 윌슨에게 먹을 것을 좀 주라고 하게."

"알겠습니다."

허스트우드는 올슨의 뒤를 따라갔다. 지배인의 눈에서 벗어나자 문지기장의 태도가 대번에 바뀌었다.

"대체 무슨 일을 시키면 좋을지 모르겠군." 그가 말했다.

허스트우드는 아무 말도 하지 않았지만 속으로는 이 덩치 큰 건달을 무시하고 있었다.

"이 사람한테 먹을 것 좀 줘." 그가 요리사에게 말했다.

요리사는 허스트우드를 슥 훑어보고는 그의 눈빛에서 날카롭고 지적인 기미를 발견했다.

"자, 저기 앉으시오."

그렇게 허스트우드는 브로드웨이 센트럴 호텔에 자리를 잡았지만 그리 오래가지는 못했다. 그는 어느 호텔이든 제일 밑바닥 잡일을 할 만한 체력도 의지도 갖추지 못했다. 할 만한 일도 마땅치 않아서 화부를 돕는 일을 맡아 지하실에서 일하면서 시키는 일이면 뭐든 가리지 않고 다 했다. 문지기, 요리사, 화부, 말단 직원, 이들 모두가 그의 상전이었다. 게다가 그는 척 봐도 이 사람들의 마음에 들지 않았다. 그는 기질적으로 혼자 있기를 좋아했고, 사람들은 그를 못마땅하게 여겼다.

허스트우드는 호텔 지붕 밑 다락방에서 잠을 자고, 요리사가 주는 대로 먹고, 매주 받는 몇 달러나마 저축하려 애쓰며, 절망에서 우러나온 둔감하고 초연한 태도로 이 모든 것을 견뎌나갔다. 하지만 그의 건강은 이런 생활을 견딜 만한 상태가 아니었다.

2월의 어느 날 그는 큰 석탄회사 사무실에 심부름을 다녀왔다. 눈이 내렸다가 녹아서 거리가 질퍽했다. 그는 신발이 푹 젖어서 지치고 무지근한 기분으로 돌아왔다. 그다음날은 하루종일 유달리 기운이 나지 않아 되도록 앉아만 있어서 활기차게 움직이기를 원하는 이들의 짜증을 돋우었다.

오후에는 새 요리 재료를 둘 공간을 만드느라 상자를 옮겨야 했다. 그는 짐마차 한 대의 짐을 부리라는 지시를 받았다. 큰 상자 하나를 들려는데 도저히 들 수가 없었다.

"왜 그래? 그거 하나 못 들어?" 문지기장이 말했다.

그는 상자를 들려고 힘을 쓰다가 결국 포기했다.

"안 되네요." 그가 힘없이 말했다.

그의 안색이 시체처럼 핏기 하나 없이 창백했다.

"자네, 아픈 거 아닌가?"

"아무래도 그런가봅니다." 허스트우드가 대답했다.

"그럼 저기 앉아서 좀 쉬어."

허스트우드는 그 말대로 했지만 상태는 급속도로 나빠졌다. 간신히 자기 방까지 기다시피 돌아가서 하루를 꼬박 누워 지냈다.

"휠러 그 사람 병이 났네요." 사환 하나가 밤 근무를 하는 직원에게 알렸다.

"어디가 아프대?"

"잘 모르겠는데 열이 심해요."

호텔 의사가 그를 살펴보았다.

"벨뷰 병원으로 옮기는 게 좋겠소. 폐렴이에요."

그는 병원으로 옮겨졌다.

삼 주간의 최악의 고비는 넘겼지만, 그는 5월 초가 가까워서야 바깥 출입을 할 만큼 기력이 회복되어 퇴원했다.

한때는 건장하고 활기 넘치던 허스트우드는 예전 모습이라고는 찾아보려 해야 찾아볼 수 없을 만큼 쇠약해진 몰골로 봄햇살 속으로 나섰다. 살집이라고는 하나도 없었다. 얼굴은 야위고 파리했으며, 손은 창백하고 몸은 힘없이 축 처졌다. 옷을 입은 채로 재어도 몸무게가 60킬로그램 정도밖에 되지 않았다. 누군가 낡은 옷가지를 주었다. 싸구려 갈색 외투와 잘 맞지 않는 바지 한 벌이었다. 얼마간의 잔돈푼과 조언도 얻었다. 자선단체를 찾아가보라는 것이었다.

그는 다시 바워리의 여인숙으로 가서 어떡하면 좋을까 곰곰이 생각했다. 이 상황에서는 정말 구걸밖에는 다른 수가 없었다.

"누군들 별수 있겠어? 굶어 죽을 수는 없잖아."

첫번째 시도는 햇살 좋은 2번 애비뉴에서였다. 잘 차려입은 남자가 스타이브샌트 공원에서 나와 그가 있는 쪽으로 천천히 다가오고 있었다. 허스트우드는 용기를 내어 머뭇거리며 다가갔다.

"십 센트만 주시겠습니까? 누구에게라도 이런 부탁을 해야만 할 처지라서요." 그는 단도직입적으로 말을 꺼냈다.

남자는 그에게 눈길도 주지 않았지만, 조끼 주머니를 뒤져 십 센트 동전 하나를 꺼내주었다.

"여기 있소."

"정말 감사합니다." 허스트우드는 공손하게 인사했지만 상대는 들은 척도 않았다.

허스트우드는 돈을 얻은 것이 기쁘면서도 자기 처지가 수치스럽기도 했다. 이십오 센트만 더 있으면 충분할 테니 딱 그만큼만 구걸해보기로 마음먹었다. 그는 행인들을 요모조모 따져보며 천천히 걸었지만 한참이 지나도 말을 붙여볼 만한 인상이나 기회를 찾기가 어려웠다. 한번은 구걸을 했다가 퇴짜를 맞았는데, 그는 너무 충격을 받아서 한 시간쯤 지나서야 간신히 마음을 추스르고 다시 구걸을 할 수 있었다. 이번에는 오 센트를 얻었다. 눈에 불을 켜고 관찰한 끝에 이십 센트를 더 얻기는 했지만 너무 힘들었다.

다음날도 그는 같은 일을 되풀이하면서 수없이 거절당하고 한두 번 관대한 도움의 손길을 받았다. 그러다보니 인상을 보는 데에도 기술이 있으며, 노력한다면 관대한 인상을 골라낼 수도 있으리라는 생각이 들었다.

그러나 이런 식으로 행인들을 불러세우는 일이 좋을 리 없었다. 어떤 이가 구걸하다 잡혀가는 것을 보고서부터는 행여나 체포될까 마음을 줄였다. 그럼에도 불구하고 막연하게 늘 뭔가 더 좋은 일이 생기지 않을까 기대를 품고 그는 구걸을 계속했다.

어느 날 아침 그는 카지노 극단이 '캐리 마덴다 양과 함께' 돌아온다는 광고를 보았다. 그는 기뻤다. 그는 과거의 캐리의 모습을 자주 떠올리곤 했다. 지금은 이렇게 성공했으니 돈도 얼마나 많을까! 이제 와서야, 불운에 모질게 시달리고 난 지금에야 그는 그녀에게 매달려볼 마음을 먹게 되었다. 그는 정말로 배가 고팠다.

'캐리에게 부탁해봐야겠어. 몇 달러쯤이야 주겠지.'

그는 어느 날 오후 카지노 극장으로 향했다. 무대 입구를 찾느라 몇 번이나 그 앞을 왔다갔다하다가, 한 블록 떨어진 브라이언트 공원에 앉아 기다렸다. "설마 나 몰라라 내치지야 않겠지." 그는 계속해서 혼잣말을 했다.

여섯시 반이 되자 그는 39번가 입구 주변을 그림자처럼 서성이며 갈 길이 바쁜 행인인 척했지만 실은 목표를 놓칠까 두려웠다. 문제의 그 시간이 닥쳐올수록 약간 두렵기도 했다. 하지만 너무 기력이 떨어지고 배가 고파서 고통스러운 심정도 제대로 느끼기 힘들었다. 드디어 배우들이 속속 도착하는 모습이 보이자 불안과 긴장이 한층 더해져서 그는 더 이상 버틸 수 없을 지경이었다.

언뜻 캐리가 오는 모습을 본 듯하여 앞으로 나섰으나 잘못 본 것이었다.

'이렇게 오래 걸릴 리는 없을 텐데.' 그는 캐리를 마주치는 것이 두려우면서도 한편으로는 그녀가 다른 길로 벌써 가버렸을지 모른다는 생각에 암담해졌다. 뱃속이 텅 비다못해 쑤셔왔다.

하나같이 화려하게 잘 차려입은 사람들이 그에게는 눈길 한번 주지 않고 그의 곁을 지나쳤다. 그는 지나가는 마차들, 귀부인들과 함께 지나가는 신사들을 보았다. 극장과 호텔이 밀집한 이 지역에서 환락의 밤이 시작되려는 참이었다.

갑자기 마차 한 대가 와서 서더니 마부가 뛰어내려 문을 열었다. 허스트우드가 미처 어찌해볼 틈도 없이 두 명의 숙녀가 넓은 보도를 가벼운 발걸음으로 가로질러 무대 출입구 안으로 사라졌다. 캐리인 듯했으나 너무나 갑자기 벌어진 일인데다가 너무나 우아해 보이고 또 멀리 떨어져 있어 확실치가 않았다. 그는 절박한 심정에 점점 더 초조해져서 한참을 더 기다리다가, 무대 출입문이 더이상 열리지 않고 흥분한 관객들이 속속 도착하는 것을 보고서야 아까 그 인물이 캐리가 틀림없다고 생각하고는 발길을 돌렸다.

"젠장, 빈손으로 돌아갈 수는 없는데." 그는 운좋은 이들이 쏟아져 나와 있는 거리를 서둘러 빠져나오며 중얼거렸다.

브로드웨이가 제일 흥미진진한 모습을 띤다는 바로 그 시간, 이상한 사람 하나가 26번가와 브로드웨이 사이 모퉁이, 5번 애비뉴와도 만나는 곳에 자리를 잡고 서 있었다. 극장이 관객을 받기 시작하는 시간이었다. 온 사방에서 밤의 오락거리를 알리는 광고판이 환히 빛나고 있었고, 마차들이 노란 눈처럼 램프 불빛을 반짝이며 타가닥타가닥 지나갔다. 삼삼오오 짝지은 무리들이 구름처럼 쏟아져나와 웃음을 터뜨리고 농담을 주고받으며 인파 속에 뒤섞여 몰려다녔다. 5번 애비뉴에는 부유해 보이는 산책자들 몇몇, 여자와 팔짱을 낀 야회복 차림의 신사, 흡연실을 옮겨다니는 클럽 회원들이 거닐고 있었다. 길 건너편에는 최고급 호텔들이 수백 개의 창문에 불을 밝히고 있었고, 그 안의 카페와 당구장마다 잘 차려입고 느긋하게 쾌락을 즐기는 사람들로 가득했다. 어디를 보나 쾌락과 흥분을 즐길 생각으로 가득찬 활기 넘치는 밤이었다. 수천 가지의 다양한 방법으로 즐거움을 찾는 데 열중한 대도시의 기이한 열정을 보여주는 광경이었다.

이상한 사람이란 다름이 아니라 광신자로 변한 전직 군인이었다. 이 기묘한 사회체제의 변덕과 궁핍에 시달린 끝에 그는 다른 이들을 돕는 것이 그가 섬기는 신에 대한 의무를 다하는 길이라는 결론에 이르렀다. 그가 택한 도움의 방식은 온전히 혼자서 생각해낸 것이었다. 비록 제 한몸 누일 편안한 숙소를 구할 돈도 없지만, 그는 자기가 서 있는 곳으로 찾아와 도움을 청하는 노숙인들에게 잠자리를 구해주었다.

이 쾌활한 분위기 한가운데 자리를 잡은 그는 다부진 몸을 커다란 망토로 감싸고 머리에는 챙이 축 처진 모자를 쓰고서, 여러 경로로 그가 베푸는 자선에 대해 알게 된 노숙자들이 모여들기를 기다렸다. 처음 얼마 동안은 혼자 서서 넋을 빼놓는 이곳의 광경을 여느 행인들처럼 바라보기만 했다. 그런데 문제의 그날 저녁, 한 경찰이 지나가다 그에게 '대장'이라며 친근하게 인사를 건넸다. 전에도 그를 자주 보았던 한 부랑아가 발을 멈추고 쳐다보았다. 다른 이들은 그에게서 차림새 말고는 딱히 눈에 띄는 점을 발견하지 못했다. 그저 휘파람이나 불며 빈둥거리는 외지인 정도로만 여겼다.

처음 삼십 분이 흘러가자 사람들이 모여들기 시작했다. 지나가던 인파 가운데 여기저기서 어정거리던 사람들이 관심을 갖고 다가왔다. 구부정한 한 사내가 반대편 모퉁이에서 길을 건너와 그가 있는 쪽을 흘깃거렸다. 또 한 명은 5번 애비뉴를 내려와 26번가 모퉁이에서 주변을 휘이 둘러보고 다시 절룩거리며 걸어가버렸다. 딱 봐도 바워리에 묵게 생긴 이들 두세 명이 매디슨 스퀘어 옆으로 5번 애비뉴를 따라 천천히 다가왔지만, 감히 더 가까이 오지는 못했다. 망토를 입은 군인은 무심하게 휘파람을 불면서 모퉁이에서 10피트 정도 되는 거리를 왔다갔다 했다.

얼추 아홉시가 되자 그전까지의 왁자지껄한 분위기는 사라지고, 호텔들도 좀 전과 같은 활기를 잃었다. 공기도 싸늘해졌다. 마치 감히 두려워서 들어갈 엄두를 못 내는 가상의 원이라도 그려져 있는 것처럼 염탐하고 주시하던 기묘한 인물들이 사방에서 움직이고 있었다. 도합 열 명쯤 되었다. 이내 냉기가 더 날카롭게 파고들자 한 사람이 앞으로 나왔다. 그는 26번가의 그림자 속에서 나와 브로드웨이를 건너 멈칫거리면서 길을 빙빙 돌아, 기다리고 있는 인물 곁으로 왔다. 바로 옆에 오는 그 순간까지도 여기에 올 생각 따위는 전혀 없다는 듯 행동하는 품이 어딘가 멋쩍어 보이기도 하고 조심스러워하는 것 같기도 했다. 그러다가 그는 갑자기 군인 곁에서 딱 멈추었다.

대장은 이를 알아차렸지만 특별히 인사를 건네지는 않았다. 새로 온 사람은 가볍게 목례를 하고 선물을 기다리는 사람처럼 뭐라고 웅얼거렸다. 대장은 인도의 가장자리를 가리켰다.

"저기 계쇼." 그가 말했다.

이 말 한마디에 마법이 풀렸다. 군인이 다시 엄숙히 주변을 서성이는 동안 다른 인물들이 슬금슬금 모여들었다. 그들은 대장에게 인사 한마디 없이 코를 훌쩍이고 발을 질질 끌며 그의 곁으로 모여들었다.

"날씨 참 춥지요?"

"그래도 겨울이 끝나서 다행이오."

"비가 올 것 같구면."

잡다하게들 모여들더니 열 명까지 늘어났다. 한둘은 서로 아는 사이인지 이야기를 주고받았다. 나머지는 그 무리 안에 끼고 싶지는 않으면서도 내쳐지기는 싫은 듯 몇 발짝 떨어져서 서 있었다. 그들은 골이 난 듯 뿌루퉁한 얼굴로 입을 꾹 다물고는 딱히 어디를 보지도 않으면서 발로 바닥을 차댔다.

곧 대화가 시작될 듯했으나 군인은 그럴 기회를 주지 않았다. 이만하면 시작해도 될 만큼 모였다고 보고 그가 앞으로 나왔다.

"잠자리, 다들 필요하죠?"

동의하는 웅성거림과 발 끄는 소리가 들렸다.

"그럼 여기 줄을 서시오. 내 힘으로 될지 어디 한번 봅시다. 나도 땡전 한푼 가진 것이 없소."

그들은 삐뚤빼뚤 줄을 섰다. 이제 서로 대조되면서도 공통적인 특징들이 드러나 보였다. 그중에는 의족을 한 사람도 있었다. 모자는 죄다 축 처져 있었다. 헤스터 스트리트 지하상가의 중고품 목록에도 갖다놓지 못할 것들이었다. 바지는 하나같이 구겨지고 바짓단은 해졌으며, 외투는 낡아 색이 바랬다. 가게 불빛 속에 비친 어떤 얼굴들은 비쩍 말라 허옇게 버짐이 피어 있고, 다른 얼굴들은 불그스레한 반점으로 뒤덮여 뺨과 눈 밑이 부어 있었다. 한둘은 뼈만 앙상해서 철도 인부를 연상시켰다. 구경하던 이들 몇이 겉보기에는 담소를 나누는 듯한 무리에 이끌려 곁으로 다가오더니, 점점 더 많아져서 금세 잔뜩 불어나 서로 밀쳐댔다. 줄 서 있던 누군가가 이야기를 하기 시작했다.

"조용히!" 대장이 소리쳤다. "자 신사 여러분, 이 사람들은 잘 곳이 없습니다. 오늘밤 어디든 잘 곳이 필요합니다. 거리에서 잘 수는 없는 노릇입니다. 잠자리를 구해주려면 한 사람 앞에 십이 센트가 필요합니다. 누구 도와주실 분 없습니까?"

대답이 없었다.

"자, 누구든 나설 때까지 여기에서 기다려야겠소. 한 사람에 십이 센트면 그리 큰돈이 아닙니다."

"여기 십오 센트 있소." 한 젊은이가 눈에 힘을 주고 쳐다보며 외쳤다. "이것밖에는 못 도와드리겠군요."

"괜찮습니다. 이제 십오 센트가 생겼습니다. 줄에서 나오세요." 대장은 한 명의 어깨를 잡아서 줄 밖으로 약간 끌어내어 따로 세워두었다.

그는 원래 자리로 돌아와서 다시 시작했다.

"삼 센트가 남았습니다. 이 사람들은 어쨌거나 잠잘 곳이 있어야 합니다." 그는 사람 수를 세면서 계속했다. "여기 하나, 둘, 셋, 넷, 다섯, 여섯, 일곱, 여덟, 아홉, 열, 열하나, 열두 명입니다. 구 센트만 더 있으면 다음 사람을 잠자리로 보내줄 수 있습니다. 오늘밤 편안한 침대를 줄 수 있습니다. 제가 같이 가서 직접 찾아줄 것입니다. 구 센트 주실 분 안 계십니까?"

구경꾼들 중에서 이번에는 중년 남자가 오 센트를 건넸다.

"자, 이제 팔 센트가 됐습니다. 사 센트만 더 있으면 이 사람에게 잠자리를 줄 수 있습니다. 자, 신사분들. 오늘 저녁에는 꽤 느리군요. 여러분은 다들 따뜻한 잠자리가 있으시지요. 하지만 이 사람들은 어떻습니까?"

"여기 있소." 지나가던 행인이 그의 손에 동전 몇 개를 쥐여주었다.

대장이 동전을 보고는 말했다. "이것으로 두 명에게 잠자리를 주고도 다음 사람을 위한 오 센트가 남았습니다. 누구 칠 센트 더 주실 분?"

"내가 드리지요." 한 목소리가 들렸다.

그날 저녁 허스트우드는 6번 애비뉴를 따라 내려가다가 3번 애비뉴 쪽으로 가는 26번가를 통해 동쪽으로 가던 참이었다. 그는 너무나 낙담한데다 죽을 만큼 배가 고프고 지치고 절망한 상태였다. 이제 어떻게 캐리를 만난단 말인가? 공연이 끝나려면 열한시는 넘어야 할 것이다. 올 때 마차를 타고 왔으니 갈 때도 마차를 타고 갈 것이다. 끼어들기는 어려울 것 같았다. 무엇보다도 그는 배가 고프고 지쳐 있었다. 아무리 운이 좋아도 꼬박 하루는 기다려야 할 것이다. 오늘은 더 시도해볼 마음이 없었다. 먹을 것도 없고 잘 곳도 없었다.

브로드웨이 근처까지 오자 대장이 노숙인들을 모으는 모습이 보였지만, 길거리 전도사거나 약장수겠거니 하고 지나치려 했다. 그러다가 매디슨 스퀘어 공원 쪽으로 거리를 건너가다보니 이미 잠자리를 얻은 사람들의 줄이 무리 속에서 길게 뻗어나와 있는 것이 눈에 띄었다. 인근의 불빛으로 자기와 비슷한 부류의 사람들이라는 것을 알 수 있었다. 거리와 여인숙에서 보았던 이들, 자기처럼 몸도 마음도 정처 없이 떠도는 사람들이었다. 그는 무슨 일일까 싶어 발을 돌렸다.

대장은 전처럼 짤막하게 호소하고 있었다. 허스트우드는 그가 되풀이하는 말을 들으며 놀라는 한편 안도감을 느꼈다. "이 사람들에게는 잠자리가 필요합니다." 그의 앞에는 아직 잠자리를 얻지 못한 운 나쁜

자들의 줄이 있었다. 새로 온 사람이 조용히 다가가서 줄 끝에 자리를 잡는 것을 보고 허스트우드도 그대로 하기로 했다. 더 애써본들 뭐하겠는가? 오늘밤 그는 이미 녹초가 되어 있었다. 적어도 한 가지 곤경에서는 벗어날 수 있었다. 내일은 아마 이보다는 나을 것이다.

그의 뒤쪽에 있는, 잠자리를 확보한 사람들한테서는 안도한 분위기가 역력했다. 불확실한 상태에서 오는 긴장에서 벗어나 어느 정도 여유롭게 서로 얼굴을 맞대고 친근하게 이야기를 나누는 소리가 들려왔다. 그들은 서로 정치, 종교, 정부의 소식, 신문에 실린 선정적인 사건들, 세상에 퍼진 악명 높은 소문들을 주고받았다. 갈라지고 쉰 목소리들이 온갖 문제에 대해 힘차게 의견을 개진하면, 그 대답으로 애매하고 두서없는 의견이 돌아왔다.

너무 둔하거나 너무 지쳐서 말할 힘이 없는 자들은 곁눈질로 흘끗거리거나 황소 같은 눈으로 멍하니 쳐다보기만 했다.

허스트우드는 기다리면서 점점 더 지쳐갔다. 금방이라도 쓰러질 것만 같아서 계속해서 양쪽 발에 번갈아가며 무게를 바꾸어 실었다. 드디어 그의 차례가 왔다. 앞사람이 자기 몫을 받아서 축복받은 줄로 옮겨간 것이다. 이제 그가 맨 앞이었고, 대장은 벌써 그를 위해 이렇게 외치고 있었다.

"십이 센트입니다, 신사 여러분. 십이 센트면 이 사람을 잠자리로 보내줄 수 있습니다. 갈 곳이 있었다면 이 추위 속에 이러고 있겠습니까."

허스트우드는 목구멍으로 뭔가 치받쳐오르는 것을 꿀꺽 삼켰다. 굶주림과 나약함이 그를 비겁하게 만들었다.

"여기 있소." 누군가가 대장에게 돈을 주었다.

대장은 전직 지배인의 어깨에 다정하게 손을 얹었다.

"저쪽으로 가서 서시오."

일단 그쪽으로 가자 한결 마음이 가벼워졌다. 이렇게 좋은 사람이 있으니 세상도 그리 나쁜 곳은 아닌 듯했다. 다른 이들도 그 점에 대해서는 그와 같은 마음인 모양이었다.

"대장은 정말 보통 인물이 아니야. 그렇지 않소?" 앞사람이 말했다. 그는 몸집이 작고 수심이 가득하여 무기력해 보였지만 한때는 활달하고 재산깨나 있었던 사람 같았다.

"맞아요." 허스트우드가 무심하게 맞장구를 쳤다.

"허! 아직도 저렇게 많이 있구먼." 줄 앞쪽에 있던 남자가 고개를 쭉 빼고 대장이 자리를 구해주고 있는 사람들을 돌아보았다.

"그러게요. 오늘밤에는 백 명도 넘겠어요." 누군가가 말을 받았다.

"저 마차 타고 가는 놈 좀 봐라." 또 한 명이 말했다.

마차가 멈추었다. 예복 차림의 신사가 팔을 뻗어 대장에게 지폐 한 장을 건네주었다. 대장은 간단히 감사를 표하고 자리로 돌아왔다. 신사가 목을 쑥 내밀 때 흰색 셔츠 앞섶의 보석이 반짝였다. 마차는 다시 떠났다. 줄을 선 무리도 입을 떡 벌리고 감탄했다.

"이 돈으로 아홉 명이 잠자리를 구했습니다." 대장은 이렇게 말하며 줄에서 아홉 명을 세웠다. "저쪽으로 가서 서시오. 자, 이제 일곱 명밖에 안 남았습니다. 십이 센트가 필요합니다."

돈은 느릿느릿 걷혔다. 그동안 인파도 눈에 띄게 줄어들었다. 5번 애비뉴는 이제 가끔 지나가는 마차나 행인 말고는 아무도 없었다. 브로드웨이도 인적이 뜸해졌다. 어쩌다가 한 번씩 지나가던 이가 그들을 알아보고 동전을 건네주고는 무심히 지나갔다.

대장은 바위처럼 결연한 모습이었다. 그는 아주 천천히, 필요한 말들만 골라 절대 실패할 리가 없다는 듯 확신에 찬 투로 말했다.

"자, 밤새도록 여기 있을 수는 없습니다. 이 사람들은 춥고 지쳤습니다. 누구든 사 센트만 주십시오."

대장조차 아무 말도 하지 않는 때가 왔다. 십이 센트가 모일 때마다 그는 한 사람씩 빼내어 다른 줄에 세우고는 다시 땅을 쳐다보며 왔다 갔다했다.

극장들은 문을 닫았고, 간판의 조명도 꺼졌다. 시계가 열한시를 알렸다. 또 삼십 분이 지나고 마지막 두 사람이 남았다.

그는 호기심으로 기웃거리는 구경꾼들에게 외쳤다. "자, 자, 십팔 센트면 우리 모두 오늘밤을 잘 보낼 수 있습니다. 십팔 센트입니다. 저한테 육 센트가 있습니다. 누구든 돈을 주십시오. 저는 오늘밤 브루클린까지 가야 합니다. 그전에 이 사람들을 데리고 가서 잠자리를 찾아주어야 합니다. 십팔 센트입니다."

아무도 대답하지 않았다. 그는 한참 동안 고개를 떨어뜨리고 왔다갔다하면서 가끔씩 부드럽게 외쳤다. "십팔 센트입니다." 이 보잘것없는 돈을 구하는 데, 나머지 금액을 얻는 데 걸린 시간보다 더 오래 걸리는 것 같았다. 허스트우드는 긴 줄 속에 서서, 약간은 희망을 품고 신음이 새어나오려는 것을 간신히 참았다. 너무 힘들었다.

마침내 망토를 걸친 한 숙녀가 치맛자락 스치는 소리를 내며 동행한 신사와 함께 5번 애비뉴를 내려왔다. 허스트우드는 힘없이 바라보며 숙녀의 모습에서 새로운 세계에 있는 캐리와, 그렇게 데리고 다니던 아내를 함께 떠올렸다.

그렇게 바라보고 있는데, 여자가 몸을 돌려 이 눈에 띄는 무리를 쳐다보고는 동행을 보냈다. 그 신사는 우아하고 기품 있는 태도로 지폐 한 장을 들고 왔다.

"여기 있소."

"감사합니다." 대장은 인사를 하고 마지막 남은 두 명에게 돌아섰다. "이제 내일밤 쓸 돈도 생겼습니다." 그가 덧붙였다.

그는 즉시 마지막 두 명을 줄에 세우고 인원수를 세면서 앞으로 갔다.

"백삼십칠 명이군. 자, 줄 서요. 차림새 바로 하고. 오래 걸리지 않을 거요. 자, 조금만 참아요."

그는 맨 앞에 서서 "앞으로" 하고 외쳤다. 허스트우드는 줄을 따라 움직였다. 5번 애비뉴를 건너 구불구불한 길로 매디슨 스퀘어를 통과하여 동쪽으로 23번가를 따라가다가 3번 애비뉴에서 다시 아래쪽으로. 긴 대열이 뱀처럼 꾸불꾸불 이어졌다. 오밤중에 거리를 지나던 행인들은 발을 멈추고 지나가는 행렬을 쳐다보았다. 여기저기 모퉁이에서 잡담을 하던 경찰들도 무심히 쳐다보거나, 전에도 보았던 대장에게 고개를 끄덕여 인사를 했다. 지친 발을 끌고 3번 애비뉴에서 8번가로 행진해 당도한 곳은 한 여인숙 앞이었다. 밤이 되어 문을 닫은 듯 보였지만 실은 그들을 기다리고 있었다.

사람들은 대장이 협상을 하는 동안 어둠 속에 서 있었다. 드디어 문이 활짝 열리고 "자, 천천히"라는 말과 함께 그들은 안으로 안내되었다.

앞에 안내하는 사람이 있어서 열쇠를 주느라 시간을 지체하지는 않았다. 허스트우드가 삐걱이는 계단을 힘겹게 올라가다 뒤를 돌아보니 대장이 쳐다보고 있었다. 그는 줄의 맨 마지막 사람까지 모두 챙긴 다음에야 외투를 걸치고 밤의 어둠 속으로 성큼성큼 걸어갔다.

"이젠 못 견디겠어." 허스트우드는 등도 없는, 배정받은 작은 방의 구질구질한 침대에 앉으며 중얼거렸다. 다리가 참을 수 없을 만큼 아팠다. "뭐든 요기를 하지 않으면 죽겠구먼."

46
불안하게 요동치는 물결

캐리가 뉴욕으로 돌아와 공연을 하던 어느 날 저녁, 밤 외출을 하기 전 마지막으로 화장을 손보는데, 무대 출입구 근처에서 웬 소란스러운 소리가 들려왔다. 귀에 익은 목소리가 섞여 있었다.

"아, 괜찮다니까 그러네. 마덴다 양을 좀 만나고 싶어서 그래요."

"명함을 넣어주셔야 합니다."

"아, 집어치우라니까! 이거나 받으쇼."

오십 센트가 건너간 뒤 그녀의 분장실 문을 노크하는 소리가 들렸다. 캐리는 문을 열었다. 드루에였다.

"자, 자! 내 이럴 줄 알았어! 아, 잘 지냈어? 딱 보자마자 당신인 줄 알았다니까."

캐리는 뭐라 대꾸하면 좋을지 몰라 당혹스러워 주춤하며 물러섰다.

"나랑 악수도 안 할 셈이야? 당신 정말 멋있어졌네! 괜찮다니까, 악수 한번 하자고."

캐리는 사람 좋고 활달한 드루에 앞에서 달리 어쩌지 못하고 미소를 지으며 손을 내밀었다. 그는 나이는 들었지만 거의 변하지 않았다. 똑같이 멋진 옷차림에 여전히 다부진 체격, 불그스름한 안색도 예전 그대로였다.

"문 앞에서 저 녀석이 영 들여보내주려 하질 않아서 돈을 좀 찔러줬지 뭐야. 당신인 줄 내 딱 알아봤다니까. 당신 정말 연기 잘하더라. 자기 역을 너무 잘했어. 내 그럴 줄 알았다고. 오늘밤 우연히 지나치다가 잠깐 들러본 거야. 프로그램에서 그 이름을 보기는 했지만 당신이 무대에 나오기 전까지는 기억이 안 났어. 그제야 번쩍하고 떠오르더라고. 어찌나 놀랐는지 기절할 뻔했다니까. 시카고에서 썼던 바로 그 이름이잖아, 그렇지?"

"맞아요." 캐리는 드루에의 자신감 넘치는 모습에 압도되어 부드럽게 대답했다.

"당신을 딱 본 순간 그런 줄 알았어. 그래, 그동안 어떻게 지냈어?"

"잘 지냈어요." 캐리는 분장실을 천천히 서성이며 말했다. 갑작스러운 방문에 좀 얼떨떨한 상태였다. "당신은 어떻게 지냈어요?"

"나? 아, 잘 지냈지. 지금은 여기 있어."

"그래요?"

"응. 여기 온 지 반년 됐어. 여기서 지사를 하나 맡게 되었거든."

"정말 잘됐네요!"

"그런데 언제부터 무대에 섰어?" 드루에가 물었다.

"삼 년쯤 됐어요."

"설마! 아. 그런데 이제야 알았네. 하지만 당신이 해낼 줄 알았어. 내가 늘 당신은 연기를 하면 좋겠다고 말했잖아. 안 그래?"

캐리는 미소를 지었다.

"네, 그랬지요."

"당신 정말 너무 멋져. 이렇게 멋지게 변한 사람은 본 적이 없어. 키도 더 컸나?"

"제가요? 아, 약간은 컸을 거예요."

드루에가 캐리의 드레스, 잘 어울리는 모자가 맵시 있게 얹힌 머리를 뚫어지게 보다가 그녀의 눈을 바라보자 캐리는 시선을 피했다. 그는 지금 당장 예전 그대로 과거의 관계를 되살리기를 바라고 있는 것이 확실했다.

"저, 나랑 나가서 저녁 같이하지 않겠어? 친구가 밖에 있는데." 캐리가 지갑과 손수건을 챙기며 자리를 뜰 채비를 하자 그가 말했다.

"아, 안 돼요. 오늘밤은 안 되겠어요. 내일 일찍 약속이 있거든요."

"음, 약속 따위 취소해버려. 가자고. 친구는 떼어버릴게. 당신이랑 얘기 좀 하고 싶어서 그래."

"아니, 안 돼요. 더는 저한테 요구하지 마세요. 그리고 늦게 저녁 먹는 거, 좋아하지 않아요."

"흠, 그럼 나가서 얘기나 좀 하지."

"오늘밤은 안 돼요. 다음에 해요." 그녀는 고개를 가로저었다.

그러자 그제야 사정이 달라졌음을 깨달은 듯 그의 얼굴에 어두운 빛이 스쳐갔다. 마음씨 착한 캐리는 항상 자기를 좋아해주었던 사람에게 너무 매정하게 굴면 안 될 것 같았다.

"내일 호텔로 오세요. 식사 같이해요." 캐리는 잘못을 갚으려는 뜻으로 이렇게 말했다.

"좋지. 어디 묵고 있어?" 드루에의 표정이 확 밝아졌다.

"월도프예요." 캐리는 당시 새로 지은 최신 호텔의 이름을 댔다.

"몇시에?"

"음, 세시에 오세요." 캐리가 상냥하게 대답했다.

다음날 드루에가 찾아왔다. 캐리에게는 별다른 감흥은 없는 약속이었지만 막상 여전히 잘생기고 성격 좋은 그를 보니 식사 자리가 불편하진 않을까 우려했던 마음이 싹 사라졌다. 그는 예나 지금이나 입심좋게 떠들어댔다.

"여기 엄청 젠체하지 않아?" 그의 첫 마디였다.

"네, 맞아요."

싹싹하지만 자기중심적인 사람답게 그는 곧장 자기 일에 대해 구구절절 늘어놓았다.

"머잖아 곧 내 사업을 시작하게 될 거야. 사업 자금으로 20만 달러는 모을 수 있어." 그는 중간에 이런 말도 했다.

캐리는 최대한 상냥하게 그의 말에 귀기울여주었다.

"참, 허스트우드는 요즘 어디서 지내?" 갑자기 그가 말을 꺼냈다.

캐리의 얼굴이 살짝 붉어졌다.

"아마 뉴욕에 있을 거예요. 못 본 지 좀 됐어요."

드루에는 잠시 생각에 잠겼다. 전직 지배인이 뒤에서 영향력을 행사하고 있지는 않은지 그때까지는 확신하지 못하고 있었다. 아닐 거라고 짐작은 했지만 확답을 듣자 마음이 놓였다. 캐리가 그를 떼어내버린 것이 확실했다. 당연히 그래야 할 일이었다.

"남자가 그런 짓을 하면 끝이 좋을 수가 없지."

"무슨 짓을요?" 캐리는 무슨 얘기인지 짐작도 못하고 물었다.

"아, 당신도 알면서." 드루에가 다 알면서 그러느냐는 듯이 손을 흔들었다.

"아니, 몰라요. 무슨 말이에요?"

"거 왜, 시카고에서 있었던 일 말이야. 그가 떠날 때."

"무슨 얘기를 하는 건지 모르겠어요." 캐리가 말했다. 자기를 데리고 허스트우드가 달아난 일을 가리켜 저렇게 무례하게 말할 수가 있단 말인가?

"오호!" 드루에가 믿을 수 없다는 투로 말했다. "당신도 허스트우드가 떠날 때 만 달러를 가져간 거 알고 있었을 거 아나?"

"뭐라고요? 허스트우드가 돈을 훔쳤단 말이에요?"

"당신 그거 정말 몰랐어?" 드루에는 그녀의 말에 오히려 놀라며 물었다.

"몰랐어요. 내가 그걸 어떻게 알았겠어요."

"허, 그거 재미있네. 정말이야. 신문마다 난리였어."

"그이가 얼마나 가져갔다고요?"

"만 달러였지. 하지만 나중에 대부분을 다 돌려보냈다고 들었어."

캐리는 화려한 카펫이 깔린 바닥을 멍하니 응시했다. 그의 손에 이끌려 억지로 도망친 이후로 지나온 세월들이 새롭게 다시 그려졌다. 수많은 일들이 기억 속에 떠오르며 저간의 사정을 말해주었다. 허스트우드가 자기를 위해 그랬다는 것도 짐작할 수 있었다. 증오가 아니라 슬픔 비슷한 감정이 차올랐다. 불쌍한 사람! 내내 그런 기억을 머리에 담고 살아야 했다니 얼마나 괴로웠을까.

식사 자리에서 먹고 마시며 분위기에 취해 기분이 들뜬 드루에는 자신에게 상냥하게 대해주던 옛날의 캐리를 되찾을 수 있다는 착각에 빠졌다. 캐리가 예전과는 다른 처지가 되기는 했지만 다시 그녀의 삶 속으로 들어가는 것이 그리 어렵지는 않을 것 같았다. 아, 그녀를 손에 넣는다면 얼마나 멋질까! 이렇게 아름답고, 이렇게 우아하고, 이렇게 유명한데! 극장과 월도프 호텔이라는 배경 속에서 캐리는 그에게 더없이 탐나는 대상이었다.

"에이버리 극장에서 그날 밤 자기가 얼마나 긴장했는지 기억나?" 그가 물었다.

캐리는 그 생각을 떠올리고 미소 지었다.

"그때 당신보다 더 잘하는 사람은 보질 못했어, 캐드." 그는 식탁 위에 팔꿈치를 대고 몸을 숙이며 서글픈 듯 덧붙였다. "그때만 해도 당신이랑 잘될 줄 알았는데."

"그런 식으로 말하지 말아요." 캐리는 아주 약간이지만 차가운 투로 말했다.

"할말이 있는데……"

"그만하세요." 그녀가 말을 자르며 자리에서 일어섰다. "극장에 갈 준비를 할 시간이에요. 이제 헤어져야겠네요. 자, 그럼."

"아, 잠깐만 더 있어줘. 시간은 충분하잖아." 드루에가 애원했다.

"안 돼요." 캐리가 부드럽게 말했다.

드루에는 내키지 않지만 자리에서 일어나 뒤를 따랐다. 캐리가 엘리베이터 쪽으로 가는 모습을 보며 그는 자리에 선 채 물었다.

"언제 다시 볼 수 있을까?"

"아, 또 기회가 있겠지요. 여름 내내 여기 있을 거예요. 잘 가요!"

엘리베이터 문이 열렸다.

"안녕!" 드루에는 옷자락을 바스락거리며 엘리베이터에 오르는 그녀에게 인사했다.

과거의 그리움이 한꺼번에 되살아나 드루에는 서글픈 마음으로 복도를 걸어나왔다. 캐리는 이제 너무나 멀리 있었다. 호텔에서 경쾌하게 옷자락 스치는 소리가 그녀에 대해 모든 것을 말해주었다. 그는 자기가 제대로 대접을 받지 못했다고 생각했다. 그러나 캐리는 다른 생각을 하고 있었다.

카지노 극장 앞에서 기다리고 있던 허스트우드를 보지 못하고 지나쳤던 것이 바로 그날 밤이었다.

다음날 밤, 캐리는 극장으로 걸어가다가 그와 딱 마주쳤다. 그는 전보다도 훨씬 더 수척해진 몰골로 반드시 그녀를 만나리라 단단히 마음먹고 기다리고 있었다. 누더기를 헐렁하게 걸친 그를 처음에는 알아보지 못했다. 그가 바짝 다가서자 굶주린 이상한 사람인 줄 알고 깜짝 놀랐다.

"캐리, 잠깐 얘기 좀 할 수 있어?" 그가 속삭이듯 나지막이 말했다.

캐리는 돌아보자마자 한눈에 그를 알아보았다. 설령 마음속 깊은 곳에 그에 대한 나쁜 감정이 숨어 있었다 할지라도 그 순간에 다 사라져버렸다. 문득 그가 돈을 훔친 일에 대해 드루에가 해준 얘기가 떠올랐다.

"아, 조지, 어떻게 된 거예요?"

"좀 아팠어. 병원에서 퇴원한 지 얼마 안 됐어. 저, 돈 좀 줄 수 없을까?"

"물론이죠." 캐리는 침착함을 잃지 않으려 애쓰느라 입술이 바르르 떨렸다. "그런데 대체 어떻게 된 거냐고요!"

캐리는 지갑을 열고 안에 든 돈을 전부 꺼냈다. 오 달러짜리 지폐 한 장과 이 달러짜리 지폐 두 장이었다.

"아팠다고 했잖아." 그는 캐리의 지나친 동정에 화가 난 듯 짜증스럽게 대꾸했다. 그녀에게 동정을 받는다는 것이 견디기 힘들었다.

"여기 있어요. 지금은 가진 게 이것뿐이에요."

"괜찮아. 꼭 갚을게." 그가 부드럽게 대답했다.

캐리가 그와 마주서 있으니 행인들이 힐끗거렸다. 사람들의 시선이 따갑게 느껴졌다. 허스트우드도 마찬가지였다.

"어떻게 된 일인지 말 좀 해줘요. 어디에서 지내고 있어요?" 캐리는 어쩔 줄 몰라 하며 질문을 던졌다.

"아, 바워리에 방이 하나 있어. 여기서 당신한테 말해봤자 뭐하겠어. 난 이제 괜찮아."

그는 그녀의 친절한 질문에도 좀 화가 난 듯했다. 둘의 처지는 이제 하늘과 땅 차이였다.

"이제 들어가봐. 정말 고마워. 더는 성가시게 하지 않을게."

캐리는 뭐라 대답하려 했지만, 그는 돌아서서 동쪽으로 발을 질질 끌며 가버렸다.

며칠 동안 이 환영이 뇌리를 떠나지 않다가 서서히 사라져갔다. 드루에가 다시 찾아왔지만 이번에는 캐리의 얼굴조차 보지 못했다. 그는 완전히 번지수를 잘못 찾은 것 같았다.

"나가고 없다고 해." 캐리가 사환에게 전한 답이었다.

고독하고 혼자 있기 좋아하는 그녀의 성격이 너무나도 특이해서 대중의 눈에는 흥미로운 인물로 비쳤다. 그녀는 너무나 조용하고 차분했다.

오래지 않아 극장 경영진은 런던에서 공연하기로 결정했다. 두번째 여름 시즌 공연은 여기에서는 그리 전망이 밝아 보이지 않았다.

"런던을 한번 휩쓸어보고 싶지 않아요?" 어느 날 오후 지배인이 말했다.

"결과는 정반대가 될 수도 있지요." 캐리가 말했다.

"6월에 가게 될 것 같습니다."

출발 준비로 분주하다보니 허스트우드는 잊어버렸다. 허스트우드와 드루에 둘 다 그녀가 떠난 뒤에야 그 사실을 알았다. 캐리를 찾아갔던 드루에는 그녀가 떠났다는 소식에 로비에 서서 콧수염 끝을 잘근잘근 씹었다. 옛 시절은 영원히 가버린 것이다.

"그 여자가 뭐 그리 대단해." 그는 중얼거렸다. 그러나 마음속 깊은 곳에서는 그 말을 믿지 않았다.

허스트우드는 기나긴 여름과 가을을 별의별 방법으로 버텨나갔다. 한 달간 댄스홀에서 수위로 일한 것이 도움이 되었다. 굶주리기도 하고 때로는 공원에서 잠을 자기도 하면서, 그렇게 구걸을 하며 여러 날을 보냈다. 또 얼마간은 굶주리며 헤매다가 우연히 만난 자선단체의 도움을 받기도 했다. 한겨울에 접어들자 캐리가 돌아와 브로드웨이에서 새로운 연극 무대에 올랐다. 그러나 허스트우드는 이를 몰랐다. 캐리의 출연을 알리는 밝은 광고판이 밤마다 북적이는 환락의 거리에 환히 빛나던 몇 주 동안에도 그는 구걸을 하며 도시를 떠돌았다. 드루에는 광고판을 보았지만 감히 들어갈 용기가 나지 않았다.

그 무렵 에임스도 뉴욕에 돌아와 있었다. 서부에서 작은 성공을 거둔 그는 우스터 스트리트에 연구실을 열었다. 물론 밴스 부인을 통해 캐리와도 만났다. 그러나 그들 사이에 별일은 없었다. 그는 캐리가 아직도 허스트우드와 살고 있으려니 했다가 나중에 다른 곳에서 듣고서야 사정을 알게 되었다. 당시에는 그 사실을 몰랐기 때문에 모르는 척했고, 언급도 자제했다.

밴스 부인과 함께 그는 새 연극을 보고 자기 의견을 냈다.

"캐리는 희극에 출연하지 말아야 해요. 제가 보기에는 그보다 더 나은 것을 할 능력이 있어요."

어느 날 오후 그들은 밴스 부인의 집에서 우연히 만나 아주 허물없이 대화를 나누기 시작했다. 캐리는 어째서 한때 그에게 그토록 강렬하게 끌렸는데 더는 관심이 가지 않는지 알 수가 없었다. 말할 것도 없이 그때 그는 그녀가 갖지 못한 무언가의 상징이었기 때문일 것이다. 하지만 그녀로서는 그 사실을 이해하지 못했다. 이제 성공했으니 그가 인정해줄 만한 것을 많이 가지고 있어 다행이라는 생각이 잠깐 들었다. 하지만 캐리의 작은 명성은 그에게는 아무것도 아니었다. 그는 캐리가 훨씬 더 잘할 수도 있었을 거라고 생각했다.

"어쨌거나 정극 쪽으로 투신하지는 않으셨군요?" 그가 그 분야에 대한 그녀의 관심을 기억해내고 이렇게 말했다.

"네, 아직까지는 그래요."

그가 자신을 쳐다보는 묘한 시선에 캐리는 자기가 제대로 해내지 못했다는 느낌이 들었다. 그래서 결국 이렇게 덧붙였다. "하지만 하고 싶어요."

"그러실 거라 생각합니다. 당신 성향으론 정극이 잘 어울려요."

그가 성향에 대해 말하자 그녀는 깜짝 놀랐다. 그렇다면 그렇게 분명하게 자기를 기억해두고 있었단 말인가?

"어째서요?"

"그건, 당신은 남의 감정에 잘 공감하는 성격이니까요."

캐리는 미소 지으며 얼굴을 살짝 붉혔다. 그가 그녀에게 너무나 꾸밈없이 솔직하게 말해서 더 가까워진 기분이 들었다. 그 옛날의 이상을 향한 마음속 울림이 느껴졌다.

"저는 잘 모르겠어요." 캐리는 기쁜 기색을 다 숨기지 못하고 대답했다.

"당신의 연극을 보았습니다. 정말 좋았어요."

"마음에 드셨다니 기쁘네요."

"정말로 아주 좋았어요. 희가극으로서는요."

당시에는 다른 얘기가 끼어드는 통에 대화가 더 이어지지 못했지만 그들은 나중에 다시 만났다. 캐리가 다른 손님들과 함께 나와보니 그는 저녁식사 후 구석에 앉아서 바닥을 내려다보고 있었다. 고된 일 탓에 얼굴은 지쳐 보였다. 캐리는 그 얼굴이 왜 그녀의 마음을 끌어당기는 것인지 알지 못했다.

"혼자 계시네요?" 캐리가 말을 걸었다.

"음악을 듣고 있었습니다."

"좀 있다가 올게요." 캐리의 동행은 이 발명가에게서 딱히 관심 끌 만한 것을 찾지 못하고 가버렸다.

앉아 있는 그의 앞에 캐리가 서 있게 되는 바람에, 그는 캐리의 얼굴을 올려다보았다.

"가락이 구슬프지 않습니까?" 그가 귀를 기울이며 말했다.

"아, 정말 그렇네요." 캐리도 음악에 관심을 갖고 들으며 대답했다.

"앉으세요." 그가 옆의 의자를 권했다.

그들은 잠시 말없이 같은 감정에 취해 앉아 있었다. 그녀는 가슴 깊이 감동했다. 전과 다름없이 음악은 그녀의 마음을 사로잡았다.

"음악의 어떤 점이 그런지는 잘 모르겠지만," 캐리는 파도처럼 밀려드는 설명할 수 없는 갈망에 마음이 움직여 입을 열었다. "음악을 듣고 있노라면 항상 뭔가를 간절히 바라는 듯한 느낌이 들어요. 전……"

"맞습니다. 당신 기분 압니다." 그가 대답했다.

문득 그는 캐리의 성향 중 자신의 감정을 아주 솔직하게 표현한다는 점이 특이하다고 생각되었다.

"우울한 감상에 젖으면 안 됩니다."

그는 잠시 생각에 잠겼다가 언뜻 보기에는 뜬금없지만 그들의 감정과 잘 맞아떨어지는 견해를 내놓았다.

"세상에는 한번 살아보고 싶은 삶이 수없이 많지만, 불행히도 우리는 한 번에 한 가지씩밖에는 누릴 수가 없습니다. 멀리 있는 것을 향해 아무리 손을 내밀어봐도 소용이 없지요."

음악이 끝나자 그는 자리에서 일어나 마치 휴식을 취하려는 듯이 그녀 앞에 섰다.

"수준 있는 좋은 정극에 출연해보시지요?" 그가 말했다. 이제 그는 캐리를 똑바로 마주보며 그녀의 얼굴을 세세히 뜯어보았다. 캐리의 동정심 가득한 큰 눈과 고통이 무엇인지 아는 입은 그에게 자신이 내린 판단을 입증하는 증거로 호소력 있게 다가왔다.

"기회가 올지도 모르지요."

"그게 당신한테 맞습니다."

"그렇게 생각하세요?"

"네, 그렇습니다. 당신은 아직 깨닫지 못하신 것 같은데, 당신의 눈과 입을 보면 그런 쪽이 어울립니다."

캐리는 그가 이렇게 진지하게 자신을 상대해주니 황홀할 지경이었다. 잠시 외로움도 잊었다. 예리하고 분석적인 찬사였다.

"당신의 눈과 입에 그렇게 쓰여 있어요. 처음 당신을 봤을 때 입가에 뭔가 특이한 점이 있다고 생각했던 기억이 납니다. 금세라도 울음을 터뜨릴 것 같았어요." 그는 생각에 잠겨 계속 말했다.

"별말씀을 다 하시네요." 캐리는 기쁨에 들떠 대답했다. 이것이야말로 가슴 깊이 바라왔던 것이었다.

"그것이 당신의 자연스러운 표정임을 알게 되었지요. 오늘밤에 그것을 다시 한번 보았습니다. 당신의 눈에 어린 그림자도 그와 똑같은 인상을 주고 있어요. 제 생각에는 깊이 있는 눈 속에 그런 점이 있는 것 같습니다."

캐리는 그의 이야기에 푹 빠져서 그의 얼굴을 똑바로 마주보았다.

"당신은 그 사실을 의식하지 못하는 것 같습니다." 그가 덧붙였다.

캐리는 그가 그렇게 말해준 데 기뻐하며 시선을 돌렸다. 자신의 얼굴에 적힌 그런 감정을 표현할 수 있게 되기를 바랐다. 그것은 새로운 욕망으로 나아가는 문을 열어주었다.

캐리가 그와 다시 만나게 될 때까지 몇 주 동안 그 말을 곰곰이 생각한 것도 당연했다. 그 말에 그녀는 에이버리의 무대 분장실에서, 그리고 그후로도 오랫동안 가슴 가득 품었던 예전의 꿈에서 멀어져가고 있음을 깨달았다. 어쩌다가 그 꿈을 잃어버렸을까?

"당신이 더 극적인 역할을 맡는다면 반드시 성공하게 될 이유를 알겠습니다. 제가 생각해본 바로는……" 에임스는 한번은 이런 말도 했다.

"그게 뭔데요?" 캐리가 물었다.

"아," 그는 수수께끼를 좋아하는 사람처럼 말했다. "당신 얼굴의 표정은 여러 가지 다른 것들을 담고 있어요. 당신은 구슬픈 노래든 어떤 그림이든, 깊이 감동받은 것에서 똑같은 것을 얻어냅니다. 세상이 보고 싶어하는 것이 바로 그것입니다. 그것이야말로 갈망의 자연스러운 표현이거든요."

캐리는 그가 하는 말의 의미를 정확히 이해하지는 못했다.

그는 말을 이었다. "세상은 항상 스스로를 표현하려고 애씁니다. 대부분의 사람들은 자신의 감정을 드러낼 능력이 없습니다. 그래서 다른 사람들에게 의존하지요. 그래서 천재가 필요한 것입니다. 그런 사람들을 위해 어떤 이는 음악으로 그들의 욕망을 표현하고 또 어떤 이들은 시로 그렇게 하지요. 연극으로 하는 이들도 있고요. 때로는 자연이 그러한 재능을 얼굴에 부여하기도 합니다. 모든 욕망을 보여주는 얼굴을 만드는 거지요. 당신의 경우가 바로 그렇습니다."

그 말의 의미가 그의 눈 속에 가득해서 캐리도 그것을 알 수 있었다. 적어도 그녀는 자신의 표정이 세상의 갈망을 표현하는 무언가라는 사실을 알게 되었다. 캐리는 이를 영예로운 칭찬으로 받아들였으나 그는 이렇게 덧붙였다.

"그런 점이 당신에게 의무가 됩니다. 당신이 그런 재능을 가진 것은 우연이죠. 자랑스러워할 만한 것은 아닙니다. 그러니까 제 말은, 당신은 그런 재능을 갖지 못했을 수도 있었다는 거예요. 아무 대가도 치르지 않고 얻은 것입니다. 하지만 어쨌거나 그런 재능을 가진 이상, 그것으로 무언가 해야만 합니다."

"무엇을요?" 캐리가 물었다.

"그래서 수준 있는 연극 분야로 나가시라는 겁니다. 당신은 공감 능력이 대단히 뛰어나고 목소리도 아주 듣기 좋아요. 그런 재능을 가치 있게 쓰시라는 겁니다. 그래야 당신의 힘도 오래 지속됩니다."

캐리는 이 마지막 말을 이해하지 못했다. 나머지 말은 전부 그녀가 희극에서 얻은 성공이 아무것도 아니라는 뜻이었다.

"무슨 말씀이신가요?" 그녀가 물었다.

"아, 이런 얘기입니다. 당신은 눈과 입과 본성에 어떤 재능을 지니고 있습니다. 하지만 아시다시피 그런 재능은 사라질 수도 있습니다. 당신이 그런 재능에 등을 돌리고 혼자서만 만족하고 살아간다면 금세 사라져버릴 겁니다. 그 표정이 당신의 눈에서 떠나버릴 거예요. 입도 변할 거고요. 연기하는 힘도 사라질 겁니다. 그럴 리 없다고 생각하실지 모르겠지만 사실이 그렇습니다. 자연의 섭리가 그러니까요."

캐리를 위한 충고를 해주는 데 점점 열을 올리며 빠져들다보니 설교가 되어버리고 말았다. 캐리에게 있는 무언가가 그에게 호소하고 있었고, 그는 캐리를 각성시켜주고 싶었다.

"저도 알아요." 캐리는 자기가 태만했다는 죄책감을 약간 느끼면서 멍하니 대답했다.

"제가 당신이라면, 바꿀 겁니다."

이 말은 잔잔한 물에 파도를 일으켰다. 캐리는 며칠을 흔들의자에 앉아 고민했다.

"희가극 쪽에 너무 오래 있으면 안 될 것 같아." 마침내 그녀는 롤라에게 말했다.

"어, 무슨 소리야?"

"진지한 연극을 하면 더 잘할 수 있을 것 같아."

"왜 그런 생각을 하게 된 건데?"

"아, 그냥. 늘 해오던 생각이었어."

그러나 캐리는 슬픔에 젖어 있을 뿐, 아무것도 하지 않았다. 더 나은 것으로 가는 길은 너무 멀었다. 그렇게 보였다. 그리고 손만 뻗으면 위안이 되는 것들은 주위에 있었다. 그러니 아무것도 하지 않으면서 그저 갈망하기만 할 뿐이었다.

47
패배한 자들의 길
바람 속의 하프

그 무렵 도시에는 대장이 하는 일과 성격상 유사한 자선단체들이 여럿 있어서 허스트우드는 딱하지만 이런 단체들의 단골이 되었다. 그중 하나가 15번가에 있는 자비의 수녀회가 운영하는 선교관이었다. 선교관에는 붉은 벽돌로 된 가정집들이 줄지어 늘어서 있고 그 문 앞에는 나무로 만든 소박한 헌금함이 걸려 있었다. 그 위에는 매일 정오에 와서 도움을 청하는 누구에게나 공짜로 식사를 나누어준다는 글귀가 페인트로 적혀 있었다. 이 간단한 안내는 이곳에서 베푸는 자선의 범위를 생각하면 대단히 겸손한 표현이었다. 뉴욕의 자선단체와 기관 들은 규모도 크려니와 숫자도 많아서 이런 안내는 그럭저럭 편안히 자리잡은 사람 눈에는 잘 띄지도 않지만 이런 데 촉각을 곤두세우고 있는 사람에게는 금방 눈에 띈다. 며칠 동안 정오 무렵에 6번 애비뉴와 15번가 교차로에 서 있는다 한들 이런 문제에 특별히 관심을 갖고 있지 않다면, 분주한 대로를 따라 몰려가는 어마어마한 인파 속에 고생에 찌들어 안색은 수척하고 옷차림은 남루한 사람들이 무거운 발을 끌며 매 순간 지나가고 있다는 사실을 알지 못할 것이다. 그러나 사실이 그러했고, 날씨가 추워질수록 그들은 더욱 눈에 잘 띄었다. 선교관은 식사 공간도 부족하고 부엌도 좁아서 한 번에 스물다섯 명에서 서른 명까지밖에는 식사를 할 수가 없었다. 그래서 밖까지 길게 줄을 서서 차례대로 입장해야만 했는데, 이런 풍경도 오랫동안 반복되다보니 익숙해져서 이제는 새로울 것도 없는 흔한 풍경이 되어 있었다. 혹한 속에서도 사람들은 소처럼 참을성 있게 기다렸다. 그들은 몇 시간이나 기다려서야 간신히 들어가곤 했다. 무엇을 묻는 법도 없고 서비스도 있을 리 없었다. 먹고 다시 나가면 끝이었다. 그중에는 겨우내 매일같이 찾아오는 사람들도 있었다.

점심을 나누어주는 동안에는 덩치 큰 엄마 같은 여인이 늘 문가를 지키고 서서 입장 인원을 셌다. 사람들은 엄숙하게 줄을 서서 움직였다. 서두르거나 안달하는 모습은 없었다. 마치 벙어리들의 행렬 같았다. 아무리 혹독하게 추운 날이라도 줄을 선 사람들을 볼 수 있었다. 살을 에는 바람에 그들은 손으로 몸을 마구 두드리고 발을 동동거렸다. 손가락이며 눈, 코, 입 하나하나가 추위에 떨어져나갈 것 같았다. 이들은 밝은 대낮에 잘 살펴보면 거의 다 같은 부류의 사람들이었다. 좀 견딜 만한 시절에는 공원 벤치에 앉아 있고 여름밤에는 거기서 잠을 자는 이들이었다. 그들은 초라한 옷과 쭈그러든 면상이 그리 이상해 보이지 않는 바워리나 누추한 이스트사이드를 자주 찾았다. 춥고 황량한 날씨에는 여인숙 거실에 있다가 로어이스트사이드 거리에서 여섯시에나 여는 더 싼 숙소로 모여드는 부류였다. 보잘것없는 음식을 밥때가 지나서야 게걸스레 먹어치우는 통에 몸은 다 상해버렸다. 하나같이 핏기 없는 안색에 살은 축 늘어지고 눈은 푹 꺼졌으며 가슴팍도 움푹 들어갔고, 번득거리는 눈과 병자처럼 붉은 입술이 두드러져 보였다. 머리숱도 성글고 귀는 빈혈로 창백했으며 가죽이 다 상한 신발은 뒤꿈치와 발가락 부분이 닳아 있었다. 그들은 거센 파도가 해안으로 나무토막을 밀어올리듯 그저 이리저리 표류하다가 사람들의 물결이 밀어닥칠 때마다 하나씩 남겨지는 이들이었다.

이 도시의 또다른 지역에서는 이십 년이 넘도록 플라이슈만이라는 제빵사가 자정이면 브로드웨이와 10번가 모퉁이에 있는 자기 식당의 옆문으로 찾아오는 이들에게 빵 한 덩이씩을 나누어주고 있었다. 이십 년간 매일 밤 정해진 시간에 약 삼백 명의 사람들이 줄지어 문 앞으로 행진해와서는, 밖에 내놓은 큰 상자에서 자기 몫의 빵 한 덩이를 집어들고 다시 밤의 어둠 속으로 사라졌다. 처음 시작할 때부터 지금까지 이 사람들의 특징이나 수는 거의 변하지 않았다. 이 작은 행렬이 지나가는 것을 매년 보았던 이들이라면 눈에 익었을 법한 사람도 두세 명은 있었다. 십오 년 동안 하룻밤도 빠진 적이 없는 사람도 둘 있었다. 정기적으로 찾아오는 사람들은 대략 마흔 명쯤 되었다. 나머지는 처음 오는 사람들이었다. 공황이 닥쳐 유난히 살기 힘들었던 시절에도 삼백 명을 넘어간 적은 거의 없었고, 실업자들 이야기를 듣기 힘든 살기 좋은 시절에도 그 수는 별반 줄어들지 않았다. 여름이나 겨울이나, 날이 궂으나 맑으나, 불경기나 호경기나 같은 수의 사람들이 플라이슈만의 빵상자 앞에서 이 우울한 만남을 이어갔다.

혹독한 겨울이 계속되는 동안 허스트우드는 이 두 자선단체의 단골 손님 노릇을 했다. 날씨가 유달리 춥고 거리에서 구걸해도 보람이 없을 때면 정오까지 기다렸다가 가난한 이들에게 제공되는 이 공짜 식사를 찾아갔다. 그날 아침은 열한시밖에 안 됐는데 벌써 그와 비슷한 이들 여럿이 얇은 옷을 바람에 펄럭이며 6번 애비뉴에서 어기적어기적 걸어오고 있었다. 그들은 제일 먼저 들어가기 위해 일찍 도착해서는, 15번가 쪽을 면해 있는 제9연대 무기고의 벽에 둘러친 쇠 난간에 기대 섰다. 한 시간 정도 기다리면서 처음에는 서로 좀 멀찍이 거리를 두고 서성였지만, 다른 사람들이 더 오자 먼저 온 사람으로서의 권리를 지키기 위해 서로 더 바짝 붙어섰다. 허스트우드는 7번 애비뉴의 서쪽에서 걸어와 다른 사람들보다 문 쪽에 더 가까이 멈춰 섰다. 그보다 먼저 왔지만 더 멀리서 기다리고 있던 사람들이 자기들이 먼저 왔다고 내세우듯 한마디 말도 없이 완고한 태도로 더 바짝 다가섰다.

새치기를 하려다 저지당한 그는 시무룩하게 줄을 훑어보다가 이윽고 맨 끝자리로 옮겼다. 질서가 회복되자 동물적으로 그를 밀쳐내던 감정도 잦아들었다.

"이제 정오가 다 됐을 텐데." 누군가의 말이었다.

"그러게요. 얼추 한 시간은 기다렸구먼." 또다른 이가 말을 받았다.

"에이, 춥다!"

사람들은 모두 들어가야 할 그 문만 눈이 빠지도록 애타게 쳐다보았다. 한 식료품 장수가 마차를 몰고 오더니 식품 바구니 여러 개를 날랐다. 식료품 장수와 식품 가격에 대한 이런저런 말들이 오가기 시작했다.

"고깃값이 올랐던데."

"전쟁이 터지면 이 나라에는 꽤 도움이 될 텐데 말이지요."

줄은 순식간에 길어졌다. 벌써 쉰 명을 넘어섰다. 앞에 선 사람들의 표정에는 끝에 선 이들만큼 오래 기다리지 않아도 되어 자축하는 빛이 역력했다. 그들은 고개를 돌려 줄을 돌아보았다.

"일단 첫 순서로 스물다섯 명 안에만 들어가면 얼마나 앞쪽에 있느냐는 중요하지 않아요. 어차피 다 한꺼번에 들어갈 테니까." 맨 처음 들어갈 스물다섯 명 중 한 사람이 말했다.

"흥!" 쫓겨났던 허스트우드는 코웃음을 쳤다.

"단일세單—稅가 답이야. 그게 시행돼야 사회질서가 잡힌다고." 또 누군가가 말했다.

대부분은 말이 없었다. 파리한 남자들은 발을 질질 끌기도 하고 주위를 힐끗거리거나 제 팔을 툭툭 쳤다.

마침내 문이 열리고 엄마 같은 인상의 수녀가 나타났다. 수녀는 질서가 잘 지켜지는지만 지켜보았다. 천천히 줄이 앞으로 움직이고 스물다섯 명에 이를 때까지 하나씩 안으로 들어갔다. 스물다섯 명이 다 들어가자 수녀가 통통한 팔로 가로막았다. 줄이 멈추고 여섯 명은 계단 위에 남았다. 전직 지배인 허스트우드도 그중 한 명이었다. 그렇게 기다리면서 어떤 사람들은 이야기를 나누고 어떤 사람들은 신세한탄을 늘어놓았다. 허스트우드를 비롯해 어떤 이들은 생각에 잠겼다. 마침내 그가 들어갈 차례가 되었다. 음식을 먹고 나와서는 이걸 얻어먹자고 고생한 생각을 하니 화가 날 지경이었다.

보름쯤 지난 후 어느 날 밤 열한시에는 자정에 주는 빵을 받으러 가서 끈기 있게 기다렸다. 운 나쁜 날이었지만 이제는 초연하게 자기 운명을 받아들였다. 저녁을 얻어먹지 못하거나 밤늦게 배가 고프면 여기로 오면 되었다. 열두시가 거의 다 되자 큼직한 빵상자가 나오고, 정확히 자정이 되자 얼굴이 동그랗고 뚱뚱한 독일인이 그 옆에 자리를 잡고 서서 "시작" 하고 외쳤다. 그 말이 떨어지기 무섭게 줄 전체가 앞으로 움직여 차례대로 빵을 하나씩 집어들고 뿔뿔이 흩어졌다. 그날 밤 전직 지배인은 말없이 빵을 뜯어먹으며 어두운 거리를 걸어 잠자리를 찾아갔다.

1월이 되자 그는 이제 다 끝났다는 결론에 도달했다. 삶은 항상 귀중한 것이라고 믿었지만, 이제 끊임없이 궁핍에 시달리고 체력도 약해지고 보니 이 세상의 매력도 빛을 잃고 그다지 주의를 끌지 못했다. 여러 차례 가혹한 운명에 시달릴 때마다 이 모든 괴로움을 끝장내버릴 생각도 해보았지만, 날씨가 바뀌거나 이십오 센트, 십 센트 동전 한 닢이라도 얻으면 마음이 달라져서 기다려보곤 했다. 매일같이 캐리에 대한 소식 한 줄이라도 없을까 싶어 낡은 신문이 눈에 띄면 뒤적여보았지만 여름이 다 가고 가을이 지나도록 찾지 못했다. 그러다가 언제부터인가 눈이 아프기 시작했다. 증상은 급속히 심해져서 결국 그는 묵는 숙소의 어두침침한 방에서는 아예 글씨를 읽지 않았다. 불규칙하고 조악한 식사가 모든 신체기능을 좀먹고 있었다. 그에게 남은 위안이 있다면, 어디고 자리가 있고 그런 곳을 구할 돈만 있으면 들어가서 꾸벅꾸벅 조는 것뿐이었다.

남루한 옷차림에 말라빠진 몰골을 하고 있으니 이제 사람들은 그를 영락없는 부랑자나 거지로 보았다. 경찰들은 그를 이리저리 거칠게 밀

쳐냈고, 식당과 여인숙 주인들은 그가 내야 할 돈만 받고 나면 곧장 쫓
아냈다. 행인들은 그를 손짓으로 쫓았다. 누구한테서고 무엇이건 얻기
가 점점 더 어려워졌다.

마침내 그는 다 끝났다고 인정했다. 행인들에게 몇 번이나 매달려
보았지만 퇴짜만 맞은 뒤였다. 다들 다가가기만 해도 서둘러 피해버
렸다.

"한 푼만 주시겠습니까, 선생님? 제발 부탁입니다. 배가 고파 죽겠
습니다." 그는 마지막으로 구걸을 했다.

"아, 저리 가. 쓰레기 같은 놈. 한 푼도 줄 수 없다고." 남자는 말했다.

허스트우드는 추위로 발갛게 튼 손을 주머니에 넣었다. 눈에 눈물이
고였다.

"맞아. 난 이제 쓰레기야. 나도 예전에는 괜찮았지. 돈도 있었어. 이
제 다 그만둬야겠다." 그는 죽을 생각으로 바워리를 향해 발길을 옮겼
다. 가스를 틀어놓고 목숨을 끊은 사람들이 있었다. 나라고 못할 게 뭔
가? 그는 십오 센트면 빌릴 수 있는 작은 방들이 다닥다닥 붙어 있는
여인숙을 떠올렸다. 마치 그가 하려는 일을 위해 미리 준비라도 해둔
듯 그 방안에는 가스 분출구가 있었다. 그러나 자신에게는 그 십오 센
트도 없다는 사실이 떠올랐다.

가는 길에 면도를 깨끗이 하고 좋은 이발소에서 나오는 부유해 보이
는 인상의 한 신사와 마주쳤다.

"한 푼만 주시겠습니까?" 그는 신사에게 대담하게 부탁했다.

신사는 그를 훑어보더니 주머니를 더듬어 십 센트짜리 동전을 찾았
다. 그러나 주머니에는 이십오 센트짜리 동전뿐이었다.

"옜다. 이제 가버려." 그는 허스트우드를 쫓아버리려고 그 동전을 주었다.

허스트우드는 어리둥절해서 길을 걸어갔다. 큼직하고 반짝이는 동전을 보니 기분이 좀 좋아졌다. 배가 고팠고, 잠자리는 십 센트면 구할 수 있다고 생각하니 죽을 생각이 잠시 사라졌다. 죽는 것이 낫겠다는 생각이 들 때는 모욕만 당하고 아무것도 얻지 못했을 때뿐이었다.

한겨울의 어느 날, 혹한기가 시작되었다. 첫날은 날씨가 잔뜩 찌푸리고 쌀쌀하더니 이튿날부터는 눈이 내렸다. 허스트우드는 내내 운이 좋지 않아서 해질녘까지 고작 십 센트밖에는 얻지 못했고, 그 돈도 먹을 것을 사느라 써버린 뒤였다. 저녁때 그는 불러바드*와 67번가가 만나는 곳에 다다라 비로소 바워리 쪽으로 고개를 돌렸다. 그날따라 아침부터 계속 돌아다닌 탓에 몹시 지쳐서 푹 젖은 발을 질질 끌다시피 하며 걷고 있었다. 낡아빠진 얇은 외투 깃을 빨갛게 언 귀까지 바짝 세우고, 너무 낡아 자꾸 말려 올라가는 찢어진 중산모를 바짝 끌어내렸다. 손은 주머니에 푹 찔러넣었다.

"브로드웨이로 가야겠어." 그는 혼잣말을 했다.

42번가에 도착하니 벌써 조명을 밝힌 간판이 휘황한 빛을 뿌리고 있었다. 저녁식사를 하러 사람들이 바삐 움직였다. 여기저기 밝은 창 너머로 화려한 레스토랑에 있는 즐거운 무리들이 보였다. 마차와 전차들이 바삐 오갔다.

지치고 굶주린 허스트우드가 올 곳이 아니었다. 그곳은 그의 처지와

---

* 19세기 말에는 59번가 위쪽의 브로드웨이를 '불러바드'라고 불렀다.

너무나 극명한 대조를 이루었다. 좋았던 시절이 또렷이 떠올랐다.

'그게 다 무슨 소용이람? 이제 난 끝났어. 끝이라고.'

비척대며 걸어가는 그의 몰골이 너무 볼썽사나워 사람들이 눈을 돌려 그를 쳐다보았다. 경찰들도 그가 여기서 구걸하지나 않을까 눈을 떼지 않았다.

정처 없이 이리저리 길을 헤매다가 문득 발을 멈추고 조명을 밝힌 간판 뒤에 웅장하게 서 있는 레스토랑의 큰 판유리 너머를 들여다보니, 붉은색과 금색 장식, 야자수와 하얀 테이블보, 반짝이는 유리그릇들 그리고 무엇보다도 부족함이 없어 보이는 손님들이 눈에 들어왔다. 정신은 쇠약해졌지만 지독한 허기 덕에 그 장면이 어떤 의미인지 놓치지는 않았다. 그는 그 자리에 꼼짝 않고 서서 너덜너덜 해진 바짓단을 진창에 푹 적신 채 넋을 잃고 안을 들여다보았다.

"먹어라. 그래, 먹어. 다른 사람들은 아무 상관없겠지." 그는 중얼거렸다.

목소리는 기운을 잃어 확 낮아졌고, 정신은 반쯤 나가 오락가락했다.

"얼어죽게 춥네. 추워 죽겠다."

브로드웨이 39번가에는 '캐리 마덴다와 카지노 극단'이라고 적힌 백열등 광고판이 빛나고 있었다. 온통 눈으로 덮인 축축한 보도가 광고판의 불빛으로 밝게 빛났다. 그 빛은 너무 밝아서 허스트우드의 시선도 잡아끌었다. 그는 광고판을 올려다보다가 금테를 두른 커다란 포스터 광고판으로 눈을 돌렸다. 거기에는 실물 크기로 정교하게 석판인쇄된 캐리의 모습이 있었다.

허스트우드는 마치 뭔가에 낚아채인 듯 코를 홀쩍이며 한쪽 어깨를 구부정하게 늘어뜨리고 잠시 광고판을 들여다보았다. 그러나 너무 기력이 소진되어 정신이 또렷하지 않았다.

"너로구나." 마침내 그는 광고판 속의 캐리에게 말을 걸었다. "너한테는 성에 안 찼다 이거지, 내가? 허!"

그는 뭉그적거리면서 제대로 생각을 해보려고 애썼다. 하지만 애써봐도 소용이 없었다.

"캐리에겐 돈이 있지." 뜬금없이 돈 생각이 났다. "돈 좀 달라고 해봐야지."

그는 옆문 쪽으로 갔다. 그러다가 자기가 무엇을 하러 가는 길인지 잊어버리고 손이 시려 잠시 멈춰 서서는 손을 더 깊이 찔러넣었다. 갑자기 다시 생각이 났다. 무대 출입구! 바로 거기였다.

그는 입구 쪽으로 가서 안으로 들어갔다.

"뭐야?" 안내원이 그를 쳐다보며 말했다. 허스트우드가 멈춰 서자 안내원이 다가가서 그를 밀쳤다. "여기에서 나가."

"마텐다 양을 만나러 왔어요." 허스트우드가 말했다.

"어, 그러셔?" 안내원은 재미있다는 투로 대꾸했다. "여기에서 나가라니까!" 그는 다시 허스트우드를 떠밀었다. 허스트우드는 뿌리칠 힘도 없었다.

"마텐다 양을 보러 왔다니까요." 그는 떠밀려 나가면서도 사정을 설명하려 애썼다. "난 이상한 사람이 아니오. 난……"

안내원은 그를 마지막으로 확 밀어내고 문을 닫아버렸다. 허스트우드는 그대로 미끄러져서 눈 위로 넘어졌다. 아프기도 하고, 희미하게나마 수치심이 되돌아왔다. 그는 울면서 바보처럼 욕을 퍼붓기 시작했다.

"이 망할 개자식아!" 그는 누더기나 다름없는 외투에서 녹은 눈을 떨어냈다. "빌어먹을 놈. 나도 왕년에는 너 같은 놈들을 부리고 살았어."

이번에는 캐리에 대한 증오가 솟아올랐지만 불같은 분노가 한 번 번쩍하고 치솟았을 뿐, 이내 모든 것이 다 마음속에서 흘러나가버렸다.

"캐리는 나한테 먹을 것을 줘야 해. 그 정도는 해줄 의무가 있다고."

그는 절망적인 심정으로 다시 브로드웨이로 돌아와, 정신이 쇠약해지고 어지러워지면 보통 그러듯 생각의 갈피를 못 잡고 울다가 구걸을 하다가 그러면서 이리저리 헤매고 다녔다.

며칠 후 정말 쌀쌀하던 어느 겨울 저녁, 그는 드디어 확실한 마음의 결정을 내렸다. 네시인데 벌써 침침한 저녁 어스름이 짙어지고 있었다. 폭설이 내리고 있었다. 찌르는 듯한 눈발이 강풍을 타고 길고 가느다란 선을 그리며 쏟아져내렸다. 거리는 온통 눈에 뒤덮였다. 6인치나 되는 차갑고 보드라운 카펫 같은 눈이 말과 사람의 발에 밟혀 지저분한 갈색으로 변했다. 브로드웨이에서는 두꺼운 외투를 걸치고 우산을 쓴 사람들이 조심조심 걸음을 옮겼다. 바워리에서는 옷깃을 바짝 세우고 모자를 귀까지 푹 눌러쓴 사람들이 구부정한 자세로 걸어갔다. 브로드웨이에서는 사업가들과 여행자들이 안락한 호텔로 향하고 있었다. 바워리에서는 볼일을 보러 나온 인파가 벌써 안쪽에서 불빛을 어슴푸레 밝힌 허름한 가게들을 지나쳐갔다. 전차에는 때 이르게 불이 켜졌고 덜커덩거리는 바퀴 소리도 눈에 묻혀 평소보다는 작게 들렸다. 도시 전체가 순식간에 두꺼워지는 망토에라도 뒤덮인 듯했다.

캐리는 그 시간에 월도프 호텔의 편안한 객실에서 『고리오 영감』을 읽고 있었다. 에임스가 추천해준 책이었다. 책 내용도 묵직했지만 에임스가 추천했다는 사실만으로도 흥미를 자극했기 때문에 책이 지닌, 가슴을 울리는 의미를 그녀는 거의 다 이해했다. 자신이 지금까지 읽었던 책들이 얼마나 유치하고 가치 없는 것이었던가를 처음으로 절감했다. 그러나 좀 지쳐서 하품을 하며 창가로 가서 5번 애비뉴로 향하는 마차들의 구불구불 이어진 행렬을 내다보았다.

"날씨 정말 나쁘지?" 캐리가 롤라에게 말했다.

"그러게 말이야!" 롤라가 맞장구를 쳤다. "눈이 더 내려서 썰매나 타러 갔으면 좋겠다."

"아이, 너도 참." 캐리는 고리오 영감의 고통이 여전히 생생하게 느껴져서 이렇게 말했다. "넌 그런 생각밖에는 못하는구나. 오늘밤 무일푼 신세인 사람들이 딱하지도 않니?"

"물론 딱하기야 하지. 하지만 난들 어쩌겠어? 나도 무일푼인데." 롤라가 대꾸했다.

캐리가 미소를 지었다.

"넌 가진 게 있어도 마찬가지일 거야."

"그렇지 않아. 하지만 내가 고생할 때 나를 도와준 사람은 아무도 없었는걸."

"정말 지독하지 않니?" 캐리가 무섭게 휘몰아치는 눈보라를 바라보며 말했다.

"저기 저 남자 좀 봐." 롤라가 길에서 한 남자가 넘어지는 모습을 보고 깔깔대며 웃었다. "남자들은 넘어지면 진짜 무안해하더라. 그렇지 않아?"

"오늘밤에는 마차를 타고 가야겠구나." 캐리가 무심하게 말했다.

임페리얼 호텔 로비에 찰스 드루에가 아주 근사한 외투에서 눈을 떨어내며 막 들어섰다. 날씨가 나빠서 일찍 돌아온 참이었다. 눈과 삶의 우울함을 잊게 해줄 쾌락을 즐기고 싶은 마음이 간절했다. 맛있는 저녁식사를 하고 젊은 여자를 데리고 극장에서 저녁을 보내는 것이 그의 주된 오락이었다.

"어이, 해리 아닌가! 어떻게 지냈나?" 그는 편안한 로비 의자에 한가롭게 앉아 있는 손님 한 명을 보고 외쳤다.

"뭐 그럭저럭 지낸다네."

"날씨 정말 고약하지?"

"그러게 말일세. 마침 여기 앉아서 오늘밤에는 어딜 가면 좋을까 궁리하던 중이었네."

"나랑 같이 가세나. 자네한테 죽여주는 여자들을 소개해줄 테니." 드루에가 제안했다.

"누군데?"

"어, 40번가에 사는 아가씨들이 두엇 있어. 재미있게 놀 수 있을 거야. 마침 자네를 찾던 중이었지."

"그럼 같이 나가서 저녁 먹을까?"

"좋다마다. 올라가서 옷 좀 갈아입고 올 테니 기다리게." 드루에가 대답했다.

"그럼 나는 이발소 좀 들렀다 오겠네. 면도를 해야겠어."

"좋아." 드루에는 새 구두를 삐걱거리며 엘리베이터 쪽으로 향했다. 이 나이든 바람둥이는 언제나 변함없이 날아갈 듯 마음이 가벼웠다.

눈보라 치는 그날 저녁 시속 40마일로 달리는 특별 객차에는 서로 인척관계인 세 사람이 타고 있었다.

"식당차에 저녁이 준비되어 있습니다." 직원이 눈처럼 흰 앞치마와 재킷 차림으로 바삐 통로를 지나가며 알렸다.

"이제 게임은 그만할래요." 돈이 많아 오만방자한 티를 내는 제일 나이 어린 검은 머리의 미인이 유커 카드를 자기 앞에서 밀어냈다.

"그럼 저녁 먹으러 가겠소?" 남편이 물었다. 그는 더할 나위 없이 잘 차려입고 있었다.

"아, 지금은 싫어요. 하지만 게임도 더 하지 않을래요."

"제시카, 타이에 핀을 좀 아래로 내려라. 위로 올라갔구나." 그녀의 어머니가 말했다. 어머니 또한 좋은 옷이 나이든 여자에게 무엇을 해줄 수 있는지 잘 보여주고 있었다.

제시카는 그 말대로 하면서 아름다운 머리카락을 매만지고 보석이 박힌 작은 시계를 들여다보았다. 남편은 아내에게서 눈을 떼지 못했다. 아름다움이란 차갑더라도 한 가지 관점에서는 사람을 매혹하는 법이다.

"이런 날씨는 오래 보지 않아도 될 거요. 이 주만 있으면 로마에 닿을 테니." 남편이 말했다.

허스트우드 부인은 자기 자리에 편안하게 자리잡고 앉아서 미소를 머금었다. 그녀의 은밀한 조사를 통과했을 정도의 재력을 지닌 돈 많은 젊은이를 사위로 두게 되어 만족스럽기 그지없었다.

"이런 날씨가 계속되어도 배가 제때 출항할 수 있을까요?" 제시카가 물었다.

"오, 그럼. 이 정도 날씨는 괜찮을 거요." 남편이 대답했다.

역시 시카고 출신인 한 은행가의 금발머리 아들이 통로를 지나다가 이 거만한 미인에게서 눈을 떼지 못했다. 그는 망설이지도 않고 제시카를 뚫어져라 쳐다보았고, 제시카 역시 눈치를 챘다. 제시카는 관심 없다는 티를 내면서 예쁜 얼굴을 홱 돌렸다. 유부녀다운 정숙한 태도는 아니었다. 그녀는 단지 자신의 허영심을 만족시키고 싶었을 뿐이었다.

바로 그때 허스트우드는 바워리 인근 샛길의 지저분한 사층짜리 건물 앞에 서 있었다. 한때는 담황색 가죽이었던 그의 외투는 검댕과 빗물에 이제는 본래 모습을 찾아볼 수 없었다. 그는 한 무리의 남자들 틈에 끼어 있었다. 인파는 조금씩 불어났지만 조용했다.

처음에는 두세 명이 다가와서 닫힌 나무문 앞을 서성이며 몸을 덥히려고 발을 구르며 기다리고 있었다. 그들은 찌그러지고 빛바랜 중산모를 쓰고 있었다. 몸에 맞지 않는 외투는 녹은 눈에 젖어 축 늘어졌고 외투깃은 바짝 세운 채였다. 바지는 단이 다 해져서 푹 젖은 큼직한 구두 위에서 흔들리는 것이 그저 자루 같았다. 옆 솔기도 다 떨어져서 누더기나 다름없었다. 그들은 안으로 들어가려고 애쓰지도 않고 주머니 깊이 손을 찔러넣은 채 하나씩 켜지는 가로등과 다른 사람들을 흘끗거리며 울적하게 서성거릴 뿐이었다. 시간이 지나면서 그 수는 점점 불어났다. 잿빛 수염을 기른 눈이 움푹 꺼진 노인들도 있고, 그보다는 젊지만 병으로 쭈그러든 이들도 있고, 중년 남자들도 있었다. 살집이 있는 사람은 하나도 없었다. 모인 사람들 가운데에는 핏물을 뺀 송아지 고기처럼 얼굴이 창백한 사람도 있었고, 벽돌처럼 붉은 사람도 있었다. 야위고 어깨가 굽은 사람이 있는가 하면 의족을 한 사람도 있고,

너무 말라서 걸친 옷이 펄럭이며 나부끼는 사람도 있었다. 귀가 커다란 사람, 코가 부풀어오른 사람, 입술이 두꺼운 사람, 무엇보다도 눈이 시뻘겋게 충혈된 사람들이 있었다. 아무리 훑어보아도 건강하고 멀쩡해 보이는 얼굴은 하나도 없었다. 몸을 꼿꼿이 펴고 있는 사람도, 시선이 불안하게 이리저리 흔들리지 않는 사람도 없었다.

몰아치는 바람과 진눈깨비에 사람들은 서로 바짝 붙어섰다. 외투나 주머니로 가리지 못한 손목들이 추위로 발갛게 얼었다. 귀는 모자 비슷한 것이라면 뭐든 써서 가렸지만 그래도 추위에 빳빳이 얼어 있었다. 사람들은 거의 발을 맞추다시피 눈 속에서 한 발씩 들었다가 놓았다가 하며 발을 굴렀다.

문 앞에 인파가 점점 늘어나면서 웅성거리는 소리도 커졌다. 대화까지는 아니고 그저 누구에게랄 것도 없이 한마디씩 던지는 소리였다. 욕설과 비속어도 섞여 있었다.

"빌어먹을, 빨리빨리 좀 할 것이지."

"저기 짭새가 쳐다보네."

"아직 겨울이 아닌가보지!"

"차라리 싱싱 교도소에 들어가 있는 게 낫겠다."

살을 에는 바람이 휘몰아치자 사람들은 더 바짝 붙어섰다. 인파는 한 발짝씩 움직이면서 서로 밀쳤다. 화내는 소리도, 애원하는 소리도, 협박하는 말도 전혀 없었다. 농담을 주고받는다거나 동지애를 보여서 분위기를 가볍게 하는 법도 없이 그저 음울하게 참고 견딜 따름이었다.

마차 한 대가 그 안에 편안히 기대 누운 사람을 태우고 종을 울리며 지나갔다. 문에서 제일 가까이 서 있던 사람이 그 광경을 보았다.

"마차 타고 가는 놈 좀 봐라."

"저놈은 춥지도 않겠네."

"야, 야, 야!" 다른 이가 고함을 질렀을 때 마차는 그 소리가 들리지 않을 만큼 멀리 지나가버린 뒤였다.

슬금슬금 밤이 다가왔다. 길에는 귀가하는 사람들의 발길이 잦아졌고, 남자들과 여점원들도 바쁜 걸음을 재촉했다. 도시를 가로지르는 전차들도 붐비기 시작했다. 가스등이 빛났고 창문마다 발그스레한 불을 밝혔다. 그러나 여전히 사람들은 변함없이 문 앞에 옹기종기 모여 있었다.

"문을 아예 안 열 셈인가?" 누군가 걸걸한 목소리로 거칠게 외쳤다.

이 말에 새삼 닫힌 문으로 모두의 관심이 쏠렸고, 다들 그쪽으로 눈을 돌렸다. 사람들은 말없는 짐승들이 쳐다보듯, 개가 컹컹대며 문고리를 앞발로 긁어대듯이 문을 쳐다보았다. 사람들은 서성이다, 눈을 깜박이며 웅얼거리다, 욕설을 한마디씩 던지기도 하고 이런저런 말을 한마디씩 하기도 했다. 그러나 계속해서 기다렸다. 눈보라가 휘몰아치며 그들을 때렸다. 낡은 모자와 곧추세운 어깨 위로 눈이 쌓여갔다. 쌓인 눈이 조그만 언덕을 이루어도 떨어내는 이가 없었다. 가운데 있는 사람들의 모자챙과 코끝에서 온기와 김에 녹은 눈이 방울방울 떨어졌지만 손을 뻗어 닦아내지도 않았다. 바깥쪽으로 서 있는 사람들 위에는 눈이 녹지 않은 채 그대로 남아 있었다. 가운데로 들어가지 못한 허스트우드는 눈을 피해 고개를 푹 숙이고 몸을 구부정하게 웅크렸다.

머리 위 문틀 너머로 불빛이 보였다. 지켜보던 사람들에게 이제 문이 열릴지 모른다는 흥분된 분위기가 퍼졌다. 반가워서 숙덕거리기도 했다. 마침내 안에서 빗장이 삐걱이는 소리를 내자 사람들은 귀를 쫑긋 세웠다. 안에서 터벅터벅 오가는 발소리에 다시 한번 숙덕거렸다. 누군가가 외쳤다. "자, 천천히." 그러고서야 문이 열렸다. 한동안 짐승같은 음산한 침묵 속에서 밀고 밀리는 북새통이 있고 나서, 그들은 물 위를 표류하는 통나무들처럼 안으로 스미듯 사라져갔다. 을씨년스러운 벽 사이로 젖은 모자와 젖은 어깨, 춥고 쪼그라든 불만 가득한 군중들이 쏟아져들어갔다. 때는 아직 여섯시여서 발길을 재촉하는 행인들의 얼굴마다 저녁 생각이었지만 여기는 저녁식사 따위는 제공하지 않았다. 잠자리뿐이었다.

허스트우드는 십오 센트를 내놓고 배정받은 방으로 기다시피 해서 힘겹게 지친 발걸음을 옮겼다. 너저분한 곳이었다. 먼지투성이에 딱딱한 나무로 된 방이었다. 이 서글픈 구석방은 조그만 가스등 하나로 충분했다.

"흠!" 그는 헛기침을 하며 문을 잠갔다.

그는 느릿느릿 옷을 벗었다. 먼저 외투를 벗어 문 아래 틈을 막았다. 조끼도 마찬가지로 했다. 푹 젖고 구겨진 낡은 모자는 조심스레 탁자 위에 놓았다. 그런 다음 신발을 벗어놓고 드러누웠다.

마치 잠시 생각에 빠진 듯 그렇게 있다가, 그는 일어나서 가스등을 끄고 아무것도 보이지 않는 어둠 속에 조용히 서 있었다. 생각을 다시해본 것은 아니고 그저 잠시 망설이다가 가스를 다시 틀었지만 성냥을 긋지는 않았다. 피어오르는 가스가 방을 채우는 동안에도 밤의 친절한 어둠 속에 온전히 몸을 숨긴 채 그냥 서 있었다. 가스 냄새가 콧구멍을 자극하자 그제야 서 있던 자세를 풀고 그는 손을 더듬어 침대를 찾았다.

"다 무슨 소용이람?" 그는 편안한 자세로 몸을 쭉 뻗으며 나지막이 중얼거렸다.

이제 캐리는 처음에 인생의 목표로 보였던 것, 그렇게까지는 아니라 하더라도 인간이 본래의 욕망에서 얻을 수 있는 것을 일부나마 손에 넣었다. 둘러보면 드레스와 마차, 가구와 은행계좌가 있었다. 세상이 말하는 친구들, 그녀의 성공을 인정하며 웃는 얼굴로 굽실거리는 사람들도 있었다. 한때 캐리가 간절히 열망했던 것들이었다. 한때는 멀기만 하고 애타게 원했던 갈채와 대중의 관심을 얻었지만, 이제는 별 의미 없는, 아무래도 상관없는 것이 되어버렸다. 미모, 그녀 특유의 사랑스러움도 가졌지만 캐리는 외로웠다. 캐리는 다른 일이 없을 때면 흔들의자에 앉아 노래를 흥얼거리며 몽상에 빠졌다.

이렇듯 삶에는 지적인 면과 감정적인 면, 즉 이성적으로 사고하는 머리와 감정적으로 느끼는 마음이 있다. 전자에서 행동 위주의 인간, 즉 장군이나 정치가가 나온다면 후자에서는 시인과 몽상가가 나온다. 모든 예술가가 여기 포함된다.

바람결에도 울리는 하프처럼 후자의 인간형은 그 어떤 가벼운 공상의 숨결에도 반응하여 그들의 기분에 따라 이상의 변화를 표현한다.

이상이 무엇인지 이해하지 못하듯 인간은 아직 몽상가를 이해하지 못하고 있다. 몽상가에게 세상의 법과 도덕은 지나치게 가혹하다. 아름다움의 소리에 귀를 기울이고 멀리서 번쩍이는 그 날개의 빛을 손에 넣으려 애쓰면서, 몽상가는 방랑하느라 피곤한 발을 이끌고 눈을 떼지 못한 채 계속해서 따라간다. 캐리 또한 흔들의자에 앉아 노래를 부르며 그렇게 바라보고, 그렇게 따라갔다.

여기서 이성이 별 힘을 쓰지 못하는 이유를 반드시 기억해둘 필요가 있다. 처음 시카고에 왔을 때, 캐리는 이 도시가 자기가 여태껏 알았던 것보다 근사한 것들을 훨씬 더 많이 제공하는 것을 보고 본능적으로, 오로지 자신의 욕망에서 나온 힘만으로 그 도시에 매달렸다. 좋은 옷과 우아한 환경이면 사람들은 만족하는 듯했다. 그래서 캐리는 그런 쪽에 이끌렸다. 시카고와 뉴욕, 드루에와 허스트우드, 패션의 세계와 무대의 세계, 그런 것들은 다 부수적인 것에 지나지 않았다. 캐리가 간절히 바랐던 것은 그것들 자체가 아니라 그런 것들이 상징하는 것이었다. 그러나 시간이 지나고 보니 그러한 상징은 모두 가짜였다.

아, 복잡한 인간의 삶이여! 아직까지 우리는 아주 희미하게밖에는 볼 수가 없다. 여기 있는 캐리는 처음에는 가난하고 투박하나 감정은 풍부하여 삶에서 가장 아름다운 것이면 무엇에든 욕망으로 반응했지만, 결국 벽에 부딪힌 자신을 발견했을 뿐이다. 세상의 법은 이렇게 말한다. "아름다운 것이라면 무엇에든 이끌리되, 정당한 수단이 아니면 절대 가까이 가지 마라." 관습은 이렇게 말한다. "정직한 노동을 통해서가 아니라면 자신의 상황을 개선시키려 하지 마라." 만약 정직한 노동이 보수가 적고 견디기 힘든 것이라면, 그 길이 너무나도 멀고 멀어서 발과 마음만 지칠 뿐 아름다움에는 결코 닿을 수 없다면, 아름다움을 좇는 끌림이 너무나 강렬하여 칭찬받는 길을 버렸다면, 그래서 자신의 꿈에 빨리 닿을 수 있는 멸시받는 길을 택했다면, 그 누가 먼저 돌을 던질 것인가? 악이 아니라 더 나은 것에 대한 갈망이 그릇된 길로 이끄는 경우가 더 많다. 악이 아니라 선이, 이성적인 사고에는 익숙지 않고 느낄 줄만 아는 정신을 유혹하는 일이 더 많은 것이다.

화려하게 빛나는 위치에서도 캐리는 불행했다. 드루에와 동거하게 됐을 때 그녀가 이렇게 생각했던 것과 같았다. '이제 난 최고의 세계로 들어가는 거야.' 허스트우드가 겉보기에 더 나은 길을 그녀 앞에 제시했을 때에도 그랬다. '이제 행복해.' 하지만 세상은 그 어리석음에 같이 어울리려 하지 않는 자들을 모두 남겨두고 제 갈 길을 가버리는 법이라, 그녀는 이제 혼자였다. 캐리는 가장 궁핍해 보이는 사람에게 지갑을 열어주었다. 브로드웨이를 걸으면서도 더는 자기 옆을 지나쳐가는 우아한 사람들에게 신경쓰지 않았다. 그들이 만약 저멀리서 희미하게 반짝이는 그런 평화와 아름다움을 지녔다면 모를까, 이제는 부러움의 대상이 아니었다.

드루에는 이제 단념하고 더는 모습을 보이지 않았다. 캐리는 허스트우드의 죽음에 대해서는 전혀 알지 못했다. 27번가의 부두에서 일주일에 한 번 떠나는 검은 배가 다른 많은 시체와 함께 이름 없는 그의 시체를 싣고 느릿느릿 무연고 묘지를 향해 갔다.

그리하여 그녀와의 관계에서 이 둘은 모두 끝이 났다. 캐리의 삶에 그들이 끼친 영향은 오로지 그녀가 갈망하던 것의 본질으로나 설명될 수 있을 것이다. 두 사람 모두 한때는 캐리에게 지상의 성공을 가장 강하게 대표하는 사람들이었다. 그들은 가장 간절히 얻고 싶은 지위를 상징하는 인물들이었다. 빛나는 신임장을 들고 온 안락과 평화의 대사들이었다. 그러나 그들이 상징하는 세계가 더는 그녀에게 매력을 갖지 못하게 되었을 때, 그 세계의 대사들 역시 신임을 잃는 것도 당연한 일이었다. 허스트우드가 예전의 아름다움과 영광을 지니고 돌아온다 해

652

도 이제는 그녀를 유혹할 수 없을 것이다. 캐리는 지금 그녀가 있는 세계와 마찬가지로 그의 세계에도 행복은 없다는 사실을 알아버렸다.

홀로 앉아 있는 캐리는, 사고하기보다 느끼는 사람이 아름다움을 추구하다보면 잘못된 길로 들기 쉽다는 것을 보여주는 실례였다. 비록 여러 차례 환멸을 겪었지만 캐리는 여전히 꿈이 현실이 되는 평온한 날을 기다리고 있었다. 에임스가 더 나아갈 길을 가르쳐주었지만, 그 길로 나아간다 해도 그 길 너머에 또다른 것들이 잇달아 그녀 앞에 놓일 것이다. 멀리 보이는 세상이라는 언덕의 꼭대기를 물들이는 기쁨의 광채를 영원히 좇게 될 것이다.

아, 캐리, 캐리여! 아, 맹목적으로 분투하는 인간의 마음이여! 그것은 앞으로, 앞으로 나아가라고 명령한다. 아름다움이 이끄는 대로 따른다. 그 아름다움이 고요한 풍경에 홀로 울려퍼지는 양의 종소리건, 목가적인 풍경 속의 아름다운 빛이건, 지나치는 눈 속에 엿보이는 영혼이건, 마음은 그것을 알아보고 응답하며 뒤따른다. 발길은 지치고 희망은 헛되어 보일 때, 바로 그때 가슴이 아파오고 갈망이 솟아오른다. 그때에야 비로소 싫증을 내지도, 만족하지도 못함을 알리라. 흔들의자에 앉아, 창가에서 꿈꾸며 홀로 갈망하리라. 창가의 흔들의자에 앉아 결코 느끼지 못할 그런 행복을 꿈꾸리라.

해설 ■

거친 파도 위를 표류하는 영혼,『시스터 캐리』

시어도어 드라이저는『시스터 캐리』와 〈젊은이의 양지〉라는 영화로도 유명한『미국의 비극』, '욕망 3부작'으로 불리는『자본가』『거인』『금욕적인 인간』등의 작품을 통해 19세기 말, 20세기 초 급속한 산업화와 도시화로 전통적 가치관이 흔들리고 도덕적 혼란을 겪던 미국 사회의 단면을 예리하게 포착해낸, 미국 자연주의 문학의 거장이다. 더불어 윌리엄 포크너, F. 스콧 피츠제럴드, 솔 벨로, E. L. 닥터로 등 미국 현대 문학의 대가들에게 큰 영향을 준 '거인'이기도 하다.

인간을 자유의지를 가진 독립적인 존재가 아니라 환경과 유전의 산물로 보는 자연주의는 19세기 진화론의 영향을 받아 문학에서도 관찰과 실험을 통한 과학적 방식으로 인간에 대한 이해가 가능하다고 주장하며 에밀 졸라 등의 작품에서 꽃을 피웠다. 인간의 삶과 본성을 가감

없이 있는 그대로 그려내고자 하는 이 같은 문학적 시도는 인간 본능의 추악하고 어두운 면까지 날카롭게 파헤쳤다. 미국에서도 유럽 자연주의의 영향으로 프랭크 노리스, 스티븐 크레인 등 자연주의를 표방한 작가들이 등장했지만, 미국 문학계에 자연주의가 처음부터 순조로이 받아들여진 것은 아니었다. 자연주의를 넘어 미국 문학의 기념비적 작품으로 평가받는 『시스터 캐리』의 출간 과정을 둘러싸고 벌어진 격한 논쟁과 출간 후 미국 내에서 쏟아진 엄청난 비난과 혹평은, 변화하는 미국 사회를 새로운 시각과 기법으로 재현하고자 한 작가들의 실험적 시도와 이런 변화를 수용하기 어려웠던 보수적인 사회의 갈등을 잘 보여준다.

바람을 거슬러 떠오른 연

1871년 독일 출신 이민자의 아들로 태어난 드라이저는 어린 시절 끼니를 걱정해야 할 만큼 혹독한 가난을 경험했다. 그의 아버지는 무능하고 엄격하면서도 독실한 가톨릭 신자였기 때문에, 드라이저는 아버지에 대한 반감으로 평생 종교에 등을 돌리고 살았다. 다행히도 학창 시절 그의 재능을 알아본 선생님의 도움으로 인디애나 대학에 진학하지만, 이마저도 대학이 자신과 어울리지 않는 곳이라는 박탈감과 외로움으로 일 년 만에 포기하고 여러 직업을 전전했다. 스물한 살의 나이로 시카고의 작은 신문사 〈시카고 데일리 글로브〉에 일자리를 얻은 드라이저는 그후로 십여 년을 언론계에 종사하며 기자와 편집자로 신문과 대중잡지에 많은 기사를 썼다. 이 시절 접한 찰스 다윈의 진화론과 허버트 스펜서의 사회진화론, 『나귀 가죽』을 비롯한 발자크의 소설과 토머스 하디의 소설 등은 그의 인생관과 창작관에 많은 영향을 주었다. 드라이저는 이를 자신이 거주하며 관찰한 뉴욕과 시카고라는 대도시의 생활상과 연결시켰다. 그러면서 그는 자신이 보고 겪은 대도시에서의 실제 삶과 신문과 잡지에 쓰도록 요구받는 허상 사이의 간극을 절감했고, 작가로서 삶을 '있는 그대로' 쓰고 싶다는 열망을 품게 되었다.

친구 아서 헨리의 권유로 소설을 쓰기 시작해 1900년 첫 장편소설 『시스터 캐리』를 발표하지만 작품의 내용이 비도덕적이라는 이유로 출간에 많은 어려움을 겪었다. 당시 『맥티그McTeague』의 성공으로 미국 자연주의 문학을 앞장서서 이끌었으며 출판사 더블데이 페이지 앤드 컴퍼니의 편집자이기도 했던 프랭크 노리스는 출간 전 원고를 읽고 자신이 여태껏 이 회사를 위해 읽어본 것 중 최고의 작품이라고 극찬을 했으며, 출판사의 동업자였던 월터 페이지 역시 호평을 하여 출간 계약을 맺게 된다. 그러나 여행에서 돌아온 출판사 사장 프랭크 더블데이는 이렇게 저속하고 도덕적으로 문란한 책은 팔리지 않을 거라고 판단했고, 그의 아내 도러시 더블데이는 남편의 회사가 『시스터 캐리』 같은 부도덕한 책을 출간하는 꼴을 보느니 차라리 자기가 청소 일을 해서 생계를 꾸리겠다고 할 만큼 격한 반감을 보였다. 이러한 까닭에 초판을 고작 1008부 제본해놓고 그 어떤 광고도 일절 하지 않고 책이 조용히 사장되기를 바랄 지경이었다. 가까스로 출간된 책에 호평은 드물었고 악평과 비난이 난무했다. 이 일로 드라이저는 극심한 스트레스로 인한 신경쇠약으로 소설 후반부 뉴욕에서의 허스트우드처럼 궁핍과 불면, 환각 증세까지 보이며 자살을 결심하기도 했다. 그후 형의 도움으로 갱생에 성공해 두번째 장편소설 『제니 게르하르트』를 출간하기까지는 십 년의 세월이 걸렸다. 이렇게 그의 삶은 자신의 표현대로 "바람을 거슬러 떠오른 연"과 같았다.

'점잖은 전통'과 점잖지 못한 현실

『시스터 캐리』는 오늘날 그의 또다른 대표작 『미국의 비극』과 함께 미국 자연주의 문학의 최고봉으로 높은 평가를 받고 있지만, 당시에는 비난과 더불어 격한 논쟁을 불러일으켰다. 그의 작품이 부정적인 평가를 받은 데에는 당시 청교도주의 전통에 근간을 둔 도덕적 엄숙주의가 지배하던 사회 분위기가 큰 몫을 했을 것이다. 여주인공 캐리가 결혼도 하지 않고 세속적인 욕망을 좇아 남자들의 정부가 되면서 자신의 타락에 대해 도덕적으로 큰 죄책감을 느끼지 않을뿐더러, 소설의 마지막 부분에 가서도 그러한 도덕적 타락에 대해 벌을 받음으로써 인과응보를 실현하기는커녕 오히려 배우로서 큰 성공을 거둔다는 결말은 당시의 엄격한 사회 분위기에서는 받아들여지기 어려운 것이었다. 당시 미국 문단에서도 자연주의 바람이 불기는 했어도, 극단적인 사회고발이나 노골적인 성 묘사를 금기시하는 19세기 문학의 '점잖은 전통 genteel tradition'이 여전히 지배적이었다. 많은 사람들이 『시스터 캐리』의 부도덕한 인물들이 대중의 타락을 가져올 거라 우려했다. 또한 여배우로서의 캐리의 성공이 노력에 대한 정당한 보상이라기보다는 순전히 우연의 산물에 불과하며 그녀가 성공한 후에도 행복을 얻지는 못한다는 점에서, '근면 성실'을 성공의 필수조건으로 꼽으며 경제적 성공을 신에게 선택받은 증표로 보는 '아메리칸드림'의 이상에도 정면으로 위배된다고 보았다. 또한 『시스터 캐리』에서 나타나는, 교육받지 못한 계층의 언어적 습관을 그대로 반영한 사실적이고 저속한 표현과 투박한 문체도 문제가 되었다. 이처럼 여러 면에서 『시스터 캐리』는 당대 사회의 가치 기준에 정면으로 도전장을 던진 문제작이었다.

그러나 『시스터 캐리』를 보는 당대 사회의 시각이 싸늘했다고 하여 당시의 미국 사회가 실제로도 도덕적 기준에 충실한 사회였다고는 말할 수 없다. 『시스터 캐리』의 주인공 캐리는 드라이저의 누나 에마 드라이저가 모델이다. 에마 드라이저는 처음에는 시카고의 한 건축가와 나중에는 홉킨스라는 술집 지배인과 동거를 하다가, 1886년 돈을 훔친 홉킨스와 함께 뉴욕으로 도망쳤다. 에마 드라이저가 전적으로 캐리라는 인물로 소설화된 것은 아니지만, 드라이저는 이처럼 당시의 미국 사회에서 실제로 일어날 수 있는 사건, 자신을 둘러싼 현실의 일면을 그려 보였다. 『시스터 캐리』에서 중산층인 밴스 부인이 배우로 성공한 캐리를 다시 만났을 때 눈치껏 그녀가 허스트우드와 헤어졌음을 알아채고는 그에 대한 언급은 철저히 삼가며 스타가 된 캐리의 비위를 맞춰 호의를 사는 데에만 여념이 없는 모습에서, 당시 중산층의 엄격한 도덕 기준이란 허구에 불과했음이 드러난다. 드라이저는 그러한 미국 사회의 위선과 이중성을 꿰뚫어보고 있었고, 자연주의에 입각하여 그가 관찰한 대로의 사회상을 충실히 재현하고자 했을 뿐이다.

자연주의는 개인이 처한 사회적·생물학적 조건하에서 필연적인 선택을 하는 수동적 존재인 인간이 자신의 숙명으로부터 벗어나는 것은 불가능하다고 보았다. 자연주의 작가들은 이러한 결정론적 세계관에 따라 일체의 도덕과 인습을 벗어버린 채 있는 그대로의 삶을 기록하고자 했다. 드라이저가 『시스터 캐리』에서 보여주는 서술 태도 역시 이러한 관점에 기초하고 있다. 작품 속에서 인간의 삶에는 어떠한 목적도 의미도 없으며 인간은 불쌍한, 눈먼 바보들에 지나지 않는다. 캐리와 드루에, 허스트우드의 행동을 끌고 가는 주된 동기는 본능적인 욕망이다. 캐리는 화려한 대도시가 제공할 수 있는 환락과 사치를 누리고 싶은 욕망에, 드루에와 허스트우드는 성적 욕망과 헛된 과시욕에 이끌려 도덕적 가치 기준을 내팽개치며, 여기에 결정적인 순간에 그들의 운명의 향방을 판가름하는 '우연'이 가세한다. 인물들은 모두 욕망과 우연에 휘둘리며 거친 파도를 표류하듯 자신의 운명에 무력하다.

도시와 욕망

'도시소설'로 분류될 만큼 『시스터 캐리』에서 대도시는 단순한 배경 이상의 의미를 갖는다. 드라이저의 눈에 비친 대도시는 19세기 산업혁명의 바람을 타고 급격한 근대화와 산업화 속에서 도덕보다 욕망을 좇는 데 충실한 인간 군상들이 몰려든 장이었다. 고향을 떠난 캐리가 탄 기차가 시카고로 들어서는 순간의 묘사는 도시가 지닌 마술 같은 매력을 강렬하게 보여준다.

어린아이나 상상력이 풍부한 천재 혹은 여행 경험이 전무한 사람에게 대도시에 난생처음으로 접근하는 것은 굉장한 사건이다. 특히 그때가 삶이 하나의 영역 혹은 상태에서 다른 영역이나 상태로 옮겨 가는 시간, 세상의 빛과 그늘 사이에 존재하는 신비스러운 시간인 저녁이라면 더욱 그렇다. 아, 밤의 약속. 지친 자를 위해 그 무엇이라도 마련해놓았을 것이다! 이곳에서는 그 어떤 희망의 오래된 환영이라도 영원히 되풀이될 것이다! 일꾼의 영혼이 혼잣말로 속삭인다. "곧 자유로워지리라. 나서서 환락의 주인이 되리라. 거리, 등불, 만찬이 차려진 불 켜진 방은 나를 위한 것이다. 극장, 홀, 파티, 휴식과 노래, 이 모든 것이 밤이면 나의 것이다." 인간들은 아직 직장에 매여 있지만 전율은 밖으로 흐른다. 공기 속을 흐른다. 표현하거나 설명할 수는 없지만 아무리 둔한 자라도 뭔가를 느낀다. 고역의 짐에서 해방되는 순간이다. (20~21쪽)

거대한 도시는 순진하고 나약한 한 영혼을 순식간에 빨아들인다. '제대로 무장하지도 못한 기사'와 같이 어설프게 대도시에 발을 들인 캐리는 그 순간부터 끝없이 자신이 갖지 못한 것, 가질 수 없는 것을 욕망하게 된다. 자기가 진정으로 욕망하는 것이 무엇인지도 모르면서.

사실 캐리의 욕망에는 실체가 없다. 그녀는 기차에서 만난 드루에의 근사한 옷차림과 여유롭고 능숙한 태도를 보고 자신이 갖지 못한 도시의 세련됨을 가진 인물이라 믿고 선망한다. 그러나 막상 드루에와 동거하면서 그의 도움으로 도시에 익숙해지자, 지나치게 단순하고 깊이가 없는 드루에에게 실망을 느낀다. 그가 갖고 있지 못한 더 나은 사회적 지위와 품위를 가진 허스트우드에게 끌리지만, 그가 늙어가고 실직까지 하여 힘을 잃자 그에게 더이상 매력을 느끼지 못한다. 그녀는 남자들이 자신에게 주지 못한 것을 찾아 무대 위의 화려한 삶을 애타게 동경하지만, 막상 부와 명성을 손에 넣었을 때에는 그것조차 자신의 갈망을 채워줄 수 없음을 깨닫는다. 마지막 장면에서 의자에 앉아 여전히 손닿지 않는 무언가를 꿈꾸는 캐리는 그녀가 영원히 자신의 욕망의 실체를 깨닫지 못할 것이며, 그러므로 채워지지 않는 갈망과 공허로부터도 자유로워질 수 없으리라는 것을 암시한다.

『시스터 캐리』의 시대적 배경은 19세기 말이지만, 백여 년의 시차에도 불구하고 캐리가 살아가는 세계는 욕망의 관점에서 21세기의 대도시와 별반 다르지 않다. 당시 막 소비자본주의의 총아로 모습을 드러낸 화려한 백화점의 모습과 마치 생명을 가진 듯 육성으로 캐리를 유혹하는 상품들의 묘사는 생생하기 그지없다.

백화점이 영원히 사라지는 날이 온다 해도 이 광대한 소매점 복합체의 본질은 미국 상업사에서 흥미로운 한 장을 차지하게 될 것이다. 평범한 사업의 원칙에서 이렇게 눈부신 성공이 꽃핀 예는 일찍이 없었다. 백화점이란 가장 효율적인 소매 조직이라고 할 수 있는데, 수백 개의 상점들을 하나로 합친 다음 가장 인상적이고 경제적인 방식으로 배치했다. 백화점은 수많은 점원과 고객으로 붐비는 멋지고 잘나가는 곳이었다. 캐리는 장신구, 의류, 문구류, 귀금속 등을 눈에 잘 띄게 전시해놓은 북적이는 통로를 걸어가며 깊은 인상을 받았다. 판매대 하나하나가 반짝이며 관심을 끌고 마음을 홀렸다. 장신구며 귀중품 하나하나가 다 그녀에게 자기를 봐달라고 말을 걸어왔지만 발길을 멈출 수는 없었다. 써보고 싶지 않은 것, 갖고 싶지 않은 것이 하나도 없었다. (38쪽)

옷들은 부드럽게, 은밀히 말을 걸었다. 그런 애원이 들려올 때면, 그녀 안의 욕망이 귀를 쫑긋 세웠다. 그러니까 무생물들의 그 목소리에 말이다! 누가 우리를 위해 그 돌멩이들의 언어를 번역해줄 것인가?

그녀는 패트리지에서 사온 레이스 칼라의 목소리를 들었다. "자기, 난 정말 자기한테 멋지게 어울린다고요. 나를 절대 놓치지 말아요."

부드러운 새 구두의 가죽은 이렇게 속삭였다. "아, 발이 어쩜 이렇게 작을까, 내가 감싸주기 딱 좋군요. 내 도움을 받지 못한다면 얼마나 딱한 일이겠어요." (138~39쪽)

뉴욕의 브로드웨이는 사치스러운 소비를 통해 자신을 과시하는 무대이자 타인의 욕망을 자극함으로써 욕망을 확대 재생산하는 장소이다.

여자들은 모자, 구두, 장갑 할 것 없이 다 제일 좋은 것으로 차리고 나와서 팔짱을 끼고 14번가에서 34번가까지 줄줄이 늘어선 멋진 상점이나 극장으로 향했다. 남자들 역시 최신 유행으로 차려입고 나와서 걸어다녔다. 재단사라면 양복의 디자인에 대해, 제화공이라면 적당한 모양과 색상에 대해 여러 정보를 얻을 수 있을 것이고, 모자 장수 역시 마찬가지일 것이다. (…)

그녀는 일삼아 나와 구경도 하고 사람들의 시선을 즐기면서 자신의 미모로 그들의 마음을 들썩이게 하고, 뉴욕의 미인들과 최신 유행을 견주어봄으로써 자기의 치장에 부족한 점이 있다면 메우려 했다. (403쪽)

캐리가 다른 직업 아닌 배우로 성공한다는 것도 의미심장하다. 캐리의 얼굴이 관객들을 매혹할 수 있는 까닭은 그녀가 욕망으로 들끓는 듯하면서도 실은 자신의 욕망을 갖지 않은 텅 빈 그릇 같은 존재이기 때문이다. 캐리는 자신의 진정한 욕망이 무엇인지 모른 채 타인들의 욕망을 좇는 텅 빈 인물이기에 보는 이들은 그녀에게 자기들의 욕망을 투영할 수 있다.

그러나 드라이저가 보여주는 것은 화려하고 번성한, 욕망하는 모든 것을 다 줄 수 있을 것 같은 대도시의 앞모습만이 아니다. 그는 자연주의자다운 객관적이고 냉정한 필치로 그 뒤에 감추어진 어두운 뒷면을 적나라하게 보여준다. 처음 시카고에 온 캐리가 일자리를 얻게 되는 구두공장은 열악한 노동조건으로 특별한 기술이나 경력이 없는 노동자들을 착취한다. 또한 여배우로 승승장구하는 캐리와는 반대로 바닥을 모르고 몰락하는 허스트우드는, 가진 자들에게는 모든 욕구를 만족시켜주는 화려한 도시가 빈자에게는 얼마나 가차없이 잔인하고 냉혹한 곳인가를 보여준다. 작품 속에서 캐리 못지않은 비중을 차지하고 있는 허스트우드의 몰락은 캐리의 상승과 완벽한 대조를 이루면서 운명이 갈라놓은 도시에서의 정반대되는 두 행로를 보여준다. 허스트우드가 파업하는 전차 노동자들을 대신해 일하러 갔다가 포기하고 돌아오는 장면은 자연의 힘보다도 더 불가항력적으로 무력한 인간을 제압하는 도시의 비정함을 담담하게 보여준다.

그는 앞이 보이지 않을 만큼 몰아치는 눈보라를 뚫고 집 쪽으로 걸어가 해질녘에 선착장에 도착했다. 선실을 가득 메운, 아무 걱정 없어 보이는 이들이 그를 호기심 어린 눈으로 뜯어보았다. 그는 아직도 너무나 혼란스러워서 갈피를 잡을 수가 없었다. 하얀 눈보라 속에서 반짝이는 강의 불빛들이 경이로울 만큼 무심하게 지나갔다. (553쪽)

도시가 쌓아올린 욕망의 탑에서 정점까지 오른 캐리와, 반대로 바닥까지 추락한 허스트우드의 운명은 결국 다시 겹쳐지지 않는다. 허스트우드가 최후를 맞는 누추한 숙소와 캐리가 흔들의자에 앉아 있는 화려한 호텔 객실은 극과 극의 공간이지만, 두 사람 모두 그간의 삶에서 겪어온 경험에도 불구하고 끝까지 어떠한 인식에도 이르지 못한다는 점에서는 비슷하다. 허스트우드는 희망 없는 삶에 지쳐 스스로 막을 내리기를 선택할 뿐, 자신의 몰락이 어디에서 비롯되었으며 그것이 어떤 의미인지 알지 못한다. 그는 그저 이해할 수 없는 운명과 우연에 쫓겨 막다른 골목까지 이르렀을 따름이다. 캐리 역시 성공의 사다리를 올랐지만 그것이 정말로 자신이 원했던 것인지, 이제 또 어디로 가야 하는지 알지 못한다. 읽던 책을 무릎 위에 얹어놓고 흔들의자를 앞뒤로 흔들며 몽상에 잠긴 캐리는 영원히 꿈을 꾸는 자의 표상이다.
캐리가 욕망에 이끌리는 인물임에도 불구하고 도덕적 판단을 넘어서 공감을 불러일으키는 이유는, 무언가를 끊임없이 간절히 바라는 그녀의 열망 때문이다. 캐리는 도시에 온 후 두 남자를 거치고 많은 경험을 했지만, 여전히 그 열망을 포기하지 않고 있다는 점에서는 처음의 모습과 크게 달라지지 않았다. 이 점은 그녀가 변화하지 않고 발전하지 못한 채 늘 같은 자리에 머물러 있는 정체된 인물이라는 한계를 드러내는 것이기도 하지만, 단순히 물질적이고 육체적인 욕망의 만족을 행복과 혼동하는 드루에 같은 인간과는 본질적으로 다르다는 사실 역시 보여준다. 꿈꾸는 캐리의 모습은 도시가 제공하는 물질적인 것만으로는 채워질 수 없는 공허를 상징하는 동시에 그녀의 열망이 단순히 물질적인 것 이상이 될 수도 있음을 암시한다. 그 결핍의 정체를 꿰뚫어볼 수 있을 만큼의 통찰력은 갖지 못했지만, 결핍을 예리하게 느끼는 감수성의 소유자로서 캐리는 다른 인물들과 차별되며, 결핍을 메울 수 없는 좌절과 그를 메우려는 노력과 갈구라는 한계와 가능성을 동시에 제시하는 인물이 된다.

드라이저는 캐리에 대해 끝까지 도덕적 판단을 유보하며, 그녀의 헛된 욕망의 추구를 경멸하거나 비판하기보다는 동정과 공감에 가까운 태도를 보인다. 캐리는 도덕성도 지성도 결여한 인물이지만, 어쩌면 그 불완전함이 언제나 꿈을 꾸면서도 나약함과 어리석음을 벗어나지 못하는 인간 전체에 대한 연민으로 독자를 이끄는 것인지도 모른다. 저자인 드라이저를 비롯하여 독자인 우리들까지, 그 누구도 욕망으로부터 자유로울 수 없기에 그 같은 공감은 도덕적 판단의 영역 너머로 확장된다.

송은주

1871년	인디애나 주 테러호트의 독일계 이민자 가정에서 8월 27일 태어남. 형제가 열셋이었으나 궁핍한 생활로 셋이 죽어 아홉째 아이로 성장함.
1889년	학교선생인 밀드러드 필딩의 도움으로 인디애나 대학에 진하나 일 년 후 중퇴함.
1890년	11월 14일 어머니 사망.
1892년	〈시카고 데일리 글로브〉에서 기자 일을 시작해 곧 〈세인트루이스 글로브-데모크라트〉와 〈세인트루이스 리퍼블릭〉으로 옮김.
1894년	〈톨레도 블레이드〉에서 일하면서 편집자 아서 헨리와 친구가 됨. 뉴욕으로 이주.
1895년	브로드웨이의 쇼맨이자 가수로 성공한 형 폴 드레서가 운영하는 악보 출판사 하울리 하빌랜드에서 잡지 『에브리 먼스 Ev'ry Month』의 편집을 맡음. 폴 드레서는 드라이저를 격려해주고 그가 뉴욕 출판계에서 자리를 잡도록 도와주었으며, 『시스터 캐리 Sister Carrie』의 등장인물 중 드루에와 허스트우드의 정신적으로 나약하고 우유부단한 성격 묘사에 많은 영향을 주었음.
1897년	폴 드레서의 1898년 대히트곡이 되는 〈워버시 강둑에서 On the Banks of the Wabash, Far Away〉의 후렴구를 쓴 다음 프리랜서 일을 시작. 『에브리 먼스』 일을 그만둠.
1898년	미주리 주의 학교선생인 세라 화이트와 오 년간의 구애 끝

에 결혼함.

1899년   아서 헨리의 권유로 『시스터 캐리』의 집필을 시작함. 헨리와
세라에게 최종 원고의 교정을 허락함.

1900년   5월 초, 집필을 마친 『시스터 캐리』 원고를 프랭크 노리스가
일하던 출판사인 더블데이 앤드 페이지에 투고해 출간 계약
을 맺게 되나, 이 작품이 부도덕하다고 본 사장 프랭크 N.
더블데이의 판단에 따라 11월 초판 1008부가 제작됨.

1901년   영국의 하이네만 사가 『시스터 캐리』 축약본을 출간해 호평
을 끌어냄.

1902년   『시스터 캐리』에 대한 미국 여론의 비난 탓에 신경쇠약에
걸림. 1903년 형 폴 드레서가 요양소에 보내주어 상태가 호
전됨.

1907년   버터릭 사에서 잡지 편집 일을 맡아 1910년까지 근무하며
경제적으로도 윤택해짐. B. W. 도지 사에서 『시스터 캐리』
재출간.

1911년   하퍼 앤 브러더스 사에서 『제니 게르하르트Jennie Gerhardt』
출간됨. 협상의 일부로 『시스터 캐리』 재출간 권리를 얻음.

1912년   미국의 재벌 찰스 여키스를 모델로 한 '욕망 삼부작' 중 첫
작품 『자본가The Financier』 출간. 『시스터 캐리』 재출간.

1914년   '욕망 삼부작'의 두번째 『거인The Titan』 출간. 세라와 영구
적으로 별거에 들어감.

1915년   자전적 소설 『천재The "Genius"』를 발표하나 외설적이고
신성모독적이라는 이유로 이듬해 판매가 금지됨. 1923년에
재출간됨.

1917~1923년   소설이 호응을 얻지 못하고 잡지 편집자들의 반응도 좋지
않아 경제적으로 궁핍해짐. 단편집 『자유와 그 밖의 이야기
들Free and Other Stories』(1918)을 비롯하여 여러 희곡과

	에세이를 출간.
1919년	스물다섯 살의 처녀 헬렌 리처드슨과 만남. 그녀와의 관계를 계속 이어나가나 1942년 세라가 사망하고 1944년이 되어서야 결혼함.
1925년	『미국의 비극An American Tragedy』이 두 권짜리 세트로 출간되어 한 해에 5만 세트가 팔림. 이로써 드라이저는 미국 문학에서 비중 있는 주요 작가로 자리매김하게 됨.
1926년	시집 『분위기: 율동적으로 열변을 토하며Moods: Cadenced and Declaimed』 출간.
1927년	소련 방문.
1928년	『드라이저가 러시아를 보다Dreiser Looks at Russia』 출간.
1931년	자서전 『새벽Dawn』 및 이듬해에는 사회 논평 『비극적인 미국Tragic America』 출간.
1944년	미국문학예술아카데미의 메리트 메달 수상.
1945년	캘리포니아 주 할리우드에서 12월 28일 사망. 죽기 5개월 전 공산당 가입.
1946년	『방파제The Bulwark』 출간.
1947년	『금욕적인 인간The Stoic』 출간으로 '욕망 삼부작' 완성.
1951년	『미국의 비극』이 조지 스티븐스 감독에 의해 영화 〈젊은이의 양지A Place in the Sun〉로 제작됨. 이듬해 『시스터 캐리』가 윌리엄 와일러 감독에 의해 영화 〈캐리〉로 제작됨.
1981년	『시스터 캐리』 초판 출간시 작가가 원고 상태에서 최종 삭제한 부분들을 펜실베이니아 대학에서 복원해 출간함.

문학동네 세계문학전집 발간에 부쳐

세계문학은 국민문학 혹은 지역문학을 떠나 존재하는 문학이 아니지만 그것들의 총합도 아니다. 세계문학이라는 용어에는 그 나름의 언어와 전통을 갖고 있는 국민문학이나 지역문학의 존재를 인정하면서 그것을 넘어서는 문학의 보편적 질서에 대한 관념이 새겨져 있다. 그 용어를 처음 고안한 19세기 유럽인들은 유럽문학을 중심으로 그 질서를 구축했지만 풍부한 국민문학의 전통을 가지고 있는 현대의 문학 강국들은 나름의 방식으로 세계문학을 이해하면서 정전(正典)의 목록을 작성하고 또 수정한다.

한국에서도 세계문학 관념은 우리 사회와 문화의 변화 속에서 거듭 수정돼왔다. 어느 시기에는 제국 일본의 교양주의를 반영한 세계문학 관념이, 어느 시기에는 제3세계 민족주의에 동조한 세계문학 관념이 출현했고, 그러한 관념을 실천한 전집물이 출판됐다. 21세기 한국에 새로운 세계문학전집이 필요하다는 것은 명백하다. 우리의 지성과 감성의 기준에 부합하는 세계문학을 다시 구상할 때가 되었다.

문학동네 세계문학전집은 범세계적으로 통용되는 고전에 대한 상식을 존중하면서도 지난 반세기 동안 해외 주요 언어권에서 창작과 연구의 진전에 따라 일어난 정전의 변동을 고려하여 편성되었다. 그래서 불멸의 명작은 물론 동시대 세계의 중요한 정치·문화적 실천에 영감을 준 새로운 작품들을 두루 포함시켰다.

창립 이후 지금까지 한국문학 및 번역문학 출판에서 가장 전문적이고 생산적인 그룹을 대표해온 문학동네가 그간 축적한 문학 출판 경험을 바탕으로 새로운 세계문학전집을 펴낸다. 인류가 무지와 몽매의 어둠 속을 방황하면서도 끝내 길을 잃지 않은 것은 세계문학사의 하늘에 떠 있는 빛나는 별들이 길잡이가 되어주었기 때문이다. 우리가 자부심과 사명감 속에서 그리게 될 이 새로운 별자리가 독자들의 관심과 애정에 힘입어 우리 모두의 뿌듯한 자산이 되기를 소망한다.

문학동네 세계문학전집 편집위원

민은경, 박유하, 변현태, 송병선, 이재룡, 홍길표, 남진우, 황종연

세계문학전집 136

시스터 캐리

1판 1쇄 2016년 1월 27일
1판 2쇄 2023년 10월 5일

지은이 시어도어 드라이저 | 옮긴이 송은주

편집 김경은 조연주 | 독자모니터 이원주 | 모니터링 이희연
디자인 신선아 최미영 | 저작권 박지영 형소진 최은진 서연주 오서영
마케팅 정민호 서지화 한민아 이민경 안남영 왕지경 황승현 김혜원 김하연
브랜딩 함유지 함근아 고보미 박민재 김희숙 정승민 배진성
제작 강신은 김동욱 이순호 | 제작처 영신사

펴낸곳 (주)문학동네 | 펴낸이 김소영
출판등록 1993년 10월 22일 제2003-000045호
주소 10881 경기도 파주시 회동길 210
전자우편 editor@munhak.com | 대표전화 031)955-8888 | 팩스 031)955-8855
문의전화 031)955-1927(마케팅), 031)955-3560(편집)
문학동네카페 http://cafe.naver.com/mhdn
인스타그램 @munhakdongne | 트위터 @munhakdongne
북클럽문학동네 http://bookclubmunhak.com

ISBN 978-89-546-3943-9 04840
      978-89-546-0901-2 (세트)

잘못된 책은 구입하신 서점에서 교환해드립니다.
기타 교환 문의 031) 955-2661, 3580

www.munhak.com

● 문학동네 세계문학전집은 계속 출간됩니다